KB110189

걸그룹이 된 아재

下권

걸그룹이 된 아재 下권

발행일	2019년 3월 29일			
지은이	린우隣雨			
펴낸이	손형국			
펴낸곳	(주)북랩			
편집인	선일영	편집	오경진, 강대건, 최승헌, 최예은, 김경무
디자인	이현수, 김민하, 한수희, 김윤주, 허지혜	제작	박기성, 황동현, 구성우, 장홍석
마케팅	김회란, 박진관, 조하라			
출판등록	2004. 12. 1(제2012-000051호)			
주소	서울시 금천구 가산디지털 1로 168, 우림라이온스밸리 B동 B113, 114호			
홈페이지	www.book.co.kr			
전화번호	(02)2026-5777	팩스	(02)2026-5747

ISBN	979-11-6299-595-2 04810 (종이책)	979-11-6299-592-1 04810 (세트)

이 도서의 국립중앙도서관 출판예정도서목록(CIP)은 서지정보유통지원시스템 홈페이지(http://seoji.nl.go.kr)와 국가자료공동목록시스템(http://www.nl.go.kr/kolisnet)에서 이용하실 수 있습니다.

(주)**북랩** 성공출판의 파트너

북랩 홈페이지와 패밀리 사이트에서 다양한 출판 솔루션을 만나 보세요!

홈페이지 book.co.kr • **블로그** blog.naver.com/essaybook • **원고모집** book@book.co.kr

린우 隣雨 장편소설

걸그룹이 된 아재 下

북랩 book Lab

contents

82. 애증의 복수

◆◆

"뉴욕 시정부에 촬영 허가를 받은 시간이 이제 얼마 남지 않았습니다. 사실 제 맘 같아선 평소에 게릴라 인터뷰 때처럼 타임스퀘어 곳곳을 주리 양과 함께 거닐고 싶었는데, 이 자리에 가만히 선 상태로 인터뷰를 해야 했던 건 유감이 아닐 수 없습니다. 안전상의 이유로 이곳 빨간 계단에서 이동하지 않는다는 조건으로 촬영허가를 받은 거라서요."

에릭람의 표정을 따라 나도 짐짓 아쉬워하는 표정을 지어보이긴 했지만, 솔직히 내겐 인터뷰를 빨리 끝내고 싶은 마음밖에 없었다.

지금 내 머릿속은 이따 점심 식사 자리에서 주리의 부모님께 내 정체를 자백해야 하는 부담감으로 가득 차 있기 때문이다.

"아직 큰 경연을 마친 지 하루도 안 지나서 이런 질문을 드리기가 조심스럽지만, 마지막으로 앞으로의 계획에 대해서 말씀해 주실까요?"

앞으로의 계획에 대한 질문을 받은 그 짧은 순간, 어젯밤 파티홀의 프라이비트 룸에서 면담했던 12인의 얼굴이 시상식 후보자 소개 화면처럼 내 눈앞을 스쳐간다.

그런데 그 쟁쟁한 후보들을 제치고 또렷이 부각된 얼굴의 주인공은 다름 아닌 한 대표였다.

"아직 정해진 바는 없습니다. 저의 보스이자 보호자이며 멘토인 한준호 대표님과 상의해서 결정하겠습니다. 그리고 어떤 활동을 하게 되든 저에게는 핑크 클라우드가 우선순위입니다."

그렇게 말해놓고 보니 나 자신이 의리 있는 멋진 놈처럼 느껴져서 어깨가 으쓱해진다.

"언제 저에게도 꼭 함께 작업할 기회를 주셨으면 좋겠습니다. 저도 강주리 양과 꼭 듀엣을 해보고 싶네요. 이건 진심입니다."

이미 열두 번의 제안을 받은 바 있는 나는 에릭람의 손에 13이라는 대기 순번이 적힌 번호표를 쥐어주는 장면을 상상하곤 빙싯 웃는다.

　게릴라 인터뷰를 마친 나는 타임스퀘어를 벗어나 웨스트 42번가를 따라 브라이언트 파크까지 걸어왔다. 바로 그곳에서 주리를 만나기로 했기 때문이다.

　5번가에 바로 인접한 브라이언트 파크는 주리 부모님이 계시는 세인트 레지스 호텔로 이동하기에 편리하다. 그래서 이곳을 약속장소로 잡은 것이다.

　공간지각능력이 꽤 쓸 만한 나에게 바둑판처럼 규칙적으로 구획된 맨해튼의 지리는 이미 내 손바닥 안처럼 훤해진 기분이 든다. 이젠 주리의 가이드 없이도 맨해튼의 어느 구석이든 잘 찾아다닐 수 있을 것 같다.

　그런데 내 경험상으론, 생경했던 타국의 거리가 더 이상 낯설지 않다는 건 곧 그곳을 떠날 때가 되었음을 의미하는 경우가 많았다.

　이제 내일이면 한국행 비행기를 탄다. 물론 핑크 클라우드의 미국 진출 플랜이 확정되면 다시 오게 되겠지만, 일단은 이 맨해튼을 떠나게 된다.

　한국에 돌아가면 주리는 당장 그날 새벽부터 《여명의 속삭임 장윤호입니다》를 진행해야 하고, 통영 트라이애슬론 대회를 1주일 앞둔 한 대표는 막바지 훈련에 매달려야겠지. 아마 핑크 클라우드 멤버들도 각자 제쳐 두고 온 스케줄을 소화하느라 눈코 뜰 새 없이 바쁠 것이다.

　'그럼, 난?'

　난 아직 잘 모르겠다. 지난 몇 주 동안은 오직 《더 유니버스》만 생각하며 숨 가쁘게 달려왔기 때문에 아직 그다음에 대해선 미처 생각해보지 못했다.

　한국에 돌아가면, 일단 하루는 꼬박 침대 밖으로 나오지 않고 숙면을 취하고 싶다.

　내 영혼에게 최소 하루의 공백은 허락해주고 싶다. 지난 23년간 게으름에 익숙해 있던 내 영혼이 갑자기 바지런한 주리의 몸에 끌려다니느라 무척 피곤했을 테니까.

그리고 무대에만 올라서면 헤까닥 미쳐 날뛰는 내 영혼으로 인해 덩달아 혹사당해야 했던 주리의 몸에게도 휴식이 필요할 것이다.

일요일 한낮의 브라이언트 파크는 비교적 한산한 편이었다. 평소에는 수많은 사람들의 발길에 시달렸을 잔디밭도 푸근한 가을 햇살 이불을 덮은 채 휴식을 취하고 있는 것 같다.

잔디 위에 덜렁 누워보고 싶은 마음이 들었지만, 생각 많은 아재의 영혼은 그 충동을 쉽게 실행하지 못한다. 그저 잔디에 한 번 누워보는 단순한 행위일 뿐인데도, 렙토스피라나 유행성 출혈열 같은 쥐 매개성 전염병에 대한 걱정이 내 행동을 가로막기 때문이다. 뉴욕에는 쥐도 많다니 말이다.

어제까지만 해도 꽤 근사한 위용을 자랑하며 세워져 있던 가설무대는 이미 치워지고 없다. 그 무대 위에 엉클 샘 복장을 하고 서있던 리먼 스콧의 사람 좋은 목소리도 더 이상 들려오지 않는다.

무대를 향해 걸어가던 내 진로를 가로막으며 내 얼굴에다 아이스 아메리카노를 냅다 들이붓던 에슐리 휴즈도 없다.

그리고 본선 1차 경연 순서 추첨에서 1번을 뽑은 후에 똥 씹은 표정을 지었던 그 순간 역시 과거로 숨어들어가 버렸다.

어제와는 다르게 덩그러니 비워진 공간을 보니 내 가슴팍에 큰 구멍이 뚫리면서 서늘한 바람이 휙 들어오는 듯한 기분이 든다.

내 영혼이 내 몸뚱이와 떨어져있는 것과 상관없이 시간은 공평하게 흐르고 세상은 똑같이 돌아간다.

열정을 다 바친 무대를 끝낸 후에 찾아오는 이 허탈감 역시 내가 장윤호의 몸일 때 느꼈던 감정과 다르지 않다.

세이렌틀의 첫 정기공연이 끝난 후 조명 꺼진 강당 무대에 홀로 남아 꺼이꺼이 울면서 느꼈던 그 감정이 현재 내 안에서 뛰고 있는 주리의 심장에 그대로 전달되는 것만 같다.

아니 그런데, 지금 주리의 심장이 느끼고 있는 이 허탈한 감정이 그녀의 영혼에까지 텔레파시로 전해지기라도 한 걸까? 저만치에서 나를 향해 다가오고 있는 주리의 표정이 어딘지 무겁고 심각해 보인다.

"왜 그래? 무슨 일 있어?"

주리가 쉽게 대답하지 못하는 걸 보니, 정말 무슨 일이 생기긴 생긴 모양이다. 내 비감 어린 허탈감은 순식간에 불길한 예감으로 바뀐다.

"얼른 얘기해 봐! 뜸 들이니까 더 불안하잖아, 이 녀석아!"

대답 대신 주리는 내 눈앞으로 아이폰 화면을 들이민다. 나는 떨리는 마음으로 그걸 받아들고는, 크게 심호흡을 한 번 한 후에 액정을 들여다보았다.

화면에 떠있는 것은 한 인터넷신문 기사였다.

'[단독] 핑크 클라우드 강주리, 90년대 청순 아이콘 윤혜린의 딸로 밝혀져….

기사입력 2017.10.22. 오전 09:39

최종수정 2017.10.22. 오전 10:13

(뉴욕=뉴스M) 왕지영 기자

뉴욕 현지 시간으로 10월 21일 저녁, 글로벌 아이돌 유닛 오디션 더 유니버스에서 개인 우승을 차지한 바 있는 강주리가 90년대 청춘스타 윤혜린의 친딸이라는 사실이 확인되었다.

1993년에 포카리스웨트 광고로 데뷔한 윤혜린은 채수지와 이미현의 계보를 잇는 청순 아이콘으로 군림하다가 2년의 짧은 연예 활동을 접고 돌연 은퇴 후 재벌 3세 강석진과의 결혼으로 수많은 남성 팬들에게 큰 충격을 안긴 바 있다.

하지만 그녀는 재벌가에 시집간 연예인 출신으로서는 드물게 모범적인 결혼 생활을 해온 것으로 알려지면서, 긍정적인 이미지를 쌓아왔다.

따라서 강주리는 왕년의 청춘스타 윤혜린의 딸이라는 점과 더불어, S그룹 강석진 부회장의 무남독녀이자 강경모 회장의 큰 사랑을 받는 손녀라는 사실이 더해지며 더 큰 화제를 불러 모으고 있다.'

기사를 읽으며 머릿속이 하얘져버린 내가 가장 먼저 찾을 사람은 역시 한 대표뿐이었다. 나는 황급히 한 대표에게 전화를 걸었다.

발신음이 떨어지기 무섭게 전화를 받는 한 대표.

"언젠가는 터질 게 터진 거지만, 암튼 미안하다!"

그는 대뜸 내게 사과부터 한다.

"자네가 왜 미안해?"

"대표가 되어가지고 이런 기사 하나 못 막았으니 말이야."

"그걸 자네 탓이라고 할 순 없지."

"내 탓이 아니라고 할 수도 없어."

"그게 무슨 말이야?"

"그 기사 터트린 왕지영이라는 기자 말인데, 뉴욕에 오기 며칠 전에 그 기자랑 식사 한 번 같이 한 적이 있었어. 그런데 그 후로 그 여자가 자꾸 선을 좀 넘어오는 게 느껴져서 내가 거리를 좀 뒀었거든."

"자고 나서 생깐 건 아니었고?"

"아니야, 그런 거. 나는 요즘 트라이애슬론 훈련 하느라고 금욕 중이라고. 그리고 요즘이 어떤 세상인데? 바지 지퍼 한 번 잘못 내렸다가 인생 종치는 수가 있어!"

"그러니까, 왕지영이라는 기자가 자네한테 먼저 대시를 했는데 뜻대로 잘 안 되니까 애증의 복수를 한 거구나?"

"그래도 설마 내게 이 정도로 큰 한 방을 먹일 줄은 정말 몰랐다!"

"그럼, 그 식사 자리에서 자네가 왕지영 기자한테 주리 부모님에 관한 이야기를 털어놓은 거야?"

"자넨 대체 날 뭐로 보고 그런 소리를 해? 나는 불알 한쪽을 도려낸 거지 뇌를 도려낸 게 아니라고!"

"그럼 그 기자가 어떻게 이 사실을 안 거지?"

"그 여자가 나와 비슷한 시기에 뉴욕에 온 건 진작부터 알고 있었어."

"그 여자가 자네를 쫓아서 뉴욕까지 왔다고? 완전 스토커 수준인데?"

"꼭 나를 따라서 온 게 아닐 수도 있다고 생각했어. 사실 연예부 기자가 《더 유니버스》 현장 취재 오는 게 그리 이상한 일은 아니잖아?"

"그니까, 어제 생방송 현장에도 그 기자가 왔었단 말이지?"

"그 여자가 그 자리에 왔다는 걸 알았을 때 내가 좀 더 신경을 썼어야 했는데, 세심하게 뒤를 살피지 못한 건 내 불찰이야."

그 왕지영이라는 기자가 주리 부모님과 내가 만나는 현장을 목격한 게 아니라 해도, 강석진과 윤혜린이 그 자리에 참석한 사실만으로도 충분히 의혹을 가질 수 있었을 것 같다.

그리고 명색이 기자에게 강주리와 두 부부의 관계를 캐내는 뒷조사쯤 은 일도 아니었겠지.

"그나저나 강석진 씨가 이 기사에 대해 어떤 반응을 보일지가 제일 큰 걱정이다. 당장 잠시 후에 주리 부모님을 만나서 주리와 나 사이에 벌어 진 상황에 대해 사실대로 고백할 작정이었단 말이야. 그런데 하필 이럴 때 이런 기사가 터질 게 뭐람?"

2018년 10월 22일 뉴욕시각 오후 1시 17분.

브라이언트 파크를 빠져나온 주리와 나는 뉴욕 공공 도서관 맞은편에 서 택시를 타고 5번가를 따라 세인트 레지스 앞까지 왔다.

그런데 택시에서 내리자마자 나는 순식간에 내 주변에 몰려든 십수 명 의 기자들에게 둘러싸여 버렸다. 주리는 택시 요금을 계산하느라 뒤늦게 택시에서 내렸기 때문에 나를 구할 틈도 없었다.

"강주리 씨, 부모님이 누구나 다 알만한 유명인이라는 사실을 왜 지금껏 한 번도 밝히지 않으셨습니까? 한 말씀 해주시죠!"

"가수 활동에 대해서 집안의 반대는 없으셨습니까?"

"강주리 양의 가수 활동에 S 그룹 강경모 회장님의 지원도 있었던 겁니까?"

여긴 분명 서울이 아닌 뉴욕인데, 왜 한국말로 질문하는 한국 기자들이 이렇게나 많은 거지? 아마 《더 유니버스》 취재차 온 국내 언론들이 전혀 예상치도 못했던 이슈가 터지자 귀국을 미룬 채 주리 부모님이 묵고 있는 이 호텔로 쳐들어온 모양이었다. 그중에는 몇몇의 현지 언론 기자도 보였다.

막무가내로 들이대는 기자들 무리에 둘러싸여 질문 공세를 받아내느라 진퇴양난에 빠져있던 나를 구해준 사람은 주리가 아닌 강석진이었다.

멀끔한 정장 차림의 그가 세인트 레지스 호텔 정문 밖으로 모습을 드러내자 나를 둘러싸고 있던 기자들 중 일부가 그쪽으로 몰리면서 내가 빠져나갈 수 있는 틈이 열리게 된 것이다.

'대체… 강석진이 무슨 말을 할까?'

질문공세의 표적을 나에게서 강석진으로 바꾼 기자들만큼이나, 나도 그의 속내가 몹시 궁금했다.

83. 티파니 스위트

◆◆

강석진이 주리의 가수 활동을 반대했던 이유에는 이와 같은 사태에 대한 우려도 포함되어 있었을 것이다.

한때 국민 여친이었던 윤혜린을 철저히 언론으로부터 차단하고 있는 것만 봐도 강석진은 자신의 가족이 대중에게 노출되는 걸 극도로 꺼리고 있음을 알 수 있다.

그런 그에게 지금의 이런 상황은 상당히 짜증스러울 수밖에 없을 것이다.

우승을 하면 가수활동 기간을 연장해주겠다고 했던 약속도 이미 물 건너간 것 같다. 팀 최종 우승을 못 했을뿐더러, 설사 개인 순위 1위가 우승으로 인정받는다고 해도 이번 기사 건으로 인해 약속은 없던 일이 될 공산이 크다.

강석진이 내 앞으로 가까이 다가왔을 때, 나는 판관 포청천의 심판을 기다리는 죄인이라도 된 양 잔뜩 위축되어 있었다.

그런데 내 어깨에 손을 올린 강석진은 기자들을 향해 나를 돌려세우며 큰소리로 외친다.

"존경하는 내외신 기자 여러분! 저의 자랑스러운 딸, 강주리를 여러분께 정식으로 소개합니다!"

세상 유쾌한 표정과 목소리로 기자들에게 순순히 그리고 떳떳하게 딸을 소개하는 강석진의 태도는 완전 예상을 뒤엎는 반전이었다.

별로 문제 될 것도 없는 이슈를 괜히 부정적인 뉘앙스의 가십으로 몰고 가려던 기자들의 불순한 의도를 무색하게 만들어 버리기에 충분했다.

"데뷔 전부터 우리 딸, 주리는 엄마나 아빠의 후광으로 화제몰이 하는 걸 원치 않았습니다. 오롯이 자신의 실력으로 인정받고 싶어 했죠. 그래서 소속사 차원에서 우리 가족 관계를 비밀로 해왔던 것입니다."

'강석진, 보기와는 다르게 좀 멋진 구석이 있는걸?'

그로서는 부담스럽고 난감할 수밖에 없는 이런 상황을 예상외로 당당하게 정면 돌파하는 강석진이 새삼 달리 보인다.

"지금까지 제 딸에게 많은 응원 보내주신 국민 여러분께 깊은 감사의 말씀 드립니다. 앞으로도 저희 딸 강주리의 행보를 지금처럼 응원해주시고 축복해주실 것을 아비로서 간곡히 부탁드립니다."

강석진의 선방으로 생각보다 수월하게 기자들을 따돌린 우리는 로비 안으로 들어선 후에야 비로소 안도의 한숨을 쉬었다.

그런데 기자들 앞에 있을 때만 해도 세상에서 가장 인자한 아버지의 얼굴을 하고 있던 강석진의 표정에서 이미 웃음기는 사라지고 없었다.

"자세한 이야기는 방에 올라가서 하자!"

세인트 레지스 뉴욕의 티파니 스위트.

티파니의 명예 디자인 디렉터인 존 롤링이 디자인에 참여한, 1박에 9,500불짜리 스위트룸으로 티파니 약혼반지 디자인을 모티브로 만들어졌다고 한다.

5번가 방향으로 창이 나있는 다이닝 에어리어의 10인용 테이블에 강석진·윤혜린 부부와 마주 앉은 주리와 나.

"죄송합니다만, 우리 가족끼리 할 얘기가 있습니다. 바깥 응접실에서 잠시만 기다려주시죠."

굳은 표정의 강석진이 주리에게 던진 말에 내 마음이 다 철렁했다.

'이봐요, 강석진 씨! 당신이 지금 자리를 비켜달라고 부탁한 상대가 바로 당신 딸이라고요.'

나는 당장 그렇게 말하고 싶었지만, 지금은 적절한 타이밍이 아닌 것 같았다.

강석진의 매몰찬 요구에 주리는 조용히 자리에서 일어난다.

예의를 갖췄지만, 그래서 더 냉정하게 느껴지는 아버지의 태도에 주리는 아마 적잖은 내상을 입었을 것이다.

당장이라도 울음이 터질 것 같은 표정으로 흘깃 내 쪽을 돌아본 주리를 향해, 나는 '걱정 말고 나가서 기다려!'라는 메시지를 결연한 눈빛에 담아 보냈다.

"너는 한국에 돌아갈 필요 없다."

주리가 나간 후 강석진이 꺼낸 첫마디는 그러했다.

"이따 오후에 콘스탄틴 하이스쿨 교장과 만나기로 했다. 너의 복학 문제를 의논할 거야. 복학이 안 된다면 편입으로라도 너를 다시 학교로 돌아가게 할 거야."

"아니, 갑자기 그게 무슨 소리예요?"

그의 부인, 윤혜린 역시 이 얘기를 처음 들은 눈치다.

"주리의 의사와 상관없이 그렇게 독단적으로 결정해버리면 어떡해요? 최소한 저하고라도 상의를 했어야죠."

화를 내면서도 고상한 품위를 잃지 않는 윤혜린의 우아한 자태에 잠시 마음을 빼앗긴 탓에, 나는 뒤늦게야 이 사태의 심각성을 체감하고는 머릿속이 하얘졌다.

"너를 응원하는 사람들이 한순간에 안티로 돌아섰어. 네가 단지 금수저라는 이유만으로 말이야."

강석진의 얼굴에 분노의 돌풍이 휘몰아친다.

"인터넷 댓글이 꼭 전체 여론을 반영하는 건 아니잖아요? 아무리 훌륭한 인물이라고 해도, 악플로부터 완전히 자유로울 수 없다고요."

윤혜린의 회유도 좀처럼 먹혀들 기미가 안 보인다.

"세계 무대에서 네가 잘한 게 다 S그룹 돈빨이라는 어이없는 댓글에 공감하는 사람이 무려 천 명이 넘어! 그게 말이 돼?"

"비공감을 누른 사람들도 많아요!"

강석진과 윤혜린 사이에서 벌어지고 있는 실랑이에 내가 끼어들 틈은 없었다.

"재벌이라고 하면 무조건 뒤가 구린 범죄자 보듯 하는 사람들 앞에 더 이상 내 귀한 딸을 내놓기 싫어!"

환멸에 찬 강석진의 얼굴을 바라보며 나는 아무 말도 할 수 없었다.

"너희 증조할아버지는 재벌도 존경의 대상이 될 수 있다는 신념으로 평생을 사셨던 분이야. 그분의 뜻에 따라서 너희 할아버지, 나, 그리고 너는 태어난 순간부터 노블리스 오블리주를 실천하도록 교육받아 왔지. 너도 모르는 바는 아닐 거다."

강석진의 내면에서 끓어오르고 있는 분노의 온도가 내게도 느껴지는 것 같았다. 그래서 나는 어떠한 반론도 제기할 엄두가 나질 않았던 것이다.

"네가 우리 집안을 욕되게 하면서까지 가수 활동을 강행할 정도로 어리석진 않을 거라 믿는다. 당장 숙소로 돌아가서 짐을 꾸리도록 해. 차와 사람을 보낼 테니 메디슨 에비뉴의 아파트로 들어가. 전에 너희 엄마와 네가 함께 살던 그 집이 그대로 비어 있으니 말이야."

딸의 입장에 서서 줄곧 남편과 대립각을 세우고 있던 윤혜린도 더 이상의 변론은 포기한 듯 보였다.

강석진이 먼저 자리를 뜬 후, 윤혜린이 내 옆자리로 옮겨 앉아서는 내 손을 꼭 잡으며 말했다.

"지금은 아빠가 많이 화난 상태이니까, 일단 좀 시간을 두고 기다려 보자. 엄마가 아빠를 계속 설득해 볼 테니 말이야. 설득이 안 되면 너희 할아버지께라도 부탁해 볼게."

"정말 제가 뉴욕에 남아야 하나요?"

"그래도 아빠 말을 듣는 척이라도 해야 하니까, 일단 너의 귀국은 좀 미루는 게 좋겠어. 엄마랑 같이 뉴욕에 머물면서 때를 기다리는 거야. 알았지?"

그때 응접실에서 기다리고 있던 주리가 다이닝 에어리어로 들어왔다.

"어머, 내 정신 좀 봐. 그렇게 밖에서 기다리시게 해놓고는 여태껏 음료수도 한 잔 대접해드리지 못했네요. 죄송해요, 장윤호 선생님. 이쪽으로 와서 앉으세요. 커피? 아니면 쥬스? 어떤 걸로 드릴까요?"

우아하면서도 깍듯한 매너로 주리를 맞는 윤혜린의 모습은 바로 조금 전까지 심각한 대화를 나누던 사람 같지 않다.

그런데 주리의 표정이 뭔가 심상치 않다. 더 이상은 못 참겠다는 듯 금방이라도 뭔가 터뜨릴 기세다.

'주리야, 아직은 안 돼!'

우선은 그녀를 제지해야 할 것 같았다. 나는 황급히 자리에서 일어나 주리에게로 다가갔지만, 끝내 돌발 사태까지 막진 못했다.

"엄마, 나야!"

감정을 주체하지 못한 주리는 결국 굵직한 아재의 음성으로 윤혜린을 향해 '엄마, 나야!'라고 외치고 만 것이다.

졸지에 두 사람 사이에 엉거주춤 끼어있는 꼴이 되어버린 나는 이러지도 저러지도 못한 채 얼어붙은 듯 서있어야 했다.

"지금… 저에게 뭐라고 하셨나요?"

내 뒤편에서 들려오는 윤혜린의 목소리는 가늘게 떨리고 있지만, 생각보다는 담담하고 차분하다.

"제가… 엄마 딸 주리라고요."

무거운 정적이 얼마간 이어진다. 그러다 침묵을 먼저 깨뜨린 쪽은 윤혜린이었다.

"그러니까… 장윤호 선생님과 우리 주리가 서로 바뀐 상태란 말인가요?"

그제야 나는 윤혜린 쪽으로 돌아선다. 나도 더 이상 가만히 있어선 안 되겠다는 생각이 들었기 때문이다. 주리의 돌발행동에 놀란 가슴을 애써 가라앉히며 조심스레 입을 연다.

"믿기 어려우시겠지만, 사실입니다. 저희 두 사람의 영혼이 바뀐 지 오늘로 76일째입니다."

주리의 폭탄 고백에다 내 추가 증언까지 들은 윤혜린은 주리와 나를 번 같아 쳐다보며 혼란스러운 표정을 짓는다.

"어쩐지… 뭔가 이상하다고 생각하긴 했어. 내 딸과 거의 매일 저녁 통화를 하면서도 예전과 같은 친밀감은 느낄 수가 없었지. 지나치게 예의 바르게 구는 데다 점점 짧아지는 통화가 내심 서운했다고. 하지만 나는 그런 변화가 단지 가수 활동과 사회경험 때문일 거라고 생각하며 애써 마음을 달래 왔단 말이야. 그런데 내가 지금껏 통화해온 상대가 내 딸이 아니었다니."

심란한 얼굴로 그간의 감회를 읊는 윤혜린의 모습을 보니, 그녀가 온갖 역경을 겪는 여주인공으로 나왔던 영화 '별 하나, 별 둘, 그리고 너'의 한 장면이 떠오른다.

그나저나 역시 엄마들의 육감은 속이기 힘든 모양이다. 윤혜린은 전화 통화만으로도 이미 이상한 낌새를 채고 있었다니 말이다.

나의 청순 여신, 혜린님이 혹시 쓰러지기라도 하면 어떡하나 내심 걱정했는데, 그녀는 어느새 울고 있는 주리의 곁으로 다가가 볼을 쓰다듬고 있다.

"그동안 얼마나 힘들었니? 엄마가 널 보고 싶었던 만큼 너도 엄마가 보고 싶었을 텐데…."

이 거짓말 같은 상황을 받아들이기가 쉽지 않을 텐데, 윤혜린은 그동안 딸이 겪어왔을 아픔을 먼저 헤아리며 어루만져주고 있다.

"신라호텔 컨티넨털에서 처음 만났을 때, 직접 만난 적도 없었던 장윤호라는 분에게서 알 수 없는 친근감을 느꼈었어. 나를 쳐다볼 때의 네 눈빛을 나는 알고 있잖아. 처음 만난 사람에게서 바로 그 눈빛을 보았지."

흉한 우거지상을 하고는 꺽꺽 소리 내어 울고 있는 주리를 애틋하게 보듬어 안는 윤혜린.

가슴 절절한 그 장면을 지켜보는 내 눈에도 뜨거운 눈물이 고인다.

'나도 엄마 보고 싶어!'

세인트 레지스 뉴욕 티파니 스위트 다이닝 에어리어에서의 애끓는 모녀 상봉은 그리 길게 이어지진 못했다. 밖으로 나갔던 강석진이 다시 들이닥 쳤기 때문이다.

"일단 숙소로 가있어. 엄마가 곧 따라갈 테니."

아직 상황을 모르는 강석진 앞에서 윤혜린은 아무 일도 없었다는 듯 시치미를 떼며 내게 말했다.

여전히 어깨를 들썩이며 흐느끼고 있는 주리와 눈물을 훔치는 나를 번 갈아 물끄러미 쳐다보던 강석진은 애써 우리를 외면하며 다시 바깥으로 나갔다.

그는 아마도 자신이 가수 활동을 그만두라고 한 것 때문에 우리가 울 고 있는 것이라고 여긴 게 아닌가 싶다.

그나마 다행이었던 점은 윤혜린이 주리를 안고 있을 때 그가 들어오지 않았다는 거다. 강석진의 시각에서 그 장면은 자신의 아내가 외간 남자 를 부둥켜안은 모습으로 보였을 테니 말이다. 그걸 본 강석진이 과연 어 떤 반응을 보였을지는 상상하기도 싫다.

"두 분이 바뀌게 된 정황은 차차 듣도록 할게요. 일단은 상황 수습이 먼 저니까요."

바로 조금 전까지만 해도 나를 딸로서 대하던 윤혜린의 태도가 갑자기 깍듯하게 바뀌니까 어쩐지 서운한 마음이 들었다.

'윤혜린 님이 나를 다시 다정하게 안아줄 일도 이젠 없겠지?'

주리와 나는 더 무거워진 마음으로 티파티 스위트를 나서야 했다. 방문 목적의 절반을 달성하긴 했지만, 결과적으로는 더 큰 부담을 떠안은 셈이 니 말이다.

"정말 나 혼자 뉴욕에 남겨지는 상황이 되면 어떡하지?"

"아마 저희 엄마가 도와주실 거예요. 할아버지 말씀이라면 아빠도 꼼짝 못 하시는데, 그런 할아버지를 엄마가 꽉 잡고 계시거든요."

"만약 그렇게 되면 다행이지만, 뉴욕에 남아서 내가 그 콘스탄머시기라는 학교로 들어가는 일은 상상도 할 수 없어. 심지어 나는 영어도 안 되잖아!"

"유노 쌤이 콘스탄틴으로 들어가 그 내부의 서열 사회와 맞닥뜨리는 장면을 상상하면 좀 웃기긴 하네요."

"넌 이런 상황에도 웃음이 나와?"

말은 그렇게 했지만, 엄마에게 실체를 밝히고 눈물의 상봉을 한 후에 얼굴이 확 밝아진 주리의 모습을 보며 조금은 안도하는 나였다.

"그럼, 《리먼 스콧 쇼》 출연도 물 건너가는 건가?"

나는 오늘밤 핑크 클라우드 멤버들과 함께 미국의 국민 MC 리먼 스콧이 진행하는 생방송 토크쇼에 출연할 예정이었다.

"그래도 어떻게 해서든 그 토크쇼엔 나가야죠. 《더 유니버스》보다 시청층이 더 다양하고 두터워서 미국인들에게 핑크 클라우드를 널리 알릴 수 있는 절호의 기회잖아요."

84. 최고의 위로

    그 자체가 하나의 고귀한 골동품 같은 엘리베이터에서 내려 로비로 들어섰을 때, 벨보이가 다가와 말했다.

"Miss Jury and Mr. Yunho Jang, please follow me."

    벨보이의 뒤를 따라가 보니, 호텔 정문 앞에는 하얀색 링컨 타운 카 스트레치 리무진이 서있었다.

    보통사람들은 결혼할 때 혹은 죽은 다음에야 탈 수 있는 그 차에 올라타면서, 나는 뭔가 기묘한 기분에 사로잡힌다.

    리무진 안에는 강석진이 먼저 타고 있었다. 그는 한 대표처럼 전용 기사 없이 자가운전 하는 재벌로 알려져 있는데, 뉴욕에 와선 아직 본인이 직접 운전할 차를 구하지 못한 모양이었다.

    기억자로 배치된 좌석에 강석진이 뒤를 향하게 앉아있고, 나와 주리는 차문 방향으로 나란히 앉았다. 즉 강석진이 나와 주리의 오른쪽 옆모습을 보고 앉아있는 구도다.

    얼마간의 어색한 침묵이 흐른 후, 마침내 강석진이 입을 연다.

    "한 가지 궁금했던 점이 있어."

    나와 주리는 대답 대신 동시에 강석진 쪽을 바라보았다.

    "《더 유니버스》 방송을 보니 너는 꼭 통역자를 요구하더구나. 왜 그랬던 거냐? 미국에서 중등 교육까지 받은 네가 설마 영어가 딸려서 그랬던 건 아니었을 테고…"

    허를 찌르는 강석진의 날카로운 질문에 나는 그만 숨이 멎는 줄 알았다.

    '뭐라고 대답해야 하지?'

    어안이 벙벙한 상태로 아무 말도 못 하고 있는 나를 대신해 주리가 조심스레 대답한다.

"주리 양은 국제무대에서 떳떳하게 한국말을 쓰길 원했던 겁니다. 자신의 영어 실력을 과시하기보다는, 한국 사람으로서의 당당함을 보이고 싶었던 거예요."

기막힌 선방이다. 강석진은 더 이상 아무것도 묻지 않았다. 주리의 기지 넘치는 대응 덕분에 절체절명의 위기를 무사히 넘길 수 있었던 것이다.

"나는 가는 길에 크라이슬러 빌딩 앞에서 내릴 거야. 이 리무진을 그대로 타고 그리니치 빌리지 숙소로 가서 짐을 챙겨서 곧바로 메디슨 에비뉴 아파트로 가도록 해. 짐을 싣는 건 기사분이 도와주실 거야."

가수 활동을 정지당한 채 뉴욕에 남겨질 위기에 처한 내가 도움을 요청할 상대는 역시 한 대표밖에 없었다.

원래는 오늘 오전에 귀국편을 탈 예정이었던 한 대표는 일정을 하루 연기했다. 강석진을 만나 설득을 시도하기 위해서다.

링컨 타운 카 스트레치 리무진에서 내리니 숙소 건물 앞에 서있는 한 대표가 눈에 들어왔다.

"귀국해서 한시라도 빨리 트라이애슬론 훈련에 복귀해야 했을 텐데, 이렇게 하루가 연기되어버려서 어떻게 해?"

"트라이애슬론 대회도 물론 나에겐 중요하지만, 어디까지나 그건 개인적인 일이야. 내 가수들을 챙기는 일이 나에겐 급선무지."

"그런데 주리 아빠를 설득할 자신이 있어?"

"일단 만나서 부딪혀봐야지. 다행히 석진이가 정면 돌파로 기자들 앞에서 당당하게 대처했던 것이 기자들 사이에선 꽤 좋은 반응을 이끌었던 모양이야."

한 대표의 단단한 미소를 보니 그래도 조금은 내 마음이 놓인다.

그가 강석진을 석진이라고 칭한 사실 역시 뭔가 긍정적 믿음을 준다. 그만큼 강석진과 한준호가 막역한 사이라는 뜻이니까.

아무쪼록 한 대표의 설득이 강석진에게 잘 먹혀들어야 할 텐데…

"본질적인 내용은 사실상 다를 게 없지만, 호의적인 시각으로 쓰인 기사들이 많아지면서, 여론도 좀 돌아선 것 같아. 지극히 소수인 사람들이다는 악성댓글들이 전체 여론에까지 영향을 미친다는 건 참으로 서글픈 현실이 아닐 수 없지만…."

여론이 돌아서고 있다는 한 대표의 말을 듣고, 주리와 나는 각자의 아이폰으로 기사를 검색해본다.

'강석진 S그룹 부회장, 자랑스러운 나의 딸 강주리를 소개합니다'

'강주리, 부모님의 후광 아닌 실력으로 당당히 인정받고 싶었어요'

'강주리, 금수저 향한 편견 싫어 출신 배경 감춰'

기사 제목들만 봐도 이번 이슈를 바라보는 시선이 사뭇 달라진 걸 느낄 수 있었다. 억장을 무너지게 했던 악플도 눈에 띄게 줄었고, 긍정적인 댓글들이 베스트로 선정되어 상단을 차지하고 있었다.

"미안하다, 장윤호 그리고 강주리!"

한 대표는 주리와 내 어깨에 양손을 하나씩 올리며 말했다.

"자네가 왜 또 미안하다고 해?"

"대표라는 작자가 어리석게도 이런 사태의 빌미를 제공했고, 이 지경에 이를 때까지 제대로 손도 못 쓰고 있었잖아!"

진심으로 책임을 통감하는 표정을 짓는 한 대표가 안쓰러워 보이기까지 한다.

"책임감도 지나치면 병이야!"

"맞아요, 대표님. 다 잘될 거니까, 너무 자책하거나 걱정하지 마세요."

나와 주리가 번갈아 한 대표를 다독이다 보니, 내 마음도 덩달아 진정이 되는 것 같다.

그렇게 마음의 안정을 되찾고 나니, 잊고 있던 허기가 한꺼번에 밀려왔다.

'그러고 보니 아침부터 아무것도 못 먹었구나!'

아침에는 연예계중계 게릴라 데이트를 위해 서둘러 타임스퀘어로 가느라 아무것도 못 먹었고, 인터뷰 후엔 바로 주리를 만나 세인트 레지스로

가는 바람에 점심도 먹지 못했다.

아침에 눈 떠서 지금까지 내 입으로 들어간 거라고는 티파니 스위트 다이닝 에어리어에서 윤혜린이 내준 오렌지 쥬스 몇 모금이 전부였다.

"주리야, 나는 지금 몹시 허기가 져있고, 단 것도 필요해!"

내가 주리에게 한 말은 단순히 배가 고프다는 의사 전달이 아닌 절박한 구조 요청이었다.

"그러면 우리 일단 블리커 스트리트로 가요! 파이브가이즈에서 버거로 배를 채운 후에 온갖 달다구리들이 모여 있는 매그놀리아 베이커리로 가면 되겠네요."

그래도 강석진의 명령을 완전히 거역할 수 없었기 때문에, 나는 미리 싸둔 짐을 링컨 타운 카 스트레치 리무진에 실어 어퍼이스트 사이드 메디슨 에비뉴의 아파트로 실어 보냈다.

오늘 저녁 《리먼 스콧 쇼》 생방송 때 입을 의상과 최소한의 짐을 넣은 기내용 사이즈 리모와 하나만 남겼다.

내 짐을 싫은 리무진을 떠나보낸 후, 우리는 주리의 안내에 따라 파이브가이즈로 갔다.

"쉐이크쉑은 이미 드셔보셨으니 오늘 파이브가이즈를 드시면 미국 3대 버거 중 두 개를 섭렵하시는 셈이에요. 불행히도 인앤아웃은 캘리포니아에 가야만 먹을 수 있기 때문에, 어쩔 수 없이 다음을 기약해야겠네요."

모처럼 소환된 가이드 주리를 보니 눈물이 찔끔 날 정도로 반가운 마음이 들었다.

"버지니아를 기반으로 세력을 확장한 파이브가이즈는 버럭 오바마 전 대통령의 최애 버거로 더 유명해졌죠. 뉴욕에서도 이미 쉐이크쉑과 대등한 위상을 차지하고 있어요."

누가 라이벌 아니랄까 봐 쉐이크쉑의 상징 컬러인 녹색과 보색 관계인 빨강으로 뒤덮인 파이브가이즈 매장은 쉐이크쉑보다 미국적인 느낌이 더 강하게 느껴진다.

버거 종류와 사이즈를 선택한 후 토핑을 고르는 주문 방식이었는데, 배가 몹시도 고팠던 나는 패티가 두 개 들어가는 레귤러 사이즈 베이컨 치즈버거에 생양파를 제외한 모든 토핑을 넣어달라고 주문했다.

저녁에 《리먼 스콧 쇼》 생방송에 출연해야 하기 때문에 입에서 양파 냄새가 나면 곤란하다는 생각에서였다.

주문하는 곳 옆에 땅콩을 자유롭게 퍼가는 곳이 있다는 점이 아주 이색적이었다. 아마도 나처럼 버거가 만들어지기 전까지 배고픔을 견디기 힘들어하는 이들을 위한 것인 듯했다.

짠맛이 꽤 강한 땅콩을 스물한 개 정도 까먹었을 무렵, 주문했던 버거가 나왔다.

그런데 내 욕심이 너무 과했나 보다. 생양파를 제외한 모든 토핑을 때려 넣은 베이컨 치즈버거는 그리 조화로운 맛이 아니었다. 주리의 충고대로 가장 기본 토핑인 'All the way'를 주문했어야 하는 건데….

물론 지나친 욕심을 부린 내 탓도 있겠지만, 개인적으로는 재료 각각의 맛이 따로 도는 듯한 파이브가이즈보다는 버거에 딱 필요한 맛만 남겨서 적절하게 밸런싱을 잡은 쉐이크쉑 쪽에 별점을 조금 더 주고 싶다.

시즈닝을 달리 한 감자튀김을 세 개나 시키는 바람에 반도 못 먹고 그대로 남겨야 했다. 이 또한 극심한 허기가 초래한 참극이었다.

파이브가이즈에서 우리는 이미 배가 부를 대로 부른 상태로 나왔지만, 계획했던 대로 매그놀리아 베이커리에도 가기로 했다. 육체적 허기는 이미 채웠지만, 정신적 스트레스를 달래 줄 달콤한 디저트 역시 필요했기 때문이다.

사실 감자튀김을 그렇게 많이 남긴 이유는 후식이 들어갈 뱃속 공간을 조금이라도 남겨놓으려는 심산도 있었다.

매그놀리아 베이커리의 대표 메뉴는 바나나 푸딩과 레드 벨벳 컵케이크라고 했다.

주리는 레드벨벳 컵케이크를, 한 대표는 바나나 푸딩을, 그리고 나는 초코 바나나 푸딩을 시켰다. 사실 난 머리가 땅할 정도로 진한 초콜릿 케이크가 먹고 싶었지만, 적당히 타협점을 찾은 선택이라 할 수 있다.

주리가 시킨 레드벨벳 컵케이크는 좀 난해한 맛이었다. 대체 이게 왜 그렇게 유명하고 인기가 많은지 도통 이해가 안 갔다. 특히 진자주색 빵 부위는 너무 퍽퍽해서 목이 메어왔다.

그런데 한 대표가 주문한 바나나 푸딩은 예상외로 괜찮았다. 커스터드 크림과 바나나 크럼블의 조화는 그야말로 일품이었다.

바나나 푸딩에서 커스터드 크림을 초코 크림으로 대체한 초코 바나나 푸딩은 초콜릿과 바나나가 시너지 효과를 일으키면서 달콤함의 끝을 보여주었다. 순수한 다크 초콜릿 케이크를 원했던 내 입맛에도 꽤 흡족하게 다가왔다.

생양파만 뺀 모든 토핑을 넣은 베이컨 치즈버거와 세 가지 시즈닝의 감자튀김으로 배를 채우고 난 다음 극강의 단맛까지 만끽하고 나니, 세상사 별 거 아닌 것처럼 느껴진다.

지금 당장 서슬 시퍼런 강석진 앞에 가서도 '나는 당신 딸, 강주리가 아니고 장윤호라고 하오!'라고 떳떳하게 말할 수도 있을 것 같은 기분이다.

그렇다고 진짜로 그렇게 하겠다는 얘긴 아니고, 단지 기분이 그렇다는 거다.

2017년 10월 22일 뉴욕시각 PM 07:05.

9시부터 시작되는 《리먼 스콧 쇼》 생방송을 앞두고 헤어와 메이크업을 위해 한 대표가 미리 섭외해놓은 소호의 뷰티샵으로 향했다.

샵에는 이미 핑크 클라우드 멤버들이 먼저 와 있었다.

정화는 벌써 모든 단장을 마친 상태로 패션 잡지를 뒤적거리고 있었고, 유미는 머리에 고정핀을 잔뜩 꽂은 채 메이크업을 받고 있다. 그리고 유진이의 주위에 두 명의 스태프가 달라붙어 머리 손질을 하는 중이다.

그때 누가 뒤에서 팔로 내 목을 휘감는다. 돌아보니 준희다. 미국인 메이크업 아티스트의 솜씨인지 전형적인 교포 스타일의 메이크업을 받은 그녀의 눈매를 보니 피식 웃음이 났다.

"오, 우리 주리 아가씨 오셨어요? 왠지 귀티가 좔좔 흐른다 했더니, 역시나 오리지널 성골이셨어! 주리야, 앞으로 우리 더 친하게 지내자!"

준희의 말은 살짝 비아냥대는 투였지만, 표정에는 따뜻함이 묻어있다.

"강주리, 네가 아무리 재벌 4세 금수저라 해도 우리 팀에선 여전히 막내라는 걸 명심해!"

여전히 톡 쏘는 맛이 있는 유진이의 독설이 희한하게도 오늘은 내게 큰 심리적 위안을 준다.

"우리 핑크 클라우드 멤버들은 대체 출생의 비밀이 왜 이렇게 많은 거니? 뭐, 더 밝힐 건 없어? 누구라도 아직 밝히지 않은 비밀이 있으면, 이 자리에서 얼른 실토해!"

여전히 잡지에 눈을 둔 채 무심한 듯 툭 던진 정화의 뼈있는 멘트마저도 이상하리만치 훈훈하게 느껴진다.

"주리야, 나 메이크업 다 끝났어. 이쪽으로 와서 얼른 메이크업부터 받아."

유미는 아예 이슈에 대해선 아무런 언급조차 없다.

이것저것 묻지도 따지지도 않고, 어제와 다름없이 날 대해주는 멤버들이 그렇게 고마울 수가 없었다.

때론 백 마디 말보다 가만히 곁을 지켜주는 게 최고의 위로가 되는 그런 순간이 있다.

85. 세상의 한복판

◆◆

"한 가지 말씀드릴 게 있어요."

나는 호칭 없이 불쑥 말을 던졌다. 주리의 입장에서 말하는 것이 이미 익숙해질 대로 익숙해졌지만, '언니들'이라는 말은 도저히 입 밖으로 꺼내기 힘들었기 때문이다.

"《리먼 스콧 쇼》에 장윤호 선생님이 통역자로 같이 출연하실 겁니다."

나는 주리에게 미리 물어보지도 않고 그렇게 일방적인 통보를 해버렸다.

멤버들에게 일일이 동의를 구할 필요는 없는 사안이라고 생각했지만, 어느 정도의 반발은 익히 예상했다.

내게 가장 먼저 이의를 제기한 건 예상대로 유진이었다.

"미국 유학생 출신인 너와 네이티브 스피커인 정화 언니가 있는데, 왜 통역이 필요해?"

유진이 내게 던진 의혹은 합당한 것이었다.

아무래도 사실에 근거한 논리만으로는 유진과 다른 멤버들을 납득시키기 힘들 것 같다.

그래서 나는 링컨 리무진 안에서 주리가 강석진에게 늘어놓았던 거짓 해명을 지금 이 상황에 그대로 써먹기로 한다.

"왜냐하면… 우리 핑크 클라우드 멤버들이 미국에서 가장 잘 나가는 토크쇼에 출연해서도, 당당히 한국말을 썼으면 좋겠다는 생각이 들었어요. 그, 그러니까 제 말은… 영어를 못 해서 안 하는 게 아니라, 한국 사람이기 때문에 떳떳하게 한국말을 쓰는 거죠."

워낙 거짓말에 소질이 없는 나는 장황한 횡설수설에 말을 더듬기까지 한다.

"좋은 생각인 것 같아!"

고맙게도 착한 유미는 내 허접한 설명에 긍정적 반응을 보여주었다.

"유노 쌤, 그렇게 구석에서 가만히 계실 때가 아닌 것 같은데요? 어서 이쪽으로 오세요."

머리 손질을 받으려다 말고 벌떡 일어난 유미가 주리의 팔을 끌어 메이크업용 의자에 앉힌다.

"유노 쌤도 여기 앉으셔서 메이크업부터 받으세요. 저희와 같이 출연하시려면 피부 톤도 매끈하게 정리하시고 머리도 멋지게 스타일링 하셔야죠!"

못 이기는 척 앉아서 메이크업을 받기 시작하는 주리의 모습을 보며, 내 안에서 한 가지의 의문이 불쑥 고개를 든다.

'내가 구태여 거짓말을 해가면서까지 주리를 《리먼 스콧 쇼》에 함께 출연시키려는 이유는 뭘까?'

물론 주리와 함께하고 싶은 마음이 그 이유 중 가장 큰 부분일 것이다.

그런데 어쩌면, 내 개인적 욕심이 그 나머지 일부를 차지하고 있을지도 모른다. 미국에서 가장 핫한 토크쇼인 《리먼 스콧 쇼》에 장윤호라는 인물을 노출시키고 싶어 하는 내 욕심 말이다.

2017년 10월 22일 뉴욕시각 PM 08:51.

이제 곧 《리먼 스콧 쇼》 특별생방송이 진행될 센트럴 파크 그레이트 론 야외 무대 뒤편에 강석진이 윤혜린과 함께 모습을 드러냈을 때, 나는 자포자기하는 심정이었다.

'《리먼 스콧 쇼》 출연은 어렵겠구나!'

그런데 잔뜩 위축되어 있던 내 앞으로 다가온 강석진이 꺼낸 말은 다소 의외였다.

"주리, 너 이 녀석! 이왕 이렇게 된 거 세계를 한 번 제대로 뒤흔들어 봐!"

강석진과 불알친구였던 한 대표의 설득 덕분이었을까? 그게 아니면, 윤혜린의 배후조종을 받은 강경모 회장의 명령 때문이었을까?

그 이유를 되물을 수는 없었지만, 어쨌든 강석진이 내린 '가수활동금지령'은 생방송 시작 9분 전에 극적으로 해제되기에 이르렀다.

원래 로스앤젤레스의 한 스튜디오에서 진행되는 《리먼 스콧 쇼》는 오늘만 맨해튼 센트럴 파크 그레이트 론에서 공개 생방송된다.

사실 이 생방송의 메인 게스트는 《더 유니버스》에서 최종 우승한 'Top of the Universe' 팀이다. 그들은 글로벌 유닛으로서의 본격적인 행보를 《리먼 스콧 쇼》를 통해 시작하는 셈이다.

나는 개인 우승자 자격으로 이 프로그램으로부터 출연 요청을 받았다.

그런데 내게 섭외가 왔을 때, 나는 꼭 핑크 클라우드 멤버들과 함께 출연하게 해달라고 고집을 부렸다.

설혹 출연을 못 하게 되더라도 상관없다는 각오로 객기를 부렸는데, 내 억지스런 요구가 실제로 받아들여진 것이다.

"바로 이 무대에서 매년 여름이면 뉴욕 필하모닉 오케스트라의 야외 공연이 펼쳐져요. 제가 맨해튼에 사는 동안은 거의 매년 갔죠. 저희 아빠는 일부러 뉴욕 필하모닉 여름 음악회 일정에 맞춰서 뉴욕 출장 스케줄을 잡기도 하셨어요."

주리는 잠시 후에 내가 오르게 될 무대에 대해 설명하다가는, 추억에 잠긴 듯 아련한 표정이 된다.

"주리야, 넌 기분이 어때?"

"무슨 기분이요?"

"내가 널 통역자로서 《리먼 스콧 쇼》에 함께하자고 멤버들에게 제안을 했지만, 정작 네 의사는 사전에 물어보지 않았던 것 같아서…. 그게 좀 마음에 걸리네. 그래서 이제 와서 네 기분을 묻는 거야, 새삼스럽게 말이야."

"전 아무래도 좋아요."

"그런 대답이 어디 있어?"

"강주리의 영혼으로서는 유노 쌤 그리고 핑크 클라우드 멤버들과 함께할 수 있으니 좋고, 저를 통해 유노 쌤의 이름과 얼굴이 미국 전역의 시청자들에게 노출될 수 있다고 생각하면 그 또한 기쁘거든요."

나는 주리와 내 생각이 서로 같다는 사실에 기쁨과 안도를 느꼈다.

그리고 한편으로는 주리를 통해 장윤호라는 존재를 널리 노출하고 싶었던 내 속마음을 들킨 것만 같아 조금 부끄러워지기도 했다.

나의《더 유니버스》본선 1차 경연곡이었던 에델의 〈When we were young〉으로 오프닝을 열어야 하기 때문에 나는 무대 옆에서 큐 사인을 기다리고 있다.

무대 옆에서 바라본 그레이트론은 그야말로 장관이다. 내 예상보다 훨씬 더 많은 사람들이 넓디넓은 잔디 광장을 가득 메우고 있다.

가족, 친구, 연인 단위의 무리들이 마치 가을 저녁의 피크닉을 즐기듯 편안한 자세로 어우러져 있다.

아예 집에서 가져온 테이블에 술과 음식을 잔뜩 차려놓은 그룹부터, 큰 개 두 마리를 데리고 온 말쑥한 정장 차림의 노부부, 그리고 에이버크롬비 카탈로그에서 막 튀어나온 것 같은 대학생 무리까지….

무대 옆 모퉁이에 몸을 숨긴 채 각양각색의 관람객들을 구경하고 있으려니, 마치 내가 뉴욕의 사랑스러운 속살을 훔쳐보고 있는 것 같은 야릇한 기분에 사로잡혔다.

오프닝을 우승팀인 'Top of the Universe'가 아닌 내가 맡게 된 이유는 나의 인기와 화제성이 우승팀 전원을 합친 것보다 훨씬 더 많기 때문이라는 걸 스크립터 조애니가 살짝 귀띔해준 바 있다.

《더 유니버스》본선에서 내 담당 스크립터였던 조애니는 원래《리먼 스콧 쇼》소속 스크립터라고 했다. 합숙 기간 내내 주리 바라기였던 그녀는 지금도 주리 곁에 바짝 붙어 있다.

길다면 길었고 짧다면 짧았던 음악 생활을 하면서 꽤 다양한 무대를 경험해 봤었지만, 뉴욕 센트럴 파크 야외무대에 선 기분은 정말 남다르다.

끝 간 데 없이 탁 트인 개방감.

내가 마치 지구의 중심에 우뚝 서 있는 것 같은 기분.

이 무대 위에서 내가 제대로 지르기만 한다면, 내 목소리가 아득한 우주 저 끝까지도 닿을 수 있을 것만 같다.

그레이트론을 가득 메운 인파는 어스름 내린 잔디광장을 검푸른 바다처럼 보이게 한다. 스크립터 조애니의 증언에 의하면 오늘 빙칭하리 온 관객이 어림잡아 3만 명에 육박한다고 한다.

"안녕하세요!"

나는 'Good evening!' 대신 '안녕하세요!'라고 인사했다. 내 서툰 영어발음을 감추려는 꼼수가 한국인으로서의 당당함으로 포장되길 바라면서…

강석진으로부터 가수 활동 금지령이 내려졌을 때, 다시는 무대에 설 수 없을지도 모른다고 생각했다. 23년의 세월을 지나 주리의 몸을 통해 돌아온 무대를 영영 밟지 못하게 될까 봐 두려웠다.

그런데 막상 무대에 오른 지금 이 순간에는. 힘겹고 괴로웠던 지난 몇 시간마저도 순도 높은 절실함으로 응축된다.

'무사히 다시 무대에 설 수 있게 해주셔서 감사합니다!'

이 무대에 오르기까지 내가 겪어야 했던 역경의 시간들은 외려 무대의 소중함을 한층 더 일깨워주었고, 이 순간을 감사하는 마음까지 갖게 만든 것이다.

소리가 담기는 음표 하나, 찰나의 숨결이 머무는 쉼표 하나까지도 소중하게 여기리라.

그리고 그 음표와 쉼표 하나하나에 감사의 마음을 담으리라.

"Everybody loves the things to do~"
나는 노래한다.

내 영혼의 울림은 주리의 목소리에 실려 저 멀리 아득한 우주를 향해 퍼져간다.

그리하여 내 노래가 미치는 시공간은 무한대의 영역이 된다.

나는 내가 상상할 수 없을 만큼 많은 사람들과 이 순간을 공유하고 있는 것이다. 바로 내 노래를 통해서 말이다.

"I guess I still care

Do you still care?"

사라지는 순간의 아름다움을 가장 잘 표현할 수 있는 것도 음악이지만, 음악으로 인해 순간은 영원으로 남을 수 있다.

내 노래가 전해지는 수많은 사람들의 가슴 속에도 이 순간의 아름다움이 영원히 남겨질 수 있을까?

적어도 내 가슴속에선 그럴 것이다.

"When we were young

When we were young~."

관중의 바다는 리듬에 맞춰 좌우로 넘실거린다.

3만에 이르는 사람들이 입을 모아 떼창을 하는 바람에, 악보에는 없던 코러스 파트가 즉석에서 만들어지고 있다.

그 어마어마한 규모의 코러스에 압도당하지 않기 위해선, 자연적으로 내 보컬에도 힘이 더 실릴 수밖에 없다.

경연 때보다 훨씬 더 힘주어 부른 나머지 내 목소리가 너무 격앙된 게 아닌가 염려되기도 한다.

하지만, 소리가 사방으로 퍼지는 야외무대의 특성상 다소간의 오버도 나쁘지만은 않을 것 같다.

"It was just like a movie

It was just like a song

When we were young~."

가슴 절절한 클라이맥스 후에 이어지는 담담한 마지막 읊조림과 함께 노래는 끝을 맺는다.

찰나의 정적 후, 열렬한 박수와 환호가 만들어낸 웅대한 파도가 내게로 밀려온다.

그런데 그 거센 호응의 파도에 의해 나를 둘러싸고 있던 방호벽이 와르르 무너진 모양이다.

나 스스로가 둘러쳐놓았던 그 벽이 허물어지면서, 세상과 나 사이의 경계가 갑자기 사라져버린다.

지금 내 귀에 들리는 건 눈에 보이는 뉴요커 관중들의 박수갈채만이 아니다.

보이지 않는 미 전역 시청자들이 보내는 반응까지 내 귓가에 환청처럼 들려온다.

이제야 비로소 세상으로부터 진정한 응답을 받은 것 같다고 할까?

감동의 파도를 맞으며 양팔을 쫙 펼친 내가 서 있는 이곳은 분명 세상 속이다. 그것도 세상의 한복판이다.

"This is Jury Kang!"

리먼 스콧이 따뜻한 인간미 넘치는 목소리로 그렇게 외쳤을 때, 나는 여전히 두 팔을 벌린 채 세상과의 교감에 흠뻑 빠져있는 상태였다.

서서히 현실감이 회복되고 나니 내 두 볼에 흘러내리고 있는 뜨거운 물줄기가 감지된다.

사실 나는 이 무대를 '부담과 긴장이 없는 갈라 쇼' 정도로 가볍게 생각했었다. 나 스스로가 이 무대로부터 이렇게 깊고 진한 감동을 받으리라고는 미처 예상치 못했던 것이다.

오프닝 무대 후 통역자 주리를 대동한 인터뷰가 한창 진행되는 도중, 리먼 스콧이 내게 말했다. 나를 위해 출연을 자청한 특별 게스트가 있다고 말이다.

나는 당연히 그 게스트가 핑크 클라우드 멤버들을 칭하는 건 줄 알았다.

그런데 리먼 스콧의 부름을 받고 무대에 모습을 드러낸 사람은 다름 아닌 강석진이었다.

나는 순간 긴장하지 않을 수 없었다.

'강석진이⋯ 대체 무슨 말을 하려고 이 생방송 무대에 나타난 거지?'

86. 주객전도

◆◆

　나는 일시에 밀려드는 복잡 미묘한 감정을 억누른 채 일단 강석진에게로 다가가 가벼운 포옹을 했다. 그게 부녀 관계로선 자연스러워 보일 것 같았기 때문이다.

　사실 《리먼 스콧 쇼》의 입장에서도 강석진의 자진 출연은 마다할 이유가 없었을 것이다. 강주리라는 인물과 부녀 관계라는 걸 떠나서, 세계 100대 기업 안에 드는 글로벌 기업의 차기 총수가 미국의 토크쇼에 출연한다는 것만으로도 충분히 큰 화제를 불러 모을만하니까.

　"한국 사람으로서의 당당한 모습을 보이고 싶다는 제 딸의 뜻을 벤치마킹하여, 저도 한국말로 인터뷰하겠습니다. 제 영어 발음이 후져서 한국말로 하는 건 절대 아닙니다."

　인터뷰 초입부터 의외의 유머까지 시도하려는 걸 보면, 강석진도 방송 욕심 좀 있는 사람임이 확실하다.

　어쨌든 강석진이 한국말로 말했기 때문에, 자연스럽게 통역은 주리가 맡게 되었다. 물론 본인의 말을 통역해주는 사람이 바로 자기 딸이라는 사실을 그는 아직 모르고 있다.

　"어린 시절의 저는 공상을 좋아하는 소년이었습니다. 저와 가까이 있는 사람들은 죄다 어른들뿐이었어요. 제가 만날 수 있는 친구도 제한적이었고, 형제도 없었죠. 그래서 저는 아침에 일어나서 저녁에 잠자리에 들 때까지 내내 사람들에게 둘러싸여 지내면서도, 늘 외로움을 느끼며 자라야 했습니다."

　아빠의 입에서 나온 한국말을 차근차근히 영어로 통역하는 주리의 표정을 보아하니, 그녀 역시 처음 듣는 얘기가 아닐까 싶다.

　"저는 별다른 사고를 치지 않고 무사히 어른이 되었어요. 겉으로 보기엔 별 말썽을 피우지 않는 모범생처럼 보였을 겁니다. 대학생 때까진 제 친구들은 절 강 선비라고 부를 정도였으니까요."

웬 뜬금없는 옛날이야기? 대체 무슨 얘길 하려고 저러는 건지….

"말썽을 부리지 않았던 대신, 제겐 투지와 야망도 없었어요. 초등학교 때 시작한 동서양의 인문학을 시작으로 중학교 때부터 본격적인 경영 수업이란 걸 받아왔지만, 저는 제 스스로가 거대한 기업을 다스릴 수 있는 재목이 아닌 것 같았습니다. 단지 오너의 자손이라는 이유만으로 기업을 세습 받아야 한다는 사실에 대해서도 회의적이었죠."

그런데 주리 아빠, 강석진 부회장님은 혹시 여기가 무슨 회사 창립 기념 파티 같은 자리인 줄 아시나?

미 전역으로 생방송되고 있는 연예 토크쇼에서 한 기업인의 성장 스토리를 주저리주저리 늘어놓는 그의 모습에 내 손발이 다 오그라들 지경이다.

"그렇게 열정 없는 공상가였던 저를 각성시킨 건 바로 지금의 제 아내인 윤혜린 씨입니다. 우연히 찾게 된 CF 촬영장에서 그녀를 처음 봤을 때, 저는 태어나서 처음으로 포부라는 걸 갖게 되었습니다. 그녀 앞에서 능력 있는 남자가 되고 싶었죠. 다행히 저에겐 제가 마음먹고 노력만 하면 얼마든지 능력을 마음껏 발휘할 수 있는 환경이 주어져 있었습니다."

성장 스토리도 모자라 이제 러브 스토리까지 늘어놓을 모양이다.

도대체 강석진 당신이 궁극적으로 하고 싶은 말이 뭐냐고?

"바로 그녀로 인해서 저는 제게 이미 주어진 것들에 대해 감사할 줄 알게 된 것입니다. 그리고 바로 그 순간부터 전 더 능력 있고 훌륭한 사람이 되기 위해 노력하기 시작했습니다. 그리고 제게 이미 주어진 것들을 뛰어넘어 그 이상을 이루고 싶다는 투지도 갖게 되었죠."

"Was there any opposition from your father?"

강석진의 사설이 지나치게 길어지고 있음에도 리민 스콧은 그를 제지하지 않고, 도리어 부가 질문까지 던졌다.

"아버지의 반대가 왜 없었겠습니까? 저는 저희 아버지, 강경모 회장님과 딜을 했습니다. 저는 아버지에게 제안했습니다. 윤혜린 씨와의 결혼을 허락해주면 회사의 밑바닥부터 시작해서 차근차근 경영 수업을 밟아가겠다고 말입니다. 아직 윤혜린씨에겐 청혼도 안 한 상태에서 말입니다. 그런데 다행히 저희 아버지는 저의 제안을 흔쾌히 받아주셨습니다."

사실 이 부분에서는 약간 '심쿵' 했다. 뭔가 재벌 3세 답지 않은 순수함, 사랑에 대한 거침없고 순수한 열정 같은 게 느껴졌다고 할까?

샌님처럼 보이는 강석진에게 의외의 사랑꾼 기질이 있을지도 모른다는 내 추측이 어느 정도 맞아떨어지는 것 같다.

"그렇게 해서 저는 윤혜린과 결혼을 했고, 곧이어 저의 소중한 딸 강주리를 얻었습니다. 제 아내가 저로 하여금 더 나은 사람이 되고 싶게 만드는 사람이라면, 제 딸은 또 다른 나라고 할 수 있습니다."

그러니까 강석진은 결국 자신의 딸, 강주리에 대한 얘기를 하려고 그렇게 장황한 사설을 늘어놓았던 거구나.

이제야 그가 무엇을 말하고 싶었던 건지 감이 잡히기 시작했다.

"제 딸 주리가 또 다른 나라는 건, 주리를 위해서라면 내 모든 걸 다 바칠 수 있다는 의미입니다. 하지만 그렇게 제 딸과 저 자신을 동일시해온 것이 꼭 좋은 의미였던 것만은 아닌 것 같습니다."

지나칠 정도로 진지한 표정의 강석진이 내 쪽을 슬쩍 한 번 돌아본다. 갑자기 그와 눈이 마주쳐서 흠칫한 나는 어떤 표정을 지어야 할지 몰라 고개를 숙였다.

"너무 저 자신의 범주 안에 제 딸을 가둬왔던 건 결코 바람직했다고 할 수 없죠. 그리하여 주리는 아빠가 쳐놓은 울타리 안에 갇혀 살아야 했었습니다. 어린 시절의 저처럼 말이죠."

나는 강석진의 장황한 발언을 영어로 통역하느라 입을 바쁘게 움직이고 있는 주리 쪽을 바라보았다.

강석진의 진심이 드러날수록 주리의 감정이 점점 동요하고 있다는 게 표정에서 드러난다.

"불과 몇 시간 전에 저는 제 딸에게 가수를 그만두라는 명령을 내렸습니다. 딸의 의지와는 상관없이 제 독단적인 생각과 결정만으로 말입니다."

이 대목을 통역하는 주리의 목소리가 약간 떨리는 게 느껴진다. 저러다 주리가 울음이라도 터뜨리면 정말 큰일인데…

"무대 위에서 저토록 밝게 빛나는 저 아이로부터 빛을 거둬버리려고 했던 저 자신이 부끄럽습니다. 제가 주리를 또 다른 나로 생각한다고 해서, 제 딸로 하여금 저와 똑같은 인생을 살라고 강요할 권한은 제게 없습니다. 지금 제가 할 수 있는 일은 그냥 관객석에서 앉아 제 딸 주리를 힘차게 응원하는 것뿐입니다!"

다음 순간, 통역을 하기 위해 마이크를 든 주리는 끝내 울음을 터뜨리고 만다.

미국 영토 안에서만 수천만 명이 실시간으로 시청하고 있는《리먼 스콧 쇼》특별 생방송 도중에, 40대 아재 모습을 한 통역자가 갑자기 울음을 터뜨리는 장면이 그대로 온에어 되고 만 것이다.

난데없이 통역자가 울음을 터뜨려버리는 초유의 사태는 중간광고가 나가면서 그럭저럭 무사히 넘어갔다.

강석진의 멘트가 예상 외로 길어지면서 광고가 나갈 타이밍을 못 잡고 있던 제작진은 주리의 울음이 터진 순간 재빨리 광고를 내보낸 것이다.

"제 말이 그렇게 감동적이었나요, 장윤호 선생님?"

혹시 강석진이 이 상황을 이상하게 받아들이면 어쩌나 걱정했는데, 그는 오히려 자신의 멘트가 통역자를 울리기까지 했다는 사실에 사뭇 고무된 듯 보였다.

광고가 나가는 동안에도 여전히 자신만의 감정에 도취된 강석진의 표정을 보며, 나는 속으로 웃음을 참느라 혼났다.

《리먼 스콧 쇼》특별 생방송 편성에 할애된 시간은 중간 광고시간을 포함해서 70분이었다.

그런데 나의 오프닝 무대 후에 강석진이 등장해서 일장 연설을 하는 바람에 무려 25분이 훌쩍 지나가버렸고, 곧이어 핑크 클라우드가 나와서 인터뷰와 〈핑키 윙키〉 무대까지 내리 20분을 써버렸다.

우리가 쓴 45분에다 중간광고 시간까지 빼고 나니, 정작 우승팀인 Top of the Universe의 방송분량은 20분도 채 되지 않았다.

졸지에 주객이 전도되어버린 상황에 대해 상대팀에서 아무런 반발도 없었던 이유는 그 팀에서 영어로 항의할 만한 사람이 없었기 때문이다.

독일, 케냐, 사모아, 중국, 브라질, 그렇게 5개국에서 모인 멤버들은 모두 영어 인터뷰가 가능하다고 해서 제작진 측에서는 따로 통역자를 준비하지 않았다고 했다.

그런데 막상 인터뷰를 진행해보니 그들의 영어 실력은 그리 신통치 않았다. 멘토인 존 마이어는 방송에 불참했고, 멤버 중에서 그나마 그중에서 영어를 가장 잘하는 독일의 카를린 밀러도 영어로 따질 정도의 실력에는 미치지 못했던 것이다.

그들에겐 좀 미안하게 되었지만, 생방송이라 무를 수도 없는 일이었다.

'바로 이런 게 생방송의 묘미 아니겠어?'

그래도 그들의 우승곡 〈Rehab〉 무대는 다시 봐도 정말 좋았다.

몇 억 년 전의 지구는 하나의 대륙으로 뭉쳐져 있었다는 판게아 이론을, 이들은 놀랍도록 조화로운 퍼포먼스를 통해 증명해냈다고 할까?

'그러고 보니 결국 베네핏이 빵점이었던 팀이 우승했네!'

이 팀에는 본선 1차 경연에서 베네핏을 챙길 수 있었던 5위권 내 참가자가 아무도 없어서 팀 베네핏을 전혀 받지 못했었다. 그런데도 이 팀이 최종 우승을 거머쥔 것이다.

2차 경연 팀 멤버 선택 때 머릿속으로 열심히 팀 베네핏을 계산하며 심각한 갈등에 빠졌었던 그 순간이 떠오르면서, 피식 웃음이 났다.

실시간 인터넷 투표에서 중국 네티즌들이 매크로 조작을 했다는 정황이 드러난 건 여전히 석연치 않은 의혹을 남기고 있다.

일각에서는 《더 유니버스》 결과 불복의 목소리가 높아지고 있다. 'TOU 팀 우승 박탈'에 대한 백악관 청원이 하루 만에 320만 명을 넘겼다고 한다.

하지만 나는 이미 시위를 떠난 화살에 미련을 두고 싶지 않다. 내가 팀 최종우승에 목숨을 걸었던 것도 아니었고, 지금 내가 애를 쓴다고 당장 결과가 바뀌는 것도 아니니까. 그리고 결과와 상관없이, 나는 내가 가야 할 길을 알고 있으니 말이다.

'You made it!'

《리먼 스콧 쇼》 특별 생방송을 무사히 끝마친 후에 나는 스스로에게 그렇게 외쳤다. 모두 72가지 품목이 든 여행가방 두 개를 끌고 입성했던 뉴욕 미션이 이제야 끝났다는 실감이 난 것이다.

방송을 끝내고 무대에서 내려왔을 때, 일행들 사이에 한 대표가 보이지 않았다. 그래서 혹시나 하고 전화기를 들여다봤더니 카톡 메시지 하나가 남겨져 있었다.

[핑크 클라우드 무대까지만 보고 나는 JFK 공항으로 간다.

원래는 비행기표를 내일 오전으로 연기를 했는데, 한나절이라도 빨리 가는 게 나을 것 같아서 그냥 밤에 떠나는 비행기로 바꿨어. 돌아가서 처리해야 할 일들이 많거든. 그리고 뉴욕 상황은 어느 정도 마무리 되었으니 말이야.

생방송 끝날 때까지 있어주지 못해 미안해.

그런데 자네, 오늘 무대 위에서 제대로 필 받았던데?

정말 대단했어!]

마치 음성 지원이 되는 것 같은 그의 메시지를 읽으며 삥싯 웃음을 떠올리면서도, 나는 왠지 마음이 짠해졌다. 너무 믿음직스러워서 늘 의지하고 있지만, 항상 혼자서 고군분투하는 한 대표의 고단함이 그대로 느껴지는 것 같았기 때문이다.

87. 후폭풍

◆◆

"전에 집안일 봐주던 메이드가 아까 출근해서 아파트를 청소해놓았을 거야. 요리도 부탁해 놓았으니 멤버들과 함께 가서 먹도록 해."

이미 내 정체를 알게 된 윤혜린으로선 다른 사람들 앞에서 여전히 나를 딸로 대해야 하는 것이 거북할 텐데도, 역시 연기자 출신이라 그런지 전혀 어색함이 없다.

센트럴 파크를 빠져나와 파크 에비뉴와 57번 스트리트가 만나는 지점에서, 우리 일행은 두 방향으로 갈라졌다.

윤혜린⬚강석진 부부는 대기 중이었던 링컨 타운 카 스트레치 리무진을 타고 세인트 레지스로 갔고, 나는 핑크 클라우드 멤버들 그리고 주리와 함께 걸어서 메디슨 에비뉴로 향했다.

주리네 뉴욕 집은 내가 1차 경연 때 신세를 졌던 스테파니의 아파트와 같은 블럭에 위치하고 있었다.

그런데 주리는 이 동네에서 지낸 며칠 동안 단 한 번도 언급한 적이 없다. 그때 우리가 머물렀던 숙소와 불과 20m도 안 되는 거리에 가족 소유의 아파트가 있다는 사실을 말이다.

어쩌면 일부러 말하지 않았던 것인지도 모르겠다. 아무리 본인에겐 소소한 가정사에 불과한 이야기라 해도, 듣는 쪽에선 그걸 자랑으로 받아들일 수도 있는 문제니까.

재벌을 향한 시선이 결코 곱지만은 않은 사회적 분위기 속에서 주리는 어렸을 때부터 말과 행동을 삼가는 습성이 몸에 배지 않았을까? 특히 집안 문제나 물질적인 부분에 대해선 극도로 말을 아껴왔을 게 분명하다.

비둘기색 테일 코트를 말끔하게 차려입은 미중년 도어맨이 내게 반갑게 인사한다. 아마 그는 내 얼굴을 아는 모양이다. 나는 한 템포 늦게 밝은 미소를 급조해낸다.

멤버들에게도 차례로 깍듯이 인사하는 도어맨을 보고 있으려니, 자연스럽게 스테파니 아파트 건물의 여성 도어맨 카타르지나가 떠오른다.

내일은 카타르지나에게 인사라도 하러 가야겠다. 그리고 그리니치 빌리지까지 한식 도시락 배달을 와줬던 미라 씨에게 작은 선물이라도 사다줘야겠다.

주리네 아파트는 12층 건물 꼭대기 층 전체를 사용하는 복층 구조의 펜트하우스였다.

고풍스러운 건물 외관과는 달리 내부는 초현대식 인테리어로 꾸며져 있었다. 집 전체가 어느 럭셔리 브랜드의 플래그쉽 스토어 같은 느낌.

어느 구석 하나 멋지지 않은 공간이 없었는데, 그중에서도 가장 압권이라 할 만한 것은 인피니티 풀과 대형 자쿠지까지 갖춘 루프탑 테라스였다.

"사실 난 뒷풀이하러 클럽이라도 가자고 하려 했는데, 맨해튼에서 여기보다 더 좋은 분위기의 클럽을 찾기 힘들 것 같은데?"

어느새 풀 사이드에 놓인 선 베드에 덜렁 드러누운 정화가 말했다.

"어차피 우리에겐 미성년자 두 명이 있어서 클럽엔 갈 수가 없어. 그냥 여기서 파티하면 되겠네!"

모처럼 얼굴에 함박꽃이 핀 유미가 신나는 표정으로 정화의 말을 받아쳤다.

"어머, 물이 따뜻해!"

인피니티 풀에 손을 담가 본 유진이 그렇게 외치자, 세 소녀가 일제히 그리로 다가간다.

손으로 서로에게 물을 튀기며 깔깔거리는 네 소녀를 바라보며 싱긋 웃는 주리. 그리고 그 모든 광경을 흐뭇하게 바라보고 있는 나.

이 소녀들과 함께 하는 지금 이 순간을 슬로우 모션처럼 천천히 지나가게 할 수는 없을까? 아니면 순간 멈춤 기능이라도 걸어놓고, 잠시 머물다

갔으면 좋겠다.

하지만 멈추거나 되돌릴 수 없기에 그 순간이 더욱 소중하고, 영원한 것이 없기 때문에 우린 사랑해야 한다. 순간을 영원처럼 간직할 수 있는 방법은 사랑밖엔 없기 때문이다.

이 순간을 사랑하고, 이 소녀들을 사랑하고, 나 자신을 사랑하고, 나 자신과도 같은 주리를 사랑해야지!

"나 얼른 수영복으로 갈아입고 올래!"

준희가 그렇게 외치자 유진이 맞장구친다.

"나도!"

정화와 유미까지 동조한다.

"좋아, 좋아!"

"나도, 나도!"

순식간에 한마음 한뜻이 된 소녀들.

"주리야, 뭐해? 얼른 가서, 수영복 갈아입고 오자!"

급기야 준희는 내 손을 잡아끈다.

'내가 주리의 몸으로 이 소녀들과 함께 수영복 파티를 한다고? 이건 과연 축복일까? 아니면 재앙일까?'

2017년 10월 23일 뉴욕시각 AM 10:09.

《리먼 스콧 쇼》특별 생방송의 후폭풍은 엄청났다.

"뉴욕타임즈, 워싱턴포스트, 월스트리트저널, 블룸버그, 파이낸셜타임즈, 로이터, 러시아투데이, 조선일보, 동아일보, 중앙일보, 연합뉴스, 아사히신문, 요미우리신문, 마이니치신문, 닛케이넷, 인민일보, 차이나이코노믹넷, 요르단타임즈, 예루살렘포스트, 알자지라, 마안뉴스에이전시, 아프리카뉴스온라인, 시드니모닝헤럴드…"

주리는 밑도 끝도 없이 각국의 유력 일간지 리스트를 쭉 읊어댄다.

"지금 뭐하는 거야?"

"제가 방금 나열한 리스트는 아빠와 제 사진을 신문 1면에 실은 일간지 목록이에요."

"맙소사, 그걸 언제 다 찾아냈어?"

나는 주리의 발 빠른 정보 캐치 능력에 다시 한 번 감복했다.

이럴 때 보면, 주리의 근성과 자질은 가수보다는 오히려 경영인에 더 적합하지 않을까 하는 생각이 들기도 한다.

"암튼 이번에 너희 아빠가 제대로 한 방 날려주셨다!"

주리 아빠, 강석진 부회장의 깜짝 출연은 한꺼번에 여러 가지 효과를 낳았다.

우선 《리먼 스콧 쇼》는 신문 연예면뿐만 아니라 경제면까지 이슈를 뿌리는 높은 화제성을 거두는 데 성공했다.

그리고 강석진 부회장과 S그룹은 돈 한 푼 들이지 않고 전 세계에 기업을 대대적으로 홍보하는 효과를 거둔 셈이다.

강석진에게 밀려 상대적으로 존재감이 좀 약해지긴 했지만, 핑크 클라우드 역시 지구촌 구석구석, 심지어 연예계에 관심 없는 사람들에게까지 인지도를 높일 수 있었던 것만은 사실이다.

여태껏 들어본 적도 없는 나라의 해외 토픽 기사에까지 핑크 클라우드 이름이 거론될 정도였으니 말이다.

"그런데 주리야, 한 가지 궁금했던 점이 있어."

"뭔데요?"

"넌 왜 가수가 되고 싶었어?"

뉴욕으로 출장 왔던 한 대표가 5번가 애플스토어에서 기가 막히게 예쁜 한국인 여학생을 발견하고는 걸그룹 데뷔 권유를 했는데, 나중에 알고 보니 친구 딸인 데다 아주 대단한 집안의 자제더라는 썰은 익히 들은 바 있다.

하지만 재벌가의 딸이 길거리 캐스팅에 응했다는 것도 신기하고, 아버지의 반대를 무릅쓰고 다니던 학교를 그만두면서까지 걸그룹 데뷔를 강행하게 된 배경이 궁금했던 것이다.

"Good will!"

두 단어를 또렷하게 발음하는 주리의 눈빛이 반짝 빛난다.

"굿윌의 사전적 의미는 선의, 호의, 친절 등이지만, 한 기업이 동종업계의 다른 기업들에 비하여 초과수익력을 갖는 배타적 권리, 즉 기업의 수익력에 유리한 요소로 작용하는 무형자산을 의미하는 경영용어이기도 해요. 경영자의 개성과 명성, 사업 관계, 장소, 우수한 경영, 좋은 노사관계, 작업능률 등이 모두 굿윌이라는 용어에 포괄될 수 있죠."

미처 다 알아들을 수 없는 말을 늘어놓는 주리를 바라보며 눈만 껌뻑거리고 있는 내 모습이 좀 멍청하게 보일까 봐, 나는 자세를 고쳐 앉았다.

"저는 저 자체가 굿윌을 가진 사람이 되고 싶었어요. 아이돌 스타는 비단 10대들뿐만 아니라 폭넓은 연령층에 막대한 영향력을 끼칠 수 있는 사람들이잖아요. 집안의 후광이 아닌, 저 스스로의 노력으로 저만의 힘을 갖고 싶었어요. 그리고 그렇게 해서 얻은 힘을 좋은 방향으로 쓰고 싶었던 거예요."

나는 'good will'이라는 말이 주는 어감이 참 맘에 들었다.

주리의 설명을 한 번에 다 알아듣지 못한 나는 주리 몰래 아이폰으로 'good will'을 검색해보았다.

나는 그 은밀한 검색 행위를 통해, 칸트의 형이상학에도 good will, 즉 선의지라는 용어가 나온다는 사실을 알게 되었다.

내가 찾아낸 굿윌의 철학적 정의는 다음과 같다.

'이 세계 내에서, 아니 이 세계 밖에서조차도 유일하게 그 자체로 제한 없이 선하다고 생각될 수 있는 것.'

아무런 의심 없이 믿고 따를 수 있는 절대선이라….

지금 내가 믿고 따르는 절대선이 있다면, 그것은 바로 주리이다. 그리고 내가 주리를 믿고 의지하는 마음은 갈수록 더 커지고 있다.

그러니까 현재의 나에겐 주리는 곧 '선의지'이고 '굿월'이란 뜻이다.

'강주리, 당신을 오늘부로 나의 굿월 여신으로 임명합니다!'

🎧

2017년 10월 23일 뉴욕시각 AM 11:58.

저녁 비행기로 뉴욕을 떠나기 전 마지막 점심 식사를 앞두고 핑크 클라우드 멤버들 사이에서 내분이 일어나고 있다.

분쟁의 이유는 다름 아닌 점심메뉴 선정 문제이다.

"그래도 미국의 대표 메뉴라면 버거 아니겠어?"

"그래도 쉐이크쉑은 한국에도 들어와 있잖아."

"서울 강남역 지점에서 먹는 거랑 뉴욕 본점에서 먹는 거랑 기분이 다르단 말이야!"

"그래도 뉴욕에서의 마지막 식사인데 제대로 된 프렌치 정찬을 먹자고!"

"여긴 프랑스도 아니고 미국인데 왜 프렌치 음식을 먹어?"

메디슨 스퀘어 파크 입구에 서서 쉐이크쉑으로 가자는 유진과 일레븐 메디슨 파크로 가자는 준희가 실랑이를 벌이고 있다. 서로 쿵짝이 잘 맞는 편이었던 두 사람은 오늘따라 의견 대립을 보이며 대치 중이다. 둘은 한 치도 물러날 용의가 없어 보인다.

"일레븐 메디슨 파크는 예약하기도 어려운 식당이야. 마침 캔슬된 테이블이 있어서 어렵게 자리가 난 건데, 그냥 일레븐으로 가자!"

현지 사정에 밝은 정화가 일레븐 메디슨 파크가 아무 때나 갈 수 없는 식당이라는 점을 강조하며 준희 편을 들었다.

"그런데 그 레스토랑은 인간적으로 너무 비싸잖아. 다섯 명이 거기서 식사하려면 1,000달러가 훌쩍 넘어갈 텐데, 그걸 대표님 카드로 어떻게 결제하니?"

유미는 역시 리더답게 좀 더 현실적인 이유를 들어 유진이 편에 섰다.

양측이 2대2로 팽팽하게 맞선 상태에서 모두의 눈길이 내게로 쏠렸다. 나는 결국 내 선택 하나에 따라 점심 메뉴가 결정되어버리는 난처한 국면에 직면한 것이다.

어느 한쪽으로부터 인심을 잃지 않으면서 양쪽을 모두 만족시킬 수 있는 좋은 방법은 없을까? 그야말로 솔로몬의 지혜가 필요한 순간이다.

이럴 때 주리라도 옆에 있다면 그녀가 시키는 대로 하면 될 텐데, 주리는 현재 윤혜린을 만나러 세인트 레지스 근처로 가있는 상태란 말이다.

"그럼, 이렇게 하면 어떨까?"

나는 고심 끝에 조심스럽게 입을 열었다.

"일레븐 메디슨 파크는 이미 예약이 되어있어서 이제 와서 예약을 파기하면 노쇼나 다름없게 되는 거니까, 일단 그쪽으로 가서 식사를 하자! 대신 밥값은 내가 결제하는 걸로 할게. 먼 뉴욕까지 응원 와준 것에 대한 감사의 표시로 말이야."

내가 결제를 하겠다는 말에 혹시라도 멤버들이 부담을 느낄까 봐, 나는 어젯밤 강석진으로부터 넘겨받은 아메리칸 익스프레스 블랙 카드를 지갑에서 꺼내 흔들어 보이며 첨언했다.

"아버지 카드 찬스를 쓸 거니까 너무 미안해 할 필요는 없어."

준희와 정화는 쾌재를 불렀고, 비싼 밥값을 염려하던 유미도 표정을 누그러뜨렸다.

한 대표의 현대카드 블랙보다 더 센 강석진의 아멕스 블랙 앞에서 돈 걱정 따위는 무색해졌으리라.

"그리고 식사를 마친 후에 메디슨 스퀘어 파크에서 시간을 좀 보내다가 간식으로 쉐이크쉑 버거를 먹은 후에 공항으로 가면 어떨까?"

여전히 마음을 돌리지 못한 유진까지 마저 포섭하기 위해 내가 선택한 입장은 결국 둘 다 먹자는 의견이었다.

"그래, 둘 다 먹자! 인생 뭐 있어? 먹다 죽은 귀신은 때깔도 좋다잖아."

정화가 교포 발음으로 읊는 한국 속담은 항상 폭소를 유발한다. 정화가 출연 중인 토크 예능《힐링포차》에서 자주 볼 수 있는 웃음 포인트이기도 하다.

"그래, 그러자! 한국 돌아가면 다시 빡세게 다이어트 해야 할 텐데, 가기 전에 먹고 싶은 거 다 먹고 가자고."

유진이도 마침내 뜻을 굽혔다. 유진의 얼굴에 희미하게 떠오른 미소를 보고 나서야 나는 비로소 안도할 수 있었다.

88. JFK 공항 가는 옐로우캡 안에서

◆◆

2017년 10월 23일 뉴욕시각 PM 03:45.

일레븐 메디슨 파크의 테이스팅 코스에 장장 3시간이 소요되는 바람에 쉐이크쉑에서 버거까지 먹을 시간적 여유가 없었다. 오후 6시 55분 비행기에 맞춰 여유 있게 공항에 도착하려면, 늦어도 4시 전까지는 맨해튼을 떠나야 했기 때문이다.

하지만 정작 3시간의 식사를 마친 후에 가장 만족스러운 표정을 보인 사람은 바로 유진이었다.

"쉐이크쉑은 포장해서 공항 가서 먹을까?"

유진의 마음에 혹시라도 아쉬움이 남아 있을까 봐, 나는 그녀에게 그렇게 물어보았다.

"아냐, 쉐이크쉑 본점 앞에서 사진 찍은 것만으로도 충분해."

어쩌면 유진이도 유미처럼 비싼 밥값에 대한 염려 때문에 쉐이크쉑에 가자고 고집을 부렸던 건지도 모르겠다. 대놓고 착한 티는 못 내도, 알고 보면 착한 유진이니까.

윤혜린을 만나고 온 주리까지 합류해서 총 여섯 명이 된 일행은 택시 세 대에 나눠 타고 JFK공항으로 향했다.

짐들은 이미 링컨 타운 카 리무진에 실어서 공항으로 보내둔 상태였기 때문에, 우리는 몸만 이동하면 된다.

정화가 우버 앱을 통해 호출한 택시 중 가장 먼저 온 택시에 유미와 유진이 탔고, 뒤이어 도착한 택시에 나와 주리가 탔다. 다음 택시에는 정화와 준희가 탈 것이다.

운전석과 분리된 택시 뒷자리에 모처럼 주리와 단둘이 앉으니 참 좋다.

내 몸의 모든 숨구멍이 확 열리면서 신선한 공기가 체내로 일시에 유입되는 듯한 기분이랄까?

"오랜만에 모녀간에 회포는 좀 풀었어?"

"네."

주리는 뭔가 오래 묵은 응어리가 다 풀린 것 같은 얼굴로 활짝 웃었다.

"어디서 만났어?"

"엄마와 자주 가던 버그도프 굿맨 백화점의 BG 레스토랑이요. 거기서 같이 브런치 먹으며 수다 떨다가 왔어요."

"시간이 짧아서 아쉬웠겠네."

"맞아요. 헤어져서 돌아오는데 또 눈물 날 뻔했어요. 같이 쇼핑까지 했으면 더 좋았을 텐데."

"어머님은 언제 귀국하신대?"

"아빠의 뉴욕 업무가 아직 끝나지 않아서 며칠 더 계실 건가 봐요."

"아차, 카타르지나와 미라 씨에게 작별인사하고 온다는 걸 깜빡했네!"

"미국 활동 스케줄이 결정되면 어차피 다시 와야 하잖아요. 그때 인사하러 가면 되죠."

"그래, 곧 다시 만날 수 있겠지?"

"우리는 만날 때에 떠날 것을 염려하는 것과 같이 떠날 때에 다시 만날 것을 믿습니다."

"넌 미국에서 공부했다면서 어떻게 그런 시구까지 외우고 있어? 〈님의 침묵〉 맞지? 한…."

"한용운 님이요."

"그래, 한용운."

"미국에 있는 동안 매일 저녁 엄마와 함께 독서 토론을 했어요. 한국의 교과서에 나오는 문학작품들을 주로 많이 다루었어요. 아빠가 뉴욕에 와 계실 땐 셋이서 했고요."

"네가 한국말을 잊어버리지 않도록 부모님께서 나름의 노력을 하신 거구나."

"엄마는 제가 미국에서 교육받으면서 점점 미국화되어가는 걸 경계하셨어요. 그리고 제가 영어만 쓰느라 한국말을 잊어버리면, 저와 정서적인 교감을 나눌 수 없게 될까 봐 두려워하셨대요. 아빠도 늘 뿌리를 잊으면 안 된다고 말씀하셨고요."

"참 생각이 깊은 분들이시구나."

나처럼 평범한 사람들이 재벌에 대해 갖는 외경심의 이면에는 대개 '분명 뭔가 뒤가 구릴 거야!' 하는 삐딱한 마음이 숨겨져 있다. 재벌이라는 현대판 귀족 계층을 향한 선망에는 시기나 증오도 따르기 마련이니까.

그리고 실제로 뒤가 구린 재벌이 많기도 하고 말이다.

그런데 내가 가까이서 직접 접한 주리네 가족은 뭔가 달랐다. 적어도 내가 재벌에 대해 가졌던 선입견보다는 훨씬 더 순수하고 건실한 사람들이었다.

내가 본 주리네 가족은 가공할 파워와 머니를 가졌지만 그걸 함부로 남용하지 않고 제대로 된 방향으로 잘 쓸 줄 아는 사람들이다.

그리고 자신들이 가진 힘으로 스스로의 순수성을 지켜온 사람들이 아닌가 하는 생각이 든다.

암튼 이들은 진짜 같다. 진정한 노블레스 오블리주를 실천하는 진짜 엘리트.

S그룹 창업자인 주리 증조할아버님의 바람과 신념대로 그들은 정말 존경할만한 재벌인지도 모르겠다.

주리의 옆얼굴 뒤편 차창 밖으로 맨해튼의 거리 풍경이 천천히 지나간다.

차창 유리 너머의 맨해튼은 이미 차량 내부와는 다른 차원의 세계인 듯한 기분이 들면서 왠지 마음이 서늘해진다.

네모난 차창을 스크린 삼아 뉴욕에 와서 만난 이들의 얼굴을 하나씩 비춰본다.

맨해튼에 막 도착한 우리를 가장 처음 반겨주었고, 의외의 장소에서 다시 불쑥 나타나 우리를 깜짝 놀라게 했던 스테파니.

비록 스테파니와는 직접적인 접촉이 많았던 건 아니지만, 나의 뉴욕 체류 기간 동안 그녀의 상징적 존재감은 결코 작지 않았다.

같은 민족이라는 이유만으로 맹목적인 친절로 가슴 따뜻한 위안과 감동을 안겨준 미라 씨.

특히 그녀가 챙겨준 한식밥상과 도시락은 지구 반 바퀴를 돌아온 나그네에게 고향의 온기를 느끼게 해주었다.

다시 뉴욕에 오면 꼭 인사를 챙겨야 할 1순위가 바로 미라 씨다.

'그나저나 대니얼을 향한 제니퍼의 짝사랑은 이루어질 수 있을까?'

그런데 만약 두 사람이 진짜로 잘되어서 결혼까지 생각하는 관계로 발전한다면, 스테파니와 미라 씨 사이에는 과연 어떤 기류가 형성될까?

두 여인이 사돈 관계가 된다는 상상만으로도 뭔가 살벌한 기운이 느껴져 몸서리가 쳐진다.

꾀꼬리 같은 목소리의 도어맨 카타르지나와 중후한 노년의 집사 미스터 버틀러도 이젠 아련한 추억 속의 인물이 되었다.

시간이 한참 지난다 해도, 살면서 가끔 문득문득 생각나겠지.

나는 본선 2차 경연을 함께했던 UNH 팀 멤버들의 이름을 마음속으로 하나하나 되뇌어 본다.

자네티 마수카, 에릭 뒤보아, 브라이언 마틴, 카렌 터너.

이름 하나하나마다 각각 다른 감정들이 터져 나와 가슴 언저리가 알싸해진다.

그러다 내게 커피 세례를 퍼부었던 에슐리 휴즈의 얼굴을 떠올리곤 피식 코웃음이 쳐진다.

그 당시로선 주체할 수 없이 화가 났었던 그 기억도 추억의 프리즘을 통과하고 나니 더 이상 분노의 역치에 미치지 못하는구나.

그나저나 장윤호 출세했다!

다른 곳도 아닌, 세계 경제와 문화의 중심이라 할 만한 뉴욕에 와서 내가 이룬 행적들을 돌아보니 나 스스로도 참 신통방통하다.

그것이 장윤호의 몸으로 이룬 업적이었다면 얼마나 좋았을까 하는 가정법은 쓰잘머리 없다. 이 모든 것은 주리의 몸이 아니었다면 애초에 불가능한 일이었으니 말이다.

지금 내가 할 수 있는 최선은 그저 순간순간을 감사히 받아들이며 내가 할 수 있는 걸 다 하는 것, 그뿐이다.

2017년 10월 25일 AM 03:57.

우리가 탄 비행기가 타이베이를 경유하는 항공편이었다. 따라서 스탠바이 시간 1시간 25분을 포함해 총 20시간 만에 인천공항에 도착했다.

뉴욕을 출발할 때만 해도 현지 시각으로 10월 23일 저녁이었다. 그런데 타이베이를 거쳐 인천까지 오는데 소요된 시간에다 뉴욕과 서울 간의 시차 13시간이 더해진 탓에, 인천 도착 당시에는 이미 10월 25일 새벽으로 바뀌어 있었다.

비행기가 착륙해 천천히 활주하는 동안, 아이폰의 비행 모드를 해제했다.

수신이 막혀있었던 문자메시지와 카톡 메시지가 한꺼번에 들어오는 소리가 퍼스트클래스 내부 곳곳에서 들려온다.

'헉, 이게 뭐지?'

습관처럼 인터넷 포털 사이트를 열어본 나는 깜짝 놀라지 않을 수 없었다. 실시간 검색어 1위가 바로 '장윤호'였기 때문이다.

'대체 왜 내 이름이 실검에 올라와 있는 거지?'

나는 쿵쾅대는 가슴을 쓸어내리며 '장윤호'라는 텍스트 링크를 눌러본다.

그런데 '장윤호'라는 검색어에 따라 관련도순으로 정렬된 기사 목록 중 맨위에 위치한 기사 제목을 확인한 나는 경악을 금치 못한다.

'[단독] 90년대 청순 아이콘 윤혜린 불륜설 파문, 툰드라 장윤호와 뉴욕 밀회 포착

기사입력 2017.10.25. 오전 01:55

최종수정 2017.10.25. 오전 02:12

(서울=뉴스M) 왕지영 기자

1990년대 청순 아이콘으로 군림했던 청춘스타이자 S그룹 강석진 부회장의 부인인 윤혜린이 불륜설에 휩싸였다.

윤혜린이 뉴욕 B 백화점 내 위치한 B 레스토랑에서 한 남성과 밀회를 즐기는 현장이 어느 한국 관광객의 스마트폰 카메라에 포착되었다.

상대 남성은 바로 90년대 원히트원더 락밴드였던 '툰드라'의 리드보컬 장윤호인 것으로 알려져 충격을 던져주고 있다.

본지에 사진을 제보한 김모 씨에 따르면 두 사람이 아주 애틋한 분위기의 대화를 나누고 있어서 누가 봐도 연인 관계임을 알 수 있었다고 전했다.

사진에 찍힐 당시 윤혜린은 글로벌 오디션 프로그램인 《더 유니버스》에 참석한 딸 강주리를 응원하기 위해 남편 강석진 부회장과 함께 뉴욕에 체류 중이었던 것으로 확인되었으며, 장윤호는 강주리의 보컬트레이너이자 통역자로 뉴욕에 함께 간 것으로 알려졌다.

장윤호는 강주리가 데뷔하기 전부터 보컬트레이너 역할을 해온 것으로 드러나, 윤혜린과의 관계도 전부터 이어져온 것이라는 의혹을 낳고 있다.

한편 장윤호는 최근 《더 유니버스》 본선 2차 경연 생방송 당시 한국 대표 강주리와 함께 출연하여 우수한 통역 실력으로 화제를 모으며 실시간검색어 상위권에 오른 바 있는 인물이다.

그리고 그가 현역 가수였던 1994년 2월, 당시 소속사 사장의 애인과 염문을 뿌린 후에 가요계를 은퇴했던 사실까지 재조명되고 있다.

그동안 언론 노출이 드물었던 윤혜린 측에서는 과연 어떤 입장을 내놓을지, 부인의 불륜 사실을 접한 강석진 부회장 측에서는 어떤 반응을 보일지 귀추가 주목된다.'

기사는 끝까지 읽었지만, 그 밑에 달린 댓글 쪽으로는 차마 스크롤을

내릴 엄두가 안 나 그냥 전화기 화면을 아예 꺼버렸다.

문득 옆을 보니, 옆자리에 앉은 주리는 이미 사색이 되어있다. 아마 주리도 그 기사를 읽은 모양이었다.

주리와 나는 서로 눈을 마주치고도 한동안 아무 말도 하지 못했다. 기내에 있던 산소가 일시에 외부로 다 빠져나가버린 건지 숨도 잘 쉬어지지 않는다.

'대체 이 사태를 어떻게 풀어야 하지?'

눈앞은 컴컴해지고 머릿속은 하얘졌다. 이 터무니없는 오해에 대해 해명하려면 주리와 내가 몸이 뒤바뀐 사실부터 밝혀야 하는데, 설사 그렇게 말해본들 대중이 그걸 믿어줄 턱이 없지 않은가?

'그건 절대 불륜 현장이 아니었다. 두 사람은 사실 모녀 관계이다. 왜냐하면 강주리와 장윤호의 영혼이 서로 바뀐 상태이기 때문이다. 따라서 윤혜린과 같이 있었던 사람이 겉으로 보기엔 장윤호였지만 사실은 강주리였다.'

이런 해명을 내놓아봤자 대중들은 그게 무슨 해괴망측한 변명이냐며 더 난리칠 것이다.

대중들도 대중들이지만, 가장 걱정되는 사람은 바로 강석진이다. 가뜩이나 부정적인 구설에 휘말리는 걸 극도로 꺼리는 사람인데, 자신의 아내가 불륜설에 휘말린 상황 앞에서 그가 얼마나 분개하겠는가?

89. 스캔들

◆◆

[지금 H 게이트 쪽에 기자들 쫙 깔려있어. 그쪽으로 나오지 말고 좀 돌아서 A 게이트 쪽으로 나와.]

입국 수속을 위해 줄을 서있는 동안 핑크 클라우드 단톡방에 한 대표가 올린 메시지다.

"전 돌아서 나가기 싫어요."

그런데 뜻밖에도 주리는 다른 게이트로 돌아 나오라는 한 대표의 지령을 거부했다.

"지금은 어쩔 수 없잖아. 일단 피하고 보는 게 상책이야!"

"잘못한 것도 없는데 왜 피해요?"

"잘못한 게 있어서가 아니라, 더 나쁜 상황을 만들지 않기 위해서야. 일단 한 대표가 하라는 대로 따르잔 말이야."

"그렇게 우리는 쏙 빠져나가서 숨어 버리고, 또 대표님이 혼자서 뒷감당하시게 내버려두잔 말이에요?"

"지금의 상황은 우리 힘만으로 해결하기엔 역부족이잖아, 이 녀석아!"

"지금 정면 돌파하지 않으면 더 걷잡을 수 없는 상황으로 발전할 수도 있단 말이에요!"

나는 끝내 주리의 완강한 뜻을 꺾을 수 없었다. 아니 내가 주리에게 설득당했다는 편이 맞겠다.

주리의 말을 듣고 보니, 우리가 숨고 피하는 것이 오히려 더 큰 오해를 불러일으킬 수도 있겠다는 생각이 들었다.

진격의 주리는 H 게이트를 향해 뚜벅뚜벅 걸어간다.

게이트의 문이 열리자 카메라 플래시와 셔터음이 일제히 터진다. 마치 날개 있는 벌레 떼가 푸드덕거리며 일제히 날아오르는 것 같은 소음이 우리 주변을 엄습했다.

주리는 기자들 무리를 향해 성큼 다가선다.

주리의 저런 모습은 세인트 레지스 뉴욕 앞에서 기자들 앞에 당당하게 나서던 강석진을 연상케 한다. 누가 부녀지간 아니랄까 봐.

"안녕하십까, 기자 여러분. 저는 강, 아니 장윤호… 라고 합니다."

그런데 기자들을 향해 인사말을 건네는 주리의 목소리가 심하게 갈라진다.

'저 녀석, 긴장했구나!'

겁 없이 앞으로 나서긴 했지만, 막상 포토라인에 서서 집중적인 플래시 세례를 받으니 갑자기 긴장이 된 모양이다.

그도 그럴 것이, 아무리 당차고 야무진 주리라고 해도 개떼처럼 달려드는 기자들의 기세에는 당황할 수밖에 없을 것이다.

"기, 기사로 보도된 불륜설은 절대… 사실무근임을 확실히 밝혀드립니다."

떨리는 목소리로 간신히 뱉어낸 '사실무근'이라는 구태의연한 워딩은 되려 역공의 표적이 되고 만다.

동시다발적인 질문 공세와 함께 다시 한 번 카메라 셔터 굉음이 쓰나미처럼 우리 일행 주변을 휩쓸고 지나간다.

"윤혜린 씨는… 딸을 지도해준 저에 대한 감사의 뜻을 전하기 위해 저를 만났던 겁니다."

이미 기 싸움에서 밀려버린 주리의 해명은 좀처럼 먹혀들 기미가 보이지 않았다.

'아무래도 내가 나가야겠어!'

저 막무가내 기레기들로부터 주리를 구해내기 위해 내가 나서기로 한다.

"안녕하세요, 강주리입니다!"

주리의 고군분투에도 아랑곳없던 기자들의 소란이 내 짧은 인사말 한마디에 물을 끼얹은 듯 잠잠해진다.

'오, 신기한데?'

성난 들개 떼처럼 으르렁대던 기자들이 갑자기 고분고분해진 상태로 나만 쳐다보고 있다. 마치 주인의 손에 들린 소시지를 바라보는 애완견 같은 눈빛을 한 채….

내가 그렇게 기자들의 주의를 집중시킬 수 있었던 것은 꼭 강주리라는 인물의 미모와 인기 덕분만은 아니었을 것이다.

자극적인 기삿거리를 찾고 있는 기레기들에게 '모친의 불륜설에 대한 딸의 입장' 같은 떡밥은 특종 중에 특종이 아니겠는가?

"우선, 오해로 빚어진 이 사태에 대해 국민 여러분께 깊은 사과의 말씀을 드립니다."

나는 일단 차분하면서도 정중한 사과로 물꼬를 텄다.

"사실 저의 보컬 트레이너 장윤호 선생님은 저희 어머니 윤혜린 씨의 오랜 팬이셨습니다. 군복무 시절 관물대에 저희 어머니 사진을 붙여놓을 정도였다니까요. 그런 분을 실제로 단둘이 만나게 되었을 때 장윤호 선생님이 얼마나 설   겠어요?"

내가 말꼬리를 올리며 애교 섞인 웃음을 흘리자, 기자들의 얼굴에는 멋쩍은 삼촌미소가 피어난다.

"사진을 제보하셨다는 분의 눈에 두 사람이 특별한 관계처럼 보였던 이유는 바로 장윤호 선생님의 지극한 팬심 때문이 아니었을까요?"

'아!' 하는 긍정의 탄성이 곳곳에서 들려오고 몇몇은 고개를 끄덕이는 모습이 보인다. 내 말이 어느 정도 먹혀들고 있다는 징후다.

"그리고 정말 장윤호 선생님과 저희 어머니가 부적절한 관계라면, 어떻게 공개적인 장소에서 함께 식사를 할 수 있었겠습니까?"

그래도 당황한 주리를 대신해 내가 나서서 한 지원 발언이 기자들에겐 좀 더 설득력 있게 다가간 모양이었다.

살벌한 고성이 난무하던 현장은 어느새 차분하고 화기애애한 분위기로 바뀌어 있다.

A게이트 앞에서 기다리다가 뒤늦게 H게이트 앞으로 달려온 한 대표가

기자 무리 사이로 비집고 들어와 주리와 내 앞을 막아선다.

잠시 호흡을 가다듬은 한 대표가 준엄한 표정으로 입을 연다.

"큐피드 엔터 대표, 한준호입니다. 원래 이 자리는 글로벌 오디션《더 유니버스》에서 우수한 성적을 거두고 돌아온 강주리가 금의환향을 축하받는 자리가 되었어야 했습니다. 그런데 이렇게 얼토당토않은 불륜설에 대한 해명의 장이 되어버려 심히 유감입니다."

단호하지만 정중한 태도로 공식 입장을 표명하던 한 대표의 표정과 말투가 이내 서슬 퍼런 경고 모드로 전환된다.

"사실관계 확인 없이 허위사실을 유포한 해당 언론사에 대해서는 민형사상의 조치를 취할 예정이며, 이 시간 이후로 사실에 반하거나 당사자들의 명예를 훼손하는 기사를 게재할 경우 어떠한 법적 대응도 불사할 것임을 엄중히 경고합니다."

한발 늦은 등장에도 불구하고 우리의 해결사 한 대표는 노련하고 깔끔하게 상황을 정리한다.

특히 법적 대응을 경고하는 발언을 할 때에는 정말 카리스마 짱이었다. 친구인 내가 오금이 다 저릴 정도였으니, 기자들 중 몇몇은 오줌을 지렸을지도 모르는 일.

2017년 10월 25일 AM 06:00.

카니발을 몰고 인천공항으로 마중 나왔던 로드매니저 준식은 나를 제외한 핑크 클라우드 멤버 4인을 태우고 숙소로 향했다.

그리고 나와 주리는 한 대표의 A8에 몸을 실었다. 주리를 방송국까지 데려다주기 위해서였다.

사실, 새벽에 벌어진 소동에 대해 전해들은 최화영이 오늘까지는 라디오 땜빵을 해줄 수 있다는 의사를 밝혀왔었다. 하지만 주리는 한사코 오늘부터 라디오에 복귀하겠다고 고집을 부렸다.

주리를 방송국 앞에 내려준 후, 한 대표와 나는 지금 강변북로를 달리고 있는 중이다.

아직 출근길 정체가 시작되지 않은 도로는 한산하다.

6시 정각이 되자 익숙한 시그널과 함께 더 익숙한 내 목소리, 아니 주리의 목소리가 흘러나온다.

"안녕하세요, 여명의 속삭임 장윤호입니다. 17일 동안 화영 DJ와 함께 잘 지내고 계셨나요? 여러분, 드디어 제가 돌아왔습니다. 사실은 불과 2시간 전에 비행기에서 내렸는데요, 한시라도 빨리 여러분을 만나 뵙고 싶은 마음에 집에도 들르지 않고 바로 방송국으로 왔습니다."

그래도 다시 활기를 되찾은 듯한 목소리를 들으니 마음이 좀 놓인다. 기자들 앞에서 멘탈이 흔들리는 주리의 모습을 봤던 터라 내심 걱정했었는데 말이다.

"어젯밤에 저에 관한 황당한 기사를 접하셨던 분들은 아마 많이 놀라셨을 것 같아요. 사실 저도 깜짝 놀랐었거든요. 비행기 착륙 후에 전화기를 딱 켰는데, 제 이름이 실시간 검색어 1위에 올라와 있어서 말이죠."

장윤호라는 이름이 떡하니 실검 1위에 올라있던 그 순간을 떠올리면, 나 역시 눈앞이 아찔해진다.

마음속으로는 염원한 적도 있는 실검 1위였는데, 그 이유가 하필 '불륜설'이었다니.

"막상 기자 분들 앞에 서니까 머릿속이 하얘지면서 말이 잘 나오더군요. 사실 방송국에 도착하기 직전까지만 해도 계속 심장이 벌렁댔는데, 라디오 부스에 들어와 마이크 앞에 딱 앉으니까 비로소 마음이 안정되는 것 있죠?"

어찌 됐든 마음의 안정을 찾았다니 정말 다행이다.

"다행히 오해를 풀긴 했지만, 물의를 일으켜 여러분의 심려를 끼친 점 깊이 사과드립니다. 많은 청취자 여러분들이 저를 걱정하는 메시지를

MMS와 인터넷 게시판을 통해 보내주셨네요. 걱정해주신 많은 분들께 사죄와 감사의 뜻을 전합니다."

H 게이트 앞에서 그 난리법석을 떨고 난 후에 곧바로 라디오에 복귀한 것만도 대단한데, 그새 저렇게 제대로 된 사과까지 할 여유가 생기다니. 역시 주리답다.

그런데 운전대를 잡고 있는 한 대표는 내내 의기소침한 표정이다.

"내가 정말 미안하다."

"또 그놈의 미안하단 소리! 사네답지 않게 왜 그래?"

"내 말이 그 말이야. 요즘의 내가 도무지 나 같지가 않다!"

"그건 또 무슨 소리야?"

"나 자신이 너무 무능하게 느껴져. 소중한 내 사람들이 이런 고초를 겪는 게 다 내 잘못 같단 말이야."

"그건 자네가 필요 이상으로 책임감이 강해서 그런 거야. 인력으로 어찌할 수 없는 부분까지 무조건 자네 책임으로 짊어지려고 하니 몸과 마음이 고달플 수밖에 없는 거라고."

언제나 굳건한 믿음을 주는 큰 산 같은 존재였던 한 대표가 잔뜩 위축되어 있는 모습을 보니 마음이 좋지 않다.

"바로 3일 후면 트라이애슬론 대회인데, 훈련에 지장을 받아서 어떡해?"

"정확하게 동호인부 표준거리 경기는 4일 후인 29일이야. 28일에는 엘리트부 스프린트 경기가 있을 예정이고. 지금껏 해오던 관성에 떠밀려 결국 대회 코앞까지 왔지만, 지금으로선 내가 정말 이걸 끝까지 하는 게 맞는 건가 싶어. 정작 내게 가장 중요한 내 사람들을 잘 건사하지도 못하면서 개인적인 성취욕에 매달려있는 나 자신이 한심스럽달까?"

여느 때의 한준호답지 않게 어깨가 축 처져있는 그에게 뭔가 힘이 되는 말을 해주고 싶은데, 막상 내가 그를 격려하려니 무슨 말을 해야 할지 잘 떠오르질 않는다. 늘 한 대표로부터 조언을 받는 데만 익숙해서 그런 건가 보다.

"준호야!"

오랜만에 그를 이름으로 불러보니 알 수 없는 감정이 솟구쳐 오른다.

"준호 넌 나의 영웅이야. 23년 전에도 그랬고, 지금도 그래. 아마 앞으로도 쭉 그럴 거야. 지금도 나에겐 한준호 자네보다 더 믿음직스럽고 든든한 존재는 없어. 내가 보기에 자네는 지금 과거의 자신에게 스스로 열등감을 느껴서 자괴감에 빠져있는 것 같아."

격려랍시고 한다는 게 고작 이런 비루한 말들뿐이라니.

한 대표나 주리가 내게 조언할 때처럼, 좀 더 멋진 말을 해주고 싶은데 뜻대로 잘되지 않는다.

"내가 자네에게 하고 싶은 말은, 과거의 한준호를 이길 수 있는 사람은 현재의 한준호밖에 없다는 거야. 또 한 사람이 더 있다면 그건 미래의 한준호겠지?"

내 마음속 진심이 그에게 제대로 잘 전달되고 있는 걸까? 이런 격려의 말도 정말 아무나 하는 게 아닌가 보다.

"나와 핑크 클라우드 멤버들이 자네와 함께할 거야. 우리가 감히 트라이애슬론 경기에 참여하진 못하지만, 자네와 같이 뛰는 마음으로 현장에서 열심히 응원할게! 현재의 한준호가 과거의 한준호를 뛰어넘는 모습, 스스로의 한계를 뛰어넘어 우리 앞에 우뚝 서는 모습을 보고 싶어. 큐피드의 해결사, 영원한 우리의 슈퍼영웅 한준호가 멋지게 해내는 모습을 우리에게 보여 달란 말이야!"

90. 마지막 30m

◆◆

2017년 10월 25일 PM 11:21.

숙소로 돌아오자마자 침대에 널브러져 기절하듯이 잠들었다가 눈을 떠보니 벌써 밤 11시가 훌쩍 넘어 있었다. 내리 12시간을 넘게 잔 것이다.

다시 잠을 청하려고 해도 도저히 잠을 이룰 수가 없었다. 아마 시차 때문인 듯했다. 뉴욕시각으로 하면 이제 아침이니까.

옆 침대의 유미는 곤히 잠들어있다. 그녀는 뉴욕 체류기간이 나만큼 길지 않았고, 귀국하자마자 바로 뮤지컬 연습에 복귀하는 바람에 자연스럽게 시차가 극복된 모양이다.

[자니?]

혹시나 하는 마음에 주리에게 카톡 메시지를 보내보았다. 주리도 나처럼 깨어있을지도 모른다는 생각에서였다.

[아뇨!]

내 추측이 맞았다. 주리 역시 시차 때문에 잠을 이루지 못하고 있었던 것이다.

공통적으로 극심한 허기를 느낀 우리는 24시간 영업하는 삼겹살집에서 심야 회동을 갖기로 했다. 핑크 클라우드 숙소에서 멀지 않은 거리지만, 나 혼자서 밤길을 걷게 할 수 없다며 주리가 숙소 앞까지 와주었다.

내가 주리로부터 에스코트를 받는 상황은 여전히 적응 안 되지만, 어쨌든 둘이서 같이 걸으니까 좋긴 좋네.

"대표님은 내일 통영으로 떠나신다고 했죠?"

"맞아. 원래는 오늘 가서 수영과 사이클 코스를 점검할 예정이라고 했는데, 새벽에 일 터진 것 때문에 이것저것 수습하느라 내일로 출발이 늦어진 거야."

"그럼 우리는 언제 통영에 가는 거죠?"

"28일 저녁에는 통영에 도착해 있어야지. 그다음 날 아침 일찍부터 경기가 시작되니까."

"근데 제가 경기하는 것도 아닌데, 왜 이렇게 떨릴까요?"

"나도 떨려. 수영 1.5㎞만으로도 힘들 텐데, 거기다 사이클 40㎞, 달리기 10㎞까지 해낸다는 게 나 같은 사람으로선 상상도 못 할 일이지."

"다른 참가자들보다 훈련 기간이 좀 짧긴 했지만, 그래도 우리의 천하무적 슈퍼영웅 대표님이니까 잘 해내시겠죠?"

"무사히 완주만 해준다면 내가 한 대표 업고 춤이라도 출 거야!"

깊은 밤인데도 불구하고 정육식당 안은 시끌벅적하다.

주리도 나도 야구 모자를 푹 눌러쓰고 가서 그런지 알아보고 먼저 말을 걸거나 다가오는 사람은 없었다. 유명인을 봐도 무심히 지나치는 게 더 세련된 매너로 받아들여지는 청담동에서는 그나마 다른 동네에서보다 행동의 제약을 덜 받는 것 같다.

"그래, 바로 이 맛이지!"

2주간의 외유 후에 먹는 삼겹살은 내가 틀림없는 한국인임을 확인할 수 있는 맛이었다.

둘이서 무려 4인분의 삼겹살을 해치우고도 모자라, 김치찌개 하나에 밥 두 공기까지 남김없이 흡입했다. 김치찌개를 냄비 바닥이 보일 때까지 싹싹 긁어 먹어보긴 또 처음이다.

2017년 10월 29일 AM 11:40.

2017 통영 ITU 트라이애슬론 월드컵이 진행되고 있는 통영 트라이애슬론 광장.

핑크 클라우드 멤버들과 로드매니저 준식, 주리, 그리고 나는 결승점 근처에서 달리기 코스 쪽을 하염없이 바라보며 서있다.

공식적인 경기종료시간이 이제 10분밖에 남지 않았는데, 아직도 한 대표는 모습을 드러내지 않고 있다.

"대표님은 왜 아직도 안 나타나시는 거지?"

준희는 몹시 안타까운 표정으로 발을 동동 구른다.

"종료 시간 이후에도 코스 상에 남아있는 선수들은 도로 가장자리나 인도로 이동하여 경기를 진행할 수는 있대."

경기 규칙 안내 책자를 살펴본 유미가 그렇게 말하며 준희를 다독였다.

"그래, 어디까지나 완주에 의의가 있는 거니까. 기록이 중요한 건 아니잖아?"

정화도 어떻게든 일행들의 사기를 북돋으려 애썼다.

"12시가 되면 결승점 시계도 더 이상 작동을 안 한다고 하잖아. 힘들게 도착했는데 이미 멈춰있는 시계를 보게 된다면, 대표님이 얼마나 실망하실까?"

모두의 애타는 마음에 기름을 확 들이붓는 듯한 유진의 발언. 그런 유진이 야속하면서도, 그 말이 틀리지 않았다는 건 모두가 인정할 수밖에 없는 분위기.

한 대표는 수영 1.5㎞ 코스를 24분 만에 주파했고, 9시 37분에 사이클 20㎞ 구간을 지나면서 컷오프도 무사히 통과했다. 거기까지만 해도 나쁘지 않았다. 첫 출전자로서는 아주 준수한 기록에 해당한다고 했다. 그런데 그 이후부터가 문제였다.

한 대표의 1차 목표가 컷오프 통과였던 만큼 수영과 사이클 전반부에 최선을 다하지 않을 수 없었을 것이다. 그러다 보니 자기도 모르게 오버페이스를 한 게 아니었을까 싶다.

그리하여 수영 기록과 사이클 20㎞ 구간 기록을 평소보다 앞당긴 대신 중후반부엔 급속도로 체력이 저하되는 결과를 초래한 듯 보인다.

'한 대표가 도착할 때까지 결승점 시계가 멈추지 않게 할 방법은 없을까?'

나는 잠깐의 고심 끝에 대회 운영본부를 찾아갔다.

"안녕하세요, 강주리입니다!"

혹시라도 냉랭한 반응이 돌아올까 봐 내심 걱정했었다.

그런데 내가 인사를 건네자 본부석에 앉아있던 일곱 명의 운영진은 일제히 기립하며 나를 반겨주었다. 내외국인이 섞여있는 일곱 남녀의 얼굴에는 하나같이 삼촌·이모 미소가 가득했다.

"한 가지 부탁이 있습니다. 결승점 시계 작동시간을 조금만 더 연장해주시면 안 되겠습니까? 대신 그 시간 동안 저희 핑크 클라우드 멤버가 특별 공연을 펼쳐드릴게요!"

물론 미리 정해진 대회 규정을 현장에서 바꾸는 게 쉬운 일은 아니었을 것이다.

'웬 연예인이 와서 갑질 하네?'

운영진들 중 누군가가 나쁜 마음을 먹을라 치면, 강주리에 대한 부정적 이슈를 유포할 수도 있을 만한 상황이었다.

"대신 저희와 함께 사진까지 찍어주셔야 합니다!"

"그럼요, 사진이라면 얼마든지 찍어드릴 수 있어요!"

정말 다행스럽게도 내 제안이 받아들여졌다.

아직 목이 풀리지 않은 오전 시간에 리허설도 없이 공연을 해야 한다는 게 좀 부담스럽긴 했지만, 한 대표를 위해 이 정도의 희생도 감수하지 못할 우리들이 아니었다.

준식이 음향 팀에게 다가가 스마트폰에 저장되어있던 〈핑키 윙키〉 MR 파일을 넘겼다. 지금으로선 리허설 없이 다 같이 부를 수 있는 노래는 〈핑키 윙키〉 한 곡뿐이기 때문에 다른 선택의 여지가 없었다.

유미의 고갯짓 3회를 기다린 후 일사불란하게 외치는 우리들.

"안녕하세요, 핑크 클라우드입니다!"

막 결승선을 통과해 턱까지 차오른 숨을 고르고 있는 참가자들도, 또 그들을 응원하던 관람객들도 모두 게 탄 표정으로 열렬한 환호를 보내온다.

스피커는 웅웅대고 지직거리는 데다가 준비된 무선 마이크는 3개밖에 없어서 라이브를 하기엔 그야말로 최악의 조건이었다. 하지만 AR을 틀어 놓고 입만 뻥긋하는 건 너무 성의가 없어 보일 것 같았다. 그래서 그냥 라이브를 강행하기로 한다.

우려와는 달리 〈핑키 윙키〉 라이브는 그리 나쁘지 않게 진행되었다. 다섯 명의 멤버가 3개의 마이크를 돌려가면서 부르는 행위마저도 꼭 특별한 퍼포먼스처럼 느껴졌다.

무엇보다 〈핑키 윙키〉를 따라 부를 수 있는 사람이 이렇게 많을 줄은 정말 꿈에도 몰랐다. 막판엔 거의 떼창 수준이었다. 뜨거운 현장 반응이 열악한 음향 조건까지 커버해주었다고 할까?

"앵콜! 앵콜! 앵콜!"

쏟아지는 앵콜 요청에 무슨 곡으로 답할지에 대한 고민보다는, 아직 결승점에 들어오지 못한 한 대표에 대한 걱정이 더 앞섰다.

'준호야! 조금만 더 힘내!'

나는 한 대표를 향한 내 진심을 담은 솔로곡으로 앵콜 요청에 화답하기로 했다.

멋진 말로 격려하는 건 내 전문이 아니지만, 노래로는 그나마 자신 있다!

"자신의 한계를 뛰어넘어 무사히 완주하신 선수 여러분께 축하와 경의를 표합니다. 그리고 지금 이 순간, 코스 위에서 자기 자신과 싸우고 계시는 모든 분들을 위해 이 노래를 바칩니다."

번듯한 무대도 없이 군중에 둘러싸인 이런 어수선한 분위기에서 무반주로 노래를 한다는 건 정말 무모한 시도라는 걸 잘 안다. 하지만 나는 온 마음과 정성을 모아 첫 소절을 부르기 시작한다.

"I've paid my dues time after time~."

내가 부르기 시작한 노래는 바로 더 퀸의 〈We are the champions〉다.

'오랜 시간 동안 나는 형벌을 받으며 대가를 치러 왔어.

하지만 나는 죄를 지은 게 아니라 그저 나쁜 실수를 했던 것뿐이야.

나는 온갖 치욕과 설움을 겪었지만 이렇게 꿋꿋이 버텨왔지.'

세이렌틀 시절엔 뜻도 모르고 그냥 막 불러재꼈던 노래인데, 가사의 의미를 곱씹으며 부르다 보니 꼭 내 얘기 같다.

"We are the chmpions my friends~

And we'll keep on fighting till the end."

후렴구에서는 자연스럽게 떼창이 터져 나오면서, 나의 무반주 라이브에 MR보다 더 멋진 백코러스가 되어준다.

'내게로 쏟아지는 이 박수갈채

명예와 부, 그리고 그에 따르는 모든 것.

그 모든 게 다 네 덕분이야!'

2절의 벌스 파트를 부른 후 가슴 벅찬 브리지에서 폭발하는 싸비로 넘어가려던 바로 그 찰나, 정말 거짓말처럼 한 대표가 내 시야에 나타났다. 달리기 코스 저쪽에서 곧 쓰러질 듯 기진맥진한 모습의 내 친구, 준호가 마침내 모습을 드러낸 것이다.

"We are the champions my friends~

And we'll keep on fighting till the end."

어느새 내 두 볼을 타고 눈물이 주르륵 흘러내렸지만, 나는 목소리만큼은 흔들리지 않으려고 안간힘을 썼다.

"We are the champions

We are the champions

No time for losers

cause we are the champions

of the world~."

핑크 클라우드 멤버들과 주리는 한 대표 곁으로 먼저 뛰어갔고, 노래를 마친 나도 그 뒤를 따라간다.

"대표님 이제 거의 다 왔어요. 조금만 더 힘내세요!"

얼굴이 온통 눈물로 뒤범벅된 준희가 오열에 가까운 목소리로 한 대표를 향해 외쳤다. 일행 여섯 명은 모두 한 대표와 보조를 맞춰 뛰고 있다.

"대표님, 지금까지 뵈었던 모습 중에 제일 섹시해요!"

정화의 털털한 목소리도 이미 울음에 잠식되어 있다.

"그동안 대표님 속 썩였던 것 정말 죄송해요. 앞으론 대표님 말씀 정말 잘 들을게요!"

유진이 난데없이 눈물 어린 고해성사를 하자, 다 죽어가던 한 대표의 얼굴에 희미한 웃음이 번진다.

"이 녀석들아… 헉헉… 나… 괜찮아… 헥헥… 끄떡없어!"

거친 호흡을 뚫고 한 대표가 말을 꺼내자 유미가 정색을 하며 제지하고 나선다.

"대표님, 알았어요. 알았으니까 말씀은 하지 마세요! 지금은 숨 쉬는 것만으로도 힘드시잖아요."

중력을 겨우 견디면서 거의 걷는 속도로 힘겹게 뛰고 있는 한 대표에게 나도 응원의 말 한마디 보태고 싶었지만, 목이 메어서 도저히 목소리가 나오지 않았다.

바로 그때 냉정함을 가장 잘 유지하고 있는 주리가 나선다.

"내가 구령을 붙일 게. 우리 모두 다 같이 결승점으로 가는 거야! 하나 둘, 하나 둘, 하나 둘!"

주리의 구령에 맞춰 하나 둘, 하나 둘!

우리는 한 대표와 발을 맞추어 2017 통영 ITU 트라이애슬론 월드컵 표준거리 코스의 마지막 30여 미터를 다 함께 달려간다.

'준호야, 여기까지 참고 와줘서 정말 고맙다. 조금만 더 힘내자. 결승점이 바로 눈앞이야. 이제 거의 다 왔어! 얼른 완주하고 맛있는 회나 먹으러 가는 거야! 자랑스러운 나의 영웅, 내 친구 한준호, 사랑한다!'

91. 진심의 온도

◆◆

2017년 10월 30일 AM 08:15.

어제 통영에서 서울로 올라오는 차 안에서 잠들지 않으려고 연신 반건조 오징어를 씹어댔더니, 턱이 얼얼하다.

그래도 그렇게 낮 시간 동안 필사적으로 깨어 있으려고 노력한 덕에, 어젯밤에는 푹 잘 잤다.

그래서 오늘 아침에는 일찌감치 눈이 떠졌는데도 몸은 아주 가뿐하다.

귀국한 지 5일 만에 완벽하게 시차적응을 할 수 있었던 건 싱싱한 열아홉 살의 몸이라 가능하지 않았을까? 물론 내 나름의 노력도 있었지만 말이다.

"아이고, 강 가수님! 오랜만이오."

오랜만에 뵌 장 씨 아저씨는 세상 환한 미소로 나를 맞아주셨다.

점잖으면서도 정다운 그 목소리를 들으니, 내가 정말 돌아왔다는 게 실감이 되는 것 같았다.

지하 연습실로 가보니 주리가 와있었다. 아마 라디오를 마친 후에 곧바로 출근한 모양이었다.

나를 보며 반갑게 웃는 주리의 얼굴에 피곤한 기색이 역력하다.

"많이 피곤해 보이네."

"뉴욕에서 돌아온 지 5일이 지났는데, 아직 몸은 뉴욕에 맞춰져 있나 봐요. 그런 데다 어제 먼 길까지 다녀와서 더 피곤한 것 같아요."

"집에 들어가서 좀 쉬다 나오지 그랬어? 오전엔 레슨 스케줄도 없잖아."

"그래도 낮에 부지런히 움직여야 얼른 시차 적응을 하죠."

회복력이 달리는 40대 아재의 몸을 정신력으로 견뎌내고 있는 주리에게 괜히 짠한 마음이 든다.

"뉴스M 기사의 파장이 크지 않아서 그나마 다행이에요."

주리 말대로 불륜설은 감쪽같이 묻혔다.

"그게 다 유노 쌤 덕분이에요."

"아니야, 주리 네가 정면 돌파하자고 하지 않았다면, 정말 일이 더 커졌을지 몰라."

"제가 기자들 앞에서 멘붕되어 있을 때, 유노 쌤이 나서서 절 구해주셨잖아요."

"그럼, 우리 둘이 합심해서 해결한 걸로 해두자!"

"거기다, 마지막에 나타나신 대표님이 강력 대응을 시사했던 것도 주효했던 것 같아요."

"그래, 맞아!"

그런데 S그룹 측에서는 회장 며느리이자 부회장 부인인 윤혜린의 불륜설에 대해서 아무런 입장 표명이 없었다.

회사 차원에서 공식적인 대응을 할 필요 없는 사안이라는 내부적 판단이 내려졌다는 후문이다.

"주리야, 혹시 너희 어머니로부터 들은 얘긴 없어?"

"무슨 얘기요?"

"너희 아버지 강석진 씨는 과연 불륜설에 대해서 뭐라고 하셨는지…"

"아, 그 얘기요? 아빠는 밀회설이나 불륜설과 관련해선 일체 언급이 없으셨대요."

"아, 그랬구나. 너희 아버지는 내가 상상했던 것보다 훨씬 더 멋진 분인 것 같아."

"오히려 엄마에 대한 아빠의 관심과 애정 표현이 지나치게 많아지셔서, 엄마 쪽에서 좀 부담스러우시다고…."

"강석진 씨가 겉보기엔 천생 범생 스타일인데, 알고 보면 은근 로맨틱한 사랑꾼이란 말이야!"

불륜설이 잠잠해졌다고 해서 한 대표의 대응 행동까지 중단된 건 아니었다.

윤혜린과 장윤호가 부적절한 관계인 것처럼 허위 보도한 뉴스M은 언론중재위원회로부터 경고를 받고 정정보도와 사과문을 게재해야 했다.

그리고 해당 기사를 쓴 왕지영 기자는 면직 처분을 받았다.

한 대표를 향한 비틀린 치정으로 인해 빚어진 한 여자의 졸렬한 복수극은 결국 기자직 박탈이라는 처참한 결말로 끝맺고 말았던 것이다.

졸음에 겨워하는 주리를 위해 커피를 사러 갔다가 아이스 연유라떼가 단종되었다는 비보를 접했다.

그래서 나는 어쩔 수 없이 내가 장윤호의 몸이었을 때 즐겨 마셨던 아이스 아메리카노를 내 몫으로 주문할 수밖에 없었다.

내 영혼과 연결된 주리의 미각으로는 아이스 아메리카노가 아직 좀 쓰게 느껴지지만, 마시다 보면 점점 익숙해지지 않겠는가?

그나저나, 주리와 몸이 바뀐 후로 애음하던 연유라떼를 더 이상 마실 수 없다고 하니 갑자기 서글퍼졌다.

그리고 그 서글픔은 밑도 끝도 없는 가상의 감정으로 비약된다.

'이러다 어느 날 갑자기 내 영혼이 주리의 몸을 떠나 다시 내 몸으로 돌아가 버렸을 때, 내 심정은 어떨까?'

만약 그 상황이 온다면, 나는 내 영혼이 다시 내 몸으로 돌아와서 기쁘기도 할 것이고, 내 영혼이 주리의 몸과 이별해서 슬프기도 할 것이다.

그 기쁨과 슬픔 중에서 어느 쪽 감정이 이길지, 나는 아직 잘 모르겠다.

그리고 원래의 나로 돌아간 내가 다시 강주리가 된 강주리를 보았을 때, 나는 과연 어떤 감정일지도 궁금하다.

주리와 나를 위한 아이스 아메리카노 두 잔을 캐리어에 담아 가게를 나오려던 순간, 나는 한 대표가 보낸 카톡 메시지를 받는다.

[회사에 나왔다며? 내 방에 잠깐 들러!]

확인해보니 방으로 오라는 호출 메시지였다. 그래서 나는 한 대표 몫으로 아이스 아메리카노 한 잔을 더 추가했다.

'드디어 우리의 대표님이 돌아오신 건가?'

3시간 42분 17초의 기록으로 트라이애슬론 표준거리 코스를 완주해낸 한 대표는 오늘부로 큐피드 경영 일선에 복귀했다.

그의 복귀와 더불어 소속 연예인들과 연습생들을 향한 나노급 잔소리 역시 조만간 정상화될 것이다. 그 생각을 하면, 벌써부터 골치가 아파온다.

하지만 큐피드 행성의 슈퍼맨, 한준호의 리턴이 마냥 반갑고 기쁘기만 한 지금으로선, 그 잔소리마저도 달갑게 받아들일 수 있을 것 같다.

시하 연습실에 들러 주리 몫의 아이스 아메리카노를 전해준 후, 한 대표의 집무실이 있는 3층으로 올라갔다.

'이게 무슨 소리지?'

한 대표의 집무실 앞에 서서 방문을 두드리려던 나는 잠시 멈칫한다. 문틈으로 정체불명의 음악소리가 새어나오고 있었기 때문이다.

두어 번 문을 두드려 봐도 반응이 없는 걸 보면, 아마 음향 때문에 노크 소리가 잘 안 들리는 모양이다.

그래서 나는 조심스레 방문을 열어보았다. 한 대표는 창문 방향으로 돌려진 회전의자에 앉은 채 음악을 듣고 있다. 그 장면이 흡사 80년대 오디오 광고의 한 장면을 연상케 한다.

내가 가까이 다가갔을 때야 비로소 인기척을 느꼈는지, 그는 의자 방향을 틀어 내 쪽으로 돌아본다.

"왔어?"

나를 보며 지그시 웃는 한 대표에게서 바로 어제 트라이애슬론 경기를 치르고 장거리 운전까지 해낸 자의 고단함이 여실히 느껴진다. 하지만 그의 눈빛만은 생기 있게 빛나고 있다.

"이건 무슨 곡이야?"

방 안에 흐르고 있는 음악은 처음 들어보는 곡이었다. 미디엄 템포이면서도 흡인력 있는 멜로디와 독특한 비트감이 빚어내는 경쾌한 청량감이 매력적이다.

"스웨덴의 프로듀싱 팀 '골든챕터'가 보내온 신곡이야. 국내외 다수의 뮤지션들이 주리 강 앞으로 보내온 여러 곡들 중 하나지."

"내 앞으로 보내온 곡이라고? 지금 이 곡이?"

"《더 유니버스》가 끝난 후 9일 동안 주리 강과의 작업을 원하는 뮤지션들이 큐피드로 보낸 데모 음원이 무려 마흔여섯 곡이야. 국내에서 온 게 스물한 곡, 해외에서 온 게 스물다섯 곡이지."

"그래서, 자네가 그 많은 곡들을 다 들어본 거야?"

"중간에 듣다 만 두세 곡 외에는 거의 다 끝까지 들어봤지."

사실 아이엠월의 햄스턴 별장에서 면담했던 열두 명의 아티스트에 관한 이야기도 아직 한 대표에게 전하지 못했다. 그런데 벌써 나와 같이 작업하고 싶다며 데모 음원까지 보낸 아티스트들이 그렇게 많다니, 나는 어안이 벙벙할 뿐이다.

"핑크 레인과 내가 그중에서 스무 곡을 추렸어. 자네가 한 번씩 들어보고 맘에 드는 몇 곡을 골라 솔로 미니앨범부터 내자고. 물 들어올 때 노 저어야지!"

한 대표는 내게 금색 마이크 모양의 USB를 내민다. 그걸 받아든 나는 잠시 머뭇거리다 그에게 묻는다.

"혹시… 여기에 담긴 노래들 중에 단체 곡으로 할 만한 건 없었어?"

"그건 왜?"

"나는 내 솔로 곡보다는 핑크 클라우드 완전체와 함께 하는 신곡을 먼저 발표하고 싶어."

한 대표는 다소 의외라는 표정으로 나를 멀뚱히 쳐다본다. 그의 그런 반응은 어쩌면 당연했다. 주리에겐 이런 내 뜻을 밝힌 바 있지만 한 대표에겐 처음으로 말하는 것이니까.

"나를 위한다거나 멤버들을 의식해서 자네의 뜻을 굽힐 필요는 없어. 너는 그냥 앞으로 쭉쭉 걸어가면 되는 거야. 나도 힘닿는 데까지 도울 테니까."

한 대표는 내가 친구, 혹은 동료들이 마음에 걸려서 뜻을 굽히는 거라 생각한 모양이다.

"내가 뜻을 굽히려는 게 아니라, 그게 바로 내 뜻이야. 나는 나 혼자 이루기보다 함께 이루고 싶어. 나에게 자네와 핑크 클라우드 멤버들은 목표의 동기인 동시에 목표 그 자체란 말이야."

지금의 나는 그들로부터 나 자신을 따로 떼놓고 생각할 수 없다. 그들이 곧 나다. 따라서 그들을 위하는 것이 곧 나를 위하는 것이다.

"그렇구나! 자네 말을 듣고 보니 내가 너무 성급했던 것 같기도 하네. 물이 들어온다고 무작정 노를 젓기보다 우선 신중하게 진로 방향부터 잡는 게 급선무인데 말이야."

워낙 한번 발동이 걸리면 브레이크가 잘 안 듣는 사람이라, 한 대표에게 내 생각을 관철하기 힘들지 모른다는 생각도 했었다. 그런데 그가 선뜻 내 뜻을 알아주니 참 다행이다.

"이런 말하기 좀 쑥스럽지만… 고맙다, 짱또라이!"

한 대표가 나를 '짱또라이'라고 부른 건 참 오랜만이다. 아마 그의 소속 연예인이 되고 나선 저 호칭을 쓴 게 처음인 것 같은데….

"뭐가 고마운데?"

"도약의 길을 열어준 것만으로도 고마운데, 우리까지 모두 데려가려고 하잖아. 지금의 너라면 혼자 가는 편이 훨씬 더 유리할 텐데 말이야."

"고마워해야 할 사람은 바로 나지. 자네에겐 매일 아침저녁으로 고맙다는 말을 문안 인사처럼 해도 충분치 않을 거라고!"

"주리한테 들었어. 《더 유니버스》 애프터 파티에서 무려 열두 명의 쟁쟁한 아티스트들로부터 함께 작업하자는 제의를 받았던 사실 말이야. 심지어 에릭람으로부터 듀엣 제의를 받은 것도…."

"그걸 이미 주리가 자네한테 다 얘기했다고?"

"그래, 자네가 그 기라성 같은 거물급 뮤지션들을 제치고 나를 최우선 순위로 꼽았다는 것까지 말해주더군."

"자네는 날 구해준 은인이잖아. 내 생명과도 같은 음악을 지켜주었으니 생명의 은인이라고 할 수 있지."

"자네가 나에 대한 의리를 지키려고 더 좋은 기회를 포기하려는 건 아닌지 마음이 쓰여."

"의리 때문만은 아니야. 난 자네의 능력을 믿어. 내가 전적으로 믿고 함께 갈 수 있는 사람은 자네밖에 없단 말이야."

"솔직히 말해서 확신이 없어. 자네가 세계 최고의 뮤지션으로 성장해 가는데 과연 나 같은 내수용 제작자가 도움이 될까?"

자신감과 패기로 똘똘 뭉친 한 대표의 입에서 나온 셀프 디스 발언은 왠지 나를 숙연하게 만들었다.

속 깊은 진심의 온도가 그대로 느껴졌다고 할까?

한 대표의 저 말은 소속 가수인 나를 생각하는 마음이 너무 커서 생긴 자격지심이라는 걸 나는 알고 있다.

"준호야, 나는 세계 최고가 되고 싶다고 생각한 적 없어. 멈출 수 없기 때문에 그냥 계속 이 길을 갈 뿐이야. 내가 강주리의 몸이든, 다시 장윤호의 몸으로 돌아가든, 내가 살아 숨 쉬고 있는 한 절대로 음악의 길을 멈출 수 없거든."

내가 세상으로부터 멀어져 있던 23년 동안에도, 나는 결코 음악을 떠나지 않았다. 항상 음악은 내가 살아가는 이유였고, 나를 살아가게 하는 힘이었다.

"내가 어디까지 갈 수 있을지는 알 수 없지만, 그저 내가 가는 그 길을 함께 가고 싶을 뿐이야. 너, 주리, 그리고 핑크 클라우드 멤버들과 같이 가고 싶다고!"

함께 그 길을 가는 과정에서 의미와 가치를 얻어낼 수 있다면 결과 따윈 중요하지 않다. 이미 나는 음악 안에서 충분히 행복하니까.

92. 호사다마

◆◆

나는 지금 핑크 클라우드 멤버들과 함께 장충동의 한 신축 빌딩에 와 있다. 모 호텔의 주차장 부지에 새로 들어선 건물이다.

내달 중순에 문을 열게 되면, 이곳이 국내 최대 규모의 시내 면세점이 될 예정이라고 한다.

핑크 클라우드 멤버들이 꼭두새벽부터 일어나 미용실에 들렀다가 여기에 온 이유는 바로 광고 촬영을 위해서다.

그렇다. 드디어 핑크 클라우드가 첫 광고를 찍게 된 것이다.

사실 광고 선별 과정은 꽤 까다롭고 복잡했다. 이제 핑크 클라우드와는 따로 떼놓고 생각할 수 없게 된 S그룹이 사업을 펼치고 있는 분야의 광고는 피해야 했기 때문이다.

S그룹의 사업종목인 화장품, 패션, 리빙, 인테리어, 가구 분야를 제외시키려다 보니, 자연적으로 선택의 범위가 좁아질 수밖에 없었다.

그렇다고 지금 당장 핑크 클라우드를 S그룹 계열사의 모델로 기용하는 건 시기상조라는 데에 큐피드와 S그룹이 뜻을 같이했다.

제의가 들어온 열 몇 가지 중에서 한 대표가 고르고 골라 가장 처음으로 촬영하게 된 것이 바로 면세점 광고다. 최고의 한류 스타들만 할 수 있다는 바로 그 광고.

그나마 S그룹이 문어발식 경영으로 몸집을 키운 기업이 아니라 다행이었다. 여타의 국내 대기업들처럼 S그룹이 호텔이나 유통업계까지 손을 대고 있었다면, 이 면세점 광고도 못 찍었을 테니 말이다.

핑크 클라우드가 데뷔 후 3년 만에 처음으로 하는 광고 촬영인 만큼, 한 대표도 현장에 동행했다.

그런데 핑크 클라우드가 이번 광고의 단독 모델이 아니라는 사실은 촬영 현장에 와보고서야 인지했다.

"장고 끝에 악수를 둔다고, 심사숙고 끝에 엄선한 광고가 하필 공동 출연이라니!"

한 대표는 깊은 자책에 빠졌다. 광고 품목에만 지나치게 신경 쓴 나머지 공동으로 출연하는 다른 모델이 있다는 사실을 놓친 것이 그는 내내 마음에 걸리는 모양이었다.

"톱스타들이 떼거지로 나오는 광고가 대세이긴 하잖아요. 단독이든 공동이든 저희는 상관없어요, 대표님."

유미가 특유의 어진 미소를 지으며 심각한 표정의 한 대표를 다독인다.

"맞아요, 공동 출연이면 어때요? 우리가 예쁘게만 나오면 되잖아요."

준희도 맞장구를 치며 거들었다.

"그런데 상대가 B2X라는 게 문제지. 대표님이 괜히 걱정하시는 게 아니라고."

긍정적 분위기로의 반전을 꾀하려던 유미와 준희의 노력은 유진에 의해 묵살된다.

"B2X면 지금 가장 핫한 보이그룹인데, 걔네와 우리가 같이 광고 찍는 게 뭐가 어때서 그래?"

유진을 향해 의문을 표한 정화처럼 나 역시 유진과 한 대표가 대체 뭘 걱정하는지 알 수 없었다.

"바로 그게 문제야. 걔네가 너무 핫한 보이그룹이라는 거지. 어린 여자들의 질투 서린 증오가 얼마나 무서운지 몰라?"

유진의 말에 수긍하는 듯한 표정을 짓는 걸로 봐선 한 대표도 바로 그 점을 걱정하고 있었던 게 맞는 모양이다.

"다들 아체대 사건 기억하지?"

아체대, 그러니까 아이돌 체육대회 사건이라면 나도 모르지 않는다.

몇 년 전 연말 가요시상식장에서 걸그룹 D는 보이그룹 B와 함께한 섹시 컨셉의 합동 무대를 선보인 후에 B 그룹 소녀 팬들로부터 공분을 사게 된다.

그로부터 얼마 후 여러 아이돌 그룹들이 모여서 운동 경기를 펼치는 아이돌 체육대회현장에서, B그룹 소녀 팬들의 SNS를 통해 D그룹 소년 팬들에 관한 흉흉한 루머가 유포되는 사건이 발생한다.

'D그룹 팬이 타 팬에게 컵라면과 쓰레기를 던졌다.'

'D그룹 남자 팬들이 B그룹 여자 팬들을 납치해서 성폭행을 시도했다.'

'경찰이 출동했고, 연행된 팬클럽 회원도 있다.'

너무나 어이없게도, 이 황당무계한 루머들이 실제로 먹혀들었다. 피해자 혹은 목격자라고 주장하는 이들이 증거물 인증샷까지 올리면서, 확인되지 않은 소문들은 급속도로 확산되었다.

걷잡을 수 없을 정도로 심각한 사태에 이르자, 담당 PD와 경찰까지 나서서 그 소문들이 사실무근이라고 일축했다. 하지만 그 사건으로 인해 D그룹과 그 팬덤은 치명적인 이미지 타격을 입을 수밖에 없었으며, 아직도 그 사건을 진실로 믿고 있는 사람들이 많다.

"B2X와 잘못 엮였다가는 어린 소녀 팬들로부터 험악한 테러를 당할 수도 있단 말이야!"

유진의 입에서 나온 '테러'라는 단어는 내가 에슐리 휴즈로부터 당했던 커피 세례를 상기시켰다.

'이 불길한 예감은 뭐지?'

인기남 브라이언 마틴이 내 볼에 뽀뽀하고 있는 사진이 그의 SNS를 통해 유포되면서, 내가 여성 참가자들의 미움을 샀던 당시의 상황이 떠올랐다.

전체 스물다섯 명 중 여자가 열넷밖에 안 되는 작은 소사이어티 내에서도 그런 봉변을 당한 바 있는데, 이번엔 B2X의 그 어마무시한 팬덤을 상대해야 한단 말인가?

나는 순간 눈앞이 아득해진다.

멤버들 간의 대화를 잠자코 듣고 있던 한 대표가 마침내 입을 연다.

"첫 광고 촬영을 개운치 않은 마음으로 시작하게 만든 건 전적으로 내 불찰이다. 하지만 B2X 애들과 함께한다고 해서 전혀 위축될 필요 없어. 누구든 내 새끼들 건드리면 내가 가만 안 둔다!"

한 대표 특유의 호기로운 허세가 되살아난 걸 보니 왠지 조금은 안심이 된다.

"광고 방영 후에 무슨 일이 생기든 내가 다 책임지고 알아서 수습해줄 테니 너희들은 그냥 마음껏 촬영에 임하면 된다. 어떻게 매력을 발산할 지, 얼마나 예쁘고 사랑스럽게 보일지에만 신경 쓰도록 해!"

기대 반 우려 반으로 시작된 광고 촬영.

그런데 B2X의 다섯 멤버들은 생각보다 예의 바르고 매너 있는 청년들 이었다.

원래는 양 그룹별 작업을 모두 끝낸 후에 합동 작업을 진행할 예정이었다.

그런데 핑크 클라우드의 단독 컷 작업이 끝난 후, B2X의 리더 송찬겸 이 촬영 스태프들을 향해 이렇게 말했다.

"저희 쪽 촬영보다 합동촬영을 먼저 진행하는 게 어떨까요?"

처음엔 저게 뭔 소리인가 했는데, 생각해보니 참 고마운 배려였다.

"합동촬영을 먼저 하면 핑크 클라우드는 바로 퇴근할 수 있잖아요. 숙 녀 여러분들을 오래 기다리게 할 수는 없죠!"

리더 송찬겸의 멘트는 약간 느끼하고 오글거렸지만, 그의 훈훈한 배려 심은 노벨평화상 감이었다.

그들이 순서를 바꿔준 덕분에 핑크 클라우드 멤버들은 바로 합동 촬영 까지 마무리한 후 현장을 떠날 수 있었다. B2X 측의 촬영이 끝날 때까지 지루하게 기다릴 필요가 없게 된 것이다.

물론 B2X 멤버 중 외모, 실력, 인기 모두 원톱인 찬겸 군과의 커플 촬 영 때에는 내심 긴장하지 않을 수 없었다. 너무 다정하게 보였다가는 그 를 흠모하는 소녀들로부터 무슨 봉변을 당할지도 모르는 일이니까.

그런데 촬영은 의외로 순조롭고 기분 좋게 끝났다.

아무런 거북함 없이 커플 촬영을 무사히 끝낼 수 있었던 것은 더하지도 않고 덜하지도 않은 찬겸 군의 신사적 매너 덕분이었다.

'거 참, 참하고 실한 청년일세!'

찬겸 군은 카메라 안과 밖의 모습이 별 차이 없이 참 맑은 청년이었다.

연예계에 있다 보면 인물값 못하는 가식덩어리들을 종종 보는데, 찬겸 군은 겉과 속이 모두 훈훈한 진짜배기 훈남이 맞는 것 같다.

만약 촬영이 길어졌더라면 현장에서 김밥 정도로 점심을 대충 때워야 했을 텐데, B2X의 신사적 양보 덕분에 우리는 제대로 된 점심식사를 할 수 있게 되었다.

대신 우리가 현장을 떠난 후에도 작업을 계속하고 있을 B2X와 스태프들을 위해, 한 대표는 도시락 20인분을 촬영 스튜디오로 배달시켰다.

점심 식사를 위해 우리가 찾아간 곳은 '구르메'라는 레스토랑이다.

"여기도 우리에게 광고 제안이 들어온 곳 중 한 곳이야."

예약된 룸으로 들어서면서 한 대표가 말했다.

"그래서 저희를 이곳으로 데려오신 거군요?"

한 대표의 의중을 금세 파악한 유미가 그렇게 되물었다.

"그래, 맞아. 레스토랑 프랜차이즈 광고를 수락하기 전에 적어도 그 레스토랑에서 파는 음식을 한 번은 먹어봐야 할 것 같아서… 핑크 클라우드가 광고하는 레스토랑이라고 찾아왔는데, 음식 맛이 별로면 그 욕이 누구한테 가겠어?"

암튼, 한 대표의 세심함은 알아줘야 한다. 광고 제의가 들어왔다고 무조건 덥석 무는 게 아니라, 광고가 나간 이후의 상황까지 고려하는 저 주도면밀함.

사소한 것 하나까지 놓치지 않으려는 그의 철저함 역시도 소속 연예인에 대한 극진한 애정에서 비롯되었을 것이다.

잠시 후 지배인으로 보이는 사람이 룸으로 찾아왔다. 그는 한 대표와 반갑게 악수를 나눈 후 멤버들에게도 차례로 인사를 건넨다.

"저희 구르메는 한국형 패밀리 레스토랑을 표방하는 프랜차이즈로 국내 7개 지점과 해외 3개의 지점을 갖고 있습니다. 독특한 메뉴 구성과 뛰어난 맛으로 다진 입지를 바탕으로 업계 최고는 물론 세계적인 레스토랑 프랜차이즈로의 새로운 도약을 꾀하고 있죠."

젠틀함과 느끼함의 경계를 아슬아슬하게 오가는 지배인의 목소리는 묘한 흡인력이 있다.

"바로 그런 점이 국내 최고뿐만 아니라 글로벌 걸그룹으로의 도약을 꾀하고 있는 핑크 클라우드의 이미지와 부합하다고 할 수 있겠습니다."

사실 인지도 낮은 레스토랑 프랜차이즈로부터 받은 광고 제의에 한 대표가 왜 관심을 보였을지 좀 의아했었다. 그런데 이제야 그 이유를 알 것 같았다.

우리가 먹을 '구르메 테이스팅'은 한식을 프렌치 테이스팅 코스처럼 구성한 메뉴다.

앙증맞은 개다리소반에 주안상처럼 차려진 아뮤즈 부쉬에 절로 미소가 지어진다.

오세트라 캐비어와 사바용 소스를 곁들인 육회, 오이와 펜넬 젤리를 곁들인 숭어 어란, 녹두 크림 밤죽은 허기진 내장을 포근히 달래면서도 식욕을 돋우어준다.

렌틸콩과 해초 크림 소스를 곁들인 전복구이와 붕장어 튀김, 오미자 소스 옥돔구이, 태양초 은대구찜 등이 올라간 해물 플레이트 역시 거슬림 없이 감칠맛 도는 식감과 풍미를 선사한다.

천혜향 사우어 소스를 곁들인 부추와 케일 셔벗으로 입안을 산뜻하게 정리한 후에 맞이한 메인.

숙성 안동한우 채끝등심 숯불구이와 오모가리를 곁들인 국내산 돼지고기 삼겹살 로스트는 세계 어느 나라에서라도 보편적인 설득력을 얻을 만한 맛인 듯하다.

디저트로 나온 치즈곶감말이, 현미유과, 헤이즐넛 약과는 더하지도 덜하지도 않은 달콤함으로 코스의 대미를 장식한다.

장장 90분에 걸친 테이스팅 코스를 마무리한 후 식혜로 입가심을 하고 있을 때, 준희의 외침이 주의를 환기한다.

"송찬겸이 인별그램에 주리랑 같이 찍은 사진 올렸어!"

"뭐?"

미식의 감동이 남긴 여운을 느긋하게 즐기고 있던 좌중은 준희의 말에 일제히 동요하지 않을 수 없었다.

'송찬겸, 대체 뭐하는 자식이야!'

그의 국내외 팔로워가 자그마치 500만이 넘는 거로 알고 있다. 단순히 쪽수만 많은 게 아니라 극성맞기로도 유명하단 말이다.

송찬겸 이 녀석은 도대체 무슨 생각으로 나와 함께 찍은 사진을 자신의 SNS에 올렸단 말인가? 무슨 험한 꼴을 당하게 하려고?

93. 새로운 청사진

◆◆

나는 두근거리는 마음으로 송찬겸 인별그램에 접속해본다.

그런데 문제의 사진은 내가 예상했던 것과는 전혀 다른 구도와 분위기였다.

해당 사진에는 나, 그러니까 주리의 얼굴과 송찬겸이 같이 찍혀있긴 한데, 커플 컨셉의 사진은 아니었다.

그것은 송찬겸의 셀카였다. 시선이 카메라가 아닌 다른 방향으로 향해 있는 나는 그저 배경일 뿐이었다. 다시 말해, 송찬겸이 나를 배경으로 자신의 얼굴을 찍은 사진이었다.

사진 속 화면의 절반을 차지하고 있는 송찬겸의 얼굴은 뭔가 경의에 찬 표정이다.

그 사진 밑에 송찬겸이 달아놓은 코멘트는 다음과 같았다.

'ssongchandol98 드디어 주느 님 영접! 실물을 본 순간 숨이 멎는 줄. 피부에 LED 장착한 것 같은 눈부신 아우라~!!! #장충동#CF촬영중#듀엣 해보는게소원'

사진과 코멘트도 의외였지만, 그 밑에 달린 댓글들은 더 가관이었다.

'chanlove04 흥! 질투심 폭발. 하지만 주리신이라 인정!'

'chanmanool 내 비록 찬겸빠이긴 하나, 솔까 넘사벽 가창력 강주리와의 듀엣은 좀 아니지 않음? 찬겸찡은 닥치고 나만 봐!'

'jurybaragi 안구 공유 요망!'

'nauiycosinnim 주느 님 주느 님 노래를 부르시더니 드디어 영접하셨네. 진정한 성덕! 하지만 듀엣은 노래 연습 좀 더 하고 오시길…'

긴장된 표정으로 댓글을 읽어가던 좌중의 얼굴에 어느새 희색이 만연해 있다.

준회가 얼굴 가득 터질 듯한 미소를 담은 채 흥분한 어조로 물꼬를 튼다.

"댓글이 완전 반전인데? 하나같이 주리 찬양 일색이잖아!"

그러자 짐짓 무덤덤한 듯 표정관리를 하고 있는 유진이 한마디 한다.

"오히려 이 사진보다 그 아래 댓글들 때문에 두 팬덤 간에 싸움 붙을까 봐 걱정이야."

그렇게 애써 냉담한 척하는 유진도 기쁜 내색을 완전히 감추지는 못했다.

내 옆에 앉은 유미는 내가 대견하고 자랑스럽다는 듯 내 뒤통수를 쓰다듬는다.

"이제 우리 주리 팬덤의 화력이 송찬겸 팬덤을 압도하네!"

맞은편 자리에 앉은 정화도 한 마디 보탠다.

"그뿐만이 아닌데? 극성맞고 무지막지한 찬겸빠들마저 우리 주리의 실력을 인정하고 있잖아! 그게 더 대단한 거지."

정화가 예능물을 좀 먹더니 한국말 구사력이 몰라보게 좋아졌다. 조금 있으면, 나도 잘 모르는 급식체까지 구사하게 될지도 모르는 일.

이윽고 멤버들의 대화를 흐뭇한 표정으로 지켜보고 있던 한 대표가 입을 연다.

"이거 이렇게 되면, 강주리와 듀엣을 원하는 지원자들을 모아서 오디션이라도 봐야 할 판인데?"

한 대표가 농담조로 던진 그 말을 정화가 정색하며 받아친다.

"Why not? 굿 아이디어인데요?"

정화의 진지한 표정을 마주한 한 대표의 얼굴에서도 웃음기가 싹 걷힌다.

그리고 그 순간, 나는 보았다. 한 대표의 눈빛이 사냥감을 발견한 맹수의 그것처럼 반짝 빛을 내는 것을 말이다.

"《윈드 메이커》가 그동안 주리 분량에 목말라 하고 있었는데, 이 아이템을 제안하면 제작진 측에서 꽤 솔깃해 하겠는데요? 이름하여, 강주리 듀엣 찾기 프로젝트!"

유미는 정화보다 한술 더 떠 구체적인 방법론까지 제시했다.

아닌 게 아니라, 내가 홍콩과 뉴욕에 체류했던 기간 동안에는《윈드 메이커》에서 강주리 분량이 없었다.《더 유니버스》측에서 스포 유출을 우려해《윈드 메이커》의 취재 및 촬영을 허가하지 않았기 때문이다.

그래서 만약 우리 쪽에서 먼저 그런 아이디어를 제시한다면, 유진 말대로《윈드 메이커》측에서는 반색할 가능성이 크다.

"우리가 심사위원을 하면 어때요? 주리와 듀엣 할 사람은 내 손으로 골라주고 싶단 말이에요!"

급기야 준희는 심사위원을 자처하고 나서기까지….

"주리와 듀엣 할 상대를 핑크 클라우드가 골라주는 컨셉이라니, 너무 좋은 생각이야!"

유미는 박수까지 치면서 준희의 말에 동조했다.

"그런데 말이야, 듀엣 상대를 찾는 음악 예능 프로그램은 기존에도 있지 않았어? 과연 차별성이 있는 기획인지 난 잘 모르겠네."

기대와 설렘이 고조되고 있는 이런 분위기에서 냉철한 태도로 문제의식을 던진 사람은 어김없이 유진이었다. 듣고 보니 그 말도 일리가 있다.

유진이 제기한 문제에 대한 응답에 나선 사람은 유미다.

"판타스틱 듀엣이나 너의 목소리가 보이네 같은 프로그램의 도전자는 일반인이나 무명가수잖아."

"그런데?"

"그런데, 강주리 듀엣 찾기에는 이름난 기성 뮤지션이 지원하는 거지. 그래서 나름의 차별성을 가질 수 있다고 봐."

"그런데 과연 네임 밸류 있는 뮤지션들이 선뜻 이런 프로그램에 참여하겠다고 나설까? 신인들이라면 모를까, 이미 위상이 확고한 기성 뮤지션들은 선뜻 출연하기 쉽지 않아 보이는데?"

바로 그때, 유미와 유진 사이의 대화를 잠자코 듣고 있던 한 대표가 불쑥 끼어든다.

"이미 주리에게 같이 작업하자고 제의한 국내외 아티스트가 수십 명에 달해! 그중에는 현재 빌보드에서 정상권을 달리고 있는 뮤지션도 있고, 그래미 어워드를 여러 차례 수상한 싱어송라이터 등도 포함되어 있어."

이 얘기를 처음으로 전해들은 멤버들은 하나같이 그 정도일 줄은 몰랐다는 표정이다.

나와 눈이 잠깐 마주친 준희는 내게 오른손 엄지손가락을 번쩍 들어 보인다.

소리 없는 경탄을 입 모양으로 짧게 표한 유진의 얼굴에도 수긍의 미소가 천천히 피어오르는 게 보인다.

"사실 그들이 모두 참여를 한다는 보장은 없어. 하지만 음악에 대한 순수한 열정을 가진 뮤지션이라면 자존심 따위와는 상관없이 참여할 것이라는 확신이 들어. 어쨌든 나는 한 번쯤 시도해봄 직한 프로젝트라고 생각해."

어쩌면 한 대표의 머릿속에는 이미 새로운 청사진이 그려지고 있는지도 모른다.

그리고 그의 얼굴에 차오르고 있는 투지와 의욕을 목도한 나의 심장도 덩달아 힘차게 박동하기 시작한다.

2017년 11월 1일 PM 01:28.

한국시간을 기준으로 2017년 11월 1일 0시 정각, 평창 동계 올림픽 주제곡 〈하나 된 꿈〉 음원이 전 세계로 출시되었다.

어마무시한 팬덤의 세 아티스트가 함께한 프로젝트인 만큼 어느 정도의 반응은 예상했지만, 이 정도로 뜨거울 줄은 미처 몰랐다. 단숨에 국내 8개 음원차트 올킬은 물론이고, 아이튠즈 차트 27개국 1위, 빌보드 월드 차트 1위를 기록하는 기염을 토했다.

그야말로 대박을 예감하는 오픈 스코어다. 88 서울 올림픽 주제곡 〈손에 손 잡고〉의 흥행 계보를 이을 가능성도 보인다.

현재 횡성 휴게소에 와있다. 점심식사를 위해 들른 참이다.

주리와 나는 로드 매니저 준식이 모는 차를 타고 뮤직 비디오 촬영을 위해 평창으로 향하는 길이었다.

스케줄 조율에 실패해 계속 미뤄졌던 〈하나 된 꿈〉 뮤직 비디오 촬영 일정이 음원이 풀리고 난 오늘에야 잡힌 것이다.

"아침 먹은 게 잘못 되었나봐. 난 그냥 차에서 좀 잘게."

준식은 속이 안 좋다며 점심을 먹지 않고 차에서 쉬겠다고 했다. 그래서 주리와 나만 차에서 내려 밥을 먹으러 갔다.

아픈 사람에겐 좀 미안한 얘기지만, 나는 내심 안도했다. 준식이 앞에서 주리를 '유노 쌤'이라 부르며 존대를 해야 할 필요가 없어졌기 때문이다. 그런 거북한 순간을 상상하는 것만으로도 신물이 올라올 정도였는데 말이다.

"횡성 휴게소에선 한우 스테이크를 먹어야 해!"

사실 이건 휴게소 도착 직전에 급하게 검색해서 알아낸 정보였지만, 나는 마치 원래 알고 있던 것처럼 거들먹거리며 말했다. 오늘은 왠지 내가 주리 앞에서 가이드인 양 아는 척을 해보고 싶었기 때문이다.

"근데, 유노 쌤! 이게 정녕 한우 스테이크인가요? 제가 보기엔 함박 같은데?"

주리의 말을 듣고 보니 정말 그랬다.

"그러게. 계란 후라이까지 올려져 있으니 빼박이네."

우리가 받아온 쟁반에 놓인 요리는 기대했던 한우 비프 스테이크보다는 함박 스테이크 쪽에 더 가까워 보였다.

그제야 메뉴판에 쓰인 명칭을 제대로 확인해보니 '횡성 한우 떡 더덕 스테이크'라고 되어 있었다.

'이런, 내가 이걸 한 번도 못 먹어봤다는 게 다 뽀록나버렸어!'

허술한 정보력으로 주리 앞에서 잘난 척했던 게 무색해지는 순간이었다.

횡성 한우 떡 더덕 스테이크는 소스 맛은 그럭저럭 괜찮은 편이었다. 하지만 강한 양념 맛 때문에 한우 본연의 풍미를 느끼기 어려웠다.

그리고 다소 퍽퍽한 식감도 에러였다. 원래 함박 스테이크에는 식감을 부드럽게 하기 위해 돼지고기를 섞는 거라고 들었는데, 한우만으로 패티를 만들다 보니 그렇게 된 모양이다.

"괜히 아는 척해서 미안해. 나 사실 횡성 휴게소는 처음이야. 그러니까 이 횡성 한우 떡 더덕 스테이크라는 메뉴도 당연히 처음 먹어보는 거지. 횡성 휴게소의 별미로 소문났다더니, 뭐 그냥 그렇네."

"그래도 휴게소 음식치곤 아주 훌륭한데요? 전 꽤 맛있게 먹었어요."

주리는 패티는 물론이고 반숙 노른자를 풀어 섞은 양념에 밥까지 비벼서 싹싹 다 긁어먹은 상태였다. 나는 패티를 3분의 1이나 남겼는데 말이다.

"오늘 왜 그렇게 잘 먹어? 드디어 태왕 님 만날 생각하니까, 식욕이 막 도나 봐?"

내가 주리에게 보낸 가벼운 야유에는 아마 질투의 콩고물도 약간 묻어 있었을 것이다.

"글쎄요, 분명히 좋긴 한데, 상상했던 것만큼 좋진 않네요."

나는 태왕이라는 말만 꺼내도 주리가 자지러질 줄 알았는데, 어째 반응이 영 신통치 않다.

"진짜? 혹시 벌써 다른 놈으로 갈아탄 거야?"

무심코 툭 내뱉은 내 말에 주리는 입술을 삐죽거린다. 어딘가 토라진 듯한 얼굴이다.

"왜 그래? 내가 무슨 말실수라도 한 거야?"

입을 쑥 내민 채 나를 빤히 쳐다보던 주리가 천천히 입을 연다.

"정말 몰라서 그러시는 거예요? 아니면 알면서 일부러 그러시는 거예요?"

앞뒤 없이 훅 치고 들어온 질문에 나는 몹시 당황할 수밖에 없었다.

"뭘? 내가 뭘 모르고, 뭘 안다는 … 거지?"

당황한 나머지 나도 모르게 언성이 좀 올라가버린 걸 깨닫고는 뒤늦게 어조를 누그러뜨렸다.

"어떨 땐 한없이 가까운 존재로 느껴지다가, 이럴 때 보면 또 아닌 것 같다니까요?"

"무슨 소리인지 당최 모르겠어, 이 녀석아!"

도대체 주리가 지금 무슨 말을 하고 있는지 알 수 없어서 답답할 뿐이었다. 뭔가 철학적 이야기를 하는 것도 같고, 투정을 부리고 있는 것 같기도 한데…

"나를 향해있는 마음이 느껴지다가도 또 금세 거북이처럼 단단한 껍질 속에 쏙 숨어버리잖아요."

그 말을 듣고서야 나는 주리가 늘어놓은 말의 진의를 이해할 수 있을 것 같았다.

주리는 지금 내 감정에 대해 말하고 있는 것이다. 이미 나를 가득 채우고 있지만 나 스스로 허용하지 못하고 있는 그것에 대해서 말이다.

주리가 지금 내 안에 숨겨진 이 감정에 대해 추궁하고 있는 거라면, 나는 진술을 거부할 수밖에 없다. 아직 나는 그걸 인정하는 말도, 혹은 부정하는 말도 입 밖으로 꺼낼 자신이 없기 때문이다.

"전 요즘 말이에요."

그렇게 말머리를 던져놓고 잠시 뜸을 들이는 주리.

"요즘에… 뭐?"

주리의 입에서 어떤 말이 튀어나올지 조금 두렵기도 했지만, 나는 궁금함을 참지 못하고 그렇게 되물었다.

나는 괜히 조마조마한 심정으로 주리의 다음 말을 기다린다.

"요즘 저는요, 태왕 사진을 보는 것보다 거울을 보고 있는 게 더 좋단 말이에요."

94. 도대체 이유가 뭐야?

◆◆

2017년 11월 1일 PM 02:30.

대관령 IC 진입 후 평창 올림픽 플라자에 거의 근접했을 때, 한 대표로부터 전화로 뭔가를 전달받은 준식이 말했다.

"촬영장소가 급하게 변경되었대. 좀 전에 대표님에게로 연락이 왔나 봐. 강릉 올림픽 파크 쪽으로 오라고…."

집합 시간을 불과 30분 남겨두고 장소가 변경되었다는 통보에, 내 안의 투덜이가 즉각 소환된다.

"아니, 그렇게 갑작스럽고 일방적인 통보가 어디 있어?"

그렇게 내 성질대로 버럭 해버린 나는 준식이 듣고 있다는 점을 뒤늦게 깨닫고 황급히 어조를 누그러뜨린다.

"막내인 내가 늦으면 곤란하잖아… 요."

그러자 옆에 있던 주리가 급히 분위기 수습에 나선다.

"갑자기 변경 통보를 한 것이니 촬영 시작 시간에도 변동이 있겠지. 다른 아티스트들도 제시간에 도착하진 못할 거야. 그렇죠, 준식 씨?"

그래도 주리가 순발력 있게 대처한 덕분에 자칫 곤란해질 뻔했던 상황을 무사히 잘 넘길 수 있었다.

베스트 드라이버 준식의 뛰어난 운전 솜씨 덕분에 대관령 IC에서 강릉 올림픽 파크까지 25분 만에 도착했다.

집합 장소인 강릉 아이스 아레나에는 셋 중 제일 선배인 선휘 누님이 가장 먼저 도착해 있었다.

"선휘 누… 언니, 늦게 와서 죄송합니다! 평창 올림픽 플라자에 거의 도착했을 무렵에야 장소가 변경되었다는 통지를 받았어요."

인사도 제대로 드리기 전에 사과부터 한 나를 향해 선휘 누님은 한 떨기 백합처럼 그윽하게 웃으신다.

"아냐, 나도 좀 전에 도착했어. 아마 내가 오히려 주리 씨보다 뒤에서 따라오고 있었나 봐. 나는 다행히 대관령 IC에 진입하기 전에 연락을 받았기 때문에, 곧장 직진해서 강릉까지 올 수 있었거든."

잠시 후에 도착한 태왕도 선휘 누님께 90도 폴더 인사를 하며 사과부터 했다.

"선배님 죄송합니다. 저는 사실 오전에 일찌감치 강릉까지 와서 아침 겸 점심을 먹었었어요. 그런 다음 평창 올림픽 플라자에 가 있다가 뒤늦게 연락을 받고 다시 강릉으로 돌아오느라 이렇게 늦었습니다."

두 후배로부터 연달아 사과의 말을 들은 선휘 누님은 다소 황송해 하는 표정을 짓는다.

"어쩌다 보니 간발의 차이로 내가 먼저 도착한 것일 뿐인데, 괜히 두 후배를 미안하게 만든 것 같아 내가 도리어 미안하네."

각자 나름대로 열심히 목적지를 향해 달려온 세 명의 아티스트로 하여금 이렇듯 서로가 서로에게 미안해야 하는 상황을 만들어버리다니.

제작진을 향한 분노가 고개를 들려던 찰나, 카키색 트렌치코트 차림의 사내가 우리 곁으로 다가온다.

M자형 탈모가 진행되고 있는 듬성한 머리숱을 소중하게 빗어 넘긴 해말쑥한 얼굴에선 다소곳하면서도 만만치 않은 카리스마가 느껴진다.

"안녕하십니까, 저는 이번 뮤직비디오 촬영의 총감독을 맡은 여운탁이라고 합니다."

여운탁? 어디선가 들어본 것 같긴 하지만, 인지도가 확실한 이름은 아니다.

탑 뮤지션인 태왕과 선휘 누님도 이 사람과 일면식이 없어 보이는 걸 보면, 그리 유명한 뮤비 감독이 아닐지도 모른다는 생각이 들었다.

"이선휘 선배님, 태왕 씨, 주리 씨 모두 처음 뵙게 되어 영광입니다. 저는 사실 일본에서 영화를 만들던 사람입니다. 뮤직비디오 감독은 이번이 처음인데, 이렇게 굉장한 분들과 함께 작업하게 되어 몹시 흥분되는군요."

그는 마치 내 생각을 읽기라도 한 것처럼 자신의 경력에 대해 언급했다.

'그런데 저런 사설을 늘어놓기 전에, 갑작스러운 장소 변경 통보를 하게 된 이유를 해명하고, 혼란을 끼쳐 죄송하다는 사과부터 해야 하는 것 아닌가?'

나는 내 불편한 심기가 표정에 그대로 드러날 것을 우려해 고개를 다른 방향으로 돌렸다.

"갑자기 촬영 장소를 바꾸게 된 점은 정말 죄송합니다. 변경 이유도 궁금하실 것으로 생각됩니다."

이번에도 그가 꼭 내 속마음을 들여다본 것처럼 말하는 바람에, 나는 흠칫했다.

"촬영 장소를 급하게 바꾸게 된 이유는…."

그는 이유를 설명하려다 말고 번뜩이는 눈빛으로 세 아티스트의 얼굴을 차례로 둘러본다.

대체 무슨 이유이기에 저리도 뜸을 들이는 건지….

'어디, 납득할 만한 이유가 아니기만 해봐!'

시답잖은 변명 따위라면 듣고 싶지 않단 말이다.

"갑자기 어떤 분이 뮤직비디오에 출연하겠다는 의사를 밝혀오면서 촬영 콘티가 전면적으로 수정되었습니다. 그래서 촬영장소까지 바뀌게 된 것입니다."

아니, 저건 또 무슨 소리지? 얼마나 대단한 인물이기에, 뮤비 콘티와 촬영장소까지 좌지우지하는 거냐고?

"그 어떤 분이 대체 누구신데요?"

참다못한 내가 물었다.

감정을 최대한 자제하긴 했지만, 언짢은 기색을 완전히 감추지는 못했을 것이다.

나는 그렇다 쳐도, 감히 선휘 누나와 태왕 같은 존재까지 똥개훈련 시킨 상대가 대관절 누구란 말이지?

"바로… 김연하 씨입니다."

여운탁 감독의 입에서 '김연하'라는 이름이 나왔을 때, 나는 내 귀를 의심할 수밖에 없었다.

"퀸 연하?"

"피겨 스케이터 김연하 선수 말씀하시는 거 맞아요? 아, 이제 은퇴했으니 선수는 아니구나!"

선휘 누나와 태왕도 여운탁 감독의 말이 좀처럼 믿기지 않는지 확인하듯 반문했다.

"네, 맞습니다. 피겨 월드 챔피언이자 올림픽 챔피언 김연하 전 국가대표가 지금 저 아이스 아레나 안에서 워밍업을 하고 계십니다."

"네? 방금 워밍업이라고 하셨나요? 그럼, 김연하 님이 지금 스케이트를 타고 계신다고요?"

나는 '워밍업'이라는 말에 귀가 번쩍 뜨여 그렇게 되물었다.

"네, 맞습니다. 지금 아이스링크 위에서 몸을 풀고 있습니다."

"그럼, 뮤직비디오에 연느 님이 피겨 스케이팅하는 장면이 담기는 건가요?"

"그렇습니다. 김연하 씨 측에서 뮤직비디오 출연의사를 먼저 밝혀왔을 때 저희 제작진이 제안을 했죠. 그렇다면 뮤직비디오에 피겨 스케이팅하는 장면을 넣으면 어떻겠냐고요. 처음엔 난색을 표했지만, 거듭된 부탁에 오케이 하셨습니다."

2014년 5월의 마지막 아이스 쇼 이후로 빙판 위에 선 모습을 볼 수 없었던 연느 님이 지금 스케이트를 타고 있다니. 나는 그 장면을 상상하는 것만으로도 심장이 벌렁벌렁거렸다.

"사실 처음에 평창올림픽 조직 위원회 측에서 제안했던 콘티는 세 아티스트가 메인 스타디움 및 종목별 경기장을 배경으로 노래하는 컨셉이었습니다."

말로만 들어도 뭔가 따분하고 구태의연한 장면이 자동적으로 연상된다.

그런 컨셉이라면 아무리 멋지게 잘 찍는다고 해도, 뮤직비디오보다는 올림픽 소개 영상처럼 보일 것 같다.

"그런데 평창 올림픽 플라자 주변에는 아직 완공되지 못한 경기장들이 많고 아직 눈도 쌓여있지 않아서 좋은 그림을 잡아내기가 어려울 것 같았습니다. 만약 그 콘티대로 촬영을 강행한다고 해도, 많은 CG 작업이 요구될 수밖에 없는 상황이었죠."

열변하는 여운탁 감독의 얼굴에 안도의 기색이 떠오른다. 그 컨셉대로 가지 않은 게 천만다행이라고 말하는 듯한 표정이었다.

"촬영 당일까지도 고민에 고민을 거듭하고 있던 저희 제작진 앞에 구세주가 나타났습니다.《더 유니버스》에서 강주리 씨가 보여준 눈부신 활약에 깊은 감명을 받은 김연하 씨가 저희 쪽에 먼저 출연 의사를 밝혀온 겁니다."

여운탁 감독의 허여멀건 얼굴이 환희의 빛으로 더 환해진다.

연느 님이 나에게서 감명까지 받았다는 얘기를 전해들은 내 마음도 덩달아 밝아진다.

여운탁 감독으로부터 기쁨의 바이러스가 전염되기라도 한 듯, 두 눈을 초승달처럼 이지러뜨리며 웃고 있는 태왕이 입을 연다.

"결국 주리 씨 덕분에 연하 씨의 출연이 성사된 거로군요.《더 유니버스》 얘기가 나와서 하는 말인데, 저는 주리 씨의 경연을 연하 선수 경기 볼 때와 비슷한 마음으로 지켜봤어요. 강주리에게서 김연하를 느꼈달까요? 전 세계에 우리나라의 위상을 드높였다는 것도 두 사람의 공통점이죠."

이 모든 대화를 흐뭇하게 듣고 계시던 선휘 누님이 마침내 한 말씀 하신다.

"역시 최고는 최고를 알아보네요. 세계를 재패해본 경험이 많은 연하 씨였기 때문에 세계 정상에 오른 주리 씨의 진가를 더 잘 알아본 거라고 생각해요. 연하 씨가 우리 마음속 영원한 피겨 국가대표이듯 주리 씨는 우리의 자랑스러운 국가대표 디바입니다."

두 명의 탑 뮤지션이 연느 님과 나를 연관 지어 칭송해주시니, 나는 황송하여 어찌할 바를 몰랐다.

"그러고 보니 제가 경황이 없어서 아직 주리 씨에게 축하도 못 전했네요. 부담이 엄청 컸을 텐데 멋지게 잘하고 돌아온 것 정말 대견하고 자랑스러워요. 정말 축하합니다."

"대중음악계의 올림픽과도 같았던 《더 유니버스》에서 개인 우승이라는 훌륭한 성적을 거두고 돌아온 것 정말 축하해요."

찬사도 모자라 선휘 누님과 태왕으로부터 차례로 축하 메시지를 받고 보니, 나는 정말 내가 대단한 일을 해냈다는 성취감에 도취되었다.

일시에 밀려온 과도한 행복감에 약간의 부담마저 느낀 나는 얼른 화제를 돌린다.

"그럼, 김연하 님이 피겨 스케이팅하는 장면과 가수들이 노래하는 장면이 오버랩 되는 구성인가요?"

그것은 주의를 분산시킬 목적으로 던진 질문이긴 했지만, 실제로 몹시 궁금한 사항이기도 했다.

"네, 그렇습니다. 스토리가 있으면서도 다이내믹하고 스펙터클한 영상을 만들어보도록 노력하겠습니다."

여운탁 감독의 뽀얀 얼굴에 웃음기가 물러가고 진지한 포부가 담긴다. 그리고는 다시 엷은 미소를 띠며 한마디 덧붙인다.

"만약 가수 여러분 중에 김연하 씨와 함께 피겨 스케이팅을 할 분이 있으시다면, 더 좋은 그림이 나올 수도 있을 텐데 말입니다."

그것은 웃으면서 한 말이긴 했지만, 농담처럼 들리진 않았다. 외려 여운탁 감독의 어조는 시종일관 지나칠 정도로 진지했다.

"혹시 태왕 씨는 스케이트를 타보신 적이 없으십니까? 김연하 씨와 페어 스케이팅을 하는 것까지는 어렵다고 해도, 빙판 위에서 노래하는 모습이라도 괜찮을 것 같은데 말입니다."

여운탁 감독의 진지한 물음에 태왕은 특유의 눈웃음을 흘리며 손사래를 친다.

"죄송합니다. 저는 사실 부상을 염려해서 스키나 스케이드 보드도 잘 타지 않습니다."

태왕이 정중히 고사하자, 선휘 누님은 물음을 받기도 전에 난색을 표하신다.

"저는 설상 종목은 좋아하는 편인데, 빙상과는 잘 안 맞아요. 그리고 제가 연하 씨와 함께 빙판에 서는 건 그다지 그림이 좋을 것 같지가 않아요. 주리 씨가 해야 예쁜 그림이 나올 것 같은데요?"

선휘 누나가 '주리'라는 이름을 거명하자, 모두의 시선이 내 쪽으로 쏠렸다.

"제가… 할 수 있을 것 같아요. 제가 할게요!"

나는 한 치의 망설임도 없이 그렇게 대답했다.

내가 이래 뵈도 피겨 승급시험에서 5급까지 땄던 사람이다. 더블 점프들을 모두 마스터한 후 트리플로 가는 관문인 더블 악셀 점프까지 마스터했다.

그런데 극성맞은 김 여사가 코치와 빈번한 충돌을 일으키는 바람에 7년 동안 코치가 무려 아홉 번이나 교체되는 불상사를 겪어야 했다.

열 번째 코치와 결별하고 나니 넓지 않은 피겨 바닥에서 더 이상 나를 맡겠다는 코치가 없었다. 그리하여 나는 내 의지와는 상관없이 7년의 피겨 커리어에 종지부를 찍어야 했던 것이다.

내가 빙판을 떠난 지 어언 30년이 지났고, 내 전용 슈즈도 없어서, 내가 잘 탈 수 있으리라고 장담할 수는 없다.

하지만 다른 사람도 아닌 연느 님과 함께 아이스링크 위에 서볼 수 있는 이 일생일대의 기회를 그냥 날려버릴 수는 없지 않은가?

95. 꿈결 같은 순간

◆◆

강릉 아이스 아레나 내에 마련된 출연자 대기실 안.

내 옆에 앉아있는 주리는 아이폰으로 검색한 여운탁 감독의 신상과 경력을 내게 읊어주고 있다.

"여운탁 감독은 1975년 생, 와세다대학교 문예학과 출신이고 재일교포 1.5세대네요. 데뷔작 《빛의 판타지》가 2002년 제55회 칸 영화제 주목할 만한 시선 감독상 및 황금 카메라 상을 수상했대요."

"아, 《빛의 판타지》! 그 영화를 연출한 감독이구나."

《빛의 판타지》라는 영화는 내게 선명한 기억으로 남아있다.

가요계에서 강퇴 당한 후 현실 도피를 위해 심취했던 영화감상이 고정적 취미가 되어버린 나는 한때 주당 2~3편의 영화를 보는 영화 마니아였었다.

내가 기억하는 《빛의 판타지》는 카메라가 정지된 채 대상을 관조하는 롱 테이크 장면이 많은 정적인 느낌의 영화였다. 공들여 찍은 티가 나는 장면 하나하나가 예술작품 같아서, 영화를 본다기보다는 사진 화보집을 넘기고 있는 것 같은 느낌이었다고 할까?

"나는 그 작품을 그냥 일본 영화라 생각하고 봤는데, 감독이 재일교포인지는 몰랐네."

그러고 보니 여운탁 감독의 한국어 발음이 어딘가 어눌하게 들렸던 것 같다.

"그런데 차기작들이 줄줄이 흥행에 실패하면서 오랜 기간 동안 필모그래피가 단절되었네요. 그러다 2013년에 20년 만에 감독을 맡은 영화 《아버지가 되는 법》으로 칸 영화제 심사위원 대상을 수상하며 뒤늦게 세계적인 감독으로 자리매김했대요. 그 이후로는 승승장구했고요."

"그러니까 청년 급제를 한 후에 한동안 슬럼프를 겪다가 멋지게 재기한 셈이구나. 그런데 그런 분이 왜 평창 동계 올림픽 주제곡 뮤직비디오 감독을 맡게 된 거지?"

나는 그것이 몹시 궁금했다. 환상적인 미장센을 만들어내는 여운탁 감독의 능력은 충분히 인정하지만, 그가 평창 동계 올림픽 주제곡 뮤직비디오 감독이 된 필연성은 약해 보였기 때문이다.

"3일 전에 보도된 인터뷰 기사에 의하면 《더 유니버스》에서 강주리가 노래하는 모습을 보고 깊은 영감을 받아 평창 동계 올림픽 조직위원회에 직접 연락을 했대요. 재능 기부 형식으로 참여를 하겠다고요."

그 말을 들은 나는 애써 태연한 척하려고 했지만, 입가로 새어나가는 웃음을 완벽히 감추진 못한다.

"결국 유노 쌤이 다 하신 거네요. 퀸 연하를 끌어들인 것도, 세계적으로 인정받는 여운탁 감독으로 하여금 재능기부를 하게 만든 것도 모두 유노 쌤이었네요."

내가 겸연쩍어 감춘 기쁨은 주리를 통해 유감없이 드러났다.

주리는 정말 자기 일처럼 기뻐했다.

하긴, 따지고 보면 자기 일이기도 하다.

지금 강주리라는 이름을 향해 쏟아지고 있는 영광의 일정 부분은 당연히 주리가 누려야 한다.

지분율을 정확히 나누긴 어려워도, 주리의 기여도가 컸다는 사실만큼은 부정할 수 없으니까.

설혹 주리가 그 영광을 다 가져가겠다고 주장해도 나는 미련 없이 내 지분까지 넘겨줄 의향도 있다.

"근데 이 슈즈도 맞질 않아. 벌써 다섯 개째인데…."

나는 제작진 측에서 준비한 스케이트 슈즈를 다섯 개째 신어보고 있던 참이었다. 그런데 어떤 건 너무 컸고 어떤 건 아예 들어가지 않았고, 또 어떤 것은 꽉 끼여서 복사뼈가 아팠다.

"제작진이 준비한 스케이트는 이 다섯 개가 전부래요."

"발에 맞는 슈즈가 없어서 결국 촬영을 포기해야 한단 말이야?"

주리가 제작진으로부터 받아온 슈즈 다섯 개가 모두 발에 맞지 않다는 걸 확인한 순간, 나는 깊이 절망할 수밖에 없었다.

"잠깐만 기다려보세요. 제가 제작진에게 슈즈를 더 구할 수 없는지 물어보고 올게요."

결연한 표정으로 대기실을 나선 주리는 잠시 후에 의미심장한 표정이 되어 돌아왔다.

주리의 손에 뭔가 들려진 걸 보니 수확이 있긴 있었던 모양인데, 저 미묘한 표정의 의미는 대체 뭔지 모르겠다.

"다른 슈즈를 구한 거야?"

"네, 구하긴 했죠."

주리는 여전히 속을 알 수 없는 얼굴을 하고 있다.

"그럼, 얼른 신어보자. 이리 줘 봐!"

조급해진 나는 주리를 재촉했다.

"이 슈즈는 김연하 님이 스페어로 가져온 스케이트래요."

"뭐? 이게… 김연하 님의 스케이트 슈즈라고?"

'김연하'라는 말을 듣는 순간, 내 두 눈이 번쩍 떠졌다.

"제작진과 저의 대화를 우연히 엿들은 연하 언니가 저에게 이걸 직접 주시더라고요."

"이걸 연느 님이 너에게 직접 주셨다고?"

나는 마치 갓 태어난 아기를 받아 안듯 조심스럽게 스케이트 가방을 받아든다.

"이게 마지막 스케이트예요. 이것도 안 맞으면 스케이트 신고 하는 촬영은 어려울 듯해요."

신데렐라의 유리 구두를 신어보는 신데렐라 의붓언니의 심경이 이랬을까?

나는 조심스러우면서도 절실한 마음으로 스케이트에 발을 집어넣어본다.

"어때요, 발이 잘 들어가요?"

"너무…"

나는 말을 잇지 못한 채 한참을 멍하니 슈즈만 내려다보고 있다.

"너무, 뭐요?"

주리는 애가 타는 듯 나를 다그쳤다.

"너무 잘 맞아!"

진짜 거짓말처럼 잘 맞았다. 마치 스케이트 장인이 주리 발에 꼭 맞게 맞춰준 것처럼….

"그럼, 김연하 님과 제 발 사이즈가 똑같단 말이에요? 엄청 신기하네요."

"그러게."

"정말 다행이에요!"

내 몸이 아닌 주리의 몸이라 빙판 위에서 균형을 잡지 못하면 어떡하나 내심 걱정했었다.

처음엔 약간 휘청했지만, 이내 중심을 잡고 앞으로 부드럽게 나아가는 주리의 몸.

마치 내 영혼이 주리의 몸에게 스케이트를 가르치듯 그렇게 빙질에 적응해가는 나.

그리하여 연느 님의 슈즈를 신고 아이스링크에 들어선 지 5분도 채 안 되어서 주리의 몸은 자유롭게 활주할 수 있는 상태가 되었다.

나는 베이직 투 풋 스핀을 비롯하여 스프레드 이글과 이나바우어까지 시도해본다. 무려 30년 만에 해보는 기술인데도 꼭 30분 전에 습득한 것처럼 잘 된다.

그러다 나는 아이스링크 저쪽 편에서 홀연히 나타난 한 고귀한 생명체의 실루엣에 그만 넋을 잃고 만다.

주리의 피부색만큼이나 하얀 살결에선 선연한 아우라가 뿜어져 나오고 있다. 그리고 날렵한 몸선과 긴 팔다리가 빚어내는 우아한 몸짓은 흡사

서열 1위 호랑이의 위풍당당한 자태를 연상케 한다.

'연느 님이다!'

그렇다. 신계에서 인간계로 막 강림한 것 같은 그 실루엣의 주인공은 다름 아닌 김연하 님이었다.

4년 만에 빙판 위에 선 연느 님의 모습을 마주한 순간, 나는 울컥하고 만다.

4년간 응축되어 있던 그리움이 한꺼번에 터져나와버린 걸까?

피겨 퀸이 얼음 위에 있는 모습은 저렇게 자연스럽고 당연해 보이는데, 어쩌면 저 모습을 다시 볼 수 없을지도 모른다고 생각했었다. 그런데 TV 화면도 아닌 내 두 눈으로 직접 그 모습을 보게 되니, 벅찬 감동을 주체할 수 없었던 것이다.

여신이 입을 연다.

"주리 씨, 밥은 먹었어요?"

그런데 연하가 입을 열자마자, 바로 조금 전에 목격했던 그 여신의 포스는 어디론가 사라지고 털털한 선머슴 같은 체대 언니가 내 앞에 있다.

"네, 연하 언니도 식사하셨어요?"

내가 주리와 몸이 바뀐 후로 가장 입에 담기 힘든 단어 중 하나가 바로 '언니'이다.

그런데 유미에게도, 정화에게도 잘 나오지 않던 '언니'란 소리가 연느 님에겐 비교적 자연스럽게 흘러나왔다.

앞으로 마음속 깊이 존경하는 사람에게만 '언니'라는 호칭을 허락하기로 한다.

연느 님이 즉석에서 짜준 안무를 나는 곧잘 따라했다. 고도의 집중력이 발휘 된 탓인지 동작도 기가 막히게 잘 외워졌다.

본인이 하는 동작을 마치 거울처럼 잘 따라하는 나를 향해 연느 님이 한 말씀 하신다.

"주리 씨는 동작이 남자처럼 아주 크고 시원시원하네요. 만약 피겨를 계속했어도, 아마 큰 선수가 되었을 것 같아요.”

30년 만에 해본 피겨 스케이팅으로 연느 님에게 칭찬까지 받을 줄은 꿈에도 몰랐다.

꿈 이야기가 나와서 말인데, 내가 지금 꼭 꿈속에 들어와 있는 기분이다.

나는 현재 아이스링크 위에서 연느 님과 함께 피겨 스케이팅을 하고 있고, 저쪽 단상 위에선 선휘 누나와 태왕 군이 흐뭇한 얼굴로 나를 바라보고 있다.

꿈속에서도 성사되기 어려운 이 판타지 같은 조합이 지금 내 눈앞에서 현실로 이루어지고 있는 것이다.

안무를 연습하고 뮤직비디오를 촬영하는데 걸린 다섯 시간은 꿈결처럼 황홀하게 흘러갔다. 너무 순식간에 휙 하고 지나가버린 것 같아 아쉬울 정도였다.

촬영이 끝난 후, 주리와 나는 이 비현실적 조합의 3인과 함께 인증샷을 남기느라 여념이 없다.

우리 둘은 서로의 얼굴이 들어간 단체 사진을 교대로 찍어주기로 했다.

내가 먼저 3인방과 함께 포즈를 취하고 주리가 사진을 찍은 다음 서로 역할 교대를 하려던 찰나, 여운탁 감독이 우리 곁으로 다가왔다.

“제가 다 같이 찍어드릴까요?”

아름다운 영상미로 유명한 여운탁 감독이 몸소 사진을 찍어주겠다는데 마다할 우리가 아니었다.

‘찍어드릴까요?’라는 말이 떨어지기가 무섭게 여운탁 감독에게 아이폰을 넘긴 나는 이미 포즈를 취하고 있던 네 사람 사이로 냉큼 비집고 들어갔다.

카메라에서 바라봤을 때 왼쪽부터 연하, 나, 선휘 누님, 주리, 태왕 순서로 섰다.

“자, 찍습니다! 하나, 둘, 셋!”

연느 님과 선휘 누님 사이에서 웃는 표정을 유지하고 있으려니, 너무 떨려서 안면 근육에 경련이 올 지경이다.

"그럼, 한 번만 더!"

한 번 더 찍겠다는 여운탁 감독의 말에 나는 재빨리 외친다.

"잠깐만요!"

나는 잠시 양해를 구한 후, 얼른 주리와 자리를 바꿨다.

그리하여 내 양옆에는 선휘 누님과 태왕이, 주리의 양옆에는 선휘 누님과 연하가 서게 되었다.

이 자리 배치는 서로를 위한 배려였다. 이렇게 찍으면, 각자 자기가 좋아하는 사람들 사이에 자신의 본얼굴이 있게 되는 셈이니까.

그리하여 우리는 평생 가보로 소장해도 좋을 사진을 갖게 되었다.

그것도 미장센의 거장으로 불리는 여운탁 감독이 찍어준 작품이 아닌가?

거장은 역시 다르다. 아이폰으로 찍었는데도, 사진이 꼭 한 폭의 예술작품 같다.

주리와 몸이 바뀐 후에 내 나름으로 겪어왔던 모든 고초가 이 사진 한 장만으로도 다 해소되는 느낌이 들었다면 너무 과한 발상일까?

2017년 11월 1일 PM 08:52.

선휘 누님과 태왕, 그리고 연하를 차례로 배웅한 후 아이스 아레나 밖으로 나오니 밖은 이미 깜깜한 밤이었다.

그런데 밖에서 우리를 기다리고 있는 사람은 준식이 아닌 한 대표였다.

"준식이 몸이 안 좋다며 내게 SOS를 요청했어. 나더러 와서 운전 좀 대신해 달라고 말이야. 그래서 급하게 서울에서 강릉까지 택시 대절해서 부리나케 왔지."

그제야 문득 준식의 불편한 안색이 떠올랐다.

"아까 낮부터 속이 안 좋다고 하긴 했었는데, 많이 안 좋았던 모양이구나!"

괜찮냐는 물음에 괜찮다고 대답한 걸 곧이곧대로 믿었을 뿐 더 이상 관심을 두지 않았던 건 내 불찰이었다.

"그래서 준식이는 지금 어디 있어?"

"강릉 시내에 있는 병원이라도 데려갈까 했는데, 본인이 그냥 서울로 가고 싶다고 했어. 그래서 내가 타고 왔던 택시에 그대로 태워서 집으로 보냈지."

"아, 그랬구나! 아픈 사람한테 신경도 못 써줘서 정말 미안하네."

몸이 안 좋은데도 불구하고 장거리 운전까지 한 준식에게 더 신경 써주지 못했던 게 못내 후회스러웠다.

"그렇게까지 미안해할 정도로 심각한 상태는 아니니까 너무 마음 쓰지 마!"

준식에 대한 미안함에 마음이 무거워져 있는 나와 주리를 의식한 듯, 한 대표는 표정과 어조를 바꾸며 분위기 전환을 꾀한다.

그리고 그는 전혀 기대도 안 했던 강릉 체류 플랜에 대해 언급한다.

"강릉 시내에 있는 호텔에 숙소를 잡았어. 서울까지 바로 돌아가기엔 좀 늦은 시간이고, 오랜 촬영으로 인해 두 사람이 많이 피곤할 것 같아서… 일단 경포대 쪽에 가서 회 좀 먹고, 숙소에 들어가서 쉬도록 하자!"

96. 강릉 밤바다

◆◆

"역시 우리 대표님이 최고네요! 다른 세 분은 모두 곧장 서울로 가신다고 하시던데⋯. 소속 가수가 피곤하다고 숙소까지 잡아주시는 저 훈훈한 배려!"

주리의 찬양 멘트에 한 대표는 특유의 허세 미소로 화답한다.

"오랜만에 놀러 가는 기분인데?"

모처럼 밤바다를 보며 회 먹을 생각을 하니, 나는 가슴이 두근거릴 정도로 설렌다.

사실 젊은 날엔 밤 새 놀다가도 갑자기 바다가 보고 싶어지면 거침없이 야반도주를 감행하기도 했는데 말이다.

그 시절에 그런 심야 일탈을 주로 주도했던 장본인은 바로 지금 내 옆에 있는 한 대표였다.

"준호야, 너 기억나니? 폭설 오던 날 청량리에서 새벽기차 타고 정동진까지 왔던 것 말이야!"

나는 그 아련한 청춘의 기억 속으로 한 대표를 끌어들였다.

"기억하고말고. 1995년 2월. 한창 모래시계의 인기가 하늘을 찌를 때였었지."

"기차에서 내려 정동진역 플랫폼에 첫발을 내딛던 순간을 난 아직도 잊을 수 없어. 함박눈이 쏟아지는 바다가 바로 내 눈앞에 펼쳐져 있는데, 마치 바다가 나를 포근히 감싸 안으며 반겨주는 기분이 들었다니까?"

한 대표가 잡아놓은 숙소는 바로 정동진의 썬 크루즈 호텔이었다. 해안절벽 위에 있는 유람선 모양의 그 호텔.

각자의 방으로 향하는 주리와 내게 한 대표는 큐피드 로고가 찍힌 종이가방 하나씩을 건넨다.

그 종이가방 안에는 트레이닝 복 한 벌을 비롯해 세면도구와 기초화장품 등이 들어있었다. 외박할 준비가 되어있지 않은 주리와 나를 위해 한 대표가 손수 준비한 물품들인 듯했다.

'이런 센스쟁이 같으니라고!'

흐뭇한 미소를 입가에 머금은 채로 호텔방 안에 들어서니, 정면으로 보이는 창밖으로 어둠에 묻힌 동해가 아득히 펼쳐져 있다.

나는 마치 진짜 크루즈를 타고 밤바다 위에 둥둥 떠 있는 것 같은 기분에 사로잡힌다.

뮤직비디오 촬영을 위해 입었던 흰색 원피스를 벗고 트레이닝 복으로 갈아입는 동안에도 내 시선은 계속 창밖의 검은 바다에 머물러 있었다.

[왜 안 와? 옷 다 갈아입었으면 얼른 내려와!]

한 대표의 재촉 메시지를 받고 서둘러 로비로 내려와 보니, 나와 똑같은 트레이닝 복을 입은 주리와 한 대표가 나를 기다리고 있었다.

"뭐 하느라고 이제야 내려온 거야?"

로비에서 모이기로 약속한 시간보다 5분 늦게 나타난 나를 향해, 한 대표는 버럭 소리를 질렀다. 그 바람에 나는 화들짝 놀라지 않을 수 없었다.

'밤바다 전망에 심취해있느라 내가 좀 늦었기로서니, 친구인 나한테 저렇게까지 심한 타박을 해야 하나?'

말문이 막힌 채 멀거니 서있는 내게 울분에 찬 표정으로 원망을 토로하는 한 대표.

"사람들이 우릴 얼마나 힐끔거렸는지 알아? 창피해 죽는 줄 알았단 말이야!"

그 말을 듣고서야 나는 비로소 알 것 같았다. 로비에 늦게 나타난 내가 한 대표로부터 과도한 질책을 들어야만 했던 이유를 말이다.

'등판에 CUPID라는 검정 로고가 찍힌 핑크색 트레이닝 복을 똑같이 맞춰 입은 두 남자의 모습이라니!'

호텔 로비에 남자 둘이서 저런 모습으로 서 있었으니, 행인들로부터 의심스런 눈초리를 받을 수밖에 없었을 것이다. 자세한 내막을 알 길 없는 타인의 시선에는 요란한 커플 룩의 두 사람이 영락없는 게이 커플로 보였을 테니 말이다.

한 대표가 운전하는 카니발을 타고 경포대로 왔다.

밤 10시가 가까워오는 시각임에도 경포대 횟집거리는 대낮처럼 밝고 활기찼다.

그런데 셋이서 똑같은 트레이닝 복을 입고 온 건 치명적인 실수였다.

변장을 했어도 시원찮을 판에 명시성 높은 핑크색 옷을 셋이서 맞춰 입기까지 했으니 사람들 눈에 더 잘 띌 수밖에….

결국 우리 일행은 강주리를 알아보고 몰려드는 인파에 둘러싸여 한 발짝도 움직일 수 없는 지경에 이르게 된다.

"어머, 강주리 씨 큐피드 단합대회 오신 거예요?"

"다른 핑크 클라우드 멤버들은 어디 있어요?"

"주리 언니, 완전 실물 깡패!"

"강주리! 열라 예쁘다!"

이렇게 사람들에게 붙잡혀있다간 회도 못 먹겠다는 위기감이 들어서, 우리는 인파를 빠져나와 눈에 보이는 첫 번째 횟집 안으로 무작정 들어갔다.

그런데 가게 안으로 들어선 우리를 향해 사장으로 보이는 사내가 무뚝뚝한 얼굴로 말한다.

"저희는 영업 마감했습니다."

냉정하게 딱 잘라 말하는 사장의 한마디에 우리는 깊이 절망할 수밖에 없었다.

아니 그보단 막막하다는 표현이 더 맞겠다. 이 가게에서 나가면, 좀비 떼처럼 달려드는 군중들 틈바구니로 다시 들어가야만 하기 때문이다.

"그런데 횟집이 왜 이렇게 빨리 문을 닫아요? 이 근처에 있는 횟집들은 대개 새벽까지 영업하는 것 같던데요?"

절박한 표정의 한 대표가 사장에게 물었다.

"저희는 낚시로 잡은 자연산 물고기로만 회를 칩니다. 그래서 좋은 횟감이 떨어지면 곧장 영업을 종료해요."

그러고 보니 홀 안에는 이미 손님이 한 팀도 없었고, 직원들도 모두 퇴근했는지 사장 혼자 남은 듯했다.

"그럼, 어쩔 수 없죠. 안녕히 계세요!"

좌절한 세 사람이 허탈한 발걸음을 돌려 가게를 나오려던 그 순간, 사장이 다시 우릴 불러 세운다.

"잠깐만요!"

세 사람은 일제히 고개를 돌려 사장을 바라본다.

"생선이 딱 한 마리 남아있긴 합니다만…."

생선 한 마리가 남아있다는 말에 귀가 번쩍 뜨인 내가 서둘러 묻는다.

"그런데요?"

무표정하던 사장의 얼굴에 새벽 여명처럼 희미한 미소가 번진다.

"그런데 그놈은…."

말을 꺼내다 말고 뜸만 들이는 사장의 행태에 답답증을 느꼈는지 한 대표가 끼어들며 묻는다.

"왜, 무슨 문제가 있는 생선입니까?"

"문제요? 굳이 문제를 찾자면, 비싸다는 거죠. 너무 비싸서 안 팔린 녀석입니다."

"비싸다는 게 유일한 문제라면, 저희에겐 아무 문제가 되지 않습니다. 저희를 손님으로 받아주신다면, 그 생선을 먹을게요. 먹겠습니다!"

그것이 어떤 종류의 생선인지, 비싸다면 얼마나 비싼지 묻고 따지고 할 여지가 지금의 우리에겐 없다.

설사 그 생선이 피라냐 같은 혐오 물고기라고 해도, 우리는 지금 그걸 주문해야만 한다. 이 식당이 우릴 받아주기만 한다면 말이다.

"그럼, 이쪽 카운터 자리로 와서 앉으시죠!"

다행히 우리를 손님으로 받기로 결정한 사장은 우선 가게 문부터 걸어 잠갔다.

여전히 유리문 밖에서 가게 안을 들여다보는 사람들의 모습에서 좀비 영화의 한 장면을 떠올렸다가는 이내 반성했다. 선량한 시민들, 더구나 강주리를 보겠다고 몰려든 사람들의 모습에서 좀비를 연상한 것에 대한 자책이었다.

오픈 키친 앞에 마련된 카운터에 나란히 자리를 잡은 후에야 주리가 사장에게 물었다.

"그런데 대체 그 비싸다는 생선의 이름은 뭐죠?"

"줄가자미입니다."

"아, 줄가자미요? 이시가리를 말씀하시는 거죠?"

나에게는 생소한 줄가자미라는 생선을 한 대표는 잘 알고 있는 모양이었다.

"네, 맞습니다. 그런데 사실 시중에서 줄가자미를 일컫는 이시가리라는 명칭은 일본에도 없는 정체불명의 단어죠. 이시가레이라는 어종은 있는데, 그건 돌가자미를 뜻합니다. 일본에서 사메가레이라고 부르는 줄가자미와는 엄연히 다른 어종이죠. 물론 가격 차도 많이 나고요."

"아, 그러니까 이시가리는 잘못된 명칭이로군요. 앞으로는 줄가자미로 불러야겠네요."

사장과 한 대표 사이의 대화를 듣고 있던 내 머릿속에서 점점 커져가는 물음표는 역시 가격을 향해 있었다.

궁금함을 참지 못한 나는 우리가 앉은 카운터 테이블 너머에서 우리 쪽을 바라보고 서있는 사장을 향해 이렇게 묻는다.

"그런데 그 줄가자미라는 생선이 그렇게 비싼가요? 너무 비싸서 팔리지 않을 만큼?"

질문하는 나를 가만히 바라보던 사장은 내게 세상 환한 삼촌 미소를 지어 보인다. 역시 주리의 미모는 무뚝뚝하기 그지없던 횟집 사장마저도 빙구 웃음을 짓게 하는구나!

"우리나라에서 가장 비싼 최고급 횟감입니다. 제주 다금바리보다 더 비싸죠. 주로 수심 100m 이상에서 사는 심해어라 그물에도 잘 걸리지 않는데, 낚시로 잡힐 확률은 더 희박하죠. 그래서 부르는 게 값입니다."

입으로는 열변을 토하면서 손으로는 능숙한 칼질을 해대던 사장은 무채 위에 줄가자미회를 가지런히 배열한 흰 접시를 우리 앞에 내놓는다.

"서희 가세에는 원래 쯔게다시가 별로 없습니다. 그나마 같이 제공되는 삶은 완두콩과 해산물 모듬도 지금은 재료가 다 떨어져서 내놓을 수가 없군요."

그리하여 우리 앞에는 아무 곁들임 메뉴 없이 줄가자미회 한 접시만 덩그러니 놓였다. 접시 위엔 장식용 상추 한 장 올라가 있지 않았다.

"줄가자미는 깊은 바다에서 주로 거미 불가사리를 먹고 삽니다. 그래서 특유의 향과 기름기를 갖게 되는 것입니다. 분홍빛이 감도는 이유가 바로 거미 불가사리로부터 얻은 지방 때문이죠. 바로 그 지방질이 고소한 감칠맛을 내는 겁니다."

킬로그램 당 가격이 금 1돈보다 비싸다는 줄가자미회를 한 대표는 와사비 간장에, 나는 쌈장에, 주리는 초고추장에 찍어 입에 넣는다.

'아니, 이건 뭐지?'

입안에 들어간 한 점의 줄가지미 살은 구강 점막을 애태우듯 희롱하다가, 순식간에 목구멍 안으로 미끄러져 들어가 버린다.

그렇게 내용물이 입안에서 사라진 후에야 비로소 고소한 감칠맛이 입안 가득 퍼져간다.

이 아찔한 감흥을 뭐라고 표현해야 할까?

실제 내 입으로 먹고 있으면서도 마치 환각을 느끼고 있는 것처럼 신비로운 풍미….

썬크루즈 호텔 객실에서 바라봤던 검은 바다 밑에 숨겨진 관능 속으로 훅 빨려 들어가는 기분이랄까?

소주 한 잔도 없이, 우리는 줄가자미회 한 접시를 마파람에 게 눈 감추듯 해치웠다.

곁들인 음식이 전혀 없었던 게 오히려 다행스러웠다. 아무리 맛있는 쯔게다시였다고 해도, 이 놀라운 미식의 경험에 방해만 되었을 것 같기 때문이다.

빈 접시를 물린 후, 사장은 가족들끼리 먹기 위해 만들어둔 거라며 오미자차를 내왔다.

줄가자미회의 감흥을 입안에 좀 더 오래 남겨놓고 싶은 마음에 오미자차는 그냥 스킵할까 했다.

하지만 나는 결국 상큼하고 알싸한 향의 유혹을 이기지 못하고, 투명한 다홍빛 액체를 한 모금 머금었다.

입안 가득 퍼져가는 다섯 개의 맛은 심해의 관능에 사로잡혔던 내 미각에 현실감을 불어 넣어준다.

"이런 분위기에서 일 얘기를 꺼내서 좀 미안하지만, 알려줄 말이 있어. 조만간 발표할 미니 앨범과 관련해서 말이야."

한 대표는 미안하다고 했지만, 나는 오히려 반색했다. 미니앨범에 관련된 거라면 내가 기다려온 소식이기 때문이다.

"어떻게 하기로 결정했어?"

"아직 결정한 건 아니야. 확정 짓기 전에 자네 의향을 먼저 물어봐야 할 것 같아서…"

"자네는 이번 앨범을 어떻게 구상하고 있는데?"

"투 트랙으로 갈까 해. 더블 타이틀곡으로…"

"더블 타이틀곡?"

"그래, 한 곡은 단체곡으로, 다른 한 곡은 솔로곡으로 갈 거야."

딱 여기까지만 들어봐도 굿 아이디어임이 틀림없다. 내 표정에는 이미 찬성 의사가 드러났을 것이다.

"단체곡은 전처럼 핑크 레인이 프로듀싱할 거야."

이것도 역시 찬성!

나는 우리의 천재 프로듀서, 핑크 레인에게도 세계무대로 도약할 수 있는 계기를 만들어주고 싶다.

"그리고 자네 솔로곡은 '준지 유키토'라는 일본 작곡가의 곡으로 결정했어. 다음 주에 일본으로 녹음하러 갈 거야."

97. 감사의 마음을 전하기 위해

◆◆

내 솔로 트랙이 준지 유키토가 보낸 〈Forest of dreams〉으로 결정되었다는 말에 나는 싱긋 미소를 지었다. 한 대표가 추려서 USB에 담아준 스무 개의 데모 음원 중에서 내가 찍었던 트랙이 바로 이 곡이었기 때문이다.

"자네가 좋다고 해서 이 곡으로 결정하기는 했지만, 그게 최선의 선택이었는지는 잘 모르겠어. 훨씬 더 유명한 뮤지션이 준 곡들도 많았는데…"

한 대표의 말이 맞긴 맞다. 나에게 곡을 보낸 작곡자들 중에서 준지 유키토가 국제적 인지도 면에선 가장 떨어지는 축에 속했다.

"나는 순수하게 결과물만 듣고 결정한 거야. 누가 만들었느냐보다 얼마나 잘 만들었느냐가 내겐 더 중요하거든."

"그래도 나는 자네가 좀 더 레벨 있는 뮤지션과 함께 작업하길 바랐어. 세계 시장으로 와이드 릴리즈 하는 첫 싱글인 만큼, 좀 더 수월하고 안정적인 시작을 했으면 했다고."

"내가 말했잖아. 성공이 내 유일한 지향점이 아니라고…"

"그닥 유명하지도 않은 작곡가가 굳이 일본으로 우리를 오라고 하는 점도, 솔직히 난 좀 맘에 안 들어. 유럽과 북미는 물론이고, 심지어 지구 반대편의 남미 국가에서도 기꺼이 자네와 작업하러 한국에 오겠다고 했는데 말이야."

"그 점에 대해선 나는 좀 다르게 생각해. 뮤지션이라면 자신만의 작업 공간이…"

솔로 곡에 대한 한 대표와 나의 담론은 거기서 멈출 수밖에 없었다. 주방에 들어가 있던 사장이 다시 돌아왔기 때문이다. 겉모습은 새파랗게 어린 여자애인 내가 한참 나이 많은 남자어른에게 자네라고 하면서 반말하는 모습을 보여선 곤란하니 말이다.

"그럼, 저희는 이만 일어나겠습니다. 저희 셋을 손님으로 받아주시고 귀한 생선을 내주셔서 정말 감사드립니다."

한 대표가 서둘러 자리에서 일어나며 사장에게 자신의 현대카드 블랙을 내민다.

"받지 않겠습니다."

그런데 한 대표가 내민 카드를 본 사장은 손사래를 치며 받지 않겠다고 했다.

"아, 카드 결제가 안 되는 건가요? 그럼, 수표로 드리겠습니다. 저희가 먹은 게 얼마죠?"

지갑에 카드를 도로 집어넣은 후 수표 몇 장을 꺼내드는 한 대표에게 사장이 대답한다.

"받지 않겠다니까요?"

사장은 신용카드를 받지 않겠다는 게 아니라, 음식 값 자체를 받지 않겠다는 입장인 모양이었다.

"돈을 안 받으시겠다는 말씀입니까? 그렇게 몸값 높은 줄가자미를 저희에게 공짜로 내주신 거라고요?"

한 대표는 사장의 말이 도무지 믿기지 않는다는 듯 그렇게 되물었다. 돈을 안 받겠다는 사장에게 의아함을 느낀 건 나도 마찬가지였다.

"네, 저는 처음부터 돈을 받을 생각이 없었습니다."

이제야 사장의 외양이 제대로 내 눈에 들어온다.

마초적인 풍모와 노숙한 분위기 때문에 나이가 꽤 있어 보였는데, 찬찬히 얼굴을 들여다보니 나와 비슷한 연배로 보인다.

"왜요?"

그렇게 대뜸 단도직입적으로 물어놓고서는, 열아홉 살짜리 여자애의 모습을 한 내가 너무 당돌했나 싶어 뜨끔했다.

"쑥스럽고 떨려서 이제야 밝히는 건데요, 저는 주리가드 멤버입니다."

사장이 얼굴을 붉히며 조심스레 고백했다. 그 뽀얀 얼굴에 나타난 홍조가 줄가자미 살에 감돌던 핑크빛을 연상케 한다.

"주리가드요?"

나의 되물음에 사장은 겸연쩍게 웃으며 답변을 시작한다.

"주리가드는 강주리 팬클럽 내에 결성된 아재 팬 소모임입니다."

사장의 수줍은 덕밍아웃에 반색한 한 대표가 다시 자리에 앉으며 말한다.

"아, 주리가드요? 주리가드에 대해선 저도 들은 바 있습니다. 35세 이상의 남성들만으로 구성되어 있는 모임이죠?"

한 대표가 그렇게 알은척을 해주자 사장은 한결 더 신이 난 어조로 설명을 이어간다.

"국내 회원 37만 중에 남성 팬이 22만인데, 그중에 주리가드가 11만 명정도 되죠. 그러니까 강주리 국내 팬클럽의 30% 정도는 35세 이상의 아재 팬입니다."

그러자 한 대표가 몇 마디 더 보탠다.

"회원 가입 같은 걸 잘 안 하는 아재 팬들도 많다는 걸 감안하면, 그 숫자는 더 엄청나겠죠. 강주리와 핑크 클라우드에게 아재 팬은 절대 없어선 안 될 중요한 존재들이십니다!"

한 대표의 지지에 힘입은 사장이 목소리를 한 톤 더 격앙시킨다.

"여드름 난 중2 조카, 40대 삼촌인 저, 그리고 70대인 저희 아버지까지 동시에 열광하는 가수가 바로 강주리죠!"

사장은 마치 간증하는 교회 권사님 같은 표정으로 열띤 발언을 이어간다.

"그리고 비단 남성 팬만 많은 게 아니에요. 전체의 40%를 차지하고 있는 여성 팬의 연령층도 다양하긴 마찬가지입니다. 앞집 딸내미는 주리 님을 보고 꿈이 걸그룹으로 바뀌었고요, 서울 사는 손주들을 자주 못 만나는 옆집 할머니는 주리 님을 손녀 보듯 좋아하시죠."

생각보다 여성 팬의 비율이 높다는 사실은 나에게도 뜻밖의 놀라움을 안겼다.

아이돌계에서는 속칭 여덕이라 불리는 여성 팬의 많고 적음이 꽤 중요한 의미를 가진다. 팬덤의 화력을 좌우하는 건 주로 여덕이기 때문이다.

대세에 휩쓸리지 않고 영속성 있는 애정과 의리를 유지하는 것도 바로 여성 팬들이다.

다시 말해 여덕 없이는 우리나라 가요계에서 안정적인 인기를 유지하며 롱런하기는 어렵다는 얘기다.

고로, 문화적 안목과 구매력을 갖춘 아재 팬과 꾸준한 인기 동력이 되어주는 여성 팬이 두루두루 많은 강주리 팬덤은 가히 천하무적이라고 자평할 수 있겠다.

"올 시즌 첫 줄가자미를 주리 님께 조공할 수 있게 되어 저로서는 무한한 영광입니다!"

건장한 풍채가 무색하리만치 천진난만한 표정으로 뜨거운 덕심을 표현하는 사장의 모습에 내 마음도 훈훈해졌다.

나는 그에게 깊은 고마움을 느끼면서도, 그 마음을 어떻게 표현해야 할지 몰라 잠자코 그를 바라보고만 있다.

"그런데 사장님께서는 강주리의 어떤 면에 마음이 끌리셨던 거예요?"

내내 아무 말 없이 대화를 듣고만 있던 주리가 사장에게 불쑥 물었다. 주리의 그 질문은 나 역시도 궁금한 내용이기 때문에 사장의 대답에 귀를 기울이지 않을 수 없다.

"저는 원래 유도 국가대표였습니다. 초등학교 5학년 때 유도를 시작해서 운동밖에 모르고 살았던 놈이죠."

어쩐지, 예사 체격이 아니더라니.

"1996년 애틀랜타 올림픽에서 동메달을 받았고, 2000년 시드니 올림픽에서 은메달을 받기도 했어요. 올림픽 골드에 대한 미련을 못 버리고 2004년 아테네 올림픽을 준비하던 중 부상을 입는 바람에 지도자의 길로 전향했죠."

올림픽 포디움에 두 번씩이나 올랐었다는 사실은 그가 세계 정상급 선수였음을 반증한다.

그런 화려한 커리어의 소유자가 횟집 주인이 된 배경에는 대체 어떤 사연이 숨겨져 있는지 자못 궁금해졌다.

"코치 생활이 지겨워 운동 말고 다른 걸 좀 해보려다… 보기 좋게 거액의 사기를 당하고 말았습니다. 제가 운동밖에 할 줄 몰랐던 놈이라 세상 무서운 줄을 몰랐던 거죠."

나는 어느새 횟집 사장의 과거 이야기에 깊이 감정이입되어 있었다.

가요계에서 퇴출당한 후 내 뒤를 돌봐준 한 대표가 아니었더라면, 나역시 비슷한 우여곡절을 경험해야 했을지도 모른다.

"모든 걸 다 잃고 난 후에 제가 돌아올 곳은 제가 나고 자란 이 바닷가밖에 없더군요. 그렇다고 제가 아버지를 따라 어부가 될 자신은 없었기때문에 횟집 주인이 된 것입니다."

그랬구나. 세상 밖으로 몰린 내가 큐피드 지하연습실로 숨어들었던 것처럼, 모든 것을 잃은 사장에겐 이 횟집이 은신과 갱생의 공간이었던 셈이구나.

"그러던 어느 날, 저는 TV 화면을 통해 주리 님을 만났어요. 불변의 명곡 조형필 편 방송 때였죠. 주리 씨가 노래하는 모습은 저에게 섬광 같은 충격으로 다가왔습니다. 정신이 번쩍 들더군요."

너무나 진지해서 비장함마저 흐르는 그의 얼굴에 수줍은 달빛 같은 미소가 서서히 떠오른다.

"주리 님의 노래에는 저처럼 좌절하고 상처받은 영혼을 어루만지는 치유와 긍정의 에너지가 담겨 있어요. 저는 당신이 세계무대에서 승승장구해나가는 모습을 보며 새로운 삶의 의지를 되찾았고, 다시 세상을 향해손 내밀 수 있는 용기를 얻었답니다."

어느새 환한 표정이 된 그의 얼굴을 바라보는 내 입가에도 흐뭇한 미소가 번진다.

예닐곱 테이블이 놓인 열 평 남짓한 횟집 내부는 어느새 가슴 훈훈한 팬 미팅 분위기로 바뀌어 있었다.

그때 주리가 내 어깨를 툭툭 친다. 주리의 손짓을 따라 슬쩍 뒤로 돌아본 나는 경악을 금치 못했다. 잠긴 유리문 너머의 가게 앞에, 여전히 식당 안을 하염없이 들여다보고 있는 사람들로 인산인해를 이루고 있었기 때문이다.

"저분들이 아직 안 가고 계속 저 자리에 계셨던 거…예요?"

놀란 나의 물음에 한 대표가 대답한다.

"아까보다 인원이 훨씬 더 많아진 것 같은데?"

우리가 줄가자미회를 탐닉하고 있는 동안 가게 밖에서 계속 대기하고 있었던 사람들에게 뒤늦은 미안함이 밀려왔다.

그리고 값비싼 줄가자미회를 공짜로 내준 것도 모자라 가슴 찡한 고백까지 들려준 횟집 사장님에게도 뭔가 보답하고 싶은 마음이 들었다.

"저, 횟집 앞에서 노래 한 곡 하겠습니다!"

밑도 끝도 없는 내 폭탄선언에 사장은 계 탄 표정이 되었고, 한 대표는 뒷목을 잡았다.

"그게 무슨 소리야! 음향 장비도 없는데 어떻게 노래를 하겠다는 건데?"

한 대표가 그렇게 난색을 표하자 사장이 조심스럽게 입을 연다.

"우리 집 2층에 단체 손님용으로 마련해놓은 노래방 기기와 앰프가 있긴 합니다만…"

그런데 한 대표는 더 완강한 반대 의사를 표명한다.

"절대 안 돼! 내 가수를 이렇게 열악한 조건에서 공연하게 할 순 없다고! 노래방 기계가 웬 말이야?"

나는 한 대표를 가게 구석으로 데리고 가서 목소리를 낮춰 얘기한다.

"나는 훨씬 더 조악한 환경에서도 공연해본 경험이 있어. 심지어 통영 트라이애슬론 대회 결승점 앞에서는 무반주로도 노래해 봤단 말이야."

"아무런 준비 없이 리허설도 안 한 상태에서 공연하다가 실수라도 하면 어떡해? 누군가 그 장면을 찍어서 강주리 굴욕 동영상으로 인터넷에 유포하면 어쩌려고 그래?"

"나를 걱정해주고 지켜주려는 자네의 심정은 충분히 이해해. 하지만 뭔가 빚진 것 같은 마음을 고스란히 남긴 채로 이곳을 떠나긴 싫어. 말로는 표현하기 힘든 이 감사의 마음을 노래로라도 전달하고 싶단 말이야."

나의 확고한 강행 의지에, 한 대표도 결국 뜻을 굽힐 수밖에 없었다. 하지만 노래방 기계 반주만은 도저히 허락할 수 없었던지, 그는 횟집 근처에 있는 라이브 카페에서 마이크를 비롯해 앰프와 스피커까지 빌려왔다.

그리하여 경포대 횟집거리 초입에 위치한 '태릉수산'이라는 횟집 입구에는 꽤 쓸 만한 마이크와 음향시설까지 갖춘 라이브 무대가 급조되기에 이른다.

입고 있던 일식 조리복을 벗어던지고 왼쪽 가슴에 태극마크가 달린 유도복으로 갈아입은 횟집 사장님이 마이크를 든다. 그는 늠름한 자태로 횟집 앞에 운집해 있는 군중들 앞에 나선다.

"신사 숙녀 여러분, 이제 곧 월드 스타 강주리의 경포대 게릴라 콘서트가 시작됩니다!"

98. 먼 길을 돌아

◆◆

국가대표 유도복을 입은 횟집 사장은 뭔가 얘기를 더 할 것처럼 잠시 머뭇거리다가는 이내 내게 마이크를 넘기고 물러간다.

'이 곡은 바로 당신을 위한 노래입니다!'

나는 그에게 이 말을 꼭 해주고 싶었지만, 도저히 입이 떨어지지 않았다. 나를 보며 수줍어하는 건장한 마초남 앞에서, 쑥스럽긴 나도 마찬가지였기 때문이다.

급조된 이 게릴라 콘서트 무대에서 부를 노래를 선곡하는 과정은 사실 그리 오래 걸리지 않았다. 저 사장님의 과거 이야기를 들으면서 내 머릿속에 딱 떠오른 노래가 있었기 때문이다.

그 노래는 바로 머라이언 캐리의 〈Hero〉다. 다행히 이 곡의 MR이 내 아이폰에 저장되어 있었다. 《더 유니버스》 경연을 대비해서 핑크 레인이 편곡해주었던 MR 음원 중 하나였기 때문이다.

용기 있게 내면을 들여다보면 영웅은 결국 자기 자신 안에 있다는 걸 깨닫는다는 가사 내용이 사장에게도 적절한 위로와 격려가 될 것이라 믿는다.

"There's a hero~."

뉴욕 센트럴 파크 《리먼 스콧 쇼》 무대에서 내려다본 인파가 꼭 바다처럼 보였는데, 오늘은 진짜 바다를 앞에 두고 노래한다.

나를 둘러싸고 있는 군중 너머로 보이는 경포대 밤바다는 마치 추임새라도 넣듯 잔잔한 파도 소리를 흘려보낸다.

"You don't have to be afraid of what you are~"

이 곡은 모호한 감성이 아닌 확신에 찬 이성으로 불러야 한다. 내 노래를 듣는 사람에게 건강한 권위로 다가가기 위해선 말이다.

"So when you feel like hope is gone~ Look inside you and be strong~"

그렇다고 감동의 울림이 없어선 안 된다. 침착하고 담대한 태도를 유지하면서도, 뜨겁고 열정적인 호소력도 있어야 한다.

'희망이 사라졌다고 느껴질 때

당신의 내면을 들여다보세요.

그리고 강해지세요.

그러면 결국엔 알게 될 거예요.

영웅은 당신의 내부에 있다는 걸.'

내가 이 노래를 통해 소리 높여 전한 메시지는 곧 성찰과 자각의 파도가 되어 다시 내게로 밀려온다.

내가 읊는 가사에 나 스스로가 설득당하고, 내 노래로 나 자신이 위로받는 건 참으로 드문 경험이다.

"Lord knows~."

바로 이 파트에서, 내 목소리는 이성적인 설교 톤에서 열정적 외침으로 반전된다.

"In~ time~ you'll find the way~ Eh~ and then a hero comes along~."

반전의 브리지 파트에 이어지는 초고음 샤우팅에서, 마침내 참았던 격정이 일시에 폭발한다.

"That a hero lies in you~."

마지막 소절을 부르면서, 나는 사장이 서 있는 방향으로 고개를 돌린다. 말로는 전하지 못한 감사를 눈빛으로라도 전하고 싶었기 때문이다.

사장이 서 있는 무대 오른편으로 고갤 돌렸을 때, 그가 조용히 흐느끼며 눈물을 흘리고 있는 모습이 내 눈에 들어왔다.

그런데 울고 있는 건 비단 사장뿐만이 아니었다. 나를 둘러싼 사람들의 무리 곳곳에서 눈물을 훔치거나 어깨를 들썩이는 모습이 보인다.

'전해졌구나!'

내가 노래를 통해 전하려 했던 진심이 듣는 이에게도 전달되었음을 인증하는 그 눈물이 내겐 보석보다 더 소중하게 느껴졌다.

객석과 떨어진 무대 위가 아닌, 손을 뻗으면 닿을 거리에서 내 몸과 마음으로 직접 체감하는 관객 반응은 더 강렬하고 특별한 자극으로 다가온다. 마치 이해와 공감의 난류가 흐르는 바닷속에 풍덩 빠져있는 기분이랄까?

나는 한동안 그 뜨거운 감동의 바다로부터 헤엄쳐 나오지 못했다.

🎧

2017년 11월 2일 AM 09:12.

눈을 떠보니 이미 아침 아홉 시가 지나있었다. 어젯밤에 게릴라 콘서트를 마치고 호텔로 돌아와 잠자리에 들기 전까지만 해도, 반드시 아침 일찍 일어나 일출을 보리라고 마음먹었었는데 말이다.

그런데 이미 해가 중천에 떠 있을 시각임에도 아직 바깥이 어둑어둑하다. 뭔가 이상한 마음이 든 나는 침대에서 내려와 창가로 다가간다.

'아, 비가 오고 있었네!'

비 오는 바다를 보면. 나는 왠지 마음이 따뜻해진다.

맑은 날엔 서로 내외하던 하늘과 바다가 비 오는 날만큼은 서로가 서로를 보듬고 있는 것 같은 느낌이랄까?

하늘이 떨어뜨리는 비와 바다가 뿜어 올린 안개가 둘 사이의 경계를 지워버린 창밖 풍경을 바라보며, 나는 마치 수위 높은 러브신을 훔쳐보는 것 같은 기분에 사로잡힌다.

로비에서 주리와 한 대표를 만나 아침을 먹으러 왔다. 우리에겐 준비된 우산이 없었기 때문에 호텔에서 우산을 빌려서 나와야 했다.

바다가 보이는 황태 전문점.

비 오는 정동진 앞바다가 바라다보이는 창가 자리에서 황태구이 반상을 받고 보니, 뉴욕 일레븐 메디슨 파크에서 테이스팅 코스를 서빙 받았을 때만큼이나 호사로운 기분이 든다.

먹기 좋은 크기로 토막 낸 황태구이가 정갈하게 놓인 접시를 주리와 내 쪽으로 슬쩍 밀어주는 한 대표. 다진 실파와 깨를 얹은 진홍색 양념장만 봐도 군침이 돈다.

황태해장국 국물 한 숟가락으로 마른 입을 축인 한 대표가 말을 시작한다.

"아무리 그래도 앵콜 곡을 세 곡이나 부른 건 좀 오버였어. 그 정도면 웬만한 행사 수준이잖아!"

어제 경포대 게릴라 콘서트 무대에서 나는 〈Hero〉를 부른 후에도 〈야생화〉와 〈When we were young〉, 그리고 〈아름다운 강산〉까지 모두 3곡의 앙코르 공연을 펼친 바 있다.

"돈으로 따지면 그게 얼마짜리 무대인지나 알아? 특A급 가수 중에선 서너 곡에 억대의 행사비를 받는 가수도 있다고. 그런데 지금 자네는 특A급을 넘어 슈퍼 특A급이란 말이야!"

"그냥 좀 비싼 줄가자미회를 사 먹었다고 치자고. 그리고 나는 어제 내 공연에 대한 충분한 보상을 받았다고 생각해."

이 말은 정말 진심이다. 사랑과 정성이 가득 담긴 줄가자미회를 대접받은 건 물론이고, 사람들에 둘러싸인 채 노래하면서 짜릿한 교감까지 나눌 수 있었으니까.

"어제 태릉수산 앞 버스킹에서 내가 느꼈던 건 말이야, 객석과 분리된 무대 위에선 결코 느낄 수 없는 특별한 감동이었어!"

"장난스럽게 던진 말을 자네가 그렇게 진지하게 받아버리면, 내 입장은 대체 뭐가 되냐? 내가 꼭 돈만 밝히는 속물 대표처럼 찌질하게 느껴지잖아!"

"속물 대표 아니란 것 알고 찌질하지 않다는 것도 잘 아니까, 내가 자넬 믿고 그런 공짜 버스킹도 할 수 있었던 거지."

양념이 골고루 밴 황태 토막을 집어 한입 베어 문다. 적당히 잘 구워져 겉은 바싹하고 속은 부드러운 육질이 감칠맛 나는 양념과 어우러져 입안에서 교태를 부린다. 그야말로 밥을 부르는 맛!

황태해장국은 황태구이에 밀려 상대적으로 존재감이 약하지 않을까 생각했었다.

그런데 국물 한 모금을 목구멍으로 넘기는 순간, 그것은 오산이었다는 걸 깨닫는다.

깊고 진한 첫맛부터 시원한 끝 맛까지 거슬림 없이 매끄럽다. 그리고 식도를 통과해 내장으로 퍼져가는 훈기로 인해 속이 확 풀리면서, 왠지 내가 건강해지는 기분이 든다.

"준호야, 여기서 인제 원대리까지 가려면 오래 걸릴까?"

식사가 어느 정도 마무리되었을 무렵, 내가 한 대표에게 그렇게 물었다.

"인제 원대리? 거긴 갑자기 왜?"

디저트로 나온 사과 한 쪽을 베어 문 채 우물거리고 있던 한 대표가 눈을 동그랗게 뜨며 되묻는다.

"아, 그냥… 궁금해서 물어본 거야."

나는 이유를 설명하지 못하고 대충 얼버무렸다.

그런 나를 멀뚱히 쳐다보던 한 대표가 자신의 갤럭시 노트를 집어 든다.

"인제 원대리… 어디?"

한 대표는 아마 스마트폰 네비게이션을 이용해 소요시간을 계산해보려는 모양이다.

"자작나무숲."

"원대리 자작나무숲? 거긴 유미 어머님 장례식 때 유골함 들고 찾아갔던 곳이잖아!"

"맞아."

어떠한 부연 설명도 없는 내 짧은 대답에, 한 대표는 잠시 고개를 갸웃거린다. 그리고는 이내 자신의 스마트폰 화면으로 시선을 돌려 네비게이션 앱을 실행시킨다.

"원대리 자작나무숲…. 네비게이션 상으로는 여기서 원대리 자작나무숲까지 2시간 12분 걸린다고 나오네."

"2시간이 넘게 걸린다면 꽤 먼 길이구나."

"속초에서도 한참 더 가야 하니까…."

"…"

"자네가 그곳에 가야 한다면, 들렀다 가도 돼!"

"꼭 가야 하는 건 아니야. 더구나 빗길인데…. 그냥 궁금해서 물어본 거라니까."

"가고 싶으면 어려워 말고 얘기해! 정말 괜찮다니까? 좀 돌아가야 하긴 하지만, 방향이 영 다르진 않거든. 인제에서 서울로 갈 때는 영동고속도로 대신 서울-양양 고속도로를 타면 되니까…."

2017년 11월 2일 PM 01:46.

결국 우리는 인제 원대리 자작나무숲을 경유해서 귀경하는 경로를 택했다.

그런데 정동진에서 출발해 양양을 거쳐 인제 원대리까지 이르는 먼 길을 운전해 오는 동안, 한 대표는 나에게 아무것도 묻지 않았다. 내가 왜 원대리 자작나무숲에 가보고 싶어 하는지 궁금할 법도 한데 말이다.

이곳까지 오는 내내 말없이 창밖만 내다보고 있는 내게 한 번도 말을 걸지 않은 건 주리 역시 마찬가지였다.

개입하지 않는다고 해서 한 대표와 주리가 내게 무관심한 건 결코 아닐 것이다.

두 사람은 지금 내가 스스로 먼저 말할 때까지 기다려주고 있는 게 아닐까?

아니, 어쩌면 이들은 내가 아무런 설명을 하지 않는다고 해도 별로 개의치 않을지도 모른다.

너무 가깝지도, 멀지도 않은 거리에서 그저 나를 지켜봐주고 있을 뿐.

그런 두 사람의 존재가 내겐 얼마나 고맙고 든든한지 모르겠다.

두 사람에게라면, 지금껏 그 누구에게도 말할 수 없었던 비밀을 다 털어놓을 수 있을 것 같다.

'다 말할 거야!'

잠시 뒤 자작나무숲에 들어가면, 한 대표와 주리에게 모든 걸 다 고백하리라.

지키지 못한 내 첫사랑 미나 누나 이야기부터 유미에 대한 내 책임감의 배경까지 모조리 털어놓아 버려야지. 그리고 23년 전 이 자작나무숲에서 미나 누나와 나 사이에 무슨 일이 있었는지도….

나는 그렇게 다짐했다.

"준호야, 수고 많았다! 여기까지 데려와줘서 정말 고마워."

먼 거리를 운전해오느라 수고한 한 대표에게 감사인사를 한 후 차에서 내렸다.

아직 잔뜩 흐려있긴 하지만, 다행히 비는 그친 상태다.

그런데 주변을 쓱 둘러본 한 대표가 의아한 표정이 되어 말한다.

"그런데 주차장이 왜 이렇게 조용하지? 꽤 유명한 곳이라 분명히 사람이 많을 줄 알았는데…."

한 대표의 말대로 이 넓은 주차장에 차가 몇 대 없다는 게 정말 이상했다.

"평일 낮 시간이라서 조용한 게 아닐까요? 비 오고 난 직후이기도 하고요."

주리의 말을 듣고 보니 또 그런 것 같기도 했다.

횅한 주차장을 가로질러 마침내 숲길로 들어서는 진입로에 이르렀을 때, 한 대표의 허탈한 외침이 들려온다.

"헉, 저게 뭐야!"

한 대표를 어이없게 만든 건 다름 아닌 진입로를 떡하니 막고 있는 바리케이드였다. 그걸 본 주리와 나 역시 망연자실할 수밖에 없었다.

바리케이드 앞에 걸린 현수막에는 이런 글귀가 쓰여 있다.

'가을철 산불조심 입산 통제 기간 2017. 11.1~12.15'

99. 어린 왕자의 장미

◆◆

2017년 11월 5일 PM 03:45.

멤버들이 모두 자리를 비운 사이에, 주리가 핑크 클라우드 숙소로 와서 내 짐을 싸주고 있다.

주리가 옷장과 욕실, 그리고 방 이곳저곳을 누비며 부산을 떨고 있는 와중에도, 나는 그 모습을 멍하니 지켜보고만 있다.

왠지 기운이 없고 의욕도 없다.

"같이 가면, 정말 안 되는 거야?"

나는 기어코 주리에게 내 속내를 드러내고 말았다.

내 무기력증의 근원은 바로 분리불안이다. 내일 아침, 나는 주리가 아닌 한 대표와 함께 일본으로 출국하기로 되어있기 때문이다.

주리와 1주일 동안이나 떨어져 지낼 생각을 하니, 걱정과 불안을 넘어 그만 맥이 탁 풀려버리고 만 것이다.

"라디오를 또 비울 수가 없잖아요. 뉴욕 다녀온 지 얼마나 되었다고, 일주일 동안이나 일본 출장 다녀오겠다는 말을 또 어떻게 해요? 번번이 최화영 쌤에게 부탁하는 것도 죄송한 일이고요."

"화영이는 라디오 하는 것 좋아해! 땜빵 하면서도 은근히 즐기는 것 같던데…"

"설령 그렇다고 해도, 저 스스로가 용납 못 하겠어요. 제가 장윤호로 사는 동안, 《여명의 속삭임 장윤호입니다》만큼은 꼭 지켜내고 싶단 말이에요."

주리가 옳다는 걸 알면서도, 나는 왜 계속 생떼를 쓰고 싶은 건지…

"그 프로그램에서 이미 넌 없어선 안 될 존재가 되었어. 1주일 휴가를 더 쓴다고 해서 그렇게 쉽게 널 내치진 않을 거라고. 제발 같이 가자, 주리야!"

"홍콩과 뉴욕에서는 제가 통역과 가이드 역할이라도 할 수 있었지만, 일본에선 아마 무용지물일 거예요. 전 일본에 대해선 잘 모르고, 일본말도 못 하니까요."

"정녕 내가 통역과 가이드가 필요해서 이러는 것 같아?"

잔뜩 격양된 목소리로 그렇게 되묻고 나선, 나는 다음 말을 잇지 못한다. 그 말을 입 밖으로 내버리면 주리를 향한 내 감정을 고스란히 인정하는 꼴이 되어버리니까.

나는 두렵다. 대한해협을 사이에 두고 주리와 떨어져 있어야 한다는 사실이…. 우리가 서로 영혼이 바뀐 이후로 1주일 동안이나 떨어져 지내본 적은 없었는데 말이다.

'주리야, 내가 너 없이 1주일을 어떻게 건디지?'

2017년 11월 6일 AM 06:53.

한 대표의 A8을 타고 공항 가는 길.

라디오에선 주리가 진행하는 '여명의 속삭임 장윤호입니다'가 흘러나오고 있다.

아까 숙소를 나서기 전 핑크 클라우드 멤버들과 차례로 인사를 나누면서도, 내 마음 한구석은 내내 허전했다.

왜냐하면, 주리는 바로 이 라디오 생방 하러 가느라 그 자리에 없었기 때문이다.

정작 내가 가장 배웅받고 싶었던 사람은 바로 주리였건만….

아직 한국을 떠나기도 전인데, 벌써 주리가 그립다. 정말 큰일이다.

차가 인천공항 톨게이트를 통과할 무렵, 라디오 속 주리가 클로징 멘트를 시작한다.

"Love does not consist in gazing at each other, but in looking together in the same direction."

아니, 얘가 갑자기 웬 영어를 하지?

"사랑은 서로 마주 보는 데 있지 않고, 같은 방향을 함께 바라보는 데 있다."

이건 나도 들어본 말인데….

"이 글귀는 프랑스의 소설가 생텍쥐베리가 남긴 사랑에 관한 명언이죠."

그래, 그 양반이 한 말이지!

"그에게는 콘스웰로라는 평생의 연인이자 사랑하는 아내가 있었습니다. 두 사람은 전쟁으로 인해 오랜 시간 떨어져 지내야 했죠. 하지만 그들은 함께하는 것에 집착하지 않고, 마음속으로 서로에 대한 그리움과 사랑을 꿋꿋이 지켜갔습니다."

혹시 이거, 나 들으라고 하는 말인가?

"콘스웰로는 훗날 남편을 회상하며 이렇게 말합니다. '저는 남편의 심장 안에서 살고 싶었습니다. 그이는 나의 별이었고 내 운명, 내 신앙, 내 종착점이었습니다.'라고요. 어린 왕자에게는 꼭 돌아가야 할 장미가 있었듯 생텍쥐베리의 마음속엔 늘 콘스웰로가 존재했던 것입니다."

이건 분명 날 향한 메시지가 틀림없다고 지레짐작하고선, 나는 괜히 가슴이 먹먹해진다.

어쩌면 주리는 지금 작가가 써준 멘트를 그대로 읽고 있는 건지도 모르는데….

"오늘의 마지막 곡은 민혜경이 부릅니다. 〈사랑은 세상의 반〉."

클로징 멘트에 이어 흘러나온 노래는 더 절묘하다.

'그대는 내게 있어
세상의 반이에요~.
나도 그대에게 있어
세상의 반이에요~.'

의도된 선곡인지 아닌지는 모르겠지만, 가사가 내 가슴을 마구 후벼판다.

'나그네처럼 떠돌아다니던

나의 영혼이

편안히 쉴 수 있는 건

항상 그림자처럼

내 곁에 서 있는 당신 때문이야~.'

노래가 흐르는 사이 장기주차장 지하 2층에 주차를 마친 한 대표가 내 어깨를 툭 건드린다.

"다 왔어! 내리지 않고 뭐해?"

나도 우리가 이미 도착했다는 사실을 인지하지 못한 건 아니었다. 다만 내가 가만히 있었던 이유는 노래를 더 듣고 싶어서였다.

"우리, 이 노래만 듣고 내릴까?"

나는 한 대표에게 그렇게 양해를 구한 후, 노래가 모두 끝난 다음에야 차에서 내렸다.

내가 이 곡을 끝까지 듣고 싶었던 이유는 나에겐 이 노래가 꼭 주리의 배웅 인사처럼 느껴졌기 때문이다.

한 대표와 나는 각자의 캐리어를 드르륵드르륵 끌며 여객터미널 방향으로 발걸음을 옮긴다.

무빙 워크에 나란히 서 있는 상태에서 한 대표가 내게 말한다.

"어젯밤 늦게 주리가 내게 카톡을 보냈어."

"뭐라고 보냈는데?"

"인천공항 가는 차 안에서 자기 방송 꼭 들어달라고."

"방송을 들어달라고 했다고?"

"응. 그래서 난 혹시 주리가 자네나 나한테 라디오로 무슨 메시지라도 전하려나 생각했었지. 근데 끝까지 다 들어봐도 별말 없지 않았어? 대체 왜 한밤중에 카톡까지 보내 가며 꼭 들어달라고 했던 거지?"

그랬구나!

주리는 내게 전하고 싶었나 보다.

한 대표는 별말 없었다고 했지만, 나는 분명히 전달받았다. 어린 왕자의 새침데기 장미꽃과는 비교가 안 되게 착한 주리가 내게 보낸 진심의 메시지를….

2017년 11월 6일 AM 09:15.

굉음을 내며 이륙한 비행기가 비로소 안정권에 오르자 좌석벨트 표지등에 불이 꺼지며 승무원들이 분주하게 움직이기 시작한다.

그런데 막상 A380 1등석에 한 대표와 나란히 앉아 있으려니 기분이 아련해진다. 갑자기 옛 생각이 밀려왔기 때문이다.

"그게 몇 년도였지? 우리가 롯본기 벨파레에 원정 갔던 게?"

"내가 파리에서 귀국한 지 얼마 안 되었을 때니까 2003년이었을 거야."

"사전계획 없이 충동적으로 감행한 무박 2일이었지. 토요일 오후 비행기로 와서 롯본기에 있는 클럽이란 클럽은 모두 섭렵한 후에 일요일 오전 비행기로 돌아왔잖아."

"못 말리는 패기와 날 것 그대로의 열정으로 똘똘 뭉쳤던 시절의 이야기구나!"

내 기억 속에서 발생한 추억의 훈풍이 한 대표 방향으로 불고 있는 모양이다. 그의 입가에 애잔한 미소가 번져간다.

"이젠 다 늙어버려서, 그렇게 놀라고 해도 못 놀 것 같아."

여전히 탄력 있는 탱탱한 피부를 자랑하는 한 대표가 저런 말을 하니 왠지 어울리지 않는다.

"왜 그렇게 마음 약한 소리를 하고 그래? 자네의 몸과 마음은 여전히 그때만큼 젊어. 한층 원숙하게 다듬어졌을 뿐이지."

"말이라도 그렇게 해주니 고맙네, 친구!"

그렇게 말하는 한 대표의 입가에 자조적 쓴웃음이 매달린다.

그러다 그는 갑자기 뭔가 떠올랐다는 듯 눈빛을 빛내며 말한다.

"그런 의미에서, 우리 14년 만에 롯본기의 밤을 한 번 점령해볼까?"

"그럴까?"

그렇게 불꽃 같은 의기투합이 이루어지는가 싶었는데….

이내 현실을 자각한 내가 한탄조로 말한다.

"그런데 나는 지금 미성년자인 주리의 몸이라 클럽에 들어갈 수가 없잖아!"

내 말을 들은 한 대표도 아차 하는 표정을 지으며 한마디 보탠다.

"미성년자이기만 해? 세계적으로 핫한 셀레브리티라 롯본기 클럽에 등장했다간 당장 해외토픽감이 될걸?"

살짝 의기소침해진 두 사람은 한동안 말이 없었다.

잠시 이런저런 상념에 잠겨있던 내가 다시 입을 연다.

"그런데, 준호야! 이제 와서 소싯적 자네 모습을 떠올려 보니, 지금의 모습과는 잘 매치되지가 않아. 그 당시만 해도 나는 솔직히 그 오렌지족 날라리가 지금과 같은 진격의 사업가가 되리라곤 상상도 못했거든."

"놀 때 확실히 놀아본 사람이 일할 때도 더 열정적으로 몸과 마음을 불사를 수 있는 거라고!"

"그래, 그건 인정!"

잘 노는 사람이 일도 잘한다는 말에는 나도 십분 동의한다.

"그리고 자네가 한 그 말은 내 개인적 지론과도 일맥상통한 부분이 있어!"

"무슨 지론?"

"덕질을 열렬히 해본 사람만이 자기 분야에도 더 뜨거운 정열을 쏟을 수 있다는 진리!"

내가 사랑하는 아티스트들을 향한 내 덕심은 내 음악을 지탱해주는 힘이다.

내 음악적 첫사랑 마츠다 스이코부터 내 인생의 디바 이선휘로 이어진 큰 줄기를 중심으로 국내외 수많은 아티스트를 향해 잔가지를 뻗쳤던 내 덕후 기질. 그것은 내 음악 세계의 중심을 이루는 뼈대 역할을 해오지 않았던가?

"이번에 함께 작업할 작곡가, 준지 유키토도 내게 좋은 영감을 주는 사람이었으면 좋겠네."

물론 나는 이미 준지 유키토로부터 음악적 필링을 전달받은 바 있다. 그가 내게 보낸 데모 음원을 통해서 말이다.

"나는 개인적으로, 가수가 작곡가로부터 받는 것보다 가수가 작곡가에게 불어넣는 인스피레이션이 더 중요하다고 생각해."

저런 말 할 때 보면, 한 대표도 절반은 뮤지션 같다니까?

"그리고 자넨 이미 많은 사람들에게 좋은 영감을 주는 존재야! 자부심을 갖고 임해도 좋아!"

내가 존경해온 레전드 아티스트들로부터도 찬사를 받아봤지만, 실은 나와 가장 가까운 사람들로부터 내 가치를 인정받는 것만큼 더 힘 나는 일은 없다.

"인지도 레벨이 상대적으로 좀 떨어지긴 했지만, 나도 내심 준지 유키토를 1순위로 꼽고 있었어. 다만 꼭 일본으로 와서 작업해야 한다는 조건을 걸었던 게 좀 맘에 안 들었던 거지."

"그래도 그 덕분에 이렇게 자네와 단둘이 일본여행도 하게 되었잖아!"

한 대표와 속 깊은 대화를 나누다 보니, 주리와 함께 오지 못한 아쉬움은 어느새 가라앉아 있다.

"그런데 준지 유키토가 군이 일본으로 꼭 와야 한다는 조건을 내걸었던 이유가 있었을까? 해외 작곡가에게 곡을 살 때는 꼭 만나서 같이 작업하지 않고 악보와 데모 음원만 넘겨받는 경우도 있는데 말이야."

"자기만의 작업 공간에 대한 고집 또는 자부심, 뭐 그런 게 아닐까?"

"하긴, 자신의 곡은 꼭 본인이 프로듀싱 해야 직성이 풀리는 작곡가도 있으니까."

등받이에 기댄 채 좌석 정면에 설치된 모니터를 바라본다. 지도상에 표시된 한반도와 일본 열도가 한눈에 들어온다.

우리가 탄 비행기의 현재 위치는 경기도와 강원도의 경계쯤 되는 지점에 초록색 점으로 표시되어 있다.

나는 지금 서울을 떠나 준지 유키토가 기다리고 있는 도쿄로 향하고 있는 것이다. 서울에 남겨진 내 몸은 주리의 영혼이 지키고 있다.

내 시선은 지도상의 'Seoul'이라는 글자 위에서 한참을 머문다. 그 글자를 응시하며, 나는 주리를 떠올리지 않을 수 없다.

생텍쥐베리가 쓴 어린 왕자에는 수많은 명대사가 있지만, 내가 또렷이 기억하는 건 이거 하나다.

'별이 아름다운 것은 눈에 보이지 않는 꽃 한 송이가 있기 때문이에요.'

지금 내 눈에 'Seoul'이라는 글자가 'Tokyo'라는 글자보다 더 특별해 보이는 건, 그곳에 보이지 않는 주리의 영혼이 있기 때문일 것이다.

100. 그 무엇도 날 막을 수 없다!

◆◆

큰 키에 상냥한 인상의 남자 승무원이 마카다미아를 봉지째 보여주며 내게 묻는다.

"견, 견과류 알러지는… 어, 없으시죠?"

연예인 앞이라 긴장했는지 말을 버벅대는 그를 향해, 나는 방긋 웃으며 대답한다.

"네."

"그럼, 접시에 담아드리도록 하, 하겠습니다."

봉지를 뜯어 내용물을 접시에 붓는 단순한 작업을 하면서도, 그는 손을 벌벌 떨며 쩔쩔맨다.

그러다 급기야 그는 바닥에 접시를 떨어뜨리고 만다.

푹신한 카펫 바닥이 충격을 흡수해준 덕분에 다행히 접시가 깨지진 않았다. 하지만 접시에 담겨있던 마카다미아 낱알들이 내 발밑 곳곳에 흩어져 버렸다.

"죄송합니다. 금방 치워드리겠습니다."

그는 안절부절못하며 내게 사과를 했다.

"아니에요, 괜찮아요!"

내가 괜찮다고 하는데도 연신 굽실거리는 통에 내가 도리어 미안해질 정도였다.

그는 급기야 무릎까지 꿇은 채 바닥에 널린 마카다미아 알갱이들을 황급히 주워 담는다.

나는 그가 마카다미아 접시를 떨어뜨린 것보다 내 앞에서 무릎을 꿇고 있는 모습이 외려 더 당혹스러워 자리에서 벌떡 일어났다.

가수 강주리 앞에 남자 승무원이 무릎을 꿇고 있는 모습을 누군가가 스마트폰 카메라로 찍어서 SNS에 유포시키기라도 하면 정말 골치 아파질 것이다. 앞뒤 맥락 없이 그 장면만 딱 보면 '강주리가 갑질 한다!'고 오해받기 십상팔구니 말이다. 그야말로 기레기들의 좋은 먹잇감 아니겠는가?

우연히 찍힌 사진 한 장으로도 삽시간에 사회적 매장을 당할 수도 있는 요즘 세상에서, 얼굴이 알려진 공인은 일거수일투족을 극도로 조심할 수밖에 없는 것이다.

여전히 무릎을 꿇은 채 마카다미아 줍기에 열중하고 있는 남승무원 앞에서, 나는 어찌할 바를 몰라 엉거주춤 서 있었다.

'한 대표는 하필 이럴 때 자리에 없을 게 뭐람?'

바로 그때, 사무장급으로 보이는 여승무원이 황급히 달려왔다.

"제가 정리할 테니, 그만 가보세요!"

상사의 등장에 한층 더 난감한 표정을 짓던 남승무원은 이내 힘없이 물러간다.

사소한 일로 윗선까지 개입하게 된 이 상황이 난처한 건 나도 마찬가지였다.

"강주리 님, 정말 죄송합니다. 객실 사무장으로서 해당 승무원을 대신해 사죄드리겠습니다."

"아니에요, 정말 괜찮습니다."

아까부터 괜찮다는 말을 대체 몇 번째 하는 건지….

정말 별것도 아닌데, 사무장까지 와서 이러니 슬슬 짜증이 치밀어 오르려고 한다.

"근무 배치를 사다리 타기로 하는 게 아니었는데…."

사무장의 입에서 독백처럼 튀어나온 그 말을 들은 나는 내 귀를 의심했다.

"네? 사다리 타기요?"

"어머, 말이 헛나왔네요. 죄송합니다!"

또 그놈의 '죄송합니다!'.

나는 울컥 화가 치밀어 올랐지만, 꾹꾹 눌러 참으며 다시 묻는다.

"저를 담당하는 승무원 배치를 사다리로 결정했다는 말씀이신가요?"

자신의 말실수에 당황한 기색이 역력했던 사무장은 평정을 되찾으려 애쓰며 천천히 입을 연다.

"네, 사실입니다."

눈을 내리깐 채 사실을 인정한 승무원은 또 한 번 내게 머리를 조아린다.

"아니, 왜요? 아무도 절 담당하지 않으려고 했던 건가요?"

갈수록 이상한 방향으로 흘러가는 것 같은 이 상황 속에서, 나는 최대한 언짢은 기색을 드러내지 않으려고 무던히 애쓴다.

"아닙니다."

"그러면요?"

"사실은… 그 반대입니다."

그제야 사무장은 내리깔았던 시선을 들어 나를 똑바로 바라본다. 사무장 직급이면 나이가 꽤 있을 텐데, 그녀의 흐트러짐 없는 미모는 나이를 짐작하기 어렵게 한다.

"이 비행기에 탑승한 모든 승무원이 강주리 님을 담당하고 싶어 했습니다. 저도 그중에 한 명이었고요."

어렵게 그 말을 뱉어낸 후, 그녀는 뭔가 후련한 표정을 짓는다.

"상위 클래스 근무를 할 수 없는 말단 승무원들을 제외한 시니어급 승무원들 사이에서도 강주리 님을 맡으려는 경쟁이 치열했습니다. 그래서 어쩔 수 없이 사다리로 결정할 수밖에 없었죠."

나 원 참. 이놈의 인기는….

"시니어 승무원들만 참여한 사다리 추첨에서 강주리 님이 있는 구역을 맡게 된 행운아가 바로 아까 그 남자 승무원이었습니다. 무려 8대 1의 높은 경쟁률이었죠."

그 8대 1의 경쟁률을 뚫은 사람이 하필 남자라니. 그 여덟 명 중엔 분명 여승무원이 더 많았을 텐데….

개인적으로는 그 점이 다소 유감스럽지 않을 수 없었다.

"모두가 그를 부러워하면서도, 한편으론 다들 인정하지 않을 수 없었죠."

"뭘요?"

"가장 절실하게 원했던 사람에게 행운이 돌아갔다는 사실을요. 그는 이미 소문난 주리빠거든요."

자기도 모르게 '빠'라는 비속어를 내뱉어놓곤, 그녀는 당황하며 자신의 입을 틀어막는다.

"어머, 품위를 지켜야 하는 승무원으로서 '빠'라는 속칭을 써서 죄송합니다!"

그녀는 또 '죄송합니다!'라는 말을 입에 올렸지만, 이번엔 전혀 짜증스럽지 않다.

그리고 이미 내 입가엔 흐뭇한 미소가 걸려있다.

"아까 그 남자 승무원은 원래 친절하고 유능해서 승객들에게도 인기가 높은 11년 차 베테랑 직원이에요. 그런데 꿈에 그리던 강주리 님 앞이라 많이 긴장했던 모양이에요."

그래, 백번 이해한다. 멀리서 흠모하던 우상을 가까이서 접하고 멘탈이 나가본 경험을 나도 최근에 몇 번 해봤으니까.

그러다 어느 순간, 문득 이런 생각이 스친다.

'정말 별거 아닌 일로 바쁜 사무장을 이렇게 오래 잡아둘 필요가 있나?'

내가 입은 피해도 없고, 상대측에서 그리 미안해할 이유도 없는 이 상황을 얼른 종료해버리고 싶었다. 그래서 나는 사무장이 안심하고 퇴장할 수 있을 만한 정리 멘트를 한마디 해주기로 한다.

내 솔직한 속마음으로는 미모의 사무장에게 나를 담당해달라고 부탁하고 싶지만, 겉으론 상냥한 팬서비스용 멘트를 날릴 수밖에…

"전 정말 괜찮으니까, 계속해서 이 구역 케어 잘 부탁드린다고 그 남자 승무원분께 꼭 전해주세요!"

사무장이 막 물러간 후, 한 대표가 자리로 돌아왔다. 아무래도 화장실에서 큰 볼일을 보고 온 모양이다.

"무슨 일 있었어?"

사무장이 내게 여러 번 머리를 조아리고 가는 장면이 좀 이상해 보였던지, 한 대표가 그렇게 물었다.

"아니야, 별거…."

정말 별일이 아니라 여겨져서 그렇게 대답하긴 했는데, 내 머릿속에선 사무장이 내게 했던 말들이 계속 맴돌고 있다.

한참을 생각한 끝에 나는 한 대표에게 묻는다.

"혹시 기내에서 공연하는 건 불법이야?"

내 뜬금없는 질문에 한 대표는 황당한 표정을 짓는다.

"뭐야, 너 설마… 기내에서 공연할 생각인 건 아니겠지?"

"불법이 아니라면 못할 것도 없지!"

내가 횟집 앞에서 공연하겠다는 폭탄선언을 했을 때처럼 뒷목을 잡는 한 대표.

"불법 여부는 자네도 잘 모르는 거지? 검색이라도 해보고 싶은데, 기내라서 인터넷이 안 되니 답답하네."

"언젠가 해외 토픽 기사에서 기내 공연을 한 가수 이야기를 읽은 적은 있어."

"그래?"

"일본의 유명한 중견 가수 누구였는데, 기내 방송용 수화기를 마이크 삼아 공연하는 장면을 봤어. 1시간 이상 이륙이 지연된 상태에서 승객들의 지루함과 불안감을 달래주기 위해서, 가수 본인이 깜짝 공연을 자처했다더군."

"그럼, 불법이 아니란 얘기야?"

"글쎄, 그 가수의 경우는 이륙 전에 공연한 거라…. 운항 중인 비행기 안에서 공연한 케이스가 있었는지는 잘 모르겠네?"

"그렇다면 내가 케이스를 한 번 만들어보는 거지, 뭐!"

내가 호기로운 감행 의지를 드러내자, 한 대표가 정색하며 반기를 든다.

"안 돼! 이번만큼은 내가 허락할 수 없어. 오늘은 내가 어디 가서 음향 시설을 빌려올 수도 없다고."

"자네가 말한 그 일본 가수처럼 기내 방송용 수화기에 대고 노래하면 되잖아!"

"소중한 내 가수가 기내 방송용 수화기에 대고 노래하는 꼴은 도저히 못 보겠다고! 저 음질 나쁜 스피커는 아무리 아름다운 소리라도 듣기 싫은 굉음으로 만들어버릴 거란 말이야."

"나는 바로 그 열악한 조건 때문에 도전의욕이 더 강해지는데? 운항 중인 비행기 안에서 기내 방송 라이브를 해본 가수가 몇이나 되겠어?"

어쩌면 지금 한 대표는 정당한 반대를 하고 있고, 내가 괜한 객기를 부리고 있는 건지도 모른다.

하지만 내 안에서 피어오른 음악의 불씨를 현실적 조건에 굴복해 그냥 꺼뜨려 버리고 싶진 않다.

유리하지 않은 조건, 심지어 불가능해 보이는 상황 속에서도 그 불씨를 살려 활활 불태워보고 싶은 욕심이 내겐 있는 것이다.

"A380 기종은 승객이 무려 800명에 달해. 그런데 그 많은 승객 중에 공연을 원하지 않는 사람이 있으면 어떡해?"

한 대표는 여전히 반대하는 입장이지만, 완강하던 어조가 조금은 누그러져 있다.

"물론 승객들의 의향을 먼저 물어봐야겠지. 기장의 허락도 있어야 될 것이고…. 내가 일단 사무장에게 얘기라도 해볼게."

내가 사무장을 만나러 가기 위해 자리에서 일어나려는 순간, 한 대표가 내 팔을 잡는다.

"가지 마!"

나는 한 대표가 끝내 반대의 뜻을 꺾지 않고 나를 제지하는 것으로 생각했다. 그런데 그의 입에서 나온 다음 말은 예상과 좀 다르다.

"그런 걸 왜 가수가 직접 해? 내가 자네를 따라 일본까지 동행하는 이유는 바로 그런 일 처리하기 위해서야! 자넨 그냥 앉아 있어!"

사실 나 스스로도 반신반의하는 무모한 도전을 지지해주는 것이 한 대표에겐 쉽지 않았을 것을 알기에, 그의 동조가 더 고마웠다.

자리에서 일어나려던 한 대표가 다시 앉으며 내게 묻는다.

"이 일을 추진시키기 전에, 우선 자네가 기내 공연을 꼭 하려는 이유나 좀 듣자?"

"내 안에 노래하고 싶어 하는 욕구가 있고, 이 비행기 안에는 내 노래를 원하는 사람들이 있어, 무슨 이유가 더 필요해?"

내가 있는 구역을 서로 맡겠다고 경쟁까지 붙었다는 승무원들, 특히 내 앞에서 저지른 실수 때문에 가슴앓이하고 있을 그 주리빠 남승무원에게, 나는 노래로 감사의 마음을 전하고 싶은 것이다.

"강주리로 바뀐 이후의 자네 모습을 봐오면서, 나는 죄책감 같은 게 느껴졌어."

"그게 무슨 말이야? 자네가 왜 죄책감을 느껴?"

한 대표의 난데없는 고백에 의아해진 나는 웃음기 없는 한 대표의 얼굴을 뚫어져라 쳐다본다.

"이렇게 음악에 목말랐고, 무대가 절실했던 사람을, 나는 왜 그렇게 오랫동안이나 큐피드 지하 골방에다 방치해 두었던 걸까?"

그의 음성에서 가는 떨림이 느껴진다. 어느새 그의 눈에 그렁그렁 눈물이 맺히는 걸 보니 나도 눈물이 나려고 한다.

"그건 자네가 방치한 게 아니라, 나 스스로 숨어있었던 거야."

이건 자책하는 그를 위로하려는 말이 아니라, 진짜 내 진심이다.

"말로만 자네와 자네 음악을 지켜준다 했을 뿐, 사실상 해준 게 별로 없었잖아. 나는 수호자가 아니라 방관자에 불과했던 것 같아."

"그런 소리 하지 마! 자네가 그렇게라도 날 보호해주지 않았다면, 내 인생은 아마 형편없이 망가졌을 거라고!"

좌석 팔걸이에 올려진 그의 손에 내 손을 겹쳐 얹는다.

"거목처럼 굳건한 자네가 있었기 때문에, 내가 그 그늘 밑에서 안전하게 내 음악을 지켜올 수 있었던 거란 말이야."

그가 내 쪽으로 천천히 고개를 돌린다.

의기소침해 있던 얼굴에 차츰 미소가 차오르더니, 마침내 그는 특유의 전대물 주인공 같은 웃음을 되찾는다. 백 마디 말보다 나를 더 안심시키는 저 단단한 미소.

한 대표는 다시 의기충천해진 모습으로 자리에서 벌떡 일어나더니, '강주리 A380 객실 라이브 공연' 추진을 위한 본격 행보를 개시한다.

진격의 한 대표는 사무장을 통해 기내 공연에 대한 기장의 승인을 받아내는 데 성공했다. 그리고 승객들로부터도 거의 만장일치에 가까운 공연 찬성 의사를 확인받았다.

두근거리고 설레는 '강주리 A380 객실 라이브 공연'을 앞두고, 기장의 안내 멘트가 방송된다.

"안녕하십니까. 아까 이미 인사드린 바 있는 기장입니다. 저의 비행 경력 21년 만에 처음으로 사인을 부탁하고 싶은 승객 한 분이 지금 기내에 탑승하고 계십니다. 저희 비행기에 모시게 된 것만으로도 영광이었는데, 우리를 위해 노래까지 불러주신다고 하는군요. 승객 여러분, 오늘 계 타셨습니다!"

좌석 등급을 막론하고 온 객실에서 들려오는 박수와 환호성에 비행기 전체가 들썩거린다.

"노래를 듣기 전에 강주리 님께 미리 감사를 드리며, 이따 착륙 후에는 사인도 꼭 해주실 것을 부탁드립니다. 그리고 저희 딸이 제 말을 믿지 않을 경우를 대비해 인증샷도 꼭 함께 찍어주셔야 합니다! 그럼, 강주리 님의 공연과 함께 행복한 시간 보내시길 바라며, 가시는 목적지까지 즐겁고 편안한 여행 되십시오!"

101. 답정녀

◆◆

2017년 11월 6일 PM 12:03.

나리타 공항에서 도쿄 시내로 향하는 나리타 익스프레스 안.

한 대표는 현재 심기가 불편한 상태다. 왜냐하면 준지 유키토 측에서 보내주기로 한 차량이 착오로 인해 제시간에 도착하지 않았기 때문이다.

"우리가 먼저 보내달라고 한 것도 아니고, 자기가 알아서 보내준다고 했으면 확실하게 약속을 지켜야 할 거 아니야?"

"착오가 있었다고 하잖아. 나는 오랜만에 자네와 함께 나리타 익스프레스 타니까 옛날 생각도 나고 좋은데…. 이제 그만 화 풀어!"

내가 괜찮다고 하는데도, 한 대표는 이 상황이 영 마뜩잖은 모양이다.

"그냥 공항에서 기다릴 걸 그랬어."

사실 담당자는 하네다 공항으로 잘못 보내진 차량을 다시 나리타 공항으로 보낼 테니 기다려달라고 했지만, 내가 그냥 나리타 익스프레스를 타자고 한 것이었다.

"뭣 하러 공항에서 한 시간 반을 기다려? 90분이면 롯본기까지 충분히 도착하고도 남는 시간이라고!"

"점심이라도 먹으면서 기다리면 되었잖아."

"비행기에서 기내식 먹고 내린 지 얼마 안 되어서 배가 별로 고프지도 않은 상태였잖아. 그리고 이왕이면 도쿄에서의 첫 끼를 공항이 아닌 시내에 들어가서 먹는 게 더 좋으니까."

잔뜩 심통이 나 있는 한 대표를 달래고 있으려니, 뭔가 입장이 바뀐 것 같은 기분이 든다. 투덜거리는 나를 달래는 역할은 늘 주리 몫이었는데, 지금 그 역할을 내가 하고 있으니 말이다.

'주리야, 보고 싶어!'

갑자기 밀려온 주리 생각에 가슴이 저려오려던 바로 그때 카톡 알림음이 울린다. 확인해보니 주리의 메시지다.

[잘 도착하셨나요?]

[와, 소름! 방금 네 생각하고 있었는데…]

나는 주리의 메시지가 눈물 나게 반가우면서도, 다른 한편으론 우리가 지금 현해탄을 사이에 두고 서로 떨어져있다는 사실이 실감되면서 묘하고도 허전한 기분을 느껴야 했다.

[유노 쌤, 비행기 안에서 공연하셨던데요? 유튜베에 이미 강주리 기내 공연 동영상이 뜬 거 있죠?]

[벌써?]

[조회수 후덜덜! 반응도 완전 쩔어요!]

내가 타고 온 비행기가 나리타 공항 활주로에 착륙한 지 이제 불과 한 시간 남짓밖에 안 되었는데, 대체 누가 벌써 그 영상을 올린 거지?

나는 주리가 첨부한 링크를 눌러보았다.

'[강주리 도쿄행 A380 기내 공연] 하늘을 달리다

조회수 130K 좋아요 19869

40분 전.

게시자 : 꿈꾸는기린.'

영상 올라온 지 40분 만에 조회수가 무려 13만이라니. 살짝 무서워질 정도다.

"뭘 보고 있는 거야?"

시무룩해 있던 한 대표도 급관심을 보이며 내가 들여다보고 있는 아이폰 화면 앞으로 고개를 쑥 들이민다.

"주리가 기내 공연 유튜베 링크를 보내줬어."

"뭐? 그게 벌써 올라와있단 말이야?"

한 대표도 나만큼이나 놀라워하는 표정이다.

나는 주머니에서 이어폰을 꺼내 아이폰에 연결한 후, 한쪽은 내 오른쪽 귀에 꽂고 나머지 한쪽은 한 대표의 왼쪽 귀에 꽂아준다. 그리고는 동영상을 플레이했다.

기장의 기내 방송으로 시작되는 동영상에 내가 기내 방송용 수화기를 들고 있는 모습이 비스듬한 정면으로 찍혀있는 걸 보면, 승무원 중 누군가가 바로 가까이에서 촬영한 것으로 추정된다.

영상에서는 이적의 〈하늘을 달리다〉를 무반주로 부르는 내 육성과 스피커를 통해 흘러나오는 음향이 뒤섞여서 들려왔다.

그리고 박자가 딱딱 들어맞는 승객들의 박수 소리가 MR보다 더 쩡쩡한 존재감으로 내 보컬을 뒷받침해주고 있었다.

"댓글들이 정말 기가 막힌데?"

한 대표 말대로 댓글들이 가관이다. 쭉 읽어내려다 보니 저절로 입가에 미소가 지어진다.

'갓주리는 저질 기내 스피커도 그냥 씹어 먹는구나!'

'음향 시설 열악한 기내를 고급스러운 콘서트장으로 바꿔버리네. 강주리의 무대 장악력은 정말 알아줘야 함!'

'저 비행기 탔던 분들 완전 부럽!'

'1 비행기 1 강주리 보급이 시급함.'

'해당 항공사는 주리신께 평생 퍼스트 클래스 무상 항공권을 지급하라!'

2017년 11월 6일 PM 01:32.

도쿄역에서 내려 택시를 타고 롯본기에 도착하니 점심 먹기에 딱 알맞은 시간이 되어 있었다.

점심 식사를 위해 우리가 찾은 곳은 이치란 라멘 롯본기점.

"도쿄 시내에서 제대로 된 첫 끼를 먹고 싶다더니, 기껏 찾아온 곳이 라멘집이야?"

이제야 기분이 좀 풀린 듯 보이는 한 대표가 희미한 미소를 머금으며 내게 물었다.

"우리에겐 이곳이 추억의 장소잖아. 난 아직도 그날 새벽에 먹었던 돈코츠 라멘 맛을 잊을 수가 없어!"

여기서 내가 말한 '그날 새벽'은 14년 전 한 대표와 함께 바로 이곳 롯본기에 클럽 원정을 왔던 날 새벽을 의미한다.

벨파레를 시작으로 당시에 좀 유명하다는 클럽이란 클럽은 모조리 섭렵한 후, 새벽 4시쯤 이곳에 와서 라멘을 먹었더랬다. 나는 아직도 그때 그 맛을 잊을 수가 없다.

지금이 딱 점심시간이라 그런지 대기줄이 꽤 길었다.

줄을 서서 기다리는 동안 일본 라멘에 대한 한 대표의 열띤 브리핑이 이어지고 있다.

"일본에는 지역별로 특색 있는 라멘들이 있지만, 그중에서 라멘으로 유명한 3대 고장은 삿포로, 기타카타 그리고 하카타가 꼽히지. 삿포로 라멘은 꼬불꼬불한 면의 미소 베이스, 기타카타는 통통한 면발의 간장 베이스, 그리고 하카타는 가는 면의 돈코츠 라멘이지. 하카타에 본점을 두고 있는 이치란은 바로 돈코츠 라멘의 대표 주자라고 할 수 있어."

"중국 문화에만 바싹한 줄 알았더니 일본 라멘에 대해서도 잘 꿰고 있는데? 라멘집 딸내미랑 사귀기라도 한 거야?"

"어떻게 알았어?"

나는 그저 농담으로 던진 말이었는데, 한 대표가 정색하며 그렇게 되묻는 바람에 나는 당황하지 않을 수 없었다.

"진짜로, 자네가 라멘집 딸이랑 사귀었단 말이야?"

"그래 맞아! 프랑스 유학 시절에 내가 23개월 동안 사귀었던 사람이 바로 일본 여자였어. 삿포로에서 4대째 라멘 가게를 하고 있는 가문 출신이었지."

"23개월이면 자네로선 꽤 오래 만났던 사람이네?"

"맞아, 내가 제일 오래 사귀었던 사람이야. 거의 동거 수준이었지."

"그런데 왜 헤어졌어?"

왜 헤어졌냐는 내 질문에 한 대표는 뭔가 말하려다가는 그냥 입을 다 물어버린다.

바로 그 순간, 그의 얼굴에 잠깐 떠오른 쓸쓸한 표정을 나는 놓치지 않았다. 한 대표와 23년 지기인 나도 처음 보는 그 표정은 그를 사뭇 낯설어 보이게 했다.

문득 더 깊이 파고 들어선 안 되겠다는 직감이 들어 더 이상 캐묻지 않았다.

20여 분을 기다려 순서가 돌아오긴 했는데, 한 대표와 나는 서로 떨어진 자리에 앉아야만 했다. 이 식당에서는 독서실처럼 칸막이가 쳐진 1인용 테이블당 한 명씩 착석하도록 되어 있는데, 인접한 두 자리가 쉽게 날 것 같지 않았기 때문이다.

라멘은 딱 한 종류밖에 없기 때문에 선택의 여지가 없었다. 하지만 맛의 진하기, 기름진 정도, 면의 익힘 정도, 그리고 소스·마늘·파·차슈의 추가 여부 등은 선택할 수 있었다.

'지금 나마비루 한 잔 하면 정말 딱이겠는데…'

메뉴판 사진 속에 있는 생맥주가 날 유혹했지만, 꾹 참아야만 했다. 일본에 와서 맥주 한 잔도 못 하고 간다는 건 매우 원통한 일이지만, 내가 지금 미성년자의 몸이니 어쩔 도리가 없다.

일행과 나란히 앉을 수 없다는 건 단점인 동시에 장점이기도 하다. 라멘을 먹으며 담소를 나눌 수 없는 대신, 철저히 라멘 맛에만 집중해서 먹을 수 있기 때문이다.

면부터 건져 먹어본다. 알맞게 익은 면발은 부드러우면서도 쫄깃쫄깃한 탄력이 살아있다.

이번엔 국물을 떠먹어본다. 국물 맛은 진하되 뻑뻑하지 않고 풍부하면서도 시원하다.

　계란 반숙은 이치란 라멘의 타이틀 롤로서의 역할을 톡톡히 했고, 누린내 없는 차슈 역시 뚜렷한 존재감이 있는 미각 스틸러였다.

　오후에 있을 준지 유키토와의 미팅 일정을 의식해 마늘 옵션을 제외했음에도 불구하고 별로 느끼하지도 않았다.

　적당히 배가 고픈 상태라 더 맛있게 느껴진 것이겠지만, 내가 만약 미슐랭 심사위원이라면 별 하나 던져주고 가고 싶을 만큼 만족스러운 미식 경험이었다. 그래도 새벽에 적당한 술기운이 남아있을 때 먹었던 그 라멘 맛에는 미치지 못했지만 말이다.

　라멘집에서 나와서 숙소인 리츠 칼튼으로 향하는 길.

　카톡 알림음이 울린다. 주리다.

　[유노 쌤!]

　그렇게 불러놓기만 하고선 한동안 아무 말이 없다. 혹시 '보고 싶어요!'라는 문구라도 찍히지 않을까 내심 기대했지만, 후속 메시지는 좀처럼 오지 않았다.

　기다림을 참지 못한 나는 짧게 답문을 입력해본다.

　[왜?]

　[배드 뉴스와 굿 뉴스가 있어요. 둘 중 어느 것 먼저 듣고 싶으세요?]

　[굿 뉴스만 듣고 싶지. 그래도 꼭 들어야 한다면 나쁜 소식을 먼저 듣는 게 낫겠지?]

　[그럼, 배드 뉴스를 먼저 전할 게요. 라디오 방송국이 오늘부터 무기한 파업에 들어갔어요. 낙하산으로 임명된 사장 퇴진을 요구하는 단체행동이라네요. 《여명의 속삭임 장윤호입니다》도 당분간은 진행자 없이 음악만 틀 거래요.]

　[주리 네가 열심히 해왔던 라디오를 갑자기 못 하게 된 건 좀 유감이

지만, 그래도 당분간은 마음껏 늦잠 잘 수 있어 좋겠네!]

[그건 그래요.]

솔직히, 나 같았으면 방송국 파업 소식을 배드 뉴스가 아닌 굿 뉴스로 분류했을지도 모르겠다.

[그럼, 굿 뉴스는 뭐야?]

[음…]

성미 급한 나를 애태우기라도 하려는 듯 잠시 뜸을 들이는 주리.

[얼른 말해! 우리 지금 호텔로 걸어가는 중인데, 내가 카톡 하느라 꾸물거리면 한 대표가 화낼지도 모른단 말이야!]

[굿 뉴스는… 제가 도쿄행 비행기 티켓을 발권했다는 사실이에요.]

"진짜?"

너무 반갑고 기쁜 나머지, 나는 카톡으로 입력했어야 하는 말을 육성으로 내뱉고 만다.

"갑자기 왜 그래? 뭐가 진짜야?"

내 입에서 뜬금없이 튀어나온 말에 놀란 한 대표가 영문을 물으며 나를 멀뚱히 쳐다본다.

"아, 주리가 도쿄로 올 거래. 방송국 파업 때문에 당분간 라디오를 못하게 되었나 봐."

한 대표 앞에서 나는 애써 표정 관리를 해야 했다. 주리가 올 거란 소식에 내가 너무 좋아하는 티를 내면 그가 이상하게 생각할지도 모르니까.

"그래? 그럼, 호텔 방을 하나 더 잡아야겠구나!"

한 대표 역시 주리의 합류가 반가운 듯 기분 좋은 표정으로 자신의 갤럭시 노트를 꺼내든다. 아마 호텔 어플리케이션을 통해 주리의 숙소를 예약하려는 모양이다.

'아차!'

주리가 전한 굿 뉴스에 대해 내가 아직 답을 하지 않았다는 사실을, 나는 그제야 깨달았다.

[여기까지 와준다니 고맙네.]

이 싱겁기 짝이 없는 문장으로는 지금의 내 기쁜 마음을 표현하기에 턱없이 부족하다.

[그런데 어떻게 그렇게 빨리 도쿄행을 결정하게 된 거야?]

이 질문을 입력하는 동안, 나는 스스로를 조롱했다.

'이런 답정녀 같으니라고.'

왜냐하면 이 질문을 통해 내가 듣고 싶은 답은 이미 정해져 있었기 때문이다.

그런데 다행히도, 나는 결국 만족스러운 미소를 지을 수 있었다. 주리로부터 돌아온 답변 말미에, 내가 꼭 듣고 싶었던 말이 들어가 있었기 때문이다.

[결정은 전혀 어렵지 않았어요. 파업 관계로 내일부터 출근할 필요가 없다는 얘기를 듣자마자, 전 곧바로 도쿄로 가자고 결심했거든요. 제 마음은 이미 도쿄에 가 있었으니까요. 보고 싶어요, 유노 쌤!]

102. 긍정의 피드백

◆◆

2017년 11월 6일 PM 03:02.

대형 복합문화공간인 도쿄 미드타운과 연결된 리츠 칼튼 호텔의 1층 엔트런스 앞에서 한 대표가 내게 말했다.

"그날 새벽에 자네가 했던 말 기억나?"

"무슨 말?"

"밤샘 클럽 투어를 마치고 나리타 공항으로 가기 위해 바로 이 자리에 서서 택시 기다리는 동안, 자네가 말했었잖아. 이 호텔이 참 좋아 보인다 며, 여기서 한숨 자고 갔으면 좋겠다고 했잖아."

"내가 그랬었나? 아마도 그땐 밤새 클럽 돌아다니느라 피곤해서 그랬을 거야. 녹초가 된 상태에서 호텔 간판을 보니, 들어가서 쉬고 싶다는 생각 이 들었던 게지."

"그럼, 그 당시에 내가 했던 말도 생각 안 나겠네? 다음에 일본 오면, 꼭 이 호텔에서 묵자고 말했는데…."

"아, 그 말은 생각나!"

차츰 밝아지는 의식의 저편에서 그날 새벽의 기억이 하나둘 연달아 떠 오른다.

"저 간판 아래에서 둘이 사진도 찍었잖아. 친절한 벨보이가 투숙객도 아닌 우리를 위해 사진도 찍어주고, 택시까지 불러줬었지."

어느새 생생하게 되살아난 기억은 그날 새벽에 내가 느꼈던 기분 좋은 노곤함까지 상기시킨다.

"우리가 함께 일본에 다시 오기까지 참 오래 걸렸네. 무려 14년 만이라 니."

한 대표도 추억에 잠긴 듯 아련한 표정이다.

"그러게 말이야. 그런데 나는 그렇게 시간이 많이 흘렀다는 게 실감 나질 않아. 14년이 아니라 14시간 전의 일처럼 생생하다고 할까?"

그러니까 한 대표는 기억하고 있었던 것이다. 14년 전 그날 새벽에 그저 스치듯 나눈 대화를 잊지 않고, 다음에 일본 오면 꼭 이 호텔에서 묵자고 했던 그 약속을 지킨 것이다.

'약속 지켜줘서 고마워!'

나는 한 대표의 깊은 속정에 고마운 마음을 전하고 싶었지만, 괜스레 목이 메 말을 꺼내진 못했다.

45층에 위치한 메인 로비로 가기 위해, 우리는 엘리베이터 안으로 빨리듯 들어간다. 마치 14년 동안 닫혀있다 열린 시간의 문을 통과하는 기분으로….

순식간에 45층까지 도착한 엘리베이터 문이 열렸고, 그곳엔 입이 쩍 벌어지는 별천지가 펼쳐져 있다. 화려하면서도 요란하지 않고, 호사롭지만 우아한 분위기가 마음을 끈다.

우리가 묵을 방은 클럽 층에 위치하고 있기 때문에 53층의 클럽 라운지에서 체크인을 했다.

"전망이 정말 끝내주는구나!"

클럽 라운지에서 내려다보는 도쿄의 시티 뷰는 홍콩이나 맨해튼과는 또 다른 매력으로 다가온다.

도쿄 스카이라인 사이에 우뚝 솟은 도쿄 타워, 아름다운 도쿄 만, 그리고 저 멀리 후지산까지…. 홍콩보다 덜 화려하고, 맨해튼보다 덜 촘촘하지만, 더 정갈한 인상의 도시 전망이 일본스러움을 느끼게 한다.

"설계할 때부터 이미 전망에 공을 많이 들였다는 게 느껴지는 호텔이야. 도쿄에선 가장 비싼 축에 속하는 호텔이지만, 숙박비의 3분의 1 정도는 전망 값이라고 여겨도 좋을 만큼 훌륭한 뷰를 갖고 있지."

한 대표의 말대로 53층의 클럽 디럭스 룸 역시 환상적인 전망을 갖고 있었다.

오늘따라 하늘빛이 유난히 더 맑고 예뻐 보이는 건 저 하늘 어딘가에 주리가 탄 비행기가 떠 있기 때문이 아닐까?

🎧

2017년 11월 6일 PM 04:53.

준지 유키토 측에서 보내준 렉서스 LS500은 호텔 지하 주차장에 주차되어 있었다. 담당자의 착오로 나리타 공항이 아닌 하네다 공항으로 잘못 보내졌다가 뒤늦게 호텔로 도착한 것이었다.

원래는 운전해줄 기사도 딸려 있었지만, 한 대표가 손수 운전하겠다며 그를 돌려보냈다.

지금은 한 대표가 운전하는 LS500을 타고 오테마치로 향하는 중이다.

한 대표는 아만 호텔 앞에 나를 내려준 후 주리를 픽업하기 위해 나리타로 향할 예정이다.

그리고 나는 아만 호텔에서 준지 유키토와의 첫 미팅이 잡혀있다. 원래는 한 대표도 함께 참석할 계획이었지만, 주리가 급히 일본으로 오게 되는 바람에 내가 한 대표에게 공항에 나가줄 것을 부탁한 것이다.

한 대표 없이 혼자서 일본인 작곡가를 만나야 한다는 것이 좀 부담스럽긴 하다.

유아기 3년을 일본에서 보내긴 했지만, 너무 어렸을 때라 귀국 후 얼마 안 가 일본말을 다 까먹어 버렸다.

그나마 고등학교 때 제2외국어를 일본어로 해서, 지극히 초보적인 수준의 일본어를 구사하는 정도.

지금 내가 찰떡같이 믿고 있는 건, 영어만큼 짧은 일본어 실력이 아니라 바로 만국 공용어인 음악이다. 감히 나의 제2 모국어라 일컬을 수 있는 음악은 언어로 이루어낼 수 없는 교감도 가능하게 해줄 것이라 믿는다.

도쿄 중심부 오테마치의 빌딩 숲 속에 자리한 아만 도쿄.

38층짜리 오테마치 타워의 상위 5개 층이 아만 호텔이다.

리셉션이 45층에 있었던 리츠 칼튼처럼 고속 엘리베이터를 타고 33층까지 가야 비로소 아만의 메인 로비에 닿을 수 있다.

메인 로비의 높은 천장과 큰 유리벽이 만들어내는 탁 트인 개방감은 첫 발을 들여놓는 순간부터 나를 압도한다.

리츠 칼튼의 시티 뷰가 도심 한가운데에 떠있는 듯한 느낌을 준다면, 아만의 전망은 마치 속세를 초월한 듯한 기분이 들게 한다.

럭셔리 리조트에 가야 누릴 수 있을 것 같은 기분을 빌딩 숲 한가운데에서 만끽할 수 있는 공간이 있다는 건 참으로 부러운 일이 아닐 수 없다.

물론 이 호텔이 요구하는 기절초풍할 비용을 생각하면, 그리 맘 편한 휴양이 될진 모르겠지만 말이다.

아마도 내가 가난한 장윤호의 신분이었을 땐, 섣불리 로비까지 올라와 볼 엄두도 못 내지 않았을까?

기모노 입은 여인이 가야금처럼 생긴 악기를 연주하고 있는 로비 라운지로 들어선다.

친절하기 이를 데 없는 표정의 여직원에게 준지 유키토의 이름을 대려는 순간, 그녀가 선수를 친다.

"Miss Jury Kang, It is indeed an honor to have such an important guest with us."

나를 맞이하는 그녀의 말투와 자세는 너무 극진해서 내가 황송할 정도였다.

"Mr. Junji Yukito is wating for you. Follow me, pleases."

황궁 부속정원인 히가시교엔이 내려다보이는 창가 자리로 안내를 받았다.

테이블 옆에 빛을 등지고 서있는 남자가 바로 준지 유키토인 모양이다.

첫인사를 어떻게 할까 잠시 고민하던 나는, 내가 알고 있는 가장 간단

한 일본 인사말을 꺼낸다.

"하지메마시떼!"

그런데 되돌아온 대답은 예상 밖이었다.

"강주리 씨, 만나 뵙게 되어 영광입니다."

발음이 약간 어눌하긴 해도 꽤 유창한 한국말이었다.

"아니, 어떻게 한국말을…."

"저희 아버지가 한국 사람입니다. 어머니는 일본인이시고요. 그래서 어렸을 때부터 한국과 일본을 오가며 살아왔습니다."

준지 유키토가 한국어 가능자라니. 의사소통에 대한 걱정과 부담을 일시에 날려버린 나는 깊이 안도했다.

"그럼, 앉으시죠!"

그는 그렇게 말하며 환하게 웃는다.

나는 자리에 앉으면서야 비로소 그의 얼굴을 찬찬히 들여다본다.

웃을 때 드러나는 덧니 때문에 좀 앳되어 보이는 걸 감안해서 보면, 딱 내 나이 또래 정도가 아닐까 싶다.

구불구불한 긴 머리와 온화한 표정으로 인해 얼핏 부드러운 인상을 주지만, 자세히 보면 꽤 남자다운 골격과 체형의 소유자다.

"사실 저는《더 유니버스》라는 프로그램을 보지 않았습니다."

일본인 특유의 사근사근함이 묻어나는 목소리로 그가 본격적인 대화의 물꼬를 튼다.

"일본 대표들이 모두 아시아 예선에서 탈락했기 때문에 일본에서는《더 유니버스》의 시청률이 소수점대에 불과할 정도로 낮았죠."

"그럼, 어떻게 저에 대해 알게 되신 건가요?"

"어떤 분으로부터 주리 씨에 대한 이야기를 듣고 나서야 뒤늦게 찾아본 동영상들을 통해 강주리 씨를 만날 수 있었죠."

생글생글 미소 짓던 그의 얼굴이 갑자기 진지한 표정으로 바뀐다.

"사실 저는 오랜 시간 동안 슬럼프에 빠져 있었거든요. 비교적 젊은 나이에 대중적인 성공을 거두었지만, 그 기세가 오래 가진 않더군요. 7년이 넘는 긴 시간을 아무것도 이루지 못한 채 흘려보내고 말았습니다."

아직 자세한 내막을 알진 못하지만, 딱 요 정도까지만 들어봐도 내가 충분히 공감할 수 있는 내용이었다.

"그러다 얼마 전에 저는 한 레전드 뮤지션의 작업실을 무작정 찾아갔습니다. 저의 데뷔작이자 최고의 히트작이었던 앨범을 함께 작업했던 그분을 만나면 왠지 초심을 찾을 수도 있을 것 같았거든요."

귀도 얇고 감정이입도 잘 되는 편인 나는 어느새 그의 사연에 깊이 몰입되어 있다.

"저의 고충을 성심껏 경청해준 그분이 저에게 강주리 씨에 대해 알려주셨습니다. 강주리 씨가 출연한 《더 유니버스》 영상이라도 꼭 찾아보라고 하시더군요."

성미 급한 나로선 그에게 나를 추천한 뮤지션이 과연 누구인지 궁금해서 미칠 지경이지만, 조금만 더 참기로 한다. 힘들게 털어놓는 그의 진솔한 고백을 좀 더 들어주기로….

"동영상을 통해서 본 강주리 씨의 모습은 저에게 큰 충격으로 다가왔습니다. 정체되어있던 제 음악 세계에 한 줄기 빛이 들어오는 것 같았죠. 제 안에 막연한 이미지로만 존재했던 어떤 것을 강주리 씨를 통해서라면 구현해낼 수도 있을 것 같은 확신이 들었습니다."

이렇게 깊고 진솔한 고백을 일본인으로부터, 그것도 한국말로 듣게 되리라곤 정말 상상도 못했다.

나로부터 음악적 영감을 받았다는 그의 고백에는 내 음악적 열정까지 다시 들끓게 하는 긍정적 피드백 효과가 있었다.

"그런데, 한 가지 미리 말씀드리지 못했던 게 있어요."

"그게… 뭔데요?"

"저에게 강주리 씨를 추천하셨던 당사자가 지금 호텔 방에서 기다리고 계십니다. 저와 함께 룸으로 가서 그분을 만나주시겠습니까?"

이게 대체 무슨 소리인지….

지금 준지 유키토가 나에게 같이 호텔방으로 가자고 말한 게 맞나?

엄연히 열아홉 살 여자애의 모습을 하고 있는 내가 중년의 남성과 함께 호텔방으로 들어간다는 건 말이 안 된다. 더구나 지금 그 방에선 누가 기다리고 있는지도 모르는데 말이다.

"그분이 누구신데요?"

정색을 하며 이렇게 묻는 내 모습이 준지 유키토에겐 방어적인 태도로 비쳤을 것이다.

허나 당연히 그럴 수밖에 없지 않은가? 꽃다운 주리의 몸을 지키고 있는 내 입장에선 조심스러울 수밖에 없는 것이다.

아무리 신원이 분명한 사람이라고 해도, 처음 만난 남자를 따라 함부로 호텔방으로 들어갈 순 없는 일.

꼭 성상납 같은 이슈를 떠올리지 않더라도 방에서 기다리고 있는 사람이 야쿠자 오야붕 같은 사람이면 대략 난감하지 않겠는가? 일본의 연예 소속사 중에는 야쿠자의 자금으로 돌아가는 곳도 있다고 들었는데….

"호텔방에 가보시면, 왜 그분이 굳이 방으로 오라고 하셨는지 이해하시게 될 겁니다."

내가 묻는 말에 선뜻 대답을 하지 않고, 자꾸 밑밥만 까는 게 어째 더 의심스럽다.

"그러니까, 그분이 누구시냐고요?"

나의 욱하는 성미가 발동하면서, 나도 모르게 목소리에 힘이 들어가 버리고 말았다.

나의 격앙된 목소리로 인해 갑자기 싸해진 분위기에 어쩔 줄 몰라 하던 그가 엉겁결에 대답한다.

"그, 그분은 바로… 마츠다 스이코 씨입니다!"

준지 유키토의 입에서 나온 그 이름을 듣고도 나는 한동안 멍했다. 혹시 내가 잘못 들은 건 아닌가 싶어서 한 번 더 확인한다.

"지금 누구라도 하셨나요?"

내가 그렇게 되묻자, 준지 유키토는 또박또박한 발음으로 다시 한 번 그 이름을 천천히 말해준다.

"마츠다… 스이코 씨요!"

정녕, 지금 호텔방에서 날 만나겠다고 기다리고 있는 분이 바로 내 음악적 첫사랑, 마츠다 스이코 님이란 말인가?

103. 고작 이 한마디

◆◆

노을 지는 도쿄 시티 뷰를 배경으로 아름다운 자태의 마츠다 스이코 님이 나를 보며 서있다.

환상적인 아만 스위트룸에서 내 음악적 첫사랑을 마주하고 있는 지금 이 순간, 나는 마치 꿈속에 들어와 있는 듯 황홀하다.

"I'm very glad to see you again!"

나긋나긋한 목소리로 반갑게 인사하는 스이코 님이 입은 다홍색 원피스는 노을빛과 절묘한 조화를 이루고 있다. 혹시 저 여인이 불타는 노을 속에서 막 튀어나온 천사는 아닐까 하는 상상을 하며 혼자 싱긋 웃었다.

"I'm so honored to meet you again!"

전혀 뜻하지 않은 장소에서 마츠다 스이코 님을 다시 만나 영광스럽기 그지없는 마음을 표현해내기엔 내 영어가 너무 짧다.

"Let's sit down first!"

노을에 묻힌 황거의 숲이 내려다보이는 창가 테이블에 세 사람이 둘러 앉았다.

스이코 님과 나는 창과 평행하게 마주 보고 앉았고, 창을 바라보는 위치에 준지 유키토가 자리했다.

나에게 뭔가를 더 말하려던 스이코 님은 이내 준지 유키토를 향해 일본어로 얘기한다.

그리고 그 말을 전해들은 준지 유키토가 다시 내게 한국말로 통역을 해준다.

"스이코 씨가 영어를 못하는 건 아니지만, 더 깊고 자연스러운 대화를 위해 일본어로 말씀하고 싶어 하십니다. 그래서 제게 통역을 부탁하셨어요."

짧고 빈약한 영어 문장에 내 벅찬 심정을 담아내느라 답답했던 나로선, 스이코 님의 그 말이 여간 반가운 게 아니었다.

준지 유키토가 중간에서 통역을 해준다면, 나 역시도 한국말로 맘껏 얘기할 수 있으니 그보다 더 좋을 수 없지 않은가?

"스이코 씨는《더 유니버스》방송을 결승까지 단 한 번도 빠짐없이 지켜보셨다고 합니다. 강주리 씨의 노래를 들으면서 음악을 향한 순수한 열정을 다시 되찾을 수 있었다고 하시네요. 좋은 자극과 영감을 주어서 감사하다고 하십니다."

스이코 님이 내 경연 무대를 계속 지켜봐주셨다는 사실만으로도 황송했는데, 나로부터 좋은 영향까지 받으셨다니 기쁜 마음을 주체할 수 없다.

'스이코 님은 저를 처음으로 음악이라는 기쁨의 섬으로 데려가주신, 저의 음악적 첫사랑이십니다. 스이코 님께서 제게 주신 영감에 비하면, 제가 드린 건 정말 아무것도 아닙니다!'

내 안에선 이런 구구절절한 말들이 마구 솟구쳤지만, 안타깝게도 나는 한 마디도 꺼낼 수 없었다. 지금 나는 열아홉 살 강주리의 몸인지라, 37년이나 묵은 덕심을 드러낼 수 있는 입장이 아니기 때문이다.

"도모 아리가또 고자이마스!"

나는 그저 내가 알고 있는 일본식 감사 인사에 그 모든 걸 담아서 전할 수밖에 없었다.

"세계 시장 진출을 앞두고 있는 강주리 씨에게 마츠다 스이코 씨가 꼭 해주고 싶은 이야기가 하나 있다고 하십니다."

80년대 일본 아이돌의 아이콘이자 여전히 일본 최고의 현역 여가수인 마츠다 스이코 님이 내게 전하는 원 포인트 레슨은 과연 뭘까?

나는 공연히 두근거리는 가슴을 쓸어내리며 자세를 고쳐앉는다.

"스이코 씨는 과거에 영어로 앨범을 취입한 적이 몇 번 있었는데, 그때마다 표현의 한계를 느끼셨다고 합니다. 아무리 비슷하게 발음을 하려고 해도 그저 흉내 내는 것에 지나지 않았고, 섬세한 뉘앙스와 진정성 있는 감정을 살려내기 어려웠다고 하시는군요."

스이코 님은 유부녀 신분이었던 80년대 후반에 남편과 어린 딸을 두고 돌연 미국 유학을 떠났다는 사실을 나도 익히 알고 있다. 1990년에는 미국 시장을 겨냥한 영어 앨범을 발표하기도 했다.

그러니까 스이코 님은 지금, 미국에서 활동할 당시에 본인이 느꼈던 소회를 나에게 전해주고 있는 것이다.

"그래서… 이제 세계 시장으로 첫발을 내딛는 강주리 씨에게는 영어가 아닌 한국어로 노래 부를 것을 권하시는군요."

그 말을 듣는 순간, 나는 온몸에 소름이 돋았다. 스이코 님이 지적한 포인트가 바로 내가 걱정하고 있던 부분이었기 때문이다.

네이티브 스피커 수준의 영어를 구사하는 주리와는 달리, 내 영어 발음은 우스운 수준이다. 변변치 못한 내 발음으로 영어 노래를 불렀을 때, 과연 그 노래가 영어권 사람들에게 제대로 먹힐 수 있을지 의문이다.

물론 나는 이미 《더 유니버스》 경연에서 영어 가사로 된 팝을 불러 좋은 반응을 얻은 바 있긴 하다.

하지만, 현장감이 더해지는 라이브와 스튜디오에서 녹음되는 음원과는 차이가 클 수밖에 없다.

각종 시각적인 요소와 현장의 울림 등이 모두 배제된 스튜디오 레코딩에서는 자연히 보컬 본연의 소리에 집중될 수밖에 없다. 그러면 미세한 발음의 차이도 듣는 이에겐 몰입을 방해하는 요인이 될 수 있는 문제란 말이다.

내가 세계 시장 진출에 앞서 가장 크게 걱정했던 포인트를 단박에 정확하게 딱 집어내시다니. 37년간 제이팝의 여왕 자리를 지켜온 스이코 님의 음악 내공을 새삼 실감할 수 있었던 순간이었다.

"사실은, 준지 유키토 씨가 주신 곡을 듣고 새로 쓴 한국말 가사가 있습니다. 그 가사는… 저의 보컬 트레이너인 장윤호라는 분이 붙여준 것이죠."

여기서 내가 '저의 보컬 트레어너 장윤호'라고 칭한 사람은 주리가 아니라 바로 나 자신이다. 그러니까 준지 유키토가 작곡한 〈Forest of Dreams〉에 한국어 가사를 붙인 사람은 바로 나다.

사실 나는 큐피드에 입사한 후 남몰래 노래 연습뿐만 아니라 곡 만드는 작업과 공부도 꾸준히 해왔다.

노래 만드는 건 중학교 때부터 해오던 것이지만, 좀 더 전문적이고 깊이 있는 공부를 위해 핑크 레인을 사사해왔던 것이다.

작곡은 핑크 레인을 통해 많이 배울 수 있었지만, 작사만큼은 독학을 해야 했다.

팝송을 들으며 음절수 따기나 팝을 한국어로 개사하는 연습 등을 하며 내 나름의 작사법을 익혀왔다.

준지 유키토가 보낸 〈Forest of Dreams〉 데모 버전은 원래 영어 가사로 되어 있었는데, 그 곡조에 내 나름대로 시험 삼아 한국말 가사를 붙여 보았다. 그런데 이 가사는 영어를 한국어로 번역한 개사가 아니라, 아예 전혀 새로운 내용의 노랫말을 입힌 것이다.

"그럼, 이 자리에서 그 한국어 버전을 한 번 들어볼 수 있을까요?"

"물론이죠."

노래시키는데 뺄 내가 아니다. 아무리 마츠다 스이코 님 앞이라 해도 예외는 없다.

한 치의 망설임도 없는 내 대답에 방긋 웃던 준지 유키토는 스위트룸 거실 쪽으로 나가더니 기타를 메고 들어왔다. 기타 표면에 'J.Y'라는 이니셜이 새겨져 있는 걸 보면, 아마 본인의 것인 듯했다.

마치 오래 키운 애완견을 다루듯 익숙하게 기타를 품에 안는 준지 유키토.

"저는 준비되었습니다. 주리 씨가 준비되시면, 알려주세요!"

호텔방에서 노래를 해보는 건 난생 처음이다.

하지만 기내에서도 노래해본 내가 호텔방에서라고 못할 건 없지.

나는 심호흡을 한 번 한 후, 준지 유키토에게 준비되었다는 눈짓을 보내며 고개를 끄덕여 보였다.

준지 유키토가 전주를 연주하기 시작한다. 첫 음만 딱 들어봐도 그의 기타 연주 실력은 초고수급이라는 걸 느낄 수 있다.

기타 선율 하나로 밴드 급의 풍부한 사운드를 만들어내는 그의 연주에 잠깐 빠져들었던 나는 이내 감정몰입에 들어간다.

원곡에는 원래 소녀의 꿈을 노래하는 목가적 시풍의 가사가 붙여져 있었다. 그런데 나에겐 왠지 멜로디와 가사가 따로 노는 듯한 인상을 주었다.

아련한 애수를 품고 있으면서도 힘 있고 강렬한 사운드는 북유럽의 침엽수림을 연상케 하는데, 가사는 알프스 소녀 하이디가 뛰노는 푸른 초원 같은 분위기를 풍겼다고 할까?

그래서 나는 가사를 바꿔보고 싶다는 생각을 한 것이다. 그것도 한국어로 말이다.

이 노래를 처음 들었을 때, 내 머릿속에는 미나 누나와 함께 갔던 원대리 자작나무숲이 그려졌다. 나는 그 느낌을 그대로 살려, 미나 누나에 대한 그리움을 담은 가사를 써 내려 간 것이다.

"당신을 보내러 온 여기 이 숲속

우리 함께 한 추억만 흘러넘쳐

새하얀 나무껍질 위에 새긴

너와 나의 약속

꿈을 함께 하자던~"

2004년 1월의 어느 겨울날, 걷잡을 수 없는 사랑의 열정에 사로잡힌 채 뜨거운 밤을 보낸 우리는 아침 안개 자욱한 자작나무숲을 찾아갔더랬다.

그 숲속에서 우리는 서로의 꿈에 관해 이야기했었다.

당시의 우리는 그리 대단한 걸 바란 게 아니었다. 그저 남들처럼 평범한 사랑을 하고 싶다는 바람뿐이었다.

미나 누나는 작사하고 나는 작곡과 노래를 하며, 서로의 꿈을 함께 그려가는 것. 단지 그것뿐이었다.

하지만 그 소박한 우리의 소망이 누군가에겐 피 끓는 원한이 되어 결국 모두가 처참한 종말을 맞게 될 것이란 걸, 그땐 미처 생각하지 못했다. 아니 어쩌면, 그 치명적 위험성을 애써 외면하려 했었는지도….

"당신을 보내러 이곳에 왔지만

나는 당신을 보내지 못하네요~

우리 이곳에 함께 묻었던 그 꿈을

다시 가슴에 안고 돌아갑니다~."

노래를 끝마친 후 스이코 님 쪽을 바라보니, 그녀는 소리 내어 울고 있었다.

"난데 소노요오니 가나시이데스카?"

울먹이는 목소리로 왜 그렇게 슬픈 거냐고 묻는 스이코 님.

"스이코 님 본인은 가슴을 훅 치고 들어오는 슬픔이 있어서 아주 감명 깊게 들었지만, 강주리 씨의 세계 무대 데뷔곡으로는 너무 슬픈 분위기가 아니냐고 말씀하시네요."

스이코 님이 훌쩍거리며 하신 말씀을 통역하는 준지 유키토의 눈시울도 젖어 있었다.

"슬프면서도, 그 슬픔을 딛고 일어서는 희망적인 내용도 이 노래에 함께 담겼으면 좋겠다고 말씀하시는군요. 그리고 제 의견도 스이코 씨와 동일합니다."

마츠다 스이코 님과 준지 유키토 님이 주신 의견에 나 역시 동의한다. 아직 쓰지 못한 2절에는 희망적인 메시지를 담을 작정이었기 때문이다.

미나 누나가 이 세상에서 다 이루지 못하고 간 꿈, 그리고 그녀가 내게 부탁한 유미에 대한 내 마음가짐까지 모두 담아 부를 수 있는 가사를 쓰리라.

그리고 내 절실한 진심이 듣는 이의 가슴에 희망과 용기의 메시지로 전달될 수 있다면, 나는 더없이 행복할 것이다.

2017년 11월 6일 PM 06:52.

첫 미팅에서 너무 많은 걸 해낸 것 같은 뿌듯함을 안고 호텔을 나왔다.

1층 엔트런스 앞에 정차된 LS500이 보인다.

'저 안에 주리가 타고 있겠구나!'

주리를 만날 생각을 하니 갑자기 가슴이 두근거린다.

주리를 못 본 지 아직 만 하루도 채 안 된 것 같은데, 왜 이렇게 오랜만에 보는 기분이 드는 건지.

나는 크게 심호흡을 해본다. 주리가 와있다는 이유 하나만으로, 도쿄의 공기가 사뭇 달라져 있는 것만 같다.

내가 차 근처로 다가가자 조수석에 타고 있던 주리가 문을 열고 차에서 내린다. 그리고는 나를 보며 환하게 웃는다.

'저건 분명 내 모습인데…'

내가 내 얼굴을 바라보면서, 이렇게 눈물 나도록 반가운 마음이 드는 건 대체 무슨 조화란 말인가?

마음 같아선 당장 달려가 뜨거운 포옹이라도 하고 싶었지만, 나는 오히려 내 얼굴에서 기쁨과 반가움의 흔적을 지우려 애썼다.

서슬 퍼렇게 우릴 지켜보고 있을 한 대표의 눈초리가 무섭기도 했지만, 이미 깊어질 대로 깊어진 내 마음을 주리에게 들키기도 싫었기 때문이다.

바로 그런 이유로, 그토록 보고 싶던 주리를 익숙한 듯 낯선 도쿄 거리에서 마주한 내 입에서 튀어나온 말은 고작 이 한마디였다.

"배고파!"

104. 고수로부터의 한 수

◆◆

한 대표가 운전하고 있는 LS500 내부. 주리는 조수석에 앉아있고, 나는 뒷자리에 앉아있다.

내심 주리와 나란히 뒷좌석에 앉고 싶었지만, 한 대표 눈치가 보여서 그럴 수 없었다.

내로라하는 럭셔리 브랜드들의 플래그십 스토어들이 위세를 뽐내고 있는 긴자에도, 근사한 최신식 건물들 뒤편에는 세월의 흔적이 느껴지는 뒷골목이 존재한다.

우리가 저녁식사를 할 예정인 '사스가'라는 식당은 널찍하고 말끔한 큰 길에서 벗어난 좁다란 뒷골목의 한 허름한 건물에 위치하고 있었다.

식당이 있는 건물에는 주차할 곳이 없어서 근처 유료 주차장에다 차를 세워두고 걸어가야 했다.

"소바로 미슐랭 원 스타를 받으려면 대체 얼마나 맛있어야 하는지 확인하고 싶어서 일부러 찾아온 거야."

저렇게 말하는 걸 보니, 한 대표도 이 식당 방문은 처음인 듯했다.

사실 일본식 소바를 그다지 좋아하지 않는 나로선 소바가 주메뉴인 이 식당이 별로 달갑지 않다. 아무리 미슐랭 원 스타짜리 소바라고 해도 말이다.

얼음을 갈아 넣은 시원한 쯔유에 무즙과 파를 잔뜩 넣어서 먹는 한국식 메밀국수를 더 좋아하는 내겐 일본식 소바는 좀 심심하게 느껴지기 때문이다.

매장도 2층에 위치한 데다 간판도 너무 작아서 얼핏 봐선 찾기 힘든 집이었다.

미슐랭 원 스타 맛집이라고 해서 손님이 너무 많으면 어쩌나 했는데, 다행히 줄 서서 먹을 정도까진 아니었다. 이렇게 배가 고픈 상태에서 줄까지 서야 했다면, 짜증을 냈을지도 모르겠다.

"그런데 '사스가'가 무슨 뜻이죠?"

묻는 대상이 불명확했던 주리의 질문에 대답한 사람은 한 대표였다.

"문맥에 따라 의미가 좀 다르겠지만, 여기선 '역시', '소문대로 대단한', 뭐 그런 뜻으로 썼을 거야."

한 대표는 영어, 불어, 중국어에만 능통한 줄 알았더니, 일본어도 꽤 잘한다는 걸 이번에 같이 와보고서야 알았다. 14년 전에는 분명 그가 일본말을 못했었던 걸로 기억하는데….

아마 프랑스 유학 중에 사귀었다는 그 일본 여인을 통해 일본어를 배운 게 아닐까 미루어 짐작할 뿐이다.

'그런데 정녕 소바만으로 오마카세 코스가 가능하단 말이야?'

기대감에 가득 차있는 한 대표와는 달리 나는 내내 심드렁했다.

지나가다 대충 들어가서 먹어도 맛있는 먹거리가 가득한 일본에서, 그닥 좋아하지도 않는 일본식 소바를 먹어야 한다는 점이 영 못마땅했다.

그런데 별 기대감 없이 한 술 떠먹어본 전채 요리에서, 나는 그만 무장해제 되어버리고 만다.

'헉, 이게 무슨 맛이지?'

메밀과 마를 불려 다시국물에 담근 단순한 음식일 뿐인데, 이 정도의 특별함으로 다가올 수가 있다니.

검은 콩과 도미살 무스, 미소와 와사비 소스에 버무린 메밀, 소바 샐러드 등, 서빙 되는 요리 하나하나가 모두 놀라울 정도로 잘 먹힌다. 그래서 내가 스스로의 의지로 먹고 있는 게 아니라, 이 요리들이 물 흐르듯 내 안으로 흘러들어오는 느낌이랄까?

바삭하게 튀겨져 고소한 감칠맛을 내는 사쿠라 에비를 씹을 때쯤엔, 나는 어느새 미슐랭의 선택에 설득당해 있는 나 자신을 발견한다. 메인인 소바를 먹어보기도 전에 말이다.

이미 나는 소바가 어떻게 나오든 다 용서할 수 있을 것 같은 마음가짐이 되었지만, 마침내 내 앞에 온 소바 앞에서 내 포용심 따윈 무색했다.

따뜻하게 나온 가케소바와 차가운 자루소바를 차례로 후루룩 흡입하며, 나는 '거슬림 없는 담백함'의 조용한 매혹에 사로잡힌다.

무즙과 파를 잔뜩 넣은 메밀국수에선 메밀 본연의 맛보다는 간간한 쯔유 맛이 미각을 장악해버린다.

그런데 이 집의 정갈한 쯔유는 차분하고 담담한 존재감으로 그윽한 메밀 향을 살리면서도 매끄러운 목 넘김을 돕는다.

오마카세 코스를 구성하는 각각의 메뉴는 어느 것 하나 특별히 도드라지는 특색은 없지만, 어쨌든 처음부터 끝까지 계속 먹고 싶게 만든다.

남은 츠유에 면수를 부은 국물까지 남김없이 싹 다 들이켠 후, 내 머릿속에 번쩍 떠오른 생각!

'노래도 이렇게 불러야 하는데…'

노래를 계속 듣게 만드는 매력은 뛰어난 테크닉과는 별개다. 아무리 가창력이 뛰어나도, 쉽게 질려버리거나 계속 듣기엔 부담스러운 경우도 있기 때문이다.

그래서 절제라는 미덕이 필요하다. 특히 라이브 무대가 아닌 스튜디오 레코딩에서는 더욱 그렇다.

하지만, 가지고 있는 걸 덜어내는 것이 가장 힘들다. 가진 게 많으면 자랑하고 싶은 게 인지상정이니까.

덜어내는 과정에서 가장 필요한 건 자신에 대한 신뢰이다. 자신이 갖고 있는 본연의 것에 대한 확신과 애정이 있어야 불필요한 요소들을 거둬내는 작업이 가능한 것이다.

그러니까 자신의 소리와 감정을 믿고 사랑할 줄 알아야 쓸데없는 장식과 과장 따위를 깨끗이 포기할 수 있다는 말이다. 기본 재료에 대한 자신감이 있었기 때문에, 이 가게가 본질에 충실하며 오래도록 '거슬림 없는 담백함'을 구현해올 수 있었던 것처럼 말이다.

마지막 디저트로 나온 호지차 아이스크림을 입안에 한 숟가락 떠 넣은 내 입가에 엷은 미소가 떠오른다.

가요계 데뷔 24년 만에 첫 솔로 곡이자 세계 무대로 진출하는 첫 음원 녹음을 앞두고, 나를 무겁게 누르고 있던 부담감이 아이스크림 녹듯 사르르 사라지는 기분이다.

내 마음을 무겁게 했던 건 바로 더 잘 부르고 싶은 욕심이었던 것이다.

아이러니하게도, 더 잘 부르고 싶은 욕심을 버리지 않으면 노래를 더 잘 부를 수가 없다.

나의 평온한 미소를 목격한 한 대표가 한마디 툭 던진다.

"이 가게 들어올 때만 해도 영 못 마땅해 하는 기색이더니, 지금은 어째서 그런 만족스런 표정을 짓는 거야?"

그 물음에 나는 마치 웃는 법을 처음 터득한 아기처럼 웃으며 이렇게 외친다.

"사스가!"

역시, 명불허전이다. 미슐랭 원 스타는 괜히 얻어진 게 아니었다.

뜻하지 않게도, 나는 소바의 고수로부터 노래의 한 수를 배우고 간다.

2017년 11월 7일 AM 07:15.

나는 주리와 함께 롯본기 힐즈 모리 정원을 달리고 있다.

조깅하자는 핑계를 대긴 했지만, 사실은 아침 시간에라도 주리와 같이 있고 싶어서 불러낸 것이다. 오늘부턴 오전부터 오후 늦게까지 녹음실 안에서 보내야 하니까.

도쿄의 가을은 서울이나 뉴욕보다 좀 늦는 것 같다. 모리 정원의 단풍은 이제 막 절정을 향해가고 있는 듯하다.

그 유명한 거미 조형물 '마망'에 다다르자, 우리는 누가 먼저랄 것도 없이 멈추어 서서 잠시 숨을 고른다.

주리는 리츠 칼튼 로고가 붙어있는 생수병을 내 앞으로 내밀며 말한다.

"올 가을은 운이 좋은 데요? 뉴욕의 가을에 이어, 도쿄의 가을도 만끽할 수 있게 되었으니까요."

나는 입을 대지 않고 생수병을 한 번 들이켠 후 다시 주리에게 건네며 대답한다.

"그런 말까지 하는 걸 보니, 주리 넌 정말 아재 다 되었구나! 계절을 느낄 줄 아는 건 연식이 좀 있어야 가능한 일인데 말이야. 내가 네 나이 땐 꽃이 피든 단풍이 들든 아무 상관 안했어. 그야말로 철모르는 철부지였지."

"그러게요. 제가 애어른이란 소릴 좀 듣긴 하지만, 계절의 변화 따윈 저도 별로 신경 안 쓰며 살았거든요? 그런데 요즘 들어 단풍 진 풍경들이 자꾸 눈에 들어오네요."

"적어도 인생의 절반 정도까지는 살아봐야, 우리 주변에 당연하게 존재하는 자연이나 때가 되면 어김없이 찾아와주는 계절 하나하나가 얼마나 소중한지 알게 되는 것 같아."

"그러고 보니, 저희 부모님도 원래는 사람 많은 벚꽃놀이 같은 것 별로 안 좋아하시더니, 마흔 살 넘기신 후부터는 전 세계 벚꽃명소로 유명한 곳은 다 찾아다니시더군요. 스웨덴 스톡홀름의 왕의 정원, 스페인의 헤르테, 프랑스 파리의 샹 드 마르스…"

주리의 입에서 은연중에 흘러나온 말을 통해서도 스케일 차이가 확 느껴진다. 보통 사람들은 벚꽃 하면 윤중로나 석촌 호수, 혹은 좀 멀리 봐도 진해 정도를 떠올릴 텐데, 재벌은 역시 다르긴 다르다.

"근데 요즘 제 몸이 좀 이상한 것 같아요. 가슴이 괜히 두근거리고, 가끔 울적해지기도 하고…"

"가을 타는 모양이구나!"

"네? 가을 타는 게 뭔데요?"

"가을이 되어서 일조량이 줄어들면, 호르몬에 변화가 와서 가벼운 우울중 증상 같은 걸 느끼게 된다고 잡지에서 읽은 적이 있어. 행복 호르몬 어쩌고 했는데, 그 호르몬 이름이 뭐더라?"

"세로토닌이요. 그러니까 가을 타는 게 Seasonal affective disorder, 계절성 기분 장애를 말씀하시는 거군요?"

똑똑한 주리 앞에서 어쭙잖은 지식으로 아는 척 좀 하려다가, 괜히 창피만 당하고 마는 나였다.

볼수록 영리하고 아는 것도 많은 주리. 라디오 진행만 하고 있기엔 정말 아까운 재원인데…

"가을이 되어 일조량이 줄면 세로토닌의 분비가 줄어 기분 장애가 나타나고, 봄에는 그 반대 현상이 일어나죠. 성호르몬과도 연관이 있다고 들었어요. 그래서 남성에겐 가을에, 여성에겐 봄에 주로 기분 장애가 나타나죠."

"그렇다면 말이야, 현재 여자의 몸인 나는 봄을 타게 되는 걸까?"

"글쎄요, 내년 봄이 올 때까지도 우리가 과연 이 상태 그대로 있을까요?"

주리가 무심하게 내뱉은 이 말에 왜 난 가슴이 철렁했을까?

"그야 모르지."

그렇게 대충 얼버무리고 넘어가긴 했지만, 나는 깊은 상념에 빠지지 않을 수 없었다.

이젠 나도 정말 모르겠다. 내가 다시 내 몸으로 돌아가길 원하는지, 아니면 이 상태가 오래오래 유지되었으면 하고 바라는 건지를 말이다.

우리가 원상복귀 될 경우, 월드스타 강주리로서의 내 음악적 커리어는 한순간에 모두 물거품처럼 사라져버리고 말겠지.

하지만 정작 내가 두려운 건 그게 아니다.

내가 다시 장윤호로 돌아간다고 해도, 나는 나름의 음악 활동을 계속해나갈 마음의 준비가 이미 되어있으니까.

내가 정말 두려운 건, 나와 주리의 영혼이 다시 제자리를 찾아감과 동시에 우리 둘의 공생 관계가 끝나버린다는 사실이다.

'내가 과연 주리와 아무 상관 없는 존재로 무사히 잘 살아갈 수 있을까?'

거기까지 생각이 미치면, 막막한 기분이 들어 생각 자체를 접게 된다.

그렇다고 내가 평생 주리의 몸으로 살아가길 원하는 건 분명히 아닌데 말이다.

그래서 내 마음을 나도 잘 모르겠다는 거다.

본격적인 출근 시간에 접어들면서 롯본기 힐즈 주변은 정장 입은 직장 인들로 북적대기 시작한다.

출근하는 사람들의 진로를 방해하면서까지 조깅을 지속하기가 좀 미안 해서, 마망 조형물에서 리츠 칼튼까지는 뛰지 않고 걷기로 했다.

"그런데 아까 나오면서 보니, 대표님이 어디 급하게 가시는 것 같던데…. 제가 큰 소리로 부르며 인사를 했는데도, 가볍게 손만 흔들곤 그냥 휙 가 버리시더라고요. 왠지 대표님답지 않은 모습이었어요."

"나에겐 카톡 메시지만 남겼어. 어디 급히 갈 곳이 생겼다고…."

"그럼, 이따 녹음하러 가실 때에는 택시 타고 가셔야 하는 거예요?"

"난 지하철도 상관없는데…."

"그래도 글로벌한 셀레브리티이신데, 대중교통을 이용할 수는 없잖아요."

"일본에선《더 유니버스》시청률이 낮아서 알아보는 사람도 별로 없을 거야."

그런데, 그 말이 떨어지기가 무섭게 대여섯 명의 사람들이 우리 주변을 둘러싼다.

"간주리상데쇼네?"

"주리짱, 기래이!"

"돗데모 가와이데스네!"

검은톤 정장을 서로 맞춘 듯 차려입은 도쿄진들에 둘러싸여 사진을 찍 는 와중에도, 내 머릿속은 한 대표에 대한 걱정으로 채워져 있었다.

'별일 아니어야 할 텐데….'

105. 혼네와 다테마에

◆◆

2017년 11월 7일 AM 09:21.

롯본기에서 지유가오카로 향하는 택시 안.

행선지가 지유가오카인 이유는 준지 유키토와 함께 작업하기로 한 녹음실이 바로 그 동네에 있기 때문이다.

과거에 몇 차례 도쿄에 왔을 때에는 주로 지하철을 탔기 때문에 도로 위를 자동차로 달려본 기억은 별로 없다.

일단 거리거리가 정말 깨끗하다. 사람들이 깔끔하게 써서 그런지, 아니면 청소를 잘해서 그런지는 잘 모르겠지만….

일본인들은 속마음이란 뜻의 혼네와 겉모습을 의미하는 다테마에를 구분한다는 얘기를 들은 적이 있다. 이 도시도 어딘가, 그런 일본인들의 특성과 닮아있는 것 같다. 별의별 일이 다 일어나는 요지경 같은 속내를 감춘 채 아주 태연하고 느긋한 표정을 짓고 있는 것 같은….

그런데 이방인의 입장에선 당장 눈에 보이는 도시 모습이 평온하고 깔끔하니 좋고, 사람들이 하나같이 친절해서 좋다. 이 도시의 내부에선 무슨 일이 일어나고 있는지, 도쿄 사람들이 외부인에게 갖는 속마음이 어떤지는 내 알 바 아니므로.

지금, 택시 뒷좌석 내 옆자리에는 주리가 타고 있다.

지유가오카까지 주리가 기꺼이 동행해준다고 해서 나는 내심 기뻤다. 물론 겉으로 좋은 티를 낼 순 없었지만 말이다.

말하자면 나는 지금, 주리가 동행해줘서 기쁜 '혼네'를 아무렇지도 않은 척 행동하는 '다테마에'로 위장하고 있는 셈이다.

이미 러시 아워는 지난 시각이라 그런지, 다행히 도로 사정이 나쁘지 않았다. 롯본기에서 지유가오카까지 딱 31분 만에 왔다. 지도 애플리케이션이 계산해준 소요 시간에서 딱 4분 더 걸렸다.

지유가오카에 오면, 나는 '유유자적'이란 말이 떠오른다.

정신없이 분주한 신주쿠의 풍경과는 대조를 이루는, 여유롭고 고즈넉한 분위기.

물론 이 복잡하고 바쁜 도쿄 안에서 지유가오카의 주민이 되어 유유자적하는 슬로우 라이프를 누리려면, 어마어마한 집값을 감당해야겠지만 말이다.

"지유가오카는 도쿄 내에서도 상당한 부촌이라고 들었는데, 그곳에 녹음실을 소유하고 있는 사람은 엄청난 부자이겠구나!"

나는 이 말을 불쑥 꺼내 놓고서야, 지금 내 앞에 있는 사람이 바로 주리란 걸 깨닫고는 머쓱해진다.

지유가오카의 건물 한 채 정도는 생일선물로도 받을 수 있는 재벌 4세 앞에서 감히 부자에 대해 거론하다니. 불독 앞에서 인상 쓴 격이다.

주리가 워낙 티를 안 내니까, 자꾸만 그녀의 출신 배경에 대해 잊게 되는 것이다.

아침 조깅 할 때만 해도 하늘이 맑았었는데, 점점 구름이 많아지고 있다.

"어디 가서 커피 한 잔 마시자!"

우리는 함께 커피 마실 장소를 물색하기 시작했다. 약속 시간인 11시까지는 아직 시간이 좀 남기도 했고, 여기까지 따라와 준 주리를 그냥 보낼 수 없었기 때문이다.

우리가 들어간 곳은 지유가오카 역 근처에 있는 알파베타커피클럽.

주리가 검색한 바에 의하면 요즘 핫한 카페 중 하나라고 해서 찾아갔는데, 너무 깔끔하고 모던한 분위기라 오히려 좀 실망스러웠다.

사실 나는 전문 디자이너가 아닌 주인장이 직접 인테리어를 한 것처럼 적당히 구질구질하고 빈티지한 분위기의 카페를 원했는데….

내가 이런 말을 하면 아재 티 낸다는 핀잔을 들을까 봐 그냥 잠자코 있었는데, 주리 역시 비슷한 생각을 한 모양이다.

"이 집은 너무 지유가오카스럽지 않은데요? 우리 딴 데로 갈까요?"

"아냐, 깔끔한 데다 조용해서 나쁘지 않은데? 그냥 여기 있자!"

솔직히 아쉬움이 없었던 건 아니었지만, 그렇다고 테이블에 착석까지 했다가 다시 나가는, 그런 모양 빠지는 행위는 딱 질색이다.

그리고 만석에 가까울 정도로 손님이 많은 데다 여성 점유율이 절대적 우세임에도 불구하고, 가게가 놀라울 만큼 조용하다.

보통 이 정도 숫자의 여성이 모여 있으면 완전 계모임 분위기로 시끌벅적할 텐데… 들릴 듯 말 듯 소곤소곤한 속삭임들이, 힙한 인테리어보다 더 아름답게 매장을 장식하고 있었다.

그 조용한 분위기를 따라, 주리와 나도 덩달아서 목소리를 낮출 수밖에 없었다.

"주리야, 너에게 해줄 말이 있어."

나는 어젯밤부터 하려다가 못했던 이야기의 첫머리를 꺼낸다.

작은 목소리로 말하려다 보니 자연스럽게 주리를 향해 얼굴을 가까이 가져갈 수밖에 없었다.

"준지 유키토가 내게 준 곡 있잖아."

"〈Forest of Dreams〉 말인가요?"

"오, 제목까지 알고 있네?"

"제가 유노 쌤에 대해 그 정도도 모를 것 같아요? 그리고 바로 제 이름으로 발표되는 곡이기도 하잖아요."

"그건 그렇네."

바로 그때, 음료가 완성되었음을 알리는 진동벨이 울린다. 따라서 대화가 잠시 끊길 수밖에 없었다.

주리가 받아온 트레이에서 나는 내 몫의 아이스 아메리카노를 들어 올려서 한 모금 머금는다. 이젠 주리 입맛으로도 커피 맛이 그리 쓰게 느껴지지 않는다.

몸이 바뀐 직후엔 달콤한 것만 찾던 주리도 요즘은 커피를 주로 마신다.

다만 주리는 내가 늘 마시던 아이스가 아닌 따뜻한 아메리카노를 마신다. 내 몸을 직접 겪어보니 장이 좀 약한 것 같다며, 차가운 음료를 자제해야겠다고 결심했단다.

"말씀 계속하세요!"

"어디까지 얘기했더라?"

"〈Forest of Dreams〉 얘기까지 나왔어요."

"아, 맞다!"

나는 아이스 아메리카노를 다시 한 모금 머금은 후, 끊어졌던 얘기를 다시 한다.

"내가 〈Forest of Dreams〉의 멜로디에 한국어 가사를 붙였어."

"와, 진짜요? 그동안 스케줄 때문에 쭉 바쁘셨을 텐데, 작사는 대체 언제 하신 거예요?"

솔직히 말 꺼내기가 좀 창피했는데, 주리가 저렇게 활짝 웃으며 말을 받아주니 정말 고마운 마음이 든다.

"데모 음원을 듣자마자 느낌 가는 대로 쓴 거라 오래 걸리진 않았어. 그리고 아직 1절밖에 쓰지 못했고…."

"사실, 작곡을 계속하고 계시다는 건 저도 알고 있었어요. 그런데 작사까지 하시는 줄은 몰랐네요. 새삼, 유노 쌤이 좀 달라 보이는데요?"

영리한 주리는 상대방의 기를 살려주는 방법도 잘 알고 있는 것 같다.

"다행히 준지 유키토 측과도 뜻이 잘 맞아서, 〈Forest of Dreams〉는 아마 한국말로 녹음될 거야."

"정말 잘되었네요. 사실 전에 유노 쌤이 그 데모 음원을 들려주셨을 때 저도 멜로디에 비해 가사가 좀 약하지 않나 생각했거든요."

주리도 그렇게 생각했구나!

하긴, 나는 번역을 해보고서야 가사와 멜로디가 어울리지 않는다는 걸 알았지만, 주리는 더 직관적으로 느꼈을 수 있겠다. 주리에겐 영어 가사도 한국말처럼 자연스럽게 들렸을 테니 말이다.

"그런데 나는 준지 유키토에게 그 가사를 내 보컬 트레이너 장윤호가 써준 거라고 말했어."

내 말의 의미를 잠시 곱씹는 듯 보였던 주리는 이내 수긍하는 표정을 짓는다.

"잘 말씀하셨네요. 그 가사는 유노 쌤이 쓰신 거니까, 당연히 그렇게 말씀해야 하는 것 아닌가요?"

"하지만, 지금 나는 네 몸과 네 이름을 빌려서 가수 활동을 하고 있잖아. 그런데 내가 쓴 가사라고 해서 내 이름을 내세운다는 것이, 난 좀 맘에 걸렸거든."

"그게 뭐가 어때서요?"

"뭐랄까? 나의 이기적인 권리 주장처럼 느껴진단 말이야."

"전혀 그렇지 않아요!"

주리는 한 치의 주저함도 없이, 그렇게 단호하게 말했다.

"전 오히려 유노 쌤의 음악 활동이 제 이름과 외모 뒤에 가려진다는 사실에 대해, 늘 미안한 마음을 갖고 있었거든요. 이제야, 그 미안함이 조금 경감되는 느낌인데요?"

하늘은 점점 어둑어둑해지고 있는데, 왜 내 시야는 점점 밝아지는 것 같지? 아무래도, 주리의 구김살 없는 내면에서 뿜어져 나온 밝은 빛 때문인 것 같다.

주리가 내뿜는 긍정의 빛은 내 안의 모나고 뒤틀린 구석 곳곳까지 훤히 비춰준다. 그 덕분에 나는 점점 더 착해지고 있는 것만 같다.

"전 오히려 약간 서운한 마음이 드는걸요?"

갑자기 새침한 표정이 되는 주리. 내가 내 얼굴을 보며 귀엽다고 느끼는 순간이 다 오다니.

"뭐가… 서운한데?"

"전 이미 유노 쌤과 저를 따로 떼어놓고 생각할 수 없게 되었거든요. 우리 둘 사이의 경계가 없어져버린 느낌이랄까요?"

이 말을 해놓고선, 주리는 뭔가 쑥스러운 마음이 들었는지 수줍게 웃어 보인 후 다시 말을 이어간다.

"전 유노 쌤 일이 곧 내 일이라고 생각하고 있는데, 유노 쌤은 아닌가 봐요? 굳이 그렇게 네 이름 내 이름, 구분 지으려 하시니까 제가 외려 서운해지려고 하잖아요."

그렇게 말하는 주리 앞에서 나는 더 이상 말을 잇지 못했다. 내 속마음은 끝내 감추고 만 것이다.

'나도 마찬가지야. 나 역시 너와 날 따로 떼어놓고 생각할 수 없어. 아니, 나 자신보다도 너란 존재가 더 소중해졌단 말이야!'

🎧

2017년 11월 7일 AM 10:42.

여행 삼아 지하철을 타보고 싶다는 주리를 도요코센 지유가오카 역에서 배웅한 후, 혼자서 지도 앱을 보며 약속 장소를 찾아 걸어 가는 중이다.

준지 유키토가 알려준 주소지를 찾아가는 길은 그리 만만치 않았다. 가도 가도 비슷비슷하게 생긴 골목길이 이어진다.

그렇게 길을 헤맨 덕분에 지유가오카의 구석구석을 살펴볼 수 있었는데….

이 동네는 도쿄진들의 선망을 받는 부촌으로 알려져 있지만, 으리으리한 럭셔리와는 거리가 멀다.

겉으로 보여주기 위한 화려함이 아니라 고상하고 우아한 기품이 느껴지는 것 같다. 마치 화장 안 해도 예쁜 여인의 고고한 생얼을 마주하는 기분이랄까?

왜 이곳이 도쿄 사람들이 가장 살고 싶어 하는 동네 중 하나로 꼽히는

지, 걷다 보니 조금은 이해할 수 있을 것 같다.

마침내 해당 주소지에 당도했는데, 그곳은 그저 평범한 주택이었다. 주변에 있는 집들보다는 좀 더 큰 규모의 저택으로 보이긴 했지만, 내부에 녹음 스튜디오가 있을 것 같은 외관은 아니었다.

더구나 주변은 너무나 조용해서, 녹음실이 아무리 좋은 방음시설을 갖추고 있다고 해도 소음 민원을 피할 수 없을 것 같은 분위기였다.

'내가 장소를 잘못 찾아온 건가?'

반신반의하며 초인종을 눌렀는데, 별다른 응답도 없이 대문이 덜컥 열린다.

조금 꺼림칙한 마음에 잠시 머뭇거리던 나는 조심스럽게 대문 안으로 발을 들이밀었다.

열린 현관문 안에서 튀어나와 나를 먼저 맞이한 건 황색 시바견이었다. 갑자기 쓱 나타나서 흠칫 놀랐지만, 내 앞에서 껑충거리며 나를 반겨주는 녀석의 모습을 보며 경계심을 좀 가라앉힐 수 있었다.

"개도 미인을 알아보는군요! 저 녀석 원래 엄청 사나운 녀석인데…"

뒤따라 나온 준지 유키토가 반가운 미소로 나를 맞이한다.

"혼자 오신 건가요? 동행이 없으신 걸 알았다면, 제가 마중을 나갔을 텐데…. 그래도 용케 잘 찾아오셨네요. 길 찾기가 쉽지 않았을 텐데 말입니다."

'그러게 말이다. 그렇게 오래 헤맬 줄 알았더라면, 나도 진작 데리러 나와 달라고 부탁했을 텐데….'

나는 이런 '장윤호의 혼네'를 감춘 채 '주리의 다테마에'로 상냥하게 웃어 보이며 묻는다.

"여기가 준지 유키토 씨의 자택인가요?"

내가 그렇게 묻자, 준지 유키토는 특유의 덧니 미소를 지으며 이렇게 대답한다.

"아, 아닙니다. 이곳은 우리 집이 아니라, 마츠다 스이코 님의 자택입니다."

106. 혼비백산

◆◆

나 살아생전에 마츠다 스이코 님의 자택에 다 와보게 될 줄은 정말 꿈에도 몰랐다.

옅은 스카이블루와 화이트의 조합이 주조를 이룬 모던 앤티크한 인테리어는 스이코 님의 소녀적 취향을 그대로 반영하고 있는 듯하다.

50대 중반의 연세에도 콘서트 무대에선 날개 달린 천사 코스튬을 즐겨 입는 만년 요정의 천진한 내면으로 들어온 기분이랄까?

특이한 점이 있다면, TV에 소개되는 유명 스타의 집에선 흔히 볼 수 있는 대형 사진이나 초상화 따위가 단 한 점도 보이지 않는다는 사실이다.

"안타깝게도 집주인이신 마츠다 스이코 님은 현재 37주년 전 일본 투어 차 후쿠오카에 가 계십니다."

"역시, 스이코 님의 왕성한 활동력은 여전하시네요!"

"스이코 씨는 디너쇼의 여왕이라는 타이틀도 갖고 있지만, 여전히 무도관이나 사이타마 슈퍼 아레나 같은 대형 공연장뿐만 아니라 전 일본 투어 전회 전석을 매진시키는 놀라운 티켓 파워를 가지고 있죠."

꼭 준지 유키토의 부연 설명이 아니어도, 나 역시 잘 알고 있는 내용이다.

녹음 스케줄 때문에 콘서트에 못 가보는 게 좀 아쉬울 따름이다.

"여기까지만 와보면 이 집의 진가를 알 수 없습니다. 이제부터 진짜를 보여 드릴게요!"

준지 유키토는 거실 한쪽 벽면 가장자리에 있는 무슨 장치에다 대고 마치 주문을 외듯 이렇게 말한다.

"스이코 짱 기래이!"

그러자 정말 거짓말처럼 벽이 스르르 열리면서 어딘가로 통하는 출입구가 나타난다.

"스이코 짱 예쁘다고 해야 열리는 문인가요?"

나는 삥싯 웃으며 그렇게 물었다.

"아, 이건 출입자의 음성을 인식해서 문이 열리도록 하는 시스템입니다."

"아, 그렇군요!"

"그러고 보니, 주리 씨의 음성도 이 장치에 입력해두어야겠군요. 녹음 작업이 이루어지는 기간 동안, 주리 씨도 이곳을 드나들어야 하니까요."

그는 터치스크린을 통해 음성입력기능을 불러낸 후 내게 말한다.

"사, 여기에 대고 주리 씨만의 음성 명령어를 입력히세요!"

"저도 스이코 짱 기래이라고 말해야 하나요?"

"아닙니다. 어떤 내용이건 상관없습니다. 이 시스템은 명령어의 내용이 아니라 주리 씨의 목소리 자체를 인식하는 거니까요."

나는 명령어를 무슨 말로 할지 잠시 고민한 끝에 이걸로 결정했다.

"아오이 상고쇼!"

푸른 산호초라는 뜻의 《아오이 상고쇼》는 1980년에 발표된 마츠다 스이코 님의 첫 히트곡이자, 나를 여섯 살 꼬꼬마 시절에 스이코 님에게 입덕하게 만든 마성의 노래이다. 그러니까 내가 생애 최초로 완벽하게 따라 부른 첫 대중음악이었던 셈이다.

출입구 안으로 들어서자 하얀 대리석으로 이루어진 계단이 나타났다. 지하로 이어지는 계단 벽면에는 수십 장의 앨범 재킷이 붙어 있었다. 데뷔 후부터 최근까지 발표한 모든 앨범과 싱글들을 붙여놓은 듯했다.

'자신의 음악 인생이 총망라된 이 계단을 오르내리며, 스이코 님은 과연 어떤 생각을 하실까?'

37년 동안 쉼 없이 음악의 길을 지켜오면서 이토록 화려한 디스코그래피를 이루어낸 스이코 님에게 존경과 부러움을 동시에 느끼는 나였다.

"원래 이곳은 열 명이 넘는 스태프들이 상주하는 음악 공장과도 같은 공간인데, 지금은 엔지니어들과 세션맨들이 대부분 공연에 투입된 상태라 한산합니다."

준지 유키토의 가이드에 따라 둘러본 지하 공간은 상상 이상이었다. 피트니스 룸뿐만 아니라 안무 연습실, 하이엔드 AV 시스템을 갖춘 감상실, 녹음 스튜디오 등이 갖춰져 있었다.

특히 가장 놀라웠던 건, 내가 작업을 하게 될 녹음 스튜디오의 크기였다.

"녹음실 규모가 상당한데요?"

"그렇죠? 밴드 합주실도 겸하는 녹음실이에요. 크기만 큰 게 아니라, 구현해내는 음향도 최고 수준이죠."

"그럼, 밴드와 함께 하는 라이브 레코딩도 가능하겠군요?"

"물론이죠. 교향악단까지는 아니어도, 스무 명 안팎의 실내악단 정도까지는 충분히 수용할 수 있는 규모죠."

나는 쩍 벌어진 입을 다물 수 없었다. 지유가오카의 조용한 주택가 지하에 이런 공간이 존재하리라고는 상상도 못 했기 때문이다.

"전 개인적으로 마츠다 스이코 씨는 음악적으로 저평가된 뮤지션이라고 생각해요. 제가 본 스이코 씨는 그 어떤 뮤지션보다 음악적인 투자와 노력을 더 많이 해온 분이거든요. 미국 유학을 다녀온 90년대 초반에 이 스튜디오를 만들어서 지금까지 유지하고 있어요. 그 당시에 이미 클래식과 가요의 크로스오버를 시도하기도 했고요. 실제로 이 스튜디오에서 챔버 오케스트라와 협연 레코딩을 여러 차례 진행한 바 있습니다."

나 역시 준지 유키토의 견해에 동의한다. 일본 아이돌의 원조 격인 스이코 님이지만, 결코 음악성도 약하지 않다고 생각한다.

음악 외적인 화제성에 가려진 면이 없지 않지만, 그녀가 수많은 아류를 양산하며 37년간 정상의 위치를 지켜올 수 있었던 힘은 바로 노래였다. 대체불가의 고유한 마력을 가진 마츠다 스이코표 음악 말이다.

"전에 보내드렸던 데모 음원은 제가 직접 연주한 일렉 기타 외에는 모두 가상 악기로 만들어진 프로젝트였습니다. 하지만 실제 녹음 때에는 연주자들과의 합주로 진행할 예정입니다."

"그럼, 라이브 레코딩을 한단 말인가요?"

"네, 맞습니다. 요즘엔 가상 악기의 사운드도 과거와 비교하면 놀라울 정도로 향상되었지만, 진짜 악기가 만들어내는 미세한 감성까지 구현해내진 못하거든요."

오늘날에는 디지털 기술을 발달로 거의 모든 악기 소리를 기계로 재현해내는 경지에 이르렀다.

하지만 기계가 연주하는 가상 악기와 사람이 직접 연주하는 진짜 악기 사이에는 결코 넘을 수 없는 벽이 존재한다고 생각한다. 그리고 기술이 점점 발달해갈 미래에도 그 차이는 결코 완벽하게 지워질 수 없을 것이라 믿는다.

'무대가 아닌 스튜디오에서 밴드와 함께 호흡을 맞추는 라이브 레코딩이라니.'

나는 그 은밀한 교감의 순간을 상상하는 것만으로도 설레고 두근거린다.

"이것 역시 마츠다 스이코 님의 제안과 지원이 있었습니다. 《더 유니버스》 아시아 예선 2차 경연 때, 강주리 씨가 밴드와 함께 이루어낸 교감의 시너지를 그대로 레코딩에 담아내 보자고 하셨죠."

"아, 그렇군요!"

"이렇게 말하니까 꼭 제 생각은 반영이 안 된 것처럼 들렸을 수도 있겠군요. 하지만 결코 그렇지않습니다. 저 역시 그 무대를 아주 감명 깊게 봤거든요. 녹화된 화면을 통해 전달되는 게 그 정도인데 실제 현장은 어땠을까, 제가 그 자리에서 직접 지켜보지 못한 게 한탄스러울 정도였죠."

경의에 찬 듯한 준지 유키토의 표정은 나에게 그때의 설렘과 떨림을 상기시켰다. 아시아 최정상 밴드 네 분과 함께했던 예선 2차 무대는 나 자신에게도 깊고 진한 감동으로 남아있으니까.

"오늘은 일단 이미 만들어져있는 MR을 바탕으로 가사와 편곡을 다듬는 동시에 보컬 디렉팅 작업을 해봅시다. 그리고 내일은 연주자들과 직접 합을 맞추는 리허설을 진행할 겁니다."

'세션맨들은 어떤 분들인가요?'

나는 그렇게 물어보려다 말았다. 내 마음에 쏙 드는 이 멋진 공간에서 연주자들과 마주할 생각만으로도 가슴이 벅차서 지금은 그것까지 물어볼 엄두가 안 났다고 할까?

그리고 미리 알아버리는 것보다는, 미지의 인물을 상상하며 기대하는 즐거움으로 남겨두는 편이 더 좋을 것 같았다.

"그런데 마츠다 스이코 씨가 후쿠오카로 떠나시기 전에, 강주리 씨에게 꼭 물어봐달라고 제게 부탁한 게 있습니다."

"그게 뭐죠?"

"마츠다 스이코 씨가 믿을 만한 소식통을 통해 '강주리 듀엣 찾기 프로젝트'에 대한 사전 물밑 작업이 이루어지고 있다는 정보를 입수하셨답니다."

"사실, 저도 진행 상황에 대해선 별로 아는 바가 없는데, 아마도 저희 대표님이 그 프로젝트에 대한 준비를 시작한 모양이네요."

"마츠다 스이코 씨가 궁금해하신 부분은…"

준지 유키토는 말을 하다 말고 잠시 망설이듯 뜸을 들인다. 그는 본인이 아닌 다른 사람의 질문을 대신 전하는 입장일 뿐인데, 왜 저토록 겸연쩍어하는 건지….

"지원 자격에 나이나 가수 경력은 상관없는 거냐고 물어보셨습니다."

"그런 건 당연히 상관없죠!"

듀엣 상대 찾는데 나이와 경력이 무슨 상관이랴?

'내 나이가 몇인데 나이를 보겠소? 마흔 고개 넘어가면, 나이 얘기 언급하는 것조차 싫어진단 말이오!'

이런 아재성 멘트가 목구멍까지 기어올라 왔지만, 나는 열아홉의 상냥한 미소를 지으며 이렇게 되묻는다.

"그런데 그런 질문을 하신 걸 보면, 마츠다 스이코 님이 누군가를 추천하실 의향이 있으신 건가 봐요?"

"그게 아니라, 마츠다 스이코 씨 본인이 그 프로젝트에 지원할 의향이 있으시답니다."

2017년 11월 7일 PM 05:24.

오늘분의 음악 작업을 끝낸 후 지상으로 올라왔을 때, 사방이 어두컴컴해져 있었다.

벌써 해가 빠진 건가 했는데, 알고 보니 비가 오고 있는 거였다. 비도 보통 비가 아니라 억수 같은 장대비가 내리고 있다.

오후 여섯 시에 주리와 지유가오카 역에서 만나기로 했는데, 폭우로 인해 도저히 역까지 걸어가기 힘든 상황 같았다. 그래서 준지 유키토가 롯본기까지 차로 데려다주기로 했다.

준지 유키토의 레인지로버 조수석에 올라탄 나는 아이폰을 꺼내들었다. 주리에게 지유가오카역까지 올 필요 없다는 메시지를 보내기 위해서였다.

그런데 주리와의 1대1 채팅창에는 이미 10분 전에 도착한 주리의 메시지가 떠 있었다. 음악 작업 때문에 매너 모드로 돌려놓은 탓에, 내가 메시지 알림을 듣지 못한 모양이었다.

[저 지금 지유가오카역까지 갈 수 없는 상황이어요. 죄송하지만, 유노쌤 혼자서 택시 타고 호텔로 오셔야 할 것 같아요.]

뭔가 다급해 보이는 이 메시지를 확인한 순간, 나는 혼비백산하지 않을 수 없었다.

'아니, 대체 이게 무슨 말이지? 지유가오카역까지 올 수 없는 상황이란 게 대체 뭐야? 주리에게 무슨 일이라도 생겼단 말인가?'

준지 유키토도 내가 당황한 기색을 알아차렸는지 이렇게 묻는다.

"주리 씨, 무슨 일 있어요?"

"아, 네. 그게…."

나는 놀란 가슴을 진정시키기 위해 크게 심호흡을 한 번 했다. 그리고는 주리에게 보낼 답 메시지를 입력한다. 액정을 두드리는 내 손가락이 벌벌 떨린다.

[주리야, 안 그래도 지금 준지 유키토 씨가 차로 롯본기까지 데려다주고 있어. 무슨 일 있는 건 아니지?]

자꾸만 오타가 나는 통에 한참 만에 입력을 끝낸 나는 가슴을 졸이며 전송 버튼을 누른다.

그런데 내가 보낸 메시지 박스 옆의 노란색 '1'자가 좀처럼 지워지지 않는다. 주리가 곧바로 메시지 확인을 못 하고 있다는 뜻이다.

'주리야, 대체 무슨 일이야? 어서 빨리 응답하란 말이야!'

메시지를 보낸 지 1분이 지나도 '미확인'을 뜻하는 1자는 지워지지 않았다.

인내심의 한계에 도달한 내가 보이스톡을 시도하기 위해 주리의 프로필 아이콘을 누르려던 찰나에 1자가 지워졌다. 그리고 잠시 후, 다음과 같은 메시지가 도착한다.

[한 대표님이 쓰러져있다는 연락을 받고 택시 타고 도쿄역 쪽으로 가는 중이에요. 이미 차로 출발하셨다면, 유노 쌤도 그쪽으로 와주세요. 주소 찍어드릴게요.]

107. 데자뷔

◆◆

준지 유키토의 차를 타고 지유가오카에서 도쿄역으로 오는 동안, 정말 별의별 생각이 다 들었다.

빗길인 데다 퇴근 시간까지 겹쳐 도쿄 시내의 교통 정체가 극심하다. 그래서 속이 더 타들어간다.

'준호야, 대체 무슨 일이야? 제발 무사하기만 해라!'

장대비가 쏟아지는 도쿄 수도 고속도로 안에 갇혀있던 30여 분이 꼭 30시간처럼 느껴진, 지옥 같은 순간이었다.

주리가 카톡으로 주소를 찍어주었던 장소는 바로 도쿄역 인근의 가지야분조라는 이자카야였다.

"주리 씨는 아직 어린 아가씨인데, 술집 안으로 혼자 들여보내기가 좀 걱정스러운걸요?"

가지야분조 앞에 정차한 차에서 내리려던 나를 향해, 준지 유키토가 그렇게 말했다.

"괜찮아요. 저의 보컬 트레이너 장윤호 선생님이 곧 도착할 예정이거든요. 걱정 마시고, 그냥 가셔도 됩니다. 여기까지 데려다 주신 것만으로도 정말 감사한 걸요."

이자카야 안으로 같이 들어가 주겠다는 준지 유키토를, 나는 한사코 그냥 보냈다. 그가 함께 있으면, 왠지 더 불편하고 복잡한 상황이 생길지도 모른다는 우려에서였다.

전철이 지나다니는 고가철도 아래에 위치한 가지야분조는 외부에서 보기엔 규모가 작아 보였는데, 안으로 들어갈수록 넓어지는 구조를 가진 꽤 큰 가게였다.

지금이 퇴근시간대라 그런지 테이블마다 넥타이 부대들이 가득가득 자리하고 있다.

내가 테이블 사이의 통로를 지나가자 뭇 사내들의 시선이 일제히 내게로 쏠리며 홀 전체가 동요하는 움직임이 감지된다. 하지만 지금은 그런 반응에 신경 쓸 겨를이 없다.

"강주리상, 고찌라데스!"

나를 먼저 알아보고 다가온 가게 직원이 안내한 곳은 카운터 테이블 맨 구석 자리였다. 그 테이블 위에 엎드린 채 널브러져있는 사람이 내 눈에 들어왔다.

흰 셔츠 위로 적당히 단련된 등 근육이 부각되는 늠름한 뒤태가 낯설지 않다.

오른쪽 볼이 테이블에 밀착되어 눌린 채 옆으로 돌려진 얼굴은 분명 한 대표의 것이 맞았다.

나는 옆에 있는 종업원을 의식해 존칭으로 한 대표를 부르며 그의 어깨에 손을 올려본다.

"대표님!"

불러도 대답이 없는 한 대표였다. 나는 두 손으로 그의 몸을 가볍게 흔들어본다. 그런데도 그는 꿈쩍도 하지 않는다.

'숨은 쉬고 있나?' 싶어서 그의 코밑에 손가락을 갖다 대보니 숨결은 느껴진다.

그의 안색을 확인하기 위해 그의 얼굴에 접근한 순간, 알코올 냄새가 내 코로 확 밀려온다.

카운터 너머에 서 있던 이다마에가 전후 상황에 대한 긴 설명을 해주었지만, 내 귀에 또렷이 들린 말은 '오사케오 닥상 메시아가리마시타.' 정도였다.

한 대표가 쓰러진 이유가 건강문제나 사고에 의한 것이 아니라 술을 많이 마신 것 때문이라는 걸 확인한 나는 그나마 한시름 덜 수 있었다.

하지만 나는 곧 깊은 의문에 빠지고 만다.

'대체 한 대표에게 무슨 일이 있었기에, 초저녁부터 이 지경이 되도록 과음을 한 거지? 그는 고환암 치료 후 줄곧 금주를 해온 것으로 알고 있는데…'

잠시 후 뒤늦게 도착한 주리가 모습을 드러낸다.

"하라주쿠의 메이지진구에 들어가 있을 때 대표님이 쓰러져있다는 전화를 받았어요. 연락받자마자 바로 돌아서서 나왔는데, 다시 출구까지 나오는 길이 어찌나 먼지…"

자신이 나보다 늦게 도착한 이유를 내게 설명하려던 주리는 이내 테이블에 엎드려있는 한 대표를 발견하곤 화들짝 놀라며 말을 멈춘다.

"대표님, 괜찮으신 거예요?"

주리는 사색이 된 얼굴로 울먹이기까지 한다.

"그래, 괜찮아. 쓰러진 건 아니고 그냥 술 취해서 잠든 것 같아."

한 대표의 상태가 염려되는 건 사실 나도 마찬가지였지만, 놀란 주리를 안심시키기 위해 일단 괜찮다고 말한 것이었다.

"병원으로 옮겨야 하지 않을까요?"

"그래, 그게 좋겠어."

"제가 업을 게요!"

"네가?"

"그럼, 유노 쌤이 업으시게요? 그 몸으로?"

"…"

하긴, 연약한 주리의 몸으로 건장한 한 대표를 업기엔 역부족이다. 지금으로선 내 모습을 하고 있는 주리가 한 대표를 업는 수밖에 없다.

"제가 업을 테니, 유노 쌤이 좀 도와주세요!"

"그래, 알았어!"

내가 한 대표의 몸을 일으켜 주리의 등에 업히게 하려던 찰나, 한 대표가 눈을 번쩍 뜬다.

"준호야, 정신이 좀 들어?"

자신을 부르는 소리에, 내 쪽으로 돌아보는 그의 눈동자에는 붉은 핏발이 서 있다.

"자넨… 여기 어떻게 온 거야? 녹음 작업은?"

만취 상태에서 막 깨어난 와중에도, 그는 잔뜩 갈라지는 목소리로 내 녹음 작업에 대한 질문부터 했다. 저런 못 말리는 인간 같으니라고.

"아침에 급한 일 생겼다고 나갔던 사람이 여기서 왜 이러고 있었던 거야?"

한 대표가 의식을 회복한 모습에 한꺼번에 긴장이 확 풀려버린 나는 그만 버럭 화를 내고 만다.

"지유가오카에서 여기까지 오는 동안, 내가 속을 얼마나 태웠는지 알아?"

그렇게 언성을 높이던 나는 그로부터 고개를 홱 돌려버린다.

"자넬 화나게 해서 미안해, 내가 다 설명할게!"

사실 나는 화가 나서라기보다는, 울기까지 하는 나 자신이 너무 당황스러워서 뒤돌아 눈물을 훔친 것이었다.

"대표님, 일단 저에게 업히세요. 병원으로 모셔다드릴게요!"

주리는 한 대표 앞으로 등을 들이밀며 업히라고 재촉했다.

"됐다, 이 녀석아! 내가 너한테 어떻게 업히니?"

"뭐가 어때서요?"

한 대표는 한사코 업히기를 거부했다. 자신을 업으려는 사람의 겉모습은 친구인 장윤호이지만, 실제론 주리라는 사실 때문인 듯했다. 천하의 한준호 자존심이 열아홉 살짜리 여자애의 등에 업히는 굴욕을 허할 리 없다.

"난 괜찮아, 나 스스로 걸어갈 수 있어!"

끝내 도움의 손길을 모두 뿌리친 한 대표는 스스로 자리에서 일어나 혼자서 터벅터벅 걸어나간다.

하지만 그런 패기에 찬 모습도 잠시, 그는 몇 걸음 못 가서 휘청하고 만다. 내가 재빨리 다가가 부축하지 않았다면, 그는 아마 바닥에 고꾸라지고 말았을 것이다.

'뭐지, 이 익숙함은?'

균형을 못 잡고 쓰러지려는 그를 붙잡으면서 내 머릿속에 데자뷔처럼 스쳐 가는 장면이 있었다.

23년 전 압구정 로바다야끼 길손의 화장실에서, 만취한 내가 초면의 한 대표 쪽으로 고꾸라지던, 바로 그 장면이 떠오른 것이다. 사랑과 음악을 동시에 잃어버린 절망에 빠져있던 내가 한 대표와 처음 조우하던 그 순간의 기억 말이다.

곧바로 이동하는 것보다는 술을 좀 더 깨운 다음에 데려가는 것이 좋을 듯하여, 가지야분조에서 좀 더 머무르기로 했다.

우리 셋은 카운터 테이블이 아닌 홀과 분리된 프라이비트 룸에 자리를 잡고 앉았다.

종업원이 가져다준 냉수를 벌컥벌컥 들이켠 후 긴 숨을 내뱉는 한 대표를 향해 나는 참았던 궁금증을 쏟아낸다.

"대체 무슨 일이 있었던 거야?"

등받이에 기댄 채 깊은 눈으로 나를 응시하던 그는 물을 한 모금 더 머금은 후에 천천히 입을 연다.

"어딜 좀 다녀왔어. 삿포로에…"

"아까 아침에 나가서 삿포로까지 다녀왔다고?"

"그래, 처음엔 신칸센을 타고 갈 생각으로 무작정 도쿄역으로 왔는데, 삿포로로 바로 가는 신칸센은 없더라고. 신하코다테호쿠토역에서 환승을 해야 하는데, 삿포로역까지 가려면 8시간 가까이 걸린다더군. 그래서 도쿄역 주차장에 차를 두고, 하네다 공항으로 가서 비행기를 탔지."

"아, 삿포로 하니까 생각난다! 자네가 프랑스에서 사귀었다는 그 여자가 삿포로 출신이라고 하지 않았어? 혹시, 오늘 그 여자분을 만나러 삿포로에 갔던 거야?"

나의 물음에, 한 대표는 긍정인지 부정인지 헷갈리는 표정을 지어 보인다.

그 표정을 마주하고 보니, 나는 좀 무안해졌다. 괜히 내가 말을 끊으며 끼어드는 바람에, 갑자기 분위기가 싸해졌다는 생각 때문이었다.

"만나고 싶은 마음이야 있었지."

"그럼, 그 여자분을 만나러 삿포로까지 가셨는데 못 만나고 그냥 돌아오신 거예요?"

나만큼이나 궁금해하는 표정의 주리가 그렇게 물었다.

"만나기 위해서 간 것은 아니었어."

여전히 변죽만 울리는 한 대표에게 짜증이 나려던 그 순간, 나는 흠칫 놀라지 않을 수 없었다. 왜냐하면, 그의 두 눈에서 굵은 눈물방울이 뚝뚝 떨어지는 장면이 포착되었기 때문이다.

"대표님, 갑자기 왜 우세요?"

깜짝 놀라 말문이 막혀버린 나를 대신해 주리가 그렇게 물었다.

하염없이 눈물을 쏟아내던 한 대표는 떨리는 음성으로 다시 말문을 연다.

"준코는 사진작가였어. 내 포트폴리오 제작에 대한 도움을 받기 위해 소개로 만났는데, 처음 본 순간부터 우린 뜨겁게 불타올랐지."

본격적인 사연은 이제 시작인데, 주리는 이미 한 대표를 따라서 덩달아 훌쩍대고 있다.

"그런데 우린 둘 다 성공에 대한 의지가 지나치게 강한 야심가들이었지. 두 사람은 같은 집에서 살았지만, 각자가 너무 바쁜 나머지 서로에겐 점점 소홀해졌어. 나중엔 우리가 연인인지 룸메이트인지 헷갈리더라고."

그는 컵에 조금 남은 냉수를 마치 소주처럼 입안에 털어 넣은 후 다시 말을 이어간다.

"우리의 동거가 23개월이나 이어질 수 있었던 건, 서로가 너무 바빠서 이별할 시간도 없었기 때문이 아니었을까?"

감정을 어느 정도 추스른 그의 얼굴에 쓸쓸한 미소가 떠오른다.

"헤어진 후로는 소식이 뚝 끊겼어. 두 사람 중 그 누구도 서로에게 연락하지 않았고, 공유한 지인도 없었기 때문에 소식을 전해들을 경로도 없었지. 그런데, 오늘 새벽에 호텔 룸으로 배달된 요미우리 신문에서 전시회 기사를 보게 되었어."

"그 준코라는 분의 전시회?"

"그래, 준코의 고향인 삿포로에서 열리는 그녀의 전시회가 맞았어. 그런데…"

잠시 안정을 되찾았던 한 대표의 얼굴에 다시 슬픔의 격정이 뒤덮인다. 잦아들었던 눈물이 다시 왈칵 쏟아지면서, 그의 입술이 파르르 떨린다.

"그 전시회의 제목이… 하야미 준코 개인전이 아니라, 하야미 준코 추모전이라고 되어 있는 거야!"

"추모전이요?"

"추모전이라고?"

주리와 내가 거의 동시에 그렇게 반문하자, 한 대표는 눈물로 뒤범벅된 얼굴로 말없이 고개만 끄덕인다.

"그럼, 준코 씨가 이미 고인이란 말이야?"

"그래, 맞아. 정신을 차리고 기사를 제대로 읽어보니, 준코는 재작년 11월 13일에 발생한 파리테러사건 때 총격으로 사망했다고 되어있었어. 그러니까 나는… 2년이 넘도록, 그녀가 이 세상에 없는 사람이란 사실을 까맣게 몰랐던 거야!"

옛 연인의 죽음이 꼭 자신의 책임이라도 되는 양 아파하는 한 대표에게, 나는 깊이 감정 이입되지 않을 수 없었다. 고통스러워하는 그의 모습을 보면서, 미나 누나 영정 사진 앞에서 내가 느껴야 했던 그 황망함이 떠올랐기 때문이다.

"하야미 준코 2주기 추모전이 열린다는 삿포로로 향하면서야 나는 깨달을 수 있었어. 내가 준코를 여전히 잊지 못한 채 살아오고 있었다는 사실을 말이야. 미련하게도 나는 그녀를 향한 사랑을 가슴 깊숙이 묻어둔 채, 그 오랜 세월을 무심한 척 살아왔던 거야."

마흔을 훌쩍 넘긴 나이에도 언제나 새로운 꽃을 찾아 떠도는 나비 같았던 한 대표의 가슴 깊은 곳에 저토록 미련한 사랑이 묻혀 있었다니.

한 대표의 고백에 깊이 몰입된 주리는 거의 오열에 가까운 울음을 토해내고 있다.

"막상 추모전이 열리는 전시회장 안에 들어가니 눈앞이 하얘지더라. 내가 어디에 와서 뭘 보고 있는지도 모르는 채로 전시회장을 배회하던 내 눈에, 유독 또렷이 들어온 작품 하나가 있었어. '파리 3구'라는 제목이 붙어있는 사진 작품이었지."

한 대표는 양 손바닥으로 젖은 두 눈두덩을 한 번 쓸어내린 후 다시 말을 잇는다.

"그런데 나는 한눈에 알아볼 수 있었어. 그 사진의 배경은 바로 우리가 함께 살았던 아파트가 있는 마레 지역의 한 골목이고, 화면 중앙에 뒷모습만 찍힌 남자가 바로 나라는 사실을 말이야."

108. 언젠가는

◆◆

한참을 조용히 흐느끼던 한 대표가 다시 입을 연다.

"우리가 살았던 동네를 배경으로 내 뒷모습을 촬영한, 그 '파리 3구'라는 사진작품에는 이런 부제가 붙어 있었어."

잠깐의 침묵이 흐르는 동안, 눈물 어린 그의 얼굴에 희미한 미소가 떠올랐다 사라진다.

"화양연화."

화양연화(花樣年華)라고 하면 왕카위 감독의 영화가 가장 먼저 떠오르지만, '인생의 가장 아름다운 순간'을 의미하는 한자성어로 알고 있다.

"그 사진에 그런 제목을 붙인 준코의 의도를 정확히 알 순 없었지만, 나에겐 정말 와닿는 제목이었어. 나에게도 그 시절이 화양연화 같은 순간들이었거든. 그런데, 그 아름다웠던 날들의 소중함을 그땐 왜 몰랐을까?"

한 대표의 가슴 시린 고백을 들으며, 내 머릿속에서 사운드트랙처럼 재생되는 노래가 있다.

'젊은 날엔 젊음을 모르고
사랑할 땐 사랑이 보이지 않았네~.
하지만 이제 뒤돌아보니
우린 젊고 서로 사랑을 했구나~.'

바로 강변가요제 출신의 싱어송라이터 이상운의 《언젠가는》. 1993년에 내가 툰드라로 데뷔를 준비할 무렵에 널리 들려지던 노래였다.

대중성과 음악성을 모두 인정받은 이 노래는, 선머슴처럼 껑충거리며 '담다디'를 부르던 이상운을 명실공히 뮤지션의 반열에 올려준 곡이다.

이 노래가 대중적 공감을 불러일으킬 수 있었던 건 바로 가사의 힘이 컸다고 생각한다.

청춘의 시기를 지나고 있거나 이미 지나간 사람들이라면 누구나 공감할 수 있는, 심지어 철학적으로 느껴지기까지 하는 가사.

이 곡을 만들었을 당시에 이상운 씨가 20대 초반이었는데, 그 천둥벌거숭이 같은 나이에 이런 가사를 썼다는 게 지금 봐도 놀라울 따름이다.

'언젠가는 다시 만나리 헤어진 모습 이대로~.'

이 노래는 이렇게 끝을 맺지만, 현실은 사뭇 달랐다. 한 대표도, 나도 잃어버린 연인을 다시 찾았을 땐, 이미 그녀들은 이 세상에 없는 존재들이었으니 말이다.

'지금 이 자리에서 다 털어놓아 버릴까?'

나는 지금 이 분위기에서 한 대표와 주리에게 미나 누나 이야기를 다 털어놓고 싶은 충동에 휩싸였다.

하지만 나는 말로 하는 건 영 자신이 없다. 슬픔에 잠긴 상태에서도 정연한 고백을 했던 한 대표와는 달리, 나는 북받치는 감정을 주체하지 못하고 횡설수설만 하게 될 것 같단 말이다.

'나는 그냥 노래로 하자!'

말로는 표현하기 힘든 그 모든 것을 노래에 담아 부르자고, 혼자 조용히 다짐하는 나였다.

가지야분조 밖으로 나오니 빗줄기는 좀 가늘어졌지만, 여전히 추적추적 비가 내리고 있다.

"그런데, 도쿄에도 대리운전이 있을까?"

차가 세워져 있는 도쿄역 주차장 쪽으로 발길을 향하려던 참에, 한 대표가 말했다.

"아, 그러고 보니 운전할 사람이 없네!"

그제야 그 사실을 깨달은 내가 말했다. 우리 일행 셋 중 유일하게 국제면허증이 있는 한 대표는 현재 혈중알코올농도가 높아 운전대를 잡을 수가 없으니 말이다.

"가게로 다시 들어가서 직원에게 물어볼까? 대리운전 같은 걸 부를 수 있는지…."

나의 물음에 잠시 고민하던 한 대표는 이내 고개를 저으며 말한다.

"그냥 주차장에 세워두고 택시 타고 들어가자. 차는, 내가 내일 와서 찾아가면 되니까."

그리하여 우리는 가지야분조 직원이 불러준 택시를 타고 롯본기까지 이동했다.

각자의 방으로 흩어지기 전, 한 대표가 주리와 내게 이렇게 묻는다.

"지금부터 눈 좀 붙이고 새벽 3시쯤 일어날 수 있겠어? 어디 좀 가보고 싶은 곳이 있는데…."

나는 주리와 눈을 한 번 마주친 후에 별 고민 없이 대답한다.

"그러지, 뭐!"

한 대표가 우리를 어디로 데려가려는지 좀 궁금하긴 했지만, 그냥 묻지도 따지지도 않고 따라나서기로 한다.

2017년 11월 8일 AM 03:00.

새벽 3시에 맞춰둔 알람 소리에 나는 눈을 번쩍 뜬다.

네 시간 반 정도밖에 못 잤는데도, 숙면이어서 그런지 몸은 가뿐하다.

세수 안 해도 예쁘기만 한 얼굴이지만, 공들여 세수하고 기초 화장품부터 BB크림까지 다 꼼꼼히 챙겨 발랐다.

머리까지 감으면 말리는 데 오래 걸릴 것 같아, 그냥 모자를 푹 눌러쓴 채 방을 나선다.

호텔 벨보이가 불러준 택시에 몸을 싣는다. 한 대표는 조수석에 탔고, 주리와 나는 뒷좌석에 나란히 앉았다.

"츠키지 이치바 오네가이시마스!"

한 대표가 택시 기사에게 그렇게 말하는 걸 듣고서야, 주리와 나는 비로소 우리의 행선지를 알 수 있었다.

"우리가 갈 곳은 바로 츠키지 시장이야. 마구로 경매 견학을 하려면 일찍부터 가서 줄을 서야 하는 관계로 이렇게 서둘러 가는 거야. 묻지도 않고 따라와 줘서 고맙네. 반응 안 좋으면 혼자 갈 생각이었거든."

조수석에서 몸을 살짝 뒤로 돌리며 웃는 한 대표의 눈이 퀭해 보인다. 어쩌면 그는 한숨도 안 자고 바로 나온 건지도 모르겠다.

"그래서 군말 없이 따라나선 거야! 우리가 안 따라가면 혼자라도 갈 기세처럼 보였거든."

한 대표가 우리에게 '새벽 3시쯤 일어날 수 있겠어?'라고까지 말했다는 건 꼭 같이 가달라는 뜻이 분명했다. 원래 같았으면 녹음 작업을 위한 최적 컨디션을 위해 푹 자야 한다고 잔소리했을 그였으니 말이다.

한 대표를 도저히 혼자 보낼 수 없어서 따라나서긴 했지만, 막상 목적지가 츠키지 시장이라는 말을 듣고 나니 맥이 탁 풀린다.

'고작 참치 경매 견학을 위해 내 소중한 컨디션을 망쳐야 한다니. 당장 몇 시간 후에 세션맨들과의 합주 리허설이 예정되어있는데…'

내 안의 투덜이 본능이 스멀스멀 목구멍을 타고 기어 올라왔지만, 한 대표의 현재 심리 상태를 고려해 꾹 눌러 참아야 했다.

빗속인데도 츠키지 시장 초입의 생선보급센터 앞에는 우산 쓴 사람들의 긴 행렬이 늘어져 있었다. 어림잡아 삼사십 명은 되어 보였다.

"오늘은 비가 와서 그런지 다행히 줄이 좀 짧은 편인 것 같아. 마구로 경매 견학을 신청할 수 있는 인원이 선착순 120명인데, 평소엔 새벽 두세 시경이면 마감되어 버리거든."

이게 뭐라고, 줄까지 세우는 시장 측이나 이 새벽부터 와서 줄을 서 있는 사람들이나 나로선 도무지 이해할 수 없다.

"워낙 바쁘게 돌아가는 현장이다 보니 안전상의 이유로 참관 인원을 제한하는 거라더군. 몇 번은 허탕 치고 돌아간 적도 있었는데, 오늘은 안정권이라 다행이야."

"그럼, 자네는 전에도 여기에 와본 적이 있단 말이야?"

"응, 나는 도쿄에 올 때마다 꼭 한 번은 이곳에 들르곤 해. 이곳에서만 얻어갈 수 있는 특유의 에너지가 있거든."

옆에서 아이폰으로 츠키지 시장에 대해 검색해보고 있던 주리가 말한다.

"츠키지 시장이 토요스 지역으로 이전될 예정이라는 말이 있네요."

한 대표는 이미 알고 있는 내용인 듯 고개를 끄덕이며 말을 받는다.

"맞아. 도쿄 올림픽 관련 시설을 이 부지에 지을 예정인 모양이야. 이곳을 좋아했던 나로선 참으로 슬픈 일이지."

마침내 오전 다섯 시가 되자 견학 신청이 시작되었다.

선, 후발대로 나뉘어서 참관을 진행하는데, 다행히 우리는 선발대 60명 안에 들어가서 첫 타임에 관람할 수 있게 되었다.

60명이 들어가기엔 다소 좁게 느껴지는 방 안에서 대기하고 있으려니, 푸른색 모자를 쓴 깡마른 중년남성이 마이크를 잡고 단상에 오른다.

"미나상, 츠키지 이치바니 요오코소. Ladies and gentelmen, welcome to Tuskiji Market!"

'오, 딕션이 굉장한데?'

자신을 '고우키'라고 소개한 아저씨는 놀라울 정도로 전달력이 좋은 목소리 톤을 갖고 있었다.

아저씨의 영어 발음과 악센트는 분명 일본식인데, 희한하게 귀에 쏙쏙 잘 들어왔다.

영어를 책으로 배운 게 아니라 참치 잡으러 전 세계를 누비면서 몸소 체득했기 때문에, 누구에게나 쉽게 전달되는 명료한 영어를 구사하게 된 것이리라.

츠키지의 역사와 현황에 대해 열심히 설명하는 고우키 아저씨의 모습은 심드렁한 참관인인 내게도 꽤 인상 깊게 다가왔다.

그에게서 일본인 특유의 장인정신 같은 게 느껴졌다고 할까?

무엇보다 자기 분야에 대한 군건한 애정과 자부심이 느껴져서 나는 잠시 숙연해졌다.

오랜 기다림 끝에, 마침내 참치 경매장 안으로 들어섰다.

막상 바닷속에서 만나면 기절초풍할 것 같은 거대한 크기의 참치 사체들이 꼬리를 댕강 잘린 채 바닥에 나란히 줄지어 놓여있다.

종소리와 함께 경매가 시작된다.

경매를 주관하는 사람들이 곳곳에 서서 우렁찬 음성으로 좀처럼 알아듣기 힘든 구호를 외친다.

귀를 기울여 자세히 들어보니 가격을 점점 올려 부르고 있는 소리인 듯했다. 중간중간에 '어이!' 하는 기합도 넣어가면서….

리드미컬하면서도 절도 있는 외침들이 뒤섞인 그 소리가 내겐 마치 멀티 트랙을 믹싱한 사운드처럼 들려온다.

치열한 삶의 활기와 신명이 용솟음치는 새벽의 찬가!

부지불식간에 그 박력 넘치는 가락에 깊이 빠져든 나는 어느새 리듬에 맞춰 몸을 들썩거리고 있다.

"어때? 저 소리를 들으니까 왠지 기운이 펄펄 나는 것 같지 않아?"

한 대표가 세상 밝게 웃으며 내게 물었다.

"정말 뭔가 업되는 기분이야!"

나도 신명 나는 목소리로 화답했다.

옆으로 슬쩍 넘겨다보니, 만면에 미소가 가득한 주리의 눈빛 역시 생기 있게 빛나고 있었다.

이제야 나는 한 대표가 단잠을 포기하면서까지 이곳에 오고 싶어 한 이유를 조금 알 것 같다.

기다린 시간에 비하면 경매 시간은 허무할 정도로 짧았지만, 결코 기다림이 아깝지 않았던 뜻깊은 경험이었다.

🎧

2017년 11월 8일 AM 05:58.

참치 경매 견학이 끝난 후, 우리는 장외 시장으로 이동해서 아침 식사를 하기로 했다.

우리가 찾아간 곳은 장외 시장 초입에 있는 '기츠네야'라는 식당이었다.

"호, 루, 몬, 동?"

더듬거리며 가타카나를 읽어보니, '호루몬동'이라고 읽혔다. 이름이 주는 어감이 참 묘하다.

"호루몬은 내장이라는 뜻이지. 이곳은 70년의 역사를 자랑하는 소내장 덮밥 전문점이야."

오픈 시간인 여섯 시 반까지는 아직 삼십여 분이나 남았는데, 벌써 대여섯 사람이 줄을 서 있었다.

우리도 그 뒤로 가서 줄을 설 수밖에 없었다.

멀뚱히 줄을 서 있는 동안, 나는 어젯밤부터 물어보고 싶었으나 분위기상 참고 있었던 질문을 조심스레 꺼낸다.

"어제, 준지 유키토가 듀엣 찾기 프로젝트에 관해 내게 물어보더라고. 자네가 이미 사전 물밑작업을 시작한 모양이지?"

나의 물음에 한 대표는 아차 하는 표정을 지으며 대답한다.

"안 그래도 자네한테 중간 상황을 브리핑하고 상의도 할 생각이었어. 일본에 온 후로 줄곧 경황이 없어서 말을 꺼내지 못했네. 그런데 말야…"

그렇게 말을 하다가 뚝 끊어버리고는 갑자기 사뭇 심각한 표정을 짓는 한 대표.

"왜 그래? 무슨 문제라도 생겼어?"

걱정스러운 표정이 되어 묻는 내게 한 대표는 코를 한 번 찡긋 해 보이곤 이렇게 말한다.

"아니, 그게 아니라…. 막상 일을 추진해보니, 곳곳의 반응이 내가 생각했던 것보다 훨씬 더 뜨거워. 판이, 장난 아니게 커질 것 같단 말이야!"

109. 본능적인 끌림

◆◆

한 대표의 얼굴에는 피로한 기색이 역력했지만, 눈빛만은 생기 있게 빛나고 있다.

"강주리 듀엣 찾기 프로젝트의 제작을 담당하거나 참여하겠다는 방송사가 전 세계적으로 열일곱 군데에 달해. 참가를 원하는 사람들의 국적도 워낙 다양해서, 이러다간 나라별 예선을 치러야 할 판이라고."

그는 오른손 집게손가락으로 미간을 감싸 쥐며 골치 아프다는 시늉을 해 보였지만, 표정에선 기쁨을 감추지 못했다.

"어느 팀과 함께 이 프로젝트를 진행할지, 그리고 그 많은 참가자를 어떤 방식으로 추려서 경연 무대에 세울까에 대해선 좀 더 고민하고 논의해야 할 것 같아. 공정한 결과도 물론 중요하지만, 그 과정에서도 흥미를 끌어낼 수 있어야 하니까."

어느새 의욕으로 가득 채워져 있는 한 대표의 얼굴을 보니 나까지 덩달아 설렌다.

마침내 오픈 시간이 되어 '기츠네야'의 영업이 시작되었다.

호루몬동 세 그릇과 니꾸토후 하나 그리고 배추와 오이 오싱코를 하나씩 주문한 우리는 가게 앞에 마련된 야외 스탠딩 테이블에 자리를 잡았다.

아이치현에서 나오는 핫초된장에 소내장을 넣어 삶아낸 것을 밥 위에 끼얹었다는 호루몬동.

'맛있어!'

다른 말은 필요 없다. 그냥 맛있고, 잘 먹힌다.

내장 특유의 고릿한 냄새가 입안에서 느껴졌을 땐 이미 절반 이상의 분량을 먹어치운 후였다.

동물의 내장에서 나는 냄새는 다소 역하긴 하지만, 왠지 묘한 끌림이 있는 것 같다. 뭔가, 내 안에 숨겨진 동물적 야성을 건드리는 냄새랄까?

핫초미소와 함께 푹 삶겨 흐물흐물해진 소의 내장을 우물거리고 있는 지금 이 순간, 나는 사회적 인간으로서의 페르소나를 벗고 원초적인 동물로 회귀한 기분을 느끼고 있다.

맹수가 먹잇감을 사냥한 후에 가장 먼저 먹는 부위가 바로 내장이라고 한다. 그래서 무리 중 가장 먼저 식사를 하는 우두머리가 주로 내장을 먹게 된다고.

맹수가 내장부터 먹는 이유에 대해선 여러 가지 설이 분분하지만, 실제론 그리 복잡한 이유가 아닐 것이라는 게 내 생각이다.

그냥 단순히 잘 먹히고 맛있으니까, 내장부터 먹는 게 아닐까? 동물에게 있어, 본능적인 이끌림을 이길만한 다른 이유가 존재하긴 힘들 테니 말이다.

'본능적으로 끌리는 원초적 흡인력!'

이것은 비단 맹수들의 식사 순서를 결정짓는 문제에만 적용되는 사항은 아니다.

음악의 영역에서도 중요한 요소라고 생각한다. 이성에 근거한 논리로는 명확히 설명하기 힘든, 알 수 없는 끌림에 의해 노래나 가수의 가치가 결정되기도 하니까.

왠지 끌리는 노래, 왠지 모르게 빠져드는 목소리가 결국 대중으로부터 사랑을 받을 수밖에 없는 것이다.

이 '알 수 없는 매력'의 근원은 바로 음색이라고, 감히 나는 주장한다.

그런데 가창력은 연습과 훈련에 의해 단련될 수 있지만, 타고난 음색은 후천적인 노력으로 바꿀 수 없다. 따라서 매력적인 음색은 선천적인 것이다.

이 말은 곧, 많은 이들로부터 폭넓은 사랑을 받는 탑 보컬리스트가 되려면, 보편적으로 좋게 들리는 음색을 타고나야 한다는 말이다. 가창력이 일정 수준 이상의 경지에 오른 가수 중에서 대중의 호불호를 결정짓는 건 바로 음색이기 때문이다.

그렇다고 보컬리스트에게 연습과 훈련이 별 소용없다는 얘기는 결코 아니다. 이 땅에서 보컬리스트로 살아남고자 하는 자라면, 자신이 가진 본연의 것을 가장 아름답게 살려내려는 노력을 해야 한다.

그리고 아름다움의 기준이란 건 상대적이기 때문에, 음색이 좋고 나쁨에 대한 기준도 취향에 따라 달라질 수 있다. 보편적 아름다움의 기준에서 벗어나 있는 음색이라고 해도, 독특한 개성으로 어필할 수도 있으니 말이다. 실제로 특이함을 특별함으로 승화시킨 목소리로 사랑받는 보컬리스트들의 예를 숱하게 찾을 수 있다.

'자신이 가지고 있는 것을 인정하라. 그리고 내 것을 사랑하라!'

이것이 바로 내가 큐피드 연습생들에게 강조해온 나만의 교육 철학이었다.

나는 내가 주리로 바뀌기 전의 내 목소리를 사랑했다. 내가 장윤호였던 시절의 내 음색은 보편적인 아름다움의 기준에서도 크게 벗어나 있지 않는다고 자부한다.

그런데 내가 주리와 몸이 바뀌면서 새로이 갖게 된 '주리 목소리'는 사랑하다 못해 숭배하는 경지에 이르고 있다. 내가 노래를 하면서도, 내 안에서 흘러나오는 목소리에 나 스스로 반해버릴 정도이니 말이다. 이건 비단 주리에 대한 내 감정 때문만은 아니다.

사실 나는 주리가 주리였을 때부터, 얼굴만큼 예쁜 그녀의 목소리를 사랑했었다.

주리는 나의 고음을 부러워하면서 더 훌륭한 가창력을 갖길 원했지만, 나는 그녀에게 가창력 따윈 필요 없다고까지 생각했다. 그녀는 고음 따위 지르지 않아도, 그저 읊조리듯 속삭이기만 해도 가슴 설렐 정도로 아름다운 목소리를 갖고 있었으니까.

말하자면, 주리의 목소리엔 '본능적인 끌림'이 있었던 것이다.

그러니까 지금 내가 보컬리스트 '강주리'로서 전 세계적인 사랑을 받을 수 있는 비결은 결코 내 가창력 때문만은 아니라고 생각한다. 주리의 매혹적인 음색이 아니었다면, 이토록 압도적인 인기를 누릴 수 없었을 것이다.

다만 주리와 나 사이에 차이가 있다면, 내가 목소리를 컨트롤하는 능력이 주리보다 좀 더 나을 뿐이다. 주리의 아름다운 음색을 잘 살려서 부를 수 있는 능력 말이다.

그래서 나는 주리와 내가 다시 몸이 바뀐 이후의 상황에 대해 크게 걱정하진 않는다. 주리가 목소리를 컨트롤하는 능력을 터득하기만 한다면, 분명 그녀는 지금의 나처럼 노래를 부를 수 있다고 믿어 의심치 않는다.

주리는 현재 최화영으로부터 꾸준히 보컬 트레이닝을 받으며 나름의 노력을 하고 있다.

그리고 나 역시 주리를 적극적으로 도울 의지가 있다.

내가 다시 장윤호로 돌아가면서 강주리로서의 음악 활동을 더 이상 못하게 된다면, 주리를 돕는 것이 나의 새로운 미션 중 하나가 될 것이다. 원래의 목소리를 되찾은 주리가 지금의 나만큼, 아니 그 이상으로 노래를 잘 부를 수 있게 돕는 것 말이다.

탐험형 미식가인 한 대표도, 내츄럴본 내장 매니아인 주리도 모두 바닥을 보인 그릇을 앞에 둔 채 흐뭇한 표정을 짓고 있다.

함께 시켰던 니쿠도후 역시 꽤 인상 깊은 맛이었지만, 호루몬동 옆에선 존재감 약한 조연일 수밖에 없었다.

"먹을 땐 정말 좋았는데, 먹고 나니 입안이 텁텁하네요."

주리 말이 맞다. 강렬한 흡인력으로 단숨에 한 그릇 뚝딱 하게 만든 마성의 호루몬동은 맹물로는 결코 헹궈낼 수 없는 텁지근한 뒷맛을 남겼다.

"뭔가 상큼한 입가심이 필요할 것 같은데?"

입안을 개운하게 만들어줄 디저트를 먹으러 가자는 한 대표의 제안에 따라 우리는 장외 시장을 좀 돌아다녀 보기로 했다.

만약 배가 부른 상태가 아니었다면 정신없이 혹했을 각양각색의 먹거리 중에서 우리의 입가심 메뉴로 간택된 음식은 바로 딸기 모찌.

모찌 위에 딸기를 얹은, 익숙한 듯 낯선 조합이었는데 의외로 딸기와 팥의 케미가 괜찮았다. 무엇보다 입안에 남은 호루몬동의 자취를 없애기에 아주 적절한 맛이었다.

딸기 모찌로 입안을 리셋하고 나니, 미각은 또 다른 맛을 원하는 상태가 된다. 우리는 내친김에 계란말이 꼬지까지 먹어보기로 한다.

계란말이는 달기의 정도에 따라 세 단계 중에서 선택할 수 있었다.

계란말이에서 나는 단맛이 과연 어떤 건지 궁금하기도 했고, 계란말이가 달아봐야 얼마나 달겠나 싶어서 높은 단계의 달콤한 맛을 골랐더니 내 예상보다 훨씬 더 달았다. 그래도 1도 안 남기고 다 먹을 만큼 맛있었다.

새벽 3시에 일어나 츠키지 시장으로 와서 한참을 기다린 후에 참치 경매 견학을 하고, 든든한 아침 식사 후에 다소 과한 디저트까지 먹고 나니 나른한 상태가 되었다.

다행히 오늘 밴드와의 합주 리허설 일정은 오후 3시에 잡혀있기 때문에 지금 호텔로 돌아가서 눈 좀 붙일 시간은 충분하다.

한 대표는 택시 뒷문을 열어주며 주리와 나에게 이렇게 말한다.

"여기서 두 사람은 택시 타고 호텔로 가. 나는 여기서 도쿄역으로 가서 차를 찾아서 갈 테니까."

2017년 11월 8일 PM 01:02.

츠키지에서 리츠 칼튼으로 돌아와 약 3시간 정도 꿀잠을 자고 일어나 주리 방에 모여서 먹는 컵라면은 정말 꿀맛이다.

암튼 주리의 준비성은 정말 알아줘야 한다. 컵라면은 그렇다 쳐도 어떻게 꼬마 김치까지 챙겨올 생각을 다 했는지.

"주리 덕분에 이 멋진 도쿄 시티 뷰를 보며 한국 라면을 먹는 호사를 누리네. 정말 고마워!"

콧등에 땀이 송골송골 맺힌 한 대표가 흡족한 미소를 지으며 말했다.

한 대표로부터 감사 인사를 듣고서 흐뭇하게 웃던 주리가 한 대표에게 묻는다.

"그런데 대표님 한 가지 여쭤보고 싶은 게 있어요."

라면 국물을 마지막 한 모금까지 싹 다 들이켠 한 대표가 손수건으로 얼굴에 맺힌 땀을 훔치며 되묻는다.

"궁금한 게 뭔데?"

주리가 과연 어떤 질문을 할지, 나도 궁금해서 귀를 쫑긋한다.

"그 듀엣 찾기 프로젝트 말인데요, 같은 소속사 가수인 경우에도 지원 가능한가요?"

"당근이지. 물론 다른 지원자들과 똑같은 조건에서 경쟁해야겠지만, 지원은 얼마든지 가능해."

"아, 그렇군요!"

"왜, 주리 너도 관심 있어?"

한 대표가 그렇게 되묻자 주리는 정색하며 손을 내젓는다.

"아, 아니에요. 꼭 물어봐달라는 사람이 있어서 여쭤본 거예요."

주리의 말대로라면, 소속사 내부 인물 중에서 듀엣 찾기 프로젝트에 지원할 의향이 있는 사람이 있다는 얘긴데…. 대체 누구지? 핑크 클라우드 멤버들 중 하나? 아니면 다른 소속 연예인 중 한 명?

나는 주리에게 좀 더 꼬치꼬치 캐묻고 싶었지만, 지유가오카로 떠나야 할 시간이 임박했기 때문에 대화를 그쯤에서 종료하지 않을 수 없었다.

2017년 11월 8일 PM 02:54.

한 대표가 렉서스로 지유가오카까지 데려다주었다.

속마음이야 어떨지 모르겠지만, 겉으로 보기엔 그는 아무렇지도 않아 보였다. 외려 평소보다 좀 더 업된 모습이다.

하긴, 고환암 진단을 받은 바로 다음 날 아침에도 멀쩡한 모습으로 회사 로비에 서서 소속사 식구들에게 일일이 아침 인사를 하던 그가 아니었던가? 옛 연인의 죽음을 뒤늦게 인지한 상실감을 겉으로 드러내며 질척거릴 위인이 아니다.

그에게 뭔가 위로의 한마디를 해주고 싶지만, 지금으로선 딱히 떠오르는 말이 없다. 그리고 섣불리 말을 꺼냈다가는 괜히 아픈 상처만 건드리게 될까 염려된다.

내가 그를 위해 할 수 있는 건 그저 지금 내게 주어진 상황에 최선을 다하는 것이리라.

아침나절까지만 해도 소강상태였던 비가 다시 내리고 있다.

가을비 내리는 지유가오카는 새초롬하면서도 다소곳한 느낌으로 나를 맞는다.

별천지 같은 지하 공간의 존재를 알고 나서 다시 보니, 스이코 님 저택 주변을 에워싼 정적이 사뭇 의뭉스럽게 느껴진다. 마치 시치미를 뚝 떼고 있는 모습 같달까?

'세션맨들은 과연 어떤 분들일까?'

철컥 열린 대문 안으로 들어서는 내 심장이 요동치기 시작한다.

110. 다시 설렐 수 있음에

◆◆

"아오이 상고쇼!"

나만의 음성 명령어를 외치자 지하 공간으로 통하는 비밀의 문이 스르륵 열린다.

계단 양옆의 벽면에는 마츠다 스이코 님의 앨범 재킷이 최신순으로 배열되어 있다.

따라서 내가 계단을 한 칸씩 내려갈수록, 시간을 거슬러 점점 더 젊어지는 마츠다 스이코 님의 모습들과 만나게 되는 셈이다.

그리하여 계단을 끝까지 다 내려가면, 마츠다 스이코 님의 데뷔 시절 모습과 마주하게 된다.

'바로 이거였구나!'

마츠다 스이코 님이 이 계단 벽면을 이런 식으로 꾸미신 이유를 어렴풋이 알 수 있을 것 같다.

'스이코 님은 이 계단을 내려가실 때마다, 시간의 역순으로 걸린 앨범 재킷들을 통해 과거의 자신을 되돌아보며 초심을 다지고 싶으셨던 게 아닐까?'

내가 스이코 님의 의도를 정확하게 읽은 것인지는 확인할 수 없지만, 적어도 지금의 내겐 그렇다.

나는 이 계단을 내려가면서, 음악에 대한 초심을 향해 점점 더 가까이 다가가는 기분을 느끼고 있기 때문이다.

그리고 마침내 계단 끝에서 마주한 스이코 님의 초창기 시절 모습은 내가 음악이라는 기쁨의 섬에 최초로 접근했던 시절의 순수한 설렘을 소환시킨다.

'아~ 와따시노 고이와~'

가사의 의미도 정확히 이해하지 못한 채 노래를 따라 부르면서, 마치 마법에 홀리듯 음악의 세계로 빨려 들어갔던 여섯 살 소년의 순수한 영혼으로 회귀해 있는 나였다.

그 순결한 떨림을 간직한 채 녹음 스튜디오 안으로 발을 들이민 나는 좀처럼 믿기지 않는 광경 앞에서 입을 다물지 못한다.

'아니, 저분들은…'

저마다의 악기 앞에서 나를 반기는 낯익은 얼굴들.

드럼의 유시키, 기타의 함춘효, 피아노의 최태환, 베이스의 왕징환.

그렇다.

저분들은 바로《더 유니버스》아시아 2차 예선 경연을 함께했던 밴드 구성원 그대로다.

놀라움과 반가움 사이를 갈팡질팡하고 있는 내게 준지 유키토가 말한다.

"스이코 씨는, 강주리 양이 저 밴드와 함께했던 홍콩 콜로세움 무대를 두고두고 잊지 못하셨다고 합니다. 저도 마찬가지였고요. 그래서 우리는 그 무대의 감동을 이 스튜디오에서 재현해보고 싶었습니다. 스이코 씨가 후쿠오카로 떠나시기 전에, 저 연주자들에게 직접 연락해서 섭외하셨어요. 그런데 다행히 네 분 모두 흔쾌히 참여를 수락해주셨죠."

준지 유키토의 설명을 듣고 있는 순간, 갑자기 울컥하며 나도 모르게 눈물이 솟구친다.

너무 황송하면서도 기쁜 마음에 왈칵 눈물을 쏟아버린 내게 준지 유키토가 손수건을 건네며 말을 잇는다.

"저 역시 기타로 참여할 것이기 때문에 밴드에 기타가 둘이 되는 셈이에요. 그래서 함춘효 씨가 리드 기타를 맡으시고, 제가 리듬 기타를 맡을 겁니다."

한 번 터진 눈물은 좀처럼 그칠 줄을 모른다.

사실 열아홉 소녀가 눈물 흘리는 모습이 타인들에게 그리 이상하게 보이진 않을 것이다. 하지만 우는 소녀의 모습 뒤에 웅크린 아재의 영혼으로선 질질 짜는 모습을 남에게 보이는 것이 창피할 수밖에 없다.

감격에 겨워 눈물까지 흘리는 내 모습을 사랑스러운 눈길로 바라보던 네 연주자가 차례로 다가와 내 어깨를 두드려 준다.

마음 같아선 세션맨 한 분 한 분과 진한 허그라도 나누고 싶지만, 그냥 참기로 한다. 소중한 주리의 몸을 외간 남자들의 품에 덥석덥석 안기게 할 수는 없는 일이니까.

"오케스트라와 함께하는 스트링 편곡도 생각했는데, 제 개인적인 느낌으로 강주리 씨에겐 클래식 반주보다는 밴드 반주가 더 어울려요. 편곡 방향도 마치 라이브 무대처럼 미니멀한 구성으로 갈 거예요."

내 생각도 준지 유키토와 같다. 나 역시 점잔빼며 불러야 하는 오케스트라 반주보다는, 연주자들과 함께 호흡하며 부르는 밴드 반주가 더 좋다. 이래 봬도 난 내추럴본 락커 출신이니까.

사실 《더 유니버스》라는 큰 경연 무대를 겪으면서 내가 우려했던 점이 한 가지 있었다.

'그 무대 위에서 나를 가득 채웠던 설렘과 떨림이 어느 순간 갑자기 다 사라져버리면 어떡하지?'

물론 그런 걱정은 《더 유니버스》 무대가 내게 준 임팩트가 워낙 강했기 때문에 비롯된 생각이었으리라.

최상의 활약을 펼친 뒤에는 슬럼프가 찾아오기 쉬우니까. 실제로 올림픽처럼 큰 무대에서 절정의 기량을 펼쳐낸 운동선수가 챔피언의 자리에 오른 직후 침체의 늪에 빠지는 경우를 흔히 볼 수 있듯이 말이다.

'다시 설렐 수 있게 해주셔서 정말 고맙습니다!'

이렇게 다시 가슴 뛰는 순간을 나에게 마련해준 스이코 님과 준지 유키토에게 감사하고, 또 감사했다.

사실 첫 미팅 때까지만 해도 준지 유키토의 존재감은 그리 크게 다가오지 않았다. 솔직히 말해, 마츠다 스이코 님의 대변인 같은 느낌이었다고 할까?

하지만 본격적인 음악 작업에 돌입하자 그는 완전히 다른 사람이 되어 있었다.

그는 사운드를 체크하며 마이크의 위치를 잡는 데에 아주 세심한 공을 들였다.

그는 수차례의 테스트 끝에 보컬과 파트별 마이크 위치를 잡았고, 가수와 연주자가 서있을 위치에 발 모양 스티커를 붙였다.

자체 픽업과 앰프가 있는 기타와 베이스 앞에도 마이크가 각각 설치된 것은 라이브 레코딩의 현장감을 살리기 위한 의도로 생각된다.

그러나 파트별 마이크 사용은 연주 도중 하울링 같은 피드백을 일으킬 수 있고 악기 간의 간섭 문제도 있기 때문에, 볼륨과 톤 밸런스 컨트롤에 상당한 공을 들여야만 하는 작업이다.

스튜디오와 믹싱 콘솔 앞을 셀 수 없이 왔다 갔다 하면서 최적의 음향을 찾기 위해 예민한 눈빛을 번뜩이는 준지 유키토의 모습에서 타협 없는 장인정신 같은 게 느껴졌다.

왜 녹음 엔지니어가 따로 없는지 궁금했는데, 막상 그의 작업 과정을 들여다보니 그 이유를 짐작할 수 있을 것 같다. 엔지니어를 맡을 인력이 없어서가 아니라, 준지 유키토 스스로가 모든 프로세스를 일일이 관여하며 노브와 페이더를 직접 컨트롤해야만 직성이 풀리는 스타일이기 때문인 듯하다.

거의 반은 정신이 나간 사람처럼 보였던 준지 유키토가 다시 정상인의 눈빛으로 돌아오기까지는 70여 분이 걸렸다.

"이제 사운드 시스템 세팅이 모두 끝났습니다. 시간을 너무 오래 끌어서 죄송합니다. 저는 사전 세팅이 좀 오래 걸리는 편이에요. 후보정 작업이 과하게 들어가는 것을 워낙 싫어하거든요. 특히 훌륭한 보컬과 연주자들과 함께 하는 작업인 만큼 트러블 슈팅을 완벽히 끝낸 후에 합주 리허설에 들어가고 싶은 욕심이 있었던 것입니다. 넓은 양해 부탁드립니다."

나는 마침내 보컬용 마이크 앞에 붙어있는 발 모양 스티커 위에 자리를 잡고 섰다.

툰드라 시절, 첫 녹음 때가 생각난다. 비록 지금 이곳과는 비교도 할 수 없이 열악한 스튜디오였지만, 붐 스탠드 마이크 앞에 선 나는 마치 세상의 중심에 서 있는 것 같은 착각에 빠졌더랬다.

열아홉의 장윤호가 느꼈던 그 순수한 설렘이 지금 내 안에서 뛰고 있는 열아홉 강주리의 심장에 그대로 전해지는 듯하다.

청아하면서도 묵직한 그랜드 피아노의 선율을 에스코트하는 날렵한 기타 리프. 그 협화음을 배려하면서도 리드하는 베이스와 드럼. 아시아 최정예 밴드가 빚어내는 환상의 리듬 섹션이 내 몸을 감싼다.

나는 일부러 인이어 이어폰이나 헤드폰을 끼지 않았다. 연주자들과 좀 더 치밀한 교감을 이루고 싶었기 때문이다.

소리의 중심에서 음악의 3요소인 리듬, 멜로디, 하모니의 결을 온몸으로 느낄 수 있는 건 리드 보컬만의 특권이다.

소리의 중심에 서 있는, 음악의 품 안에 폭 안긴 것 같은 이 느낌이 얼마나 황홀한지는 이 자리에 서보지 않고선 그 누구도 이해하지 못할 것이다.

정말 미칠 듯이 좋다. 내가 만약 죽음의 방식을 선택할 수 있다면, 이자리에 선 채로 죽는 방법을 택해도 좋을 만큼.

나는 숨을 크게 한 번 들이마신 후, 마침내 첫 음을 내뱉는다.

사실 툰드라 시절에는, 대부분의 음악 방송 무대에서 밴드는 핸드싱크를 해야 했었다. 밴드가 라이브 연주할 실력이 없어서가 아니라, 방송국의 음향 시스템이 받쳐주지 않았기 때문이다.

그리고 앨범 녹음 역시 보컬 따로 반주 따로 작업이 이뤄졌다.

따라서 내가 밴드들과 합을 맞춰볼 기회는 사실상 거의 없었다고 할 수 있다.

그런데 최적의 음향 환경을 갖춘 이 훌륭한 스튜디오에서 존경해마지 않는 연주자들과 눈을 맞추며 진하고도 은밀한 음악적 교감을 나누고 있는 이 순간, 나는 꼭 꿈을 꾸고 있는 것만 같다.

2017년 11월 8일 PM 06:39.

"Let's call it a day and go out for dinner!"

오늘은 이쯤에서 끝내고 저녁이나 먹으러 가자는 준지 유키토의 제안을 듣고서야 아이폰으로 시간을 확인해보니, 어느덧 3시간 반이나 흘러 있었다.

정말 시간 가는 줄도 모르고 음악 속에 흠뻑 빠져 있었나 보다.

그런데 아이폰 잠금 화면 위에 카톡 메시지 알림창이 떠 있는 게 눈에 들어온다.

잠금 해제 후에 확인해보니, 지금으로부터 7분 전에 주리가 보낸 메시지였다.

[유노 쌤, 통화 가능?]

누군가가 카톡으로 '통화 가능?'이라고 물어오는 경우는 십중팔구 메시지로 전하기 곤란한 용건임이 틀림없다.

'또 무슨 일이지?'

주리가 내게 '통화 가능?'이라는 메시지를 보낸 경위를 추리하는 것만으로도, 나는 가슴이 철렁 내려앉는다. 바로 엊저녁에도 나는 주리로부터 한 대표가 쓰러져 있다는 위급 메시지를 받지 않았던가?

나는 떨리는 마음으로 통화 버튼을 누른다.

발신음이 한참 울리고 나서야 전화를 받는 주리.

"여보세요?"

"무슨 일이야?"

나는 다급한 목소리로 물었다.

"어머님이… 오셨어요!"

"어머님? 윤혜린 씨가 오셨다고?"

"아니요."

"그럼?"

"유노 쌤 어머님이요!"

"뭐야?"

나는 소스라치게 놀라지 않을 수 없었다.

김 여사가 이곳 일본까지 오셨다니.

"정말, 우리 어머니가 널 찾아오셨다는 말이야?"

그렇게 말해놓고 보니, 내 말에는 오류가 있었다. 사실 우리 어머니는 주리가 아닌 나를 찾아오신 것일 테니 말이다.

"네."

"아니, 대체 일본까지 왜… 찾아오셨다는데?"

은연중에 목소리에 힘이 들어가면서 주리를 다그치는 말투가 되어버린 걸 의식한 나는 애써 어조를 누그러뜨렸다.

"오늘 아침에 어머님께 전화가 왔었어요. 《여명의 속삭임 장윤호입니다》에 왜 3일째 DJ가 안 나오고 음악만 나오는 거냐고, 혹시 잘린 거냐고 물어보시더군요. 그래서 방송국 파업 때문에 잠정적으로 정규 방송이 중단된 거라고 설명해드렸죠."

이렇게 주리를 통해 전해 듣기만 했는데도, 꼭 음성지원이 되는 것 같았다. 김 여사가 어떤 말투로 저 질문을 했을지 훤히 그려졌기 때문이다.

"제 대답이 채 끝나기도 전에, 어머님께서 다시 물으시더군요. 왜 전화가 로밍으로 넘어가냐고, 어디, 외국 나간 거냐고…."

"추궁하셨다고?"

집요한 김 여사는 사소한 의혹도 그냥 넘어갈 위인이 아니다.

"추궁까진… 아니었지만, 암튼 갑자기 그렇게 물어보시니까 달리 둘러댈 말이 떠오르지 않았어요. 그래서 일본에 와 있다고 사실대로 말씀드린 거예요."

"그럼, 그 얘기를 듣고 일본까지 일부러 따라오셨단 말이야?"

"일부러 오신 건 아닌가 봐요. 친구분들과 함께 일본여행 오신 길에 들르신 거래요. 아까 아침에 하셨던 전화가 여행 출발 전에 인천공항에서 하신 전화였나 봐요."

내가 생각하기에도 일부러 오셨을 리는 없다. 우리 김 여사가 좀 극성맞은 건 사실이지만, 그렇다고 아들 만나려고 일부러 일본까지 쫓아올 캐릭터는 아니기 때문이다.

"유노 쌤이 오셔도 별수야 없겠지만, 그래도 옆에 계셔야 제 마음이 좀 안정될 것 같아요. 얼른 오세요."

"알았어, 지금 바로 출발할 테니. 내가 갈 때까지 조금만 버텨줘!"

III. 총각 도사의 예언

◆◆

준지 유키토가 빠른 길로 데려다준 덕분에 지유가오카에서 롯본기까지 15분 만에 도착할 수 있었다.

세션맨들과 함께하는 저녁 식사가 내일로 미뤄진 데 대한 아쉬움은 당장 눈앞에 놓인 난관에 대한 걱정에 파묻혀버렸다.

만약 나잇살이나 먹은 아재가 새파랗게 어린 소녀의 모습으로 자신의 모친을 만나야 하는 입장에 처한다면, 누구라도 지금의 나와 같은 심정이 될 것이다.

언젠가 한 번은 맞닥뜨려야 할 순간이라는 건 진작 알았지만, 이렇게 갑작스럽게 현실로 닥쳐올 줄은 정말 몰랐다.

윤혜린·강석진 부부와의 첫 대면을 앞두고도 이 정도로 떨리진 않았었는데 말이다.

사실 그땐 내 관물대 여신, 윤혜린을 알현한다는 설렘이 긴장과 불안을 눌러버렸던 게 아니었나 싶다.

준지 유키토의 차에서 내린 순간, 리츠 칼튼 1층 엔트런스 입구에서 서성이고 있는 주리의 모습이 눈에 들어왔다.

"왜 내려와 있었던 거야?"

"저 혼자선 도저히 어머님 앞에 못 나서겠더라고요. 유노 쌤 오시면 같이 들어가려고 내려와 있었어요."

"우리 어머니는 지금 어쩌고 계셔?"

"클럽 라운지에 계셔요. 대표님과 함께…."

"한 대표가 응대하고 있단 말이지?"

그래도 한 대표가 김 여사를 마크하고 있다니 그나마 마음이 좀 놓인다.

아주 오래전부터 김 여사는, 무뚝뚝한 아들보다 외려 더 살갑게 구는 한 대표를 총애해왔다. 물론 한 대표가 우리 어머니의 환심을 살 수 있었던 건 그의 잘생긴 외모 덕이 컸을 테지만 말이다.

"암튼, 얼른 올라가자!"

53층 클럽 라운지에 들어서자 서글서글한 눈웃음이 매력적인 여직원이 나를 먼저 알아보며 다가왔다.

그녀는 우리를 프라이빗 룸으로 안내했다.

방안에 들어서자 황혼에 물든 도쿄 시티 뷰를 배경으로 환담을 나누고 있는 두 사람이 눈에 들어온다.

"어디서 뭐 하다가 이제야 오니?"

보자마자 툭 쏘아붙이는 김 여사의 그 한마디에 하마터면 내가 대답을 할 뻔했다.

그런데 바로 내 눈앞에 있는 어머니의 시선은 내가 아닌 다른 곳을 향해 있다.

지금 이 상황에선 그럴 수밖에 없다는 걸 알면서도, 왜 이토록 서운한 마음이 드는 건지.

윤혜린·강석진 부부와의 첫 대면 때 자신을 알아보지 못하는 부모님 앞에서 울먹울먹하던 주리의 모습이 문득 떠오른다. 그 순간 주리가 느꼈을 심정이 지금의 내게 그대로 전해지는 것 같아 가슴이 아려온다.

"얼굴 잊어버리겠다, 아들!"

어머니는 주리를 와락 끌어안으시며 그렇게 말했다.

그래도 김 여사가 주리를 '아들'이라고 부르는 걸로 봐선, 한 대표가 어머니 비위를 꽤 잘 맞춰둔 모양이다. '아들'은 주로, 어머니가 기분 좋을 때 나를 부르던 호칭이었기 때문이다.

뒤늦게야 나를 발견한 김 여사가 호들갑스럽게 말한다.

"어머, 강주리 양이군요! 꼭 한번 만나보고 싶었어요. TV보다 실물이 훨씬 예쁘네요. 그런데 볼 때마다 이상하게 친근감이 드는 게, 왠지 남 같지 않았다니까. 우리 아들이 가르치는 가수라 그런가?"

어머니는 진심으로 반가워하는 표정으로 나를 안으셨다.

'어머니의 품에 이렇게 꼭 안겨본 게 언제였지?'

훈련소 가던 날 이후로는 처음 안겨보는 것 같은 어머니의 품은 익숙한 듯 낯설다.

손에 닿은 어머니의 등이 앙상하게 느껴져서 내 맘이 짠해진다.

나는 애잔해진 마음을 추스르며, 어머니가 의자에 다시 앉으시는 걸 묵묵히 돕는다.

모두가 각자의 자리에 앉은 후, 어머니가 한 대표를 향해 말한다.

"그래도 이 녀석이 철 좀 들었는지, 생전 안 하던 문안 전화를 요즈음엔 날마다 하는 거 있지? 얘 아버지도 처음엔 안 하던 짓 한다며 불퉁거리시더니, 이젠 은근히 전화를 기다리신다니까?"

그랬구나!

주리는 내게 아무런 내색도 없이, 우리 부모님을 그렇게 살뜰히 챙겨왔나 보다.

미안함과 고마움이 뒤섞인 감정이 밀려오며, 나는 다시 울컥하고 만다.

"어머니, 뭐 드시고 싶은 거 없으세요?"

참 곰살궂게도 묻는 한 대표였다. 아들인 내가 질투를 다 느낄 만큼.

'나는 친구들이 기다리고 있어서 그만 가봐야 해!'

나는 솔직히, 어머니가 이렇게 말씀하시고 이 자리에서 물러나 주시길 바라는 마음도 있었다. 어머니 앞에서 주리인 척 연기하며 밥을 먹어야 한다고 생각하면, 먹기도 전에 소화불량에 걸린 듯 가슴이 답답해졌기 때문이다.

그렇다고 서울도 아닌 도쿄에서, 일부러 나를 만나러 찾아오신 어머니를 밥 한 끼도 안 사드리고 돌려보낸다는 건 말도 안 되는 일 아니겠는가?

"제가 이 근처에 덴동 잘하는 집 알아요!"

사실 내가 한 이 말은 거짓말이었다. 내가 롯본기에서 덴동 잘하는 집을 알 턱이 없다.

다소 뜬금없는 거짓말까지 해가면서 내가 '덴동' 이야기를 꺼낸 이유는 따로 있었다.

덴동, 즉 튀김 덮밥은 일식 중에서 우리 어머니가 제일 좋아하는 음식이란 걸 알고 있기 때문이다.

저녁 메뉴를 덴동으로 결정한 후에 뒤늦게 검색하여 찾아간 곳은 롯본기 힐즈에 위치한 덴뿌라 전문점 '미카와'였다.

일본 최고의 덴뿌라 장인 중 한 분인 소오도메 데츠야 씨가 운영하는 식당으로, 몬젠나카쵸에 있는 본점은 미슐랭 원 스타를 획득한 바 있다고.

사실 덴동에서 어머니가 좋아하시는 포인트는 튀김 자체보다는 소스 쪽이다. 말하자면, 감칠맛 나는 소스가 밥과 함께 이뤄내는 케미를 즐기시는 것이다.

그런데 이곳의 메뉴는 덴동이 아닌 덴뿌라 오마카세라, 과연 어머니의 기대치에 부흥할 수 있을지 고개가 갸웃거려졌다.

'튀김만으로 구성된 오마카세는 아무래도 좀 느끼하지 않을까?'

어머니도 어머니지만, 나 역시도 약간의 의구심을 가지지 않을 수 없는 메뉴였다.

그런데 첫 스타트를 끊은 새우 몸통 튀김을 한 입 베어 문 순간, 그 모든 의심과 우려는 스르르 녹아 사라져버리고 만다.

'운동화를 튀겨도 맛있다!'는 통념도 있는 반면에, 튀김을 제대로 해내는 식당을 발견하기란 생각보다 쉽지 않다.

그런데 이 집은 정말 제대로다!

특히 새우 몸통 튀김 두 조각을 한꺼번에 내지 않고, 하나씩 두 번에 걸쳐 내주는 센스! 그 덕분에 기름에서 막 건져 올려 바삭바삭하면서도 촉촉한 튀김을 입안으로 즉각 맞아들일 수 있었다.

뒤이어 나온 새우 머리 튀김을 먹으면서는, 클라이맥스를 너무 빨리 맞이하는 게 아닌가 하는 염려가 들 만큼 강렬한 카타르시스를 느꼈다.

하지만 그런 염려는 기우에 불과했다.

보리멸, 오징어, 두릅, 까지양태, 은어, 연근, 아스파라거스, 아나고, 시소 우니 등, 변화무쌍한 식재료들이 비슷비슷한 튀김옷을 입고 내 눈앞에 등장하자마자 입안으로 감쪽같이 사라져버리는 마법이 줄곧 이어진다.

나는 모든 요리에 퍼포먼스적인 요소가 있다고 생각하지만, 튀김 요리는 특히 그런 성격이 더 강한 것 같다.

기름의 온도, 기름 속에 있는 시간, 기름으로부터 나와 입으로 들어가는 타이밍 등이 맛에 결정적인 영향을 미치는 '순간의 예술' 같다고 할까?

실시간으로 튀겨져 나온 튀김을 가장 맛있을 때 바로 즐길 수 있는 '덴뿌라 오마카세'는 마치 라이브 콘서트를 직관하는 느낌이었다.

공연장에서 실시간으로밖에는 느낄 수 없는 현장감을 레코딩으로는 다 담아낼 수 없듯, 금방 튀겨진 튀김 맛은 기름에서 건져낸 직후에 먹지 않고선 절대 느낄 수 없으니 말이다.

어머니가 좋아하시는 덴동은 코스의 마지막을 장식하는 식사 메뉴 중 하나였다. 밥 위에 조개 관자 튀김이 가득 올라가 있었는데, 가리비 관자가 정말 실하기도 했다.

그런데 정작 김 여사는 식사 옵션 중에서 덴동이 아닌 덴차를 선택하셨다. 굳이 덴동을 먹지 않아도 될 만큼, 덴뿌라 오마카세에 충분히 만족하셨단 뜻으로 해석된다. 어머니의 표정에서도 만족의 증거를 찾을 수 있었다.

후식으로 나온 '팥알을 띄운 젤리'를 오물거리던 김 여사가 주리를 향해 말한다.

"그럼, 넌 그냥 강주리 양 따라 일본에 온 거란 말이냐?"

갑작스러운 질문에 당황하던 주리가 나지막하게 '예!' 하고 대답한다.

"거, 참 이상하단 말이야!"

의혹에 가득 찬 김 여사의 표정은 주리와 나를 긴장시키기에 충분했다.

"뭐가요, 어머니?"

주리와 내가 당황해하는 기색을 읽었는지, 한 대표가 끼어들었다.

"분명히 눈부신 활약을 할 거라고 했는데…."

여전히 뜻을 알 수 없는 말을 늘어놓는 어머니.

"네? 그게 무슨 말씀이세요?"

만약 저렇게 대신 나서서 물어봐주는 한 대표가 없었다면, 지금 이 자리가 얼마나 더 거북했을까? 그에게 새삼스러운 고마움이 밀려온다.

"올 초에 윤호 운세를 봤더니, 올해에 다시 이름을 날릴 운이 들어왔다고 하더라고. 그 말을 듣자마자, 내가 다시 새벽 불공을 시작했지 뭐야. 내색은 안 했다만, 나는 속으로 기대하고 있었단 말이야."

저 말씀은, 어머니가 1년에 몇 번씩은 꼭 찾아가시는 무속인인 총각 도사 얘기인가 보다.

어머니는 총각 도사로부터 조금이라도 희망적인 말을 듣고 오면, '이제 때가 왔나 보다!'라며 아들의 재기를 기원하는 새벽기도를 다니곤 했다.

번번이 실망하면서도, '언젠가 때는 올 거다!'며 희망을 놓는 법은 없었다.

다시 이름을 날릴 운이 들어왔다는 취지의 말을 한 걸 보면, 총각 도사가 용하긴 용한 모양이다. 다만, 세계적으로 드높이 날린 이름이 장윤호가 아니라 강주리라서가 문제지.

"나는, 윤호가 최근에 뉴욕도 다녀오고, 이번엔 도쿄에 와있다고 하길래… 혹시 저 녀석에게 해외 활동의 길이라도 열리나 했지."

그렇게 말하고선 내 쪽을 한 번 흘깃한 후, 어머니는 어조를 급히 바꾸며 말을 덧붙인다.

"하기야, 강주리 양이 잘되는 게 곧 우리 윤호가 잘되는 길이기도 하네. 총각 도사가 한 말은, 꼭 가수로서가 아니라 지도자로서 이름을 날린다는 뜻일 수도 있으니까."

어머니는 그렇게 긍정적인 방향으로 말씀을 마무리 짓기는 했지만, 표정에서 드러나는 아쉬움은 완전히 감춰지지 않았다.

팥알이 씹히는 상큼한 젤리는 기름진 속을 달래주었지만, 어머니의 아쉬운 표정을 보며 먹먹해진 내 맘까지 달래주진 못했다.

어머니의 숙소가 있는 아카사카까지 한 대표가 차로 모셔다드리기로 했다.

어머니는 오늘 하루 도쿄에서 묵으신 후, 내일 오전에 계원들과 함께 나가노현의 가루이자와로 떠나실 예정이라고 했다.

함께 일본에 오신 계원들은 바로 내 유치원 동창의 어머니들이다. 내가 유치원을 졸업하던 해인 1981년에 계모임이 결성되어서 지금까지 유지해 왔으니, 무려 36년 지기들이시다.

"다들 손주들이 공항까지 배웅 나왔던데, 나만 영감님밖에 없더라고. 만약 우리 윤호가 제 나이에 결혼했으면, 주리 양 같은 손녀가 있을지도 모르는데…"

헤어지기 전, 어머니가 그렇게 말씀하시며 내 손을 덥석 잡으시는 통에 내 얼굴이 화끈거려서 혼났다.

어머니를 태운 렉서스가 저만치 멀어져가는 걸 바라보고 서 있을 때, 주리가 내게 말한다.

"그래도 용케 잘 참으셨네요."

"뭘?"

"아까 보니 거의 울 것 같은 표정이시던데…"

"내가 언제 그랬다고…"

겸연쩍어진 나는 주리를 외면하며 먼저 걷기 시작한다. 주리가 종종걸음으로 따라붙으며 말한다.

"전 사실 많이 긴장했어요. 유노 쌤이 하도 극성맞은 분이라 하셔서, 전 어머님이 아주 유별나고 까탈스러운 강남 아줌마이실 줄 알았거든요. 그런데 막상 직접 뵈니, 극성맞다기보다는 사랑이 넘치는 분 같았어요. 은근히 귀엽고 소녀 같은 모습도 있으시고…."

"시집오시기 전까지만 해도, 정말 여리고 고운 소녀셨대. 그런데 성격 대단하신 홀시어머니 밑에서 40여 년 동안이나 시집살이를 버텨내다 보니, 억척스럽게 변할 수밖에 없으셨던 거야."

"그렇게 힘들게 사신 티는 별로 안 났는데…"

"초반엔 너무 힘들어서 포기하고 싶었던 적도 있으셨다는데, 나 때문에 그만둘 수가 없었대. 고된 시집살이에서 받은 스트레스를 극진한 자식 사랑으로 극복하신 분이랄까?"

공감 어린 표정으로 내 말을 경청하던 주리는 뭔가 결심한 듯 이렇게 말한다.

"아들에 대한 믿음을 끝까지 저버리지 않고, 지극정성을 다 하시는 어머니를 봐서라도 제가 좀 더 분발해야겠어요!"

"넌 충분히 잘하고 있어. 심지어 내가 하지 못했던 일까지 말이야. 나에겐 미션 임파서블이었던 새벽 라디오부터, 늘 마음엔 있지만 실천하지 못했던 문안 전화까지, 넌 결코 쉽지 않은 일을 꾸준히 해내고 있어. 그리고 넌 내 발성 기관을 단련시키는 훈련도 게을리하지 않잖아."

"그래도 뭔가, 좀 더 적극적인 활동을 해야 할 것 같아요. 유노 쌤 어머님도 알 수 있을 만한…"

112. 영광의 무대

◆◆

어린 시절에 나는 그렇게 생각했었다.

내가 이 담에 크면, 부모님께 세계 일주쯤은 거뜬히 시켜줄 수 있는 어른이 될 줄 알았다.

그런데 현실은 사뭇 달랐다. 마흔이 넘도록 내 앞가림하기도 바빠, 세계 일주는커녕 국내 효도 관광 한 번 시켜드린 일이 없었다.

이번에 어머니가 오신 일본여행도 일곱 분의 어머님들이 36년간 부은 곗돈으로 큰맘 먹고 기획한 여행이라고 하셨다.

나는 경황이 없어 아무 생각 못 하고 있었는데, 기특하게도 주리가 금일봉을 미리 준비해 어머니 가시는 길에 주머니에 찔러 드렸다.

주머니 사정 뻔히 아는데 뭘 이런 것까지 준비했냐며 사양하는 척하면서도 싫지는 않아 보이던 김 여사.

그래도 센스 있는 주리 덕분에, 아들 체면이 좀 살았다고 할 수 있다.

부모님이 더 기력 떨어지시기 전에 세계 일주까지는 아니더라도, 유럽여행이라도 한 번 보내드려야 할 텐데….

이처럼, 어린 시절에 품었던 이상과 어른이 된 후의 현실 사이에 괴리감을 느껴야 했던 또 한 가지는 바로 조쉬 마이클과 관련 있다.

조쉬 마이클은, 내가 중2병 여드름쟁이였던 시절의 내 워너비 스타였었다.

내가 어른이 되면, 조쉬 마이클 콘서트 정도는 런던이건 뉴욕이건 어렵지 않게 가볼 수 있는, 그런 능력 있는 어른이 될 줄 알았다.

그러나 현실은 어떠한가?

해외 콘서트 원정은 꿈도 못 꾸는 데다, 지독한 똥손이라 티켓팅 전쟁에서 번번이 실패해 국내에서 열리는 해외 스타의 공연조차 그림의 떡처럼 쳐다보는 신세.

하지만 언젠가는, 조쥐 마이클 콘서트만은 꼭 가고야 말겠다는 바람을 갖고 있었더랬다.

그런데 2016년 크리스마스 날, 나의 그런 바람은 이룰 수 없는 꿈이 되고 말았다. 정말 허망하게도, 나의 조쥐 마이클 형님이 세상을 홀연히 떠나버리셨기 때문이었다.

살면서 언젠가는 꼭 실행할 수 있을 것이라 믿어온 바람이 하루아침에 좌절되어버린 충격의 여파는 생각보다 오래 갔다. 아직도 조쥐 마이클 형님을 떠올리면 가슴이 아리다.

더 이상 꿈조차 꿀 수 없다는 건 정말 슬픈 일이다. 그런 상실의 경험은 남아있는 꿈들을 더 소중하게 여기도록 만들었다.

그런데 말이다.

내 마음속에서 오래도록 염원해왔던 꿈들 가운데 하나가 곧 이뤄질 것 같다.

내가 드디어, 마츠다 스이코 님의 콘서트에 가볼 수 있게 된 것이다.

그것도 관객으로서가 아니라, 콘서트 게스트로서 말이다.

이것이 제발 꿈이 아니길….

2017년 11월 10일 PM 08:29.

어제와 오늘에 걸쳐 〈Forest of Dreams〉의 녹음 작업을 모두 마무리 지은 후, 비행기를 타고 후쿠오카로 왔다.

준지 유키토와 연주자 네 분, 그리고 한 대표와 나까지 무려 일곱 장의 비즈니스 클래스 티켓 값을 마츠다 스이코 님이 부담했다.

주리 몫의 항공료까지 스이코 님께 부담 지우긴 송구하다며, 한 장은 한 대표가 샀다.

숙소는 캐널시티와 연결된 그랜드 하얏트에 마련되어 있었다.

체크인 후, 연주자 네 분과 준지 유키토는 바로 호텔 근처에 있는 야타이(포장마차) 거리에 가서 한 잔씩들 하실 예정이라고 했다.

"강주리 씨가 미성년자가 아니라면 같이 한잔하러 갈 텐데, 정말 아쉽군요."

무척이나 안타까운 표정을 짓는 준지 유키토와 뭔가 시무룩하기까지 한 연주자 아재들만큼이나 나도 아쉬웠다.

내가 만약 원래의 내 몸이었다면, 이분들과 술잔을 기울이며 음악 이야기만으로 이 밤을 하얗게 지새우고도 모자랐을 텐데….

뮤지션들과 함께 하는 술자리에 끼지 못해 의기소침해 있는 내게 한 대표가 말한다.

"자네, 그렇게 풀 죽어 있을 겨를이 없을 걸?"

"또 잔소리 시작이냐? 내일 콘서트 게스트 무대에서 최상의 컨디션을 발휘하려면 일찌감치 자야 한다, 뭐 그런 얘길 하고 싶은 거지?"

나는 애먼 한 대표에게 공연히 심통을 부리고 만다.

"그럼, 너 혼자 자러 들어가던가. 우리는 나갈 테니까."

나의 불퉁거림에 대해 복수라도 하듯, 다소 비아냥거리는 말투로 응수하는 한 대표.

"너랑 주리, 둘이서만 나갈 거란 말이야?"

나만 빼고 둘이서만 나간다는 한 대표의 말에, 나는 한층 더 약이 올라 발끈했다.

"둘이 아니고, 여섯 명이야."

"그게… 무슨 말이야?"

눈이 휘둥그레지며 묻는 내게, 한 대표가 싱긋 웃어 보이며 대답한다.

"자네가 사랑해 마지않는 핑크 클라우드 멤버들이 오기로 했거든."

"진짜?"

핑크 클라우드 멤버들이 온다는 말에, 나는 기쁘다 못해 눈물까지 핑 돈다. 사실 따지고 보면 일본에 온 지 며칠 되지도 않았는데, 멤버들을 못 본 지 정말 오래된 것 같은 기분이 들었기 때문이다.

"팀 막내가 그룹 내에서 최초로 해외 스타의 콘서트 무대에 선다는데 어찌 가만히 있을 수 있냐며, 녀석들이 나를 들들 볶아대더라고. 그래서 내가 큰맘 먹고 오라고 했지. 그 녀석들에게도 좋은 자극이 될 것 같았어."

멤버들이 일본에 오게 된 경위를 설명하던 한 대표가 흐뭇한 미소를 지으며 한마디 덧붙인다.

"그래도, 내 새끼들 참 착하지? 한 멤버가 도드라지게 잘 나가는 꼴을 보면, 질투가 날 법도 한데 말이야. 어느 한 놈 심술부리는 법 없이 한마음으로 똘똘 뭉쳐서 해맑게 응원하는 모습 보면, 내 맘이 참 훈훈해져. 내가 이 자식들을 정말 잘 키웠구나 하는 생각이 들기도 하고…."

"맞아, 자네 덕분이야. 자네의 아낌없는 내리사랑이 있었기 때문에, 멤버들도 그걸 보고 배운 거지. 사랑을 받아본 자들만이 사랑을 베풀 수 있는 법이거든."

이렇게 비행기 태우는 말을 해도 절대 부끄러워하는 법이 없는 한 대표는 내 칭송에 대해 매우 흡족한 표정을 짓는다.

"도착할 시간이 거의 다 된 것 같아. 녀석들 도착하면, 우리도 야타이 거리에 가보자. 포장마차에는 꼭 술이 아니라도 맛있는 먹거리들이 넘쳐난다고!"

잠시 후 그랜드 하얏트 정문 앞에 정차한 택시에서 의리의 네 소녀가 차례로 하차한다.

나를 중심으로 한 덩어리가 된 다섯 명은 로비가 떠나갈 듯이 재회의 감격을 표현한다.

"마츠다 스이코가 누구지 하고 검색을 해봤더니 일본 아이돌계에선 거의 신급이던데? 그런 분의 콘서트에 게스트로 서다니, 우리 주리 정말 대단해!"

준희가 스이코 님을 언급하며 호들갑을 떨자 옆에 있던 유진이 그에 동의하지 않는다는 듯한 표정으로 말을 받는다.

"그분이 아무리 대단해봤자, 과거의 영광일 뿐이지. 현재로선 강주리가 세계적으로 더 핫한 가수라고! 우리 주리가 콘서트 게스트로 서주는 걸, 마츠다 스이코 씨 측에서 오히려 더 영광으로 생각해야 할 것 같은데?"

두 사람의 구술 방식은 서로 달랐지만, 둘 다 나를 추켜세우려는 의도는 다르지 않았다.

"개런티는 얼마나 준다니?"

생각지도 못했던 부분을 훅 치고 들어온 정화의 짓궂은 질문에 나는 피식 웃고 만다.

그러고 보니 개런티는 안 물어봤는데….

사실 스이코 님이 자택의 스튜디오까지 내준 것을 비롯해 내게 베풀어 준 것만으로도 나는 이미 충분한 보상을 받고도 남았다.

그리고 스이코 님의 콘서트 무대는 내가 개런티 없이도, 아니 억만금을 내고서라도 서보고 싶은 무대이지 않은가?

"기내 공연에다 레전드 아티스트의 콘서트 게스트까지, 우리 주리가 가는 곳마다 놀라움의 연속이구나!"

보기만 해도 목이 메어오는 유미. 너에게도 곧, 나 못지않은 영광의 순간들이 오리라는 걸 믿어 의심치 않는다!

우리는 얼마 후 나카스 야타이 거리의 한 포장마차를 점거하기에 이른다.

이 집의 좌석 수가 총 아홉 개인데, 그중 일곱 개를 우리 일행이 차지했으니 전세 낸 것이나 마찬가지인 셈이다. 나머지 두 자리에는 서양인 노부부가 자리하고 계신다.

"나카스는 강의 모래톱이란 뜻이래. 여의도처럼 강으로 둘러싸인 섬이지. 사실 일본의 다른 지역에서는 포장마차를 구경하기가 쉽지 않은데, 이곳만은 예외래. 모두 합법적으로 운영되고 있어서, 각 야타이별로 주소가 있고 수도와 전기도 따로따로 공급되고 있대."

포장마차를 운영하면서도 호텔 매니저급의 친절 모드를 장착한 주인장이 침이 마르도록 설명한 내용을 한 대표가 통역해주었다.

오늘만큼은 다이어트 봉인해제 할 태세를 갖춘 소녀들은 한글과 영어로 주석이 달린 메뉴판 탐색에 여념이 없다.

"대표님, 이 집의 시그니처 메뉴가 뭔지 물어봐 주시겠어요?"

고정 출연 중인 예능 '힐링 포차'에서 먹방 요정으로 등극한 바 있는 정화의 요청으로 주인장에게 문의한 결과를 통역하기 시작하는 한 대표.

"이 나카스 야타이 거리의 공통적인 대표 메뉴는 명란 구이와 우설이래. 그리고 이곳이 바로 일본 3대 라멘 중 하나인 하카타 라멘의 본고장인 만큼 돈코츠 라멘…"

'라멘'까지 말하고는 갑자기 목이 메어 버렸는지, 더 이상 말을 잇지 못하는 한 대표였다. 추측하건대, 라멘 하니까 라멘집 딸이었던 고(故) 하야미 준코 씨가 떠오른 모양이다.

눈치 빠른 주리가 한 대표를 데리고 포장마차 바깥으로 나간 사이, 내가 분위기를 적당히 수습해야 했다.

"라멘을 먼저 먹어버리면 배가 불러서 다른 걸 못 먹게 될 테니까, 일단 명란 구이와 우설부터 먹어보자!"

주문한 음식이 나올 무렵, 강가 쪽으로 갔던 한 대표와 주리도 자리로 돌아왔다.

먼저 나온 명란 구이는 입에 착착 달라붙는 감칠맛이 일품이었지만, 술 없이 먹기엔 좀 짰다.

남의 혀를 먹는다는 생각에 씹을 때 묘한 감정을 느껴야 했던 우설 역시 매력적인 식감과 풍미로 다가왔지만, 이것 역시 딱 술안주다.

한마디로 두 음식 모두 술을 부르는 맛!

맥주 한잔 들이켜고 싶은 충동을 콜라로 겨우 이겨내며, 내가 멤버들을 향해 묻는다.

"《윈드 메이커》 팀은 왜 같이 오지 않았어?"

핑크 클라우드 멤버들이 가는 곳이면 어김없이 따라붙었던 《윈드 메이커》팀이 이번엔 함께하지 않은 게 좀 의아했다.

"지난주 촬영을 마지막으로《윈드 메이커》시즌1 제작은 종료되었어. 아직 미방영분이 남아있어서 방송상으론 다음 주에 끝날 예정이고…."

준희의 답변에 이어 유미가 설명을 덧붙인다.

"시즌 1을 마무리 짓고 잠시 휴식기를 갖는 이유는 바로 '강주리 듀엣 찾기 프로젝트'를 준비하기 위해서래. 아직 그 프로젝트를 주관할 방송사가 결정되진 않았지만,《윈드 메이커》측에서도 어떤 식으로든 참여할 모양인가 봐."

'강주리 듀엣 찾기 프로젝트'에 대해 언급한 주리를 보며, 나는 얼핏 이런 생각이 든다.

'지난번에 주리가 언급했던, 소속사 내부에서 듀엣 찾기 프로젝트에 지원할 의향이 있다는 사람이 혹시 유미는 아닐까?'

나는 유미가 듀엣 찾기 프로젝트에 관심이 있는지 궁금했지만, 그냥 참기로 한다. 이 자리에서 공개적으로 물어볼 말은 아니라고 판단했기 때문이다.

만약 유미가 나와 듀엣을 하길 원한다면, 나로선 그녀를 1순위로 둘 용의가 있다. 물론 나에게 전적인 결정권이 있는 건 아니지만 말이다.

유미의 음악적 커리어에 조금이라도 도움 되는 일이 있다면, 나는 무슨 일이든 도울 것이다.

우리 일행은 한 시간도 못 되어서 야타이에서 나왔다. 술 없이 먹기엔 맛이 좀 강한 메뉴들 일색이었고, 그렇다고 라멘을 먹으려니 한 대표가 맘에 걸려서 도저히 시킬 수 없었기 때문이다.

그냥 나카스 야타이의 낭만적 정취를 느껴본 것으로 만족하고, 그냥 강변을 좀 걷기로 했다.

나카스 강변은 오사카의 도톤보리보다는 덜 화려하지만, 특유의 운치가 있는 것 같다.

몇 걸음마다 한 번씩 온갖 포즈와 각도의 인증샷을 찍어대는 소녀들 때문에, 야타이 거리로부터 그랜드 하얏트까지 삼백 미터 남짓한 거리를 걸어가는 데 30분이나 걸렸다.

호텔 로비로 들어선 내 아이폰에서 메시지 알림음이 울린다. 확인해 보니 준지 유키토가 보낸 메시지다.

[강주리 씨, 지금 어디에 계신가요? 방에는 안 계시던데…]

'이 밤에 무슨 일이지?'

나는 다소 의아해하며 답 메시지를 보낸다.

[팀 동료들이 와서 밖에 같이 있다가 지금 호텔로 들어오는 길이에요. 그런데 무슨 일이시죠?]

[그럼, 지금 잠깐 뵐 수 있을까요? 마츠다 스이코 님이 방에서 기다리고 계십니다.]

113. 음악의 힘

◆◆

마즈다 스이코 님이 묵는 방은 바닥이 다다미로 꾸며진 재패니즈 스위트였다. 호텔이라기보다는 고급 료칸 같은 느낌을 주는, 지극히 일본적인 스위트 룸이었다.

사쿠라 문양의 유카타를 입은 채 반갑게 나를 맞이하는 스이코 님.

"요오코소 후쿠오카에. 후쿠오카와 와다시노 후루사토데스."

사실 이 정도는 나도 알아들었는데, 준지 유키토는 친절하게도 이 말까지 통역해준다.

"후쿠오카에 오신 걸 환영한다고 하시네요. 그리고 후쿠오카는 스이코 씨 본인의 고향이라고 하십니다."

사실 나는 스이코 님 고향이 후쿠오카현 구루메시라는 사실까지 알고 있지만, 마치 처음 듣는 것처럼 고개를 끄덕끄덕해 보였다.

"우리가 보냈던 라이브 레코딩 음원은 감명 깊게 잘 들었다고 하시네요."

실은 오늘, 〈Forest of Dreams〉 녹음이 끝난 후, 밴드와 함께 스이코 님 콘서트 무대에서 부를 곡을 연습했다.

내가 내일 공연 때 부를 곡은 마즈다 스이코 님이 1980년에 발표한 싱글 세 곡, 〈아오이 상고쇼(푸른 산호초)〉, 〈하다시노 기세츠(맨발의 계절)〉, 〈카제와 아키이로(바람은 가을빛)〉를, 준지 유키토가 메들리로 편곡한 버전이다.

아마도 연습 실황을 녹음한 음원을, 준지 유키토가 스이코 님께 보내드렸던 모양이다.

"스이코 씨가 지난달에 도쿄 돔 콘서트를 성공리에 마친 후 전일본 투어를 시작하는 첫 도시가 바로 후쿠오카입니다. 그리고 이곳이 바로 그분의 고향이기도 하고요. 그래서 제가 강주리 씨의 무대를 이번 콘서트의 오프닝으로 올리자고 제안했습니다. 스이코 씨도 흔쾌히 오케이 하셨고요.”

“오프닝이요?”

아니, 이게 무슨 소리지? 내 무대가 인터미션도 아닌 오프닝에 들어간
다고?

“네, 강주리 씨가 오프닝을 열어주시는 겁니다. 스이코 씨가 열아홉 살
때 불렀던 노래를, 현재 열아홉 살인 주리 씨가 부르는 거죠!”

2017년 11월 11일 PM 05:45.

오프닝 무대 리허설을 끝낸 후, 스이코 님의 리허설을 참관할 수 있을지
도 모른다고 내심 기대했었다.

그런데 아쉽게도, 스이코 님은 철저하게 비공개로 리허설을 진행했다.

“하즈카시이쟈 나이데스카?(창피하잖아요?)”

이것이 바로 리허설을 마치고 내 대기실을 찾아온 스이코 님이 밝힌 ‘리
허설 비공개의 이유’였다.

리허설을 공개하지 않은 이유가 단지 창피해서라고 말하는 데뷔 38년차
가수라니. ‘기밀 보안 유지’와 같은 거창한 이유를 댈 수도 있는데 말이다.

그 솔직한 대답에서 스이코 님의 소탈한 성품이 느껴지는 것 같아 절
로 미소가 지어졌다.

“오타노시미니!”

본인의 콘서트 오프닝 무대를 내주면서도 ‘즐겁게!’라고 말하는 통 큰
스이코 님의 천진한 얼굴을 보니 더 잘하고 싶은 마음이 솟구친다.

“간바리마스!”

힘내겠다는 의미의 이 짧은 일본어에는 일생일대의 기회를 준 것에 대
한 감사와 최선을 다하겠다는 의지가 함께 담겼다.

"아~ 와따시노 고이와 미나미노 가제니 놋떼 하시루와~(아~ 나의 사랑은 남풍을 타고 가요~)."

무반주로 부른 〈아오이 상고쇼〉의 첫 소절.

환호성으로 들끓던 후쿠오카 야후오쿠 돔이 일순간 정적에 휩싸인다.

아마도 스이코 님이 아닌 다른 가수의 목소리가 흘러나오는 바람에, 관객들이 당황 또는 실망한 것으로 추측된다.

나의 등장으로 인해 외려 더 차갑게 식어버린 이 분위기를 나는 다시 뜨겁게 달구어야만 한다. 그것도 순전히 내 노래의 힘으로 말이다. 저 3만5천의 관객 중에서 나를 알아보는 이는 그리 많지 않을 것이기 때문이다.

하지만 관객이 하나도 없는 지하 골방에서도 숱하게 노래해 본 경험이 있는 나로선 이까짓 분위기 따윈 대수도 아니다.

나는 오히려 이렇게 많은 관객 앞에서 노래하고 있다는 사실에 사뭇 흥분되어 있다.

여러 차례 합을 맞추다 보니 이젠 한 팀처럼 느껴지는 아시아 최정예 밴드.

그 쫄깃쫄깃한 찰떡 호흡이 이루어내는 경쾌한 리듬 위에 퐁퐁퐁 물수제비를 뜨듯 사뿐하게 벌스 파트를 부르는 나.

곳곳에서 리듬에 맞춘 박수 소리가 터져 나오기 시작하는 객석으로부터 호응의 훈풍이 불어온다.

마치 밀당을 하듯 애간장을 녹이는 브리지 파트 후에 이어지는 싸비.

"아~ 와따시노 고이와~."

이 후렴구를 인트로에서 무반주로 불렀을 땐 관객석이 쥐죽은 듯 조용했었다.

그런데 같은 파트를 싸비에서 반복하여 부르고 있는 지금은 객석으로부터 떼창이 흘러나오고 있다.

어느새 노래로 하나 된 3만5천 관객의 성원에 한층 더 힘을 받은 나는 마치 바람을 타고 활공하는 알바트로스처럼 유유히 노래의 절정을 비행한다.

이진의 무대들에서 바라본 객석이 하나의 큰 덩어리로 다가왔다면, 오늘따라 유난히 관객의 면면이 잘 보이는 듯하다.

이곳이 무려 3만5천 명 이상을 수용할 수 있는 거대한 후쿠오카 야후오쿠 돔인데도 불구하고 관객 하나하나가 눈에 잘 들어오는 건, 내 무대 내공이 그만큼 상승한 탓일까?

그게 아니면, 지금 내가 서 있는 무대가 스탠딩 관객석 가운데로 깊숙이 들어와 있는 돌출형 스테이지라서 그런지도 모르겠다.

10대 청소년부터 60대 이상의 노년층까지, 관객의 연령층이 아주 다양하다는 게 한눈에 느껴진다.

그중에서도 가장 주를 이루고 있는 사오십대 관객이 〈아오이 상고쇼〉를 처음 들었을 땐 모두 소싯적이었을 것이다.

지금 나와 함께 〈푸른 산호초〉, 〈맨발의 계절〉, 〈바람은 가을빛〉을 부르고 있는 지금, 그들은 하나같이 어리고 순수했던 그 시절로 돌아가 있을 것이다.

마흔셋의 장윤호가 열아홉 강주리의 몸으로 마츠다 스이코의 데뷔 시절을 재현하고 있는 이 무대를 중심으로, 여기에 모인 수많은 이들의 과거와 현재가 서로 만나고 있다.

모르긴 몰라도, 백스테이지에서 내 무대를 지켜보고 있는 스이코 님 역시 자신의 데뷔 시절을 떠올리고 있겠지?

시공을 초월하는 음악의 힘을 새삼 절감하면서 나는 자못 비장해진다.

그리고 나 스스로가 수많은 이들의 마음을 하나로 연결하는 매개체가 되었다는 사실에 뿌듯해지면서, 만족스러운 행복감에 빠져든다.

2017년 11월 11일 PM 09:25.
그랜드 하얏트 후쿠오카의 내 숙소에 나를 비롯한 핑크 클라우드 멤버들, 그리고 주리와 한 대표까지 모두 일곱 명의 큐피드 식구들이 모여 앉았다.

우리 앞에는 호텔 앞 편의점에서 공수해온 달걀 샌드위치, 치킨 가라아게, 컵라면 등이 차려졌다.

콘서트 때문에 늦어진 저녁 식사를 막 하려던 참이다.

자꾸만 에비수 캔맥주 쪽으로 향하는 내 손을 거둬들이기 위해선 상당한 인내심이 필요했다.

"무대 완전 쩔었어, 강주리! 메들리로 편곡된 세 곡 모두 내가 모르는 노래였는데도, 정말 신나더라고."

정말 배가 고팠던지 달걀 샌드위치 한 조각을 순식간에 흡입한 준희가 콜라로 입가심을 한 후 그렇게 말했다.

"오프닝의 임팩트가 너무 커서 정작 마츠다 스이코 씨가 등장할 땐 약간 심드렁했던 거 알아?"

유진의 평가는 얼핏 들어선 뭔가 안 좋은 말 같았지만, 곱씹어 생각해 보니 내 무대에 대한 찬사가 맞긴 맞다. 어쨌든 내 오프닝 무대의 임팩트가 그만큼 강했다는 뜻이니까.

"호의적이지 않은 분위기 속에서 노래 부르는 일이 쉽지 않았을 텐데, 우리 주리 정말 대단해. 아마 내 멘탈로는 그런 분위기를 돌파할 수 없었을 것 같아."

저렇게 스스로를 폄하하면서까지 나를 추켜세워 주는 유미.

근래 들어선 그녀 스스로 무대 울렁증을 어느 정도 극복한 듯 보였는데, 여전히 본인의 멘탈에 대한 확신은 없는 모양이다.

유미의 무대 울렁증 타파를 위해 내가 뭔가를 꼭 해주자는 다짐을 수없이 해왔으면서도, 어쩌다 보니 매번 마음으로만 그친 것을 깊이 반성한다.

"아주 상쾌하고 즐거운 무대였어. 딱 요 맥주처럼 말이야. 자, 우리 그럼 건배할까? 간빠이!"

정화는 먹방의 요정답게 맥주에 빗댄 찬사를 날리며 건배 제의를 한다.

"간빠이!"

미성년자로 분류된 나는 맥주가 아닌 콜라 캔을 들어야 했지만, 기분만은 이미 취한 듯 알딸딸했다.

"팔은 안으로 굽는다고, 다들 내 무대에 대해서 좋은 말들만 해줘서 너무 고마워. 사실 나로선 마츠다 스이코 님의 콘서트 무대에 선 것만으로도 더없는 영광이었어. 무대 바로 옆에서 콘서트를 지켜볼 수 있었던 것도 너무 좋았고."

나는 콜라를 맥주다 생각하고 한 모금 들이컨 후 말을 이어간다.

"오늘 가장 인상 깊으면서도 부러웠던 건 마츠다 스이코 님과 오랜 세월을 함께 해온 팬들의 모습이었어. 가수 한 사람으로 인해 그렇게 많은 사람들이 하나 되는 현장을 목격하면서, 음악의 힘이 정말 대단하다는 걸 새삼 깨달을 수 있었지. 그리고 가수가 팬들과 함께 나이 들어가는 기분은 과연 어떨까 막 궁금해지더라."

바로 그때, 어디선가 음악 소리가 들려온다. 그 소리는 바로 준희의 스마트폰에 연결된 블루투스 스피커에서 흘러나오는 음악이었다.

"주리 넌 처음 듣지? 이 곡이 바로 이번에 녹음할 단체곡이래. 어제 우리가 일본으로 오기 직전, 핑크 레인 이사님이 데모 음원을 넘겨주셨어."

세련된 편곡이면서도 어딘가 레트로한 감성도 더해진 팝 댄스 장르다.

한 번만 들어도 싸비를 금방 따라할 수 있을 정도로 귀에 쏙쏙 박히는 리듬과 멜로디.

"난 개인적으로 그닥이야. 새로움이 전혀 없는 것 같아. 꼭 어디선가 들어본 것 같은 익숙함이 난 좀 진부하게 느껴진다고 할까?"

유진은 이 곡이 별로 탐탁찮은 모양이다.

유진의 말도 일리가 있다. 처음 듣는 건데도 마치 예전부터 들어왔던 것 같은 익숙한 느낌이 없지 않다.

"난 좀 생각이 다른데? 바로 그 익숙함 때문에 대중들에게 쉽게 다가갈 수 있는 거지. 새로움에 대한 강박은 자칫 대중에게도, 팬덤에게도 만족스럽지 않은 애매한 색깔과 방향성으로 이끌 수 있단 말이야.”

가끔 리더로서의 카리스마를 드러낼 때도 있지만, 웬만해선 싫은 소리를 잘 하지 않은 유미가 이번엔 웬일로 유진을 정면으로 반박하고 나섰다.

그만큼 유미가 이번 단체곡에 대한 애착과 확신을 가지고 있다는 의미로 해석된다.

꼭 내가 총애하는 유미의 의견이라서가 아니라, 내가 듣기에도 이 노래에는 대중들에게 폭넓게 어필할 수 있는 히트 요소가 분명히 있다.

한국에서뿐만 아니라 세계 어느 문화권에서도 먹힐 것 같다는 확신이 든다.

“대박!”

트랙이 끝났을 때는 나도 모르게 주리표 감탄사를 외치며 박수까지 치고 있는 나였다.

“그런데 이 노래 제목이 뭐야?”

치고 있던 박수를 갑자기 멈추고 묻는 내게 준희가 대답한다.

“〈아무 사이 아니라고〉야. 그런데 제목이 약간 트로트스럽지 않아?”

사실 제목에서뿐만 아니라 곡조에서도 뽕필이 느껴진다.

유진이 말한 ‘익숙함’의 근원도 바로 그 뽕끼일 것이다.

흥과 한이 교차하는 뽕끼는 케이팝의 DNA이자 경쟁력이기도 하다는 게 내 지론이다.

“잠깐 나 좀 볼까?”

한 대표가 나를 따로 불러냈을 때, 나는 또 한 번 가슴이 철렁하지 않을 수 없었다.

‘대체 무슨 말을 하려는 거지?’

가슴 떨리는 상황을 여러 차례 겪다 보니 간이 쪼그라들 대로 쪼그라든 모양이다.

문을 열고 로비로 나왔을 때 한 대표가 꽤 심각한 표정으로 입을 연다.

"아까 《더 유니버스》 제작진으로부터 연락이 왔어."

"무슨 연락?"

"국제사이버수사대가 중국 네티즌들의 매크로 조작 정황을 잡아낸 모양이야. 본선 2차 경연 투표 때 매크로를 이용한 대대적인 조작 활동이 이루어진 증거를 잡아냈대."

"한국 네티즌들이 제기했던 매크로 조작 의혹이 사실로 드러났단 말이야?"

"맞아. 그래서 《더 유니버스》 제작진은 'Top of the Universe' 팀의 우승을 공식적으로 취소하고 준우승한 'UNH' 팀에게 글로벌 유닛으로 활동할 기회를 주는 것으로 결정했대."

114. 행복한 딜레마

◆◆

부정한 방법으로 조작된 결과를 바로잡게 된 것은 쌍수를 들고 환영할 일이다.

그런데 막상 나에게 글로벌 유닛으로 활동할 기회가 주어졌다는 소리를 들으니, 마냥 기쁜 것만은 아니었다.

오히려 머릿속이 복잡해졌다.

나는 이미 솔로곡 녹음을 마쳤고, 투 트랙으로 함께 발표할 단체곡까지 결정된 상태이다. 더구나 '강주리 듀엣 찾기 프로젝트'도 목하 진행 중이란 말이다.

그런데 내가 만약 UNH 팀의 글로벌 유닛 활동에 투입된다면, 핑크 클라우드의 일원으로서의 컴백은 보류 또는 포기해야 한단 말인가?

"언론에 정식으로 발표하기 전에 UNH 멤버 개개인의 의사를 타진하고 있는 모양이야. 아직은 엠바고 상태지. 그쪽에선 UNH 팀에서 가장 중요한 포지션인 자네 의견을 우선시하는 만큼, 우리에게 가장 먼저 연락을 취한 거래. 만약 자네가 오케이만 하면 당장 뉴욕행 항공권을 보내주겠대."

"글로벌 유닛 활동 시기를 좀 늦출 순 없는 거야? 최소한 지금 준비 중인 핑크 클라우드 활동이라도 마치고 합류할 방법은 없을까?"

"Top of the Universe 팀의 데뷔 준비가 꽤 진척된 상태에서 갑자기 엎게 된 거라, 그쪽에서도 부담이 상당할 거야. 팀을 교체해서 완전히 새로 작업해야 하는데, 시간이 더 지체되어 제작 기간이 길어지면 제작비도 그만큼 더 많이 들 테니 말이야."

"그러니까 되도록 빨리 응답을 줘야 한다는 거지?"

"준우승팀의 멤버별 사정이 여의치 않으면, 3위 팀에게 기회를 넘길 작정도 하고 있대. 프로그램의 존폐가 걸린 문제인 만큼, 어떻게든 글로벌 유닛 데뷔를 성사시키려고 하나 봐. 그도 그럴 것이, 처음으로 시도된 글로벌 유닛 프로젝트가 무산될 경우 《더 유니버스》의 다음 시즌은 기대하기 힘들 테니까.”

“그래서 자넨 지금, 나보고 그 어려운 걸 결정하란 말이야?”

글로벌 유닛 활동과 핑크 클라우드 활동, 그 두 가지 옵션 중에서 나더러 선택하라니. 가뜩이나 결정 장애가 있는 나한테….

“그럼, 그 중요한 문제를 자네가 아니면 누가 결정해?”

“자네 생각은 어떤데?”

“무슨 생각?”

“자넨 내가 어느 쪽을 선택했으면 좋겠어?”

나의 물음 앞에서 잠시 생각에 잠기는 한 대표.

하지만 그의 얼굴에서 갈등의 빛은 찾아볼 수 없다. 그는 확신에 찬, 특유의 단단한 미소를 짓고 있을 뿐이다.

“자네의 뜻이 곧 내 뜻이야.”

“무슨 말이 그래? 나는 지금 중요한 선택에 앞서서 자네 의견을 묻고 있는 거잖아. 내 친구로서가 아닌, 큐피드 대표로서의 자네 생각을 알고 싶다고.”

“어차피 이 길은 자네 스스로 뚫은 거잖아. 자네의 마음이 향하는 쪽이 곧 자네가 가야 할 방향이야. 내 역할은 단지 내 가수가 다치지 않고 무사히 길을 갈 수 있도록 보좌하는 것뿐.”

여전히 굳은 표정의 내 얼굴을 들여다보곤 뭔가 부연 설명이 필요하다고 생각했는지, 그는 말을 덧붙인다.

“물론 연예기획사 CEO 중에는 자기가 스타를 키워낸다는 환상에 빠져 사는 사람들도 있어. 마치 인형 놀이하듯 소속 연예인을 마음대로 조정하려 드는 그런 작자들. 하지만 그건 순전히 그들의 착각에 불과해. 우리 같은 사람들은 단지 알아볼 뿐이야. 재능있는 사람들을 알아보고 그들을 보호하며 뒤치다꺼리해주는 게, 바로 대표라는 직함에 따르는 의무이자

책임이라고."

무심한 듯 툭툭 던지는 한마디 한마디에서, 그의 사려 깊은 성품과 올곧은 신념이 느껴진다.

적어도, 짐짓 멋있는 척하려고 마음에 없는 소리 하는 것 같지는 않다.

"그러니까 내 눈치 볼 필요 없다는 뜻이야. 대표로서도, 친구로서도 자네의 결정에 대해 이래라저래라 할 생각 전혀 없으니까."

소속 가수로서 대표에게, 친구로서 친구에게 전폭적 지지와 신뢰를 받는다는 건 정말 든든하고 고마운 일이다.

하지만 중차대한 결정을 내려야 하는 지금 같은 상황에선, 그 의심 없는 믿음이 외려 무거운 부담으로 다가온다.

차라리 한 대표가 내게 명령이라도 내려줬으면 하는 심정이랄까?

2017년 11월 12일 AM 11:25.

후쿠오카 하카다역을 출발해 교토로 향하고 있는 신칸센 안.

준지 유키토가 우리 일행을 대접하겠다며, 자신의 본가가 있는 교토로 초대한 것이다.

"저희 아버지가 가이세키 요리 계승자입니다. 증조할아버지 때부터 3대째 교토에서 료칸을 운영하고 계시죠. 한국 사람인 저희 어머니는 사실 대학 시절에 교토대학에 교환학생으로 왔다가, 저희 아버지를 만나 결혼까지 하게 된 거예요."

준지 유키토는 자신의 지갑에서 오래되어 보이는 사진 한 장을 꺼내 든다.

사진 속에서 금각사를 배경으로 다정하게 포즈를 취한 젊은 남녀가 바로 그의 부모님인 듯했다.

준지 유키토와 흡사한 이목구비를 가진 청년, 발랄한 미소의 미녀 모두

신남신녀의 비주일이다.

"저희 부모님은 저보다 훨씬 더 먼저 강주리 씨를 알고 계셨더군요. 함께 곡 작업을 하게 되었단 소식을 듣고 가문의 영광이시라며, 꼭 집으로 초대해서 대접하고 싶어 하셨습니다."

11월의 교토라니.

벚꽃 개화 시기나 단풍철에 교토여행을 해보는 것이 내 로망 중 하나였는데, 이번에 드디어 그 염원을 이루게 되나 보다.

준지 유키토의 부모님이 운영하는 료칸은 교토 중심을 가로지르는 카모가와 강변에 인접해 있었다.

"료칸 다나카의 다나카가 바로 저희 패밀리 네임입니다. 준지는 제 태명이에요. 아버지 함자인 준페이의 준과 어머니 함자인 영지의 지를 합성해서 만든 거죠. 아직도 저희 부모님은 저를 태명으로 부르신답니다."

그러니까 준지 유키토의 준지가 성이 아니라 태명이란 얘기구나.

태명을 활동명으로 사용하는 작곡가라니, 뭔가 인간적인 느낌이 든다.

신칸센 안에서 준지 유키토가 보여준 사진 속 선남선녀와 동일인물이라고는 믿기 힘든 노부부가 우리를 향해 깍듯이 인사한다. '다나카 준페이'와 '전영지'로 각각 자신을 소개한 그들이 바로 준지 유키토의 부모님이었다.

"이 료칸은 100년도 넘은 오래된 건물이지만, 1년 전에 리모델링을 해서 내부는 현대식입니다."

다나카 준페이 씨의 설명을 준지 유키토가 통역한 대로, 료칸의 내부는 고풍스러운 외관과 사뭇 다른 느낌이었다.

그런데 내부를 찬찬히 살펴볼수록 고개가 갸웃거려진다.

뭔가 어색하고 부자연스러운 느낌을 지울 수 없었기 때문이다.

오래된 건물에 현대적 마감재를 덧대 놓으니, 료칸 고유의 매력이 사라져버리고 만 것이다. 그렇다고 호텔만큼 세련된 인상을 주는 것도 아니라서, 이도 저도 아닌 어정쩡한 포지션이 되어버린 느낌.

'사람들이 료칸에서 기대하는 건 이런 게 아닐 텐데…'

료칸의 첫인상은 다소 실망스러웠지만, 우리 일행에게 자랑스럽게 료칸을 소개한 다나카 씨 앞에서 내색할 순 없었다.

"그럼, 방에 준비되어있는 유카타로 갈아입으신 후에 식당으로 모여주세요! 저희 아버지가 여러분을 위해 정성껏 준비한 가이세키 요리가 기다리고 있을 겁니다."

준지 유키토는 우리를 방으로 안내했다.

나를 포함한 핑크 클라우드 멤버 다섯에게는 큰 방 하나가 주어졌고, 한 대표와 주리에게는 작은 방이 각각 하나씩 배정되었다.

기대에 어긋난 료칸에 대한 실망과는 상관없이, 가이세키 요리에 대한 기대치는 여전히 높았다.

무려 3대째 명맥을 이어온 가이세키 명인이 차려주는 코스 요리를 맛본다고 생각하니 설레지 않을 수 없다.

그러나 나의 그런 기대와 설렘은 첫 코스부터 삐걱거렸다.

랍스터와 새우, 그리고 관자까지. 모두 내게 익숙한 재료들이었지만, 차갑게 해서 나오니 자못 생경하게 느껴졌다. 분명히 다 내가 좋아하는 재료들인데도 별로 와닿지 않았다.

그래도 최소한 비린 맛은 없어서 남김없이 먹긴 먹었다.

그런데 문제는 사시미 코스에서 발생했다.

촉촉하고 유들유들한 활어회의 식감에 익숙해진 내 입은 퍼석퍼석한 선어회에 심한 거부반응을 일으켰다.

이 음식을 거부하고 있는 주체가 주리의 몸인지 내 영혼인지는 잘 모르겠지만, 아무튼 입안에서 정체된 채로 도무지 목구멍으로 잘 넘어가질 않는 것이었다.

한 조각을 겨우겨우 삼키고 나니, 도저히 다음 조각으로 젓가락이 가질 않았다.

초장이나 막장을 떡칠해서 먹는다면 그나마 먹힐 것도 같은데, 지금 이곳엔 와사비를 푼 간장과 매실 소스가 전부다.

주변을 슬쩍 둘러보니, 사시미 접시를 앞에 둔 멤버들의 모습이 참으로 가관이다.

준희는 젓가락을 든 채 접시만 하염없이 바라보고 있고, 유진은 아예 접시를 멀찌감치 밀어놓은 상태다. 유미는 생각 많은 얼굴로 느릿느릿 입을 우물거리고 있고, 정화는 비장한 표정으로 꾸역꾸역 사시미 조각을 입에 집어넣고 있다.

주리와 한 대표만이 아무렇지 않은 듯 묵묵히 접시를 비워내고 있었다. 외국에 다녀본 경험이 많고 일본 여성과 사귄 적도 있는 한 대표는 그렇다 처도, 주리가 이 고난이도의 음식을 잘 먹고 있다는 건 다소 의외였다.

내 앞에 앉아있는 준지 유키토와 플레이팅에 정성을 기울였을 다나카 씨에게는 무척 죄송한 일이었지만, 나는 결국 접시의 절반도 비우지 못한 채 젓가락을 내려놓아야 했다.

내 앞에서 사시미 접시가 사라진 후에도, 다음 코스에 대한 기대보다는 걱정이 앞섰다.

아닌 게 아니라, 새로운 음식이 서빙될 때마다 나는 '맛이 있나 없나'보다는 '먹느냐 마느냐'의 문제에 직면해야 했다.

나는 당장 젓가락을 놓고 방으로 돌아가 컵라면이나 먹고 싶은 마음이 굴뚝 같았다.

아무리 이 음식이 일본에서 최고급으로 치는 요리라고 해도, 내 입맛과 체질에 맞지 않으면 컵라면보다 못한 음식이 될 수도 있단 말이다.

현대적 인테리어로 개조된 료칸에 대한 실망, 그리고 몸에서 거부한 가이세키의 충격은 내게 많은 생각을 하게 했다.

료칸 주인인 다나카 씨는 아마도 새로움에 대한 열망과 의지가 있었던 것 같다. 그래서 100년이 넘은 료칸의 인테리어를 현대적으로 개조할 결심을 했던 것이리라.

그런데 그 새로움을 인테리어가 아닌 음식에 반영했더라면 더 좋지 않았을까 하는 생각이 든다. 료칸만의 고풍스러운 매력은 그대로 보존하되, 음식은 현대적 입맛에 맞게 바꾸었더라면….

만약 그랬다면, 료칸 고유의 매력은 그대로 보존하면서도 가이세키 요리에 대한 진입장벽을 좀 낮출 수 있지 않았을까?

그러나 이 료칸 다나카는 그와 정반대의 방식을 취하면서, 분위기와 음식 모두에서 내 기대를 저버렸다. 보편적인 사람들이 료칸에서 기대하는 미덕은 지워버리고, 보편성과는 거리가 먼 가이세키의 전통은 그대로 고수하는 길을 택했으니 말이다.

글로벌 유닛 활동과 핑크 클라우드 활동 사이에서 갈등한다는 것. 골방 뮤지션이었던 내겐 행복한 딜레마라 할 수 있다.

나의 세속적 욕망은 글로벌 유닛으로 활동할 기회를 잡으라고 스스로를 부추기고 있다.

하지만 그것이 진정으로 내가 원하는 길일까?

서로 다른 언어를 쓰는, 다른 문화권의 멤버들이 모여 하나 된 경험을 할 수 있었던 건 정말 뜻깊고 소중한 경험이었다.

그러나 말이 잘 안 통하고 사고방식도 다른 그들과 함께 본격적인 활동을 할 생각에 미치면, 벌써부터 가슴이 답답해져 온다.

머릿속으로는 분명 글로벌 유닛 활동을 택해야 한다고 생각하는데, 몸이 거부하고 있는 느낌이랄까?

그러니까 지금 내게 글로벌 유닛 활동은 가이세키 요리와 같다.

머리로는 일본 최고급 요리를 아무렇지 않게 즐길 줄 아는 사람이고 싶었지만 몸이 안 따라준 것과 비슷한 맥락이다.

체질에 맞지 않는 생활을 견디며 세계 무대를 휩쓸고 다녀본들, 나는 그다지 행복할 것 같지가 않다.

나는 그저 내가 가장 사랑하는 이들과 함께 지지고 볶으면서, 우리에게 어울리고 우리가 가장 잘할 수 있는 음악을 하고 싶은 생각뿐이다.

　나 자신이 진정으로 원하고 만족하는 음악을 추구하는 행복한 뮤지션이 되는 것이 곧 나와 핑크 클라우드를 아껴주는 팬덤과 대중의 기대에도 부응하는 길이 아닐까?

115. 내가 선택하는 길

◆◆

2017년 11월 13일 AM 08:35.

"어제 저녁 때 보니 핑크 클라우드 멤버 여러분들이 해산물을 별로 안 좋아하시는 것 같더군요. 그래서 오늘 아침엔 저희 아버지께서 스키야키를 준비했습니다. 스키야키는 간사이식 불고기라고 생각하시면 됩니다."

아침 식사 자리에서 준지 유키토의 모두발언을 듣고 나니, 무척이나 송구스러운 마음이 들었다.

다나카 씨 나름대로는 한껏 정성을 들여 준비하신 것이었을 텐데, 그 많은 요리 접시들을 손대는 둥 마는 둥 하고 그대로 주방으로 돌려보냈으니 말이다.

음식이 고스란히 남겨진 접시들을 보며, 다나카 씨는 얼마나 속이 상하셨을까?

"사전에 여러분의 취향과 입맛을 미리 여쭤본 후에 메뉴를 결정했어야 하는 건데, 그러지 못한 점 사과드립니다. 아무쪼록 이 스키야키만은 여러분의 입맛에 잘 맞았으면 좋겠군요."

정작 미안해야 할 쪽은 우린데, 준지 유키토 측에서 도리어 사과를 하니 정말 몸 둘 바를 모르겠다.

기모노를 단정하게 차려입은 여사님이 달아오른 불판 위에 버터를 두른 후 설탕을 뿌린다.

그 위에 얇게 썬 선홍색 고베 와규 어깨등심이 올라가자마자, 지글지글 소리를 내며 굽기 시작한다.

그 위에 다시 간장 소스를 뿌리는 여사님.

불그스름한 핏기가 적당히 가셨을 무렵, 여사님은 날달걀을 푼 접시에 고기 한 점씩을 담아 좌중에게 분배한다.

'헉, 나한텐 그냥 주지!'

날달걀을 잘 못 먹는 나로선 계란물에 푹 담긴 채 내 앞에 온 고기가 썩 달갑지 않았다.

사실 설탕을 뿌리고 간장 소스를 두르는 행위가 내겐 꼭 사족처럼 보였다. 고기 때깔과 마블링 상태로 봤을 땐 양념 없이 살짝 익히기만 해도 맛있을 것 같았기 때문이다.

더구나 그 소중한 고기 조각을 날달걀에 빠뜨려서 주다니.

나는 그 자체로 훌륭한 이 고기를 괜히 쓸데없이 굴린 것 같은 생각이 들어 영 못마땅했다.

허나 어제 가이세키 만찬에 이어 이번 스키야키 조찬에서까지 싫은 티를 낼 순 없는 노릇이었다.

고기에 묻은 계란물이 심히 거슬렸지만, 꾹 참고 한 입 베어문다.

'헉, 어떻게 이런 맛이 나지?'

내 혀에 닿은 첫맛은 분명 짠맛이었다.

그런데 그 짠맛이 계란 맛으로 중화되면서 유발되는 묘한 감칠맛에, 나는 그만 무장해제되지 않을 수 없었다. 우려했던 날 걀의 비린내는 전혀 느껴지지 않는다.

간장 소스와 날달걀의 환상적 케미에 캐러맬라이즈 된 고기의 단맛이 더해지니, 이건 뭐 도저히 당해낼 재간이 없다. 단맛, 짠맛, 고소한 맛 등. 내 혀가 느낄 수 있는 모든 좋은 맛들로 공략해대는데, 내 어찌 굴복당하지 않을 수 있으리오?

미각을 치고 들어오는 임팩트가 워낙 강하다 보니, 부드러운 육질과 매끄러운 식감은 그저 거들 뿐이었다. 고기 조각이 잠시 입안에 머물다가는 어느새 목구멍으로 순삭되어 버려서, 뭔가 감질나고 아쉽기까지 했다.

스키야키 한 조각의 여운을 한창 곱씹고 있을 때 내 옆에서 나지막한 말소리가 들려온다.

"휴, 이제야 좀 살 것 같네."

옆자리에 앉은 주리가 들릴 듯 말 듯한 소리로 내뱉은 그 말은 다소 의외였다.

"넌 엊저녁에 가이세키 요리도 꽤 잘 먹은 거 아니었어?"

나도 최대한 목소리를 낮춰서 주리에게 물었다.

그러자 이번엔 귓속말을 통해 뜻밖의 답변이 돌아온다.

"그거야 예의상 그랬던 거죠. 멤버들과 유노 쌤이 하나같이 음식을 거의 안 먹고 있는데, 저까지 안 먹으면 음식을 준비하신 분께 너무 죄송하잖아요! 사실 구토가 쏠리는 걸 참으며 꾸역꾸역 먹느라 죽는 줄 알았다고요."

그랬던 거구나. 의연하게 젓가락질하는 주리의 모습에서 싫어하는 티는 별로 안 났는데…

내 목덜미가 선득해진 건, 비단 주리의 콧김과 입김이 내 귓바퀴에 닿은 것 때문만은 아니었다. 주리 역시 먹기 싫으면서도 예의상 억지로 먹었다는 말에, 나는 머리털이 쭈뼛 설 정도로 소름이 돋았던 거다.

주리가 아무리 애어른이라지만, 열아홉 살짜리의 영혼보다도 미숙했던 나 자신이 너무 부끄러워 고개를 들 수가 없었다.

그 와중에도, 남은 고기에다 야채와 버섯 그리고 당면을 넣어 달달 볶은 스키야키는 너무도 맛있었다. 어제 가이세키 코스로부터 받은 충격뿐만 아니라, 조금 전 느낀 창피함까지 말끔히 잊을 만큼.

2017년 11월 13일 AM 10:49.

"료칸 다나카에서 다 나가!"

한 대표는 이 한마디를 남기고 료칸 밖으로 총총히 사라졌다.

한 대표가 남긴 그 말에 빵 터지고만 나를 향해 일제히 따가운 시선이 쏟아진다.

"주리 너, 대표님께 아부하려고 일부러 그렇게 크게 웃은 거지?"

준희가 비꼬듯 쏘아붙였다.

"그건 아닌 것 같고…. 아무래도 주리의 내부엔 아재가 들어 앉아있는 게 아닌지 몰라. 그게 아니라면 저 싱거워 빠진 아재 개그에 저렇게 큰 리액션을 보이는 주리의 정신세계를 어떻게 설명하겠어?"

정곡을 훅 치고 들어온 유진의 한마디에 순간 소름.

그런데 내가 아재 개그에 좀 웃었기로서니 이토록 모진 소리를 받아야만 하다니, 좀 서글프다.

'솔까말, 좀 웃기지 않았나?'

한 대표의 말대로 료칸 다나카에서 다 나와서, 우리가 향한 곳은 '기요미즈데라(청수사)'다.

기요미즈데라가 바로 우리 일행이 만장일치로 선택한 유일한 관광 코스다. 저녁이면 한국으로 돌아가야 할 우리에겐 딱 한 군데 둘러볼 시간 정도밖에 허락되지 않았기 때문이다.

그런데 웬걸, 기요미즈데라에서 가장 중요한 구조물인 본당 건물이 하필 현재 지붕 공사 중이다. 따라서 그 멋진 목조 건물이 가림막에 다 가려져 보이질 않는 것이다.

"안내원에게 물어봤더니, 이 공사는 50년마다 한 번 이루어진대. 멀쩡한 청수사 본당은 언제든 볼 수 있지만, 가림막 쳐진 본당은 50년에 한 번밖에 못 보는 거라고. 그러니까 우리는 완전 레어한 장면을 보고 있는 셈이지."

'치, 정신승리 쩌네!'

다른 일행이 없었다면, 나는 한 대표에게 그렇게 쏘아붙였을지도 모르겠다.

그런데 긍정적인 방향으로 발상을 뒤집은 한 대표의 말에는 묘한 설득력이 있었다.

나는 어느새 시커먼 장막으로 가려진 본당을 아이폰 카메라에 담느라 여념이 없다.

아니, 더 정확하게는 본당 주변으로 흐드러진 단풍과 그 뒤로 바라다보이는 교토 시내 전경을 찍는 것이지만 말이다.

원래부터 유명했던데다 공사 중이라는 특별함까지 더해진 포토 스팟에서 10분이 넘도록 사진 촬영을 했다. 그러고는 다시 인파 행렬을 따라 언덕을 내려오니, 세 갈래의 물줄기가 떨어지고 있는 오토와노타키가 보인다.

건강, 지혜, 사랑 중 한 가지 소원을 빌면서 세 줄기의 물 중 하나를 받아 마시면 소원이 이루어진다는 전설이 있는 그곳.

그런데 핑크 클라우드 소녀들은 소원을 비는 데에는 별 관심이 없고, 인증샷 남기기에 여념이 없다.

서로 번갈아 가면서 물을 받아 마시는 장면을 스마트폰 카메라로 찍어 주고 있는 모습이 광고 촬영을 방불케 한다.

내가 물을 마실 차례가 거의 임박했을 무렵, 주리가 내게 물었다.

"유노 쌤은 물 드시면서 어떤 소원 비실 거예요?"

"글쎄다. 건강, 지혜, 사랑 중에 하나만 고르기는 너무 어려운걸? 그냥 세 물줄기에서 조금씩 다 받아 마시면 안 될까?"

내 대답을 들은 주리가 고개를 절레절레 흔들며 말한다.

"욕심을 부려 세 개를 다 마시면 오히려 재앙이 닥친다는 얘기도 있어요."

"진짜? 뭐, 그런 것도 있어? 음, 그럼 난 세 가지 소원 중에 뭘 빌어야 하나?"

고심하던 나는 결국 선택하기를 포기하고, 대기 줄에서 이탈하고 만다.

"에잇! 이런 데 와서까지 이 어려운 선택을 해야 한다니, 난 그냥 안 하고 말래. 셋 중 하나를 고르는 건 너무 어렵단 말이야!"

그러자 주리도 나를 따라서 줄서기를 포기하고 나온다.

"저도 안 할래요. 전 이미 마음의 깨달음을 얻은 것 같거든요."

"무슨… 깨달음?"

"이곳에서 사람들은 세 가지 소원 중 하나를 선택해야 하지만, 선택은 매우 어렵다는 것. 그것이 바로 이 오토와노타키가 전하는 메시지가 아닐까요?"

"선택이 어렵다는 게 오토와노머시기가 전하는 메시지라니, 그게 무슨 말이야?"

"그러니까, 이곳에서 한 가지 소원이라도 쟁취하려면 나머지 두 가지에 대한 욕심은 내려놓아야 하는 거잖아요. 세 개를 다 취하려고 히면 재앙이 닥치게 되니까요."

"그래서?"

"그 내려놓음이 바로 핵심이라는 거죠. 요컨대 가장 소중한 걸 지키기 위해선 욕심을 내려놓을 줄도 알아야 한다는 메시지를 사람들에게 전하기 위해 이 오토와노타키가 만들어진 게 아닐까요?"

"오, 정말 그럴듯한데? 그래서 주리 넌 이곳에서 욕심을 버려야 한다는 깨달음을 얻었다는 얘기야?"

"네, 바로 그거예요."

남들이 다 저마다의 소원을 갈구하며 물을 받아 마시는 이 오토와노타키에서, 오히려 내려놓음의 진리를 깨달았다는 주리.

나보다 스물네 살 어린 핏덩이의 영혼으로부터, 나는 방금 또 한 수 배웠다.

주리의 선하고 어진 기운은 내 영혼을 캐러맬라이즈 시켜주는 듯하다.

내 선택장애의 근원은 결국 욕심 때문이었다는 것을 깨달았다.

진정 원하는 한 가지를 위해 나머지를 내려놓는 방법을 미처 몰랐던 거다.

물론, 이 쉽고도 어려운 진리를 깨닫는 데는 누구보다 주리의 도움이 컸다.

나는 교토역에서 간사이 공항으로 향하는 라피도 특급열차 안에서, 통로 건너편 옆자리에 앉은 한 대표에게 내 결정을 통보한다.

"《더 유니버스》측에 전해줘. 나는 글로벌 유닛에 참여할 의사가 없다고 말이야. 나는 그냥 지금 준비 중인 핑크 클라우드 활동을 계속하고 해나가고 싶어."

그러자 한 대표가 사뭇 비장한 표정으로 되묻는다.

"자네, 정말 후회하지 않을 자신 있어?"

"솔직히 말해서, 전혀 후회하지 않을 자신은 없어. 하지만 설령 지금 내가 택하는 쪽이 더 멀고 험한 길이라고 해도, 그 과정을 기꺼이 감수할 자신은 있어. 내가 가장 사랑하는 사람들과 함께 가는 길이니까."

어쩌면 나는 애초부터 답을 알고 있었는지도 모른다. 내가 두 개의 갈림길 중 어느 길을 선택해야 하는지를 말이다.

다만 나머지 한쪽에 대한 욕심과 미련이 내 결단을 방해하고 있었을 뿐.

나는 진작부터 한 대표의 보호 감독 아래에서 핑크 클라우드 멤버들과 함께 하기를 원했다.

설령 《더 유니버스》의 후광과 지원을 입고 글로벌 유닛 활동을 하는 것이 더 확실한 성공을 보장하는 길이라고 해도, 사랑하는 내 사람들과 함께하는 길보다 즐겁고 행복하진 않을 것이다.

내게 중요한 건 성공이라는 결과보다 과정 그 자체다. 과정에서 기쁨과 행복을 느낄 수 있다면, 그 자체로 가치가 있다.

그리고 설혹 그 과정이 더 어렵고 오래 걸린다 하여도, 내 사람들과 함께 쟁취하는 성공이야말로 훨씬 더 값진 의미와 가치가 있지 않겠는가?

116. 심야 삼겹살 회동

◆◆

2017년 11월 13일 PM 10:08.

숙소에 돌아오니 무척 오랜만인 것 같은 기분이다. 기껏해야 7일 만인데, 한 70일은 된 듯한….

'근데 참 신기하네!'

사람은 적응의 동물이라고 했던가?

처음 이 방 안에서 눈을 떴을 때만 해도 그렇게 낯설고 거북하기 그지 없던 이 공간이 이제 내 방처럼 편안하게 느껴지다니 말이다.

유미가 먼저 샤워를 하러 들어갔고, 나는 짐을 풀고 있다.

주리가 출국 전에 가방을 싸주었을 때와는 전혀 딴판으로 아무렇게 싸서 박아놓은 물건들을 옷장에 하나씩 집어넣는다.

그러다 나는 옷장 서랍 안에 들어있는 서류철 하나를 발견한다.

'이게 여기 처박혀 있었구나!'

그건 바로 서로가 지켜야 할 규칙들을 써놓은 서류였다. 주리와 내 몸이 바뀐 직후에 작성했던 바로 그것이다.

딱딱하고 건조한 어조로 쓰인 규칙조항들의 행간에서, 서로에 대해 잔뜩 날을 세우고 있던 당시의 심리 상태가 그대로 느껴지는 것 같아 삥싯 웃음이 났다.

그중에는 제대로 잘 지켜진 것도 있고, 이런 규칙도 있었나 싶을 정도로 새삼스러운 항목도 있다.

예를 들어, 다이어트에 관한 조항 같은 것 말이다.

'큐피드 구내식당 다이어트식 이외의 음식 섭취 시 반드시 보고 후 허락받은 음식만 먹기/저녁 8시 이후 음식 섭취 금지.'

초기에는 내가 먹는 음식마다 일일이 간섭하며 잔소리했던 주리도, 마혼 살이 넘은 후부턴 식이 조절에 꽤 신경 써왔던 나도 다이어트에 대해선 까맣게 잊고 지내온 것 같다.

오히려 의도치 않은 미식의 기회가 이전보다 훨씬 더 많았고, 그런 기회를 애써 피하지 않고 즐겨왔던 거다.

그런데도 신기한 건, 주리의 체중에는 큰 변화가 없다는 사실이다. 본인 스스로, 관리 안 하면 살이 잘 찌는 체질이라고 밝힌 바 있는데도 불구하고 말이다.

그간 정신없이 이어진 활동 스케줄과 경연 참가 등으로 분주한 나날을 보내느라 살찔 틈이 없었던 것이 가장 큰 이유였을 것이다.

그에 더하여, 내가 '강주리'로서 가수 활동을 해오는 동안 성취감과 만족도가 컸던 점도 긍정적 영향을 주었을 것이다.

항상 내 곁을 지키는 주리가 가져다주는 정서적 안정 또한 한몫 했고 말이다.

'맛있게 먹으면 0 칼로리'라는 말이 전혀 근거 없는 자기 합리화만은 아닌 것 같다는 느낌적인 느낌.

늘 카메라 앞에 서야 하는 연예인에게 체중조절이 필요한 건 맞다. 화면발을 잘 받으려면 무조건 말라야 하기 때문이다.

그리고 관리 안 된 얼굴과 몸매는 자칫 게으름 또는 프로 의식의 결여로 비칠 우려가 있다.

더구나 대중의 환상 속 요정 같은 존재로 살아야 하는 걸그룹이라면 더 말할 것도 없다. 걸그룹 멤버가 조금이라도 살이 오른 모습을 보이면 금세 '후덕'이라는 말이 따라붙기 일쑤다.

그런데 다이어트에 대한 강박은 아이러니컬하게도 먹는 행위에 대한 욕구를 한층 더 배가시킨다. 한창 클 나이인 연습생들이 날마다 굶주린 상태로 음식에 대한 갈망에 빠져 지내는 걸 숱하게 봐왔던 나였다. 그들은 늘 배고파했고, 행복해 보이지 않았다.

보길 실력이 출중한 여가수가 지나친 체중 감량으로 제 실력을 발휘하지 못하는 경우도 더러 봤다.

'보컬리스트에게 체중 조절은 단순히 예쁘게 보이기 위한 것만이 아니야!'

내가 연습생들에게 늘 강조했던 말이다.

보컬리스트에게 식이 조절과 체력 훈련은 미모보다는 노래에 초점이 맞춰져 있어야 한다는 게 내 지론이다.

자신의 몸을 잘 컨트롤할 수 있을 정도의 적정 체중을 유지하기 위해 적절한 다이어트는 필요하지만, 무조건 굶어서 살을 빼는 건 금물이다. 단지 예쁘게 보이기만을 위한 절식 다이어트는 자칫 체중과 더불어 가창력까지 줄어드는 결과를 초래할 수도 있기 때문이다.

체중 감량으로 미모를 얻은 대신 가창력을 잃게 된다면, 보컬리스트 본인에겐 그보다 더 큰 손해는 없을 것이다.

따라서 보컬리스트의 다이어트는 일반적 차원과는 좀 다른 방향성을 가져야 한다.

가수에게도 운동선수에 버금가는 파워와 에너지가 요구되는 만큼, 적절하고 균형 있는 영양 섭취는 필수다.

그 대신 목 건강을 해치는 식습관은 피해야 한다. 위, 식도 역류를 유발하는 과식, 식후에 바로 눕는 행위, 지나치게 매운 음식 섭취 등이 그것이다.

그리고 호흡과 발성에 필요한 근육을 제어하는 능력과 심폐 기능 향상을 위한 기초 체력 훈련도 반드시 뒷받침되어야 한다.

그런 생활을 습관화하며 살다 보면 자연스럽게 적정 체중이 유지되고 미모도 따라온다. 그러니까 미모는 부수적인 결과일 뿐이지, 그게 목적이 되어선 안 된다는 말이다.

무엇보다 보컬리스트 스스로 자신의 몸을 사랑해야 한다.

최상의 소리를 지키기 위한 절제는 필요하지만, 몸에 무리가 갈 정도의 무리한 다이어트는 결코 자신의 몸을 사랑하는 행위가 아니다.

몸이 곧 악기인 보컬리스트에게 신체적, 정신적 건강은 가장 기본적이면서도 중요한 자산이다. 건강을 잃으면, 결국 노래도 잃는 결과를 초래하고 말 것이다.

그런 의미에서, 나는 주리와 '심야 삼겹살 회동'을 갖기로 한다. 일주일 만에 한국에 돌아와 급 땡기는 삼겹살 충동을 애써 억누르지 않기로….

[주리야, 11시까지 거기서 봐!]

[넵~]

외유 기간 동안 쌓인 여독은 즉시 풀어주는 편이 정신건강에 이로울 게 틀림없다.

그리고 귀국 후 첫 메뉴로 삼겹살만 한 게 또 있으랴?

2017년 11월 13일 PM 11:03.

어느새 주리와 나의 심야 아지트로 자리 잡은 정육식당.

내가 가게에 들어서자 사장 이모님은 나를 2층 별실로 안내한다. 그곳엔 주리가 먼저 와서 기다리고 있었다.

"이 방은 10인 이상 단체 예약만 받는 걸로 알고 있었는데, 장윤호라는 이름으로 이 방이 예약되어 있어서 좀 의아했어요. 유노 쌤이 예약하신 거예요?"

"내가 한 건 아닌데…. 나도 아니고 너도 아니라면, 아마 한 대표가 예약했나 보다."

"대표님도 오기로 하신 거예요?"

"응, 아까 집에서 나오기 전에 할 말 있다며 잠깐 만나자고 연락이 왔어. 그래서 그냥 이곳으로 오라고 했지."

11시 반쯤에 합류하기로 되어 있는 한 대표가 아마 이 방을 내 이름으로 예약해놓은 모양이다. 주리와 내가 한밤에 같이 있는 장면을 타인들에게 노출하는 게 신경 쓰여 미리 작업을 해놓은 게 아닌가 싶다.

하긴, 이곳이 비록 연예인을 소 닭 보듯이 하는 청담동이긴 하지만, 연예인 뒤만 졸졸 쫓는 빠빠라치들이 득실거리는 동네이기도 하니까.

"아까 귀가해서 어머님께 전화드렸어요. 어머님은 가루이자와가 참 맘에 드신가 봐요. 오기 싫으시다고 하시더군요."

"내일 오전에 들어오신다고 하셨지?"

"네, 맞아요. 제가 인천공항으로 마중 나가려고요. 마침 아침 라디오도 없으니까요."

"김 여사가 웬일인가 하겠네. 우리 가족들은 당최 공항 마중이나 배웅 같은 건 잘 안 했거든."

어머니를 성심껏 챙기는 주리에게 내심 무척 고마운 마음이 들면서도, 입으로는 그렇게 퉁명스럽게 말하는 나였다.

"그나저나 방송국에선 별다른 연락이 없었어?"

"아, 막내 작가한테서 연락은 한 번 왔어요. 파업이 장기화될 조짐인가 봐요. 작가들 대부분은 계약직 프리랜서인데, 파견업체 측에서 타 방송국 프로그램으로 투입하려 한다며 심란해 하더군요."

"DJ도 비정규직인 건 마찬가지잖아. 너도 이참에 새벽 라디오 그만두고 다른 프로그램을 알아보는 건 어때? 좀 더 하기 편한 시간대로 말이야. 이미 몇 군데에서 제의를 받은 바 있잖아. 그 뭐냐, '불붙는 청춘'인가 뭔가 하는 예능 제의도 들어왔다며. TV로 진출하는 쪽도 한 번 생각해봐!"

"그래도, 하필 이럴 때 쏙 빠져나와서 다른 프로그램으로 옮겨버리는 건 너무 의리 없는 행동이잖아요. 그분들은 생업을 걸고 투쟁 중이신 건데…"

'달면 삼키고 쓰면 뱉는 횡포가 허다한 방송계에서 그런 감상적인 태도는 뒤통수 맞기 십상이라고!'

나는 주리에게 이 말을 해주려다 말았다.

굳이 순수성을 포기하면서까지 이 바닥에서 살아남아야 하는 절박함도 없는 주리로선 그저 본인이 하고 싶은 대로 하면 될 터였다. 어떤 상황에서든 선택할 수 있는 자가 갑인 것이다.

그런데 주리의 입에서 나온 다음 말은 그런 내 생각을 무색하게 만들고 만다.

"아침마다 유노 쌤 목소리를 기다리시는 어머님, 아버님을 위해서라도 《여명의 속삭임 장윤호입니다》는 계속하고 싶어요. 더 이상 지속할 수 없는 상황이 오기 전까지는요. 그리고 꾸준히 청취하면서 사연과 신청곡까지 보내주는 애청자들이 얼마나 많아졌는데요? 그분들과의 약속을 그렇게 쉽게 져버릴 수는 없는 거죠."

또 한 번 나를 숙연하게 만든 주리의 발언에 나는 아무런 대답을 하지 못했다.

나는 알맞게 익은 삼겹살을 먹기 좋은 크기로 잘라서, 주리 앞에 놓인 파절임 접시 위에다 살포시 올려 준다.

잠시 후에 도착한 한 대표는 아직 귀국 당시 차림 그대로였다. 아마 집에도 못 들르고 회사에 있다가 바로 나온 듯했다.

"자네가 글로벌 유닛 활동에 참여하지 않겠다는 뜻을 《더 유니버스》측에 전달했더니, 상당한 아쉬움을 드러내더군."

"그건 나도 유감이네."

"글로벌 유닛 활동은 못 하게 되었더라도, 핑크 클라우드의 미국 쇼케이스 무대는 꼭 《리먼 스콧 쇼》에서 갖게 해달라는 부탁도 잊지 않았어. 그러면서 그건 제안이 아닌 부탁이라는 점을 강조하더라."

"《리먼 스콧 쇼》에서 우릴 불러주기만 한다면, 나야 당연히 땡큐지."

"그런데 UNH 팀의 데뷔가 없던 일로 되어버린 걸 아쉬워 한 사람은 비단 《더 유니버스》 제작진과 UNH 팀 멤버들뿐만이 아니었다고 해."

"그러고 보니 UNH 멤버들에게 참 미안하긴 하네."

에릭 뒤보아, 브라이언 마틴, 카렌 터너, 자네티 마수카. 그리운 얼굴들이 하나둘 내 눈앞을 스쳐 지나간다. 다들 각자의 생활로 돌아가 잘 지내고 있겠지? 보고 싶네, 그 녀석들.

"그런데 제작진과 멤버들 외에 아쉬워했다는 사람은 대체 누구야?"

"바로 UNH 팀의 멘토였던 분."

"아이엠윌, 그 양반 말이야?"

"그래, 맞아. 이번 매크로 조작 파문에 대한 수사를 촉구하는 강력한 여론을 조성되는 데 1등 공신 역할을 한 사람이 바로 아이엠윌 씨래. 그분은 그 정도로 자네 그리고 UNH 팀과의 작업을 열망하고 있었던 거야."

"의도야 어찌 됐든, 그분이 진실 해명을 위해 적극적으로 나서주었다니 정말 감사할 일이네. 꼭 이번이 아니라도, 나도 언젠가는 꼭 한 번 같이 작업을 해보고 싶은 분이야."

"그런데, 그 언젠가가 바로 이번이 될 수도 있어."

"아니, 그게 무슨 말이야?"

"아이엠윌 씨 측에서 핑크 클라우드의 미국 내 활동에 대한 계약을 맺고 싶다는 뜻을 전해왔거든."

"계약이라고?"

"아이엠윌 본인이 앨범의 제작과 배급에 참여하고, 또 그가 대주주로 있는 패러다이스 탤런트 에이전시와 손잡고 미국 내 활동 및 프로모션을 진행하는 것 등을 골자로 한 계약이지."

117. 궁극의 질문

◆◆

"하지만 앨범은 이미 우리가 만들고 있는데? 내 솔로곡은 이미 녹음을 마친 상태고."

"아직 믹싱과 마스터링 작업이 남아 있잖아. 아이엠윌은 세계 최고의 엔지니어 군단을 보유하고 있거든."

한 대표는 내가 따라준 맥주를 단숨에 들이켠다. 몹시도 목이 탔던 모양이다.

"도쿄에서 준지 유키토와 함께 작업한 라이브 레코딩 소스는 그대로 출시해도 손색없을 만큼 훌륭하다는 것 충분히 인정해. 하지만, 나는 조금 더 욕심을 내보고 싶어. 월드 베스트 엔지니어의 천재적 귀를 빌려, 가장 최상의 사운드를 뽑아내고 싶은 욕심 말이야."

"그럼, 우리가 의도하고 계획한 제작 방향대로 가면서 아이엠윌 측은 후반 작업에만 참여한다는 뜻이야?"

"후반 작업에만이라니. 그게 얼마나 중요한 건데… 실제로 앨범의 퀄리티가 믹싱과 마스터링에 의해 좌우되기도 한다는 걸 자네도 모르는 바 아니잖아? 우리의 앨범 제작 과정에서 내가 가장 부족하다고 느낀 부분이 바로 그 후반 작업이었기 때문에, 아이엠윌의 제안에 솔깃하지 않을 수 없었던 거야."

계속 입이 마르는 지 두 잔째 맥주를 원 샷 하는 한 대표.

"그리고 일단 이번 앨범은 후반 작업에만 참여하지만, 다음엔 아이엠윌 본인이 만든 곡을 자네가 불러주길 바라고 있을 수두 있겠지."

'다음이라…'

나는 다음이란 단어에 잠시 생각이 머문다. 언제 다시 원래의 내 몸으로 돌아갈지도 모르는 내게 과연 다음이라는 기회가 올 수 있을까?

하지만 그 생각 안에 오래 머물러 있을 수는 없었다. 한 대표의 다음 발언에 주의가 쏠리지 않을 수 없었기 때문이다.

"단체곡 〈아무 사이 아니라고〉의 녹음은 뉴욕에 가서 진행할 거야."

"진짜? 멤버들과 핑크 레인까지 몽땅 같이 가서?"

"그래, 〈아무 사이 아니라고〉의 데모를 들은 아이엠월이 편곡 작업부터 함께하고 싶다는 의사를 밝혀왔거든. 그래서 이번 주 안에 다 같이 뉴욕으로 떠날 예정으로 스케줄 조율 중이야."

'항상 이런 식이지!'

나와 상의하기 위해서 만나자고 한 거라더니, 이건 뭐 일방적인 통보나 다름없다.

그렇다고 뭐, 한 대표에게 불만이 있다는 얘긴 아니다. 그는 언제나 옆도 뒤도 돌아보지 않고 직진만 해대지만, 여태껏 한 번도 날 실망시킨 적은 없었으니까.

물론 이번에도 나는 무조건 그를 믿고 따라가면 된다고 생각하지만, 그럼에도 의심과 걱정이 전혀 없을 순 없다.

"그런데 핑크 레인도 아이엠월과의 공동작업에 대해 동의했어? 핑크 레인도 작곡, 편곡, 프로듀싱까지 다 하는 사람인데, 아이엠월이 편곡과 프로듀싱에 관여하는 것에 대해 거부감을 드러내진 않았어?"

"핑크 레인은 오히려 아이엠월과의 협업을 아주 영광스러운 기회로 받아들이고 있어. 그는 현재 대가와 함께 작업할 생각에 완전 흥분 상태지."

"핑크 클라우드 멤버들도 이 소식을 들으면 무척 기뻐하겠네."

"그래, 그 녀석들에게도 이번 작업이 아주 좋은 경험이 될 거야!"

"그런데 그렇게 되면, 제작비가 너무 많아지는 거 아냐? 이젠 자네도 마냥 퍼줄 생각만 하지 말고, 실속 있게 거둬들일 생각도 좀 해야 하지 않나?"

"내가 돈이나 벌 목적이었으면, 뭣 하러 엔터테인먼트 회사를 차렸겠냐? 지금 큐피드 건물에서 회사 철수하고 다른 업체 입점시켜서 임대료만 받아먹어도, 나 하나 정도는 충분히 먹고 살아. 내가 무슨, 먹여 살릴 가족이 있는 것도 아니고 말이야. 나에게도 심장이 뛰는 일이…"

아뿔싸! 내가 괜한 얘길 꺼냈다. 돈 얘기 한 번 잘못 꺼냈다가, 나는 한 대표로부터 장장 5분에 걸친 일장 연설을 들어야 했다.

아쉬울 게 없는 그가 왜 굳이 엔터테인먼트 회사를 차려 사서 고생하고 있는지, 이미 여러 차례 들어 다 알고 있는 얘기를 나는 꾹 참고 한 번 더 들어줄 수밖에 없었다.

🎧

2017년 11월 15일 PM 04:53.

어제 온종일과 오늘 오전까지는 모처럼 휴식 모드였다.

어제 오후에 오랜만에 최화영을 만나 보컬 점검을 받은 것 외에는 별다른 스케줄을 갖지 않았다.

서로의 정체를 밝히고 난 후에도, 최화영과 나는 서로 아무 일 없었다는 듯 잘 지내고 있다.

다만 예전처럼 화영의 가슴골을 보면서 난데없이 꼴린다거나 하는 일 따위는 절대 없다.

지금은 종로3가로 가는 길이다. 그저께 귀국 후 내일 뉴욕으로 출국하기 전까지 이틀하고 반나절 정도 되는 국내 체류 기간 동안 딱 하나만 잡은 방송 스케줄을 위해서다.

내가 선택한 단 하나의 프로그램은 바로 정화가 고정 출연 중인 예능 《힐링 포차》다.

나를 제외한 다른 멤버들은 다 한 번씩 돌아가면서 출연했기 때문에, 내가 가장 늦은 출석이라고 할 수 있다.

토크쇼 게스트는 처음이라 사뭇 긴장된다.

사실 내일 뉴욕으로 가는 일정은 갑자기 잡힌 것이다. 따라서 이미 잡혀있던 다른 일정들이 뒤로 밀릴 수밖에 없었다.

다른 스케줄은 그렇다 치더라도, 면세점 광고에 이어 두 번째로 찍게 된 콘택트렌즈 광고 촬영 스케줄을 연기하면서까지 뉴욕행을 강행하다니.

음악 작업을 위해 거액이 걸린 광고 촬영을 뒤로 미루는 한 대표는 진정한 용자이자 존경받아 마땅한 보스이다. 보통의 오너라면 돈이 되는 광고 촬영을 우선순위에 둘 것 같은데 말이다.

힐링 포차 로케이션이 이루어지는 실제 포장마차가 있는 종로 3가 포장마차 거리.

평일 저녁인데도 거리에 사람이 엄청 많다.

내가 한창 불나방처럼 놀았던 시절에는, 강남과 이태원 클럽을 두루 섭렵한 후 이 포장마차 거리로 와서 소주에 라면으로 여명을 맞이하곤 했지.

이곳 종로3가 포장마차의 라면은, 논현동 한신포차의 오돌뼈, 청담동 새벽집의 선지국과 함께, 술 취한 새벽녘에 유흥 후의 헛헛한 속을 달래며 먹던 3대 힐링 푸드로 꼽힌다.

휘영청 밝은 조명장치와 함께 여러 대의 카메라가 세팅된 힐링 포차 주변에는 두터운 인의 장막이 쳐져 있다.

내가 모습을 드러내자, 포장마차 주변에 운집해 있던 이들이 일제히 '강주리'를 연호한다.

퇴근 시간 무렵인 데다 동네가 동네인 만큼 군중들 중에는 한잔하러 나온 넥타이 부대의 비율이 압도적이다. 따라서 강주리를 외치는 목소리도 굵직한 저음 일색이다. 소리만 들어선 꼭 군부대 위문 공연이라도 온 기분이랄까?

이 군중 속을 어떻게 뚫고 갈까 걱정했는데, 매너 있게도 내가 지나갈 길을 열어주는 사람들.

이제 제법 팬 응대에 이력이 난 나는 하이파이브도 하고 더러는 같이 스마트폰 셀카도 찍어주면서 여유 있게 사람들 사이를 통과한다.

마침내 힐링 포차 안에 들어서니 이미 녹화를 진행 중이던 MC 3인이 나를 격하게 반겨준다. 그러니까 내가 도착하는 순간부터 실제 상황 그대로 촬영이 이루어지는 셈이었다.

나는 우선 정화와 포옹을 한 후, 오랜만에 뵙는 정화 생모 이진주 씨와도 가벼운 포옹으로 인사를 나눴다.

이어서 지상파 아나운서 출신 프리랜서 오상민 MC도 나와 포옹하려는 제스처를 취했지만, 나는 곰살맞게 웃으며 악수로 방어했다.

내가 오상민 MC와의 포옹을 거부한 것은 꼭 남자끼리의 포옹에 대한 내 거부감 때문만은 아니었다. 아직 신혼인 그의 귀가 후 안전을 위해서라도 악수까지가 적절한 선이었다고 본다.

"저희가 이 종로3가에서 녹화를 진행해온 이후로 역대 최대의 인파가 몰린 것 같습니다. 현장 보안을 위해 경찰 부대까지 출동한 건 최초거든요."

오상민 MC가 특유의 점잖은 톤으로 물꼬를 트자 이진주 씨가 말을 받는다.

"그런데 저기 서서 현장근무 중인 의무경찰 오빠들도 시선은 죄다 강주리 씨 쪽으로 향하고 있는 거 알아요?"

그러자 정화도 한마디 보탠다.

"아까 강주리라고 연호할 때, 저 경찰 아저씨들도 함께 따라 외치는 걸 제가 봤어요."

나를 열렬히 호응해주는 건 정말 고마운 일이지만, 솔직히 내 입장에선 나를 향한 수컷들의 뜨거운 시선이 심히 부담스럽지 않을 수 없다.

"솔로곡 녹음을 위해 일본에 다녀오셨다는 소식을 정화 씨로부터 전해 들었습니다. 일본에 가 계시는 동안 국내 상황을 전해 들으셨나요?"

오상민 MC의 질문에, 나는 눈을 동그랗게 뜨며 이렇게 되묻는다.

"네? 무슨 상황이요?"

"아직 못 들으신 것 같은데, 제가 추려서 말씀드리겠습니다. 일목요연한 브리핑을 위해서, 이렇게 판떼기까지 준비했습니다."

그는 의자 뒤편에 놓여있던 8절지 크기의 판넬을 들어 올려서는, 거기에 쓰인 내용을 또박또박 읽어간다.

"우선, 지난 11월 1일에 강주리 씨가 이선휘 씨, 그리고 태왕 씨와 함께 발표한 평창동계올림픽 주제곡 〈하나 된 꿈〉은 현재까지 무려 2주째 국내 8개 음원차트 및 빌보드 월드 차트 정상 자리를 지키고 있습니다."

오상민 MC의 멘트가 끝나자 나머지 두 MC, 제작진, 그리고 포장마차를 에워싼 구경꾼들이 일제히 박수와 환호를 보낸다.

"그리고, 음원이 출시된 후 1주일 만에 공개된 〈하나 된 꿈〉 뮤직비디오의 유튜브 조회수가 4일 만에 1억 뷰를 돌파해 현재는 2억 뷰에 근접해 가고 있습니다."

우와, 2억 뷰에 근접해 가고 있다고? 이건 나도 미처 확인해보지 못한 거였는데….

"그뿐만이 아닙니다. 강주리 씨의 일본행 기내 라이브 동영상도 조회수 9천만 건을 기록하고 있습니다. 게다가 '강주리'라는 검색어가 N포탈 일간 실검 순위 1위에 오른 날이, 11월 들어서만 5일이나 되고, 고글 트렌드에서도 인물 부문 1위를 달리고 있어요. 이쯤 되면 전 세계적인 강주리 신드롬이라 해도 과언이 아닌데요."

오상민 MC에 의해 브리핑되는 경이적 기록들을 들으며 내가 쑥스러운 표정을 짓고 있는 사이, 이진주 씨가 말을 이어받는다.

"강주리 듀엣 찾기 프로젝트도 진행 중이라고 들었는데요?"

그러자 정화가 깜짝 놀라며 끼어든다.

"그건 아직 대외비라고 말씀드렸잖아요, 엄마!"

"아, 참! 내 정신 좀 봐. 제작진이 알아서 편집해 주실 거죠?"

은연중에 이루어진 그들의 대화에서, 나는 모녀지간에만 느낄 수 있는 친밀감 같은 걸 얼핏 엿볼 수 있었다. 특히 정화의 입에서 나온 '엄마'라는 호칭은 많은 걸 말해주는 듯했다.

내가 못 본 사이에, 저 두 사람은 서로 떨어져 살아온 세월의 장벽을 이미 뛰어넘은 게 아닌가 싶다.

그러다 갑자기 정화가 표정을 바꾸며 나를 향해 이렇게 말한다.

"이왕 '강주리 듀엣 찾기 프로젝트' 이야기가 나와서 말인데, 사실 내가 주리한테 꼭 물어보고 싶은 게 있었어. 나중에 편집될지도 모르지만, 궁금했던 거니 그냥 물어볼게. 편집 여부는 제작진과 소속사가 서로 협의해서 판단해주시겠지?"

정화가 저렇게 심각한 표정으로 내게 하려는 질문이 대체 뭘까? 나는 자못 긴장하지 않을 수 없었다.

"강주리 듀엣 찾기 프로젝트는 강주리와 듀엣을 하기 원하는 사람들이 지원하는 거잖아?"

내게 동의를 구하려는 듯 말끝을 올리며 나를 바라보는 정화에게 나는 고개를 끄덕여 보인다. 그러자 정화는 마침내 궁극의 질문을 꺼낸다.

"그렇다면, 주리 네가 꼭 듀엣을 해보고 싶은 상대가 있는지, 난 그게 궁금해."

118. This song is powered by…

◆◆

듀엣 해보고 싶은 상대가 누구냐 하는 질문은, 가수를 대상으로 한 인터뷰에 자주 등장하는 사골 레퍼토리다.

이 질문을 받은 가수들은 대개 자신이 존경하거나 선호하는 뮤지션의 이름을 대는 경우가 많다.

나 역시 내가 숭상하는 레전드 아티스트들과 듀엣을 하는 장면을 수없이 상상해왔었다.

실제로 선휘 님이나 스이코 님의 CD를 틀어놓고 마치 듀엣 하듯 화음을 넣으며 내 목소리를 입혀본 적도 있다.

"지금 내 머릿속에 떠오르는 사람이 너무 많아서, 누구 한 사람을 특정하기가 어렵네."

듀엣 하고 싶은 상대를 묻는 질문에 대한 내 대답은 그랬다. 나는 그렇게 대충 얼버무리고 넘어갈 수밖에 없었다.

하지만 정말로 떠오르는 사람이 너무 많아서 그렇게 대답한 건 아니었다.

사실 정화로부터 그 질문을 받자마자, 내 머릿속에 또렷이 떠오른 얼굴은 딱 하나였다.

그것은 바로 내 얼굴이었다.

그렇지만, '내가 듀엣을 하고 싶은 사람은 내 보컬 트레이너 장윤호 선생님이야.'라고 대답할 순 없는 노릇이었다.

만약 내가 그렇게 대답했다면, 한 대표가 간신히 막아놓은 바 있는 '강주리·장윤호 스캔들'의 불씨를 다시 살리는 꼴이 되었을지도 모르는 일이니까.

'그런데 왜 하필이면, 듀엣 하고 싶은 상대로 떠올린 얼굴이 내 얼굴이었을까?'

내가 떠올린 내 얼굴은 곧 주리의 영혼을 의미하고, 표면상으로는 장윤호라는 인물을 의미하기도 한다.

그렇다면, 내가 듀엣 하고 싶은 사람으로 내 얼굴을 떠올렸다는 건 대체 무슨 의미일까?

단순히 주리와 함께 무대에 서고 싶은 사심일까? 아니면 장윤호라는 인물의 존재를 세상에 드러내고 싶은, 내 숨은 야심일까?

솔직히 나도 내 마음을 잘 모르겠다.

2017년 11월 16일 뉴욕시각 AM 11:52.

한국 시간으로 11월 16일 오전 10시에 출발한 비행기가 뉴욕 현지시각으로 오전 11시 20분경에 도착했다.

"생각보다 빨리 오게 되었네."

JFK 공항의 입국 수속대 앞에 줄을 서 있는 사이, 내가 그렇게 말했다. 그러자 주리가 내게 반문한다.

"뭐가요?"

"너와 나 둘이서 이렇게 뉴욕 땅을 다시 밟게 된 것 말이야."

사실 주리와 내가 선발대로 오게 된 데에는 그만한 사정이 있었다. 내 솔로곡 〈Forest of Dreams〉의 믹싱을 담당할 엔지니어인 마이클 브라운과의 미팅 일정을 위해서다.

항상 1년 치 이상의 작업 예약이 밀려있을 정도로 바쁜 마이클 브라운의 스케줄에 맞추기 위해선 어쩔 수 없었다. 아이엠월의 도움으로 어렵게 얻어낸 일정이기 때문이다.

아직 스케줄을 미처 마무리 짓지 못한 다른 멤버들과 핑크 레인은 이틀 후에 한 대표와 함께 후발대로 합류할 예정이다.

입국 수속 후 짐을 찾아 게이트를 빠져나오니, 정면에 'Welcome Jury Kang'이라고 쓰인 피켓을 들고 있는 사람이 눈에 들어온다.

시커먼 선글라스에 블랙 슈트. 꼭 외계인이라도 잡으러 다니는 것 같은 차림새의 그 사내가 우리를 데려간 곳은 JFK 공항 내에 있는 헬기이착륙장이었다.

"또 헬기를 타게 되는 건가? 이제 헬기 정도는 택시 타듯 아무렇지 않게 탈 수 있지!"

《더 유니버스》 뒤풀이 파티 때 이스트 햄튼까지 헬기로 왕복 비행했던 기억을 떠올린 내가 그렇게 거들먹대자, 어이없다는 표정으로 말을 받는 주리.

"무서워서 헬기 못 타겠다고 생떼 쓰며 버티던 그분은 어디 가셨나 봐요?"

"그건 내가 타보기도 전에 지레 겁먹어서 그랬던 거지. 꼭 그렇게 콕 집어서 지적을 해야 속이 후련하니?"

검은 양복 사내의 길 안내가 종료된 지점에서 주리가 놀란 듯 외친다.

"근데, 저건 뭐죠?"

주리와 같은 것을 본 나 역시 흠칫 놀라지 않을 수 없었다.

"헉, 설마 우릴 우주선에 태우려는 건가?"

우리 눈앞에 대기 중인 것은 헬기가 아니었다. 그것은 마치 우주선처럼 생긴 낯선 비행체였다.

검정 양복 사내가 손으로 그것을 가리키며 뭔가를 열심히 설명한다. 릴리움이 어쩌고 하는데 당최 알아들을 수 없었던 나는 옆에 있는 주리를 쿡쿡 찌르며 이렇게 묻는다.

"저 작자가 대체 뭐라는 거니?"

"저건 독일 릴리움 사에서 나온 수직이착륙기래요. 일반 상용화는 내년 이후에나 이루어질 예정인데, 개인용으로 특수 제작되어 나온 거라네요."

"세상에나, 내가 수직이착륙기를 다 타보다니. 역시 사람은 오래 살고 볼 일이야!"

헬기보다 더 안정적이면서도 훨씬 더 빠른 릴리움 제트는 약 7분 만에 우리를 맨해튼까지 데려다주었다.

마이클 브라운의 믹싱 스튜디오는 미트 패킹 디스트릭트의 갠스부르트 스트리트에 위치해 있었다. 길 건너편이 바로 휘트니 미술관이었다.

약속 시간이 오후 12시 30분이라 나는 당연히 점심 식사를 하면서 미팅이 이루어질 줄 알았다. 그런데 우리가 안내받은 곳은 레스토랑이 아닌 스튜디오 내부의 응접실이었다.

소파에 앉아 마이클 브라운을 기다리는 동안, 내 투덜이 본색이 슬슬 되살아난다.

"설마 밥도 안 먹고 미팅을 하려는 건 아니겠지? 이렇게 당이 떨어진 상태에서 제대로 된 미팅이 되겠어?"

"그러게요. 이럴 줄 알았으면, 아까 릴리움 제트 안에 비치되어 있던 샌드위치라도 먹을 걸 그랬네요."

"맨해튼에서의 첫 끼를 제대로 먹으려고 일부러 안 먹은 거잖아!"

바로 그때 응접실 문이 벌컥 열리면서 마이클 브라운으로 추정되는 남자가 들어온다. 은연중에 목소리가 격앙되었던 나는 화들짝 놀라며 자리에서 엉거주춤 일어난다.

"You must be Jury Kang."

그는 내게 먼저 손을 내밀어 서로 악수를 나눈 후, 주리 쪽으로 손을 건넨다.

"And you…."

마이클 브라운의 머뭇거림이 길어지기 전에 재빨리 관등성명을 하는 주리.

"I'm her vocal trainer and interpreter, Yunho Jang(저는 그녀의 보컬 트레이너이자 통역자, 장윤호입니다)."

두껍게 쌍꺼풀 진 큰 눈, 큼직한 매부리코, 앙다문 얇은 입술. 일핏 보기엔 다소 무서워 보이는 인상이었는데, 미소로 눈이 이지러지니까 약간 코믹한 분위기로 반전된다. 넓은 이마 위로 뽀글뽀글 솟아있는 회갈색의 곱슬머리는 흡사 브로콜리를 연상케 한다.

"I'm starving."

마이클 브라운의 입에서 뜬금없이 튀어나온 배고프다는 말은 느닷없었지만 반가웠다. 적어도 쫄쫄 굶으며 미팅을 감행할 일은 없겠구나 하는 생각에, 나는 깊이 안도할 수 있었다.

그는 자신의 비서가 갠스부르트 마켓에서 사왔다는 피자 상자 두 개를 우리 앞에 내놓는다.

상자 겉면에 Luzzo's라고 쓰인 걸로 봐선 미국식 피자가 아닌 이태리식 피자인 모양이다.

"하나는 토마토 소스와 모짜렐라 치즈에 바질과 엔초비가 들어간 나폴레타나 피자, 그리고 나머지 하나는 모짜렐라·고르곤졸라·리코타·파마센, 이렇게 네 종류의 치즈가 올라간 꾸아뜨로 포르마끼 피자래요. 취향껏 골라 드시라는데요?"

엔초비도, 치즈도 그닥 좋아하지 않는 나로선 솔직히 두 피자 중 어느 쪽에도 손이 가지 않았다.

하지만 너무 배가 고픈 상태였기 때문에 둘 중 어느 것 하나라도 반드시 먹어야만 하는 상황이다.

그래도 치즈만 있는 것보단 토마토 소스라도 발린 게 그나마 좀 낫지 않을까 싶어 나폴레타나 피자 한 조각을 집어 든다.

'오, 생각보다 나쁘지 않은데?'

시큼텁텁한 토마토 소스와 짭쪼름한 엔초비의 케미가 기대 이상이다. 우려했던 엔초비향도 막상 먹을 땐 그리 거슬리지 않았다.

그런데 묘한 중독성이 있어서 지나치게 잘 먹힌다는 게 문제라면 문제였다. 나는 연거푸 세 조각을 순식간에 흡입하고 만다.

"Wow, you're quite a big eater! Your song seems to be powered by pizza(와, 너 꽤 대식가구나! 네 노래는 피자에서 나오는 것 같은데?)?"

급기야 마이클 브라운으로부터 저런 소리까지 듣고 만다.

내 노래가 피자로부터 힘 받은 것 같다니. 저게 과연 칭찬하는 건지, 아니면 놀리는 건지….

세계 최고의 믹싱 엔지니어와의 미팅인 만큼 내 나름대로는 어느 정도의 정신 무장을 하고 왔음에도 불구하고, 회의는 내가 생각했던 것보다 훨씬 더 빡셌다.

마이클 브라운의 손에 들린 악보는 이미 음표와 코드, 악상 기호 하나하나를 분석하고 뭔가 토를 달아 놓은 흔적들로 가득했다.

그는 특히 한국말 가사의 의미를 파악하는 데 가장 많은 시간을 할애했다. 주리에게 가사 내용을 영어로 통역해 줄 것을 부탁했고, 각 마디의 가사가 뜻하는 바를 꼼꼼히 기록했다.

그리고 싱어인 내가 각 소절을 어떤 감정으로 불렀으며 듣는 이에게 어떤 느낌을 전달하고 싶었는지에 대해 설명해달라고 했다.

"마이클 브라운 씨는 본인의 주관적인 기준이 아니라, 철저하게 뮤지션의 입장이 되어 작업하는 것을 철칙으로 여기고 계신대요. 그래서 믹싱 작업이 들어가기 전, 뮤지션과의 사전 인터뷰를 아주 중요하게 여기신다고 하시네요."

마이클 브라운의 설명을 주리가 통역한 걸 듣기 전에도, 나는 이미 그의 작업 철학을 얼마간 파악할 수 있었다.

전 세계에 내로라하는 뮤지션들과 작업하는 최고의 베테랑 엔지니어임에도 불구하고, 낮고 겸허한 자세로 작업에 임하는 그의 모습이 내겐 아주 인상 깊게 다가왔다.

"오늘 아침에 작곡가인 준지 유키토와도 75분간 영상 통화를 했다고 합니다. 준지 유키토 씨가 픽업한 라이브 레코딩 소스는 그 자체로 흠 잡을 곳 없이 훌륭하대요. 라이브 레코딩과 스튜디오 레코닝의 상섬만 살 취한 것 같다고 하시네요."

나는 아직 〈Forest of Dreams〉의 멀티트랙을 들어보지 못했는데, 마이클 브라운으로부터 소스가 훌륭하다는 평가를 들으니 내 심장이 막 벌렁거린다.

라이브 레코딩 소스도 그렇게 훌륭하다는데, 마이클 브라운의 손길까지 거친 결과물은 얼마나 더 멋질지, 벌써 궁금해 미치겠다.

2017년 11월 16일 뉴욕시각 PM 05:12.

점심 식사에 소요된 시간을 제외하고도 장장 4시간에 걸친 미팅을 끝낸 후 스튜디오 밖으로 나왔을 땐, 내 몸은 녹초가 되어 있었다.

노래라면 4시간을 불러도 끄떡없었을 텐데, 말로 하는 회의를 4시간 동안 하고 나니 정말 고단하다.

하지만 힘든 만큼 꽤 유익한 경험이기도 했다.

노래만 잘하면 장땡이고 다른 모든 건 그저 부수적인 것에 불과하다고 생각했던 내게 후반 작업, 특히 믹싱 프로세스의 중요성을 일깨워준 시간이었다고 할까?

또한 가수가 자신의 노래에만 침잠할 것이 아니라, 내 노래가 처음 만들어질 때부터 듣는 이에게 전달되기까지의 과정 하나하나에도 좀 더 신경을 쓰고 보다 적극적으로 관여해야 한다는 깨달음도 얻었다.

그리고 무엇보다도 부지런한 천재 마이클 브라운으로부터 얻은 영감과 에너지가 오늘의 가장 큰 수확이었다고 할 수 있겠다.

적어도 이번만큼은 내 노래에 파워를 준 대상으로 피자 외에도 마이클 브라운을 언급해도 무방할 듯하다.

'My song is powered by pizza, Michael Brown and many others.'

119. 모든 순간에 네가 있었다

◆◆

"피자 세 조각 먹고 자그마치 네 시간을 떠들고 나니 정말 기진맥진이다. 뭔가, 몸보신이 필요해!"

"설마 뉴욕에서 멍멍이탕을 찾으시는 건 아니죠?"

"에이, 그럴 리가. 개가 날 먹기 전에는 난 절대 개를 안 먹어!"

"전 먹어본 적 있는데…"

"진짜? S그룹 집안사람이 개고기를 먹어봤다고?"

"처음엔 할아버지한테 속아서 먹게 되었어요. 그런데 막상 먹어보니 맛있는 거예요. 그래서 그 후론 없어서 못 먹죠, 뭐."

"S그룹은 세계 최대의 애견용품 회사를 계열사로 두고 있지 않나? 그런 그룹의 회장님께서 개고기를 드신단 말이야?"

"애견용품 업체 '빠미'는 할아버지가 아니라 아버지가 만드신 거예요. 빠미는 아빠가 어렸을 때 키우던 개 이름이었고요."

"그나저나 주리 넌 좀 충격이다! 1만5천 년 전부터 인간의 친구였던 개를 어떻게 먹을 수 있니? 불법 개 농장의 실태와 개 도살 장면을 한 번이라도 보고 나면 절대 개고기 못 먹을걸?"

"그렇게 따지면, 유노 쌤이 좋아하시는 푸아그라도, 그 잔인한 채취 과정을 보고 나면 절대 못 드실걸요?"

나는 그저 몸보신 얘길 꺼냈던 것뿐인데, 우리가 왜 이런 대화까지 하게 된 건지. 이거 이러다간, 개 식용 찬반 논쟁으로까지 번질 조짐이다.

"그만하자!"

왠지 말로는 도저히 내가 주리를 이길 수 있을 것 같지 않아서, 그냥 이쯤에서 백기를 들기로 했다.

"개 식용 찬반 논쟁은 다음으로 미루고, 얼른 뭔가를 먹을 수 있게만 해줘!"

"제가 언제 가이드로서 유노 쌤을 실망시킨 적 있어요?"

뭔가 좋은 플랜이라도 있는 건지, 자신 있는 표정을 짓는 주리.

"사실 아까 미팅 중간에 미라 아주머니에게서 전화가 걸려 왔었어요. 바깥으로 나가서 전화를 받았더니, 강주리 뉴욕 출국 기사를 보고 연락한 거라고 하시더군요."

"오, 그래? 다시 뉴욕에 오면, 꼭 인사하러 갈 생각이었는데…."

"그럼, 지금 가서 인사드리면 되겠네요."

"지금?"

"네, 바로 지금이요. 미라 아주머니께서 우리를 저녁 식사에 초대하셨거든요. 몸보신에 집밥만큼 좋은 게 또 없겠죠?"

2017년 11월 16일 뉴욕시각 PM 06:35.

약 한 달 만에 다시 찾은 스태파니의 아파트.

그런데 아파트 건물 입구에서 우리를 맞이한 것은 카타르지나가 아닌 젊은 남자 도어맨이었다.

혹시 카타르지나가 일을 그만둔 건 아닌가 했는데, 오늘 비번이라고 했다. 그녀의 꾀꼬리 같은 목소리를 다시 들을 수 있을 것으로 기대했던 나는 적잖이 실망하지 않을 수 없었다.

"어서 오세요. 다시 만나서 너무너무 반가워요!"

엘리베이터 앞까지 나와서 우릴 맞아준 미라 씨는 전과는 사뭇 달라진 모습이었다.

미용실에 막 다녀온 것처럼 세팅된 헤어와 꽤 짙은 화장, 그리고 신경 써서 차려입은 티가 나는 옷차림. 가사도우미라기보다는 안주인 같은 느낌이랄까?

"다른 식구들도 같이 있었으면 좋았을 텐데, 오늘은 저 혼자예요. 스테파니는 존과 함께 파리에 가 있고, 대니얼과 제니퍼는 모두 시험 기간이라 바쁘다네요."

미라 씨에게서 달라진 건 겉모습뿐만이 아니었다. 그녀의 말투와 표정에서 이전엔 느낄 수 없었던 당당한 자존감 같은 게 느껴진다. 미라 씨의 신변에 어떤 변화가 생겼음을 짐작하게 한다.

'혹시 그것 때문일까?'

미라 씨에게서 느껴지는 변화가 혹시 내가 생각하는 그 이유가 맞는지, 나는 확인해 보기로 한다.

나는 미라 씨를 만나면 꼭 물어보고 싶었던 질문을 조심스레 꺼낸다.

"혹시, 대니얼이…."

나는 그렇게 주어만 말했을 뿐인데, 미라 씨는 흠칫 놀라며 대뜸 이렇게 말한다.

"네, 맞아요. 대니얼이 제니퍼와 사귀고 있어요."

"역시, 맞군요."

내 예감이 적중했다. 미라 씨의 내외적 변화는 대니얼과 제니퍼가 사귀게 된 것과 연관이 있었던 거다.

"어느 날 대니얼이 제게 와서 말하더군요. 제니퍼와 정식으로 사귀게 되었다고요. 사실 전부터 제니퍼를 예쁜 동생 이상으로 생각해왔는데, 두 가족이 독립적이고 대등한 관계가 아니란 사실 때문에 고백을 못 하고 망설이고 있었다더군요. 그런데 제니퍼로부터 먼저 고백을 받았다고요."

"전 왠지 두 사람이 잘될 줄 알았어요."

나는 마치 내가 두 사람을 맺어준 큐피드라도 된 양 으쓱해지기까지 한다.

"대니얼의 말을 들으며 느낀 바가 많았어요. 그 녀석을 위해서라도 내가 더 이상 스테파니의 그늘 밑에서 움츠리고 살아선 안 되겠구나, 다시 세상으로 나가서 홀로서기를 해야겠구나 하는 생각이 들었죠. 우리 모자와 스테파니 모녀가 서로 독립적이고 대등한 관계가 되려면 말이죠."

미라 씨는 우리에게 뭔가를 하나씩 건넨다.

한지 같은 질감의 자주색 종이 위에 금박으로 'MIRAQUE'라고 새겨진 그것은 식당 홍보용 브로슈어인 듯했다.

"다음 달에 트라이베카 쪽에 식당을 오픈할 예정이에요. 한국 가정식과 프렌치 요리를 결합한 퓨전 레스토랑이죠."

"대박! 정말 잘되었어요!"

주리는 꼭 자기 일처럼 기뻐하며, 겉모습과는 어울리지 않는 감탄사를 내뱉었다.

주리의 표현대로, 정말 대박은 대박이다.

내가 감탄해 마지않았던 미라 씨 손맛이라면, 콧대 높은 동네인 트라이베카에서도 분명 잘 먹힐 것이라 믿어 의심치 않는다.

"그리고 저 2주 후면 이 집에서 나갈 예정이에요. 어퍼 웨스트 쪽에 저희 모자가 살 집을 구했거든요."

이사할 계획을 말하는 미라 씨의 얼굴이 새로운 설렘으로 반짝반짝 빛난다. 그녀의 모습에서 느낀 '당당한 자존감'의 근원은 바로 독립에의 의지였나 보다.

"스테파니가 식당에 투자할 의사를 밝혀왔지만, 저는 정중히 사양했답니다. 물론 호의는 너무나 고마웠지만, 앞으로를 위해선 거절하는 게 맞다고 생각했어요. 서로 재정적인 관계로 얽혀버리면, 독립적이고 대등한 사돈 관계가 성립될 수 없을 테니까요."

미라 씨의 입에서 '사돈'이라는 말까지 나올 정도로 관계가 진척된 대니얼·제니퍼 커플, 그리고 홀로서기에 도전하는 미라 씨, 모두 모두 파이팅이다!

미라 씨가 우리를 위해 차려준 음식은 레스토랑 '미라끄'에서 실제로 서비스 예정인 코스 요리라고 했다.

아뮤즈 부쉬로는 오세트라 캐비아를 올린 감태 부각을 내주셨는데, 캐비아를 또띠아가 아닌 부각에 올려 먹는다는 발상만큼이나 재미있는 풍미와 식감을 즐길 수 있었다.

삶은 밤을 곱게 갈아 차가운 옥수수죽 위에 올린 밤옥수수죽은 놀라운 달콤함과 고소함으로 기분을 한껏 업그레이드시켜주었다.

그리고 삼계탕에서 영감을 얻은 것 같은 오골계 콘소메 수프에서는 그윽한 인삼 향이 고향의 기운을 느끼게 했다.

메인으로 나온 석쇠 불고기와 멸치 액젓 드레싱의 겉절이 샐러드를 먹을 땐, 내가 한국인이라는 것이 자랑스러운 마음이 들 정도로 가슴 벅찬 감흥을 느낄 수 있었다.

이윽고 마지막 식사로 나온 전복 솥밥을 먹으면서는 진정한 몸보신이 이런 건가 싶었다.

홍삼 아이스크림과 약과로 입가심하는 것으로 코스를 마무리한 나는 미라 씨를 향해 기립박수라도 치고 싶은 마음이 들었다.

어느 요리 하나 버릴 게 없었던 이 코스는, 갖가지 미식에 길들여져 상향 평준화된 뉴요커의 입맛에도 분명 큰 임팩트를 줄 수 있을 거라 확신한다.

"그런데 주리 씨, 한 가지 부탁할 게 있어요."

미식의 여운을 즐기며 감잎차를 홀짝거리고 있던 내게 미라 씨가 말했다.

"뭔데요? 지금은 뭘 부탁하셔도 다 들어드려야 할 것 같은 기분인데요? 그만큼 코스가 너무 훌륭했어요. 너무 잘 먹었습니다!"

주리의 영향인지, 이제 제법 듣기 좋은 립 서비스도 잘하는 나였다. 물론 그 말은 립 서비스만이 아닌, 진심에서 우러나온 찬사였지만 말이다.

"이 코스의 제목을 Jury's Choice로 해도 될까요? 이 코스는 제 요리를 아주 맛있게 먹어주던 주리 씨를 떠올리며 만든 것이거든요."

난 또, 뭔가 좀 더 어렵고 복잡한 부탁일 줄 알았는데, 그 정도야 뭐….

"물론이죠. 제 이름 맘껏 가져다 쓰세요! 만약 원하시면, 사진도 찍어드리고 사인도 해드릴게요. 매장에다 붙여 놓으실 수 있게 말이에요."

주리란 이름이 마치 내 것인 양 주제넘은 선심을 쓰고 있다는 생각에,

나는 원주인인 주리의 눈치를 살핀다. 나와 눈이 마주친 주리는 그런 내 마음을 읽었는지, 말없이 웃으며 고개를 끄덕인다.

"고국을 떠나 머나먼 타국에서 생활하는 교포들에겐 주리 씨처럼 우리 나라의 위상을 드높여 주는 분들이 얼마나 고마운지 몰라요. 특히 미국 여성들에게 인기 많은 피겨 스케이팅에서 올타임 챔피언으로 통하는 김연하 선수나, 최근 케이팝의 역사를 새로 쓰고 있는 방탄소년대 같은 분들은 재외 외국인들에겐 정말이지 단비 같은 존재들이에요. 강주리 씨도 아마 조만간 그런 존재가 될 거예요. 아니, 이미 그런 존재예요."

미라 씨는 자고 가라며 우릴 붙잡았다. 한 달 전에 우리가 썼던 방을 그대로 쓰면 된다며….

하지만 거한 저녁 대접을 받은 것만도 과분했는데, 거기서 더 폐를 끼치는 건 예의가 아닐 듯싶었다. 그리고 우리는 이미 주리네 소유의 아파트에 묵기로 얘기가 된 상태였다.

스테파니의 아파트에서 나와서, 같은 블록에 있는 주리네 아파트로 향하는 길.

늦가을의 정취가 가득한 어퍼 이스트 사이드의 밤거리를 주리와 함께 걷는다.

"그런데 유노 쌤, 우리 내일 뭐 할까요?"

그러고 보니 내일은 예정된 일정이 하나도 없다. 다른 멤버들이 도착하는 모레까지는 완전히 프리하다는 뜻이다.

모처럼 할 일이 아무것도 없는 날을, 그것도 뉴욕에서 맞을 생각을 하니 가슴이 막 두근거린다.

"글쎄, 나는 주리 가이드만 믿고 있는데?"

"유노 쌤은 뉴욕에 오시면 꼭 해보고 싶었던 일 없으세요?"

"뉴욕 하면 떠오르는 로망은 많았던 것 같은데, 막상 그렇게 물어보니 선뜻 대답을 못 하겠어. 주리 넌?"

"저야, 뉴욕에서 살았던 사람인데요, 뭘."

"그래도, 뉴욕에 살면서도 못 해봤던 게 있을 수도 있잖아."

"글쎄요?"

잠시 생각에 잠기는 듯했던 주리는 이내 다시 말을 잇는다.

"그럼, 우리. 각자 하고 싶었던 일 한 가지씩을 같이 해보는 건 어떨까요? 그러니까 유노 쌤과 제가 뉴욕에서 해보고 싶었던 일 한 가지씩을 서로가 함께 실행하는 미션이죠."

"That's a good idea!"

"그럼, 오늘 밤에 각자 한 가지씩 생각해서 내일 아침에 만나는 거로 하죠!"

숙소로 와서 초간단 샤워를 마친 후 침대에 누웠다. 그냥 막 던져놓은 짐은 내일 아침에 풀기로….

'뉴욕에 오면 해보고 싶었던 일이라….'

사실 나는 지난번 《더 유니버스》 참가차 뉴욕에 왔을 때, 이미 내가 품었던 상상 이상으로 많은 걸 이뤄봤다.

현실이 이상을 한참 앞질러버린 이런 상황에서 내가 더 바랄 게 있을까?

여기서 더 바라는 건 어쩌면 과욕일지도 모른다는 생각이 엄습한다.

그래서 나는 생각의 방향키를 돌려, 주리에게 포커스를 맞춰본다.

내가 뉴욕에서 만든 행복한 기억들, 그 모든 순간에 나를 지켜주고 지지해주었던 주리.

만약 주리가 내 곁에 없었더라면, 나는 그 눈부신 성과들을 결코 이룰 수 없었을 것이란 걸 잘 알고 있다.

내일 하루만큼은, 내가 아닌 주리를 위해 온전히 바치기로 작정한 후에야 나는 비로소 잠을 청한다.

120. 너를 기쁘게 해 줄 방법

◆◆

2017년 11월 17일 뉴욕시각 AM 06:35.

이상하게 설레서 잠을 설쳤다. 마치 첫 데이트 나가기 전날 밤처럼 말이다.

내 생애 첫 데이트는 중2 때였다.

상대 여자애는 초등학교 동창생이었는데, 동네 영수학원에서 재회하면서 사귀는 사이가 된 것이었다.

그 여자애를 떠올리면, 꼭 덩달아 떠오르는 것이 바로 삼풍백화점이다. 그 애와 내가 첫 데이트를 했던 장소가 바로 삼풍백화점이었고, 그날이 바로 그 백화점 개장일이었기 때문이다.

삼풍백화점 붕괴 사고가 일어났던 1995년에 나는 군인 신분이었다.

건물이 폭삭 주저앉는 장면을 내무반 TV를 통해 지켜본 나는, 내 안의 많은 것들이 덩달아 무너져 내리는 것 같은 기분을 느꼈다. 그 중엔 그 여자애에 관한 기억도 포함되어 있었다.

그런데 공교롭게도, 바로 그해 연말경 그녀가 급성 림프구성 백혈병으로 사망했다는 소식을 뒤늦게 접했다. 내게 그 소식은 자주 가던 백화점이 무너졌다는 뉴스 이상으로 큰 충격이 아닐 수 없었다.

그 후로 나는 어디선가 '삼풍백화점'이 거론될 때면 자연스럽게, 그 백화점 개장일에 5층 식당가에서 돌솥비빔밥을 함께 먹었던 그녀를 떠올리게 된 것이다.

'그런데 아침부터 왜 이토록 우울한 기억을 떠올린 거지?'

갑자기 나를 엄습해온 불길한 기운에서 벗어나기 위해, 나는 침대에서 벌떡 일어나 욕실로 향한다. 이 음울한 기분, 그리고 수면 부족에 의한 피로까지 샤워로 말끔히 씻어내기 위해서다. 주리 앞에선 밝고 생생한 모습이어야 하니까.

"혹시 잠 못 주무셨어요? 얼굴이 좀 푸석푸석한 것 같아요."

잠 설친 티를 내지 않으려고 무던히 노력했건만, 역시 주리의 예리한 눈은 속이기 어려운가 보다.

"그러는 네 얼굴도 좀 까칠한데?"

주리 역시 잠을 설쳤는지 얼굴에 피곤한 기색이 역력하다.

"괜히 제가 너무 어려운 과제를 냈나 봐요. 오늘 뭘 할지 생각하느라 잠을 얼마 못 잤어요."

"그래서, 생각해냈어?"

"네. 두 가지로 좁혀지긴 했는데, 그 둘 중에 뭘 할지는 아직 결정하지 못했어요."

"그 두 가지가 뭔데?"

"미리 얘기하면 재미없잖아요. 일단 순서부터 정해요."

"무슨 순서?"

"누구 소원부터 들어줄지 결정해야죠."

"소원? 그저 뉴욕에서 하고 싶은 일을 한 가지씩 말하는 건데, 소원이라고까지 하면 의미가 너무 강해지는 거 아냐?"

"그런가요? 그럼, 뭐라고 하지? 요구? 그것도 좀 이상한데…."

"바람 정도로 하자!"

"네. 그럼, 소원 말고 바람으로 하죠. 암튼 누구의 바람을 먼저 들어줄지부터 결정하자고요."

"넌 먼저 하고 싶어? 아니면 나중에 하고 싶어?"

"전 나중에요. 유노 쌤이 하시고 싶은 것부터 했으면 좋겠어요. 그게 뭔지도 무척 궁금하고…."

"그럼, 그렇게 하자. 내가 생각해온 플랜부터 실행하자고!"

"유노 쌤이 하고 싶은 건 뭔데요?"

"나도 미리 얘기해주지 않을 거야. 일단, 5번가로 가자!"

2017년 11월 17일 뉴욕시각 AM 10:06.

'어떻게 하면 주리를 기쁘게 해줄 수 있을까?'

어젯밤 나는 그 생각에 골몰했다.

그러다 나는 지난번 뉴욕 방문 때의 에피소드 중 하나를 떠올렸다. 어퍼이스트 사이드에서 버스를 타고 다운타운으로 향하던 중, 버그도프굿맨 백화점을 지나면서 주리가 했던 말.

'버그도프굿맨. 저의 최애 백화점이에요. 오른쪽에 보이는 게 여성관, 길 건너 반대편에 있는 게 남성관이죠. 하지만 지금은 남자의 몸이라 여성관에서 예쁜 옷을 발견해도 입어볼 수도 없겠네요.'

이 말을 하면서 주리의 얼굴에 떠올랐던 그 의기소침한 표정도 덩달아 생각났다.

버그도프굿맨은 주리 본인의 입으로 자신의 최애 백화점이라 밝힌 바 있다. 게다가 우여곡절 끝에 정체를 밝히고 상봉한 모친 윤혜린과 만남을 가졌던 장소 역시 버그도프굿맨이지 않았던가?

이런 사실들로 미루어 보건대, 버그도프굿맨이 맨해튼에서 주리가 가장 좋아하는 공간임이 틀림없다.

그래서 내가 생각한 오늘의 미션은 다음과 같다.

"버그도프굿맨에서 서로에게 어울리는 물건 하나씩 사주기! 그러니까 너는 여성관에서 여성용 아이템을 나에게 골라주고, 나는 남성관에서 남성용 아이템을 너에게 골라주는 미션이지. 어때?"

내 예상과는 달리, 주리는 다소 떨떠름한 표정으로 날 빤히 쳐다본다. 내심 나는 뛸 듯이 기뻐하는 주리의 모습을 기대했건만….

혹시 비용 문제 때문에 저러나 싶어, 나는 한 마디 덧붙인다.

"강석진 씨가 비상용으로 쓰라고 준 카드가 있긴 하지만, 꼭 그 카드까지 쓸 필요 없을 것 같아. 핑키 윙키 활동과 면세점 CF 개런티 정산금에

다 《더 유니버스》 출연료까지 입금되어서 예금잔고가 꽤 빵빵하거든. 거기서 좀 쓰면…."

"그게, 유노 쌤이 뉴욕에서 가장 하고 싶은 일이라고요?"

내 말이 채 끝나기도 전에 주리가 훅 치고 들어오는 바람에, 나는 하던 말을 멈출 수밖에 없었다.

"맞아. 이게 바로 내가 밤새 생각한 미션이야."

"정말 유노 쌤이 제일 하고 싶은 일이 쇼핑이라고요?"

"그래, 나는 남자치곤 쇼핑하는 거 좋아하는 편이야. 특히 내 물건 내가 사러 다니는 거라면 온종일이라도 할 수 있다고!"

"아, 그래요? 난 또, 유노 쌤이 저 때문에 일부러 그런 미션을 생각하신 건가 했네요."

그제야 비로소 굳었던 표정을 푸는 주리.

"유노 쌤도 쇼핑을 좋아하신다고 하니, 저는 마음 놓고 둘러봐도 되는 거죠? 대신 힘들다고 불평하기 없기!"

'내가 왜 굳이 백화점에 오자고 했을까?'

나는 내 의지로 정한 미션에 대해 몹시 후회하고 있었다. 주리와 함께 다니는 쇼핑은 내 예상보다 훨씬 더 빡셌기 때문이다.

나는 버그도프굿맨 여성관의 지하 1층부터 지상 6층까지 구석구석 끌려다니며, 총 스물여섯 벌의 옷을 입어보고 열다섯 켤레의 구두를 신어봐야 했다.

'그래, 이왕 오늘 하루를 온전히 널 위해 바치기로 했으니, 내 군소리 안 하고 꾹 참아주마!'

나는 살신성인의 심정으로 화를 억누르며, 묵묵히 주리 뒤를 따라다녔다.

내가 옷을 입어볼 때마다 매장 직원들로부터 들은 찬사만 기록해도 웬만한 일기장 한 권은 가득 채울 수 있을 것 같다. 영어로 예쁘다·귀엽다·멋지다는 뜻을 나타내는 표현이란 표현은 거의 다 들어보지 않았을까 싶다.

그런데 내가 보기엔 입어보는 것마다 다 예뻐 보였고 종업원들도 하나 같이 잘 어울린다고 했는데, 주리는 알 수 없는 표정을 지으며 번번이 결정을 뒤로 미루기만 했다.

어찌 보면, 내게 옷을 입혀보고 신발을 신겨보는 이 상황을 마치 인형 놀이하듯 즐기고 있는 것처럼 보이기도 했다.

매장이 오픈하자마자 들어가 세 시간 동안 거의 모든 매장을 샅샅이 둘러보고서도, 득템은 하나도 못했다.

우리는 결국 손에 든 쇼핑백 하나 없이 7층 식당가로 향해야 했다. 주리가 미리 대기를 걸어둔 BG 레스토랑에서 연락이 왔기 때문이다.

"자그마치 3시간을 돌아다녔는데, 물건 하나 고르지 못했다는 게 말이돼? 대체 얼마나 더 돌아다녀야 하냐고!"

등받이 높은 아르데코 양식 체어에 털썩 몸을 던지며 내가 투덜거렸다.

"전 이미 가슴속 응어리 같은 게 확 풀린 것 같은 기분인데요? 저에겐 더할 나위 없는 힐링 타임이었어요. 꼭 사지 않아도 괜찮을 것 같아요."

"안 사도 된다고?"

"예쁜 옷을 산다고 해도, 어차피 유노 쌤에겐 입을 기회도 별로 없잖아요. 협찬이 물밀듯이 들어와, 공식석상이나 공항 출입 때 입어줘야 할 협찬 의상들이 산더미처럼 쌓여있는걸요, 뭘."

"무슨 말인지는 알겠는데, 정말 안 사도 괜찮겠어? 난 실컷 쇼핑 다닌 후에 득템한 게 하나도 없으면 왠지 허무해지던데…"

"저도 그런 편이었는데, 오늘은 유노 쌤에게 예쁜 옷 이것저것 입혀보는 것만으로도 아주 재미있는 시간이었어요. 제가 꼭 조물주가 된 기분이었다고 할까요?"

내가 이 옷 저 옷 입었다 벗었다 하느라 쩔쩔매는 동안 주리의 손아귀에서 농락당한 것만 같아 기분이 좀 그랬다. 하지만 나 스스로 자처한 일이니 뭐라 따질 수도 없는 노릇.

"그리고 전에는 매장 직원 언니들의 예쁘다는 칭찬에 혹해서 결제를 해버리는 일이 잦았죠. 그런데 내 모습을 거울이 아닌 내 눈으로 직접 보게 되니까, 객관적인 판단을 할 수 있었어요. 뭐랄까, 나 자신을 제삼자의 시선으로 바라보는 기분이었다고 할까요?"

그래, 어떤 기분인지 잘 알 것 같다. 주리나 나처럼, 누군가와 몸이 바뀌어보지 않고선 결코 이해할 수 없는 기분일 것이다.

"암튼 너무 재미있고 색다른 경험이었어요. 즐겁고 행복한 시간 보내게 해주셔서 정말 감사해요!"

"여성관에서 주리 네가 이미 그 정도의 만족을 느꼈다면, 남성관까지는 굳이 안 가도 되겠네?"

"왜요?"

"다리 아프고 눈도 뻑뻑해서, 쇼핑은 더 이상 못하겠어."

"그런데 정말 남성관은 안 가 봐도 괜찮겠어요? 유노 쌤이 거기에 꼭 가보고 싶으셨던 거 아닌가요?"

나 혼자서면 얼마든지 자신 있다. 대충 둘러보다가 꽂히는 브랜드가 있으면, 그 매장 안에 들어가서 머리부터 발끝까지 싹 다 해결하고 나오면 되니까.

하지만 주리와 함께 남성관 전 매장을 구석구석 다녀야 하는 쇼핑이라면, 나는 자신 없다. 항복!

"나는 정말 괜찮으니까, 점심 먹고 나선 그냥 주리 네 미션으로 넘어가자!"

랍스터 맥앤치즈와 베이비 케일 샐러드, 그리고 로스티드 펜실베니아 더치 치킨을 남양 원님 굴회 마시듯 후딱 해치운 우리는 다음 미션을 수행할 목적지로 향한다.

2017년 11월 17일 뉴욕시각 PM 02:42.

"그래서 지금 우린 어디로 가고 있는 거야?"

5번가를 달리는 버스에서 옆자리에 앉은 주리에게 내가 물었다.

"가서 말씀드릴게요."

자신이 정한 미션이 뭔지에 대해서 주리는 여전히 함구하고 있다.

"그럼, 두 가지 바람 중에 하나를 선택하긴 한 거야?"

"네."

내 물음에 대답을 하긴 했는데, 뭔가 자신감 없어 보이는 주리.

"그런데 사실 아까, 미리 얘기하면 재미없을까 봐 말하지 않은 게 아니었어요, 솔직히 말하자면, 두 가지 바람이 하나같이 너무 유치한 것 같아서 선뜻 말하지 못했던 거에요."

"이 녀석아, 네 나이는 이제 겨우 열아홉이야. 나는 너보다 스물네 살이나 많은 아재고. 설사 네가 다소 유치한 바람을 가지고 있다고 해서 이상할 건 하나도 없어. 내가 네 나이 땐 지금의 너와는 비교가 안 될 정도로 더 유치했었으니까."

그런 내 말에 조금은 용기를 얻었는지, 주리는 결심한 듯 입을 연다.

"그럼, 일단 제가 탈락시킨 플랜부터 말씀드릴게요. 제 로망 중 하나가 영화 《비긴 어게인》의 두 남녀처럼 각자의 플레이리스트에 담긴 음악을 함께 들으며 뉴욕 거리를 거니는 것이었어요."

"막상 들어보니, 그리 유치한 생각은 아닌 것 같은데? 그런데 그 플랜을 탈락시킨 이유는 뭐야?"

"아까 버그도프굿맨 매장을 누비고 다닐 땐 몰랐는데, 지금은 발바닥이 막 화끈거리는 것이 물집까지 잡히려고 해요. 그래서 많이 걸어야 하는 미션은 제외한 거죠."

"그래, 많이 걸어야 하는 미션이라면 나도 반대다. 우린 이미 너무 많이 걸었어."

"그래서 제가 최종적으로 선택한 미션은요…."

121. 사랑 말고 다른 이름

◆◆

그렇게 말머리만 던져놓은 채 한참을 머뭇거리던 주리가 다시 입을 연다.

"바로… 놀이공원에 가는 거예요."

"놀이공원?"

역시 열아홉 살짜리 여자애답다 싶으면서도, 재벌 4세 신분과는 왠지 어울리지 않는 바람이란 생각이 들었다.

"네, 사람 많은 놀이공원이요. 어렸을 때 저는 놀이공원을 주로 밤에만 갔었거든요."

"야간 개장 때만?"

"아니, 그게 아니라 놀이공원이 문 닫은 다음이요."

"그게… 무슨 말이야?"

"제가 놀이공원에 가고 싶다고 하면, 아빠는 늘 포에버월드가 문 닫는 시간에 맞춰서 절 데려가셨거든요."

그제야 나는 주리의 말뜻을 이해했다.

포에버월드는 바로 S그룹에서 운영하는 놀이공원이고, 강석진 씨는 주로 폐장 시간 이후에만 딸을 그곳에 데려갔다는 얘기다.

"역시 스케일이 다르군!"

그 광대한 포에버월드를 오직 딸을 위해서만 오픈해주는 아빠라니.

국내 최대의 놀이공원을 소유한 재벌 3세 아빠가 아니면 결코 해줄 수 없는 이벤트인 동시에, 그런 아빠를 둔 재벌 4세 딸이 아니면 절대 누릴 수 없는 혜택이 아닌가?

"포에버월드가 바로 너희 아빠 거니까, 거기서 넌 정말 하고 싶은 거 다 할 수 있었겠구나. 아무도 없는 놀이공원에서 뭐든 내 맘대로 다 할 수 있다면 정말 신날 것 같은데?"

"제가 타고 싶은 놀이기구는 지겹도록 탈 수 있었고, 사육사들이 타는 차를 타고 한밤의 사파리에 들어가 야행성 맹수들의 활발한 움직임을 관찰할 수도 있었죠. 하지만, 솔직히 그렇게 신나진 않았어요."

"아니, 왜? 일반인들처럼 한두 시간씩 줄을 서지 않아도 되고, 복잡한 통로에서 사람들과 어깨를 부딪칠 일도 없고, 얼마나 좋아?"

평범한 사람들이 놀이공원에서 겪어야 하는 고충을 알 턱 없는 주리가 괜히 복에 겨운 소리를 하는 거라고, 나는 생각했다. 주리의 다음 발언을 듣기 전까지는 말이다.

"놀이공원에 들어설 때마다, 매번 저는 집으로 향하는 사람들과 마주해야 했어요. 그래서 제 기억 속 놀이공원의 이미지는 주로 폐장을 알리는 음악이 흐르는, 그런 스산한 파장 분위기뿐인 거예요. 저는 그저, 영화나 TV에서 본 것처럼 사람들로 북적대는 놀이공원에 가보고 싶은 거였단 말이에요."

주리의 말을 듣고 보니, 그럴 수도 있겠다는 생각이 든다.

남들의 선망을 받는 재벌가에서 태어나 특별하게 양육되었을 주리에겐 다른 아이들의 평범한 일상이 외려 동경의 대상이었을지 모른다.

주리가 놀이공원 가기를 미션으로 선택한 이유에 대해선 설명을 더 들을 필요도 없었다. 내가 주리의 심정을 공감하고 이해하는 데는 그 정도의 설명이면 충분했기 때문이다.

"뉴욕에도 갈 만한 놀이공원이 있어?"

"뉴저지에 식스 플래그라는 놀이공원이 있긴 한데, 저는 브루클린 남쪽 코니 아일랜드에 있는 루나 파크 쪽이 더 끌려요. 식스 플래그보다는 규모도 작고 시설도 낡았지만, 그래서 좀 더 클래식한 놀이공원 분위기가 날 것 같거든요."

"전에 가본 적이 있어?"

"아니요, 브루클린 브리지 저쪽은 위험한 동네라고 아빠가 못 가게 하셨어요. 뉴욕에서 전 맨해튼, 그중에서도 메디슨 애비뉴나 파크 애비뉴 일대에서 벗어나 본 적이 거의 없는걸요."

왜 아니겠어? 강석진에겐 주리가 눈에 넣어도 아프지 않을 딸일 텐데, 뉴욕 같은 험한 대도시에 딸을 보내놓고선 노심초사할 수밖에 없었겠지.

그런데 금지옥엽 같은 딸 주리의 몸에 자신과 동갑내기 아재의 영혼이 들어와 있는 걸 알면, 그는 얼마나 기겁을 할까?

"늦기 전에 얼른 가자. 너무 늦어져서 또 스산한 파장 분위기만 보게 되면 안 되잖아!"

"루나 파크엔 밤에도 사람 엄청 많다니까 괜찮을 거예요."

나는 괜히 마음이 급해진다. 나까지 덩달아 주리의 어린 시절 동심 속으로 편입된 기분이랄까?

2017년 11월 17일 뉴욕시각 PM 03:36.

코니 아일랜드 역에서 루나 파크를 향해 걸어가는 길.

"코니 아일랜드는 뉴욕 브로클린 구의 남쪽 해안에 있는 위락 지구로, 100년 전까지만 해도 맨해튼 부호들의 휴양지였대요. 근래엔 햄튼에 그 명성을 빼앗겼지만 말이에요."

"해안이라면 바다도 보이겠네? 우리나라로 치면, 인천 월미도나 부산 광안리 같은 분위기?"

"네, 아마도 그럴 것 같아요. 우디 앨런의 영화 《원더 휠》은 1950년대의 루나 파크를 배경으로 하고 있는데, 알록달록한 색감이 너무 예뻤…."

코니 아일랜드와 루나 파크에 대해 열심히 설명하고 있던 주리가 갑자기 하던 말을 멈춘다.

"너, 왜 그래?"

대체 무엇이 주리의 말문을 막아버린 건지 궁금했던 나는 주리의 시선이 향해있는 지점으로 눈길을 돌린다.

주리가 허망한 표정으로 바라보고 있던 그것은 바로 'Luna Park 2017 Hours'라고 쓰인 전광판이었다. 그곳엔 루나 파크의 개장 스케줄표가 그려져 있었다.

'Opening Day : March 24, Closing Day : October 28'

너무나 애석하게도, 루나 파크는 3월부터 10월까지만 개장하는 것으로 되어 있었다.

"오, 이런…."

어쩐지, 코니 아일랜드 역에서부터 루나 파크 입구까지 걸어오는 동안 우리와 같은 방향으로 걷는 사람들이 거의 없더라니.

"죄송해요, 오픈하는 시즌이 정해져 있다는 걸 미처 몰랐네요. 인터넷으로라도 미리 확인을 해봤어야 하는 건데…."

실망이 가득한 얼굴을 하고서도, 도리어 내게 미안하다고 말하는 주리.

"이 녀석아, 네가 왜… 미안해하냐?"

이 와중에도 착한 말만 골라 말하는 녀석을 보니, 난데없이 목이 콱 메어왔다. 차라리 내 앞에서 짜증을 내거나 투정이라도 부렸으면 내 마음이 덜 아팠을 텐데….

"동절기엔 오픈하지 않는다는 사실도 모르고 유노 쌤을 이 먼 곳까지 끌고 온 게 죄송해서 그러죠."

"자꾸 그렇게 속없는 사과할 필요 없어. 속상하면 그냥 속상하다고 말해도 괜찮아, 내 앞에선!"

"유노 쌤이 생각하시는 것만큼 속상하지 않아요, 저. 그리고 어찌 보면, 차라리 잘된 일일 수도 있어요. 생각해보니 놀이공원 가기 미션도 많이 걸어야 하는 건 마찬가지더라고요."

여전히 내 맘도 모르고, 자꾸만 어른스러운 척하는 주리에게 나는 그만 벌컥 화를 내고 만다.

"애면 애답게 좀 굴어. 자꾸만 그렇게 애어른처럼 구니까 내가 헷갈리잖아!"

그렇게 버럭 쏘아붙이고는 휙 뒤돌아서 걷기 시작하는 나.

그리고 그런 내 모습에 몹시 당황하며 종종걸음으로 내 뒤를 쫓는 주리.

"화나신다고 그렇게 먼저 가버리시면 어떡해요?"

뒤편에서 들려오는 주리의 물음에, 나는 애써 감정을 추스르며 뒤로 돌아보지 않은 채 이렇게 대답한다.

"식스 플래그인가 플래그 식스인가, 거기 문 닫기 전에 가려면 서둘러야지. 얼른 따라와!"

"지금 뉴저지까지 가기엔 이미 너무 늦었어요."

"그렇다고 이대로 허무하게 미션을 포기할 순 없어!"

"사실, 놀이공원에 가는 건 제 미션의 일부일 뿐이었어요."

"미션의 일부일 뿐이었다니? 그게 무슨 뜻이야?"

그 순간, 나는 걸음을 멈출 수밖에 없었다. 놀이공원 가는 것이 미션의 일부일 뿐이었다는 그 발언의 진의는 알아야 할 것 같았기에.

"너무 유치한 발상인 것 같아, 차마 이것까진 말씀 안 드리려고 했는데…"

주리는 입술을 질끈 한 번 깨문 후, 수줍은 듯 말을 이어간다.

"누구나 처음에 대한 로망을 갖고 있잖아요. 첫 데이트, 첫 키스, 첫사랑…. 저는 첫 데이트는 꼭 놀이공원에서 하고 싶다는 로망을 갖고 있었거든요. 그러니까 단순히 놀이공원에 가는 것이 아니라 놀이공원에서의 첫 데이트가 저의 로망이자 바람이었어요."

주리 입에서 나온 '첫 데이트'라는 워딩만으로도 난 충분히 곤혹스러웠는데, 녀석이 덧붙인 다음 말에 내 멘탈은 산산이 부서지고 만다.

"그리고 어쩌다 보니, 유노 쌤이 제 첫 키스 상대가 되어버린 것 알고 계세요?"

첫 키스란 말에 붙은 '첫'이라는 관형사가 마치 돌덩이 같은 질감과 무게로 내 가슴팍에 날아와 박힌다.

"주리야, 그때 그건… 키, 키스라기보다는… 몸과 영혼이 만나는, 그런

의식 같은 거였잖아!"

당황한 나는 말을 심하게 더듬고 만다.

《더 유니버스》 본선 1차 경연을 앞두고 라디오 시티 뮤직홀 로비 계단에서 나눴던 그 키스.

그것은, 왕추홍과 선곡이 겹쳤다는 걸 알고 멘붕되어 있던 나를 주리가 위로하던 상황에서 벌어진 일이었다. 바짝 가까이 다가온 내 얼굴을 마주하며 떠오른 순간적 호기심을 이기지 못해 저질러 버린…

그런데, 단지 내가 주리의 입술로 내 입술에 키스하면 어떤 느낌일지 궁금해서 실행해본 그것이 주리에겐 다름 아닌 첫 키스였다니.

나는 내가 천하의 몹쓸 범죄자가 된 것 같은 기분에 휩싸이고 만다.

"주리야, 난… 네가 그걸 첫 키스로 여기지 않았으면 좋겠어."

"네, 실은 저도 그렇게 생각해요. 그것을 키스라고 정의하기엔 너무나 비현실적이고, 또 거기에다 처음이라는 의미까지 부여하면 너무 무거워지잖아요."

"그날의 일은 그냥 각자의 몸과 영혼이 만난 것쯤으로 해두자. 만약 우리가 원래의 몸으로 다시 돌아가게 되면, 그냥 무효화 되는 거로 하자고."

이런 말을 통해서라도 내 죄의식을 조금이나마 가볍게 하려는 나 자신이 비겁하게 느껴진다.

하지만 주리를 향한 내 감정을 그대로 인정하고 감당해내느니, 차라리 면피성 궤변을 늘어놓는 비겁자가 되리라.

"그래도 전 그 순간의 기억을 무효화시키고 싶진 않아요. 마치 딴 세상으로 통하는 신비의 회로에 접속한 것 같았던 그 느낌은 그대로 오래오래 간직하고 싶어요. 설사 그걸 첫 키스로 인정하지 않는다고 해도 말이죠."

그 순간의 느낌을 영원히 간직하고 싶은 건 나 역시 마찬가지다.

하지만 주리를 향한 내 감정을 절대 인정할 수 없는 나로선 애써 냉담해질 수밖에 없다.

"전 그저 첫 데이트를 놀이공원에서 하고 싶다는 제 로망에 유노 쌤을 대입시킨 것뿐이에요. 어쨌든 지금은 유노 쌤이 제 영혼과 가장 가깝고도 특별한 존재니까요."

무거워진 내 기분을 의식했는지, 주리는 목소리 톤을 높여서 분위기 반전을 꾀한다.

"첫 키스라 정의하지 않아도 제겐 그 느낌이 특별하고 소중했듯이, 첫 데이트라 할 수 없다 해도 유노 쌤과 함께하는 이 순간이 제겐 소중하고 특별해요. 여기까지 오면서 기대하고 설 던 경험만으로도 전 충분히 행복했거든요. 그런 의미에서 우리 해변으로 가서 바다나 보고 가요!"

내가 단단히 둘러 쳐놓은, 감정의 방어막을 결국 캐러멜처럼 흐물흐물하게 녹여버리고 마는 주리.

나는 주리의 손에 이끌려 마지못해 해변으로 향한다.

"핑크 클라우드 멤버들 오면, 꼭 식스 플래그에 같이 가자. 놀이공원엔 원래 여럿이 우루루 가야 더 재미있는 거야!"

"네, 좋아요!"

"그런데 말이야. 굳이 데이트라고 이름을 붙이자면 지금이 첫 데이트는 아니지 않아? 한국은 말할 것도 없고, 홍콩, 뉴욕, 도쿄 등등, 우리가 한 몸처럼 붙어 지낸 시간이 얼만데?"

"그건 그렇네요. 그런데 어젯밤에 침대에 누워서 오늘 뭘 할지를 생각하는데, 꼭 첫 데이트를 나가는 사람처럼 막 설 단 말이에요. 데이트란 건 해본 적도 없으면서…. 그래서 저도 모르게 첫 데이트 드립을 해버렸네요."

오, 소름!

나 역시 첫 데이트 전날 밤처럼 괜히 설레서 잠을 설쳤는데, 주리도 그랬다니. 둘이 뭔가 통하긴 통한 모양이다.

폐장된 루나 파크를 배경으로 펼쳐진 고즈넉한 백사장에서 코발트 빛 대서양을 바라보며 나는 생각한다.

주리와 나처럼 서로 영혼이 바뀐 사람들 사이의 만남을 데이트 말고 다른 말로 부를 순 없을까? 이왕이면 데이트란 말보다 좀 더 건전하고 품격 있는 단어였으면 좋겠는데….

그리고 우리 사이 같은 특수한 공생관계에서 생겨나는 감정을 정의할 수 있는 다른 이름 또한 시급하다.

설혹 세상으로부터 인증받지 못한다 하여도, 주리와 나 사이에서만 통할 수 있는 이름이어도 상관없다.

다만 사랑보다는 더 숭고한 느낌의 이름이었으면 좋겠다.

122. 대갚음

◆◆

2017년 11월 18일 뉴욕시각 AM 07:03.

정말이지 깨고 싶지 않은 꿈이었다. 청명한 햇살이 내리쬐는 놀이공원에서 주리와 함께 맘껏 노는, 아주 즐겁고 행복한 꿈이었기 때문이다.

꿈속에서 우리가 신나게 돌아다니던 놀이공원은 많은 사람들로 북적대고 있었는데, 그곳이 루나 파크였는지는 잘 모르겠다.

그런데 꿈에서 깨어난 후에 곰곰이 생각해보니, 꿈속에서 주리는 원래의 주리 모습이었고, 나도 내 몸으로 돌아가 있는 상태 같았다.

꿈속에서 어찌나 깔깔거리며 웃었던지, 그 즐거운 기운이 아직 몸에 남아있는 것 같다.

눈은 떠졌지만, 여전히 침대에 누운 채로 행복한 꿈의 여운을 곱씹고 있노라니, 얼핏 이런 생각도 든다.

'주리와 내가 노닐던 그 놀이동산이 정말 내 꿈속이었을까? 혹시, 내가 주리의 꿈속에 들어가 함께 놀다 온 건 아닐까?'

어제는 어떤 스케줄도 없는 날이었는데, 그 어떤 날보다 더 고단한 하루였던 것 같다.

코니 아일랜드 역에서 지하철을 몇 번 갈아타고 어퍼 이스트 사이드까지 돌아오니 이미 밤 11시가 훌쩍 넘어 있었다.

숙소에 들어오자마자 곧바로 기절하듯 잠이 들었선, 좀 전에 깨어난 것이다. 화장 안 지우고 잔 사실을 주리가 알면 불호령이 떨어질 테니, 절대 비밀이다.

후발대가 아침 비행기로 뉴욕에 도착하면, 곧바로 타이트한 일정이 시작될 것이다.

멤버들과 나는 보컬 및 랩 트레이너 팀, 그리고 안무 팀과의 미팅이 예정되어 있고, 저녁엔 연예계중계 인터뷰도 잡혀 있다.

그리고 핑크 레인은 아이엠윌과 만나 〈아무 사이 아니라고〉의 편곡 작업에 돌입한다. 두 천재 프로듀서의 공동 작업을 통해, 과연 어떤 결과물이 탄생할지 귀추가 주목된다.

한 대표 역시 여러 가지 실무적인 업무를 처리하기 위해 바쁜 하루를 보내게 될 것이다.

2017년 11월 18일 뉴욕시각 PM 06:03.

만만치 않았던 미팅 스케줄을 무사히 소화한 후 한인 타운에 있는 뷰티샵으로 왔다. 연예계중계 인터뷰에 대비한 헤어와 메이크업을 위해 한 대표가 미리 섭외해둔 샵이다.

현지인이 동양인에게 메이크업 시술했을 때 흔히 나오는 '교포 화장'을 지양하기 위해, 일부러 한국인 스타일리스트가 있는 한인 타운을 찾아온 것이다.

헤어와 메이크업을 담당하는 분이 각각 한 분씩뿐이라, 나이 서열순으로 유미와 정화가 먼저 시술받고 있고 나머지는 대기 중.

"언…니들 모두 수고 많았어! 시차 적응도 못 한 상태로 빡센 스케줄 소화하느라 힘들었지?"

진심으로 공경하는 대상에만 언니라는 호칭을 허하기로 마음 먹은 바 있지만, 이 단어를 내뱉을 땐 몸서리가 쳐지면서 단전에 힘이 빡 들어간다.

머리에 헤어롤을 잔뜩 만 채로 베이스 메이크업을 받고 있던 유미가 먼저 대답을 한다.

"그래도 나한텐 정말 피가 되고 살이 되는 시간이었어. 특히 SLS 발성법의 창시자인 사스 릭스를 만났다는 것!"

아닌 게 아니라, 세계 최고의 보컬 트레이너, 사스 릭스와의 만남은 나에게도 이루 말할 수 없는 흥분을 불러일으켰다.

내가 마르고 닳도록 읽었고 연습생들 가르치는 교재로도 활용한 바 있는 책 『SLS 발성법』의 저자를 직접 만나게 될 줄은 꿈에도 몰랐다.

레슨비가 시간당 천 불을 호가하는 비싼 몸값을 차치하고서라도, 일생에 한 번은 꼭 만나고 싶었던 고귀한 분을 직접 뵙게 되어 더할 수 없는 영광이었다.

"그러고 보니, 유미 너 아까 사스 릭스가 해준 한마디 듣고 나선 막 울먹울먹하는 것 같더라!"

나란히 옆에 앉아 드라이를 받고 있던 정화가 한마디 거들자, 유미는 미간을 살짝 들어 올리며 무언의 감탄사를 내보인 후 다시 말을 잇는다.

"맞아, 그분의 원포인트 레슨이 내 정곡을 찔렀거든. 나더러 생각이 너무 많은 사람이라며, 소리를 낼 때 너무 고민하지 말고 그냥 툭 던지듯이 뱉으라고 했잖아. 그 말을 듣는 순간, 소름이 쫙 끼치는 것 있지? 그게 딱 내가 고민해왔던 문제였거든."

유미가 사스 릭스의 조언에 울먹울먹할 정도로 깊은 감화를 받았다니, 내 맘까지 다 흐뭇해지는 것 같다.

그런데 사스 릭스의 지적에 소름이 돋았던 건 나 역시 마찬가지였다.

그가 내게 던진 원포인트 레슨은 바로 이랬다.

'당신은 소리를 다소 조심스럽게 다루는 것 같아요. 물론 우리는 자신의 소리를 사랑해야 합니다. 하지만 그 아낌이 지나쳐선 안 되죠. 당신은 당신의 목소리를 좀 더 자연스럽고 과감하게 다룰 필요가 있어요!'

당연히 그는 영어로 얘기했다. 내용이 대충 이러했다는 거다.

참으로 예리한 지적이라 아니할 수 없다.

내 본연의 것이 아닌 주리의 목소리로 노래를 부르다 보니 아무래도 조금은 조심스러운 부분이 없지 않았을 것이다.

그리고 나도 모르게 주리의 아름다운 음색에 취해서 부른 적도 있다는 사실을 인정하지 않을 수 없다.

그런 미세한 부분을 정확하게 캐치해내는 것만 봐도, 그가 얼마나 뛰어난 귀와 직관력을 가졌는지 알 수 있었다.

헤어 세팅과 메이크업을 마친 후 의상까지 갈아입은 우리는 배터리 파크로 향했다.

오늘은 게릴라 인터뷰가 아니라 토크쇼 형식으로 진행하는 인터뷰라고 했다.

우리가 인터뷰를 진행할 무대 세트는 자유의 여신상이 바라다보이는 언덕바지에 위치해 있었다.

세트 위에서 우리를 맞이한 인터뷰어는 바로 영국 출신의 싱어송라이터, 배소정이다. 에릭람과 같은 오디션 프로그램 출신으로, 명문대를 졸업한 엄친딸로 화제를 모은 바 있었던 바로 그 아가씨다.

고급스런 음색의 명품 보이스에 반해서 내가 원 픽으로 문자 투표도 보내곤 했던 오디서너였다.

"안녕하세요, 《위대한 출생》 나오실 때부터 팬이었어요!"

나는 소정 님과 반갑게 인사하며 자연스러운 포옹을 나눈다. 이럴 땐 주리의 몸인 게 참 좋다. 내가 원래의 내 몸이었다면, 악수가 고작이었을 텐데 말이다.

"저야말로 주리 씨 팬이에요. 《더 유니버스》 때 보여주셨던 무대들, 정말 감명 깊게 봤어요!"

나는 급기야 덕후 모드로 돌아가, 오히려 내 쪽에서 궁금했던 질문을 쏟아내기 시작한다. 말하자면 인터뷰어와 인터뷰이의 입장이 역전된 것이다.

"한동안 제가 소정 님 소식을 접하지 못해서 너무 궁금했어요. 그동안 어떻게 지내신 거예요?"

"《위대한 출생》 끝난 후에 영국으로 가서 근무 연한을 채우면서 작곡

공부하고 돌아왔어요. 최근엔 가수보다는 작곡가로서의 활동이 더 많았던 것 같네요."

그 후로도 나와 배소정 간의 사담이 한동안 이어지는 바람에 결국 총괄 PD로부터 주의를 듣고 만다.

"자, 자! 두 분간의 팬 미팅은 이따 녹화 끝난 후에 정식으로 하시고요, 지금 곧 슛 들어가겠습니다. 준비해주세요!"

무슨 공개방송도 아니고, 한낱 연예 프로그램 인터뷰임에도 불구하고 무대 세트 주변에 몰린 인파가 어림잡아 이삼천은 족히 되어 보인다.

소문이라도 난 건지, 지금도 점점 더 많은 인파가 무대 주변으로 몰려들고 있다.

이렇게 구경꾼들이 많으리라고는 제작진 측에서도 미처 예상하지 못한 듯한 눈치다. 아니, 구경꾼이라기보다는 방청객이라고 하는 편이 더 맞겠다.

다행히 무대 주변에 잔디가 깔려있어서 저렇게 많은 사람이 스탠딩으로 방청해야 하는 사태만은 면할 수 있었다.

총괄 PD가 소정 님에게로 다가와 긴밀히 부탁한다.

"배소정 씨, 구경하는 사람들이 예상보다 너무 많이 몰려버렸어요. 저분들을 위해서 인터뷰를 한국말과 영어로 동시에 진행해 주시겠습니까?"

소정 님은 망설임 없이 '네!' 하고 대답한다. 영국에서 나고 자랐지만, 한국말도 잘하는 그녀에게는 한영 동시통역 인터뷰는 그리 어려운 일이 아닐 것이다.

그런데 한국말과 영어를 동시에 능숙하게 해내면서 인터뷰를 이끄는 소정 님을 보면서, 난 왜 갑자기 이 자리에 없는 주리가 보고 싶어지는 거지? 정말 알다가도 모를 일이다.

그리고 보니, 오후 일정부터는 내내 주리와 함께하지 못했다.

'주리는 지금 어디서 뭘 하고 있는 걸까? 내가 인터뷰하는데, 와서 보지

도 않고….'

　인터뷰는 시종일관 훈훈하고 유쾌한 분위기 속에서 진행되었다.

　구경하는 사람들이 너무 많아서 분위기가 어수선할지도 모른다는 우려는 기우에 불과했다. 그들은 동원된 방청객 이상의, 훌륭한 집중력과 리액션을 보여주었다.

　사소한 말 한마디나 의미 없는 몸동작 하나에도 열띤 반응을 보여준 사람들 덕분에 신명 나게 인터뷰를 진행할 수 있었다.

　《더 유니버스》의 최종 결과가 번복되면서 글로벌 유닛으로 데뷔할 기회가 왔는데, 강주리 씨 측에서 참여를 거부하셨다는 얘기를 들었습니다. 많은 분들이 정말 안타까워하셨어요. 저도 그중 한 사람이었고요. 글로벌 유닛 데뷔를 거절하신 이유가 궁금합니다."

　아직 한 대표에게 말고는 내 뜻을 명확하게 밝힌 적이 없었는데, 이렇게 멤버들과 함께한 자리에서 공식적으로 내 입장을 밝힐 기회가 와서 참 다행이다.

　"음악을 하는 사람들이라면 누구나 성공을 꿈꿀 것입니다. 하지만 성공 그 자체가 목적이 되어선 안 된다고 생각합니다. 성공을 향한 과정에서도 가치와 행복을 찾을 수 있어야 하죠. 그래서 저는 두 갈래의 길 중에서, 제가 좀 더 즐기면서 행복하게 갈 수 있는 길을 택한 것뿐입니다."

　"선택에 대한 후회는 없나요?"

　"제 선택에 대한 후회도 제 몫입니다. 후회를 전혀 안 할 자신은 없지만, 후회를 감당할 자신은 있다고 하면 대답이 될까요?"

　"저는 사실 큐시트에 적힌 대로 이 질문을 드리면서도 대답하기 곤란한 질문이 아닌가 싶어 괜히 가슴을 졸였는데, 제가 생각했던 것보다 훨씬 더 어른스러운 대답이 나와서 내심 놀랐어요. 제 눈엔 주리 씨가 아직 어린 막내동생 같기만 한데, 말하는 걸 들어보니 속이 꽉 찬 어른 같은데요?"

소정 님은 나를 향해 대견해 죽겠다는 표정을 짓고 있다. 그런데 내 눈엔 소정 님의 그런 모습이 더 귀여워 보이는데….

"그럼, 이쯤에서 강주리 씨 노래 한 곡 요청해봐도 될까요? 오늘 저희 인터뷰 녹화를 방청하기 위해 모여주신 수많은 팬분들을 위한 서비스 차원에서라도 주리 씨가 노래 한 곡은 해주셔야 할 것 같아요."

소정 님으로부터 노래 요청을 받는 순간, 나는 이때다 싶었다. 나는 내가 미리 생각하고 있던 그 계획을 실행시키기로 한다.

"제가 어떤 자리에서건 노래시킬 때 빼는 사람이 절대 아니거든요? 그런데 오늘은 제가 노래를 할 수 있는 몸상태가 아닙니다. 별로 좋은 모습 보여드릴 수 없을 것 같아요."

사실 이건 거짓말이다. 내 사전엔 노래를 못 하는 몸 상태 따위는 없다. 더구나 자유의 여신상이 보이는 이 멋진 야외 무대에서 수많은 군중을 앞에 두고 노래할 기회를 놓칠 내가 아니다.

그런데도 내가 거짓 핑계를 대면서까지 노래 요청을 고사하려는 이유는 이번 기회를 꼭 양보해주고 싶은 사람이 있기 때문이다.

"하지만 실망하실 필요는 없습니다. 우리 팀에는 어디에 내놔도 손색없는 걸출한 보컬리스트가 있거든요. 언제나 자랑스러운 우리의 리더, 천유미 언…니를 여러분께 소개합니다!"

123. 긍정의 등대

◆◆

유미로부터 《불변의 명곡》 무대를 양보받은 이후로 나는 줄곧 그녀에게 마음을 빚을 지고 있었다.

더구나 유미를 내 곁에다 두고 떠난 미나 누나를 생각해서라도, 유미를 위해 내가 꼭 뭔가를 해주고 싶었다.

그래서 이번 기회를 유미에게 양보하려고 하는 것이다.

어쩌면 나의 이런 돌발 행동이 유미에겐 전혀 도움이 되지 않을지도 모른다. 갑작스럽게 자신에게 닥친 기회에 유미가 제대로 응하지 못할 경우, 그녀는 더 큰 정신적 타격을 입게 될 위험이 있으니까.

그렇게 되면, 선의로 행해진 내 양보로 인해 그녀의 무대 공포증이 외려 더 심해지는 꼴이 되고 말 것이다.

하지만 나는 유미를 믿는다. 생각 많은 유미가 짊어진 부담감의 무게만큼, 무대를 향한 열망 또한 크다는 걸 나는 알고 있기 때문이다.

만에 하나, 유미가 라이브를 망친다고 해도 그냥 편집하면 된다. 이건 음악방송이나 콘서트도 아니고, 그저 인터뷰 녹화일 뿐이니까. 그리고 방청객들도 대부분 그녀에 대해 잘 알지 못하는 외국인들이잖아?

만약 유미가 주저하거나 거부하는 태도를 보이면, 나는 그녀를 조용히 불러내서 설득해볼 작정까지 하고 있었다.

그런데 유미는 의외로 순순히 무대 앞으로 나섰다.

"오, 예상 밖이야. 난 유미 언니가 망설이며 거절할 줄 알았는데, 저렇게 선뜻 걸어나갈 줄은 몰랐네."

내 뒤편에 자리한 준희가 그렇게 말하자, 그 옆에 앉은 유진이 말을 받는다.

"나는 저럴 줄 알았어. 언니가 겉으로 티를 안 내서 그렇지, 숨겨진 야망이 얼마나 강한데…."

여기서 유진의 어휘 선택은 잘못되었다고 본다. 유미의 마음속에 숨겨진 그것을 설명하기 위해선 야망보다는 좀 더 착한 뉘앙스의 단어가 더 적절할 것 같기 때문이다.

하지만 착한 사람이라고 해서 야망을 갖지 말란 법은 또 없는 것 같아, 야망이란 워딩 그대로 가기로 한다.

'유미야, 제발 그 어깨를 무겁게 누르고 있는 부담감일랑 훌훌 벗어던지고, 네 마음속 그 뜨거운 야망을 이 무대 위에 맘껏 펼쳐봐!'

다른 무엇보다도, 내가 유미에게 주고 싶은 건 긍정적 경험이다.

우릴 보기 위해 자발적으로 몰려든 사람들로부터 좋은 기운을 받으며 그들과 진한 교감을 나누는 짜릿한 전율을, 유미가 느낄 수 있었으면 좋겠다.

만약 유미가 이 무대를 성공적으로 해낸다면, 그 경험은 긍정의 등대가 되어 그녀의 앞날을 든든하게 지켜줄 것이다.

유미는 제작진에게 의자를 요청했다. 아마도 앉아서 부를 모양이다.

유미는 녹음 때도 앉아서 부르는 걸 선호하는 편이란 걸 나는 알고 있다.

노래 부를 때 선호하는 자세야 개인마다 다르겠지만, 사실 앉아서 부를 때 오히려 호흡 조절이 잘되고 긴장감도 덜 수 있는 장점도 있다.

무대 중앙에 스툴 하나가 놓였고, 그 앞에 스탠딩 마이크가 세팅되었다.

스툴에 살포시 걸터앉은 유미는 눈을 감은 채 심호흡을 한다.

유미가 준비되었다는 의미로 고개를 한 번 끄덕이자, 그녀가 제작진에게 넘긴 MR이 플레이되기 시작한다.

잔잔하게 깔리는 피아노 선율을 따라 속삭이듯 부르는 인트로.

"On my own~. Pretending he's beside me~."

아련하게 가슴을 파고드는 이 멜로디는 바로 〈On my own〉의 그것이다. 뮤지컬 레미제라블에서 에포닌이 마리우스를 향한 애달픈 짝사랑을 담아 부르는 그 노래.

뮤지컬 겨울왕국 오디션 때 유미가 바로 이 노래를 불러 엘사 역을 따냈다는 얘기를 들은 바 있다.

수백 대 일의 경쟁률을 뚫어야 하는 오디션에서 선곡할 정도였다면, 이 노래는 유미가 가장 자신 있게 부를 수 있는 곡 중 하나가 아닐까 싶다.

'그를 사랑해~.

하지만 이 밤이 지나면

강물이 흘러가듯 그는 떠날 거야~.

그가 없으면 세상은 온통 변해버려

나무는 헐벗고

거리는 낯선 이들로 가득하지~.'

터질 듯한 긴장을 안고 무대 중앙으로 향하던 유미의 모습은 온데간데없다.

무대 중앙엔 사랑하는 사람으로부터 사랑받지 못해 슬픈 여인이 마치 혼잣말을 읊조리듯 노래하고 있을 뿐.

쓸쓸하고 처연한 넋두리에서 원망과 애증의 격정까지, 선명한 감정선을 그려내고 있는 그녀의 모습은 에포닌 그 자체다.

점점 더 고조되다가 마침내 도달한 감정의 극한에서 피 끓는 절규를 쏟아낼 땐, 온몸에 소름이 쫙 돋으면서 심장이 녹아내리는 것만 같다.

"I love him…

But only on my own~."

모두 다른 세 가지 톤으로 'I love him'을 반복한 후 뱉어낸 마지막 소절은 끝내 참지 못한 흐느낌에 묻힌다.

'해냈구나, 유미야!'

나도 모르게 자리에서 벌떡 일어나 열띤 박수를 쳐대고 있는 나는 이미 눈물범벅이 되어 있다.

그런데 눈물의 기립박수를 치고 있는 사람은 나뿐만이 아니었다. 핑크클라우드 멤버 전원, 인터뷰어 소정 님, 제작진들 그리고 무대 주변 잔디밭에 앉아 있던 수천의 방청객들이 모두 일어나 박수와 환호를 보내고 있다. 그리고 그들 중 대다수가 감동의 눈물을 흘리고 있는 모습이 눈에 들어온다.

아직 에포닌에서 헤어나오지 못한 듯 가슴 언저리에 두 손을 포개 얹은 채고개를 떨구고 있던 유미는, 한참 숨을 고른 후에야 비로소 고개를 든다.

사방을 돌아가면서 차례로 폴더 인사를 하며 박수갈채에 화답하고 있는 유미의 눈시울도 붉어져 있다.

수 분간 이어진 앵콜 세례에 유미는 〈Let it go〉로 화답한다.

뮤지컬 '겨울왕국'의 12월 공연을 앞두고 막바지 연습 중인 만큼, 이 노래는 유미가 근래에 가장 많이 불러본 노래였을 것이다. 그런 만큼 노래에 자신감과 파워가 흘러넘친다.

좀 전까지만 해도 가련한 에포닌이었던 유미는 어느새 카리스마 넘치는 엘사 여왕이 되어 있었다.

"Let it go~ let it go~.

And I'll rise

like the break of dawn~.

Let it go~ let it go~.

That perfect girl is gone~."

수천 명의 우렁찬 떼창을 리드하는 위풍당당한 여왕의 자태에서, 무대공포증 따위는 그림자도 찾아볼 수 없었다.

2017년 11월 18일 뉴욕시각 PM 08:42.

인터뷰를 끝낸 후 연예계중계 팀과 함께 찾은 이곳은 배터리 파크 내에 위치한 피어A 하버 하우스. 늦은 저녁 식사 겸 뒤풀이를 위해서다.

환상적인 허드슨 리버 전망이 펼쳐진 야외 테이블에 핑크 클라우드 멤버 다섯 명과 소정 님, 그리고 10여명 의 연예계중계 제작진이 자리했다.

아름다운 뉴욕항의 야경 속에서 모두가 김 서린 생맥주잔을 기울이고 있는데, 미성년자로 분류된 나와 준희 앞에만 시커먼 콜라 잔이 와있다.

'이런 젠장!'

그래도 테라스의 전망 하나는 정말 끝내준다.

어마어마한 규모의 건물 또한 입이 쩍 벌어질 정도로 멋지다. 지금의 피어A 하버 하우스가 오픈한 1886년 이전까지, 이곳은 뉴욕 해양 경찰서로 사용되던 건물이었다고 했다.

일행들이 알코올 또는 비알코올 음료로 갈증을 달래고 치킨 윙스와 피쉬 앤 칩스 따위로 허기를 채우는 동안, 화제의 중심은 단연 유미였다.

"주리 씨가 노래 부르는 걸 고사하셨을 때 사실 전 진땀이 났었어요."

얼굴부터 목까지 시뻘건 고무대야처럼 변해버린 총괄 PD가 내게 말을 걸어왔다. 그는 아마 술이 조금만 들어가도 온몸이 빨개지는 유형인가 보다.

"공개방송도 아니고 한낱 인터뷰 녹화를 방청하겠다고 몰려든 그들은 대부분 강주리 떡밥을 기대하고 온 사람들이잖아요. 그런데도 주리 씨가 노래도 한 곡 안 불러주면, 그분들이 엄청 실망하고 돌아갈 것 같았거든요. 그런데 유미 씨가 기대 이상의 라이브 떡밥을 풀어주셔서, 제가 얼마나 안도했는지 몰라요."

그러자 메인 작가가 자신의 스마트폰 화면에 눈을 둔 채로 말한다.

"벌써 유튜브에 〈On my own〉 라이브 동영상이 여러 개 올라 와있어요. 그중에서 조회수가 가장 높은 건 10만이 넘네요. 업로드된 지 이제 겨우 30분 정도밖에 안 지났는데…."

그러자 조연출이 한마디 거든다.

"이러다 브로드웨이에서 천유미 씨에게 캐스팅 제의 오는 거 아닌지 모르겠어요."

유미를 향해 뜨거운 반응이 쏟아지는 걸 지켜보고 있으려니, 절로 미소가 지어진다. 이제야 내가 유미에게 작은 도움이라도 된 것 같아 뿌듯하다.

그런데 지금 나는 일행들의 대화에 온전히 끼어있을 수가 없다. 아까부터 내 신경은 온통 전화기에 쏠려 있었기 때문이다.

인터뷰 녹화가 끝나는 시점에 맞춰 우리를 픽업하러 오기로 했던 한 대표가 아직 오지 않았고, 전화 연결도 안 되는 상태이기 때문이다.

아니 그보다는 주리까지 연락 두절 상태라는 게 더 걱정이다. 아까 녹화 끝나자마자 내가 [지금 어디?]라고 보낸 카톡 메시지를 주리는 아직 확인하지 않은 상태이다. 그리고 혹시나 하는 마음에 걸어본 전화에도 응답이 없었단 말이다.

'대체 두 사람이 동시에 연락 안 되는 이유가 뭐야? 설마 무슨 일이 생긴 건가?'

내 아이폰만 뚫어지듯 바라보고 있던 내게 옆자리의 소정 님이 말을 건네온다.

"주리 씨 무슨 일 있나요? 안색이 좀 안 좋아 보여요."

"아, 아니에요. 기다리는 연락이 좀 있어서…."

그렇게 대답을 얼버무린 나는 표정 관리를 하며, 불길한 예감을 떨쳐내려고 애쓴다. 그런 내게 소정 님이 귓속말로 이렇게 말한다.

"전 아까 주리 씨가 유미 씨에게 기회를 양보했다는 것 알고 있어요. 제 눈엔 그렇게 보였거든요. 주리 씨 정말 멋지고 의리 있는 사람이에요. 남의 기회를 빼앗아서라도 자신이 돋보여야 하는 이 바닥에서, 양보라는 건 정말 쉽지 않은 일인데…."

내 얼굴이 이렇게 후끈 달아오른 건, 소정 님으로부터 칭찬을 받아서일까? 아니면 그녀의 입김이 내 귓불에 닿아서일까?

사실 뭐, 내 양보가 꼭 누군가로부터 칭찬받자고 한 일은 아니다.

하지만 그래도 저렇게 알아봐 주는 사람이 있으니, 게다가 그 사람이 바로 소정 님이라는 사실이 내 마음을 흐뭇하게 한다.

그렇게 훈훈했던 것도 잠시, 나는 갑작스레 울리는 전화벨 소리에 소스라치게 놀라고 만다.

아이폰 화면에서 '대표님'이라는 발신자 명을 확인한 순간, 내 심장이 요동치기 시작한다.

나는 선뜻 전화를 받지 못하고 쩔쩔맨다. 내가 애써 밀어내려고 했던 불길한 생각들이, 순식간에 거대한 쓰나미로 돌변해 나를 덮쳐왔기 때문이다.

그러다 내가 아이폰을 잡으려는 순간 착신벨이 뚝 끊어져 버렸다.

그제야 한층 더 다급해진 나는 전화기를 들고 자리에서 벌떡 일어났다. 그리고는 시끌벅적한 소음을 피해 구석진 곳으로 황급히 걸어가서, 한 대표에게 전화를 걸었다.

"여보세요?"

전화기 너머로 들려오는 한 대표의 음성이 축 가라앉은 저음이다. 다급한 목소리는 아니었지만, 밝은 목소리 또한 아니었다. 뭔가 좋지 않은 일이 있는 건 틀림없는 듯하다.

"자네 목소리가 왜 그래? 무슨 일 있어?"

별일 아니기를 바라는 간절한 마음으로 나는 조심스럽게 물었다.

잠깐의 침묵이 있은 후, 한 대표의 낮은 목소리가 들려온다.

"지금 콜롬비아 대학교 메디컬 센터야."

"거긴 왜?"

"주리가, 좀 아파서…."

124. 무거운 발걸음

◆◆

나는 갑자기 화생방실에 떠밀려 들어간 것처럼 숨이 턱 막혀왔다.

"주리가 아프다니, 그게 무슨 소리야? 대체 어디가 아프다는 건데?"

"급성 담낭염이래. 자네 몸에 예전부터 담석이 좀 있었던 모양이야. 그게 담관을 막아버려서 담낭에 염증을 일으킨 거지."

"담석이 있는 줄은 나도 알고 있었어. 하지만 그렇게 크지는 않다고 했어. 모래처럼 생긴 샌드 스톤이라며, 약 먹으면서 추적관찰 하자고 했던 건데…."

생각해보니 마지막 건강검진을 받은 게 벌써 1년 전이었다. 작년 이맘때쯤 받은 건강검진상에서 지방간과 담석 소견이 발견되었었다.

하지만 처방받은 약도 서너 달 정도 먹다가 말았고, 6개월 후에 다시 해보자고 했던 추적검사도 차일피일 미루고 있던 참이었던 것이다.

주리와 내가 몸이 바뀐 이후에라도 주리를 병원에 데리고 가서 검사받게 할 걸…. 그랬다면 담낭염으로까지 진행되는 불상사는 없었을 텐데 말이다.

"그래서 지금 주리는 어떤 상태야?"

"진통제와 수액을 맞으면서 항생제 치료에 들어갔어. 좀 안정화되면 담낭절제술을 시행할 예정이라더군."

"그럼, 수술까지 해야 한단 말이야?"

"수술이 약물 치료보다 오히려 치료 기간을 단축할 수 있고, 또 가장 확실한 치료방법이래."

"아무리 그렇다 해도 몸에 칼을 대고 배를 열어야 하는 거잖아!"

"수술은 복강경으로 진행할 거래. 입원 기간도 그리 길지 않고, 흉터도 많이 남지는 않는대. 너무 걱정하지 마."

걱정하지 말라니.

내 부주의한 건강관리로 인해 주리가 생고생하고 있는 이 판국에, 나더러 걱정하지 말라는 말은 가당치 않다. 주리에게 미안하고 죄스러운 마음에 나는 숨도 못 쉴 것 같은데 말이다.

'이 녀석, 얼마나 아플까?'

내 몸뚱이 안에서 주리의 영혼이 느끼고 있을 고통을 생각하니, 꼭 내 영혼이 분쇄되는 것만 같다.

오래 머뭇거리고 있을 시간이 없다. 나는 어서 주리가 있는 병원으로 가야만 한다.

나는 다른 멤버들과 제작진에게 먼저 자리를 뜨겠다는 양해를 구하려고 테이블 쪽으로 향한다.

그런데 바로 그때, 사람들 사이에서 행복한 미소를 짓고 있는 유미의 모습이 눈에 들어왔다.

유미가 저토록 밝게 웃는 모습은 정말 오랜만에 보는 것 같다. 모처럼 맞이한 유미의 행복을 깨뜨려선 안 되겠다는 생각이 든다.

'그래, 굳이 지금 저들에게 이 소식을 알릴 필요는 없지. 그냥 혼자 조용히 가자!'

나는 결국 일행들에게 알리지 않고 조용히 피어A 하버 하우스를 빠져나와 택시를 탔다.

택시가 출발한 후, 준희에게만 이렇게 메시지를 보냈다.

[갑자기 급하게 처리할 일이 생겨서 나 먼저 감. 이유는 나중에 알려줄게.]

2017년 11월 18일 뉴욕시각 PM 09:37.

배터리 파크는 맨해튼의 아래쪽 끝이고, 콜롬비아 유니버시티 메디컬 센터가 있는 곳은 맨 위쪽 끝이다.

그런데 다행히 도로 사정이 나쁘지 않아서, 맨해튼을 아래에서 위로 관통하는데 딱 32분밖에 안 걸렸다.

택시에서 내려 응급실 입구로 들어서려는데, 로비에서 통화 중인 대니얼이 내 눈에 들어왔다.

대니얼 쪽에서도 곧 나를 알아보고는 받고 있던 전화를 얼른 끊는다.

"주리 씨!"

"대니얼, 여기 와 있었군요!"

"네, 아까 오후부터 와있었어요. 장윤호 선생님께서 저에게 먼저 연락하셨거든요. 오늘 오전부터 배가 많이 아프셨다며…."

"그랬군요."

"그런데 저 정도 상태면, 며칠 전부터 이미 황달 때문에 몸이 가렵고 배의 통증도 꽤 심하셨을 텐데, 대체 어떻게 참으셨을까요?"

"며칠 전부터… 통증이 심했을 거라고요?"

함께 뉴욕에 와있던 며칠간은 화장실 갈 때나 각자 방에서 잠잘 때를 제외하곤 둘이 거의 붙어 지내다시피 했었는데, 나는 왜 주리가 아픈 것도 몰랐던 걸까? 유난히 좀 피곤해 보이고 안색도 평소와는 좀 다르단 걸 왜 무심히 넘겼단 말인가? 이 바보 멍청이!

"저를 따라오세요. 지금 중환 구역에 계시거든요."

내게 그렇게 말한 후, 대니얼은 앞서 걷기 시작한다. 나는 그 뒤를 바짝 쫓으며 그에게 묻는다.

"중환 구역이요?"

'중환'이란 말의 육중한 무게감이 내 가슴팍에 쿵 하고 부딪혀왔다.

"지금은 좀 안정화되었지만, 병원에 도착할 당시만 해도 혈압까지 떨어진 상태였었거든요. 패혈증 초기였다고 하더군요. 암튼 조금만 더 지체되었으면, 정말 큰일 날 뻔했어요."

"대니얼, 정말 고마워요. 결정적인 순간에 큰 도움을 주셔서요. 장윤호 선생님이 이 병원에 입원해있는 동안 계속 잘 부탁드리겠습니다."

"제가 뭐 한 게 있다고요. 저는 아직 학생 신분이라 병원 내에서 별 영향력도 없는 존재일 뿐인걸요."

"존재만으로도 얼마나 든든한데요!"

대니얼은 나를 응급실 중환 구역 내의 독립된 방으로 안내했다.

침대 옆 보호자용 의자에 앉아있던 한 대표가 일어나며, 말없이 내 어깨를 한번 툭 두드린다. 나는 그에게 가벼운 눈인사만 건넨 후 곧바로 침대맡으로 다가간다.

그런데 코에다 긴 콧줄을 끼고 있는 주리를 마주한 순간, 나는 그만 뜨거운 눈물을 왈칵 쏟아내고 만다.

내가 우는 모습을 보고 손수건을 건네준 한 대표는 대니얼을 데리고 밖으로 나간다. 자리를 피해주어야겠다고 생각한 모양이다.

그들이 방 밖으로 나가고 문이 닫히고 난 후에야, 나는 주리 곁으로 좀 더 가까이 다가간다.

"유노 쌤이 왜 울어요?"

"그러게, 내가 왜 울지? 코에다 코끼리처럼 뭘 달고 있는 모습을 보니 이상하게 눈물이 나네."

"이건 ENBD라고요, 내시경적 비담도 배액술이래요. 이 콧줄이 담도까지 연결되어서 담즙을 배출한대요. 신기하지 않아요?"

"그새 의학용어까지 외운 거야? 이런 못 말리는 녀석 같으니라고. 불편하진 않아?"

"왜 안 불편하겠어요. 배 아픈 것보다 이 콧줄이 더 싫어요!"

"아직 배 많이 아파?"

그렇게 물으며 다시 감정에 북받친 나는, 터져 나오는 눈물을 주체하지 못해 고개를 돌려버리고 만다.

"왜 자꾸 울어요? 유노 쌤이 울면 나까지 마음 약해지잖아요."

"나 때문에 주리 네가 무슨 개고생이냐? 정말 미안하다!"

"그게 아니죠. 제가 미련하게 아픈 것도 모르고 있다가, 유노 쌤 몸을 이 지경으로 만들어버린 거죠. 미안해야 하는 건 오히려 제 쪽이에요."

아픈 사람 앞에서 자꾸 울면 안 되는데, 도무지 눈물이 멈추질 않는다. 한 대표로부터 건네받은 손수건이 이미 흥건히 젖어 버렸다.

"연예계중계 인터뷰는 잘 끝났어요?"

이 와중에도 내 스케줄을 챙기는 주리.

"그럼, 잘 끝났지."

"못 가봐서 아쉬워요."

"본방 때 보면 되잖아."

아까 인터뷰 현장에 나타나지 않은 주리에게 서운해하기만 하고, 무슨 사정인지 알아볼 생각은 못 했던 나 자신이 새삼 부끄러워진다.

"그런데 언제부터 아팠던 거야?"

"이번에 뉴욕 와서부터 이상하게 피곤하면서 소화도 잘 안 되고 배도 자주 아팠었는데, 전 시차 때문에 그런 건 줄 알았어요. 그리고 몸이 너무 가려워서 밤잠을 설칠 정도였지만, 전 그게 황달 때문인지 몰랐던 거예요. 그냥 뉴욕이 서울보다 건조해서 그렇다고 생각했죠."

"어제, 미션 수행한답시고 너무 무리한 거야. 그렇게 몸이 안 좋은 상태에서 그 빡센 일정들을 소화하느라 몸을 혹사했으니 말이야."

"전 제가 아픈 걸 어제 하루 탓으로 돌리고 싶진 않아요. 근래 들어 제가 가장 행복했던 날을, 급성 담낭염의 촉발 원인으로 치부해버리고 싶진 않거든요."

그래, 어제는 내게도 더할 나위 없이 행복한 날이었다. 오늘 새벽 꿈에까지 나올 만큼….

나 역시 그렇게 좋았던 날에다 애꿎은 오명을 씌우고 싶진 않네.

"그나저나 병원비 엄청 나올 텐데…. 미국은 병원비가 살인적이거든요. 유노 쌤은 미국 보험도 없잖아요."

"야, 이 녀석아! 재벌 4세인 네가 돈 걱정하는 건 좀 안 어울리지 않아?"

"유노 쌤 계좌에서 나가거나, 한 대표 님이 지불하시기엔 너무 큰 부담이 될 것 같아요. 꼭 제 계좌에서 결제되게 해주세요! 아니면, 저희 아빠가 유노 쌤께 주신 카드로 결제하는 건 어떨까요?"

"그런데 본인 카드로 콜롬비아 대학병원 병원비가 결제되어있는 걸 보면, 강석진 씨가 이상하게 생각하진 않을까?"

"그건 또 그렇네요."

"병원비는 어떻게든 해결될 거야. 어울리지도 않는 돈 걱정따위는 집어치우고, 빨리 쾌차할 생각이나 하라고!"

"네, 그럴게요. 전 열심히 치료받고 얼른 건강해질 테니까, 유노 쌤도 더 이상 울지 말고 〈아무 사이 아니라고〉 녹음 작업에만 집중하세요!"

저렇게 의연한 모습의 주리를 보니 마음이 좀 놓이면서도, 다른 한편으론 더 애처로운 마음이 든다. 열아홉살 여자애의 영혼으로선 급성 담낭염의 경과와 치료과정을 감당하기가 결코 쉬운 일이 아닐 텐데….

내가 병원에 도착한 후 얼마 안 있어 주리는 일반병실로 옮겨졌다. 담낭절제술은 내일 할 예정이라고 했다.

주리가 잠이 들자, 한 대표가 내게 말한다.

"자넨 이제 그만 숙소로 돌아가."

"주리는 어쩌고?"

"병실은 내가 지킬 거야."

"자네가 주리를 간호하겠다고?"

"그래, 전에 내가 수술받느라 병원에 입원했을 때에도 주리가 날 간호했잖아. 물론 그 당시엔 날 간호한 사람이 주리가 아니라 자네인 줄 알았었지만…."

"그러니까 말이야. 이젠 자네가 우리의 정체를 알고 있으니, 그때와는 상황이 다르잖아. 자네가 주리를 간호하는 것보다는 내가 하는 게 더 낫지 않겠어? 내가 주리를 간호하는 건 곧 내 몸을 내가 간호하는 셈이니까."

나는 주리 곁을 지키고 싶은 마음에, 내가 병실에 남아야 하는 이유를 한 대표에게 열심히 설명했다.

"그렇게 따지면, 내가 내 친구의 몸을 간호하는 것도 이상할 건 없지. 그리고 주리는 내 친구 강석진의 딸이라고. 내가 주리를 간호한다고 해도 별로 이상할 건 없어. 그리고 자넨 내일부터 바로 녹음 작업에 들어가야 하잖아. 최상의 컨디션으로 녹음에 임하려면, 얼른 들어가서 쉬어야 해!"

나는 결국 뜻을 굽힐 수밖에 없었다. 여기서 더 고집을 부렸다가는 한 대표로부터 괜한 의심을 사게 될지도 모른다.

"내가 대니얼 군에게 픽업을 부탁했어. 여기서 어퍼 이스트 사이드까지 가려면 험악한 할렘가를 지나가야 하거든. 대니얼이 자네를 숙소까지 안전하게 데려다줄 거야."

"알았어. 그럼, 자네만 믿고 숙소로 가 있을게. 대신 주리의 상태를 자주자주 알려줘야 해."

"주리는 내가 알아서 잘 케어할 테니까, 자네는 기운 내서 녹음이나 잘하라고. 괜히 마음 약해지지 말란 말이야. 지금으로선 그저 자네 위치에서 최선을 다하는 게, 주리뿐만 아니라 모두를 위하는 길이란 걸 명심해!"

한 대표의 말이 구구절절이 옳다는 게 머리로는 이해가 되는데 마음으로는 받아들이기 어렵다. 내 마음을 내 맘대로 하기 어려운 건 나이를 먹어도 변함이 없는 것 같다.

좀처럼 떨어지지 않는 무거운 발걸음을 간신히 떼며, 나는 굳게 다짐한다.

'그래, 내가 주리 대신 아파줄 수 없다면, 주리 말이라도 잘 듣자!'

지금으로선 달리 어쩔 도리가 없다. 내가 받아야 할 고통을 대신 짊어지고 있는 주리를 위해서, 주리 몫까지 더 열심히 하는 수밖에.

125. 그대에게

◆◆

대니얼과 함께 병원 중앙 현관을 나서려는데, 밖에는 비가 내리고 있었다.

"주리 씨, 여기서 잠깐 기다려요. 제가 차를 뽑아서 이쪽으로 올게요."

대니얼은 내게 그렇게 말한 후, 우산도 없이 야외 주차장 방면으로 뛰어갔다.

빗속을 혼자 달려가는 대니얼에게 미안한 나머지 나도 같이 뛸까 하는 마음도 들었지만, 내일 녹음을 앞둔 상태에서 혹시 감기라도 걸리면 어쩌나 싶어 그냥 몸을 사리기로 한다. 빗방울이 제법 굵은 데다 꽤 쌀쌀한 바람까지 불고 있기 때문이다.

11월 중순의 뉴욕에 내리는 비를 가을비라고 불러야 하나, 아니면 겨울비라고 불러야 하나?

뉴욕의 11월은 우리나라와 비슷한 기온 분포를 보인다고 하니, 아마도 이 비가 그치고 나면 본격적인 겨울 날씨로 접어들지 않을까 싶다. 드문드문 남아있는 단풍들도 이 비바람에 모두 떨어져 버리고 말겠지?

잠시 후 내 앞에 다가와 멈춘 차는 바로 벤틀리 플라잉 스퍼다.

의대생 신분인 대니얼이 이런 럭셔리 자동차를 몰고 다닐 리 없다고 생각한 내가 어리둥절한 채 서 있는데, 운전석에서 내려서 조수석 문을 열어준 사람은 다름 아닌 대니얼이 맞았다.

"장윤호 선생님의 도움 요청을 받고서 너무 급한 마음에 스테파니의 차를 빌려 나온 거예요. 어서 타요!"

그제야 상황을 이해한 나는 얼른 차에 몸을 실었다.

병원 정문을 빠져나와 대로로 접어든 후, 대니얼이 입을 연다.

"아까 이 차에 탈 때만 해도 장윤호 선생님은 멀쩡하게 본인 스스로 차에 오르셨거든요. 그런데 병원으로 가는 도중에 상태가 점점 안 좋아지면서, 급기야는 헛소리까지 하시더군요. 그래서 제가 얼마나 마음을 졸였는지 몰라요."

"정말 긴박한 상황이었겠네요. 대니얼이 운전 중에 참 당황스러웠겠어요."

"그런데 제가 좀 의아했던 건, 의식이 흐려지신 장윤호 선생님이 자꾸 유노 쌤, 유노 쌤이라고 되뇌시더군요. 근데 유노 쌤은 장윤호 선생님 본인을 지칭하는 말 아니었던가요?"

그 말을 듣는 순간, 나는 아무 대답도 못한 채 비 오는 차창 밖으로 눈을 돌릴 수밖에 없었다. 나도 모르게 왈칵 쏟아진 눈물을 대니얼에게 보이지 않기 위해서였다.

대니얼이 운전하는 플라잉 스퍼가 주리네 아파트 입구에 서자, 도어맨이 우산을 받쳐 들고 차 근처까지 다가온다. 나는 대니얼에게 감사 인사를 한 후 차에서 내린다.

우산을 씌워서 아파트 현관까지 고이 데려다준 도어맨에게 내가 이렇게 묻는다.

"Can I borrow that umbrella?"

나는 우산을 빌려서 밤길을 좀 걷다 들어가고 싶은 생각이 들었기 때문이다.

"Sure!"

흔쾌히 대답한 그는 자신이 들고 있는 대형 우산 대신 적당한 크기의 대여용 우산을 가져와 내게 건넨다.

나는 그 우산을 펴들고 빗속의 밤길을 걷기 시작한다. 아까보다는 빗줄기가 좀 잦아든 상태다.

우산을 두드리는 빗소리를 들으며 걷는 내내, 주금 전 대니얼이 했던 말이 내 귓가를 떠나지 않는다.

'자꾸 유노 쌤, 유노 쌤이라고 되뇌시더군요.'

의식이 흐려지는 상태에서 나를 찾았다니. 열아홉 살짜리 여자애라면 그런 상황에서 엄마를 찾았을 법도 한데 말이다.

뭔가 주리와 나의 영혼이 단단히 결속된 느낌이 들어 기쁘면서도, 한편으로는 두렵다.

하지만 그 두려움이 주리와 나 사이에 형성된 관계에 대한 것인지, 아니면 우리의 단단한 결속이 언제 깨질지 몰라 두려운 건지는 나도 잘 모르겠다.

비 오는 메디슨 에비뉴를 뚜렷한 목적지도 없이 헤매던 나에게, 문득 이런 생각이 엄습한다.

'이렇게 쌀쌀한 저녁에 비바람 속을 돌아다니다가 감기 걸리면 안 되는데…'

'녹음 작업에만 집중하세요!'라고 당부하던 주리와 '최상의 컨디션으로 녹음에 임하려면, 얼른 들어가서 쉬어야 해!'라고 잔소리하던 한 대표의 얼굴이 차례로 눈앞을 스친다.

그제야 정신이 번쩍 든 나는 황급히 방향을 돌려 빠른 걸음으로 숙소로 되돌아갔다.

그리고는 따뜻한 물을 받아 욕조 목욕을 하고, 코와 목을 식염수로 여러 번 세척하고 난 후 잠자리에 들었다.

2017년 11월 19일 뉴욕시각 AM 08:21.

주리는 오전 아홉 시에 담낭절제술을 받을 예정이라고 했다. 그래서 핑크 클라우드 멤버들과 함께 아침 일찍 콜럼비아 유니버시티 메디컬 센터로 와있다.

혼자서 조용히 오고 싶은 마음도 있었지만, 그래도 여럿이 우르르 와서 주리에게 힘을 불어 넣어주는 게 좋을 것 같아 멤버들을 대동했다.

상주 보호자인 한 대표 외에 나를 포함한 다섯 명의 문안객과 병원 실습생 대니얼까지. 곧 수술실로 옮겨질 주리가 누운 이동용 침대 주변을 둘러싸고 있는 사람이 무려 일곱 명이나 된다.

이렇게 많은 인원이 들어와 있으니, 웬만한 호텔 스위트 룸 쌈 싸 먹을 정도로 널찍한 VIP 병실도 왠지 비좁게 느껴지는 것만 같다.

이 병원에 매년 정기적으로 거액의 기부를 하는 아이엠월의 입김으로 주리는 이 VIP 병실로 입원하게 된 것이다.

어젯밤 한 대표로부터 주리의 사정을 전해들은 아이엠월은, 혹시 나와 팀원들의 사기가 떨어질까 봐 걱정했다고 한다.

그래서 아이엠월이 몸소 나서서 VIP 병실을 섭외해주고, 수술 스케줄이 빨리 잡힐 수 있게 도움을 주었다고 한다. 우리가 아무 걱정 없이 녹음 작업에만 전념할 수 있도록 말이다.

천문학적 금액이 예상되는 병원비 역시 아이엠월이 부담하기로 했다는 말을 전해들었을 땐 약간 의아한 마음마저 들었다. 함께 작업하는 가수도 아닌, 관계자에게까지 이토록 큰 호의를 베풀다니 말이다. 아무리 돈이 많다고 해서 저런 마음 씀씀이는 절대 쉽지 않은 건데….

아이엠월의 호의를 이상하게 받아들일라치면 밑도 끝도 없지만, 상황이 상황인 만큼 그냥 고맙게 받기로 했다. 어쨌든 아이엠월 덕분에 주리가 좋은 병실에 있을 수 있게 되었고, 수술도 빨리 받을 수 있게 되었으니 말이다.

'그래, 우리가 녹음 작업 열심히 해서 좋은 결과물로 갚으면 되는 거지, 뭐!'

이 병실 안에 들어와 있는 사람들이 주리에게 1인당 한마디씩만 해도 시간이 너무 오래 걸릴 듯했다.

더구나 한 바퀴를 돌아 막상 내 차례가 돌아와도, 나는 주리에게 제대로 하고 싶은 말을 못 할 것 같았다. 나와 주리의 실체를 모르는 멤버들과 대니얼이 지켜보는 앞에서, 내가 주리에게 할 수 있는 말은 제한적이기 때문이다.

그래서 나는 말 대신 노래로 응원의 메시지를 전할 작정을 하고, 새벽부터 멤버들을 깨워서 파트를 나누고 노래 연습을 시켰다.

우리가 주리를 위해 준비한 곡은 바로 무한궤적의 〈그대에게〉.

비록 주리는 스포츠 경기에 나서는 게 아니라 수술받으러 가는 거지만, 사람을 힘나게 하는 응원곡으로 이 노래만 한 곡은 또 없을 것 같았다.

사실 이 노래는 가슴 뛰는 밴드 반주와 함께 불러야 제맛인데, MR까지 준비하는 건 너무 오버스러운 것 같아 무반주로 가기로 한다.

시작은 언제나처럼 준희가 한다.

"숨 가쁘게 살아가는 순간 속에도

우린 서로 이렇게 아쉬워하는걸~."

정화가 다음 소절을, 또 유미가 그다음 소절을 이어받는 동안, VIP 병실 문 앞은 의사들과 간호사들, 그리고 다른 병실에 구경나온 환자들로 인산인해가 되고 만다.

혼잡해진 복도를 정리하기 위해서 온 덩치 큰 아프리카계 보안요원까지도 어느새 노래에 몰입되어 손뼉까지 치고 있다.

이어서 유미의 파트.

"내가 사랑한

그 모든 것을 다 잃는다 해도~.

그대를 포기할 순 없어요~."

아직 배터리 파크 라이브 무대의 여운이 남은 듯 박력 넘치는 유미의 샤우팅에 이어지는 내 파트.

"이 세상 어느 곳에서도 서도~

나는 그대 숨결을

느낄 수 있어요~.

내 삶이 끝나는 날까지

나는 언제나

그대 곁에 있겠어요~."

이 노래를 고른 건 신나는 곡조와 리듬 때문이었는데, 부르다 보니 가사에도 깊은 의미가 실리는 것 같다. 내가 부른 파트의 가사가 곧 지금의 내 마음이기 때문이다.

이 세상 그 무엇으로도 대체할 수 없는 너의 특별함.

그리고 사랑이란 말로도 설명 안 되는, 이 거룩하고 숭고한 감정.

말로는 전하지 못하는 내 진심을 이 노래로나마 표현할 수밖에 없는 이 못난 아재를 용서해라.

주리를 실은 이동용 침대가 서서히 움직이기 시작한다. 나는 멀찌감치 뒤를 따르고 있지만, 주리의 시선은 나를 향하고 있다. 나 역시 주리에게서 시선을 떼지 못한다.

주리가 일반인 출입금지 구역 안쪽으로 사라지기 전까지, 주리와 나의 뜨거운 눈맞춤이 이어졌다.

'나 자신보다 더 소중한 나의 주리! 두려움과 걱정 따위는 모두 내게 미뤄버리고, 네 영혼은 그냥 한숨 푹 자고 나온다고 생각해. 절대 무서워할 거 없어. 우린 함께이니까.'

2017년 11월 22일 뉴욕시각 AM 11:58.

주리가 무사히 담낭절제술을 받은 지 사흘째 되는 날이다. 주리가 입원실 침대에 누워 악전고투한 지난 이틀 동안, 나는 〈아무 사이 아니라고〉의 녹음을 마쳤다.

다행히 수술 경과는 아주 좋았다.

어제 오후에는 주리가 그토록 답답해하던 콧줄도 뺐고, 오늘 점심때부터는 처음으로 유동식을 시도할 예정이라고 했다.

나는 주리의 주치의로부터 외부에서 음식을 공수해와도 좋다는 허락을 받아, 미라 씨가 끓여준 전복죽을 보온병에 담아 가져왔다.

입원하던 날부터 3일간 꼬박 병실을 지킨 한 대표는 나와 임무 교대 후 외부로 나갔다. 그간에 미처 처리하지 못했던 업무를 수행하기 위해서다.

따라서 나는 모처럼 주리와 단둘이 있는 찬스를 갖게 되었다.

나는 보온병에 담긴 전복죽을 그릇에 부어 주리 앞에 내놓는다.

주리는 오른팔에 꽂혀 있는 정맥주사 라인 때문에 숟가락 잡기가 좀 불편해 보였다. 그래서 내가 주리에게 이렇게 묻는다.

"떠먹여 줄까?"

"그런 건 묻지 말고 알아서 척척 해주시면 안 될까요?"

짐짓 심통 부리듯 톡 쏘아붙이는 주리.

내가 떠먹여 준다고 하면 왠지 싫다고 할 줄 알았는데, 내 예상과는 다른 답변이 돌아와 내가 더 당황스러웠다.

나는 여전히 김이 모락모락 나는 파르스름한 전복죽을 휘휘 저어 한 숟가락 푹 뜬다. 그리고는 주리의 입을 향해 숟가락을 가져간다.

따지고 보면 내가 내 입에다 죽을 떠넣는 지극히 익숙한 행위일 뿐인데, 왜 이렇게 가슴이 떨리는 건지.

내가 떠먹여 준 전복죽 한입을 받아먹은 주리는, 마치 생전 처음 맛있는 이유식을 맛본 아기처럼 환하게 웃는다.

"맛있어?"

"네, 엄청. 입에 뭔가를 집어넣는다는 것 자체가 너무 기뻐요. 3일 꼬박 금식하면서 머릿속엔 온통 먹는 생각으로 가득했거든요."

"왜 아니었겠어? 건강검진 전날 하룻밤 금식하는 것도 힘든데, 3일 동안이나 굶었으니 말 다 했지. 그래, 뭐가 제일 먹고 싶었어?"

나의 물음에 1초의 고민도 없이 냉큼 대답하는 주리.

"양대창이요!"

"양대창?"

"네, 전에 유노 쌤이랑 청담동에서 먹은 적 있었던…"

미나 누나의 유작이었던 〈하나 된 꿈〉을 녹음하던 날, 주리가 날 데려갔던 그 양대창집.

포근한 위안을 주었던 대창의 맛은 나 또한 그립다. 추억이라는 이름으로 공유된 맛이라 더 특별하다.

"뉴욕에도 양대창 파는 곳이 있을까?"

"한인 타운 쪽에 가면 있다고 듣긴 했어요. 서울에서 먹던 맛이랑 비슷한지는 잘 모르겠지만…"

"암튼 내가 무슨 수를 써서라도 반드시 사줄 테니, 얼른 낫기만 해. 퇴원하는 날은 양대창 파티하는 날이다! 대창과 양을 꼭 2대 1 비율로 해서 말이야."

"양대창으로 파티까지 하려면 돈 엄청 깨질 텐데…"

"넌 어울리지 않게 또 돈 걱정이니?"

"둘이서만 오붓하게 먹자는 뜻이에요."

주리의 속마음이 느껴지는 이 한마디에, 나는 꼭 '웃음 참기 내기'라도 하듯 애써 아무렇지 않은 척한다.

하지만 그 억지스러운 표정 관리는 그리 오래 못 간다. 주리의 저런 말 한마디에도 마음이 흔들리는 걸 어쩌란 말인가?

그래, 사랑이라 부를 수 없다고 해도, 사랑 말고 다른 이름을 찾지 못한다고 해도 이 소중한 감정을 부정하진 말자.

지금 이 순간이 지나면 없어지고 말 순간순간을, 그저 겸허하게 받아들이고 후회 없이 만끽하자.

설혹 이 모든 게 다 사라져버리고 추억만 남는다 해도, 밑지는 건 아니니까.

126. 이놈의 인기는···

◆◆

주리가 입원해 있는 콜롬비아 유니버시티 메디컬 센터로 오기 직전에, 나는 '스타링 사운즈'라는 발신인으로부터 이메일 한 통을 받은 바 있다. 그 메일에는 음원 파일 하나가 첨부되어 있었다.

해당 파일은 바로, 최고의 믹싱 엔지니어 마이클 브라운의 손을 거쳐, 역시 둘째가라면 서러운 스타링 사운즈 스튜디오에서 마스터링 작업을 한 〈Forest of Drems〉 최종본이었다.

얼른 들어보고 싶은 마음이 굴뚝같았지만, 주리와 함께 듣고 싶어서 꾹 참은 것이었다.

나는 VIP 병실에 놓인 바워스 앤 윌킨스 블루투스 스피커에 내 아이폰을 연결한 다음, 음원을 재생시킨다.

주리는 눈을 지그시 감고는 진중한 표정으로 감상 모드에 돌입한다.

바워스 앤 윌킨스는 우수한 성능을 자랑하는 하이엔드 브랜드이긴 하지만, 그래도 블루투스 스피커라 손실되는 음이 분명 존재할 것이다.

그런데 나는 주리의 표정을 통해 소리와 감정이 증폭되어 내게 전달되는 것 같은 묘한 기분에 사로잡힌다.

말하자면 내 귀로 이 곡을 듣고 있는 것이 아니라, 주리의 표정을 통해 소리를 보고 있는 것 같은 느낌이랄까?

음원 재생이 끝난 후, 나는 득달같이 이렇게 묻는다.

"어때?"

기품 있으면서도 따뜻한 주리의 언어를 통해 이 곡에 대한 감상평을 얼른 듣고 싶어 안달 난 나였다.

"소리가 너무 생생해서, 꼭 손에 만져질 것만 같아요. 제가 꼭 지유가오카의 그 스튜디오에 함께 들어가 있는 기분이라고 할까요? 스튜디오의 분위기, 보컬과 악기의 배치까지 머릿속에서 훤히 그려낼 수 있을 것 같은 느낌적인 느낌?"

주리의 말대로 마이클 브라운은 가감 없는 원음의 감동을 살려내는 데 성공한 듯 보인다. 스이코 님 자택의 지하 스튜디오에서 내가 연주자들과 합주하면서 느꼈던 그 짜릿한 감동이, 이 파이널 에디션에 고스란히 담겼다.

믹싱과 마스터링의 성패는, 픽업한 멀티 트랙 사운드들을 얼마나 실제에 가깝게 조합하고 조율해내느냐에 달린 게 아닌가 싶다.

소리를 멋지게 포장하는 것보다 있는 그대로의 진실에 접근해가는 것, 그것이 바로 최고의 믹싱과 마스터링이 갖추어야 할 덕목이 아닐까?

"《리먼 스콧 쇼》 생방이 5일 후라고 하셨어요?"

"그래, 맞아. 사실상 그게 핑크 클라우드의 미국 쇼케이스가 될 거야."

"그 자리에서 유노 쌤의 솔로곡 〈Forest of Dreams〉와 핑크 클라우드 단체곡 〈아무 사이 아니라고〉를 선보이게 되는 거죠? 유노 쌤 솔로야 걱정할 것 없다 쳐도, 단체곡 안무 연습까지 해서 라이브 무대를 준비하기엔 엄청 빠듯한 시간이네요."

"이미 어제부터 맹연습에 들어갔어."

핑크 클라우드 멤버들과 나는 《더 유니버스》 2차 경연 때 함께한 바 있는 내피탑스 팀과 함께 어제부터 집중훈련에 돌입했다.

다행히 내피탑스 팀의 안무는 라이브에 최적화된 효율적인 동작들로 구성되어 있어서, 혼신의 가창을 하면서도 충분히 소화해낼 수 있을 것 같다.

2017년 11월 27일 뉴욕시각 AM 07:57.
폭풍 같은 5일이 지나갔다.

밥 먹는 시간과 주리에게 병문안 가는 시간을 제외하면, 온종일 노래와 춤 연습에만 매달려 있었다.

나 태어나서 지금껏 이번만큼 뭔가에 열심히 몰입해본 기억은 없다. 심지어《더 유니버스》기간 때보다 훨씬 더 열심히 임했던 것 같다.

주리는 담낭절제술을 받은 후 나흘째 되던 날 무사히 퇴원했다.

그런데 아쉽게도, 주리가 퇴원하던 날 둘이서 오붓하게 양대창을 먹기로 했던 약속은 지키지 못했다. 담낭, 즉 쓸개가 없으면 지방의 소화에 지장이 생기는 관계로 기름진 음식은 피해야 했기 때문이다.

쓸개는 아주 작은 기관이라고는 하지만, 지금은 떠나있는 내 몸에서 장기 하나가 사라졌다고 생각하니 기분이 좀 묘하다.

쓸개 하나 없어진 것 가지고도 이럴진대, 남성의 자존심이라 할 수 있는 중요 부위 두 쪽 중 하나를 잃은 한 대표의 심정은 오죽했을까?

오늘이 바로《리먼 스콧 쇼》생방이 있는 날이다.

따라서 우리는《리먼 스콧 쇼》가 진행되는 리먼 스콧 홀이 있는 로스앤젤레스로 향하는 중이다.

준비할 시간이 좀 더 충분했더라면 하는 아쉬움이 없진 않지만, 단 5일뿐이었기 때문에 더 폭발적으로 매달릴 수 있지 않았을까 싶다.

뉴욕에서 LA로 향하는 델타항공 여객기에 몸을 실은 나는, 함께 따라나선 주리가 못내 걱정스럽다. 아직 수술받은 지 5일밖에 안 된 몸으로 6시간의 비행을 잘 견뎌낼 수 있을지.

나는 말소리가 주변으로 퍼져나가지 않게 음성을 한껏 낮춰서 말한다.

"지난번처럼 제작진이 뉴욕으로 와서 방송을 해주는 거였으면 참 좋았을 텐데…."

주리 역시 나지막한 목소리로 말을 받는다.

"여기서 뭘 더 바라요? 미국 토크쇼 중 최강 시청률을 자랑하는《리먼 스콧 쇼》에서 단독 쇼케이스를 갖는 것만으로도 감지덕지죠. 그 덕분에 오랜

만에 LA 구경도 하고, 인앤아웃 버거도 먹을 수 있고… 얼마나 좋아요?"

물론 나도 좋다. 난생처음 가보는 LA에 주리와 함께 가는 것이 왜 기쁘지 않을쏘냐? 다만 주리의 몸 상태가 걱정될 뿐.

"통증은 없어? 여섯 시간 동안이나 비행하려면 꽤 힘들 텐데…"

"델타 원 비즈니스 클래스 좌석에 누워서 가는 건데요, 뭐. 입원실 침대보다 오히려 이 좌석이 훨씬 더 편안하다고요."

"그럼, 가는 동안 눈 좀 붙여!"

미 대륙 상공을 비행하는 동안 주리와 나란히 누워서 꽁냥꽁냥 대화를 지속하고 싶었지만, 우리는 일행들의 시선을 의식하진 않을 수 없었다.

좌석이 충분히 떨어져 있긴 하지만, 그래도 한 대표와 핑크 클라우드 멤버들이 눈을 시퍼렇게 뜨고 있는 객실 내에서 우리가 은밀한 대화를 지속할 수는 없는 노릇이었다.

2017년 11월 27일 LA시각 PM 12:45.

비행기에서 분명 점심 식사에 해당하는 기내식을 먹었는데, LA 공항에 내려 보니 또 점심때다. LA 시각이 뉴욕 시각보다 3시간 늦어서 비롯된 상황이다.

미 대륙을 동서로 횡단하는 동안 사라져버린 3시간과 함께 기내식을 먹은 기억까지 잃어버린 건지, 소녀들은 점심 식사를 강력히 원했다.

따라서 우리는 할리우드에 있는 인앤아웃버거에 가서 점심을 먹기로 했다.

미국 3대 버거 중 마지막 하나를 드디어 먹어보는구나 하는 기쁨도 잠시.

버거 몇 종과 프라이 그리고 비버리지류 몇 가지만 달랑 적힌 메뉴판을 들여다본 순간, 나는 주리가 걱정되지 않을 수 없었다. 담낭 절제술을 받은 지 5일밖에 안 된 주리가 먹기에 버거와 프라이는 너무 리치한 음식일 것 같았기 때문이다.

걱정스러운 표정으로 바라보는 내게 주리는 귓속말로 이렇게 얘기한다.

"전 알아서 조절해서 먹을 테니 걱정 말아요. 이 집에서는 신선한 고기와 야채를 쓰고, 감자튀김은 생감자를 직접 썰어서 튀기는 거라 그리 해롭진 않을 거예요. 배불리 먹지 않도록 유의할게요."

사실 따지고 보면, 이 미국 바닥에서 기름지지 않은 음식을 찾는 것도 결코 쉬운 일은 아니다.

일행 일곱 명의 취향과 기호가 모두 제각각이라, 우리는 각자 따로따로 주문하기로 했다.

나는 혹시라도 주문 도중에 내 영어 발음이 뽀록나지 않도록, 다른 일행들이 모두 주문을 마치고 자리로 간 다음에야 맨 마지막 순서로 주문을 했다.

"Combo number 2, please."

나는 치즈버거, 프라이, 그리고 콜라가 포함된 콤보 2번을 주문했다. 그러자 완전 쎈 언니 스타일의 라틴계 여직원이 시선을 모니터에 둔 채로 이렇게 되묻는다.

"Onion?"

나는 그 질문이 감자튀김을 어니언링으로 바꿔줄까 하고 묻는 건 줄 알았다. 그런데 알고 보니 버거에 양파를 넣을지 말지 묻는 질문이었다.

사실 안 그래도 나는 양파를 빼달라고 말하려던 참이었는데, 그렇게 먼저 물어봐 주어서 고마웠다.

한데 양파를 빼달라고 얘기를 하려는 순간, 갑자기 적당한 표현이 떠오르질 않는다. 그래서 나는 입에서 나오는 대로 이렇게 대답한다.

"Minus!"

그러자 여직원이 갑자기 고개를 들고는 내 얼굴을 빤히 쳐다본다.

'양파를 빼달라는 뜻으로 마이너스라고 한 건데, 내 표현이 그렇게 이상했나? 아무리 그렇다고 해도, 저렇게 이상한 눈으로 나를 쳐다볼 것까진

없지 않나?'

얼핏 페넬로퍼 크루즈를 닮은 라티노 여자가 나를 하도 뚫어지게 쳐다보는 통에 내 얼굴이 붉으락푸르락해지려던 찰나, 그녀가 조심스럽게 입을 연다.

"You look like Jury Kang."

그 말을 들은 나는 '풉!' 하고 웃음이 터지려는 걸 간신히 참는다. 나는 그녀를 향해 'You look like Peneloper Cruz.'라고 되받아치려다가 말았다.

"Do you know Jury Kang?"

나는 마치 우리나라 리포터가 방한한 해외 스타에게 '두 유 노 연하킴?'이라고 묻는 톤으로 그렇게 물었다.

"Sure, she's my goddess!"

그녀는 거의 반사적으로 그렇게 대답했다.

그런데 나를 계속 쳐다보던 여직원의 얼굴에 경이의 빛이 서서히 떠오르더니, 급기야 그녀는 장내가 쩌렁쩌렁 울릴 정도의 큰소리로 이렇게 외친다.

"Oh my goddess, you must be Jury Kang!"

그녀의 외침에 놀란 사람들이 웅성대며 내 주변에 몰려들기 시작한다.

'이놈의 인기는 LA에서도…'

사실 이 가게 들어서서 카운터까지 걸어오는 동안 아무도 내게 다가와 아는 체하는 사람이 없어서, 내심 LA에서는 내 인지도가 좀 떨어지나 생각하고 있던 참이었다.

나는 결국, 인앤아웃 할리우드 점 매니저 이하 임직원들, 그리고 다양한 인종의 사람들 수십 명과 함께 총 마흔세 번의 셀피 샷을 찍히고 나서야 일행이 기다리는 테이블로 돌아갈 수 있었다.

그런데 그 야단법석을 떨고 자리에 돌아온 후에도 버거가 나오기까지는 상당한 시간이 걸렸다.

미리 만들어놓은 걸 내주는 게 아니라 주문을 받은 후에 조리를 시작하는 방식이라고 해서 그렇다고 하지만, 너무 오래 걸리니 슬슬 짜증이 밀려온다. 파이브 가이즈 매장에는 음식이 나오기 전에 까먹을 땅콩이라도 있었는데….

내 인내심이 바닥을 드러낼 때쯤 되어서야 내 앞에 온 콤보 넘버 2.

'오, 신선해!'

치즈버거를 한 입 베어 문 순간의 내 첫인상은 그랬다. 양상추와 토마토가 입안에서 펄펄하게 살아 있는 것 같은 느낌적인 느낌?

이 집만의 유니크한 재료나 비법이 있는 것 같지는 않은데, 이렇게 특별한 매력으로 다가올 수 있는 건 바로 재료의 신선함에 있는 것 같다.

신선한 재료의 원활한 수급을 위해 프랜차이즈를 캘리포니아·네바다·유타·애리조나 주로만 제한하고, 고속도로 인근에 주로 매장을 배치하는 등의 노력이 결과물에 그대로 드러난다.

흔히 정크푸드로 분류되는 버거를 인앤아웃처럼만 만든다면, '버거는 성인병의 주범'이라는 혐의를 벗을 수도 있지 않을까?

그리고 생감자를 바로 썰어 튀긴 감자튀김은 쓸개가 없는 주리에게도 왠지 그닥 해롭지 않을 것처럼 느껴졌다.

각자가 시킨 메뉴를 클리어한 후 모두가 흡족한 표정을 짓고 있을 때, 한 대표가 입을 연다.

"오늘 저녁 《리먼 스콧 쇼》의 생방송 장소가 변경되었다는 연락을 좀 전에 받았어. 방청권을 신청했다 탈락한 사람들의 원성이 너무 커서 좀 더 많은 인원을 수용할 수 있는 곳으로 바꾼 거라는군. 바뀐 장소는 바로 돌비 극장이라는 곳이야."

127. 우리가 함께 여기 있다는 것

◆◆

고등학교 때 방학 때마다 LA로 와서 보컬 및 랩 트레이닝을 받은 바 있다는 정화가 LA 가이드 역할을 맡는다.

"이 거리가 바로 할리우드의 중심가라고 할 수 있는 할리우드 블러바드야. 이곳엔 TCL 차이니즈 시어터, 워크 오브 페임, 할리우드 왁스 뮤지엄, 마담 투소 할리우드 등, LA의 영화 및 엔터테인먼트 산업을 상징하는 여러 랜드마크들이 자리하고 있지."

여기가 바로 꿈의 공장, 할리우드란 말인가?

'장윤호 출세했다! 뉴욕에 이어 할리우드까지 다 진출하다니.'

그런데 '할리우드'라는 이름이 포괄하는 상징성과 의미에 비하면, 실제로 접한 할리우드 거리는 적잖은 실망으로 다가왔다.

사실 내가 할리우드에 실망한 이유는 이 거리가 볼품없어서가 아니라, 내 기대가 지나치게 컸단 탓이리라.

내 기대 속의 할리우드는 숨 쉬는 공기 입자 하나부터가 다른, 그야말로 꿈과 환상의 성지였는데 말이다.

유명한 무비스타들과 어깨를 스칠지도 모른다고 기대했던 할리우드 블러바드엔 온통 관광객들과 슈퍼 히어로 코스프레족들만 가득할 뿐이다.

말하자면, 상상 속으로만 그리던 할리우드가 미국의 여느 거리와 크게 다르지 않은 현실적인 모습을 하고 있다는 사실에 환상이 깨져버린 것이다. 인형탈 알바가 탈을 벗어 든 채 담배 피우는 모습을 목격한 후 동심 파괴당한 유딩의 마음 같다고 하면 설명이 될까?

붉은 별 모양 대리석에 유명인들의 이름이 청동으로 새겨진 '워크 오브 페임'을 지날 때, 유미가 말한다.

"머지않아 우리 주리의 이름이 새겨진 별도 이 명예의 거리에 자리하지 않을까?"

그러자 준희가 맞장구를 친다.

"그래, 맞아. 주리의 인기 추세를 감안하면, 전혀 가능성 없는 일도 아니지!"

유진은 한 수 더 뜬다.

"어디 이름이나 발도장뿐이겠어? 마담 투소 박물관에서 강주리 밀랍 인형을 볼 날도 멀지 않았을 것 같은데?"

그러자 한 대표가 흐뭇한 미소를 지으며 한마디 한다.

"아이고, 이 귀여운 고슴도치 자매들 같으니라고!"

팀원들 간의 우애를 가장 중요하게 생각하는 한 대표의 눈에는, 잘 나가는 막내에게 질투 없는 애정을 모아주는 멤버들의 모습이 예뻐 보였으리라.

아무런 사심 없이 막내 기 살려주는 멘트 한마디씩 날려주는 그녀들이, 나 역시 그렇게 사랑스러워 보일 수가 없다.

저 구김살 없는 예쁜이들에게 나는 이런 답변으로 응수한다.

"나 혼자만 이름이 올라가는 건 싫어. 핑크 클라우드라는 이름이라면 또 모를까. 우리, 꼭 이 명예의 거리에 핑크 클라우드라는 이름이 새겨질 수 있도록 이번 앨범 활동 더 열심히 잘 해보자! 모두 파이팅!"

우리는 마침내 《리먼 스콧 쇼》 생방송이 진행될 돌비 극장 앞에 다다랐다.

"여기가 바로 돌비 극장이야. 매년 3월에 아카데미 어워즈가 열리는 바로 그곳이지."

정화의 설명을 들은 한 대표가 고개를 갸웃거린다.

"그런데 여기가 언제 돌비 극장으로 바뀐 거지? 내가 2004년쯤에 왔을 땐 분명 코닥 극장이었는데…."

그러자 정화가 고개를 끄덕이며 대답한다.

"네, 맞아요. 2012년까지는 코닥 극장이었지만, 코닥의 도산으로 인해 돌비 연구소에 매각되면서 돌비 극장으로 이름이 바뀌었죠. 주로 세계 정상급 팝 뮤지션들의 콘서트나 뮤지컬, 오페라 등의 대형 공연이 열리는 장소인데, 우리 핑크 클라우드의 쇼케이스나 다름없는《리먼 스콧 쇼》생방송을 바로 이곳에서 하게 될 줄은 꿈에도 몰랐네요."

돌비 극장의 위상에 대해서 우리보다 더 잘 알고 있는 정화에게, 이 어마어마한 무대에 서게 된 감흥은 확실히 더 남다를 것이다.

"돌비 극장에서 연결되는 쇼핑몰 쪽으로 가면, 할리우드 사인이 보이는 포토 스팟이 있어. 우리 거기 가서 인증샷 하나 남기자고!"

우리는 정화의 안내에 따라 할리우드 앤 하이랜드 센터의 두 건물을 연결하는 브리지로 갔다.

3층 브리지 위에 서니, 저쪽 먼 산 중턱에 걸려있는 할리우드 사인이 보인다.

지금껏 잠자코 있던 주리가 짐짓 의젓해 보이는 표정으로 입을 연다.

"미국 영화 산업의 메카인 할리우드를 상징하는 저 유명한 할리우드 사인이 원래는 할리우드 랜드라는 부동산 회사의 야외 광고판이었던 거 알아? 광고가 중지된 후에 상공회의소가 기부받아서 'LAND'란 글자만 철거한 거래."

그러자 정화가 말을 받는다.

"그건 저도 몰랐던 사실인데…. 유노 쌤이 영어만 유창하신 줄 알았더니, 미국 문화에도 빠삭하신가 봐요!"

이어서 준희까지 한마디 거든다.

"지난번 뉴욕에서 했던《리먼 스콧 쇼》에서 통역하시는 모습 보고 유노 쌤 다시 봤는데, 보면 볼수록 정말 스마트하신 것 같아요! 오늘 저녁 생방송 때에도 유노 쌤이 통역으로 저희와 함께하시는 거 맞죠?"

칭찬은 주리가 듣고 있는 건데, 왜 내 얼굴이 화끈거리는 건지….

주리 역시, 갑자기 자신이 화제의 중심으로 떠오른 것에 대해 다소 부담스러워하는 눈치다.

이쯤에서 상황 정리가 필요할 듯하여 내가 나선다.

"유노 쌤, 저 할리우드 사인을 배경으로 저희들 사진 좀 찍어주시겠어요?"

흔쾌히 카메라를 받아 든 주리는 핑크 클라우드와 한 대표가 함께한 단체샷을 찍어준다.

사실 할리우드 앤 하이랜드 센터의 브리지는 할리우드 사인을 배경으로 인증샷을 찍기에 적합한 장소는 아니었다. 육안으로는 할리우드 사인이 꽤 선명하게 보였지만, 사진상에선 거의 알아볼 수 없을 정도로 조그맣게 나오기 때문이다.

하지만 사진 배경에 할리우드 사인이 잘 나오나, 안 나오나보다는, 지금 이 순간에 우리가 함께 여기에 있다는 사실 자체가 더 중요한 것이다.

주리와 내가 함께한 투 샷도 남기고픈 마음에 한 대표에게 사진 촬영을 부탁하려던 찰나, 준희가 먼저 끼어든다.

"대표님, 유노 쌤이랑 저희도 같이 찍어주세요!"

준희의 제의에 따라 한 대표와 임무 교대를 한 주리는 멋쩍은 듯 우리 곁으로 다가와 선다.

그런데 준희와 유진이 주리의 양옆 자리를 선점하는 바람에 나는 옆으로 밀려나고 말았다. 내가 주리 옆에 서서 찍고 싶었는데….

'부탁해? 말아?'

단체 촬영이 끝나고 대열이 흩어진 후에도 얼마간 자리를 뜨지 못한 채 갈등하던 나는 결국 마음을 접고 만다. 여기서 내가 주리와 함께 사진을 찍겠다고 하면, 아무래도 이상한 오해를 불러일으킬 것 같았기 때문이다.

그래서 나는 결국 할리우드 사인을 배경으로 한 주리와의 투 샷을 남기지 못한 채 돌비 시어터로 아쉬운 발걸음을 옮겨야 했다.

2017년 11월 27일 LA시각 PM 04:52.

돌비 시어터 무대 뒤에 마련된 핑크 클라우드 전용 대기실 안.

《리먼 스콧 쇼》 제작진의 섭외로 비버리힐즈의 한 뷰티샵에서 파견 나온 헤어스타일리스트와 메이크업 아티스트가 멤버들의 헤어와 메이크업을 맡았다.

메이크업 아티스트가 전형적인 앵글로 색슨계 금발 여자라 혹시 또 교포 화장이 나오면 어쩌나 걱정했다. 그런데 남자인 내가 봐도, 메이크업이 아주 자연스러우면서도 고급스럽게 잘 나왔다.

다소 느끼한 말투의 아프리카계 남성 헤어스타일리스트 역시 솜씨가 아주 좋았다. 멤버 각각의 캐릭터에 맞는 헤어스타일을 적절하게 잘 연출해냈다.

두 전문가의 손길에 의해, 핑크 클라우드 멤버들은 약 90분 만에 미드 《비버리힐즈 90210》에 나오는 갑부집 딸내미들처럼 변신했다.

하긴 주리야 뭐, 태생부터 귀골에 고품격 미모를 지녔지만 말이다.

이제 의상을 선택할 차례.

사실 미국으로 오기 전 나는 프랑스의 럭셔리 브랜드 'C'사로부터 글로벌 홍보대사 제의를 받았었다.

한국인에게 아시아 지역도 아닌 글로벌 홍보 대사를 맡기는 건 C 브랜드로서는 이례적인 일이라고 했다.

그런데 자체 패션 브랜드를 갖고 있는 S그룹 경영주의 자제가 타 브랜드의 홍보대사를 맡는 건 S그룹과 큐피드 간에 논의를 거쳐야 하는 사안이라, 결정을 유보해놓은 상태였다.

그런데 C 브랜드 측에서 내 결정과는 상관없이 이번 《리먼 스콧 쇼》 생방송에 의상 협찬을 하고 싶다며, 2017 FW 시즌 전 라인의 의상과 소품을 1m짜리 행거 3개에 꽉꽉 채워서 보내온 것이다.

아직 홍보대사를 맡을지 말지 결정하지도 않은 상태에서 C사로부터 이런 호의를 받는 게 조금 부담스럽긴 했지만, 굳이 마다할 이유도 없다는 판단하에 이번 협찬은 그냥 받아주기로 했다.

세 개의 행거와 함께 따라온 C 브랜드 비버리힐즈점 점장은 카리스마 넘치는 말투로 우리에게 이렇게 말한다.

"You can choose whichever you want among these!"

깐깐한 사감 선생님처럼 생긴 점장 이모님의 말이 떨어지기가 무섭게, 핑크 클라우드 소녀들은 행거에 달라붙어 각자 자신에게 아울리는 아이템들을 고르느라 여념이 없다.

나 역시 뭔가 고르긴 골라야 했다. 마음 같아선 주리더러 골라달라고 하고 싶었지만, 주위의 이목을 고려해 그냥 내가 고르는 편이 좋을 것 같았다.

한 피스의 가격이 장윤호 시절 내 월수입을 훌쩍 뛰어넘는 의상들 틈에서 나는 스팽글이 잔뜩 박힌 나시 검정 원피스를 골라잡았다.

그리고는 멀찌감치 물러나 상황을 응시하고 있던 주리를 향해, 그 원피스를 슬쩍 들어 보였다.

주리는 내게 희미한 미소를 지어 보이며 입 모양으로 오케이라고 했다. 웬일로 주리로부터 한 번에 오케이를 받은 것이다.

그도 그럴 것이, 그 검정 스팽글 원피스는 내 아재 취향으로 고른 것이 아니라 주리가 좋아할 만한 옷을 고른 거였으니 말이다.

처음엔 옷 고르기가 그렇게 어렵더니, 이젠 주리가 어떤 스타일을 좋아할지 어느 정도 감이 잡힌다. 오히려 내 취향과 사고방식으로는 도저히 용납할 수 없을 것 같은 옷을 고르면 대개 들어맞는다고 할까?

대략 두 시간 만에 무대에 오를 채비를 마친 우리는 생방송에서 라이브로 부를 몇 곡에 대한 사운드 체크와 리허설까지 무사히 소화했다.

리허설을 끝내고 대기실로 향하는 복도에서, 우리는 리먼 스콧과 조우

한다. 나는 마치 오랜 친구를 만난 것처럼 반가운 마음이 든다.

'이렇게 영광스러운 자리에 저희를 초대해주셔서 감사합니다!'라는 뜻을 전할 영어 문장을 머릿속으로 구성하는 동안, 리먼 스콧에게 선수를 빼앗기고 마는 나.

"Thank you for choosing our show!"

"You're welcome!"

리먼 스콧의 입에서 나온 'Thank you'라는 말에 반사적으로 튀어나온 이 단순한 문장으로 내 황송하고 감사한 마음을 표현하기엔 역부족이었다.

하지만 뭔가 더 표현하고 싶어도, 내 짧은 영어 실력과 발음이 탄로날까 봐 더 길게 말할 수가 없었다.

그러고 나서 리먼 스콧이 뭔가를 길게 얘기했는데, 말이 좀 빨랐던 관계로 나는 통 알아듣지 못했다. 말머리에 위 해브 매니 게스츠 어쩌고 했고, 그 뒤로는 사람 이름을 쭉 나열하는 것 같았는데….

나는 그저 예쁜 미소를 지으며 고개를 끄덕여 보였고, 리먼 스콧은 이따 무대에서 보자는 인사를 남기고는 우리를 스쳐 지나갔다.

멤버들이 모두 대기실 안으로 모두 들어간 후, 나는 주리를 대기실 밖으로 슬쩍 끌어내어 이렇게 묻는다.

"방금 리먼 스콧 저 친구가 뭐라고 말한 거지?"

그러자 주리는 목소리를 낮추어 이렇게 대답한다.

"강주리가《리먼 스콧 쇼》에 출연한다는 소식을 듣고 오늘 저녁 생방송에 게스트로 오겠다는 사람들이 아주 많았대요. 그중에 일부는 패널로 참여할 것이고, 나머지는 방청석에서 지켜볼 예정이래요. 게스트들 중에는 스콜피온소의 클라우스 마이너와 건즈앤로저스의 액셀 로즈 같은 락 보컬계의 원로들에서부터 독보적 여성 싱어송라이터 에덴까지 포함되어 있다고 했어요."

128. 마지막처럼 노래하고 마지막처럼 춤추자

◆◆

할리우드 블러바드의 대표적 랜드마크, 할리우드 앤드 하일랜드 센터 내에 있는 돌비 극장.

2001년에 설립될 당시에는 코닥 사의 합작투자로 코닥 극장이라는 이름이었지만, 2012년 5월 코닥의 파산과 함께 돌비 연구소에 매각되면서 돌비 극장으로 명칭이 바뀌었다.

가로 34m·세로 18m인 엄청난 크기의 무대는 퍼듀 대학의 엘리엇 뮤직홀과 함께 미국에서 가장 큰 무대로 꼽힌다고 한다. 수용인원 3,400명으로 객석 수는 라디오 시티 뮤직홀보다 적지만, 무대 크기는 더 큰 셈이다.

다른 곳도 아닌 '돌비 연구소'에서 합작투자를 하는 만큼 이 극장의 음향은 말할 것도 없이 훌륭하다.

매년 3월 오스카 시상식이 열릴 때면 할리우드 앤 하이랜드 센터 일대의 도로와 인도 통행이 통제되고, 극장 앞 계단에는 최고의 스타들을 맞이하는 레드 카펫이 깔린다.

오늘 저녁엔 비록 레드 카펫은 없지만, 오스카 시상식 못지않은 인파가 극장 주변에 몰려있다. 그들은 바로 《리먼 스콧 쇼》 특별 생방송을 방청하기 위해 이곳을 찾은 사람들이다.

생방송 시작까지 두 시간도 더 남은 이 시각에 이미 극장 앞을 점거하고 있는 팬들에게 인사라도 하고 싶어서, 나는 멤버들을 이끌고 군중 앞에 나선다.

오스카 시상식 때 최고의 할리우드 스타들이 밟고 올라오는 그 계단에 핑크 클라우드 다섯 명이 모습을 드러내자, 구름 같은 군중들은 일제히 환호성을 지른다.

"하나, 둘, 셋!"

유미의 구령을 맞춰, 서로 손을 맞잡고 90도 폴더 인사를 하는 우리.

한참 허리를 숙이고 있다가 다시 고개를 들었을 때야, 비로소 그 수많은 인파가 눈에 들어온다.

"이 사람들이 다 우릴 보러 왔다는 게 레알?"

준희의 말대로, 눈으로 직접 보면서도 좀처럼 잘 믿기지 않는 광경이다. 각국에서 몰려온 기자들의 취재 열기가 뜨거운 가운데, 극장 일대는 그야말로 인산인해를 이루고 있다.

정말이지 각양각색의 인종이 다 모여 있다. 어린이부터 노인까지 연령층도 다양하다.

그리고 그 사이사이에는 자진해서 찾아온 유명인사들의 낯익은 얼굴도 심심찮게 발견할 수 있었다.

한국계 할리우드 배우 팀 김, 한류를 주로 다루는 파워블로거 패트릭 선 등 한국 관련 인사들뿐만 아니라, C 브랜드의 새 아트 디렉터 줄리아 로이펜드, 아이돌 USA의 마지막 우승자 트렌트 하몽 등의 얼굴이 얼핏얼핏 눈에 들어왔다.

그 수많은 사람 중에서도 가장 반가웠던 건 바로 UNH 팀 멤버들의 얼굴이었다.

보안요원들의 비호를 받으며 그들이 내 앞으로 다가와 인사했을 때, 나는 너무 반가워서 눈물이 찔끔 날 정도였다.

LA에 거주하는 브라이언 마틴뿐만 아니라, 뉴욕 사는 자네티 마수카, 심지어 파리의 에릭 뒤보아와 시드니의 카렌 터너까지 그 먼 데서 여기까지 일부러 왔다고 했다.

기대하지도 않았던 그들의 방문에 나는 어안이 벙벙하면서도 감격에 겨워 어쩔 줄을 몰랐다.

돌비 극장 앞 계단 인사를 마치고 다시 대기실로 돌아가는 길.

준희가 내 옆으로 다가와 팔짱을 끼며 말한다.

"저렇게 바람직한 훈남이 둘씩이나 있는 UNH 팀을 포기하고 우릴 선택했단 말이야? 야, 강주리! 좀 감동인데?"

그러자 옆에서 걷던 유진이 말을 받는다.

"UNH 팀원들 얼굴 보니까, 우리가 더 열심히 해야겠다는 생각이 들더라. 저들을 포기하고, 우리를 선택해준 주리를 위해서라도…."

유진이의 입에서 약 5분의 1 정도의 비율로 나오는 착한 발언은, 희소성이 있는 만큼 더 임팩트가 강하다.

"우리 막내, 사회생활 정말 잘하나 보네. 다들 저렇게 멀리서까지 찾아와 준 걸 보면 말이야."

유미가 내 목을 감싸 안으며 이렇게 말했다. 그러자 정화는 말없이 내 엉덩이를 팡팡 두드린다. 졸지에 두 처자의 애정 공세를 위아래 동시에 받게 된 나는 괜히 몸이 움찔움찔했다.

대기실 입구에 거의 다다랐을 때, 준희가 내 팔을 뒤로 슬쩍 잡아끈다.

"근데 주리야 혹시…."

대체 무슨 말을 하려는 건지, 쉽게 말을 꺼내지 못하고 뜸을 들이는 준희.

"혹시 뭐?"

내가 그렇게 되물은 후에야, 준희는 다시 입을 연다.

"아까 그 미국 남자 말이야."

"브라이언 마틴?"

"그래 맞아, 그 사람! 혹시 여친 있대?"

"여친?"

브라이언 마틴에게 여친이 있냐는 준희의 물음에, 나는 피식 웃음을 흘리고 만다. 자신이 꼭 브라이언 마틴의 여친인 것처럼 굴던 에슐리 휴즈의 표독스러운 눈초리가 떠올랐기 때문이다.

"왜 그렇게 웃어? 난 지금 진지하게 묻는 건데…."

"아, 그게 아니라… 갑자기 뭔가가 생각나서 웃은 거야."

"그러니까, 여친이 있어? 없어?"

"《더 유니버스》경연 기간엔 없었던 것 같은데, 지금은 잘 모르겠네. 근데 왜?"

"왜긴, 완전 훈훈하잖아!"

다수의 《더 유니버스》여성 참가자들이 그랬던 것처럼, 준희 역시 브라이언 마틴에게 홀딱 반한 모양이다. 여자들 보는 눈은 동서양을 막론하고 다 비슷한 모양.

그런데 브라이언 마틴에게 관심을 보이는 준희를 보면서, 한편으론 다행스러운 마음도 든다. 이제 준희에게서 나쁜 남자, 김태식을 향한 애증의 그림자 따위는 찾아볼 수 없었기 때문이다.

"잘생긴 거로 치면 에릭 뒤보아가 브라이언 마틴보다 한 수 위 아니야?"

"에릭 뒤보아라면, 그 프랑스 남자 말하는 거지? 잘생긴 건 인정! 그런데 그런 애는 관상용으론 좋지만, 남친으로선 솔직히 좀 부담스러워. 그에 반해 브라이언 마틴은 좀 더 친근하게 어필하는 매력이 있어. 여자 연습생들 사이에서 대표님보다 유노 쌤이 더 인기 많은 것과 비슷한 이치랄까?"

아니, 이건 처음 듣는 얘긴데… 내가 여자 연습생들 사이에서 한 대표보다 인기가 많다고?

순간 솔깃해진 나는 준희에게 뭔가 좀 더 캐물어 보기로 한다.

"유노 쌤이 연습생 여자애들 사이에서 인기가 많아? 난 몰랐는데…"

"그래, 요즘 여자애들에겐 대표님 같은 고전적인 미남형보단 유노 쌤처럼 현실감 있는 훈남 캐릭이 더 인기 많아. 유노 쌤이 전에는 약간 까칠하셨는데, 요사이는 완전 친절하고 다정하기까지 하잖아. 그래서 연습생들 사이에서 유노 쌤 인기가 완전 핫하다고!"

요컨대 고전적 미남인 한 대표보다 내가 좀 덜 부담스럽게 생겨서 연습생들에게 더 먹힌다는 얘기지만, 어쨌든 한 대표보다 내가 더 인기 많다는 소리를 들으니 기분은 좋다.

그런데 마침 바로 그때, 주리가 대기실에서 터벅터벅 걸어 나온다.

검정 턱시도 차림의 주리는 머리부터 발끝까지 샤방샤방 빛나는 모습이다. 아마도, 우리가 인사를 하러 나간 사이에 대기실에 남아 헤어와 메이크업을 받은 모양이었다. 오늘 저녁엔 통역이나 할 게 아니라, 왠지 시상식 레드 카펫 정도는 밟아줘야 할 것 같은 차림새.

"호랑이도 제 말 하면 온다더니, 바로 저기 납셨네. 근데 유노 쌤 저렇게 차려입으시니 완전 간지 쩐다 쩔어!"

준희는 분명 주리를 칭찬한 건데, 내 기분이 왜 이렇게 좋냐?

아닌 게 아니라, 베벌리힐즈에서 온 두 전문가의 손길은 역시 뭔가 다른 것 같다. 저건 분명 내 모습이 맞는데, 내가 봐도 반할 지경이라니.

2017년 11월 27일 LA시각 PM 09:34.

《리먼 스콧 쇼》 특별 생방송 시작 26분 전.

생방송 무대에 오를 시간이 점점 가까워지면서, 핑크 클라우드 다섯 멤버들 사이에선 그 어느 때보다 더 팽팽한 긴장감이 감돈다.

과연, 5일 동안 집중훈련 한 안무 동작을 하면서, 신곡 라이브까지 완벽하게 소화해낼 수 있을 것인가?

다행히 리허설 때에는 큰 실수 없이 해냈지만, 생방송의 긴장감이 더해지면 언제고 실수가 나올지도 모를 일이다. 아직 노래가 익숙하지 않고, 춤동작도 완전히 몸에 익지 않은 상태이기 때문이다.

생방송이 너무 늦은 시간대에 진행된다는 사실 또한 변수다.

아침 일찍 일어나 6시간의 장거리 비행을 하고 와서 이 시간까지 깨어 있다 보니, 슬슬 피로가 몰려오기 시작한다.

비행기 안이나 대기실에서 잠깐이라도 눈 좀 붙였어야 하는 건데, 마음이 붕 떠서 그랬는지 잠을 통 이루지 못했다.

하루 전에 LA에 도착해서 1박을 하는 일정이 컨디션 조절엔 더 유리했겠지만, 뉴욕에서 어젯밤까지 빡세게 연습을 해야 했기 때문에 그럴 수 없었던 거다.

이렇게 몸이 무겁고 마음이 불안정한 순간에 내가 도움을 요청할 만한 대상이라곤 나의 굿윌 여신, 주리밖에 더 있겠는가?

나는 주리를 잠시 대기실 밖으로 불러낸다.

"주리야, 생방송 시작하기도 전에 눈꺼풀이 막 무거워지려고 해. 이러다 무대 위에서 잠결에 노래하고 춤추는 건 아닌지 모르겠어!"

마치 투정부리는 듯 투덜대는 나를 따뜻한 눈길로 지긋이 바라보던 주리는 이내 웃음기를 거두며 이렇게 말한다.

"가난한 연극 이론으로 유명한 그로토우스키는 말했어요. 배우가 지쳐 있을 때 비로소 절정의 연기가 단발의 리얼리티처럼 강하게 진동하여 전해져 온다고. 마지막처럼 말하고 마지막처럼 움직이는 연기는 최고의 정점을 찍는 연기의 본체라고요."

나는 지금 주리가 하고 있는 말을 백 퍼센트 이해하고 있진 않지만, 그녀가 전하고자 하는 뜻은 내게 분명히 전달된 것 같다.

나는 내가 제대로 이해한 게 맞는지 확인받기 위해, 주리에게 이렇게 되묻는다.

"그러니까 주리 네 말뜻은, 마지막처럼 노래하고 마지막처럼 춤추라는 뜻이지?"

그러자 주리는 회심의 미소를 지으며 이렇게 대답한다.

"정답입니다!"

생방송을 앞둔 나를 괴롭히던 피로와 불안감을 한 방에 날려버리는 저 외침은 내 몸 구석구석의 세포들을 각성시킨다. 초조함과 나른함 사이의 어디쯤에서 헤매던 내 몸은 금세 새로운 활력을 되찾는다.

"It's time to leave!"

《리먼 스콧 쇼》 서브디렉터가 대기실로 찾아와, 지금이 떠나야 할 시간임을 알렸다.

이제 우리는 무대 뒤로 가서 스탠바이해야 한다.

돌비 극장의 대형 무대에는 구름을 형상화한 거대한 세트가 올려져 있다. 아크릴 소재의 구름 모양 세트에서는 은은한 분홍색 조명이 뿜어져 나오고 있다. 그야말로 분홍색 구름, 즉 핑크 클라우드를 위해 만들어진 무대인 것이다.

객석과 무대의 조명이 모두 꺼진 상태에서 세트에만 조명이 들어와 있으니, 깜깜한 우주에 분홍 구름이 둥실 떠 있는 듯한 모양새다.

잠시 후면 리프트가 서서히 올라가면서 5인의 핑크 클라우드 멤버가 저 분홍색 구름 위로 모습을 드러낼 것이다.

이미 리프트에 탑승하고 있는 내 심장은 미친 듯이 뛰고 있다.

이윽고 무대 후면 LED 전광판에 카운트다운을 알리는 숫자가 표시된다.

'10, 9, 8. 7…' 그렇게 숫자가 내려갈수록, 그 숫자를 따라 외치는 관객들의 함성은 점점 점점 더 커져간다.

"Four! three! two! one!"

카운트다운이 끝나고 천지가 진동하는 환호성과 함께, 바야흐로 핑크 클라우드의 글로벌 쇼케이스를 겸한 《리먼 스콧 쇼》 특별 생방송 무대가 그 대망의 막을 올린다. It's show time!

129. 긴급 특별 편성

◆◆

핑크 클라우드 다섯 멤버를 태운 리프트가 서서히 상승함과 동시에, MC 리먼 스콧의 온화하면서도 열정적인 목소리가 들려온다.

"This the night! This is the audience! This is~ Pink Cloud!"

분홍 구름 세트 위로 드러난 5인의 실루엣으로 핀 조명이 비치자, 객석에는 열광의 폭풍이 휘몰아친다.

이윽고 그루비한 드럼 비트가 마치 캘리포니아 해변의 거센 파도처럼 출렁거리기 시작한다.

108 BPM의 기조 위에 킥·서브킥·스네어1·스네어2·하이햇·퍼커션으로 빌드업된 이 드럼 패턴은 전형적인 뭄바톤의 그것이다.

그렇다. 아이엠윌은 스탠다드한 팝 댄스였던 〈아무 사이 아니라고〉에 뭄바톤 리듬을 입혔다.

128 BPM의 딥 하우스였던 〈핑키 윙키〉보다 템포는 좀 느리지만, 훨씬 더 스윙하고 펑키한 바이브를 느낄 수 있다.

"너만 보면 웃음이 나고~

너 안 보면 못 살 것 같아~

눈만 뜨면 네가 보고파~

눈 감아도 네 얼굴 떠올라~."

귀에 착착 감겨오는 익숙한 감칠맛이 있었지만, 바로 그런 익숙함 때문에 조금은 뻔하게 들리기도 했던 원곡이 아이엠윌의 손을 거치면서 혁신적인 사운드로 변신했다.

핑크 레인 고유의 뽕끼와 그루비한 뭄바톤 리듬의 절묘한 조화는 단순히 세련됨을 넘어, 그 어디서도 들어보지 못한 유니크한 신선함으로 다가온다.

이쯤 되면, 아이엠윌과 핑크 레인의 컬래버레이션은 성공 그 이상이라고 할 수 있겠다. 서로 다른 환경에서 자라온 두 천재의 감성이 이 노래 안에서 만나, 환상의 시너지 효과를 유감없이 발현했다.

"그래도 너는 내게 항상 그렇게~

아무 사이 아니라고~."

보컬 트레이너, 사스 릭스의 영향력은 이 노래를 통해 상당히 빛을 발했다. 말하는 것처럼 노래하라는 쉬운 듯 어려운 미션을 멤버 전원이 성공적으로 수행해냈으니 말이다.

자연스럽고 편안하면서도 풍부한 표현이 담길 수 있는 소리의 길을, 모든 팀원이 제대로 찾아낸 것 같다고 할까?

"사랑이라 할 수 없는 우린~

아무 사이 아니라고~."

녹음 때보다 훨씬 더 잘한 것 같은 가창부터 절도와 박력 넘쳤던 댄스까지, 그 어디 하나 흠잡을 곳 없이 완벽한 퍼포먼스였다.

이 멋진 무대 위, 저 열정적인 호응 속에서, 우리는 〈아무 사이 아니라고〉의 첫 라이브를 무사히 마칠 수 있었다.

연습은 절대 배신하지 않는다는 말을, 나는 이 무대 위에서 다시 한번 실감했다. 단 5일 뿐이었지만 폭발적으로 매달렸던 맹훈련 덕분에, 성공적인 라이브 공연을 할 수 있지 않았나 싶다.

아직 내 솔로 곡 무대를 남겨놓고 있긴 하지만, 단체 무대를 별 탈 없이 끝냈다는 것만으로도 내 마음은 한결 가벼워졌다.

돌비 극장 앞에 운집한 수천 명의 인파 중에는 공연장 안에 입장한 이들보다 입장하지 못한 이들의 숫자가 더 많았다.

방청권이 없어 극장 안으로 들어오지 못한 사람들은, 공연이 시작된 후에도 여전히 자리를 뜨지 않은 채 각자의 통신기기와 노트북 등을 이용해《리먼 스콧 쇼》TV 생중계를 감상 중이라고 전해진다.

돌비 극장 주변에 예상보다 너무 많은 인원이 몰리는 바람에, 참석을 예고했던 유명 인사의 상당수가 현장 접근에 실패했다. 자칫 현장이 더 혼잡해지거나 안전사고가 발생할 위험성을 우려해 진입을 포기한 것이다.

그래서 그들은 어쩔 수 없이 돌비 극장과 두 블럭 떨어진 '리먼 스콧 홀'에 따로 모여야만 했다. 그러니까 오늘의 쇼는 돌비 극장과 리먼 스콧 홀을 오가는 이원 생방송으로 진행되는 셈이다.

락 음악에 심취해있던 고교 시절에 내 영적 아버지 또는 삼촌이었던 스콜피온소 '클라우스 마이너'와 건즈앤로저스 '액셀 로즈'를 직접 뵙지 못한 건 정말 아쉬운 일이었다. 하지만, 화면을 통해서라도 그분들과 대화를 나눌 수 있었던 건 대단히 영광스러운 경험이었다.

세계가 공인하는 대세 싱어송라이터 '에델'과 화면을 통해 서로 뜨거운 눈빛을 주고받으며, 〈Someone like you〉와 〈When we were young〉을 무반주 듀엣으로 부른 경험 역시 평생 두고두고 잊지 못할 것 같다.

그 밖에도 최성호 캘리포니아주 하원의원, 하기완 LA 상공회의소 회장, 허브 웰슨 LA 시의장, 에디 쿡 애플 수석 부사장 등이 스크린을 통해 축하와 응원 메시지를 보내 왔다.

예정된 60분의 런닝 타임 중 어느덧 마지막 무대만을 남겨놓은 상태에서, 나는 리먼 스콧으로부터 앞으로의 포부에 관한 질문을 받는다.

잠깐의 생각 끝에 나는 이렇게 대답한다.

"저에게 무슨 일이 일어나거나 그 어떤 상황이 닥친다 해도, 절대로 음악을 포기하지 않을 겁니다!"

내가 단호한 어조의 한국말로 말한 이 내용을 주리가 영어로 또박또박 통역하는 걸 들으며, 나는 아차 싶었다. 내가 뱉은 이 말은 강주리로서가 아닌 장윤호로서의 포부라는 걸 깨달았기 때문이다.

은연중에 장윤호의 깊숙한 진심이 담겨버린 이 답변은, 현시점에서 세계 최고의 라이징 스타인 강주리에겐 당최 어울리지 않은 발언이지 않은가?

주리의 통역을 듣고 나서 잠시 의아한 기색을 보이던 리먼 스콧은 이내 표정을 바꾸며 이렇게 말한다.

"You're a really humble person!"

다행히도 베테랑 MC 리먼 스콧은 '당신은 참 겸손한 사람!'이라는 멘트로, 자칫 분위기 싸해질 뻔했던 상황을 매끄럽게 잘 넘겨주었다.

마지막 무대 〈Forest of Dreams〉는 어쩔 수 없이 MR 반주를 선택할 수밖에 없었다. 생방송으로 긴박하게 신행되는 현장 여건상 라이브 밴드 반주는 불가했기 때문이다.

하지만 돌비 극장의 최첨단 돌비 애트모스 시스템이 구현해내는 입체 음향은 마치 실제 연주자들과 합주하고 있는 듯한 착각마저 들게 한다.

"우리 이곳에 함께 묻었던 그 꿈을
다시 가슴에 안고 돌아갑니다~."

1절의 어둡고 슬픈 분위기는 브리지 파트에서 밝고 희망적인 분위기로 반전된다.

"당신이 그리워 다시 온 이 숲속~
허나 당신은 날 밀어내네요~
하늘로 뻗은 나뭇가지를 혼들며
돌아가 잘 살라고~."

숲이라는 단어, 나뭇가지라는 가사 한마디가 내겐 모두 소중하다.

관념적 언어에 담긴 나의 특별한 감정이, 듣는 이에게 구체적 색감과 질감으로 전달될 수 있다면….

내가 쓴 가사를 내가 불러서 좋은 점은, 제한된 음절 속에 미처 다 담아내지 못한 내 마음을 노래로 마저 표현할 수 있다는 점이다.

"우리의 꿈은 내 가슴 속에서
영원히 살아 숨 쉬게 할 거예요~.
비바람이 불고 눈보라가 쳐도

고이 지켜

눈부신 꽃을 피울게요~"

애잔한 읊조림에서 시작한 노래가 기운찬 외침으로 마무리되면서, 내 마음은 희망의 빛으로 가득 채워진다.

강주리로 살면서, 그리고 굿윌 여신과 공생관계로 지내면서 내가 받은 긍정의 에너지가 이 노래를 들은 이들에도 조금이나마 전달되었기를….

〈Forest of Dreams〉를 끝으로 생방송은 종료되었지만, 중계가 끝난 후에도 객석에선 앵콜을 요청하는 기립박수가 수 분 동안 이어지고 있다.

앵콜 요청에 주저하는 법이 없는 내가 즉각 무대로 돌아가지 못하고 있는 데는 다 이유가 있다. 앵콜 공연과 관련해서 내가 요청한 사항 때문에, 제작진들 간 긴급회의가 불가피했기 때문이다.

내가 제작진에게 요구한 건, 다름 아닌 돌비 극장 앞 야외공연이다.

마지막 무대를 끝낸 후에 나는 문득, 몇 시간째 극장 밖에서 자리를 지키고 있는 사람들을 위해 노래를 불러주고 싶다는 충동이 들었다. 그래서 앵콜 곡을 극장 안이 아닌 극장 밖에서 부르게 해달라고 요청한 것이다.

제작진이 난색을 보인 건 어쩌면 당연한 일이었다. 갑자기 야외무대를 뚝딱 만들어낸다는 것이 어디 쉬운 일이랴?

제작진과 한동안 논의를 하고 돌아온 한 대표가 내게 목소리를 낮춰 말한다.

"이 못 말리는 짱또라이! 이 할리우드 한복판에 와서까지 기어이 대형 사고를 치는구나!"

나는 그렇게 한 대표로부터 가벼운 핀잔을 들어야 했다. 하지만 그의 표정이 어둡지만은 않을 걸 보면, 야외공연이 영 가능성이 없는 건 아닌 것 같다.

"야외공연이 가능하대?"

"아무렴, 쟤네들이 어쩔 도리 있겠어? 우리의 우주 대스타님께서 무려 야외공연을 선사하시겠다는데, 자기네들이 어떻게 해서라도 성사시켜야지!"

특유의 거드름을 부리는 한 대표를 보면서 나는 함박웃음을 지어 보이며 말한다.

"고마워. 내 꼴통 짓거리를 이렇게 선뜻 지지해줘서!"

"적어도 일본행 여객기 안이나 경포대 횟집 앞보다는 여건과 환경이 훨씬 더 낫잖아?"

"그럼, 지금 야외공연 세팅이 이루어지고 있는 거야?"

"그래, 돌비 연구소의 엑스퍼트한 음향 기술자들이 목하 열심히 작업 중이지."

"그렇구나. 다들 나 때문에 고생이 많네."

"그런데, 자넨 피곤하지도 않아? 뉴욕시각으로 새벽 6시에 일어나서 지금이 LA 시각으로 오후 10시가 넘었으니, 시차 3시간을 고려하면 무려 19시간 넘게 깨어있는 건데?"

"원래 가장 지쳐있는 상태에서 진짜가 나오는 법이야!"

"그건 누가 한 말인데?"

"그로… 머… 스키였는데…."

그 말을 누가 처음 했는지 따위는 생각나지 않아도 상관없다.

나의 굿윌 여신, 주리가 내게 내린 미션이라는 게 중요하다.

'마지막처럼!'

그래, 이 무대가 정말 마지막인 것처럼 최선을 다해 노래하자!

야외 무대와 음향 장치가 모두 세팅되기까지는 30분가량의 시간이 소요되었다.

리허설도, 사운드체크도 없이 바로 해야 한다는 부담감 따위는 내게 전혀 문제 될 건 없다. 한 대표 말마따나, 기내나 횟집 앞보다는 몇만 배 더 나은 조건 아닌가?

대기실에서 나와 무대로 향하려는 내게 한 대표가 다가왔다.

"말해줄 게 있어."

"뭔데?"

"긴급 특별 편성에 의해서, 자네의 야외공연까지 월드 와이드 생방송 중계를 하게 되었대. 지금은 해당 채널에서 뉴스가 나가고 있는데, 뉴스 후에 곧바로 자네 공연이 다시 전파를 탈 거야."

아니, 이게 무슨 말이지?

난 그저 공연장 안으로 들어오지 못한 사람들을 위한 팬 서비스 차원에서 노래 몇 곡 부르려던 참이었는데…

이거, 이렇게 되면 일이 너무 커지는데?

"그리고 핑크 클라우드의 미국 에이전시인 패러다이스 탤런트 에이전시에서 응급 플랜을 제안해왔어. 이번 미니 앨범 중에서 〈Forest of Dreams〉 음원을 자네의 야외 공연 특별 생중계 직후에 기습적으로 선출시하자는 제안이야."

"그게 가능해?"

"그럼, 당연히 가능하지. 이미 음원을 출시할 준비가 모두 끝난 상태였기 때문에, 그냥 풀기만 하면 되는 건데, 뭐."

"그래서 자네도 오케이한 거야?"

"그래, 좋은 플랜인 것 같아서 나도 바로 오케이했어. 그러고 보니 자네에게 물어보지도 않고 오케이해버렸네? 자네의 뜻을 먼저 물어봤어야 하는 건데…"

갑자기 난감한 표정을 짓는 한 대표에게 나는, 언젠가 그가 내게 했던 말을 고대로 돌려준다.

"자네의 뜻이 곧 내 뜻이야!"

130. 센트럴 코트야드 공연

◆◆

자신이 얼마 전에 했던 말을 고대로 되돌려 받고 특유의 전대물 주인공 미소를 짓던 한 대표는 급히 걸려온 전화를 받고선 총총히 사라졌다.

무대로 향하기에 앞서 혀 스트레칭과 립 트릴을 하는 내게 주리가 다가온다.

"기분이 어떠세요?"

"무슨 기분?"

"옆에서 다 들었어요. 유노 쌤의 솔로 싱글이 야외공연 직후에 풀릴 거라는 얘기요."

"아, 듣고 있었구나!"

"유노 쌤의 첫 솔로곡이 세계 시장에 출시되는 기분이 어떠시냐고요?"

"그러고 보니 정말 그렇네. 첫 솔로곡…."

주리 말대로 〈Forest of Dreams〉는 핑크 클라우드 강주리로서도, 툰드라 장윤호로서도 내 첫 번째 솔로곡이 맞다.

"아직은 실감이 잘 안 나. 지금은 그저 야외공연을 무사히 잘 끝내야겠다는 생각밖에 없어. 난 그저 팬 서비스 차원에서 가벼운 마음으로 노래 몇 곡 하려던 건데, 생방송까지 한다니…. 오히려 본 생방송 때보다 훨씬 더 떨리는 것 있지?"

"지금의 그 떨림을 애써 감출 필요는 없어요. 유노 쌤이 긴장하는 모습이 사람들에겐 오히려 더 큰 감동을 줄 수 있거든요. 저 가수는 본 무대가 아닌, 앙코르 공연에도 저렇게 온 진심을 다 바쳐서 노래하는구나, 사람들은 그렇게 생각해줄 거라고요."

주리는 내 떨리는 가슴을 긍정의 설탕으로 캐러멜라이즈 시켜준다.

다른 그 누구에게도 받을 수 없는 위안을 준 굿윌 여신에게, 나는 그 이상의 도움을 요청한다.

"주리야!"

"왜요?"

"나랑 같이 무대에 올라가줘!"

"제가… 같이요?"

갑작스런 내 요구에 주리가 눈을 동그랗게 뜨고 반문했다.

"응, 내가 사람들에게 꼭 전하고 싶은 말이 있거든. 그걸 주리 네가 통역해줘!"

"난 또, 같이 노래하자는 건 줄… 통역이라면 뭐, 기꺼이…."

주리는 분명 웃고 있었지만, 그녀의 얼굴에 아주 잠깐 떠올랐던 실망과 체념의 빛을 나는 놓치지 않았다.

'같이 노래하자는 건 줄….'

주리의 입에서 나온 저 말을 곱씹어 보니, 내가 정말 주리더러 같이 노래 부르자고 말했어야 했나 싶은 생각이 얼핏 들었다.

하지만 그 생각에 오래 머물러 있진 못했다. 야외공연 스태프 중 한 명이 다가와 이제 무대로 가야 할 시간임을 알렸기 때문이다.

야외 공연 무대는 돌비 극장이 위치한 할리우드 앤 하이랜드 센터의 중앙 광장에 마련되어 있었다.

야구장 크기 정도 되는 광장에 사람들이 빈틈없이 가득 들어차 있고, 가운데에 원형 무대가 세워져 있다.

광장을 원형으로 둘러싸고 있는 상가 건물의 2층과 3층 난간에도 빈틈없이 사람들이 붙어 서 있다.

'내가 뭐라고 이렇게까지….'

내 야외공연을 보기 위해 광장을 가득 메우고 있는 군중들의 모습을 바라보는 것만으로도 내 가슴이 벅차오른다.

무대에 섰다.

툰드라 시절에도 쇼핑몰 광장에서 행사를 뛰어본 경험이 있다. 하지만 같은 쇼핑몰 광장 버스킹이라도 이번엔 뭔가 차원이 다르다.

돌비 연구소 엔지니어들이 응급으로 설치한 최고 수준의 음향 시스템이 갖춰져 있고, 월드 와이드 생중계를 위한 지미집 카메라까지 돌아가고 있는, 가히 블록 버스터급 버스킹이라 할 수 있겠다.

할리우드 앤 하이랜드 센터의 센트럴 코트야드를 가득 채우고도 그 주변 건물 난간에까지 빽빽이 들어찬 관중의 숫자는 어림잡아 1만5천.

뉴욕 센트럴 파크 무대 위에 섰을 때 바다를 내려다보는 기분이 들었었다면, 지금은 바다 한가운데에 둥둥 떠 있는 느낌이랄까?

내가 앵콜곡으로 준비한 노래는 바로 휘트니 후스턴의 〈I will always love you〉다. 《더 유니버스》 본선 1차 경연을 염두에 두고 연습했던 노래 중 한 곡이라, 내 아이폰에 편곡된 MR이 저장되어 있었다.

휘트니 후스턴의 독보적 소울풀 보이스에 내가 감히 범접하긴 힘들겠지만, 나만의 직설적 감성으로 이 대곡을 풀어보려고 한다.

내가 음악을 함에 있어 없어서는 안 될 존재들인 리스너들에게 사랑과 감사를 표현할 노래로 이만한 곡이 또 없을 것이다.

"If~ I~ should stay~

I would only be in your way~

(내가 만약 당신 곁에 남는다면

방해만 될 거예요)."

음을 쪼개고 꺾는 휘트니 누님의 유려한 창법과는 달리, 나는 최대한 힘을 빼고 속삭이듯 벌스 파트를 부른다.

기교 없이 담백한 창법에서 맑고 고운 주리의 음색이 더 아름다운 빛을 발하리라.

"And I~~ will always love you~.

I will always love you~."

휘트니 누님이 팔세토로 부른 1절 후렴을, 나는 흉성과 두성을 섞은 믹스드 보이스로 노래한다.

"Bittersweet memories~.

That is all~.

I'm taking with me~

(내게 남겨진 건

쓰면서도 달콤한 기억들뿐)."

2절에 접어들면서 나는 성대를 조금 더 열고 목소리에 파워를 싣기 시작한다.

음량과 파워가 증가하면서 감정도 점점 고조되는 브리지 파트를 넘어, 마침내 맞이하는 궁극의 절정.

"And I~~ will always love you~.

I will always love you~."

달리 파턴의 절제된 컨트리 발라드인 이 곡을 휘트니 후스턴이 거대한 스케일의 소울 발라드로 탈바꿈시켰다면, 나는 이 노래에 락의 숨결을 불어넣는다.

강렬한 리듬 섹션과 리얼 오케스트레이션의 아찔한 조화 속에, 묵직한 사운드를 뚫고 나가는 격정적 고음.

그리고 뜨겁게 출렁이는 호응의 파도 위를 아득하게 뻗어가는 고음 애드립과 함께 연쇄적으로 폭발하는 카타르시스의 불꽃.

"Darling, I love you~

I'll always,

I'll always love you~ ooh~."

애잔하면서도 희망적인 읊조림으로 대미를 장식한다.

찰나의 정적 후, 센트럴 코트야드에는 열광의 토네이도가 휘몰아친다. 그 중심에 서 있으면, 왠지 내 몸이 공중으로 떠올라 하늘 위로 날아가 버릴 것만 같은 기분.

그렇게 광장이 떠나갈 듯 환호하던 청중들도, 내가 마이크를 들고 뭔가 말하려는 자세를 취하자 찬물을 끼얹은 듯 조용해진다.

나는 잠시 숨을 고른 후, 준비한 말을 꺼낸다. 차분하면서도 단단한 어조의 한국말로….

그리고 이 말은 곧 주리의 따뜻하면서도 기품 있는 영어로 통역되어 사람들에게 전해질 것이다.

"제 음악의 존재가치를 완성해주시는 팬 여러분, 정말 고맙습니다. 그리고 사랑합니다. 그 어떤 상황 속에서라도 영원히 음악 안에서 살아가겠습니다!"

2017년 11월 28일 LA시각 AM 08:42.

〈Forest of Dreams〉 싱글은 LA 시각으로 2017년 11월 27일 오후 11시, 한국 시각으로는 2017년 11월 28일 오후 2시에 세계 시장에 선공개되었다.

뮤직비디오는 도쿄 지유가오카에서 밴드와 함께 라이브 레코딩할 당시에 촬영한 메이킹 영상을 편집한 버전이 일단 공개되었고, 추후에 새로운 뮤직 비디오를 제작할 예정이다.

아직 〈Forest of Dreams〉의 오프닝 스코어나 국내외 반응을 확인해보진 못했다. 어젯밤에 《리먼 스콧 쇼》 생방송과 야외공연을 마치고 숙소인 '월도프 아스토리아 베벌리힐즈'로 들어와선 곧바로 곯아떨어져 버렸기 때문이다.

한편 단체곡 〈아무 사이 아니라고〉가 포함된 미니앨범은 12월 10일에 정식 발매될 예정이다.

《리먼 스콧 쇼》 측에서 제공해준, 기사가 딸린 롤스로이스 컬리넌 두 대에 나눠 탄 우리가 향한 곳은 로데오 드라이브. 주리와 나를 제외한 나머지 일행들이 LA 공항으로 향하기 전, 다 같이 아침 식사를 하기 위해서다.

나는 아직 미국에서 소화해야 할 스케줄이 몇 개 더 남아있는 관계로, 주리와 나만 미국에 며칠 더 체류하기로 한 것이다.

우리가 온 곳은 유기농 커피 전문점 얼스 카페. 스패니쉬 라떼와 유기농 브런치 메뉴들이 유명하다고 해서 찾아온 곳이다.

발아 퀴노아 빵에다 숙성 하스 아보카도·아몬드 치즈·마이크로 실란트로 등을 토핑한 '아보카도 토스트'는 여독과 피로가 덜 풀려 까칠해진 입맛에도 아주 매끄럽게 잘 먹혔다.

원래는 아메리카노를 마시지만, 오늘만큼은 이 집의 시그니처 커피라는 스패니쉬 라떼를 시켜보았다. 그런데 우유 대신 연유가 들어가 달달한 맛이 구미에 꽤 잘 맞았다. 주리의 몸과 내 영혼의 취향을 공통적으로 만족시켜 한때 애음했던 폴베셋 연유라떼와 약간 비슷한 맛이라고 할까?

각자가 시킨 메뉴로 아침의 허기를 채우느라 한동안 말이 없던 멤버들은 접시를 깨끗이 비운 후에야 비로소 대화의 물꼬를 튼다.

"우리 주리는 정말 대단해! 어제 생방송 끝나고 나니 난 이미 에너지가 바닥나있었는데, 주리는 그 상태에서 야외공연까지 소화한 거잖아!"

유미가 끄집어낸 화두를 준희가 이어받는다.

"무려 다섯 곡을 목소리 하나 쉬지 않고 부른 거지. 한 곡 한 곡 다 만만치 않은 곡들이었는데…."

어젯밤 센트럴 코트야드 공연에서 나는 〈I will always love you〉를 시작으로 〈Hero〉, 〈When we were young〉, 〈야생화〉 그리고 〈아름다운 강산〉에 이르기까지, 총 다섯 곡을 부른 후에야 무대에서 내려왔다.

따라서 기습 편성된 야외공연 실황 중계 분량은 27분에 이르렀다.

"저 가녀린 몸에서 어떻게 그런 힘이 나오는 거지? 아직 어려서 에너지가 넘쳐나나?"

정화의 발언을 들은 나는 하마터면 입에 머금고 있던 스패니쉬 라떼를 뿜을 뻔했다. 나보다 스무 살 어린 정화가 나더러 어리다 어쩌고 하는 부분에서 웃음이 터지려고 했던 거다.

"시청률은 잘 나왔나?"

우리 중 가장 현실적 판단력을 가진 유진이 의문을 제기하자, 검색의 여왕인 주리가 아이폰으로 서치한 결과를 우리에게 알려준다.

"미국에서만 본방송과 야외공연 특별방송을 포함해서 총 천칠백이십만 명이 시청한 걸로 집계가 되었대. 올해 미국에서 연간 시청률 1위를 기록한 드라마가 천팔백육십만 뷰어 정도 되는 걸 감안하면, 상당히 높은 시청률이라고 할 수 있지. 그런데 더 놀라운 건, 본 생방송 뒤에 특별 편성되어 방영된 강주리 단독 야외공연 실황 중계가 본 생방송보다 오히려 실시간 시청률이 더 높았다는 거야."

우리가 출연한 《리먼 스콧 쇼》가 그렇게 높은 시청률을 기록했다니 무척 고무적이다. 이렇게 시청률이 퍼센티지가 아닌 시청자 숫자로 환산되어 나오니, 훨씬 더 직접적으로 와 닿는 것 같다.

하지만 정작 내가 시청률보다 더 궁금한 건, 바로 내 첫 솔로 싱글 〈Forest of Dreams〉의 오픈 스코어였다.

그런 내 마음을 읽기라도 한 듯, 주리가 검색하여 찾아낸 기사를 읽어준다.

"원래 2017년 12월 5일에 발매될 예정이었으나, 《리먼 스콧 쇼》 특별 생방송 직후인 11월 27일 11시(LA 현지 시각)에 기습적으로 선공개한 〈Forest of Dreams〉의 음원은 국내 8개 음원차트 올킬은 물론, 오리콘 일간 차트 1위, 64개국 아이튠즈 차트 1위에 오르며 전 세계에 강주리 신드롬을 일으키고 있다. 한편 〈Forest of Dreams〉가 다음 주 화요일에 갱신될 빌보드 핫100에서는 과연 어느 정도의 성적을 거둘지 귀추가 주목되고 있다."

131. 거절 그리고 초대

◆◆

LA 공항으로 향하는 멤버들과 한 대표를 배웅한 후, 로데오 드라이브에 둘만 남게 된 주리와 나.

"이제 우리 둘이서 뭘 할까? 내일 제임스 코던의 '카풀 카라오케' 촬영 전까지는 스케줄이 하나도 없는데…"

오늘 아무런 스케줄을 잡지 않은 건, 충분한 휴식을 취하라는 한 대표의 배려였다.

그런데 막상 이 LA 카운티의 베버리힐즈에서 주리와 단둘이 함께하는 안식일을 맞고 보니, 쉬고 싶은 생각은 1도 없어진다.

"글쎄요, 뭘 하면 좋을까요? 저는 미국 서부에는 좀처럼 익숙하지 않아서, 제대로 된 가이드를 할 수 없을 것 같은데…"

어디에 가서 뭘 하면 좋단 말인가?

사실 주리와 함께라면, 어느 곳에 가서 무엇을 하든 다 좋을 것 같긴 하지만….

각종 럭셔리 브랜드의 플래그십 스토어가 즐비한 로데오 로드에서 주리가 좋아하는 쇼핑이나 다닐까 싶다가, 이내 서둘러 생각을 접고 만다.

맨해튼 5번가 버그도프굿맨 여성관 전 매장을 구석구석 끌려다녀야 했던, 고행의 3시간이 떠올랐기 때문이다.

그렇게 떠오른 고단한 쇼핑의 기억은, 코니 아일랜드의 루나 랜드까지 찾아갔다가 입장도 못 한 채 발길을 돌려야 했던 기억까지 연달아 소환시켰다.

"아, 맞다! 멤버들 오면 식스 플래그에 같이 가자고 내가 말해놓고선, 결국 못 갔네!"

"기회가 꼭 이번 한 번뿐인 건 아니잖아요! 그리고 전 여럿이 우르르 가는 것보단…. 에이, 아니에요!"

아마도 주리는 여럿이 가는 것보단 둘이서 가는 게 더 좋다고 말하려다 말았나 보다.

말해 뭐해?

사실 나도 주리와 둘이서만 가는 게 당연히 더 좋은걸. 다만 내 진심을 그대로 드러내기 싫어서, 멤버들과 다 같이 가자고 말했던 것일 뿐.

그런데 주리도, 나도 단둘이 가길 원하고 있는 거라면 지금 못 갈 이유가 없잖아?

'유레카!'

좋은 아이디어가 번쩍 떠오른 나는 회심의 미소를 지으며 주리를 부른다.

"주리야!"

"왜요?"

"꼭 식스 플래그여야 할 필요는 없지 않아?"

"그게 무슨 말이에요?"

"지금 우리는 베버리힐즈에 있고, 여기서 멀지 않은 곳에 더 좋은 플레이스가 있다고!"

여전히 내 말뜻을 이해하지 못한 듯 멀뚱히 나를 쳐다보고 있는 주리에게, 나는 승무원처럼 상냥한 말투로 말한다.

"LA에는 원조 디즈니랜드가 있습니다, 고객님. 오늘은 제가 가이드가 되어 모시겠습니다!"

솔직히 말하면 LA 디즈니랜드가 정확히 어디에 붙어 있는지도 모르면서, 나는 섣불리 가이드를 자처하고 나섰다.

그런데 내가 디즈니랜드 얘길 꺼내면 주리가 뛸 듯이 기뻐할 줄만 알았는데, 그녀의 저런 난감한 표정은 예상 밖이다.

"왜 그래? 디즈니랜드에는 별로 가고 싶지 않은 거야? 놀이공원에 가고 싶어 하는 거 아니었어?"

"가기 싫은 게… 아니고요!"

"그럼, 뭐?"

내가 그렇게 재차 묻고 나서야, 주리는 비로소 속내를 털어놓는다.

"주리 강은 현재 가장 핫한 월드 스타잖아요. 그런데 그렇게 사람 많은 디즈니랜드엘 어떻게 가요? 아마 몰려드는 사람들 등쌀에 제대로 돌아다니지도 못할 걸요?"

'아차!'

내가 그걸 생각 못 했네.

몸은 월드스타 강주리지만, 마음은 아직도 지하 골방 아재 장윤호에서 완전히 벗어나지 못한 나에겐, 여전히 스타의식이 부족하다.

말하자면 월드스타로서의 처신과 몸가짐에 대해서, 개념이 확립되어 있지 않다는 거다.

"그런 문제는 전혀 생각 못하고 있었어. 뭐, 좋은 방법이 없을까?"

잠시 생각에 잠겨있던 주리가 마침내 입을 연다.

"이 방법은 어떨까요?"

"뭐 생각난 게 있어?"

주리는 왠지 그닥 자신 없어 보이는 얼굴로 조심스레 입을 연다.

"변장을 하고 가는 건 어떨까요?"

"변장?"

주리가 내놓은 것치곤 그닥 신선하게 들리지 않는 아이디어라, 나는 다소 실망한 기색을 감출 수 없었다.

"선글라스나 모자 같은 걸로 어설프게 변장을 했다간, 괜히 사람들 눈에 더 띄는 수가 있어!"

그러자 주리는 정색한 얼굴로 고개를 절레절레 흔들며 말한다.

"그 정도의 변장으론 안 되죠. 변장을 하려면 사람들이 못 알아볼 정도로 확실히 해야죠."

"특수 분장… 같은 거?"

"뭐 꼭, 특수 분장까지는 아니더라도, 캐릭터 코스프레 같은 거라도…"

"이를테면 할리우드 블러바드에 포진해 있는 슈퍼 히어로들 같은 분장을 말하는 거니?"

"네, 맞아요. 바로 그런 거요!"

들고 보니 참 그럴듯한 아이디어다. 아이든 어른이든 모두 동심으로 돌아가 맘껏 즐기는 공간인 디즈니랜드에선 코스프레 복장도 비교적 자연스럽게 받아들여질 것 같은 느낌적인 느낌.

"그렇다면 우리는 무엇으로 분장하면 좋을까?"

2017년 11월 28일 LA시각 AM 11:39.

올랜도의 디즈니월드가 개장하기 16년 전인 1955년에 세워진 디즈니랜드는, 로스앤젤레스시 남동쪽 샌타애나 강 연안에 있는 애너하임이란 도시에 위치해 있다고 했다.

나는 LA 디즈니랜드로 알고 있었지만, 실제로 디즈니랜드는 로스앤젤레스 카운티가 아닌 오렌지 카운티에 속해 있다는 걸 이번에야 안 것이다.

치열한 토론 끝에 주리는 배트맨으로, 나는 캣우먼으로 변신하기로 했다. 얼굴이 가려지면서, 그나마 가장 요란하지 않은 코스튬을 고른다고 고른 게 그거다.

웨스트 할리우드에 있는 핼러윈 샵에서 분장을 마친 후 애너하임으로 향하는 롤스 로이스 컬리넌 안에서, 내가 주리에게 묻는다.

"근데 이거, 옷이 너무 타이트한 거 아냐? 바디 라인이 너무 극명하게 드러나잖아!"

"캣우먼 복장이 원래 그렇죠. 배트맨과 캣우먼 복장을 선택하신 건 제가 아니라 유노 쌤이라고요!"

"그런데 나 어때 보여? 사람들이 정말 못 알아볼 것 같아?"

이렇게 물으며 주리 쪽으로 돌아보니, 배트맨 코스튬을 한 내 모습이 눈에 들어온다.

솔직히 내가 봐도 좀 멋진 듯.

역대 배트맨들과 비교해보자면, 선 굵은 마이클 키톤이나 발 칼머보다는 슬림하고 샤프한 느낌의 크리스챤 베일 쪽이랄까?

"알아보고 못 알아보고를 떠나서, 월드 스타 주리 강이 이런 코스튬을 하고 디즈니랜드까지 올 거라곤 쉽게 생각하지 못할 거예요."

"그렇겠지? 그리고 남들은, 우리가 생각하는 것만큼 우리에게 그닥 관심이 없을 거야!"

차량 내에서 코스튬에 대한 대화를 나눈 시점으로부터 약 53분 후, 우리는 디즈니랜드 티켓 판매소 옆에 있는 사무실에 들어와 있다.

이유인즉슨, 주리와 나의 디즈니랜드 입장이 거부되었기 때문이다.

디즈니랜드에는 우리가 미처 알지 못했던 규칙이 있다고 했다.

어린이에게는 캐릭터 코스튬이 1년 365일 허용되지만, 성인의 경우에는 핼러윈 주간의 특정일 외에는 금지되어 있다고 했다.

그리고 코스튬을 입을 수 있도록 허락된 날에도 디즈니 캐릭터에 한해서만 입장이 가능하다는 규정이었다.

"아니, 맑고 순수해야 할 동심의 공간에 무슨 그런 파시즘적인 규정이 다 있다니?"

너무 어이가 없어진 나는 사무실 소파에 털썩 주저앉으며 말했다.

"어린이에게 혼돈을 줄 수 있다는 이유에서 만든 규정이래요. 핼러윈 주간을 제외하곤 어른들은 디즈니 캐릭터 코스튬마저도 금지라는데, 우리는 타사 캐릭터 코스프레를 떡하니 하고 나타났으니 얘네가 얼마나 황당했을까요?"

주리는 그렇게 말하며, 배트맨 가면 틈으로 너털웃음을 흘렸다.

배트맨 소녀는 저렇게 웃고 있지만, 그 모습을 지켜보는 캣우먼 아재는 결코 웃을 수 없다.

개장 시즌이 아니라 못 들어갔던 코니 아일랜드 루나 파크에 이어 디즈니랜드의 입장까지 거절당하다니.

주리를 속상하게 해서 미안하고, 주리에게 미안해서 속상하다.

주리가 어렸을 때부터 품어왔던 놀이공원에 대한 로망에 거칠고 퍽퍽한 현실의 모래를 끼얹은 것만 같은 느낌이랄까?

"이런 차림을 하고 여기까지 왔는데, 그냥 이대로 돌아가야 한단 말이야? 너무 허무하잖아!"

"이런 차림으로 여기까지 온 것만으로도 전 충분히 즐거웠어요."

"또 그렇게 애어른 같은 소리 하고 있네!"

"아니, 정말이에요. 사실 이렇게 불편한 차림으로 디즈니랜드에 들어간다고 해도 마음껏 신나게 놀진 못할 것 같아요. 지금은, 이 답답한 가면과 코스튬을 얼른 벗고 싶은 마음뿐이에요."

사실 이렇게 꽉 끼는 캣우먼 복장을 벗어던지고 싶은 건 나도 마찬가지다.

"저기요, 캣우먼 님! 우리 그러지 말고, 얼른 옷 갈아입고 맛있는 거나 먹으러 가요. 아, 참! 이 코스튬 벗기 전에, 디즈니랜드 입구를 배경으로 인증샷이나 남기자고요!"

"정말 디즈니랜드 안에 들어가지 않아도 괜찮겠어, 배트맨 님?"

"과정에서 가치와 의미를 얻을 수 있다면 결과 따윈 중요하지 않다! 이 말은 유노 쌤이 하신 말씀이잖아요. 여기까지 오는 과정이 충분히 즐거웠기 때문에, 꼭 저 안으로 들어가지 않는다고 해서 의미와 가치가 없는 건 아니에요."

결국 배트맨 소녀와 캣우먼 아재는 디즈니랜드 입구를 배경으로 사진 몇 장을 찍은 후, 환상의 디즈니랜드가 아닌 현실 속 도시를 향해 터벅터벅 발걸음을 옮긴다.

🎧

2017년 11월 28일 LA시각 PM 01:46.

디즈니랜드에서 입장을 거부당한 우리가 헛헛한 속을 달래기 위해 찾아간 곳은 베벌리힐즈의 산타모니카 블러바드에 있는 판다 익스프레스라는 중국집이다.

미국에서 가장 큰 중식 체인으로 알려진 판다 익스프레스는 미국식 중국요리 전문점으로, 국내에도 이미 몇 개의 매장을 보유하고 있다고 한다.

우리는 베이스 메뉴 중 한 개와 메인 메뉴 3가지를 선택해 먹는 플레이트로 주문했다.

베이스 메뉴 중에선 볶음밥을, 메인 메뉴 중에선 오렌지 치킨, 브로컬리 비프, 하니 월넛 쉬림프를 선택했다.

가격이 저렴한 편인 데다 식당 분위기는 지극히 캐주얼한 패스트푸드점 느낌이 나서 음식에 대해선 사실 별 기대가 없었다.

그런데 막상 먹어보니 기대 이상이었다.

금방 튀겨져 나온 게 아니라 치킨 튀김의 식감은 좀 떨어지지만, 새콤달콤한 오렌지 소스는 정말 일품이다.

굴소스 베이스의 브로컬리 비프와 달달함의 끝을 보여준 하니 월넛 쉬림프는 단짠의 환상적 앙상블을 이루며 미각을 희롱했다.

그런데 그중에서도 가장 내 마음을 끌었던 건 바로 볶음밥이었다. 더하지도 덜하지도 않는 맛과 식감으로 메인 요리를 더욱 돋보이게 하면서, 그 자체로도 훌륭한 존재감을 느끼게 했다.

별 기대 없이 따라 들어온 식당에서 기대 이상의 만족을 얻은 후 시원상큼한 과일티로 기름진 속을 달래고 있을 때, 내 아이폰으로 전화가 걸려온다.

"여보세요?"

"Hello?"

나는 무심코 한국말로 응답했는데 전화기 너머로 들려온 건 남자 목소리의 영어였다.

갑작스레 들려온 영어에 당황한 나는 대뜸 주리에게 전화기를 떠넘기고 만다.

갑자기 넘겨받은 전화에도 별로 당황한 기색 없이 응대하던 주리는, 5분이 넘도록 통화를 한 후에야 전화를 끊는다.

"누구 전화였어?"

나한테 걸려온 전화의 발신인이 누구인지 주리에게 묻는다는 것이 좀 우스운 일이지만, 지금으로선 그렇게 물을 수밖에 없었다.

"리먼 스콧이었어요."

"리먼 스콧? 그 양반이 왜 나한테 전화를 한 거지?"

"패러다이스 탤런트 에이전시를 통해서 주리 강의 금일 스케줄이 없다는 걸 확인했대요. 그래서 혹시 다른 약속이 없으면, 자신의 집으로 초대하고 싶다고 했어요."

132. 전율

◆◆

'나뭇잎들은 온통 갈색이고

하늘은 잿빛인

어느 겨울날

나는 길을 걷고 있네~.

내가 LA에 있었다면

안전하고 따뜻했을 텐데~.

이렇게 추운 겨울날

꿈에 그려보는 캘리포니아~.'

마더스 앤 파더스의 〈California Dreamin'〉을 흥얼거리며, 리먼 스콧의 자택이 있는 산타모니카 비치로 향하는 길.

키다리 야자수가 줄지어 선 대로를 달리는 롤스 로이스 컬리넌 뒷좌석에 앉아 있으려니, 내가 정말 캘리포니아에 와있다는 사실이 실감된다.

"날씨가 정말 예술이다!"

〈California Dreamin'〉 가사 속에 나오는 '안전하고 따뜻한(safe and warm)'이란 표현이 정말 와 닿는 날씨다.

"캘리포니아는 고온건조한 지중해성 기후가 나타나는 곳이라 여름에도 쾌적하고 겨울에도 혹독한 추위가 없죠. 그리고 강수량이 아주 적어서 연중 맑은 날이 330일에 이른다고 해요."

"1년 내내 이렇게 쾌적하고 온난한 곳에서 코알라처럼 게으르게 살면 참 좋겠다!"

"맨해튼 어퍼이스트 사이드나 도쿄의 지유가오카에 갔을 때도 그곳에서 살고 싶다고 하시더니…."

"인종과 문화를 막론하고 사람 마음과 습성은 거기서 거긴가 봐. 사람들이 가장 살고 싶어 하는 비싼 동네에는 다 그럴 만한 이유가 있더라고."

리먼 스콧의 저택은 새하얀 모래사장과 검푸른 태평양 바다가 바라다보이는 언덕에 있었다.

아이엠월의 이스트 햄튼 별장이 고전적인 고급스러움을 추구했다면, 리먼 스콧의 산타모니카 저택은 모던 럭셔리즘의 극치를 보여준다.

일본 젠 스타일의 영향을 받은 듯한 건물 외관은 온통 직선과 평면뿐이다. 진갈색 목재와 통유리로 된 외벽 어느 구석에서도 곡선이라곤 찾아볼 수 없다.

4층 건물 앞의 널따란 테라스에는 히노끼 자쿠치가 놓여있고, 그 앞으로 25m 레인 세 개 정도 되는 크기의 인피니티 풀이 있다.

집사로 보이는 동남아계 청년은 우리를 거실 소파로 안내한다.

목재로 된 외벽과는 달리 거실 벽면과 바닥은 온통 진회색 대리석으로 되어 있다.

바다를 향해 나 있는 통유리창을 통해 스며든 캘리포니아의 청명한 햇살이 반질반질한 대리석 벽과 바닥에 고급진 반사광을 만들고 있다.

집사 청년은 우리에게 무언가를 내민다.

자세히 들여다보니, 그것은 다름 아닌 음료 메뉴판이었다. 알코올 또는 논알코올 비버리지가 종류별로 세 페이지 넘게 적혀있었다. 리먼 스콧이 나올 때까지 기다리는 동안 마실 음료를, 그 메뉴판에서 고르라는 것이었다.

장윤호의 영혼은 샴페인 리스트에 있는 볼랭져를 강력히 원했지만, 강주리의 몸을 배려해서 논알코올 음료 중에서 오렌지 에이드를 선택했다. 오렌지로 유명한 캘리포니아에 와서 아직 오렌지가 들어간 음료를 마셔보지 못했다는 걸 깨달았기 때문이다.

그리고 주리는 탄산 없는 오렌지 쥬스를 주문했다.

"가정집에 무슨 음료 메뉴판까지 다 있지?"

내가 무심코 내뱉은 이 말을 들은 주리의 표정을 보고서야, 나는 내가 또 괜한 얘길 꺼냈다는 걸 깨닫는다.

"너희 집에도 음료 메뉴판이 있는 모양이구나?"

"네, 서울 한남동 집에서는 귀한 손님이 오시면 음료 메뉴판을 내놓곤 해요."

재벌 4세 주리에겐 별것도 아닌 일로 괜한 호들갑을 떤 것이 창피해진 나는 얼른 화제를 돌려버린다.

"리먼 스콧은 아직 싱글이라고 하지 않았어?"

"네, 제가 알고 있기로는 그래요. 만나는 여자가 자주 바뀐다는 목격담과 소문은 무성한데, 실제 사생활은 베일에 싸여있는 편이죠."

"혼자 살기에 이렇게 큰 집은 좀 휑뎅그렁할 것 같지 않아? 찾아오는 손님이라도 많아야 좀 덜 외롭겠지. 그러니까 이렇게 손님용 음료 메뉴판까지 준비했을 테고…."

"그러고 보니 이 집엔 그 흔한 애완견이나 애완묘 한 마리 뵈지 않네요."

"혹시 또 모르지. 뒷마당에서 호랑이나 퓨마 같은 걸 키우고 있을지도…. 할리우드 스타 중에는 그런 맹수를 키우는 사람도 있다며?"

"제발 파충류나 절지동물 같은 건 없었으면 좋겠네요."

"쉿! 호랑이 님 오신다!"

집주인을 두고 나누던 시답잖은 우리의 대화가 뚝 끊어진 이유는, 리먼 스콧이 저쪽 계단 위로 모습을 드러냈기 때문이다.

그런데 계단을 터벅터벅 내려오는 리먼 스콧의 모습을 본 나는 피식 웃음이 터지고 만다. 제 말 하면 나타나는 호랑이 코스프레라도 하듯, 그가 정말 호피 무늬 스웨터를 입고 있었기 때문이다.

"I'm very honored to have you here. Welcome to my place!"

"이곳에 모시게 되어 영광이며, 저희 집에 오신 것을 환영합니다…라고 말씀하시네요."

내가 미리 부탁한 대로 주리는 리먼 스콧의 말을 그대로 통역해주었다.

"영어도 가능하지만, 더 깊고 충실한 의사소통을 위해 통역자와 함께하는 것이니 양해 부탁드린다고 전해줘!"

내가 주리에게 통역을 부탁한 이유는 사실 내 영어 발음과 실력이 뽀록나지 않기 위함이 가장 크다. 하지만 그 실제 이유를 은폐하는 동시에 주리와 함께 온 당위성을 어필하기 위해서 그렇게 말할 수밖에 없었다.

그런데 주리를 통해 내게 전해진 리먼 스콧의 대답은 다소 뜻밖이었다.

"리먼 스콧은 원래부터 우리 둘을 함께 초대할 계획이었대요."

리먼 스콧은 우리를 테라스에 있는 야외 테이블로 안내했다.

테라스 한쪽 편에 있는 바비큐 스테이션에서는 쉐프 복장을 한 히스패닉계 사내가 스테이크를 굽고 있다.

판다 익스프레스에서 배를 그득 채운 지 2시간도 채 안 되었지만, 고기 굽는 냄새를 맡으니 식욕이 다시 살아나는 것 같다.

내 앞에 다시 온 음료 메뉴판에서 나는 또 한 번 알코올의 유혹에 직면해야 했다. 눈앞에 산타 모니카 비치가 펼쳐져 있고 옆에서 지글지글 스테이크가 익어가는 야외 테라스는 술잔을 기울이기 딱 좋은 분위기였기 때문이다.

하지만 나는 꾹 참고 버진 피나 콜라다를 주문했고, 주리 역시 같은 걸 주문했다. 서로 말은 안 했지만, 주리 역시 나처럼 홍콩 란콰이펑의 기억을 떠올리고 있다는 것을 표정을 통해 알 수 있었다.

"Nice choice!"

함박웃음을 지으며 '좋은 선택!'이라고 외친 리먼 스콧은 우리를 향해 한참 뭔가를 얘기하고는 집 내부로 들어갔다. 오늘따라 영어 리스닝이 유독 더 안 된 나는 주리의 통역만 기다리고 있다.

"리먼 스콧 씨는 목 관리를 위해서 평소에 술을 거의 안 마신다고 하네요. 그래서 자신이 집에서 가장 즐겨 마시는 음료가 바로 버진 피나 콜라

다래요. 그런데 오늘은 특별히, 코코넛 크림이 들어간 피나 콜라다 믹스에 파인애플 쥬스 대신 딸기 쥬스를 넣은 스트로베리 버진 피나 콜라다를 선보이겠다고 하는군요."

잠시 후 리먼 스콧은 스트로베리 버진 피나 콜라다 세 잔이 담긴 트레이를 들고 테이블로 돌아왔다. 거실에 있는 칵테일 스테이션에서 그가 직접 만들어서 내온 것이었다.

"Cheers!"

어여쁜 연분홍색 액체가 담긴 세 개의 잔을 서로 맞부딪힌 후, 빨대를 입으로 가져가는 세 사람.

한 모금 빨아들이는 순간, 자동적으로 입가에 미소가 그려진다.

내 미각과 후각으로 느낄 수 있는 온갖 기분 좋은 맛과 향을 모두 모아 놓은 것 같다고 할까?

이 스트로베리 버진 피나 콜라다에는 분명 알코올이 들어가 있지 않을 텐데도, 꼭 취할 것만 같은 기분이 든다. 혹시 리먼 스콧이 우리 몰래 럼을 살짝 넣은 건 아닌지 의심스러울 정도….

상큼하고 달콤한 스트로베리 버진 피나 콜라다를 머금으며 아름다운 산타모니카 비치를 바라보고 있던 나는 리먼 스콧의 한마디에 그만 사색이 되고 만다.

"I know you two are not uncle and niece."

그의 다른 말은 하나도 귀에 들어오지 않았는데, 이 문장만은 송곳처럼 내 귀에 쏙 박혔다.

'우리 둘이 삼촌과 조카 사이가 아니란 걸 안다고?'

《더 유니버스》 1차 본선이 끝난 후 조 편성 때, 'Are you guys going out(너네 사귀냐)?'고 묻는 리먼 스콧에게 삼촌과 조카 사이라고 둘러댔던 기억이 불현듯 떠올랐다.

당장 그 순간을 모면하기 위해 불쑥 튀어나왔던 말이라, 내가 그런 말을 했었다는 것 자체를 까맣게 잊고 있었던 것이다.

그런데 리먼 스콧은 주리와 내가 숙질간이 아니란 걸 이미 알고 있다니, 대체 그가 어디까지 알아차린 거란 말인가?

이 말만은 선뜻 통역을 못 하고 가만히 있는 걸 보면, 주리 역시 나만큼이나 당황한 눈치다.

그도 그럴 것이, 리먼 스콧으로부터 우리의 관계를 의심받는 상황 앞에서 주리도 나도 동요할 수밖에 없었다.

'혹시 그는 우리 둘이 정말 사귀는 사이라고 의심하고 있는 건가?'

아무런 대답도 못 한 채 눈치만 살피고 있는 주리와 나에게 리먼 스콧은 의미심장한 표정으로 이렇게 말한다.

"You don't have to hide the truth anymore."

더는 진실을 감출 필요가 없다는 그의 말을 듣고서도, 그가 말하는 진실이 무엇을 가리키는 건지 나는 도통 감을 잡을 수 없었다.

나보다 좀 더 먼저 침착을 되찾은 주리가 그와의 소통에 나선다.

호화로운 저택에서 마치 위대한 개츠비 같은 자태로 손님을 맞이하던 집주인에서 순식간에 속을 알 수 없는 의뭉스러운 인물로 돌변한 리먼 스콧과 한동안 대화를 나누던 주리는 굳은 표정으로 통역을 시작한다.

"리먼 스콧 씨는 우리 두 사람이 서로 영혼이 뒤바뀐 존재라는 걸 이미 오래전부터 알고 있었대요."

"뭐라고? 대체 언제부터?"

"우리 두 사람을 처음 봤을 때부터 감이 왔었대요."

"아니, 그걸 어떻게…?"

"리먼 스콧도 몸이 바뀌었던 사람이기 때문에 알아볼 수 있었다고…"

"몸이 바뀌었던 사람이라고?"

"네."

"그런데 왜 과거형이야? '몸이 바뀐 사람'이 아니라 '몸이 바뀌었던 사람'이라고 말한 거라면, 지금은…?"

"지금은 다시 원래의 몸으로 돌아간 상태래요."

"그러니까, 다른 사람과 몸이 바뀌었다가 지금은 원래대로 돌아간 상태라고?"

까무러칠 듯이 놀란 내 모습을 조금은 걱정스럽게 쳐다보고 있는 리먼 스콧의 모습이 눈에 들어온다.

주리도 나처럼 입이 바짝바짝 마르는지, 스트로베리 버진 콜라다 한 모금을 머금은 후에 말을 이어간다.

"10대 시절의 리먼 스콧은 또래보다 작은 키에 대해 콤플렉스를 갖고 있었대요. 그래서 자신보다 0.5피트나 더 큰 농구부원 친구를 부러워했는데, 어느 날 아침에 눈 떠 보니 그 친구와 몸이 바뀌어 있었던 거죠."

"농구부원 친구라면… 동성? 그럼 이성 간뿐만 아니라 같은 성끼리도, 이런 체인지 현상이 일어날 수 있단 얘기구나?"

최화영과 필립 뒤보아.

지금까지 만났던 '몸 바뀐 사람들' 중에서, 동성 간에 몸이 바뀐 경우는 리먼 스콧이 처음이다.

하지만 리먼 스콧의 케이스에서 동성 간의 체인지 현상보다 더 주목해야 할 점은 바로, 그가 원래의 몸으로 되돌아갔다는 점이다.

주리와 내가 원래의 몸으로 돌아갈 방법에 대한 실마리를, 어쩌면 리먼 스콧으로부터 찾을 수 있을지도 모른다는 생각에 나는 전율했다.

133. 반신반의

◆◆

자 그럼, 지금까지 들은 내용을 한 번 정리해보자!

하이스쿨러였던 리먼 스콧은 작은 키에 대한 열등감을 가지고 있었고, 키가 큰 농구부원 친구를 부러워했다.

그런데 어느 날 아침에 눈을 떠 보니 그 친구와 몸이 바뀌어 있었다.

그런데 그는 친구와 몸이 바뀐 지 6개월 만에 다시 원래의 몸으로 되돌아갔다는 얘기다.

"그렇다면, 어떻게 원래의 몸으로 돌아갈 수 있었는지 물어봐 줘!"

리먼 스콧에게 물어보고 싶은 것들이 너무나도 많았지만, 나는 가장 궁금했던 질문부터 했다.

"그건 이미 제가 물어봤어요."

"그래서… 뭐래?"

"그도 확실하게는 잘 모른대요."

다른 사람과 몸이 바뀌었다가 원래의 몸으로 복귀한 당사자인 리먼 스콧이 다시 되돌아가는 방법을 모른다니.

그런 그의 대답에 나는 적잖이 실망하지 않을 수 없었다.

원상복귀 된 후에 내가 되찾을 것들과 잃어버릴 것들에 대한 가늠은 차치하더라도, 내가 다시 내 몸으로 돌아갈 방법을 알고 싶은 건 당연지사다. 그건 아마 주리도 마찬가지일 것이다.

나는 여기서 포기하지 않고 리먼 스콧에게 좀 더 질문을 던져보기로 한다.

"그래도 뭔가 작은 실마리 같은 거라도 없는지 다시 물어봐 줘. 몸이 바뀔 때나 다시 돌아갈 때 나타난 특별한 징후나 자연 현상 같은 건 없었는지, 아니면 특정 시간이나 장소와의 연관성은 없었는지, 몸이 바뀌고 다시 복귀되는 과정 중에 받게 된 계시 같은 건 없었는지…"

내 질문은 꽤 길고 복잡했지만, 주리는 그 내용 하나하나를 차분하면서도 또박또박하게 영어로 옮겼다.

주리를 통해 전달된 내 질문을 가만히 듣고 있던 리먼 스콧은 잠시 생각하는 듯하다가 이내 비장한 표정을 지으며 입을 연다.

"Love for oneself, I guess."

그리고 다시 그 말은 주리의 통역을 거쳐 나에게 전달된다.

"자기 자신에 대한 사랑이라고 추측한다고 하는군요."

"자기 자신에 대한 사랑?"

그러니까 리먼 스콧은, 자신에게 일어났던 체인지 현상이 다시 원상복귀 될 수 있었던 이유가 바로 '자기 자신에 대한 사랑'이라고 생각하고 있다는 뜻인가?

"장신의 친구와 몸이 바뀐 후에 농구팀에서 센터로 활약할 수 있었지만, 자신의 아이덴티티로 이루지 않은 활동에서 진정한 성취감을 느낄 수 없었대요."

리먼 스콧이 말한 바가 뭔지 이해할 수 있을 것 같다. 나 역시 강주리로 눈부신 성과를 거두었지만, 장윤호의 이름으로 이룬 것이 아니라 아쉬웠던 적이 없지 않았으니까.

"키가 커지면서 덩크슛도 가능했지만, 움직임은 둔해지고 레이업슛과 3점슛의 정확도는 오히려 떨어졌었대요. 그리고 시간이 지날수록 키가 크다는 것이 꼭 좋은 점만 있는 게 아니란 걸 깨달았고, 자신이 원래 지니고 있던 것들의 가치를 더 소중하게 여기게 되었다고 하는군요."

말하자면 다른 사람으로 살아 보고 난 후에야 자기 본연의 가치를 깨닫게 되었다는, 그런 얘긴가?

전혀 수긍이 안 가는 건 아니지만, 솔직히 뭔가 좀 오글거리는 스토리다.

하긴, 리먼 스콧이 틴에이저였을 때, 그런 단순 명료한 사유와 깨달음이 가능했을지 모른다.

"다시 원래의 몸으로 돌아온 리먼 스콧은 단신에 대한 콤플렉스에서 벗어나 누구보다 적극적이고 열정적인 사람이 되었고, 결국 미국 최고의 MC로 성공할 수 있었다는군요."

꼭 동화책이나 도덕 교과서에나 나올 법한, 그런 평범한 깨달음이 리먼 스콧의 원상복귀를 가능케 했다는 게 정말 맞는 걸까?

나는 반신반의하지 않을 수 없었다. 주리와 내가 다시 원래의 몸으로 되돌아갈 수 있는 실마리를 잡은 것도 같았지만, 그렇다고 확실한 해답을 얻은 건 또 아니었기 때문이다.

산타모니카 비치가 바라다보이는 저택 테라스에 앉아 알맞게 잘 구워져 나온 블랙 앵거스 토마호크 스테이크를 썹으면서도, 나는 그 맛을 잘 알지 못하였다.

2017년 11월 29일 LA시각 AM 10:03.

월도프 아스토리아 베버리힐즈 정문 앞.

주리와 나는 '카풀 카라오케' 촬영 팀을 기다리는 중이다.

약속 시간이었던 10시가 지나서야 30분가량 늦게 도착할 예정이라는 연락을 한 그들에게, 나는 잔뜩 뿔이 나 있다.

"이런 경우가 어디 있어? 촬영 스케줄을 이렇게 이른 시간에 잡는 바람에 새벽부터 일어나 부산을 떨게 만들어놓고는, 이제 와서 30분이나 늦는다고? 이건 게스트에 대한 예의가 아니잖아!"

"길이 예상보다 더 막혀서 그렇다고 하잖아요."

"미국은 땅덩어리가 넓어서 교통체증 따위는 없을 줄 알았는데?"

"LA는 원래 서울보다 도로가 더 혼잡해요. 세계에서 교통체증이 가장 심한 도시 순위에서 6년 연속 1위를 차지할 정도죠."

"그렇다면 길 막힐 걸 예상하고 좀 더 일찍 출발했어야 하는 거 아니야?"

"다운타운 도로에서 7중 추돌사고가 발생하는 바람에 평소보다 길이 더 막혔대요. 여기에서 이러고 있을 게 아니라 로비 라운지에 가서 간단한 아침이라도 먹어요, 우리!"

"지금 먹을 게 입으로 들어가겠어?"

아무 잘못도 없는 주리에게 괜히 심통을 부리는 나였다.

"전 알아요."

"뭘 안다는 거야?"

"지금 화가 나신 게 아니라, 긴장되어서 그러신 거죠?"

"내가 무슨… 긴, 긴장을 했다고 그래?"

정곡을 찔려버린 나는 말을 더듬고 만다.

"유노 쌤 얼굴에 '나 긴장했음!'이라고 다 쓰여 있거든요? 바짝 긴장한 상태로 기다리고 있는데 늦을 거라는 연락을 받으니 괜히 버럭 하신 거잖아요."

우와, 진짜 귀신같이 알아맞히네.

"긴장한 티… 많이 나?"

이젠 내 속을 훤히 들여다보는 경지에 이른 것 같은 주리 앞에선 더 이상 아닌 척하고 있기 힘들었다.

"맞아, 사실은 무지 긴장돼. 내 허접한 영어가 뽀록 나면 어떡하지?"

"제가 같이 탑승하는데 뭘 걱정이에요? 두 번의 《리먼 스콧 쇼》 생방 때처럼 유노 쌤은 그저 영어가 되지만 소신껏 안 하는 척하고 계시면 되잖아요."

"차라리 그때처럼 무대 위라면 또 모르겠는데, 밀폐된 차 안에서 이뤄지는 인터뷰라 더 신경이 쓰이는 거지. 운전석과 조수석 사이는 너무 가깝단 말이야!"

"마음 푹 놓고 그저 편안하고 자연스럽게 임하면 되는 거예요. 제임스 코던이 알아서 잘 이끌어줄 테니까요."

"정말 그럴까?"

"제임스 코던은 게스트를 정말 편안하게 해주는 진행자예요. 꼬치꼬치 질문 공세만 퍼부어대기보다는 게스트가 스스로 자기 얘기를 풀어놓을 수 있도록 판을 잘 깔아주죠."

사실 나도 카풀 카라오케 동영상을 몇 번 본 적이 있다.

자막 없이 봐서 내용을 전부 알아들을 수 없었지만, MC와 게스트가 자연스럽게 인터뷰에 빠져들어서 즐기고 있다는 인상을 받은 바 있다.

"그리고 제임스 코던이 게스트의 마음을 여는 도구로 활용하는 것이 바로 음악이에요. 그와 음악을 함께 듣고 따라 부르며 깔깔거리다 보면 어느새 인터뷰가 끝나 있을걸요?"

인터뷰는 제임스 코던이 자신의 친구와 전화 통화 하는 장면에서 시작된다.

자신이 한국에서 온 VIP를 픽업해서 LA 투어를 시켜주기로 했는데, 30분이나 지각하는 바람에 한국의 특수부대 요원에게 암살당할지도 모른다며 우는소리를 한다.

말하자면 그는 자신과 제작진이 LA의 교통체증 때문에 약속 시각에 늦게 된 지금 상황을 설정에 그대로 활용한 셈이다. 혹시 이 상황극을 위해 일부러 늦은 건 아닌가 하는 의심이 들 정도로 아주 자연스러운 연기였다.

이윽고 나와 주리가 차에 올라타자마자, 그는 온갖 종류의 사과를 다 한 후에 이렇게 말한다.

"Do you mind if we listen to some music?"

'음악 좀 틀어도 될까요?'라고 말하며 그가 플레이시킨 음악은 바로 〈Forest of Dreams〉였다.

전주를 반쯤 스킵한 MR이 바로 흘러나오는 바람에 나는 엉겁결에 노래를 시작할 수밖에 없었다.

이에 제임스 코던은 내가 《리먼 스콧 쇼》 라이브 때 했던 손동작을 그대로 따라 하면서, 절묘한 화성 쌓기 신공을 선보인다.

이제 나온 지 며칠 되지도 않은 신곡에 이토록 멋들어진 화음을 넣을 줄 아는 MC라니.

그의 철저한 사전 준비와 탁월한 음악적 감수성에, 나는 금세 감복하고 만다.

내 음악을 이렇게 완벽하게 이해하고 따라와 주는 MC에게 어느 게스트인들 마음을 열지 않을쏘냐?

차를 타자마자 형식적인 인사치레나 근황 토크 따위도 없이 곧바로 노래 한 곡을 함께 부르고 나니, 나는 어느새 인터뷰에 깊숙이 몰입되어 있었다.

그 이후로는 물 흐르듯 자연스럽게 인터뷰가 이어져갔다.

'너 가끔 맨발로 노래하던데?'

'소 내장 요리를 좋아한다던데 진짜니?'

'초등학교 때 용돈이 얼마였니?'

그리 대단할 건 없지만 결코 뻔하지 않은 질문 내용들만 봐도, 호스트가 게스트에 대해 사전 조사를 얼마나 철저하게 했는지 짐작할 수 있다.

시종일관 유쾌한 바이브가 차 안에 가득했고, 대화가 좀 끊어질 만하면 음악이 흘러나오는 통에 분위기가 다운될 일이 없었다.

특히 내가 UNH 팀으로서 《더 유니버스》 본선 2차 경연에서 불렀던 〈It's not right but it's okay〉를 부를 땐 그도 나도 거의 발광하는 수준이었다.

상황극 속에서 나의 보디가드 겸 통역자로 설정된 주리는 소통의 매개자이면서 감초 역할을 톡톡히 해내고 있다.

그러다 어느 순간 갑자기 주리를 화제의 중심으로 끌어들이는 제임스 코던.

"Hey, Yunho! I've heard you're also a musician(헤이, 윤호! 너도 뮤지션이라고 들었어)."

제임스 코던과 나 사이에서 대화 창구 역할을 하다가 느닷없이 대화의 메인 테마로 소환된 주리보다 외려 내가 더 당황했다.

"Yes, I am."

놀란 나와는 달리 별 동요하는 기색도 없이 당당하게 대답하는 주리.

"I was surprised to know that you sang this song!"

'나는 네가 이 노래를 부른 사람이라는 걸 알고 깜짝 놀랐어!'라고 말하며 그가 재생시킨 노래는 다름 아닌, 툰드라 시절의 내 유일무이한 히트곡 〈노을이 지는 그 자리〉였다.

"Do you know this song?"

너무 놀라우면서도 한편으론 반가운 나머지, 나는 영어를 절대 하지 않는다는 철칙을 어기고 직접 영어 질문을 하는 무리수까지 범하고 만다.

"Of course! I've been a K-pop mania since 1990s. This is the one of my favorite songs(당연하지! 나는 1990년대부터 케이팝 마니아였어. 이 노래는 나의 최애곡 중 하나야!)"

제임스 코던이 〈노을이 지는 그 자리〉를 알고 있고 심지어 좋아하기까지 한다는 고백은 충분히 놀라웠다.

하지만 제임스 코던의 고백보다 나를 더 기절초풍하게 만든 건, 주리가 그 노래를 부르기 시작했다는 사실이다.

'아니, 쟤가 어쩌자고 저 어려운 노랠 부르기 시작한 거야?'

과연 주리가 〈노을이 지는 그 자리〉를 완창해낼 수 있을지…

지금 흐르는 MR은 원키 그대로인데, 주리가 저대로 3옥타브 솔까지 올릴 수 있을까? 고음 불가에 가까웠던 주리가?

134. Crushed it!

◆◆

"붙잡지 못했던 너~.

붉게 타는 하늘 저편으로

네 모습 점점 작아져 갈 때~."

주리는 벌스 파트를 꽤 괜찮게 불렀다.

아니, 단순히 괜찮은 정도가 아니라 내 창법과 아주 유사하게 불렀다. 눈을 감고 들으면 꼭 내가 부르는 것처럼 들릴 정도로….

그동안 주리가 내 창법을 많이 연구하면서 꾸준히 연습을 해왔다는 걸, 노래를 통해 여실히 느낄 수 있었다.

"그 모습 더 이상 볼 수 없어서

나는 뒤돌아섰지~."

90년대의 최루성 락 발라드가 다 그랬듯 〈노을이 지는 그 자리〉도 사랑하는 연인을 다른 남자의 품으로 떠나보내는 극단적 이별의 슬픔을 노래한 곡이었다.

내가 고2 때 만들어놓았던 멜로디에 미나 누나가 가사를 붙인 것이다.

요즘에 와서 다시 들어보면 스콜피온소와 건즈 앤 로제스를 짜깁기한 듯 허세 쩌는 멜로디에 손발이 오그라들곤 하지만, 겁 없던 시절의 젊은 패기와 반짝이는 열정만은 날 미소 짓게 하는 곡이다.

"어깨를 들썩이던 너

나는 분명 보았는데

왜 너를 잡지 못했을까~.

다시 돌아봤을 땐

눈물 어린 노을만 그 자리에~."

어느새 나는 주리의 노래에 화음을 얹고 있다. '주리가 이 노래를 끝까지 잘 부를 수 있을까?' 하는 걱정은 접어둔 채⋯.

그리하여 차 안에는 주리와 나, 그리고 제임스 코던이 함께 빚어내는 환상적 3중창이 울려 퍼지고 있다.

참으로 놀라운 건 제임스 코던이 이 노래의 한국말 가사를 거의 완벽에 가까운 발음으로 불러내고 있다는 사실이다.

그런데 문제는 다음에 이어질 싸비 파트다.

과연 주리가 이 고음부를 잘 버텨낼 수 있을 것인가?

"행복해야 해~.

그의 사랑 안에서

항상 아름다운 채로~.

내 사랑에 후회는 없다.

이렇게 널 보내는 것도 내 사랑~."

혹시 주리가 삑사리라도 낼까 봐, 나는 화음을 넣으면서도 잔뜩 가슴을 졸여야 했다.

그런데 주리는 1절을 무사히 끝냈다. 최고 3옥타브 미까지 올라가는 1절을 별 무리 없이 불러낸 것이다.

고음 불가였던 주리로선 이것만으로도 정말 대단한 거로 생각했고, 나는 당연히 여기서 멈출 줄 알았다. 앞에 부른 몇 곡도 대개 1절만, 혹은 하이라이트 파트만 불렀으니까.

그런데 간주 중에 제임스 코던이 외친 한마디는 날 경악게 했다.

"I want to reach the climax!"

아니, 이게 무슨 날벼락 같은 소리지?

난데없이 클라이맥스까지 가보고 싶다니.

거기에는 3옥타브 솔이라는 죽음의 블랙홀이 기다리고 있단 말이다!

장윤호 시절의 나도 컨디션 안 좋을 땐 안 올라가던 그 초고음을 주리가 낸다고?

'이건 백 퍼 삑사린데⋯.'

하지만 그런 내 걱정과는 상관없이 2절은 시작되고 만다,

그리고 킬링 파트가 점점 가까워질수록 내 속은 타들어 간다.

마음을 졸인 나머지 화음 넣는 것도 잊은 채 나는 열창 중인 주리를 걱정스럽게 바라만 보고 있다.

꼭 무아지경에 빠진 듯한 표정으로 거침없이 절정을 향해 돌진해가는 주리.

"행복해야 해~ 나도 잘 살아볼게

자신은 없지만~"

마침내 문제의 킬링 파트를 앞두고 나는 차라리 눈을 감아버리고 만다.

"널 사랑해서 행복했다~.

나란 놈 잊고 잘 살아 내 사랑~."

아니, 이게 어떻게 된 일이지?

주리가 해냈다!

주리가 3 옥타브 솔까지 올라가는 킬링 파트를 삑사리 없이 불러낸 것이다.

내가 생각했던 것보다 훨씬 더 쉽고 가볍게 터져 나온 소리는 플랫이나 음이탈 없이 정확한 3 옥타브 솔 음을 내면서, 쨍하면서도 날카롭게 차 안 공기를 갈랐다.

초절정 고음 샤우팅 후 흉성과 두성의 믹스 보이스로 흐느끼듯 부르는 엔딩까지, 주리는 이 어려운 노래를 끝까지 완벽하게 마무리해낸다.

주리가 노래를 부르는 동안 내가 얼마나 가슴을 졸였던지, 노래를 무사히 끝낸 주리를 보고 있는데 막 눈물이 나려고 한다.

"Crushed it, Crushed it!"

제임스 코던은 'Crushed it!'이란 말을 한 대여섯 번은 연발했다.

주리가 이 말까지 통역해줄 경황이 아니라 'Crushed it!'의 정확한 뜻은 잘 모르겠지만, 대충 '끝내줬어!'라는 뜻이 아닌가 싶다.

정확한 뜻도 모르면서, 나도 무작정 이 말을 따라 외치고만 싶어졌다.

'주리야, 그 동안 나 모르게 노래 연습 정말 많이 했구나, 정말… 끝내줬어! Crushed it!'

🎧

2017년 12월 4일 LA시각 PM 12:12.

주리와 내가 탑승한 A380 여객기가 LA 공항 활주로를 택싱 중이다.

LA에서 보낸 지난 일주일간의 기억이 주마등처럼 눈앞을 스쳐간다.

주리와 함께 보낸 단 하루의 안식일을 제외하곤 정말 숨 가쁘게 달려온 일주일이었다.

핑크 클라우드 멤버들과 함께한 《리먼 스콧 쇼》 생방송을 시작으로, 《카풀 카라오케》,《지미 캐멀 쇼》 등의 굵직굵직한 프로그램에 단독으로 얼굴을 내밀었다.

그리고 2박 3일간은 콜로라도의 록키 마운틴 국립공원까지 가서 〈Forest of Dreams〉 뮤직비디오 촬영을 하고 왔다.

그 외에도 세계 여러 나라에서 찾아온 총 마흔세 개의 대중 매체와 인터뷰를 했고, 아홉 개의 패션 매거진과 화보 촬영을 했다.

일주일 동안 내가 촬영을 위해 갈아입은 옷만 해도 수백 벌은 될 듯하다. 그런데도 현지 에이전시를 통해 들어온 협찬 의상 중에는, 내가 착용한 것보다 착용하지 못한 아이템 개수가 더 많다고 했다.

만만치 않은 일정을 소화한 나도 나지만, 수술한 지 얼마 안 된 몸으로 그 빡센 행로를 동행한 주리 역시 고생 많았다.

"몸은 괜찮아?"

나는 무엇보다 주리의 몸 상태가 제일 걱정이었다.

"저는 괜찮아요. 열일 하느라 힘들었던 건 유노 쌤이었죠. 저야 별로 하는 거 없이 그저 따라다니기만 한 걸요."

'주리 네가 옆에 있어줬기 때문에, 그 살인적인 행보를 견뎌낼 수 있었던 것 같아!'

이 말이 목구멍까지 올라왔지만, 그냥 애써 꿀꺽 삼켜버리는 나였다.

한데 구김 없는 주리는 자신의 속마음을 감추는 법이 없다.

"전 지금껏 많이 못 가봤던 미 서부를 유노 쌤과 같이 두루두루 다닐 수 있어서 참 좋았어요."

주리가 한 그 말을 들은 나는 가슴이 두근거릴 정도로 좋으면서도, 애써 절제한 미소로 내 감정을 필터링한다.

그냥 눈을 잠깐 감았다 뜬 것 같았는데, 정신을 차려보니 어느새 10시간이 훌쩍 지나 있었다.

옆자리 쪽으로 돌아보니 주리 역시 세상모르고 잠들어 있다. 나도, 주리도 정말 피곤하긴 했던 모양이다.

우리는 기내식 한 끼를 건너뛴 상태였고, 다른 승객들은 이미 마지막 식사를 서비스 받고 있는 중이었다.

이대로 눈만 감으면 다시 잠들 수도 있을 것 같았지만, 퍼스트 클래스의 기내식을 단 한 끼도 못 먹은 채 비행기에서 내리면 두고두고 후회할 것 같다는 생각이 들었다.

그래서 나는 애써 눈을 부릅뜨며 일어나, 180도로 눕혀 놓았던 의자 등받이를 바로 세운다.

그리고는 여전히 깊은 잠에 빠져있는 주리를 흔들어 깨운다.

지금 서비스 가능한 메뉴들 중에서 나는 '궁중 탕반상 우거지 갈비탕'을, 그리고 주리는 '닭고기 버섯 죽'을 시켰다.

"배고픈 줄도 모르고 잤는데, 막상 음식을 시키고 보니 급 허기가 몰려오는데요?"

"그러게, 나도 무지하게 배고파!"

10시간의 기내 숙면으로 몸이 리커버리 된 징후가 배고픔으로 나타나는 게 아닌가 싶었다.

LA 공항에서 출발할 당시만 해도, 너무 피곤했던 나머지 비행기 이륙도 하기 전에 곧바로 곯아떨어져 버렸는데 말이다. 비행기에 탑승하자마자 웰컴 음료도 마다한 채 잠들어 버린 건, 이번이 최초였다.

제공된 음식을 순식간에 흡입하고 나서 커피 한 잔씩을 받아 마신 후, 간단한 세안과 양치를 하고 돌아와 자리에 앉으니 벌써 착륙 안내 방송이 흘러나온다.

"승객 여러분, 편안한 여행 되셨습니까? 우리 비행기는 약 10분 뒤 인천 국제공항에 도착하겠습니다. 현재 서울 기온은…."

나보다 앞서 화장실에 다녀와 자리에 앉아있던 주리가 입을 연다.

"기분이 좀 이상해요."

"어떤 기분인데?"

"갈 땐 있었는데, 올 땐 없네요."

"그게 무슨 말이야?"

"한국에서 미국으로 떠날 땐 있었는데, 다시 미국에서 한국으로 돌아올 땐 없는 상태잖아요."

"그러니까, 뭐가 없는데? 지금 나랑 스무고개 놀이라도 하자는 거야?"

기어이 내 목소리에 힘이 들어가고 나서야 비로소 답을 내놓는 주리.

"쓸개요."

그 대답을 듣고 보니, 주어를 빼고 얘기한 주리보다 이렇게 쉬운 걸 재깍 못 알아먹은 내 잘못이 더 큰 것 같았다. 급한 성미를 못 참고 언성을 높인 나 자신이 심히 부끄러워지는 순간이었다.

"그런데 미국에 놓고 온 게 쓸개뿐만이 아닌 것 같아요."

괜한 일로 목소리에 힘준 게 미안했던 나는, 이번엔 반문도 재촉도 없이 주리가 먼저 다음 말을 이어갈 때까지 잠자코 기다리기로 한다.

그러다, 길어지는 침묵을 견디지 못한 나는 주리에게 조심스레 묻는다.

"그게 뭔데?"

그러자 주리는 마치 물어주길 기다렸다는 듯 답을 말한다.

"유노 쌤과의 추억이요."

주리의 대답을 들은 나는 가슴이 두근거리면서, 잠시 호흡곤란에 빠진다.

"이젠 뉴욕에 가도, LA에 가도 유노 쌤밖에 생각 안 날 것 같거든요."

서서히 고도를 낮추던 비행기 바퀴가 활주로에 접지되는 순간 발생한 진동과 소음이 잦아들자, 객실 곳곳에서 안전벨트 푸는 소리와 함께 휴대폰 부팅음이 들려온다.

주리와 나 역시도 아이폰의 전원을 켠다.

검은 액정 화면에서 새하얀 빛을 발하는 사과 로고를 멍한 눈으로 바라보고 있을 때 승무원의 기내 방송이 들려온다.

"승객 여러분, 저희 비행기는 지금 서울 인천 국제공항에 도착했습니다. 이곳의 현재 시각은 12월 5일 오후 5시 30분입니다. 안전을 위해 좌석 벨트는…"

그냥 통상적인 도착 안내방송이었기 때문에, 늘 그랬던 것처럼 별 관심 없이 귓등으로 흘려보내고 있었다.

그런데 '… 항공을 이용해주신 승객 여러분께 진심으로 감사드립니다.'라는 멘트로 끝났어야 할 안내방송 말미에 '여기서 한 가지 더 드릴 말씀이 있습니다.'라는 말이 덧붙여지자, 귀가 솔깃해지지 않을 수 없었다.

소란스럽던 객실도 일순간 조용해졌다.

"현재 저희 비행기에 우리의 자랑스러운 월드 스타 강주리 씨가 타고 계십니다. 저희가 방금 지상으로부터 입수한 정보에 의하면, 오늘 날짜로 업데이트된 빌보드 핫100 차트에서 강주리 씨의 〈Forest of Dreams〉가 영예의 1위를 차지했다고 합니다. 이 비행기가 착륙한 지 얼마 되지 않아 아직 소식을 접하지 못하셨을 강주리 씨를 비롯한 승객 여러분께 이 소식을 전해드리고 싶었습니다. 그리고 강주리 씨, 정말 축하드립니다! 가시기 전에 사진 꼭 찍어주시기 바랍니다!"

안내방송이 끝난 후 주변에선 환호성과 웅성거림이 뒤섞여 들려오는데, 나는 갑자기 물속에 푹 빠진 듯 귀가 먹먹하다.

'내가 방금 뭘 들은 거지?'

분명 뭔가가 들린 것 같은데, 대체 내가 뭘 들었는지 잘 모르겠다.

청각 신경에 접수된 소리 신호가 아직 대뇌까지 전달되지 못했거나, 이미 전달된 자극이 대뇌에서 처리되지 못하고 있는 게 아닌가 하는 생각이 든다.

그러다 나는 언뜻 주리 쪽으로 고개를 돌린다.

어느새 감격의 눈물을 흘리며 나를 바라보고 있는 주리의 얼굴을 마주하고서야 나는 비로소 현실감이 되살아나는 것 같다.

나는 내가 제대로 들은 게 맞는지 확인받기 위해, 주리에게 이렇게 묻는다.

"주리야, 방금 저 승무원이… 빌보드 핫100 1위라고 한 거 맞아?"

135. 긴급 만남

◆◆

"너무 오래 주무셔서 얼굴이 퉁퉁 부어있고, 머리도 안 감아서 막 떡져 있는데 어떡해요? 입국장 밖으로 나가면 기자들 쫙 깔려 있을 텐데…."

주리는 걱정스러운 눈빛으로 내게 손거울을 건넨다.

거울에 비춰 보나 마나 내 눈엔 그저 예뻐 보이기만 한데….

아무래도 주리는, 장거리 비행 후에 단장도 못 한 자신의 생얼이 미디어에 그대로 노출되는 게 꺼려지는 모양이다.

"화장실에 가서 머리라도 좀 감을까?"

"감는 건 그렇다 쳐도 드라이와 세팅은 어떻게 할 건데요?"

골똘한 궁리에 빠진 주리와 내 앞으로 꽤 높아 보이는 비둘기색 제복을 입은 사내가 다가온다.

"안녕하십니까? 저는 인천공항 특수경비대 1중대장 박상준입니다. 인천국제공항공사 사장님의 지시로 강주리 씨를 공항 내 의전실 중 하나인 매화실로 모시려고 합니다. 저를 따라와 주시겠습니까?"

우리는 박상준 중대장의 안내를 받아 미로처럼 생긴 복도를 통과해 '매화실'이란 곳에 당도했다.

"이곳에서 잠시 기다려주시면 담당 직원이 입국 수속을 대행해드릴 것입니다."

'입국 수속까지 대행해준다고요?'

하마터면 나는 그렇게 반문할 뻔했다.

신기하면서도 황송한 기색을 감춘 나는 짐짓 태연한 척 엷은 미소를 머금으며 눈인사만 했다.

우리를 향해 정중히 인사를 한 후 돌아서서 나가려는 중대장에게 주리가 묻는다.

"이 방에 샤워 시설이 갖춰져 있지 않나요?"

그러자 중대장이 방긋 웃으며 대답한다.

"네, 맞습니다. 이 매화실에는 샤워실과 파우더룸이 마련되어 있습니다. 자유롭게 이용하셔도 좋습니다."

중대장이 방에서 나가고 난 후, 나는 주리에게 묻는다.

"혹시 넌 전에도 여기에 와본 적이 있어?"

"네, 아버지와 함께 출국할 때에는 매번 귀빈실을 이용했어요. 나라에서 지정하는 우수 기업인들에게는 이 공간을 이용할 자격이 주어지거든요. 총 일곱 개의 방 중에서 매화실, 난초실, 국화실, 대나무실에는 모두 가봤어요. 무궁화실과 해당화실은 주로 기자회견장으로 이용되고, 소나무실에는 어차피 아무나 못 들어가거든요."

"거긴 왜… 못 가는데?"

"소나무실은 전·현직 대통령, 3부 요인, 헌법재판소장 등 최고 귀빈에만 개방하는 것이 불문율이거든요."

"VIP 전용 출입구가 있단 얘기를 들은 적은 있지만, 공항 안에 이런 공간까지 있는 줄은 몰랐네."

"일명 더블 도어라고 하죠."

"더블 도어?"

"네, 문 두 개만 통과하면 바로 탑승구로 연결된다고 하여 붙은 이름이에요. 더블 도어를 이용하면 공항공사 의전팀 직원이 출입국 수속을 대신 밟아주고, 보안검색과 출입국 심사도 별도의 창구를 이용할 수 있어요."

"그렇구나! 역시, 사람은 출세하고 봐야 해."

나란 인간이 살아온 세상과는 전혀 별개인 미지의 영역에 들어와 있는 것 같은 생경함에 어리둥절해 있던 그때, 방문을 노크하는 소리가 들린다.

내가 '네!' 하고 응답을 하자 방문을 열고 들어온 사람은 다름 아닌 박상준 중대장이었다.

"저, 강주리 씨!"

다소 다급한 어조로 내 이름을 부르는 그의 표정은 상기되어 있다.

"왜 그러시죠?"

혹시 무슨 문제라도 생겼나 싶어, 괜히 가슴이 철렁 내려앉는 나였다.

"강주리 씨를 긴급히 만나고 싶어하는 분이 계십니다."

"저를 만나고 싶어 하는 분이요?"

나를 만나고 싶다는 건 이해가 가는데, '긴급히'는 또 뭐지?

나는 고개를 갸우뚱하지 않을 수 없었다.

"네, 그분께서 잠시 후면 비행기에 탑승하셔야 하는 관계로 시간이 얼마 없습니다. 그래서 이렇게 급하게 만남을 요청하는 것입니다."

"아, 그렇군요."

'긴급히'란 부사가 붙은 이유는 밝혀졌지만, 주어의 정체는 여전히 오리무중이다.

어쨌거나 비행기 시간 때문에 바쁘신 분이라니 얼른 만나러 가야겠다고 생각하고 있는데, 난데없이 주리가 발끈하고 나선다.

"아무리 최고 귀빈이라고 해도, 그쪽에서 만나러 오라고 하면 우리가 무조건 가야 하는 건가요?"

이 말이 주리의 입에서 나온 건 다소 의외였다. 저런 반발성 멘트는 원래 내 전공인데 말이다.

그런데 주리는 평소의 그녀답지 않게 얼굴까지 벌게지며 계속 따져댄다.

"대체 얼마나 대단하신 분이기에, 그렇게 사람을 오라 가라 하시는 거죠? 그분이 뭐, 대통령이라도 되시나요?"

과하다 싶을 정도로 언성을 높이는 주리를 내가 나서서 말려야 하나 생각하고 있던 타이밍에, 중대장의 입에서 나온 대답은 할 말을 잃게 만든다.

"네, 맞습니다. 현재 대통령 내외분께서 소나무실에서 강주리 씨를 기다리고 계십니다. 유럽 순방차 출국을 앞두고 계시기 때문에 시간이 매우 촉박합니다. 그래서 결례를 무릅쓰고, 정중히 만남을 요청하는 거라고 전하셨습니다."

그 말을 들은 주리는 입이 쩍 벌어진 채로 얼어 붙어버린 듯한 표정이다. 지금 내 표정도 아마 저렇지 않을까?

중대장의 안내에 따라 소나무실 문 앞에 선 주리와 나.

솔직히 나는 평소에 대통령에 대해 그닥 관심도 없었는데, 막상 그분을 만나려고 하니 가슴이 쿵쾅댄다. 주리 역시 평소의 주리답지 않게 다소 긴장한 기색이다.

"자, 그럼 들어가실까요?"

중대장이 그렇게 말하며 문을 두드리려던 찰나, 내가 그를 제지한다.

"잠깐만요!"

그러자 중대장이 내 쪽으로 돌아본다.

"왜 그러시죠, 강주리 씨?"

"제가 그분을 뭐라고 불러야 하죠? 각하라고 해야 하나요?"

"네? 각하요?"

그렇게 되물으며 실소를 터뜨리는 중대장.

"왜 웃으세요?"

내가 민망해하며 묻자 그는 얼굴에 부드럽다 못해 느끼한 미소를 지으며 대답한다.

"아직 10대인 강주리 씨가 각하란 호칭을 어떻게 아시죠? 1998년 이후로는 대통령께 각하라는 존칭을 붙이지 않았는데 말입니다."

그 말을 들은 나는 내심 뜨끔하지 않을 수 없었다. 나 스스로 내 연식을 드러내는 발언을 하고 말았으니 말이다.

"아, 그런가요? 그럼, 요즘엔 어떻게 부르나요?"

이 말도 해놓고 보니 뭔가 이상했다. 요즘엔 어떻게 부르냐니, 이 아재력 어쩔?

"그냥 대통령님이라고 부르시면 됩니다."

다행히 중대장은 나에게서 이상한 낌새를 채지 못한 듯 내내 삼촌 미소만 짓고 있다.

그런데 바로 그 순간 방문이 벌컥 열리면서 대통령 내외가 모습을 드러낸다.

"안녕하십니까, 강주리 양!"

TV에서만 보던 분, 그것도 우리나라에서 가장 높은 자리에 계시는 분을 실제로 만나니 정말 신기한 기분이 든다. 나도 모르는 사이에 지나치게 공손해진 나는 이미 90도로 허리를 꾸벅 숙이고 있다.

"에이, 당신도 참…. 요즘 아가씨들은 '양'이라는 호칭 붙이는 거 싫어해요. 그리고 어떤 여성에게든 '양'이라고 하는 건 결코 좋은 호칭이 아니라고요."

화통한 목소리의 영부인이 한마디 거들었다.

"그럼 뭐라고 불러야 하나?"

대통령이 멋쩍은 듯 되묻자 영부인이 특유의 활달한 미소를 보이며 대답한다.

"강주리 씨라고 하던지, 아니면 요즘 젊은 친구들처럼 주리신 또는 주느 님이라고 부르세요."

그러자 대통령도 사람 좋은 미소로 화답하며 말한다.

"강주리 씨라고 하려니 좀 딱딱한 것 같고, 저는 주느 님이라는 호칭이 맘에 드는군요. 주느 님!"

무려 대통령님으로부터 주느 님이라고 불리니, 나는 몸 둘 바를 몰랐다.

잠깐의 침묵이 지나간 후에 영부인이 다시 입을 연다.

"괜히 우리끼리 잡담하느라 축하 인사가 늦었네요. 빌보드 핫 100 1위 정말 축하해요!"

그러자 대통령이 다시 말을 받는다.

"《더 유니버스》에서도 우리 대한민국의 위상을 한껏 높여 주셨는데, 빌보드 1위로 우리 국민이 자부심을 느끼게 해주셔서 정말 감사드립니다."

내가 강주리로 활약을 펼쳐오는 동안 이런 종류의 인사를 수없이 많이 받아봤지만, 우리나라의 정상으로부터 받는 인사는 감회가 참 남달랐다. 나도 모르게 가슴이 울컥하면서 목이 메어왔다.

"이렇게 갑자기 뵙자고 하는 것이 예의가 아님에도 불구하고, 제가 급히 만남을 요청했던 이유는…."

말을 하다 말고 잠시 뜸을 들이는 대통령. 어느새 그의 표정에는 웃음기가 걷혀 있다.

그 진중한 표정을 보니, 나는 영문도 모른 채 가슴이 두근거린다.

"물론 축하하고 싶은 마음이 가장 컸지만, 단지 그것뿐만은 아닙니다. 다름이 아니라 며칠 뒤에 열리는 UN 총회에서 강주리 씨, 아니 우리 주느 님이 연설을 해주셨으면 합니다."

"UN 총회에서 연설을요?"

눈이 휘둥그레지면서 반문하는 내게 대통령은 온화한 미소로 표정을 누그러뜨리며 이렇게 말한다.

"지난 11월 13일에 열린 제72차 유엔총회에서 특별연사로 나온 김연하 씨는 올림픽 휴전결의안 채택과 관련해 세계 평화와 올림픽의 성공적 기원을 염원하는 연설을 통해 세계인들에게 깊은 감명을 준 바 있습니다. 이번에 강주리 씨에게는 전 세계 청소년들에게 꿈과 희망을 심어줄 수 있는 특별연설을 부탁드릴까 합니다."

나에게 연설을 해달라고? 그것도 무려 UN 총회 연설을?

노래라면 모를까, 말은 자신이 없는데….

내가 머뭇거리는 기색을 보이자, 대통령은 도리어 미안한 표정을 지으며 이렇게 말한다.

"지금 당장 수락해주지 않으셔도 좋습니다. 마음의 결정이 서시면 청와대로 연락을 주십시오."

바로 그때 보좌관으로 보이는 사람이 귓속말로 뭐라고 했고, 그러자 대통령은 내게 손을 내밀어 악수를 청한다.

"저도 대한민국 국민 중 한 사람이자 주느 님의 팬으로서, 만나뵙게 되어 정말 영광이었습니다. 이제 떠나야 할 시간이라고 하는군요."

그렇게 대통령은 정중하면서도 유쾌하게 작별인사를 고했다.

그리고 두 부부는 떠나기 전에 나와 함께 인증샷을 남기는 것도 잊지 않았다.

그런데 주변인에게 촬영을 맡기지 않고 대통령 본인이 직접 스마트폰을 들고 셀카로 찍는 모습이 꽤 인상적이었다.

대통령으로서의 권위를 내세우지 않는 모습이 사뭇 인간적으로 다가왔다고 할까?

대통령 내외분이 총총히 사라진 후, 주리와 나는 소나무실을 빠져 나와 매화실로 돌아왔다.

"참 좋은 분들인 것 같네요."

주리는 대통령 내외분으로부터 꽤 좋은 인상을 받은 모양이다.

"그런 것 같네. 솔직히 나는 저 양반에게 호감이 없었어. 지난 대선 때에 나는 다른 사람을 찍었었고…"

"지지 여부를 떠나, 한 나라의 대통령께 저 양반이라는 호칭은 좀…"

"없는 자리에선 뭐라고 부른들 뭔 상관?"

"그건 그렇지만요."

"암튼 내가 그분에 대해 갖고 있던 선입견보다는 실제로 가까이서 본 인상이 훨씬 더 좋았다는 것만은 확실해."

급작스럽게 대통령을 알현하게 되어 얼떨한 감회가 어느 정도 가라앉고 나니, 슬며시 걱정이 밀려오기 시작한다.

"그런데 주리야, UN 연설은 보통 영어로 하지 않아?"

"지난 UN 총회 때 연하 언니는 영어로 하셨었죠."

"그럼, 나에게도 영어로 하라고 하면 어떡하지?"

"그거야 연사 본인의 자유의지에 따라 선택할 수 있는 것 아니겠어요?

UN 총회 현장에서는 각 나라말로 동시통역도 될 테니까요."

"그냥 거절할까? 나는 말로 하는 건 통 자신이 없는데…"

"아니에요, 다른 건 몰라도 UN 연설은 꼭 수락하셔야 해요. 제가 어렸을 때부터 꼭 하고 싶었던 거니까요. 유노 쌤이 저의 어릴 적 로망 중 하나를 대신 이뤄주시는 거예요. 그것도 강주리의 이름으로…"

136. 금의환향

◆◆

"이곳 귀빈실에서 바로 VIP 전용 주차장으로 연결되는 통로를 알려드리
겠습니다."

박상준 중대장은 우리를 귀빈들만 다니는 통로, 일명 더블 도어로 안내
하겠다고 했다.

하지만 나는 선뜻 그를 따라나설 마음이 생기지 않았다.

"전 그냥 일반 게이트로 나가고 싶은데요?"

내가 그렇게 말하자, 중대장은 난색을 보이며 대답한다.

"지금 입국장 게이트 밖에는 그야말로 발 디딜 틈 없이 빽빽한 인파가
몰려있어요. 강주리 씨께서 만약 그쪽으로 나가시면 쉽게 공항을 빠져나
가기 어려우실 겁니다."

"네, 그래서 일반 게이트로 나가겠다는 거예요. 지금 게이트 밖에서 기
다리는 분들은 바로 저를 취재하기 위해 몰려온 기자이거나 제 얼굴 한
번 직접 보겠다고 기다리시는 팬이시잖아요. 그런 분들을 군이 그렇게 따
돌리면서까지 공항을 몰래 빠져나가고 싶지는 않거든요."

내가 그렇게 확고한 의지를 드러내자, 사무장은 이내 수긍하는 표정이
된다. 그리고는 공항경비대 본부에 추가 경호 인력을 요청하는 무전을 보
낸다.

혹시 내가 억지를 부리고 있나 싶기도 했는데, 주리의 귓속말 한마디가
나를 미소 짓게 한다.

"유노 쌤 짱 멋짐!"

굿윌 여신의 칭찬에 으쓱해진 나는 가슴을 활짝 펴고 위풍당당하게 매
화실 문을 나선다.

2017년 12월 5일 PM 06:45.

"정말 금의환향이네요?"

주리의 저 말은 공항 의전실 소속 직원이 입국장 밖으로부터 공수해 준 C 브랜드의 골드 미니 드레스를 두고 한 말이다. 나를 글로벌 홍보대사로 위촉하기 위해 지극정성을 들이고 있는 C 브랜드의 한국 지사에서 '금의환향'에 걸맞은 드레스라며 보내온 의상이다.

"공항 패션치곤 아무래도 너무 과한 것 같은데?"

공항 패션은 안 꾸민 듯 꾸며야 한다는 주리의 조언을 기억하는 나로선, 너무 대놓고 차려입은 듯한 이 의상이 다소 부담스럽다.

"오늘 같은 날에는 한껏 꾸미고 나타나도 아무도 과하다고 생각하지 않을 거예요. 적어도 오늘만큼은 이 세상의 주인공인 것처럼 행동하셔도 좋아요!"

"이 세상의 주인공? 그럼 주리 넌 공동 주연이야!"

"공동 주연, 좋아요! 우리끼리 다 해 먹자고요."

"그럼, 우리 이제 나가볼까?"

게이트 문이 스르르 열리자, 천지가 개벽하는 것 같은 환호성에 온 공항이 들썩거린다.

세상의 빛이란 빛은 다 끌어모아서 터뜨리는 듯한 플래시 세례에 눈을 똑바로 뜰 수 없을 지경이다.

서로 경쟁이라도 하듯 제각각의 구호를 외쳐대던 사람들이 어느새 입을 모아 '강주리!'를 연호한다.

대통령 내외로부터 축하를 받았을 때도 그저 얼떨떨하기만 했다. 그런데 공항 로비를 가득 메운 사람들로부터 격한 환영 인사를 받다 보니, 나에게 무슨 일이 일어났는지 비로소 실감되는 것 같다.

그런데 이토록 뜨거운 열기 속에서도 나는 놀라울 만치 담담하다.

기쁘지 않아서 그런 건 절대 아니다. 장윤호가 아닌 강주리의 이름으로 이룬 성과여서 아쉬운 것도 아니다. 이미 나와 주리 사이의 경계 따위는 내 마음속에서 지워버린 지 오래니까.

그보단 외려 지금 내가 느끼는 기쁨이 너무나도 크고 강력해서, 그 어떤 여타의 감정도 끼어들 틈이 없다고 할까?

이 불가침의 기쁨 속에서, 나는 세상으로부터 불어오는 관심과 사랑의 훈풍을 그저 온몸으로 맞아들이면 되는 것이다.

그 바람의 훈기에, 지난 23년간 얼어붙어 있었던 툰드라의 얼음이 한꺼번에 다 녹아내리는 것 같다.

그리고 이 따뜻한 바람이 영원하지 않다는 걸 잘 알기에 내겐 더 소중하다.

'더블 도어로 나갔으면 어쩔 뻔?'

공항 로비를 가득 메운 인파를 피하자고 비밀 통로로 몰래 빠져나갔더라면, 지금 내가 느끼는 이 황홀한 금의환향의 감동을 누리지 못했을 터였다.

나 같은 관종에겐 그 어떤 마약도 이보다 더 짜릿할 수 없으리라.

한 대표의 A8이 인천공항 고속도로에 진입할 때까지, 차 안의 세 사람은 아무 말이 없었다. 모두 각자의 감회를 속으로만 되새기고 있는 듯 보였다.

그러다 한 대표가 가장 먼저 입을 연다.

"아깐… 태연한 척 표정 관리하느라 축하 인사도 제대로 못 했네. 장윤호, 축하해! 자네가 결국 해냈구나!"

내 친구 한준호가 내 이름을 부른 건데, 그 '장윤호'라는 호칭이 어쩐지 좀 낯설다.

"우리가 해낸 거지. 나, 주리, 그리고 자네가 함께 이룩한 성과잖아. 핑크 클라우드 멤버들은 말할 것도 없고…."

"그러고 보니 주리도 축하해야겠구나! 어쨌든 빌보드 핫 100 차트 1위에 기록된 건 주리 강이라는 이름이니 말이야."

한 대표로부터 축하를 받고는 구김살 없는 미소를 짓던 주리가 말한다.

"솔로곡으로 빌보드 핫 100 1위 달성을 했으니, 이 기세를 몰아 단체곡 〈아무 사이 아니라고〉도 정상에 안착했으면 좋겠네요!"

지금 주리가 말한 것이 곧 내가 바라는 바이기도 하다. 나의 진정한 목표는 내 개인적 성공이 아니라, 핑크 클라우드를 정상에 올려놓는 것이니 말이다.

"다음 일은 내게 맡겨. 내 가수들이 이미 훌륭한 결과물을 뽑아놓았으니, 그걸 세상에 내보내는 건 내 몫이니까. 나만 믿으라고!"

빌보드 핫 100 1위는 한 대표에게도 자신감의 근거가 된 모양이다. 그의 의기양양한 모습을 보니 내 마음이 더 뿌듯하다.

주리는 아이폰으로 기사를 찾아보며 싱글벙글거리고 있다.

"〈Forest of Dreams〉가 오늘자 차트 기준으로 역사상 스물아홉 번째 핫샷 데뷔래요!"

잔뜩 격양된 표정으로 기사 내용을 전하는 주리에게 나는 멀건 표정으로 이렇게 되묻는다.

"핫샷 데뷔가 뭔데?"

"발매 첫 주에 바로 빌보드 1위로 데뷔하는 거요. 빌보드 차트의 역사가 자그마치 80년이 넘는데 이제 겨우 스물아홉 번째라는 건, 그만큼 핫샷 데뷔가 힘들다는 반증이죠. 그렇게 어려운 걸 유노 쌤이 해내신 거예요!"

주리의 설명을 듣고 보니 그게 정말 대단한 성과라는 건 알겠는데, 나는 여전히 남의 얘길 듣고 있는 것처럼 멍할 뿐이다.

"그런데… 나는 솔직히 1위까지 할 줄은 몰랐어."

빌보드 200도 아닌 빌보드 핫 100 차트에서 그렇게 어렵다는 핫샷 데뷔를 하다니, 생각하면 할수록 더 믿기지 않는다.

"라디오와 TV 방송 횟수에서는 경쟁곡들에 좀 밀렸는데, 다운로드와

스트리밍 횟수에서 워낙 압도적이었기 때문에 1위에 오를 수 있었던 거라고 하더군."

〈Forest of Dreams〉가 빌보드 1위까지 오르게 된 내막을 한 대표가 잘 알고 있는 걸 보면, 그는 이미 관련 기사들을 두루 섭렵한 모양이다.

이윽고 주리는 무슨 대단한 내용을 발견이라도 한 듯 목소리에 한껏 힘을 주어 기사를 읽는다.

"뉴욕 타임즈는 한국인 최초로 빌보드 핫 100 1위를 차지한 주리 강에 대해 대서특필하며 기사 말미에 이렇게 논평했다. '방송에 거의 나오지 않고도 빌보드에 핫샷 데뷔한 〈Forest of Dreams〉가 본격적으로 전파를 타게 되면, 당분간 주리 강의 1위 행진이 이어질 것이다. 지금으로선 주리 강의 싱글 〈Forest of Dreams〉에 대적할 만한 곡은 조만간 발표될 핑크 클라우드의 신곡뿐이다.' 캬! 아주 적절하고 바람직한 논평인데요?"

주리의 얼굴에 만면한 기쁨이 내 마음에도 번져온다.

그런데 참 이상한 건, 이렇게 큰 기쁨 뒤에는 으레 일말의 불안감이 따라붙는다는 점이다. '정말 이렇게 행복해도 되나?' 싶은 그런 기분 말이다.

나는 그 기분을 주리와 한 대표에거 솔직히 털어놓는다.

"그런데 나는 말이야, 덜컥 겁이 나는 거 있지."

"왜?"

나의 느닷없는 토로에 주리와 한 대표가 거의 동시에 그렇게 물었다.

"이렇게 쉬워도 되나 싶어서…."

앞뒤 없이 툭 던진 내 말에 한 대표가 다시 되묻는다.

"뭐가 쉽다는 건데?"

"불과 4개월 전까지만 해도 별 볼 일 없는 보컬 트레이너였던 내가 이렇게 쉽게 이런 자리까지 올라와도 되는 건가 하는 생각이 문득 들어. 말하자면 강주리란 치트키로 만렙을 이룬 기분이랄까? 나를 향해 쏟아지는 축하와 환영을 받을 만한 자격이, 과연 내게 있는 걸까?"

그러자 주리가 발끈하며 나선다.

"결코 쉽지 않았어요. 한 계단 한 계단 밟아 올라가는 과정을 제가 줄곧 함께해온 걸요? 옆에서 지켜만 보는 저도 쉽지 않았는데, 하물며 유노 쌤은 오죽 힘드셨겠어요?"

주리는 진심 안타까운 표정이 되어 열변을 토했고, 한 대표 역시 강한 어조로 한 마디 보탠다.

"맞아. 지난 23년간 세상의 외면 속에서도 꿋꿋이 음악 안에서 살면서 갈고 닦아온 내공이 주리의 몸을 통해 빛을 발하고 있을 뿐이야. 자네는 이 영광을 누릴 자격이 충분하다고!"

귀 얇은 나는 주리와 한 대표가 차례로 피력한 진심 어린 몇 마디에 금세 또 마음이 동해버린다.

현재의 나와는 불가분의 관계인 두 사람 앞에서 그런 못난 소리를 하다니.

그것은 오늘에 이르기까지 내가 거쳐온 행보뿐만 아니라, 그간의 과정을 항상 함께해온 두 사람의 노고까지 비하하는 발언이 아니고 뭔가?

나는 이내 자세를 고쳐 앉는다.

극강의 기쁨에 따라붙는 불안과 부담 따윈 훌훌 떨쳐버리고, 이 아득한 높이를 즐기며 마음껏 날아 보는 거다!

"잠시 약한 모습 보인 것, 두 사람에게 미안해. 감당하기 벅찰 정도로 너무 기뻐서 그랬던 거니, 넓은 마음으로 이해해줘!"

솔로곡으로 빌보드 핫 100 1위까지 접수했으니, 이제 핑크 클라우드 멤버들까지 다 데리고 다시 빌보드 정상 정복하러 가즈아!

2017년 12월 6일 AM 08:51.

[10시까지 숙소 앞으로 나와!]

조금 전에 한 대표로부터 받은 메시지다.

시차 때문에 잠이 오질 않아서 새벽 5시가 넘어서야 잠이 들었으니, 네 시간도 채 못자고 일어난 셈이다.

퍼지게 자고 싶은 마음이 굴뚝같았지만, 나는 이내 눈이 번쩍 떠진다.

'꿈은 아니었구나!'

빌보드 1위가 지난밤의 꿈이 아니라 현실이라는 자각은, 정수리로부터 신체말단까지 알싸한 각성의 전류를 퍼뜨린다.

나는 얼른 자리를 박차고 일어났다.

'오늘은 여기저기 불려 다니느라 고단한 하루가 되겠지?'

한 대표가 이른 시간에 숙소 앞까지 몸소 찾아오겠다는 이유도 빡빡한 스케줄에 대한 양해를 구하기 위함이 아닐까 싶다.

그래도 오늘 하루는 왠지, 몸은 무거울지언정 마음만은 날아다니는 날이지 않을까 싶다.

지금의 이런 기분이라면 똑같은 말을 무한 반복해야 하는 인터뷰도 번거롭게 느껴지지 않을 것 같다.

한 대표와 약속한 시간 3분 전에 숙소 앞으로 나가보니 한 대표의 차는 이미 도착해 있었다.

그런데 오늘은 수요일임에도 불구하고 평일용 A8이 아닌 주말용 XC90이다. 그리고 조수석엔 주리가 타고 있다.

종일 빡센 스케줄에 끌려 다닐 것을 예상하고 나온 나로선 조금 의아하지 않을 수 없었다.

뒷좌석에 탑승하자마자 나는 한 대표에게 묻는다.

"어디로 가는 거야?"

"가보면 알아!"

정장이 아닌 캐쥬얼 차림인 ㄱ의 모습만 봐도 일하러 가는 분위기는 아닌데 말이다.

분명 영동대교를 건너고 있었는데….

어느새 감겨 있던 눈을 떠보니, 차는 낯선 실내 주차장에 정차되어 있었다. 나도 모르는 사이에 깜빡 잠이 들었던 모양이다.

"이제 일어났어?"

내가 부스스 일어나자 운전석의 한 대표가 내 쪽으로 돌아보며 물었다.

"뭐야, 내가 깰 때까지 기다린 거야? 깨우지 그랬어?"

그러자 조수석의 주리가 대답한다.

"하도 곤하게 주무셔서 깨울 수가 없었어요."

"내가 얼마나 잔 거야?"

"그렇게 오래 주무시진 않으셨어요. 이곳에 도착하고 한 30분 정도밖에 안 기다린걸요."

목적지에 도착하고도 잠든 내가 일어날 때까지 잠자코 30분이나 기다려주는 두 사람이라니. 저러니 내가 저들을 어찌 사랑하지 않을 수 있을까?

"그런데, 여긴 어디야?"

"이곳은 한남동의 한 빌라야. 얼마 전 방탄소년대가 입주했다는 바로 그 빌라."

"그런데 여긴 왜 온 건데?"

"조만간 핑크 클라우드가 방탄소년대와 이웃 사이가 될 예정이거든. 3일 후에 핑크 클라우드 숙소를 이 빌라로 옮길 예정이야. 다른 멤버들과 함께 다니면서 고른 집인데, 자네 마음에도 들었으면 좋겠네."

137. 서로가 서로에게

◆◆

"그래서 지금, 나한테 집 구경시켜주려고 데려온 거야?"

한 대표가 나를 전혀 예상 밖의 장소에 데려온 것이 그저 의아하기만 한 내가 그렇게 물었다.

빌보드 핫 100 1위 한 바로 다음 날, 내가 한가하게 집구경이나 하게 될 줄은 정말 꿈에도 몰랐는데 말이다.

"사실 오늘은 그냥 쉬게 해줄 마음이었는데, 새로운 숙소를 구경하는 일도 자네에겐 뭔가 힐링이 되지 않을까 해서 여기로 데려온 거야. 괜한 짓을 한 건가?"

"아니, 아니야! 나야 인터뷰나 사진 촬영보단 집 구경하는 게 당연히 더 좋지. 사실 난 아까 집을 나서면서 오늘 하루 빼이 칠 걸 각오했었는데 말이야."

"사실 자넬 찾는 사람, 오라는 곳은 셀 수도 없이 많았어. 하지만 오늘 자네에게 필요한 건 바로 휴식이라고 생각했지. 그리고 적어도 광역자치 단체장들과의 오찬이나 국회에 연설하러 가는 것보다는 집이나 보러오는 게 훨씬 더 가치 있는 일이 아닐까 싶었던 거야."

"그래도 정치권에서 부르는 건 자네 선에서 거절하기 쉽지 않았을 텐데…. 날 지나치게 배려해서, 괜히 자네가 곤란한 역할을 자처할 필요는 없어. 난 괜찮으니까."

"그렇다고 내가 무분별하게 거절한 건 절대 아니야. 단지 자네의 인기와 영향력을 이용해먹으려고 하는 작자들로부터 자네를 보호하려고 했을 뿐이지. 우리가 응할 만한 제안까지 커트시키는 건 아니니까 걱정 마."

그러게.

한 대표가 어련히 알아서 잘할 텐데, 뭔 걱정?

"이제부턴 자네와 핑크 클라우드의 매니지먼트 전략을 전면적으로 수정할 필요가 있어. 현재 핑크 클라우드 TF를 구성하는 중이야."

"TF?"

"Task force. 원래는 군대 용어로 특별한 임무 수행을 위한 임시편성 부대를 일컫는데, 어떤 조직에서 특별한 목표를 효율적이고 집중적으로 수행하기 위해 별도로 조직하는 프로젝트 팀 정도로 통용되는 용어야."

사실 저렇게까지 상세한 설명을 바란 건 아니었는데…

"말하자면 큐피드 내에서 핑크 클라우드와 관련된 업무만을 전담하는 팀을 결성하는 거지. 국내외의 인재들 중에서 최고의 전문성과 경험치를 갖춘 베테랑 전문가들을 찾아다니며 열심히 섭외하는 중이야."

"핑크 클라우드 전담팀이란 게 생긴다고?"

"그래, 주먹구구식 내수용 매니지먼트에서 탈피해 콘텐츠 제작 및 배급에서부터 미디어 대응, 팬덤 관리, 각 멤버들의 스타일, 심지어 건강상태에 이르기까지 보다 체계적이면서도 전략적인 관리가 필요해. 앞으로 모든 언론 인터뷰는 핑크 클라우드 TF 내의 미디어 전략팀의 관리와 감독 하에서 진행될 거야."

한 대표는 스스로 '주먹구구식'이라고 비하하긴 했지만, 큐피드는 진작부터 소속 연예인에게 맞춤형 매니지먼트 전략을 구사하는 회사로 정평이 나 있었다.

다만 유독 데뷔 1호 팀이었던 핑크 클라우드에게만큼은 그 맞춤 전략의 효과가 잘 나타나지 않았던 것일 뿐.

"특히 가장 경계해야 할 게 바로 정치권에 불려 다니는 일이야. 이번에 대통령께 직접 제의받은 UN 연설처럼 전 세계 청소년에게 꿈과 희망을 준다는 취지의 활동 같은 거라면 얼마든지 수락하겠지만, 조금이라도 정치색을 띠는 일이라면 무조건 거절할 생각이야. 강주리와 핑크 클라우드는 이념을 초월한 존재여야 해!"

그렇게 확고한 신념에 가득 찬 열변을 토해놓고 난 다음에야, 뒤늦게 내 의향을 묻는 한 대표.

"자네 생각은 어때?"

영혼 없이 덧붙인 듯한 저 질문은 이미 답을 정해놓고 묻는 것 같은 느낌이지만, 나 역시 그의 생각에 십분 동의하고도 남는다.

그리고 그의 열변이 하염없이 길어지는 걸 미연에 방지하기 위해서라도 이쯤에서 적절한 리액션으로 끊어줄 필요가 있다.

"자네 생각이 곧 내 생각이야!"

핑크 클라우드의 새 숙소로 계약된 빌라는 아주 근사했다.

주리네 맨해튼 어퍼이스트 사이드 아파트나 리먼 스콧의 산타모니카 저택에 견줄 바는 아니었지만, 현 핑크 클라우드 숙소와는 완전 차원이 다른 별천지다.

높은 천장의 복층형 펜트하우스의 새하얀 거실에는 샹들리에와 연분홍색 벨벳 소파 외엔 별다른 장식이 없었다.

하지만, 거실 삼면을 둘러싼 통유리창을 통해 들어와 온 집안을 가득 채운 햇살만으로도 조명과 인테리어가 따로 필요 없어 보인다.

"상층에 마침 방이 딱 다섯 개야. 이제 다섯 멤버가 다 각방을 쓸 수 있게 되었어!"

이제 유미와 다른 방을 쓰게 된다고 하니 조금은 섭섭한 마음도 들었지만, 솔직히 안도감이 더 크다.

그동안 룸메이트인 유미 앞에서 내 정체를 감추며 생활하느라 은근히 행동의 제약을 많이 받아왔었기 때문이다.

무엇보다 이제부턴 방 안에서도 주리와 맘껏 통화할 수 있다고 생각하니, 가슴 한구석 어느 틈새로 시원한 바람이 들어오는 것만 같다.

"하층부에도 방이 세 개가 있는데, 하나는 공동 옷방으로 쓸 예정이고, 또 하나는 준식이가 쓸 거야. 그리고 나머지 한 방에는…"

나머지 방 한 칸의 용도를 설명하기에 앞서, 한 대표는 잠시 말을 멈추곤 주리와 나를 번갈아 쳐다본다.

"대체 무슨 얘기를 하려고 그렇게 뜸을 들이는 건데?"

궁금함을 참지 못한 나로부터 재촉을 받고서야 비로소 다시 입을 여는 한 대표.

"그 방엔, 주리가 들어와 살면 어떨까 싶은데?"

"좋아!"

한 대표의 말이 끝나기가 무섭게 튀어나온 내 목소리가 너무 커서, 내심 깜짝 놀랐다. 나도 모르게 목소리에 너무 힘이 들어가 버린 것이다.

한 대표 앞에서 은연중에 너무 좋아하는 티를 내버려 난감해진 나는 급히 어조를 누그러뜨리며 부연 설명을 한다.

"사실 우리가 몸이 바뀐 후로, 주리가 혼자 지내는 게 좀 마음에 걸렸거든. 저 녀석이 몸은 아재지만, 영혼은 열아홉 살짜리 소녀잖아."

"그래, 바로 그 이유로 주리더러 들어와 살라고 하는 거야. 그리고 핑크 클라우드 TF에 주리도 포함될 예정이거든. 통역 겸 해외 미디어 담당으로…."

"우와, 그래? 그거 아주 좋은 생각인데?"

주리가 숙소에 들어와 사는 문제를 두고 당사자를 제외한 두 사람이 열띤 대화를 나누고 있던 그때, 한 대표가 화들짝 놀라며 소리친다.

"어? 근데 주리 너 왜 울어?"

한 대표의 말을 듣고 깜짝 놀란 나는 주리 쪽을 돌아본다.

한 대표가 말한 대로 주리는 정말 울고 있었다. 나 역시 한 대표가 물은 것과 같은 취지의 질문을 주리에게 던질 수밖에 없었다.

"주리야, 너 왜 우니?"

어깨까지 들썩이며 울고 있던 주리는 한 대표와 나로부터 차례로 질문을 받고서야 비로소 입을 연다.

"너무 좋아서요."

"핑크 클라우드 숙소에서 같이 지내게 된 게 좋아서?"

한 대표가 그렇게 확인하듯 되묻자 주리는 코를 한 번 훌쩍인 후 다시 말을 잇는다.

"네, 사실 그동안 혼자 사는 게 좀 무섭고 외로웠거든요."

주리의 입에서 나온 의외의 발언에 가장 놀라운 건 나였다. 그렇게 가까이 붙어 지내오는 동안, 나는 단 한 번도 눈치 채지 못했는데….

"하지만 주리야, 넌 부모님과 떨어져서 뉴욕 생활도 해보지 않았어? 항상 엄마가 뉴욕에 와 계시진 않았었다고 했잖아."

나의 물음에, 주리는 감정을 추스르려는 듯 잠시 숨을 고른 후에 대답한다.

"엄마가 안 계실 땐 미국 사시는 이모할머니가 와 계셨거든요. 그리고 입주 도우미 아줌마가 항상 상주하셨고요."

"그랬구나!"

"사실 어렸을 땐, 어딜 가나 저와 함께 하는 분들이 계셔서 제발 혼자 살아보고 싶다는 생각을 해본 적도 있어요. 그런데 막상 혼자 살아 보니, 항상 옆에 계시던 존재들이 얼마나 그립던지…."

그러니까 태어나서부터 열아홉 살이 될 때까지 수행인들에게 둘러싸여 살아왔던 귀족 아가씨가 갑자기 휑한 내 아파트에 뚝 떨어져 혼자 지내야 했으니, 그 얼마나 외롭고 쓸쓸했을까?

그럼에도 불구하고, 주리는 그런 티를 전혀 내지 않았다. 외려 나를 에스코트하겠다며 밤길을 달려와 주곤 했지.

'연약한 유노 쌤 혼자 밤길 걷게 할 순 없죠!'라고 말하며 싱긋 웃던 주리의 표정을 떠올리니, 마음이 더 짠해진다. 실은 자신이 더 무서웠으면서, 내 앞에서 괜히 호기를 부렸나 보다.

"사실 혼자 있어서 무서운 것보다 나를 더 힘들 게 했던 건 따로 있어요."

"따로 있다고?"

"그게 뭔데?"

한 대표와 내가 거의 동시에 그렇게 묻자, 음절마다 스타카토를 넣으며 대답하는 주리.

"층간소음이요!"

주리의 흐느낌은 어느새 울분 같은 걸로 바뀌어 있다.

"아, 그 윗집!"

밤낮없이 쿵쾅대는 윗집의 층간 소음은 그 아파트에 지내는 3년 내내 지겹도록 시달려온 내가 익히 잘 알고 있는 바다.

"윗집에 아이가 살고 있는 것 같지도 않던데, 왜 그렇게 밤낮 없이 쿵쾅 댈까요?"

"그 집에 아이는 없어. 결혼인지 동거인지 알 수 없는 젊은 남녀가 살고 있는데, 그 커플 걷는 소리가 정말 장난 아니지."

"맞아요! 전등이나 창문이 다 흔들릴 정도라니까요?"

"사실 아이들 뛰어 노는 소리보다 더 강력한 층간 소음을 유발하는 주범이 바로 어른의 망치 걸음이야."

"윗집에 당하고 보니, 혹시 내 걸음걸이도 그런 건 아닐까 한 번 돌아보게 되더군요. 그래서 전 발이 바닥에 닿는 소음과 진동을 줄이기 위해 꼭 실내용 슬리퍼를 신어요."

"그런데 옆집은 아직도 그렇게 싸워대니?"

"네, 꼭 새벽 두세 시경에 남자의 고성과 여자의 비명, 그것도 모자라 부서지고 깨지는 소리가 들려와서 잠을 깨기가 일쑤였죠. 그러다 갑자기 잠잠해지면, 혹시 살인 사건이라도 일어난 게 아닐까 급 불안해지기도 하고 말이에요."

그렇게 나와 주리가 소음에 취약한 내 아파트에 대한 공감 토크에 열을 올리고 있을 때, 한 대표가 불쑥 끼어든다.

"진작 말하지 그랬어!"

그런데 그렇게 말하는 한 대표의 얼굴을 마주한 나와 주리는 흠칫 놀랄 수밖에 없었다. 한 대표의 표정과 말투가 너무 심각해 보였기 때문이다.

"자네에게 뭘… 말했어야 하는데?"

내가 그렇게 묻자, 그는 무거운 목소리로 대답한다.

"나는 자네가 별 내색이 없어서, 그냥 잘 지내는 줄로만 알았지. 자네 아파트 환경이 그렇게 좋지 않았다면, 진작 나한테 말을 했어야지."

나는 그제야 아차 싶었다.

무능한 친구이자 소속 아티스트인 나를 위해 아파트를 내준 실소유주 앞에서 집에 대한 험담을 주구장창 늘어놓았으니 말이다.

배은망덕도 유분수지.

"아니다! 말을 안 한 자네 잘못이 아니라, 미처 살피지 못한 내 불찰이야. 나의 소중한 아티스트를 그런 최악의 환경에 방치해두고 있었으니 말이야."

"그렇게까지 심각하게 생각할 필요 없어, 준호야! 사실 소음 문제만 빼면, 별다른 불만 없이 잘 지냈어!"

"누구보다 소리에 예민할 수밖에 없는 뮤지션에게 소음 아파트라니. 그보다 더 최악이 어디 있냐고?"

"절대 그렇지 않아. 그 정도면 나에게 여러모로 과분한 아파트였어. 자네 아니었으면, 내가 그 집세 비싼 청담동에서 아파트 생활을 꿈꿀 수나 있었겠어?"

본의 아니게 한 대표의 지나친 책임의식을 건드려버리고 만 나는, 그의 마음을 풀기 위해 진땀을 빼야 했다.

그리고 주리는 주리대로, 자신이 꺼낸 화두로 인해 대화가 전혀 엉뚱한 방향으로 흘러버린 것에 대해 몹시 난감해 했다.

어찌 됐든, 핑크 클라우드가 근사한 새 숙소로 이사하게 된 것, 무려 방탄소년대와 이웃 주민이 된 것, 그리고 같은 공간에서 주리와 같이 살게 된 것 모두 정말 기쁜 일인데…

이렇게 행복한 순간에 오히려 서로가 서로에게 미안해하는 상황이 되어버린 지금, 분위기 반전을 꾀할 뭔가가 필요하다.

"우리 맛있는 거나 먹으러 가자! 빌보드 핫 100 1위 기념으로 내가 쏠게!"

138. 혼전 계약

◆◆

"빌보드 핫 100 1위 한 기념으로는 대체 뭘 먹어야 잘 먹었다는 소리를 들을까?"

오늘같이 좋은 날 괜히 무거워진 분위기를 반전시키고자 했던 내 의도를 파악했는지, 한 대표도 금세 표정을 바꾸며 내 제안에 동조하고 나섰다.

그러자 주리가 미처 생각지도 못했던 의견을 내놓는다.

"그럼, 저희 집으로 갈까요? 여기서 저희 집까진 차로 10분이면 갈 수 있는 거리거든요."

"너희 집에? 근데 사전 약속도 없이 불쑥 찾아가면 실례가 되지 않을까?"

한 대표는 다소 조심스러운 표정이긴 해도 주리의 제안이 싫지 않은 기색이다.

하긴, 강석진과 절친 사이인 한 대표에게 주리네 본가는 친구 집인 셈이니 그리 불편하진 않을 것이다.

"조금 전에 저희 엄마랑 통화했는데, 한남동에 와 있다니까 집에 와서 점심 먹으라고 하시더라고요. 저희 집 점심 메뉴가 웬만한 한정식 집보다는 훨씬 더 나을걸요? 증조할아버지 때부터 저희 집 주방에서 요리를 담당하고 계시는 오점례 명인의 손맛은 정말 일품이거든요. 특히 오 여사님이 직접 손으로 북북 찢어주시는 부세 정식이 끝내주죠!"

자기 집안사와 관련해선 좀처럼 과시하는 법이 없는 주리가 저렇게 대놓고 자랑하는 걸 보면, 그 부세 정식이란 게 맛있긴 정말 맛있는 모양.

"부세라면 보리굴비를 말하는 거지? 시원한 녹차 물에 밥 말아서 같이 먹는…."

한 대표는 벌써 구미가 당기는지 군침을 꿀꺽 삼킨다.

"네, 맞아요. 보통은 여름에 주로 먹는 별미이지만, 저희 집엔 사시사철 보리굴비가 떨어지지 않죠. 왜냐하면, 저희 아빠의 최애 메뉴거든요."

주리의 입에서 아빠 얘기가 나온 김에 나는 궁금했던 걸 물어보기로 한다.

"근데, 주리야."

"왜요?"

"강석진 씨는 지금 집에 계신대?"

주리네 집에 가느냐 마느냐를 결정하기에 앞서 내가 궁금했던 건 바로 그것이었다.

주리네 본가의 부세 정식 맛은 정말 궁금하지만, 주리 아빠 강석진과 마주할 생각을 하면 왠지 음식을 먹기도 전에 소화불량에 걸릴 것 같기 때문이다.

"아니요, 아빠는 현재 집에 안 계신대요. 그러니까 엄마도 우릴 초대할 생각을 하셨던 거고요."

뭐, 그렇다면 주리네 집 방문을 주저할 이유는 없다.

"그럼, 나도 오케이!"

2017년 12월 6일 PM 12:03.

이태원 대로에서 꼼데가르송 건물을 끼고 좌회전하면, 세련된 초현대식 건물이 양옆에 들어선 골목으로 진입한다.

다양한 인종들로 북적대는 이태원역 일대와는 달리 인적이 드문 이 골목에 들어서면, 쾌적함과 위압감을 동시에 느끼게 된다.

오른편으로 길게 늘어선 리움 미술관을 지나면서, 삼엄한 분위기는 더 뚜렷해진다.

왠지 아무나 들어오면 안 될 것 같은, 그런 느낌.

안에 기린이라도 살고 있을 것처럼 높다란 담벼락 사이로 나 있는 구불구불한 오르막길을 얼마쯤 달렸을 때, 주리가 외친다.

"저 집이에요!"

주리가 가리킨 지점에는 진회색의 현무암 건물이 있었다. 눈대중으로 폭이 5미터 정도에 3층 높이쯤 되어 보이는 구조물이다.

건물 앞에는 휜칠한 자작나무 몇 그루가 일정한 간격으로 세워져 있을 뿐 담장은 없다.

"이 동네에 있는 여느 집들과는 완전히 다른 모습인데?"

한 대표의 말대로, 집 건물이 외부로 노출되어 있다는 점이 높은 콘크리트 담장으로 둘러싸인 다른 집들과는 확연히 달랐다.

재벌이 사는 집이라고 하면 흔히 떠올리게 되는, 권위적이고 폐쇄적인 저택의 이미지와도 상충한다.

"저희 부모님은 결혼 후 1년 동안 평창동 할아버지 댁에서 신혼 생활을 하시다가 제가 태어난 다음 해인 2000년에 이곳 한남동으로 분가하셨어요. 아버지가 한남동에 입성하면서 가장 먼저 한 일이 바로 높은 담장을 허무는 것이었어요. 장장 2년에 걸쳐 지어졌다는 이 담장 없는 집에는 모든 사람 앞에 떳떳할 수 있는 투명한 경영인이 되겠다는 의지가 담겨 있죠."

"취지는 알겠는데, 그래도 집 건물이 너무 적나라하게 외부로 노출되는 거 아냐? 너희 어머니와 아버지의 사생활을 캐내려는 파파라치들도 득실거릴 것 같은데 말이야."

괜한 노파심이 든 내가 그렇게 묻자, 주리가 싱긋 웃으며 대답한다.

"사실 이 건물은 본채가 아니에요."

"본채가 아니라고?"

"네, 이 건물에는 방문하는 손님을 접견하는 공간과 게스트룸, 그리고 수행원들이 기거하는 방들이 있어요."

"그렇다면 이것은 옛날 양반댁에 있던 행랑채 같은 건물이구나?"

"뭐, 그렇다고 할 수 있겠네요. 아빠의 재택근무용 집무실도 이 건물에 있으니까 사랑채의 성격도 겸하는 셈이네요."

"그럼 우린 오늘 이 건물에서 점심을 먹게 되는 거야?"

"에이, 그럴 리가요. 대표님, 이 건물을 끼고 오른쪽으로 돌아주시겠어요?"

주리의 주문대로 한 대표가 건물을 끼고 우회전을 하자, 광택 없는 스틸로 된 셔터문이 나타났다.

문 앞에서 정차한 상태로 잠시 대기하자, 셔터가 스르르 올라간다.

"이건 주차장 진입로야?"

한 대표가 그렇게 묻자, 주리가 고개를 저으며 대답한다.

"아니요, 안채로 연결되는 터널이에요."

한 대표가 천천히 차를 몰아서 터널로 진입하자, 2차선 도로 너비의 차량용 통로가 나타난다.

진입용 차선으로 천천히 주행하는 차 안에서 오른편으로 보이는 벽면은 통유리로 되어 있다.

그런데 그 유리 벽 너머에는 여러 대의 자동차가 일정한 간격을 두고 반듯반듯하게 세워져 있어서 흡사 자동차 전시장처럼 보인다.

"페라리 812 슈퍼패스트, 람보르기니 우르스, 포르쉐 911 카레라 카브리올레, 맥라렌 720S, 파가니 와이라 로드스터, 로터스 에보라 400. 그야말로 베스트 오브 베스트들만 모여 있군!"

자타가 공인하는 자동차매니아인 한 대표는 눈앞에 펼쳐지는 명차 컬렉션에 사뭇 고무된 표정이다.

"이 차들 다 밀수된 거 아니고요, 정식 통관 절차를 거쳐 엄청난 관세를 물고 정당하게 수입된 차들이에요."

"그런데 말이야, 나는 석진이가 차를 이렇게까지 좋아하는 줄 몰랐는데? 늘 검정 마이바흐만 타고 다녀서, 그 친구가 차에는 그닥 관심 없는 줄 알았거든."

의아한 표정으로 고개를 갸웃거리는 한 대표에게, 주리는 오른손 검지를 좌우로 까딱까딱 내저으며 말한다.

"이 차들은 아버지가 모으신 게 아니에요. 아빠는 자동차에 별로 관심 없는 게 맞아요."

"그래? 그럼, 강 회장님?"

"할아버지도 아니에요. 이건 전적으로 저희 엄마 취향이랍니다."

"뭐? 윤혜린 씨 취향이라고?"

미처 예상치 못한 반전에 놀란 내가 그들의 대화에 불쑥 끼어들었다.

"네, 저희 엄마가 스피드광이시거든요."

"청순 여신, 윤혜린 씨가 스피드광이라고? 완전 뜻밖인데?"

"그렇다고 저희 엄마가 일반도로에서 칼치기 따위를 하는 폭주족은 절대 아니에요. 가끔 스트레스 해소 목적으로, 야밤에 포에버월드 부속 스피드웨이를 이용하곤 하시죠. 포에버월드에서 엄청난 적자를 감수하면서까지 레이싱용 서킷을 유지하는 이유가 바로 저희 엄마 때문인 건 비밀!"

재벌가의 며느리가, 그것도 청순가련의 대명사인 윤혜린이 터프하게 심야 레이싱을 즐기는 모습이라니.

'상상만 해도 너무 멋지잖아!'

그 장면을 상상하는 것만으로도 가슴 설레는 자신을 발견하곤 삥씻 웃는 나.

나는 아무래도 예쁜 여자보다 멋진 여자에게 더 큰 매력을 느끼는 스타일인 것 같다.

아닌가?

다시 생각해보니, 예쁘면서도 멋진 여자를 좋아하는 듯.

여섯 대의 슈퍼카가 마치 장난감 자동차처럼 놓인 쇼윈도를 지나자 세차장이나 자동차 공업사 같은 모양새의 공간이 나왔다.

"여기서 내리시면 됩니다."

"여기가 주차장이야?"

"저희 집에서는 방문하시는 모든 분들의 차량에 세차와 경정비 서비스를 제공하고 있어요."

"세차와 경정비를 해준다고?"

한 대표는 반신반의하는 표정이다. 그도 그럴 것이, 그는 자신의 차를 남의 손에 잘 맡기지 못하는 스타일이니까.

미심쩍어하는 한 대표의 마음을 읽은 듯 주리가 말한다.

"여기에서 근무하시는 분들은 모두 특별히 스카우트해온 전문가들이에요. 하나같이 업계에서 인정받던 분들이죠. 믿고 맡기셔도 괜찮아요!"

주리의 부연 설명을 듣고서야 마지못해 차에서 내린 한 대표는 차문 앞에 대기하고 있던 작업복 차림의 기사에게 차키를 넘겨준다.

타인에게 자동차 키를 맡기는 것이 한 대표에겐 상당한 결단을 요구하는 행위라는 걸 나는 잘 알고 있다.

꼭 남의 손에 자기 자식을 맡기듯 애틋해 하는 한 대표의 모습에, 조금 전 슈퍼카 콜렉션을 바라보던 그의 눈빛이 겹쳐진다. 마치 열망하던 장난감을 직접 마주한 소년 같은 눈빛.

그 눈빛을 보며 나는 결심한다.

만약 이번 빌보드 1위의 결과로 입금이 좀 빵빵하게 되면, 한 대표에게 슈퍼카 한 대 꼭 사줘야겠다는….

숨은 스피드광 윤혜린 님은 세상 정숙하고 고상한 자태로 우리를 맞이했다.

"빌보드 핫 100 1위 축하해요, 장윤호 선생님!"

"감사합니다!"

"장윤호 선생님 덕분에 제 전화기 배터리가 너무 빨리 닳아버리는 거 있죠. 여기저기서 걸려온 축하 전화 받느라고요. 그런데 속없이 축하를 받으면서도, 이게 정말 내가 받을 축하가 맞는지 좀 헷갈리더군요."

"따님인 강주리의 이름으로 이룩한 성과이니 당연히 축하받을 만하시죠."

내가 수줍게 웃으며 그렇게 말하자, 한 대표가 말을 받는다.

"빌보드를 정복하기까지 주리의 기여가 컸어요. 주리와 주리 어머니, 모두 이 영광에 대한 지분이 있어요."

그러자 주리도 한마디 보탠다.

"그 모든 게, 대표님이라는 버팀목이 있었기 때문에 가능한 일이었죠."

서로가 서로에게 공로를 돌리는 이 훈훈한 분위기를 흐뭇하게 바라보던 혜린 님이 정리성 멘트를 날린다.

"네, 어찌 됐든 경사스러운 일이죠. 우리 딸 주리 그리고 한 대표님, 모두 월드 스타 서포트 하느라 수고 많았어요. 그리고 장윤호 선생님, 저희 딸 강주리의 이름을 전 세계적으로 빛나게 해주셔서 정말 감사드려요!"

같은 내용이라도 더 기분 좋게 들리게 하는 화술은 정말 모전여전이다.

"자 그럼, 다들 시장하실 테니 식사하러 가실까요?"

주리가 앞서 자랑한 바 있는, 오점례 명인의 부세 정식은 가히 명불허전이었다.

딱히 놀라울 정도의 맛이라고 할 수는 없는데, 녹차에 말아놓은 밥이 순삭되는 신기한 현상을 경험했다.

밥알을 샅샅이 건져 먹고 남은 녹차물까지 모두 흡입한 후에야 바삐 움직이던 숟가락을 놓을 수 있었다.

식사를 물린 후 1920년대에 생산되었다는 골동 보이차 '복원창'으로 입가심을 하고 있을 때 혜린 님이 뭔가 수줍은 듯 조심스레 입을 연다.

"한 대표님께 여쭙고 싶은 말이 있어요."

"네, 얼마든지 물어보세요."

그렇게 대답했다가는, 그녀의 눈치를 살핀 후 다시 질문을 바꿔서 묻는 한 대표.

"혹시 윤호와 주리가 같이 들으면 안 되는 내용이라면, 자리를 옮기는 게 어떨까요?"

그러자 혜린 님은 고개를 절레절레 흔들며 대답한다.

"아니요, 두 사람 앞에서 못할 얘기는 아니에요."

이제 본격적으로 뭔가를 털어놓으려고 자세를 잡는 혜린 님의 모습을 보고 있으려니, 괜히 심장 박동이 빨라지기 시작한다.

최근 몇 달간 가슴 철렁하는 일을 하도 여러 번 겪다 보니, 이제 별의별 상황에서 다 가슴이 떨린다.

"사실 저는 주리 아빠와 결혼하기 전에 저희 아버님, 그러니까 강 회장님과 약조한 게 한 가지 있어요. 그건 바로 제가 연예 활동을 중단하는 문제였죠."

여기까지만 들으면, 연예인 출신이 재벌가 며느리로 들어가는 전형적인 신데렐라 스토리 같다.

하지만 그다음부턴 조금 다르다.

"그런데 그 당시에 강 회장님은 저의 활동 중지 시한을 아이가 만 스무 살이 될 때까지로 제한하셨죠. 그리고 내년이 바로, 우리 주리가 스무 살이 되는 해랍니다."

139. 약속은 약속이다

◆◆

"엄마, 그럼 내년에 연예계로 복귀하실 생각이에요?"

놀란 표정으로 저런 질문을 하는 걸 보면, 주리 역시 처음 듣는 얘기인가 보다.

"그래, 맞아."

시종일관 부드러운 미소를 머금고 있던 혜린 님의 표정에 단호함이 서린다.

전혀 생각지도 못한 폭탄선언을 듣게 된 세 사람은 하나같이 얼떨떨한 표정으로 아무런 대답을 못 하고 있다.

"그래서 언젠가 한 대표님을 뵙고 앞일에 대해 의논드리고 싶었어요. 하지만 막상 20년 동안이나 마음속에 감춰온 의지를 밖으로 드러내려니 선뜻 용기가 나질 않았죠. 이런 자리에서 할 얘기는 아니지만, 지금이 아니면 또 차일피일 미루게 될 것 같아 말씀드리는 거예요."

'20년 동안이나 속으로만 감춰온 의지'라는 말을 들으니, 본론을 들어보기도 전에 감정이입이 되는 것 같다.

재벌가로 시집간 연예인 출신들의 대다수가 불행한 결말을 맞았지만, 혜린 님은 누구보다 모범적인 결혼 생활을 유지해왔다는 사실은 누구나 인정하는 바다.

그런데 겉으론 재벌가 안주인으로 사는 삶을 잘 받아들이고 있는 것처럼 보였던 그녀의 내면에, 저토록 강렬한 야망이 숨겨져 있었다니.

어쩌면 그녀는 겉으로 드러낼 수 없는 마음속 열정을, 한밤의 서킷에서 액셀러레이터를 밟으며 남몰래 풀고 있었는지도 모른다.

'재벌가 며느리의 연예계 복귀'라는 뜨거운 화두만 불쑥 던져놓은 채 잠시 머뭇거리던 혜린 님은 복원창 보이차 한 모금을 머금은 후 다시 말을 이어간다.

"한 대표님이 제 연예계 복귀를 도와주셨으면 좋겠어요."

"네?"

너무나도 갑작스러운 제안에 잠시 눈이 휘둥그레졌다가는, 이내 표정 관리를 하는 그였다.

"한 대표님과 계약하고 싶다고요!"

결정적인 순간에 저렇게 거침없이 당찬 모습도 역시 모전여전이란 생각을 하고 있던 바로 그 찰나, 귓전을 쩌렁쩌렁 울리는 목소리.

"누구 마음대로 계약을 해?"

좌중을 아연실색하게 만든 그 성난 목소리의 주인공은 다름 아닌 강석진이었다.

언제 들어왔는지, 그는 식탁 앞에 장승처럼 서 있었다.

"아니, 당신!"

"석진아!"

두 사람이 동시에 각각 다른 호칭으로 자신을 부르는 소리에도 아랑곳없이, 강석진은 노여움에 겨워 거친 사자후를 토해낸다.

"기어이 당신까지 연예계로 돌아가겠다는 거야? 그럼 나는 뭐가 되냐고? 딸자식을 밖으로 내돌린 것도 모자라, 자기 여자까지 세상에 내놓는 얼간이로 만들 셈이야?"

딸과 아내를 끔찍이 사랑하는 강석진의 입장에선 저럴 수도 있겠단 생각이 들면서도, 그의 고루한 워딩에는 답답함과 분노가 치민다.

하지만 지금 내가 섣불리 나섰다가는 사태가 더 심각해질 수도 있는 상황.

"결혼 전에 아버님과 한 약속, 당신도 알고 있잖아요."

남편의 거센 역정에도 전혀 물러섬 없는 혜린 님.

"그때 우리 아버지는 나를 회사로 불러들이기 위해 혈안이 되어 계셨어. 그랬기 때문에 아버지가 당신과 그런 약속을 하셨던 거야."

"그렇다고 그 약속이 무효인 건 아니잖아요!"

"사람들이 당신의 복귀를 반가워할 것 같아? 천만에! 그나마 당신의 청순한 이미지를 간직하고 있던 남자들의 환상마저 깨뜨리고 말 거라고."

"저는 예전의 명성과 인기를 다시 얻고 싶어서 돌아가려는 게 아니에요. 멋모르던 시절에 짧게 배우 활동하면서 미처 다 풀지 못한 제 꿈과 열정을, 지금이라도 마저 펼쳐내고 싶은 거라고요. 아내로서, 엄마로서, 그리고 한 여자로서 살아오면서 제 안에 쌓여온 것들을 연기로 풀어내고 싶단 말이에요."

"한때 만인의 첫사랑이었던 청순 여신 윤혜린이 엄마나 이모 역할로 나오는 걸, 과연 누가 보고 싶어 할까?"

"엄마나 이모 역할이 어때서요? 나를 통해 가장 잘 표현될 수 있는 역할을 찾아, 현재의 내가 가장 잘할 수 있는 연기를 보여주면 되는 거죠."

"이런 것 저런 것 떠나서, 복귀 타이밍이 너무 좋지 않아. 지금 만약 당신이 연예계로 복귀한다고 하면, 딸의 인기에 편승해 숟가락 얹으려는 것처럼 보일걸?"

두 부부의 언쟁이 점점 격렬해지고 있던 그때, 제3의 목소리가 끼어든다.

"약속은 약속이다!"

노숙하면서도 카리스마 쩌는 그 목소리의 주인공은 다름 아닌 강경모 회장이었다.

사실 내가 재벌 집에 들어와 있는 이 상황도 비현실적인데, 강석진 부회장에 이어 강경모 회장까지 등장하니 그저 어안이 벙벙하다.

내가 지금 꼭 아침 드라마 속에 들어와 있는 기분이랄까?

"아버지, 언제 오셨어요?"

불과 조금 전까지만 해도 서열 1위 수사자처럼 포효하던 강석진이 자신의 아버지 앞에선 어느새 풀죽은 강아지같이 온순해져 있었다.

"회사를 경영하는 자는 약속을 목숨만큼 소중히 여겨야 하는 법이야. 기업이 신용을 잃으면 다 잃는 거니까. 가장 소중한 사람과의 약속도 못 지키면서, 어떻게 남으로부터 신용을 얻을 수 있겠어?"

"하지만 아버지, 주리가 가수 활동을 하는 것도 모자라, 저 사람까지 그 험한 연예계로 들어가는 꼴은 도저히 못 보겠어요. 재벌이라면 덮어놓고 까대고, 연예인은 무조건 난잡하고 문란하다고 생각하는 인간들 앞에 제 아내를 내놓기 싫단 말입니다."

"이 못난 놈! 사내대장부가 그릇이 그것밖에 안 되어서야 어디에 써먹겠냐?"

강경모 회장의 사이다 발언에 속이 시원해지면서도, 아버지로부터 못난 놈이란 소리까지 들은 강석진의 처참한 얼굴을 보니 일말의 측은지심이 들기도 한다.

"주리도, 주리 애미도, 다들 잘해낼 게야. 네 처자식에 대해선 나보다 네가 더 잘 알 거 아니냐? 두 사람 다 어디에서나 자기 몫을 잘해낼 사람들이니, 그냥 믿고 허락해주도록 해. 정 걱정이 되면, 든든하게 써포트나 잘 해주라고!"

아깐 아침 드라마를 보는 기분이었는데, 지금은 꼭 동물의 왕국을 보고 있는 것 같다. 본의 아니게, 이 집안의 서열 구도를 너무 적나라하게 목격하고 말았으니 말이다.

어쨌거나 끝판왕의 등장으로 인해 상황은 일단락되는 듯 보인다.

아버지 앞에서 완전히 꼬리를 내린 강석진의 얼굴에선 체념과 포용의 빛이 교차하고 있다.

강 회장의 퇴장 후에 그의 태도가 다시 어떻게 돌변할지는 모르는 일이지만, 적어도 지금의 그에겐 더 이상 싸울 의지가 없어 보인다.

서열 끝판왕 강경모 회장의 전폭적인 지지와 신뢰를 받으며 이 집안의 실질적 최상위 포식자로 군림하고 있는 듯 보이는 혜린 님이 시아버지와 남편을 향해 이렇게 묻는다.

"그런데 아버님과 당신은 이 시간에 미리 기별도 없이 웬일이신가요?"

고래 싸움을 지켜보는 새우처럼 숨죽이고 있던 나 역시 강경모·강석진 부자가 이 자리에 와있는 이유가 몹시 궁금했던 참이다.

며느리로부터 돌발 질문을 받고선 잠시 당황스러운 표정을 짓던 강 회장이 먼저 대답한다.

"왜긴 왜야, 우리 귀한 손주 주리가 집에 와 있다는 소식 듣고 부리나케 달려왔지. 빌보드 핫 100 1위 한 우리 월드 스타 얼굴 한 번 보려고 말이야!"

바로 조금 전까지만 해도 그는 근엄한 카리스마의 회장님이었는데, 어느새 세상 인자한 할아버지의 모습으로 바뀌어 있다.

그래도 제발 포옹만은 안 했으면 싶었는데, 강 회장은 끝끝내 내 앞으로 다가와 나를 꼭 안았다.

노인네한테 안겨야 한다는 게 썩 유쾌하진 않았었는데, 막상 안기고 보니 왠지 돌아가신 할아버지 품속 같아서 싫지만은 않았다.

사실 나이로 따지면 강경모 회장은 할아버지가 아닌 아버지 연배인데, 왜 아버지가 아닌 할아버지 생각이 난 걸까?

아무래도, 강 회장의 품속에 안긴 순간 내게 떠올랐던 건 내가 주리 나이일 때 안겨본 할아버지 품속이었던 것 같다.

"우리 주리가 학교에서 1등을 할 때마다 이 할애비가 선물을 사줬던 것 기억하지? 그런데 이번엔 무려 빌보드 차트에서 1위를 했으니 대체 뭘 사줘야 한단 말이냐?"

강 회장은 내가 말만 하면 뉴욕 맨해튼의 빌딩 한 채 정도는 사줄 기세였지만, 나는 다소곳이 웃으며 이렇게 대답한다.

"이번엔 제가 오히려 용돈을 드리고 싶은데요?"

"어허허, 요 귀여운 녀석! 그래, 나한테 얼마나 줄 거냐?"

그러게, 얼마나 드려야 하는 걸까?

세계 100대 부호 안에 들어가는 강경모 회장에게 대체 얼마를 드릴 작정으로, 감히 용돈 준다는 얘길 꺼낸 거지?

어쩌면 그 용돈 얘기는, 내가 돌아가신 할아버지께 전하고 싶었던 말이었는지도 모르겠다.

툰드라 활동으로 한창 바빠 돌아다니던 그 무렵에, 너무도 갑작스럽게 돌아가셨던 우리 할아버지. 내가 노래 불러서 번 돈으로 꼭 용돈 드리겠노라고 다짐만 해놓곤 결국 드리지 못한 채 떠나보내야 했던 그분께 말이다.

강 회장과 나의 훈훈한 대화를 끝으로 상황이 마무리되는 것 같았는데, 그게 끝이 아니었다.

혜린 님은 은근슬쩍 자리를 뜨려고 하는 강석진을 잡아 세우며 묻는다.

"그런데 당신은요? 일본으로 출장 가신다던 분이 왜 여기에 와 계신 거죠?"

시아버지의 든든한 지지를 업고 기세등등해진 아내의 역공에 몹시 당황해하는 강석진. 잠시 쭈뼛쭈뼛하던 그가 멋쩍은 듯 입을 연다.

"나도 축, 축하하러 왔지. 빌보드 핫 100 1위 축하한다."

맥 풀린 목소리로 밋밋한 축하를 툭 하고 던진 그는, 역시 같은 톤으로 말을 이어간다.

"축하의 의미로 내가 해줄 게 뭐가 있을까 고민하다가 축하 파티라도 열어주는 게 좋을 것 같아서⋯. 이번 주 금요일 저녁에 고척 돔구장을 대관해놓았으니 행사 준비와 진행은 준호 자네가 맡아줘. 경비는 신경 쓰지 말고⋯."

역시 클래스가 다르군.

빌보드 1위 한 딸을 위해 고척 돔구장을 빌려 축하 파티를 열어주는 아빠라니.

지금으로선 내가 그 수혜자인 입장이면서도, 같은 나이의 남자로서 강석진에게 좀 부러운 마음이 든다.

사랑하는 사람을 위해 해주고 싶은 걸 무엇이든 척척 해줄 수 있는 건, 일부 선택받은 자들만의 특권이니 말이다. 누구나 꿈꾸지만 아무나 할 수 없는 것이 아닌가?

하지만 머니와 파워만 가지고 되는 건 또 아닌 것 같다.

막강한 재력과 권력을 갖고 있어도 그걸 제대로 쓸 줄 아는 사람은 드물지 않은가?

우리가 미디어를 통해 흔히 접하게 되는 가진 자의 행태는, 노블레스 오블리주와는 한참 거리가 먼 한심한 모습이었던 경우가 더 많았으니 말이다.

힘과 능력이 강해질수록, 그걸 어떻게 쓰느냐에 대한 고민과 성찰은 더

욱 깊어져야만 한다.

게다가 지금 내게 모아진 권능의 상당 부분은 주리로부터 빚진 것이기 때문에 더더욱 함부로 쓰면 안 된다.

그렇지만, 사실 크게 걱정되진 않는다.

긍정의 빛으로 앞길을 밝히며 나를 올바르게 이끌어주는 굿윌 여신, 주리가 내 곁에 있으니까.

그리고 내게 소중하고, 나를 소중하게 여겨주는 사람들이 항상 나를 지켜주고 있으니까.

초현실적인 공간에서 비현실적인 인물들이 펼치는 막장 드라마 같았던 점심식사 자리를 파하고 나온 시각은 오후 3시 24분.

한 대표가 나를 위해 만들어준 휴일의 반나절이 훌쩍 지나가버렸다.

"두 분 다, 너무 피곤해 보이시는데요? 제가 괜히 저희 집에 가자고 해서, 두 분께 못 볼 걸 보여드리고 말았네요. 정말 죄송해요."

그러자 한 대표가 고개를 저으며 말한다.

"아니야, 주리 네가 미안해할 일은 아니지. 그 정도의 갈등 없는 집이 어디 있다고. 그리고 너희 아빠가 그러시는 건 너와 너희 엄마를 너무 사랑해서 그런 거야."

한 대표의 말에 동조하는 발언을 하려던 찰나 주리의 아이폰에 전화벨이 울린다.

"네, 엄마!"

김 여사에게서 걸려온 전화인 모양이다.

진짜 아들보다 외려 더 곰살맞게 전화를 받는 주리. 엄마 소리가 어쩜 저렇게 자연스럽게 튀어나오는지….

그런데 전화를 받던 주리의 표정이 갑자기 굳어진다.

그 표정을 바라보는 내 심장은 철렁 내려앉는다.

'대체 무슨 얘길 들었기에…'

140. 잠금 해제

◆◆

주리가 전화를 끊고 비로소 입을 열 때까지, 나는 좀처럼 숨이 잘 쉬어지지 않았다. 주리의 표정만 보고도 뭔가 심상치 않은 상황임을 알 수 있었기 때문이다.

"우리, 얼른 서울마리아병원으로 가야 할 것 같아요."

이윽고 주리의 입에서 나온 '서울마리아병원'이라는 말에, 나는 그대로 얼어붙고 만다.

우리가 지금 서울마리아병원으로 가야 하는 이유는 대략 두 가지로 추려진다.

누가 아프거나, 누가 죽었거나.

어머니를 통해 전해진 소식이라면, 분명 가까운 사람과 관련된 것임이 틀림없을 텐데….

말문이 막혀버린 나를 대신해서 한 대표가 주리에게 묻는다.

"갑자기 거긴 왜? 누가… 아프셔?"

한 대표의 물음에 주리가 잠시 대답을 주저하는, 그 짧은 순간에 온갖 생각이 머리를 휘감는다.

심호흡 후에 침을 한 번 꿀꺽 삼킨 주리가 어렵게 입을 연다.

"아버님이 공원에서 운동하시다가 쓰러지셔서… 서울마리아병원 응급실로 실려 가셨대요."

2017년 12월 6일 PM 04:09.

한남동에서 서울마리아병원으로 향하는 XC90 안의 공기는 초조한 정적에 지배당하고 있다.

설마 별일은 아니겠지?

아닐 거다. 아니어야 한다.

성인병 3종 세트인 고혈압, 고지혈증, 당뇨가 50세 경부터 있긴 했지만, 비교적 건강관리를 잘해 오셨던 아버지다.

조금은 답답해 보일 정도로 우직한 성실함으로 식이조절과 운동을 열심히 해 오신 분이란 말이다.

혹시 공복에 운동하시다가 저혈당 쇼크라도 온 게 아닐까? 항상 들고 다니시던 사탕이나 바나나 챙기는 걸 깜빡해서 당 섭취 타이밍을 놓친 걸지도….

우리가 병원에 도착했을 때쯤엔 아마도 멀쩡하게 일어나 앉아 계실 거다.

우리는 그저 퇴원 수속을 밟아드린 후 안전하게 집에 모셔다드리면 되지 않을까? 아마 그럴 것이다.

애써 짜낸 긍정적인 생각들로 불길한 예감을 밀어내려고 해도 이내 걱정의 파도가 되어 다시 돌아오는 악순환이 이어지고 있을 때, 주리의 아이폰이 다시 울린다.

똑같은 벨 소리인데도, 이상하게 소름 끼치는 벨 소리가 있다. 지금 차 안 공기를 가르는 저 벨 소리가 딱 그렇다. 받기도 전에 가슴을 쓸어내리게 되는, 그런 전화벨.

선뜻 전화를 받지 못하고 머뭇거리는 주리에게 나는 이렇게 말한다.

"스피커폰으로 받아봐."

왜 내가 주리에게 굳이 스피커폰으로 받으라고 말했는지 명확히 설명할 순 없지만, 왠지 그래야 할 것 같았다.

지금 전화를 걸어온 이 발신자에게서 듣게 될 내용은 왠지 내가 직접 들어야 할 내용일 것이라는 직감이 들었다고 할까?

그리고 혼자서 그 내용을 듣고 전달해야 하는 어려운 역할을 주리에게 감당시키기가 좀 미안한 마음도 있었다.

주리는 밀어서 통화하기를 실행한 후 스피커폰으로 전환한다.

"여보세요."

주리의 목소리가 가늘게 떨렸다.

"여보세요, 장동수 씨의 아드님 되십니까?"

'장동수'라는 우리 아버지 성함을 처음 들은 주리는 내게 맞는지 확인하는 눈짓을 보낸다. 내가 고개를 끄덕이자 그제야 대답하는 주리.

"네, 그런데요?"

"저는 서울마리아병원 내과 레지던트 민준기라고 합니다. 장동수 씨가 금일 오후 3시 39분에 본원 응급실에 도착했을 당시 심정지 상태였고, 구급차 안에서부터 병원 도착 후 지금까지 30분 이상 심폐소생술을 시행하고 있으나 심박은 돌아오지 않고 있습니다."

갑자기 차 안이 진공상태가 되어버린 것처럼 숨이 잘 안 쉬어진다.

설마 내가, 반포대교의 헤비 트래픽을 통과하는 도중에 아버지의 심장이 멈추었다는 얘기를 들을 줄 누가 알았으랴?

"심폐소생술 시작 후 30분 이상 반응이 없는 경우, 의료진은 대개 시술을 중단하게 됩니다. 현재 아버님과 동반한 보호자인 어머님께서 심리적 충격이 매우 크신 상태라, 아드님께 동의를 구하고자 연락을 드렸습니다."

그 말을 들은 내게서, 나도 처음 들어보는 앙칼진 목소리가 튀어나간다.

"무슨 동의요? 심폐소생술을 포기하는 데 대한 동의 말입니까?"

나는 내가 현재 강주리의 몸이란 사실도 잊은 채 통화에 불쑥 끼어들고 말았다.

미처 제어하지 못한 분노의 불똥이 애먼 레지던트 선생에게 튀어 버린 것이다. 그는 나름 예의를 갖춰 신중한 태도로 설명했는데 말이다.

곱디고운 주리의 목소리가 이렇듯 칼날처럼 날카로워질 수도 있다니.

통화 중 갑자기 끼어든 여자 목소리에 당황했는지, 레지던트는 아무 대답이 없다. 전화기 송화부에 닿는 그의 콧바람 소리가 듣기 거북한 노이즈가 되어 들려올 뿐.

아버지의 심정지 소식을 들은 순간부터 내내 숨죽여 우느라 아무 말도 못 하는 주리에게 한 대표가 말한다.

"나한테 전화기 좀 가까이 대줘!"

한 대표의 지시에 따라, 주리는 아이폰을 운전석 쪽으로 가져다 댄다.

그러자 한 대표는 시선을 정면에 둔 채로 전화기를 향해 소리친다.

"저희가 5분 이내로 병원에 도착할 것 같습니다. 그때까지라도 심폐소생술을 계속해 주시겠습니까?"

한 대표가 부탁한 대로, 우리가 서울마리아병원 응급의료센터 내 처치실에 들어섰을 때까지 심장마사지가 이뤄지고 있었다.

그러나 우리가 도착한 지 얼마 되지 않아, 우리 아버지에게 행해지던 심폐소생술은 중단되었다.

결국, 내가 심폐소생술을 중지하는 데 동의한 것이다.

왜 우리 아버지를 살려내지 못 했냐고 의료진에게 막무가내로 따져보고도 싶었다.

하지만 40분이 넘도록 심폐소생술을 시행하느라 온통 땀범벅이 되어있는 의사들의 모습은 내 원망 따위를 받아낼 상태가 아닌 것처럼 보였다.

오히려, 수 분 전의 전화 통화에서 심폐소생술 중단 동의를 해주지 않았던 것이 살짝 미안해질 정도였다.

"장동수 씨는 2017년 12월 6일 오후 4시 23분에 운명하셨습니다."

모든 것이 끝나고 아버지에게 사망 선고가 내려진 순간, 정말 아들인 것처럼 오열하는 주리를 바라보며 나는 그저 멍할 따름이었다. 마치 다른 사람에게 일어난 일을 바라보듯….

하지만 그건 바로 나 자신에게 닥친 일이 맞았다.

조금 전 사망 선고를 받으신 강동수 씨는 바로 내 아버지란 말이다.

아버지의 임종을 지키지 못했을 뿐만 아니라, 내가 나로서 슬퍼하지 못하는 이 상황이 내겐 너무 버겁다.

그나마 진짜 아들보다 더 슬프게 울어주는 주리가 아버지의 시신 곁에 있어서 다행이라는 생각을 하는 나였다.

금방이라도 쓰러질 것 같아 걱정스러운 김 여사가 한 대표의 부축을 받으며 울부짖는 모습을 보니 가슴이 찢어질 것만 같다.

나에게 닥친 비극을 내가 아닌 다른 사람의 눈으로 바라보는 일이 이토록 힘들 줄 누가 알았으랴?

지금 내가 느끼는 감정을 마음껏 표출할 수 없으니 더 괴롭다.

자신의 부친이 돌아가신 직후의 장면을 본인이 아닌 제3의 시선으로 관조해본 경험이 있는 사람이라면, 아마 지금의 내 심정을 이해할 수 있을 것이다.

아버지에게 사망 선고를 내린 응급의학과 과장과 면담을 하고 온 한 대표가 무겁게 입을 연다.

"아버님의 사인은 급성 심근경색으로 추정된대. 병원 도착 당시에 이미 심정지 상태여서 심전도를 체크하진 못했지만, 혈액검사에서 심근 효소 수치가 아주 높게 나왔나 봐. 그리고 아버님이 서리풀 공원에서 쓰러지실 당시에 가슴을 움켜잡고 계셨다는 주변 사람들의 제보가 있었던 모양이야."

방배동 본가 인근에 있는 서리풀 공원. 그곳은 우리 아버지가 퇴직 후에 아침마다 운동하러 가시던 곳이다.

아버지는 거의 매일같이 다니시던 그 일상적 장소에서 죽음의 그림자를 맞이하신 것이다.

"같이 운동 나갈 테냐?"

본가에 가서 잔 다음 날 아침이면 내 방문을 열고 꼭 그렇게 물어보시곤 했던 아버지. 아침잠 많은 나로선 성가시기만 했던 물음이었다.

"조금만 더 자고 나가봐야 해요."

내 대답은 그렇게 늘 거절 일색이었지만, 아버지는 번번이 똑같은 걸 물어오셨다.

아버지와의 이별이 이렇게 빠르고 갑작스럽게 찾아올 줄 알았더라면, 한 번이라도 따라나설 걸 그랬다.

심장이 녹아내릴 것만 같은 슬픔을 속으로만 삭이며 뜨거운 눈물을 삼키고 있는 내 등을 한 대표가 가만히 쓸어준다.

그런데 거의 혼절하다시피 해서 응급실 침대로 옮겨진 어머니와 그 곁에서 하염없이 눈물만 흘리고 있는 주리를 보니, 나까지 마냥 슬퍼하고 있으면 안 되겠다는 생각이 들었다.

그래서 나는 어떻게든 마음을 추스르려고 애썼다.

"그나저나 주리가 상주 노릇을 해야 할 텐데, 저 어린 녀석이 그걸 감당해낼 수 있을지 걱정이야."

"걱정할 것 없어! 내가 옆에서 잘 보필할 테니…."

현재 내 몸이 내 몸이 아닌지라, 어쩔 수 없이 한 대표의 신세를 질 수밖에 없을 것 같다. 열아홉 주리에게 아버지의 장례 절차를 온전히 맡겨놓을 수는 없는 노릇이니 말이다.

"이거 자네가 가지고 있어."

그렇게 말하며 한 대표가 내게 내민 건 검정 비닐봉지였다.

"병원 측에서 건네준 아버지 유품이야. 아버님이 입으셨던 옷가지들은 상조 팀에게 넘겨야겠지만, 귀중품들은 따로 보관해야 할 것 같아서…."

아버지의 유품이 담긴 검정 비닐봉지를 내게 넘겨준 후 황급히 뒤돌아서서 가려던 한 대표가 다시 돌아와 내게 말한다.

"사람들이 자넬 알아보고 접근하면 여러 가지로 피곤한 상황이 생길 수 있으니까, 자넨 일단 차에 좀 가 있는 게 좋겠어."

한 대표는 한사코 나를 지하주차장에 주차된 XC90까지 데려다준 후에 자리를 떴다.

나는 자동차 뒷좌석에 앉아 검정 비닐봉지를 열어본다.

그 안에는 아버지의 시계와 지갑, 그리고 갤럭시 노트5가 들어있었다.

롤렉스 데이저스트 시계는 아버지 결혼 예물이고, 지갑과 갤럭시 노트5

는 모두 내가 사드린 것이다.

루이비통 모노그램 장지갑은, 내가 큐피드에 입사한 후 첫 월급 타서 사드렸던 것이다.

나 나름대로는 좋은 지갑 하나 사드리고 싶어서 6개월 할부로 사드린 거였는데, 월급도 쥐꼬리만큼 받는 놈이 비싼 지갑 샀다며 외려 핀잔만 들었던 기억이 있다.

갤럭시 노트5는 2년 전 아버지 칠순 때 내가 사드렸던 전화기다. 아버지는 그 전까지 2G폰을 사용하셨었기 때문에, 이 노트5가 아버지 최초의 스마트폰이었던 셈이다.

내가 전화기를 사드려 놓고서도, 정작 내가 아버지께 먼저 전화를 드린 경우는 거의 없었다.

가장 마지막으로 아버지에게 전화를 건 게 언제였나 곰곰이 생각해보니, 몇 달 전 다른 사람에게 걸려다 아버지에게로 잘못 걸었을 때였던 것 같다.

'네가 웬일이냐?' 하며 묻는 아버지께, 나는 또 '잘못 걸렸네요, 아버지!' 하고 곧이곧대로 대답했다. 적당히 안부 인사나 하고 끊었으면 좋았을 걸 하는 뒤늦은 후회가 밀려온다.

아직 배터리가 절반 이상은 남아있는 아버지 폰의 잠금 패턴을 푸는 일은 그리 어렵지 않았다. 개통 직후에 내가 만들어드린 패턴 그대로 바꾸지 않으셨기 때문이다.

그런데 잠금 화면이 풀리면서 나타난 배경화면을 본 나는 그만 폭풍눈물을 쏟고 만다.

그 배경화면에는 바로, 제임스 코던의 카풀 가라오케에 출연해서 열창하는 주리, 그러니까 노래하는 내 모습이 담겨 있었기 때문이다.

내가 가수가 되겠다는 걸 그렇게 반대했었고, 기어이 딴따라가 된 아들과는 서로 소 닭 보듯 하는 사이가 되어버린 아버지였는데…

그랬던 우리 아버지의 스마트폰에, 노래하는 내 모습이 배경화면으로 지정되어있을 줄이야.

141. 아버지의 미소

◆◆

어쩌면 불행은 행복을 스토킹하고 있는 건지도 모른다.

빌보드 1위의 기쁨을 미처 실감하기도 전에 아버지가 돌아가시다니.

비단 이번뿐만 아니라 과거의 기억을 더듬어 봐도, 좋은 일과 나쁜 일은 꼭 세트로 오는 경우가 많았다.

그러니 불행이 행복의 뒤를 밟고 있는 게 아닌가 의심할 만도 하지.

아니면 그 둘이 한패거나.

오늘 오후 3시 39분에 심정지 상태로 서울마리아병원 응급의료센터로 이송되었던 아버지는, 병원 도착 후 약 두 시간 만에 바로 건너편에 있는 장례식장 건물의 시신안치실로 옮겨졌다.

내가 사람들의 이목을 피해 XC90 안에 피신해 있는 동안, 한 대표가 모든 뒤치다꺼리를 다 하고 다녔다.

아무리 상조 회사에서 나와서 도와준다고 해도, 결정하고 처리해야 할 일들이 한두 개가 아닐 텐데 말이다.

만약 준호가 없었다면, 난 정말 어쩔 뻔했나?

23년 전 벼랑 끝에 몰렸던 내 손을 잡아주었을 때부터, 그는 나의 사회적 보호자나 다름없었다.

음악 활동 이외의 세상 살이에 있어선 지진아였던 나를 대신해 수많은 현실적 문제를 해결해주었던 내 인생의 구원자.

그런 그에게 아버지 장례 절차까지 책임지게 만든 나 자신에게 자괴감이 드는 동시에 가슴 찡한 고마움을 느끼는 나였다.

여러 가지 자질구레한 절차들을 처리하느라 동분서주해야 했던 한 대표가 XC90으로 나를 찾으러 왔다.

"아버님의 빈소가 이제 다 꾸며졌어. 문상객들이 본격적으로 밀어닥치기 전에, 자네부터 가서 얼른 아버지께 인사드리는 게 좋겠어. 옷은 이걸 로 갈아입고…"

그렇게 말하며 한 대표가 내민 쇼핑백에는 검은색 정장 상·하의와 흰 블라우스가 들어있었다. 아마도 코디가 급히 공수해 준 의상인 듯했다.

"원래 같았으면 자넨 두건을 쓰고 삼베 두루마기를 입었어야 했겠지. 하 지만 지금은 자네가 월드 스타 강주리의 몸인 만큼, 장례식장에도 대충 입고 나타날 순 없지 않겠어? 이런 상황에서 이런 말 하긴 좀 그렇지만, 혹시라도 사진 찍힐 가능성도 대비해야 하니까."

내가 XC90 뒷좌석에서 옷을 갈아입는 동안, 한 대표는 바깥에서 차를 등지고 서서 차창을 가려준다.

불편한 자세로 끙끙대며 옷을 갈아입은 나는 손거울로 얼굴을 확인한 다. 한 대표 말처럼, 혹시 사진 찍힐지도 모르니까.

아침에 비비크림만 바르고 나왔을 뿐이지만, 거울 속엔 말할 것도 없이 그저 예쁜 얼굴이 있을 뿐이다. 차 안에서 혼자 폭풍 오열을 한 탓에 눈 두덩이 좀 부어 있긴 하지만, 미모는 전혀 흔들림 없다.

그러고 보니 내가 주리와 몸이 바뀐 후로는 아버지 앞에 처음 나서는 거구나.

마흔세 살 먹은 중늙은이 아들이 열아홉 소녀의 모습으로 아버지에게 인사를, 그것도 마지막 인사를 드려야 한다는 것은 정말 기가 막힐 노릇 이다.

한데 어쩌면, 아버지는 나를 알아봐 주실지도 모른다.

아버지는 이미 본인의 몸을 떠난 영혼 상태이실 테니, 아들의 영혼을 알아보실 수도 있지 않을까? 영혼 대 영혼으로서 말이다.

이런저런 상념에 잠긴 채로 아버지를 만나러 갈 준비를 끝낸 나는 숨을 한번 고른 후에 차에서 내렸다.

차문 밖에서 기다리고 있던 한 대표에게 내가 말한다.

"발인은 모레 아침이지?"

"그래, 3일장으로 치르기로 했으니 발인은 모레 아침이 맞아."

"그럼, 금요일 저녁에 하기로 했던 빌보드 1위 축하 파티는 취소해야 하겠네."

"아무래도… 그래야겠지? 아버지 장례식 치른 날 저녁에 자네더러 축하 파티 무대에 서라고 하는 건 너무 잔인한 일일 테니까. 그런데 말이야…"

무슨 말을 더 꺼내려다 마는 한 대표의 표정에서 곤란한 기색이 엿보인다.

"왜 말을 하다가 말아?"

내가 그렇게 물은 후에야 마지못해 입을 여는 한 대표.

"아까 석진이는 나에게 빌보드 1위 축하 파티를 처음 부탁하는 것처럼 말했지만, 사실은 어제 이미 내게 부탁을 해왔었어. 그래서 어젯밤에 벌써 장소 대관도 마쳤고, 행사 준비도 진행 중이었지."

그랬구나.

무려 고척 돔구장을 대관해서 대규모 파티 준비를 하고 있었던 거라면, 행사 취소에 따르는 타격도 클 수밖에 없을 것이다.

일단 한 번 발동이 걸리면 일사천리로 일을 추진하는 한 대표 특성상, 어제 하룻밤 사이에도 행사 준비가 꽤 많이 진척되었을 것이 분명한데 말이다.

그러니 한 대표가 저렇게 난감한 표정을 짓는 것이 충분히 이해 가고도 남는다.

"이미 준비를 진행하고 있던 행사를 갑자기 취소하는 게 만만한 일은 아니겠지?"

"그래도 어쩔 수 없는 상황이잖아. 아침에 아버지 장례식 치른 사람에게, 저녁에 축하 파티의 주인공으로 참석하라고 하는 건 말이 안 되니까."

말은 그렇게 하면서도 근심이 가득해 보이는 한 대표의 표정이 못내 마음에 걸렸지만, 지금으로선 행사 취소 외엔 달리 뾰족한 수가 없어 보였다.

아버지 장례를 치른 날 저녁에 축하 파티에 참석해 희희낙락할 엄두는 나질 않았기 때문이다.

아버지의 빈소는 장례식장 2층 21호에 차려졌다.

'고인 장동수/상주 장윤호'

아버지의 이름 앞에 고인이란 단어가 붙어있는 것만큼이나 상주 란에 쓰인 내 이름도 그렇게 낯설고 어색할 수가 없다.

부모님 중 한 분의 죽음을 자연스럽게 받아들일 수 있는 사람이 세상에 어디 있겠냐마는, 아무런 준비 없이 갑작스럽게 찾아온 이별이 나는 그저 어리둥절할 뿐이다.

졸지에 상주 역할을 떠맡게 된 주리 역시 어안이 벙벙하기는 마찬가지일 것이다.

그런데 원래는 내가 입었어야 할 삼베 두루마기를 걸친 채 빈소 앞을 지키고 서 있는 주리의 모습은 생각보다 의젓해 보인다.

저 의연한 겉모습 안에 열아홉 소녀의 영혼이 숨 쉬고 있으리라고는 아무도 생각하지 못할 것 같다.

빈소에 들어선 나를 바라보는 주리의 눈빛에는 나를 향한 염려와 위로가 가득 담겨 있다.

그 눈빛만 보고 있어도 나는 상당한 위안을 받는 기분이었지만, 나는 이내 고개를 숙이고 만다. 더 오래 주리와 눈을 맞추고 있다간 끓어오르는 감정을 주체할 수 없을 것 같았기 때문이다.

마침내 아버지의 영정사진 앞에 마주 섰다.

저 사진은 2년 전 아버지 칠순 때 출장 사진작가가 찍어준 독사진이다.

사진 속의 아버지는 희미하게 웃고 계신다.

사진만 찍었다 하면 화난 사람처럼 표정이 굳어버리시는 아버지에게서 저 정도의 미소를 끌어내기 위해, 사진작가분이 우스갯소리깨나 해야 했다.

그런데 지금 빈소에 걸린 저 사진을 보니 그 작가 양반의 노력이 허사로 느껴진다.

이상하게도 영정사진 속에선, 웃는 모습이 무표정한 얼굴보다 더 서글프고 야속하게 다가오기 때문이다.

'아버지, 몰라보실지도 모르겠지만, 저 아버지 아들, 윤호 맞습니다!'

분향재배를 올린 나는 두 손을 모은 채 고개를 숙인다.

이제 우리 곁을 떠나가실 아버지에게 뭔가 멋진 마지막 인사를 마음속으로나마 올리고 싶었다.

하지만 아버지 앞에만 서면 딱히 할 말이 떠오르지 않는 건, 살아계셨을 때나 지금이나 다를 바 없다.

나는 아버지 생전과 똑같이 서먹서먹하게 서 있다가는, 제상으로부터 물러나 주리 곁으로 다가간다.

지금은 아직 빈소 안에 주리와 나밖에 없어서 자유로운 대화가 가능한 타이밍이다.

참, 아버지의 영혼은 우리의 대화를 엿들을 수도 있겠구나.

그래도 이젠, 아버지도 다 이해해주시겠지. 영혼 대 영혼끼리니까.

"어쩌다 보니, 주리 널 이렇게 고생시키게 되었구나. 네 나이에 벌써 상복까지 입게 만들고 말이야. 내가 너한테 자꾸 못할 짓을 시키게 되는 것 같아, 정말 미안해."

"고생이랄 것도 없고, 미안해하실 일도 아니에요. 지금으로선 제가 당연히 맡아야 하는 역할이잖아요. 현재 가장 힘든 사람이 어머님과 유노 쌤일 텐데, 두 분을 위해 제가 뭔가 할 수 있어서 전 기쁜걸요."

한마디를 해도 저렇게 꽃 같은 말만 골라 하는 주리의 고운 마음씨에 새삼 감복하고 있던 그때, 주리가 다시 입을 연다.

"그런데 유노 쌤."

"왜?"

"설마 금요일 저녁으로 예정된 빌보드 1위 축하 파티를 취소할 작정을 하고 계신 건 아니겠죠?"

"한 대표와 이미 얘기 끝냈는데? 취소하기로…"

"왜요?"

"왜라니? 아버지 장례식 치르고 난 직후에 축하 파티의 주인공이 된다는 건 말이 안 되잖아."

"유노 쌤, 그러시면 안 되죠."

"뭐가 안 되는 건데?"

"지금은 엄연히, 제가 장윤호잖아요. 유노 쌤은 강주리고요."

"그런데?"

"저는 장윤호로서의 몫을 다해야 하듯, 유노 쌤은 강주리 역할에 충실해야 하는 것 아닌가요?"

"…"

"저는 상주 역할에 최선을 다할 결심을 하고 있는데, 유노 쌤은 강주리로서 직무 유기를 하시겠다고요?"

"그렇지만 주리야, 지금은 누구도 예상하지 못한 돌발 상황이 닥쳤잖아."

"누가 그걸 몰라서 하는 소린가요? 하지만 지금 입장이 난처해진 대표님 생각도 좀 해보시라고요. 어젯밤에 급하게 고척 돔구장을 대관하는 것도 쉽지 않았다고 들었어요. 그리고 내외신 언론사들을 비롯해 성별·연령별·지역별 팬 커뮤니티로 보내는 초대장 발송도 이미 끝난 상태고요."

"그럼, 주리 너도 축하 파티가 준비되고 있는 상황을 이미 알고 있었던 거야?"

"네, 야밤에 핑크 클라우드 TF 긴급 소집이 이뤄졌으니까요. 한번 결정된 일은 속전속결로 밀어붙이는 대표님 스타일, 유노 쌤도 잘 아시잖아요. 아마도, 대표님은 밤새 여기저기 연락하며 어레인지하느라 잠도 얼마 못 주무셨을걸요?"

"어떤 상황인지 알겠고, 현재 한 대표가 엄청 곤란해 하는 것도 알아. 하지만 주리야, 아버지 발인이 바로 모레 아침이야. 우리 아버지 장례를 치른 직후에 축하 파티에 참석해서, 내가 행복한 미소를 지을 수 있겠니?"

"돌아가신 아버님은 과연 유노 쌤이 어떻게 하길 원하실까요?"

격양된 목소리의 주리가 아버지의 영정사진을 손으로 가리키며 그렇게 소리쳤다.

"아버님은 유노 쌤이 마냥 슬퍼하며 칩거하길 원하실까요?"

주리가 내게 던진 그 무거운 질문 앞에서, 나는 순간 침묵할 수밖에 없었다.

내가 행사 취소를 하고 싶은 이유가 아버지를 위해서인지, 나 자신의 감정과 기분에 못 이겨서인지 갑자기 헷갈리기 시작했기 때문이다.

"물론 쉽지 않다는 건 알아요. 슬픔을 이기고 남들 앞에 선다는 것이 결코 쉬운 일은 아니니까."

자신의 설득에 내 마음이 약간씩 동하고 있다는 걸 직감했는지, 주리는 어조를 다소 누그러뜨리며 말을 이어간다.

"추모의 형태는 여러 가지일 수 있어요. 부모님 무덤가에서 거처하며 삼년상을 지내는 고전적인 추모 방식도 있지만, 자기에게 주어진 일을 열심히 하는 것으로도 추모를 할 수 있는 거란 말이에요."

결국, 주리는 그렇게 내 마음을 움직이고야 만다.

주리에게서 내게로 전해진 긍정의 빛을 받으니 불가능하다고 생각했던 일도 가능할 것처럼 여겨진다.

노래하는 일이 본분인 나는, 고척 돔구장 무대에 올라 열심히 노래하는 것으로도 아버지를 추모할 수 있을 것 같다는 생각이 든 것이다.

그리고 아버지는 분명, 아들이 무기력한 슬픔에 잠겨있는 것보단 어엿하게 무대에 올라 노래하는 모습을 더 보고 싶어 할 것이다.

'그래, 아버지를 향한 내 진심을 노래에 담아 부르는 거다!'

나는 다시 아버지의 영정사진을 바라본다.

조금 전까지만 해도 슬픈 느낌으로 다가왔던 아버지의 엷은 웃음이, 이젠 격려의 미소처럼 보인다.

142. 유효한 전화번호

◆◆

나는 주리에게서 아이폰을 받아들고 빈소에 딸린 방으로 들어왔다. 혹시 부고를 보낼 사람이 있을까 해서….

현재 주리가 쓰고 있는 내 명의의 아이폰에는 모두 294개의 연락처가 저장되어 있었다. 내가 휴대전화를 쓰기 시작한 이래로 20년 넘게 모아온 것치곤 그리 많은 숫자는 아니다.

가나다순으로 정렬된 연락처 목록을 스크롤 해 본다.

집배원, 택배 기사, 동네 치킨집, 단골 바버샵 전화 등 생활과 관련된 연락처부터, 수정·혜영·세은·현수·동진 등의 내가 지도한 연습생들, 그리고 '아이 러브 학교' 열풍으로 인해 한때 자주 모였던 초등학교 동창들까지….

참 다양한 이름들이 눈앞을 스쳐 지나간다.

그중에서도 '줄리아나 옹녀', '엠투 나비문신', '엘루이 스모킹걸' 등의 저장 명을 보고선 실소를 떠올리지 않을 수 없었다.

그 야사시한 닉네임의 주인공은 바로, 한창 불나방처럼 밤을 휘젓고 다니던 한량 시절에 원 나이트 스탠드 후 서로 통성명도 안 한 채 헤어진 여인들이다.

그렇게 피식댄 것도 잠시.

화면을 내릴수록, 내 표정은 점점 굳어간다. 목록을 끝까지 다 내려 봐도, 선뜻 부고를 보낼 만한 이름은 좀처럼 보이지 않았기 때문이다.

마치 유통 기한이 지나서 버려야 하는 편의점 음식처럼, 목록 속 연락처 대부분이 이미 유효 기간이 지나 소용없어진 이름들이었다.

한때는 자주 연락하다가 소원해진 이름이 있는가 하면, 저장만 해두곤 단 한 번도 클릭해보지 않은 연락처들도 수두룩했다.

'내 인간관계가 이렇게 비루했나?'

그런 자괴감이 드는 순간이었다.

그도 그럴 것이, 가요계에서 퇴출당한 후에 긴 잠수를 타게 되면서 어릴 적 친구들이나 초·중·고딩 동창들과는 죄다 연락이 끊어졌다.

예대 실음과 동기들과는 워낙에 나이 차가 좀 있었기 때문에 계속 연락하는 사람들은 극소수로 제한되어 있었다. 그나마도 최화영을 제외하곤 대부분 소원해졌다.

그리고 한창 놀던 시절에 자주 행아웃 하던 사람들은, 놀 때만 친구였지 지속적인 관계로 이어지진 못했던 것이고….

나는 그나마 뜸하게라도 연락을 이어온 몇 명에게 부고를 보낼까 말까 한참을 고민하다간, 결국 아무에게도 알리지 못했다.

다만 잊을 만하면 한 번씩 생사 확인만 하곤 했던 툰드라 멤버 단톡방에만 다음과 같은 간단한 메시지를 올려두었다.

[〈부고〉 장윤호 부친상
서울마리아병원장례식장
발인 : 12월 8일 오전 10시]

처음엔 '아버지 돌아가셨다.'라고 대화체로 썼다가는, 일부러 오피셜한 느낌으로 썼다.

메시지가 올라가고 나서 잠시 후 '삼가 고인의 명복을 빕니다.'라는 메시지가 연거푸 세 개가 올라온다. 베이시스트 출신 치과 의사 준환, 드럼 치던 횟집 주인 성원, 기타 퉁기던 목회자 병호 순으로 올린 메시지였다.

뒤에 두 개는 꼭 맨 앞의 메시지를 복사해서 붙여넣기 한 것처럼 토시하나 안 틀리고 똑같았다.

한마디로 영혼 없어 보이는 메시지들.

'이 녀석들이 올 생각은 별로 없는 모양이군. 그래, 저들이 와도 어차피

내가 아닌 주리가 맞이해야 할 테니, 오히려 더 골치 아픈 일이 생길지도 몰라!'

어쩔 수 없이 밀려드는 서운한 감정을 자기합리화로 극복하는 나였다.

🎧

2017년 12월 7일 AM 05:25.

아버지 삼일장 2일 차.

나는 JW 메리어트 호텔 1204호 침대에서 눈을 뜬다.

월드 스타의 컨디션 보호 차원에서 한 대표가 인근 호텔에 숙소를 잡아준 것이다.

원래 같았으면 나는 상주로서 밤새 빈소를 지켜야 했겠지만, 한 대표의 배려 덕분에 편안한 꿀잠을 잘 수 있었다.

불과 어제 아버지를 잃은 자에겐 가당치도 않은 호사를 누린 셈이다.

아직 여명이 밝아오지 않아 창밖은 어둑어둑하다.

JW 메리어트 호텔에서 길 하나 건너면 바로 서울마리아병원이기 때문에, 호텔 방 창문을 통해 드문드문 불 켜진 병원 건물이 바라다보인다.

그리고 창문 가까이에 다가가서 보면 아버지의 시신이 안치되어있는 장례식장 건물도 볼 수 있다.

내가 이 호텔 방의 안락한 침대에서 숙면하는 동안, 저 건물 21호실에서 밤을 지새운 김 여사와 주리에게 미안함이 밀려온다.

아직 이른 새벽이기 때문에 침대에 도로 들어가서 뒹굴뒹굴하고 싶은 마음도 없지 않았다.

하지만 불편하고 고단한 밤을 보냈을 두 사람을 생각하니, 나 자신에게 이 이상의 안락함을 허용해선 안 될 것 같은 기분이 든다.

'얼른 준비하고 가서 아버지께 인사부터 드리자!'

나는 침대의 유혹을 굳게 물리치고 샤워실로 향한다. 문상객이 없는 새벽 시간에 빈소에 가보는 게 여러모로 좋을 것 같다는 판단하에서였다.

 너무나 고요한 나머지 조금만 귀 기울이면 꼭 영혼의 목소리가 들려올 것만 같은 새벽녘의 빈소.

 나는 발소리를 죽이고 빈소 안으로 들어선다.

 텅 빈 그곳에, 한쪽 벽에 몸을 기댄 채 홀로 빈소를 지키고 있는 주리의 모습이 눈에 들어온다.

 "설마… 한숨도 안 잔 거야?"

 누가 들을세라 목소리를 낮춰서 묻는 내게 주리는 희미하게 웃으며 대답한다.

 "아니요, 잠깐 눈 붙이고 나왔어요."

 그래도 잠깐이나마 눈 붙였단 소리를 들으니 조금은 마음이 놓인다.

 "어머니는?"

 "어머님이 새벽 한 시가 넘도록 빈소를 지키시겠다는 걸 제가 억지로 방에 밀어 넣었어요. 좀 전까지 곤히 주무시는 걸 보고 나왔어요."

 피로의 흔적이 역력한 주리 얼굴을 보니 자책감이 더해진다. 지금 당장 서로의 몸을 원래대로 되돌려 놓고 싶을 정도로….

 "나 대신 빈소 지키느라 힘들었지?"

 "생각만큼 힘든 건 없었어요. 사실 처음엔 사람들 얼굴을 알아보지 못하는 게 가장 걱정스러웠지만요."

 "맞아, 나도 그 점을 가장 걱정했었어."

 "그래도 염려했던 것보단 그렇게 어렵진 않았어요. 그냥 무조건 모든 문상객에게 공손히 고개를 조아리기만 하면 됐으니까요. 그리고 가까운 친척 분들은 유노 쌤이 사진으로 다 알려주셔서 대충 알아볼 수 있었고요."

 조용한 빈소에서 대화를 나누고 있으니 소리가 너무 울리는 통에, 혹시 방 안에서 주무시는 어머니가 깨실까 봐 신경이 쓰였다.

 "주리야, 문상객들 오기 전에 같이 아침 먹자."

"좋아요, 사실 저 배가 좀 고팠었거든요. 그리고 유노 쌤도 얼른 아침 먹고 나가보셔야죠."

주리 말이 맞다.

당장 내일 저녁에 강행하기로 한 빌보드 1위 축하 파티 무대에서 노래 몇 곡이라도 부르려면, 오늘 준비해야 할 일들이 많다.

"미안해, 너에게 이렇게 무거운 짐을 떠맡겨 놓고 나는 내 할 일 하러…"

"그런 소리는 하지 마세요!"

미안한 마음을 주절주절 늘어놓는 나를 단호하게 제지하는 주리.

"제가 말했죠? 지금은 제가 장윤호고, 유노 쌤이 강주리라고…"

"…"

"각자 자기 본분에 최선을 다하자고 한 말, 벌써 잊으신 거예요?"

"그럴 리가…"

다시 마음이 약해지려는 나를 굳건히 다잡아주는 주리.

그래, 말로만 미안하다고 하며 질척거리기보단 행동으로 보여줘야 한다.

주리에 대한 미안함까지 추진력의 원료로 삼자!

나는 주리와 함께 빈소 옆 식당으로 갔다.

식당에서 일하는 아주머니들이 아직 출근을 안 한 상태였기 때문에, 우리가 직접 상을 차려야 했다.

따뜻하게 데워 김이 모락모락 나는 육개장, 어제 해놓은 것이지만 아직 차진 흰 밥, 편육 몇 조각과 새우젓, 부침개 모음, 오징어 숙회 무침, 멸치 볶음, 배추김치, 그리고 절편까지.

전형적인 장례식장 식단 한 상이 우리 앞에 차려졌다.

그런데 나는 개인적으로 장례식장 음식이 이상하게 잘 먹힌다.

반대로 결혼식장에서 먹는 건, 아무리 맛있는 음식이 나와도 소화가 잘 안 되는 것 같은데 말이다.

지금 이곳이 바로 내 아버지의 빈소에 딸린 식당이라고 해서 예외는 아니었다. 몇 가지 안 되는, 그나마도 해놓은 지 한참 지난 음식들인데도 불구하고 맛있게 잘 먹혔다.

조금 전에 배가 고프다고 말한 바 있는 주리 역시 폭풍흡입 중이다.

차린 음식들을 모두 클리어하는 데는 10분도 채 걸리지 않았다. 우리 앞에 놓인 모든 접시가 바닥을 보인 후에야, 비로소 주리가 입을 연다.

"그러고 보니, 이 음식을 다 해치울 동안 한마디도 안 했네요?"

"그러게. 바로 어제 아버지를 갑자기 잃었는데도, 이렇게 밥이 목구멍으로 넘어가는 것 보면 정말 신기하지?"

"산 사람은 살아야 하잖아요."

"그런 말도 할 줄 알아? 우리 주리, 정말 아재 다 되었네."

"한남동에서 부세 정식 해주셨던 오점례 명인 기억하세요?"

"그럼, 그분의 손맛은 완전 감동이었지!"

"그분한테 들은 얘긴데요…."

주리는 사이다 한 모금으로 입가심을 한 후 말을 이어간다.

"제사 음식은 보통 미리 간을 보지 않는다잖아요. 그런데 참 신기하게도, 고인의 입맛에 따라서 간이 맞춰진대요. 싱거운 걸 좋아하셨던 분 제사 때는 싱겁게, 짠 걸 즐기셨던 분 제사 때는 짜게…."

솔직히 별로 신빙성 있게 들리지 않는 내용을 전하면서 사뭇 진지해진 주리의 모습을 보니 피식 웃음이 나려 했다.

"어쩌면 장례식장 음식에도 고인의 영혼이 영향을 미칠지도 모른다는 생각이 들어요. 말하자면, 우리를 든든하게 먹이려는 아버님의 마음이 이 음식들에 담겨 있어서, 우리가 이렇게 배불리 잘 먹을 수 있지 않았을까 하는…."

주리가 한 말은 어찌 보면, 아버지를 잃은 슬픔과 식욕 사이에서 발생하는 인지부조화를 극복하려는 자기합리화처럼 들리기도 한다.

하지만 굿월 여신 주리의 입을 통해 들으니, 강한 권위가 실려 그럴듯하게 들리는 것 같다.

우리가 먹은 상을 깨끗이 치운 후에 다시 빈소로 돌아가려던 나는 눈앞에 성큼 나타난 사람을 보고 깜짝 놀라지 않을 수 없었다.

"장윤호!"

그가 주리를 보며 그렇게 부르는 소릴 들었을 때, 나는 움찔했다. 하마터면 내가 먼저 그를 '성원아!' 하고 부를 뻔했지 뭔가?

그렇다.

이런 꼭두새벽부터 아버지 빈소에 나타난, 오늘의 첫 문상객은 바로 툰드라 시절의 드러머 성원이었던 것이다.

"어, 그래!"

주리는 성원의 부름에 응답하면서도, 몹시 당황한 빛이 역력했다. 그럴 수밖에 없는 게, 주리로선 성원을 처음 보는 것이니 말이다.

어쩔 수 없이, 내가 먼저 나설 수밖에 없었다.

"툰드라에서 드럼 치셨던 정성원 씨 맞으시죠? 장윤호 선생님께 말씀 많이 들었어요."

나의 절묘한 어시스트를 받고 안도하는 주리의 표정과 내 쪽을 돌아보며 깜짝 놀라는 성원의 표정이, 내 시야각 안에서 서로 교차된다.

"아니, 강주리 씨 아니세요?"

성원의 놀란 얼굴은 이내 세상 환한 삼촌 미소로 채워진다.

"월드 스타 강주리 씨가 저를 먼저 알아봐 주시다니. 이거, 이만저만한 영광이 아닌 걸요? 안 그래도 저희 딸이 이제 중2인데, 강주리 씨의 열렬한 팬입니다."

딸 얘기까지 꺼내며 호들갑을 떨던 성원은 이내 아차 하는 표정으로 이렇게 말한다.

"아 참, 내 정신 좀 봐. 아버님께 먼저 인사부터 드려야 하는데…."

그렇게 말한 후 서둘러 빈소로 들어가는 성원의 뒷모습을 나는 멀찌감치 물러선 채 바라본다.

'저 녀석, 진짜 아재 다 되었네!'

툰드라 시절에만 해도 수많은 여성 팬을 몰고 다녔던 훤칠한 몸짱 드러머였었는데, 지금은 펑퍼짐한 실루엣의 횟집 사장님. 그냥 아저씨다.

그래도, 내 명의의 아이폰에 저장된 294개의 연락처 중에 적어도 하나는 유효한 전화번호였다는 생각에 내 마음이 조금은 훈훈해진다.

143. 아버지 가시는 길에

◆◆

성원이 분향재배를 끝낸 후, 우리는 다시 빈소 옆 식당으로 이동하여 테이블을 잡고 앉았다.

"새벽시장에 나왔다가 아버님께 인사드리고 가려고 잠깐 들른 거야. 내가 인천에서 횟집을 하고 있긴 하지만, 일부 어종은 꼭 노량진이나 가락동에 와야 경매로 살 수 있으니까. 고급 활어, 그중에서도 최상품은 주로 서울로 다 모이거든."

물어보지도 않은 걸 장황하게 설명하는 그는 여전한 투 머치 토커였다.

툰드라 시절에도 그는 네 멤버 간에 이루어지는 대화 중 반절 이상의 분량을 혼자 떠들어대는 떠버리였었다.

다소 긴 설명을 마친 후 숨을 고르다가는, 갑자기 뭔가 생각난 듯 다시 입을 여는 성원.

"혹시 나한테서 생선 비린내 같은 게 나진 않지? 향수까지 뿌렸는데…."

부리부리한 눈을 이지러뜨리며 코를 찡긋하는 장난스러운 미소는 예나 지금이나 그대로인데, 수려한 이목구비로 여심을 사로잡던 그 훈남 드러머는 어디론가 사라지고 없다.

늘어난 모공마다 블랙헤드가 낀 귤껍질 피부의 아재가 거기에 있을 뿐이었다.

지금은 그가 검정 양복 차림인 걸 보면, 아마 생선 운반용 트럭 안에서 옷을 갈아입고 내린 모양이다. 설마 저런 차림으로 수산물 도매 시장에 가진 않았을 테니 말이다.

"그런데 윤호 넌 도대체 왜 늙지를 않냐? 툰드라 시절이나 지금이나 별로 달라진 게 없잖아. 싱싱한 연습생들의 젊은 기를 받아서 그런가? 아니면 이토록 영롱한 주리 여신님과 항상 같이 다녀서 그런 건가?"

성원의 너스레에 어떻게 반응해야 할지 몰라 잠시 망설이는 듯 보이던 주리가 마침내 입을 연다.

"이렇게 이른 시간에, 여기까지 와 줘서 고마워."

영리하고 순발력 있는 주리는 역시 말을 잘 고른 듯하다. 아주 적절한 내용이었고, 반말도 어색하지 않았다.

"원래는 오늘 밤에 와서 밤이라도 샐까 했는데, 저녁에 중요한 단체 손님 예약이 있어서…."

툰드라 단톡방에 내가 올린 부고에 '삼가 고인의 명복을 빕니다.'라는 의례적 메시지를 답장으로 보낸 걸 봤을 땐, 아무도 안 올 줄 알았는데….

재작년에 부모님 모시고 회 먹으러 다녀온 이후론 한 번도 본 적 없었던 성원이를, 이렇게 아버지 빈소에서 보니 어찌나 반갑고 또 고마운지. 물론 지금은 그런 내색을 할 수 없는 입장이지만….

"당연히 와야 하는 거지. 윤호 넌, 소속사에서 쫓겨난 후에 기자들 피해 다니는 입장이었을 때에도 우리 아버지 장례식에 와줬잖아."

맞다, 그때 그랬었지.

'기어이, 이 녀석이 23년 전의 기억을 소환시키고 마는구나!'

미나 누나와의 스캔들이 터지면서 소속사에서 쫓겨난 후, 나는 한동안 청계사에서 템플 스테이를 했었다.

성원의 말처럼 기자들을 피하려는 의도도 있었지만, 산사에서 생활하면서 몸과 마음을 바로 세우라는 준호의 권유가 컸다.

지금 생각해보면, 한 대표는 이미 그때부터 장차 소속 연예인이 될 나를 관리하기 시작했던 것 같다.

산사에서 적요한 하루하루를 보내고 있던 어느 날, 성원으로부터 아버지가 돌아가셨다는 소식을 듣고는 준호의 포르쉐를 얻어 타고 인천으로 갔던 게 생각난다.

"사실 그때 난 윤호 네가 오지 않을 줄 알았어. 툰드라 쫑 내고 헤어지던 날, 너에게 온갖 쌍욕과 저주를 퍼부어댔던 나였으니까."

내가 툰드라 멤버들에게 일방적 결별 통보를 하고 헤어졌던 날의 기억이 생생하게 되살아난다.

금융실명제가 처음 실시된 해였던 1993년, 툰드라가 소속되어있던 기획사 싸비 기획은 탈세 혐의로 인한 세무조사를 받게 되면서 부도 위기까지 맞게 된다.

딱 까놓고 얘기해서, 그 당시의 연예 매니지먼트나 음반 업계에서는 '털어서 먼지 안 나는 회사'가 별로 없었을 것이다. 정작 크게 해먹은 대도들이 법의 그물망을 교묘히 빠져나가는 동안, 서툰 좀도둑만 잡힌 꼴이었다.

아무튼 그렇게 회사 사정이 갑자기 어려워진 후, 나에겐 여러 기획사들로부터 영입 제의가 쏟아졌었다. 그런데 그 오퍼들 대부분이 그룹이 아닌 솔로로 계약하는 조건이었다.

음악을 향한 의지가 확고했던 나로선 솔로 제의라도 받아들일 수밖에 없었다.

솔직히 말해서, 멤버들과 꼭 함께해야겠다는 의지는 내게 없었다. 멤버들과 함께 하는 것보다는, 어떻게든 음악 활동을 계속 하는 것이 내겐 더 중요했다고 할까?

툰드라 멤버 넷은 모두 75년생 토깽이들이었다.

빠른 75라서 이미 연대 치의예과 93학번이었던 준환이는 데뷔 당시 한 한기를 휴학한 상태였다. 그런데 예과를 포함한 치대는 학년제라 한 한기만 쉬어도 1년을 다시 해야 한다. 더 이상 학업이 늦어지는 것을 원치 않았던 그는 다음 학기에 복학하기를 원하고 있었다.

병호는 당시에 이민을 준비하고 있었던 가족들을 따라 미국으로 가고 싶어 했다.

그런데, 그룹 활동을 계속할 의지가 없었던 두 멤버와는 달리 성원만은 유달리 툰드라에 대한 강한 애착을 보였었다.

음악을 계속하려는 의지가 강했던 그였기에, 새 소속사와 솔로 계약을 맺고 떠나는 내게 갖은 악담을 퍼부었던 것이다.

성원이 불쑥 꺼낸 과거 이야기에 어떻게 응수해야 할지 몰라 난감한 표정을 짓고 있는 주리를 대신해 내가 입을 연다.

"장윤호 선생님이 저에게 해주셨던 얘기가 갑자기 생각나네요."

나는 마치 들은 이야기를 전하듯 내 속마음을 털어놓기 시작한다.

"장윤호 선생님은 그때 멤버들과 계속 함께 가지 못했던 걸 가장 후회한다고 하셨어요."

월드 스타 강주리의 모습을 한 내 입에서 나온 뜻밖의 말에 흠칫 놀라는 성원.

그리고 주리 역시 '어쩌려고 저러나?' 하는 표정이다.

"그 당시만 해도, 장윤호 선생님은 함께 하는 멤버들의 소중함을 모르셨대요. 함께 했었더라면 더 멀리 갈 수도 있었을 텐데…"

이건 그냥 하는 말이 아니라 정말 내 진심이 맞다.

나는 지금 주리의 목소리를 빌려서, 성원에게 전하고 싶었던 내 진심을 전하고 있는 것이다.

"하지만 이젠 깨달았다고 하셨어요. 함께 가는 것이 얼마나 가치 있고 행복한 일인지를 말이에요."

현재 내가 주리의 몸이라 오히려 다행인 점도 있네.

주리의 목소리를 빌리지 않았다면, 내 성격상 이 말을 성원에게 평생 전하지 못했을 테니 말이다.

그리고 내가 장윤호로 계속 살았더라면, '함께'라는 것의 소중함을 평생 못 깨달았을지도 모르는 일이기도 하고….

들은 이야기로 가장한 내 진심을 전해들은 성원은 다시 코를 찡긋하며 이렇게 말한다.

"사실 요즘도 나는 몸이 근질근질해."

성원의 부리부리한 두 눈이 반짝하고 빛을 낸다.

"우리 횟집 지하에 드럼 키트 있는 것 알아? 진상 손님에게 시달렸거나 부부 싸움을 하고난 후에, 지하 연습실로 가서 스틱 잡고 드럼과 심벌을 마구 두드리고 나면 가슴이 뻥 뚫리는 것 같거든."

그렇구나!

성원의 마음속, 음악을 향한 열정의 불꽃은 여전히 꺼지지 않았구나.

그 나름의 방식으로 그 불씨를 지켜온 그에게, 나는 23년 전 준호가 내게 했던 말을 그대로 써먹는다.

"음악 안에서 계속 살아 주세요! 그러다 보면, 언젠가 다시 무대로 돌아올 날이 있을지도 모르잖아요?"

주리의 입으로 전해진 그 말을, 성원은 그리 진지하게 받아들이는 것 같지는 않았다.

하지만 그건 허투루 한 말이 아닌, 내 진심이 맞았다.

언제가 될지는 모르겠지만, 나는 툰드라 완전체로 무대에 서는 순간을 머릿속에 그려보곤 했단 말이다.

크고 멋진 무대가 아니라도 괜찮고, 우리가 할아버지가 된 다음이라도 상관없다.

그저 찬란한 청춘의 시절을 함께 했던 그들과 함께 다시 뜨거운 교감을 나누며, 가장 순수했던 음악적 열정으로 회귀해보고 싶은, 그런 바람이랄까?

2017년 12월 7일 PM 10:24.

밤 열 시가 훌쩍 넘어서야, JW 메리어트의 내 임시 숙소로 돌아왔다.

내일 아침이 아버지 발인인 만큼 오늘 밤까지는 아버지 곁에 조금이라도 더 가까이 있으려고, 숙박을 하루 더 연장한 것이다.

오늘은 참으로 길고도 빡센 하루였다.

아버지 빈소에서 성원을 보낸 후, 나는 바로 큐피드로 가서 핑크 레인을 만나 내일 저녁 빌보드 1위 축하 파티에서 부를 곡들을 점검했다.

핑크 클라우드와의 합동 무대도 예정된 관계로, 멤버들과 만나 합을 맞춰보는 시간 역시 필요했다.

그러다 보니 한나절이 후딱 지나가 버렸고, 아버지 빈소에 잠깐 들렀다가 호텔로 돌아오니 이 시간이 된 것이다.

'아버지, 내일이면 정녕 우리 곁을 떠나시는 건가요?'

아버지의 시신이 길 건너편 서울마리아병원 장례식장 건물에 안치되어 있어서 그런지, 아직까진 내가 아버지 곁에 있는 것 같은 기분이다.

그런데 막상 내일이면 아버지를 영영 떠나보내야 한다고 생각하니, 갑자기 가슴이 서늘해졌다.

더운물을 채운 욕조에 몸을 푹 담가 봐도, 그 서늘한 기운은 좀처럼 가시지 않는다.

2017년 12월 8일 AM 9:32.

나는 3일장의 의미에 대해 생각해본다.

3일은 고인과의 완전한 이별을 준비하기엔 길지 않은 시간이지만, 이바쁜 현대 사회를 살면서 무기력한 슬픔에만 빠져있기엔 짧지 않은 시간이다.

그래서 우리는, 길지도 짧지도 않은 3일의 시간을 기한으로 정해놓은 게 아닐까? 마음껏 슬퍼하면서 고인과의 이별을 준비할 수 있는 기한 말이다.

오늘은 3일장 마지막 날이다.

이제 그만 슬픔을 딛고 일어나 아버지를 좋은 곳으로 보내드려야만 한다.

'아버지 가시는 길에 과연 내가 뭘 할 수 있을까? 지금은 내가 아버지 유골함을 들 수도 없는 입장인데….'

이런 고민이, 어제 온종일 나를 따라다녔었다.

그런데 아무리 생각해봐도 내 머릿속에 떠오르는 건 '노래'밖에 없었다.

노래 말고는, 내가 아버지를 향한 마음을 제대로 표현할 수 있는 방법을 찾기 힘들었다.

그래서 나는 핑크 클라우드 멤버들에게 부탁하여 함께 부를 노래를 준비했다.

처음엔 저녁에 있을 빌보드 1위 축하 파티 때 부를까 했는데, 그보단 떠나시는 아버지 앞에서 직접 불러드리는 게 좋을 것 같아 영결식 때 부르기로 했다.

우리가 선택한 노래는 아버지가 생전에 가장 즐겨 부르시던 18번곡이다. 바로 최휘준의 〈하숙생〉.

MR에 맞춰 부르는 건 영결식 분위기에 어울리지 않을 듯하여, 그냥 반주 없이 아카펠라로 부를 예정이다.

어제 멤버들과 파트를 나눠서 연습을 하는데, 자꾸 울컥하는 바람에 내 파트를 제대로 불러내기가 쉽지 않았다.

노래를 잘 부르는 건 둘째 치고, 내가 북받치는 감정을 이겨내면서 음을 제대로 낼 수 있을지가 관건이다.

발인제를 마친 후 운구 행렬은 영결식장으로 이동했다.

내가 예상했던 것보다는 훨씬 더 많은 사람이 발인제와 영결식에 참석했다.

50명가량의 친인척뿐만 아니라, 아버지 친구와 지인분들 20여 명, 열댓 명의 큐피드 식구들, 그리고 최화영이 연락하여 함께 온 실음과 동기 다섯 명까지…. 총 100명이 넘는 사람들이 모였다.

그중에는 오전 진료를 휴진하고 온 준환의 모습도 보였다. 미국에 있어서 올 수 없었던 병호는 무려 오십만 원의 조의금을 보내왔다고 한다.

영결식 진행은 큐피드 소속의 윤형진 전 아나운서가 맡았다.

"다음은 고인의 아드님인 장윤호 씨로부터 가르침을 받은 바 있는 걸그룹 핑크 클라우드가 고 장동수 님께 바치는 노래를 들려드리겠습니다."

윤 MC의 소개를 받고 앞으로 나서는 내 심장이 격렬하게 요동친다.

'괜히 노래한다고 했나?'

그저 아버지 가시는 길에 내 진심을 들려드리고 싶은 마음뿐이었는데, 막상 친척·친지들 앞에서 노래 부르려고 하니 왜 이렇게 떨리는 건지.

지금껏 내가 섰던 어떤 무대보다 더 긴장되는 것 같다.

144. 내가 원하는 나

◆◆

내가 도대체 무슨 패기로 이 자리에서 노래를 부른다고 했단 말인가?

주리가 내 역할을 대신해주고 있는 바람에, 내가 잠시 망각했나 보다. 이 영결식의 주인공이 바로 우리 아버지고, 실제 상주는 바로 나라는 사실을 말이다.

솔직히 나는 지금 아버지를 보내는 슬픔을 감당하기도 벅찬 처지란 말이다.

그런데 거기다 긴장감까지 더해지니, 정말이지 몸을 똑바로 가누고 서 있기도 힘들다.

현재 이 영결식장 안에 있는 사람들이 모두 나와 직간접적으로 연결된 사람들이라 더 떨리는 것 같다.

게다가 어머니와 고모 두 분을 비롯한 몇몇 사람이 흐느끼는 소리가 내 감정선을 마구 흔들어댄다.

그야말로 총체적 난국이다.

한데 지금 내가 느끼는 이 떨림과 감정을 무조건 부정하거나 감출 자신은 없다.

만약 내가 그 모든 걸 완벽하게 컨트롤할 수 없다면, 차라리 느낌대로 흘러가게 내버려 두는 편이 더 나을지도 모른다.

'그래, 그냥 노래 속으로 나를 던져 버리자!'

주체할 수 없는 떨림, 제어하기 힘든 감정마저도 그대로 노래의 일부가 되어 흐르도록….

"후우우~."

정화, 준희, 유진, 유미가 만들어내는 4부 화음이 영결식장에 가득 울려 퍼진다.

바로 이런 것이 음악의 힘인가?

아니면 '함께'라는 마법의 도움일까?

내 친애하는 핑크 클라우드 동료들이 빚어내는 환상의 하모니를 듣는 순간, 내 마음을 온통 뒤덮고 있던 긴장과 슬픔의 먹구름이 서서히 걷히는 듯한 기분이다.

정말 거짓말처럼, 나는 금세 안정을 되찾는다.

그리고는 네 멤버의 백 보컬에 맞춰 내가 솔로로 부르기로 한 1절의 첫 소절을 시작한다.

"인생은 나그네 길~.

어디서 왔다가 어디로 가는가~."

허심탄회한 어조로 공감과 위로를 전하면서도 삶을 달관한 태도가 느껴지는 이 노래.

사실 나에게 이 곡은 최휘준 선생님이 부르신 것보다 아버지 버전이 더 익숙하다.

술 한 잔 걸치시는 날이면 이 노래를 구성지게 부르시곤 하셨던 아버지에게선 어린 내가 헤아릴 수 없는 아득한 깊이 같은 게 느껴졌었다.

그런데 돌이켜 생각해 보니, 이 노래를 곧잘 부르시던 시절의 아버지 연세가 현재 내 나이와 비슷했던 것 같다.

아버지는 지금의 내 나이에 어쩜 그렇게 원숙하고 안정감 있는 어른처럼 보일 수 있었던 걸까?

막상 내가 그 나이가 되어보니, 여전히 미숙하고 불안정한 존재일 뿐인데….

"구름이 흘러가듯

떠돌다 가는 길에~

정일랑 주지 말자.

미련일랑 주지 말자~."

그 시절의 아버지가 부르시던 〈하숙생〉에는 과연 어떤 생각과 감정이 담겼을지, 나는 알 길이 없다.

하지만 나는 지금, 그 어느 때보다 아버지와 가까이 있는 것 같은 느낌이다.

마치 이 노래 가락 속에서 아버지와 내 영혼이 만나 서로 어깨동무라도 하고 있는 기분이랄까?

"인생은 벌거숭이

빈손으로 왔다가

빈손으로 가는가~."

2절은 파트를 나누지 않고 제창을 하는 쪽을 선택했다.

멤버 개개인의 기교와 애드립을 넣어서 멋있게 부르는 것보다는, 소박하고 정직한 느낌의 제창이 더 어울릴 것 같았기 때문이다.

그리고 혹시나 노래를 따라 하는 사람이 있을지도 모른다는 일말의 기대감도 있었다.

물론 영결식장이라는 공간적 특성상, 누구라도 선뜻 따라 부르긴 쉽지 않을 거라고 생각했지만 말이다.

한데 그런 내 예상을 뒤엎고, 노래를 따라 부르는 사람이 하나둘 늘어간다.

따라 부르는 노랫소리가 점점 더 커지더니, 급기야는 영결식에 참석한 사람들 대다수가 떼창을 하는 진귀한 광경이 연출된다. 그것도, 장송곡이나 찬송가가 아닌 대중가요를….

고인이 생전에 즐겨 부르던 18번곡을 영결식장에 모인 내빈들이 모두 함께 부르는 광경은, 앞에 서서 노래를 이끌고 있는 나에게도 가슴 먹먹한 감동으로 다가온다.

"인생은 벌거숭이~

강물이 흘러가듯

소리 없이 흘러서 간다~."

〈하숙생〉은 아버지를 위한 선곡이었지만, 나 자신을 위로하는 노래이기도 했다.

이 노래의 포근하고 부드러운 멜로디는, 임종도 못한 채 아버지를 갑자기 떠나보낸 슬픔을 어루만져주는 따뜻한 권위를 품고 있었다.

더구나 함께 이 노래를 불러준 내빈들로부터 받은 뜻밖의 감동은 내 가슴에 맺힌 응어리를 다 녹일 만큼 뜨거웠다.

'아버지, 당신에게 전 어떤 아들이었나요? 저로 인해 기쁨과 보람을 느낀 적도 있으셨나요? 아버지, 그거 아세요? 저는 아직 보여드리지 못한 게 더 많다는 걸요. 제가 어떤 모습이든, 아버지의 아들로서 부끄럽지 않은 사람이 되기 위해 열심히 노력하겠습니다! 부디 하늘에서 지켜봐 주세요!'

2017년 12월 8일 PM 07:13.

아버지를 양평 갑산공원에 모신 후, 나와 핑크 클라우드 멤버들은 바로 고척 스카이돔으로 향해야 했다. 빌보드 1위 축하 파티 무대 리허설을 위해서였다.

아버지 장례 직후라 몸도 마음도 무거울 줄 알았는데, 리허설은 뜻대로 잘 풀렸다.

오후 6시 반부터 30분가량 진행된 미디어 리셉션까지 무사히 마친 나는 혼자 차에 와서 잠시 쉬고 있는 중이다.

뒤로 재낀 좌석에 몸을 기댄 채 눈을 감고 있는데, '똑똑' 차창을 두드리는 소리가 났다.

눈을 떠보니, 차창 밖에 서있는 사람은 다름 아닌 주리였다.

나는 얼른 차문을 열었고, 주리는 승차해서 내 옆자리에 앉았다.

"내가 여기 있는 걸 넌 어떻게 알았어?"

"아까 미디어 리셉션 마친 후에 유노 쌤이 준식이 오빠한테 차키 받아서 이쪽으로 향하시는 걸 봤어요."

"그럼, 날 미행했단 말이야?"

"그런 셈이네요."

"처음엔 차에 뭘 가지러 가신 건가 했는데, 저쪽에서 한참을 지켜봐도 차에서 안 나오시는 거예요. 그래서 혹시 차 안에서 혼자 울고 계신 건 아닌가 싶어서 와본 거예요."

"울긴 내가 왜 울어?"

"그럼, 왜 여기서 이러고 계신 건데요?"

"그냥, 혼자서… 잠깐 쉬고 싶었어."

사실 쉬고 싶었다기보다는 잠시 숨어있고 싶었던 것이다. 그래서 멤버들이 있는 대기실로 가지 않고, 주차장에 세워져 있는 카니발로 온 것이다.

"쉬고 계시는 줄도 모르고, 제가 눈치도 없이 방해했네요."

"아니야, 방해는 무슨…."

방해라니 가당치도 않다.

주리가 옆에 오니, 비로소 내 몸과 마음이 비로소 정상적으로 작동되는 것 같은데….

"나 대신 큰일 치르느라 주리 네가 정말 고생 많았어!"

이것은 내 마음 깊은 곳으로부터 우러나온 감사의 말이긴 했지만, 이 한마디에 내가 느끼는 미안함과 고마움을 모두 담기엔 역부족이었다.

"에이, 뭘요. 저야 이미 제게 주어진 역할을 무사히 마쳤잖아요. 저보단, 이런 상태에서 무대에까지 올라야 하는 유노 쌤이 더 힘들죠."

"어떤 상황에서도, 무대에 대해서만큼은 난 별로 걱정이 안 돼. 나는 무대 위에 섰을 때, 딱 내가 원하는 나 자신이 되거든. 때론 그 이상이 될 때도 있고 말이야. 현실에서의 나보다 무대 위의 나에게 더 믿음이 간다고 할까?"

"그건 정말 그래요. 무대 위에 선 유노 쌤의 모습은, 그 누구도 함부로 건드릴 수 없는 확신으로 가득 차 있죠. 그렇게 자신감 넘치는 유노 쌤의 모습이 얼마나 매력적인지 아세요? 분명 제 모습인데도, 제가 반할 정도라니까요?"

저건 분명 주리가 내 기운을 북돋워 주려고 하는 말이란 걸 알면서도, 내 어깨가 으쓱해지는 건 어쩔 수 없다.

만약 내 기를 살리는 기술을 인증하는 등급 같은 게 있다면, 주리에게 최상위 티어를 부여하고 싶네.

"그런데 유노 쌤, 핑크 클라우드가 아버님 영결식장에서 부른 하숙생 동영상도 유튜베에 올라온 것 아세요?"

"뭐야? 누가 그런 걸 올린 거야?"

무겁고 복잡한 심경으로 경황없이 부르느라, 내가 그 노래를 어떻게 불렀는지도 전혀 기억나질 않는데…. 그 모습이 그대로 동영상으로 찍혀서 유튜베에 올라가 있다는 소리를 들으니 겁부터 덜컥 나는 것이었다.

"직접 확인해보실래요?"

주리는 내 눈앞에 아이폰 액정을 들이밀며 그렇게 말했다.

그러나 나는 고개를 휙 돌리며 손사래를 친다.

"지금은 안 볼래. 잠시 후면 무대에 올라야 하는데, 괜히 지금 그 영상을 봤다간 내 멘탈이 온전치 못할 것 같거든."

그렇게 내 입으로 확인을 거부하는 의사를 밝힌 지 얼마 지나지 않아, 나는 주리에게 이렇게 묻고야 만다.

"근데 반응은 어때?"

멘탈 보호 차원에서 애써 관심을 두지 않으려 해도, 밀려오는 궁금증은 어쩔 수 없었던 것이다.

"댓글이 너무 많아서 다 읽어드리기 힘드니까 직접 확인해보세요!"

내가 주리로 살아온 이후로 숱한 찬사에 익숙해져 왔지만, 나를 향한 세인의 평가를 듣는다는 건 여전히 가슴 떨리는 일이다.

주리로부터 아이폰을 받아 든 나는 두근대는 가슴을 쓸어내리며 댓글을 하나하나 읽어 내려간다.

'주느 님의 선창, 핑크 클라우드의 코러스, 그리고 참석자들의 제창까지. 모든 것이 뜨거운 감동으로 다가오는 영결식!'

'오늘 이 노래를 몇 번이나 반복해서 들었는지. 들을 때마다 폭풍 눈물, 무한 감동!'

'저 노래를 들은 고인은 귀호강하시면서 좋은 곳으로 가셨을 듯.'

그렇게 영결식이라는 특수한 상황에서 이루어진 공연에 대한 감동을 표한 댓글들이 주를 이루는 가운데, 내 솔로 파트에 대한 찬사들도 더러 눈에 띈다.

'솔직히 가창력이 돋보일 만한 곡은 아닌데, 저 단조로운 곡조에 인생의 희로애락을 다 담아내는 저 가수가 정녕 열아홉 살이라는 게 실화냐?'

'천사가 있다면 바로 이게 천사의 목소리이지 않을까?'

'나지막한 속삭임, 심지어 숨소리조차 노래하는 당신이 진짜 가수!'

큐피드에서 주관하고 강석진 S그룹 부회장이 후원한 '강주리 빌보드 1위 축하 파티'가 뜨거운 열기 속에서 막을 올렸다.

세계 각지에서 엄청난 경쟁률을 뚫고 초대권을 획득한 2만 4천여 명의 팬이 입장했고, 천 명에 이르는 내외신 취재진들이 몰려 들었다.

비슷한 성격의 다른 이벤트와 차별성이 있다면, VIP 게스트를 없앴다는 사실이다.

유명인이나 연예 관계자, 또는 스폰서 기업에게 돌아가는 초대권을 없애는 대신, 일반 팬들에게 입장 기회가 조금이라도 더 돌아갈 수 있도록 배려한 것이다.

사실 파티장 내에서 사진 기자들에 의해 포착된 셀레브리티의 얼굴도 몇몇 보였지만, 그들은 모두 일반 티켓을 구해 입장한 케이스였다.

현역 국회의원 열댓 명이 초대권도 없이 무턱대고 왔다가는, 행사장 입구에서 입장을 거부당하자 얼굴을 붉히며 돌아갔다는 썰도 들려온다.

그리고 또 한 가지.

이 행사를 준비하는 비용의 상당 부분을 강석진 부회장이 부담했음에도 불구하고, S그룹 로고는 행사장 그 어디에서도 찾아볼 수 없다는 점이다.

알고 보니 강석진이 댄 비용은 모두 회삿돈이 아닌 본인의 사비였고, S그룹 부회장이 아닌 강주리 아버지로서의 개인적 후원임을 분명히 했다고 전해진다.

강석진은 알면 알수록 괜찮은 구석이 꽤 많은 사람인 것 같다.

대망의 공연 순서는 핑크 클라우드 완전체의 핑키 윙키로 포문을 열었다.

이어서 바로 이틀 후에 세계 시장에 릴리즈될 〈아무 사이 아니라고〉 라이브를 국내에선 최초로 선보였다.

그렇게 두 곡의 완전체 공연이 끝난 후, 멤버들의 축하 무대가 이어졌다.

우선 유미가 솔로 뮤지컬 곡 〈For the first time in forever〉를 불렀고, 뒤이어 등장한 정화, 준희, 유진은 1세대 걸그룹 SAS의 〈Dreams come true〉를 뭄바톤 트랩으로 편곡해 불렀다.

이윽고 멤버들의 축하 세례를 받으며 다시 무대에 오른 나는, 할리우드 센트럴 코트야드 야외 공연 때 불렀던 〈I will always love you〉를 열창했다.

그리고는 바로 오늘의 이 자리를 가능하게 한 노래인 〈Forest of Dreams〉를 불렀다.

너무나 감사하게도 '위대한 출생'의 완전체 멤버들이 이 곡의 밴드 반주를 맡아주셨다.

이 영광스러운 협연은 〈Forest of Dreams〉 라이브 레코딩 때 건반 주자로 참여한 바 있는 최태환 님의 주선으로 성사된 것이었다.

그런데 조형필 선배님의 공연 때 외에는 완전체로 모이는 일이 드물다는 위대한 출생과의 합주를 단 한 곡만으로 끝내긴 정말 아쉬웠다.

그래서 나는 그분들에게 한 곡을 더 하자고 제안했다.

단 한 번의 리허설도 거치지 않은 즉석 합주를, 그것도 2만5천에 달하는 관중 앞에서 하자고 하다니.

내가 미치지 않고서야, 어떻게 그런 제안을….

145. 교감의 카타르시스

◆◆

선곡에 대한 고민은 그리 길지 않았다. 위대한 출생 밴드에게 앙코르 합주를 제안하기 전에 이미 염두에 둔 곡이 있었기 때문이다.

내가 위대한 출생과 함께 즉석에서 합을 맞출 곡은 조형필 선배님의 〈바람의 노래〉다.

위대한 출생은 다름 아닌 조형필 밴드인 만큼, 조형필 선배님의 노래라면 리허설 없이도 능숙하게 연주 가능할 것 같았다.

그래서 조형필 노래 중에서 내가 가장 많이 불러본 〈바람의 노래〉를 선곡한 것이다.

역시 내 예상대로, 위대한 출생 멤버들은 〈바람의 노래〉로 하자는 내 제안을 흔쾌히 받아들였다.

사실 1997년에 〈바람의 노래〉가 처음 발표되었을 당시만 해도 내 귀에 쏙 들어오는 트랙은 아니었더랬다.

그러다 2000년대 초반, 어느 단란주점에서 친한 성악가 동생이 이 노래를 성악 버전으로 부르는 걸 들었을 때, 비로소 이 곡이 내 가슴을 훅 치고 들어왔다.

세상과 등진 채 살아가고 있던 그때, 철학적이면서도 공감 어린 노랫말이 내 심장을 터치한 것이다.

그날 이후로 〈바람의 노래〉는 내 애창곡 중 하나가 되었다.

그런데 혼자선 꽤 자주 불러보았던 이 노래를 무대 위에선 한 번도 불러본 적이 없다.

그런 곡을 2만5천의 관객 앞에서 MR이 아닌 밴드 라이브 반주로, 그것도 단 한 차례의 리허설도 없이 부를 생각을 하다니.

내가 미쳐도 단단히 미친 거지.

아무도 지나가지 않은 새벽의 눈길을 처음 밟는 설렘.

한 번도 가본 적 없는 미지의 영역을 탐험하는 떨림.

그런 설렘과 떨림을 안은 채, 나는 스탠드 마이크 앞에 자리를 잡고 선다.

미친 듯이 뛰는 내 심장.

그런데 막상 전주가 시작되고 쌍쌍한 사운드가 나를 감싸면서, 요동치던 심장은 외려 평온을 되찾는다.

"살면서 듣게 될까

언젠가는 바람의 노래를~"

연습 없이 이루어지는 협연인 만큼, 나와 연주자들은 자연적으로 서로의 소리에 더 깊이 집중할 수밖에 없다.

최고의 연주인들과 눈빛과 몸짓을 주고받으며 교감을 나누는 이 순간이 내겐 더없이 소중한 경험이다.

"날 떠난 사람들과

만나게 된 또 다른 사람들~

스쳐 가는 인연과 그리움은

어느 곳으로 가는가~"

나는 그 어느 때보다 진솔한 태도로, 이 보석 같은 가사 한마디 한마디를 읊조린다. 마치 편한 친구에게 속내를 털어놓듯 겸허한 마음으로….

"보다 많은 실패와 고난의 시간이

비켜 갈 수 없다는 걸

우린 깨달았네~

이제 그 해답이 사랑이라면

나는 이 세상 모든 것들을

사랑하겠네~"

삶을 향해 던지는 깊은 의문을 사랑으로 풀어냈다는 점이 바로 이 곡의 킬링 포인트다.

이 노래가 내 가슴속 깊이 파고들 수 있었던 것도 바로 이 마지막 구절 때문이었으리라.

"나는 이 세상 모든 것들을~

사랑하겠~네~."

연주를 끝낸 연주자들의 미소를 본 순간, 우리가 서로 통하였음을 확인할 수 있었다.

객석으로부터 쏟아지는 뜨거운 박수갈채에서도 짜릿한 교감의 카타르시스가 느껴진다.

이 노래로부터 내가 받았던 따뜻한 공감과 위로가, 나를 통해 2만5천의 청중들의 가슴에도 전해졌기를….

2017년 12월 8일 PM 10:20.

무대에 서 있을 땐 힘든 줄도 몰랐었는데, 행사를 끝내고 나니 피로가 한꺼번에 몰려온다.

거의 방전 상태가 되어버린 나는 대기실 의자에 풀썩 주저앉으면서 메이크업 담당자에게 이렇게 말한다.

"죄송하지만, 메이크업 좀 지워주시면 안 될까요? 숙소에 가서 곧바로 잘 수 있게요."

그러자 옆에 있던 준희가 정색하고 나선다.

"주리야, 안 돼!"

준희의 반응에 의아해진 내가 묻는다.

"뭐가 안 된다는 건데?"

그러자 유진이 끼어들면서 준희 대신 대답한다.

"준식이 오빠에게서 좀 전에 연락이 왔는데, 지금 수백 명의 인파가 우리 차를 둘러싸고 있대. 설마 그 많은 사람들 앞에 생얼로 나설 셈이야?"

"그 많은 사람들이… 왜 우리 차를 둘러싸고 있는 건데?"

여전히 멀뚱한 표정으로 그렇게 되묻는 내게, 정화가 짓궂은 웃음을 흘리며 말한다.

"왜긴 왜야, 바로 주리 너 퇴근하는 모습 보려고 기다리는 팬들이지."

이번엔 유미가 내 어깨를 감싸 안으며 한마디 보탠다.

"사실 우리 주리는 화장 지운 모습이 더 예쁘긴 하지. 팬들에게 생얼을 보여주는 것도 나쁘진 않겠네."

화장 안 한 주리 모습이 더 예쁘다는 데에 동의하는 나로선 팬들에게 생얼을 공개해도 하등 상관이 없다. 하지만 아무래도 원주인인 주리가 원치 않을 것 같아, 그냥 화장을 지우지 않은 채 퇴근하기로 했다.

너무 피곤한 나머지 숙소에 가서 손수 메이크업 지우는 수고라도 덜고자 했던 내 꼼수가 좌절되고 만 것이다.

관계자 전용 출구를 나서니 자체적인 포토라인을 만든 채 대기하고 있던 수백 명의 팬들이 일제히 환호한다.

대열의 끝이 보이지 않을 정도로 많은 사람이 운집해 있었지만, 놀라울 만치 질서정연하다.

팬들 각자가 적정한 선을 잘 지키며 젠틀한 성원을 보내는 모습이 퍽 인상적으로 다가온다.

오히려 내가 그들 곁으로 다가가 먼저 악수를 건네고 일일이 셀카도 찍어주면서, 가급적 더 많은 사람들과 인사를 나누려고 애썼다.

그런 탓에, 출구에서부터 차까지 50m 정도 되는 거리를 걷는데 30분 넘게 걸려야 했다.

사람들 앞에선 피곤한 티를 내지 않았던 나는, 차에 오르고 나서야 비로소 물먹은 솜처럼 의자 위에 널브러지고 만다.

그런데 나도 모르는 사이에 깜빡 잠이 들었던 모양이다.

정말 잠깐 눈 감았다 뜬 것 같은데, 차는 어느새 숙소 주차장에 도착해 있었다.

차에서 내리려던 유미가 나지막한 목소리로 이렇게 말한다.

"오늘 밤이 이 숙소에서 보내는 마지막 밤이네. 사실 여기서 뛰쳐나가고 싶었던 순간도 많았었는데, 막상 여길 떠난다고 생각하니 마음이 짠해져."

유미의 말을 듣고서야, 나는 무릎을 탁 친다.

'아, 그게 벌써 내일이구나!'

핑크 클라우드가 한남동으로 이사 가는 날이 불과 하루 앞으로 다가왔다는 사실을, 나는 까맣게 잊고 있었던 것이다.

차창 너머로 보이는 빌라 건물을 바라보는 유미의 얼굴에서 만감이 교차하는 표정이 읽힌다.

그도 그럴 것이, 연습생 시절부터 5년 동안이나 이 빌라에서 생활해온 유미로선, 이곳에 미운 정 고운 정 다 들었을 테니 말이다.

"우리 오늘 밤 파티라도 해야 하지 않을까? 숙소에서 보내는 마지막 밤을 기념하는 의미로…."

준희가 그렇게 제안하자, 정화도 한마디 거들고 나선다.

"좋아, 다들 샤워 후에 파자마로 갈아입고 거실로 모여!"

"오, 간만에 파자마 파티?"

"좋아, 좋아!"

순식간에 의기투합한 소녀들을 바라보며 억지웃음을 짓고 있는 내 속마음은 착잡하기 이를 데 없다.

이 나이에 파자마 파티라니.

내가 여자들의 문화 중에서 이해하기 힘든 것 중 하나가 바로 '파자마 파티'인데….

'야, 이 녀석들아! 파자마 파티란 건 도대체 무슨 재미로 하는 거냐? 됐

고, 난 그냥 잠이나 잘래!'

이런 말이 목구멍까지 치밀어 올랐지만, 꾹꾹 눌러 참아야 했다.

자꾸만 꿈틀대는 투덜이 본색을 애써 억누른 채 주리의 상냥 모드를 장착한 내가 멤버들에게 한 말은 이랬다.

"파자마는 무슨 색깔로 입는 게 좋을까? 핑크색? 아니면 노란색?"

밀물처럼 밀려오는 이 부끄러움은 과연 누구 몫인가?

2017년 12월 9일 AM 07:24.

한 대표의 A8을 타고 인천공항으로 향하는 중이다. 뉴욕 현지시각으로 12월 10일에 있을 UN 총회에서 연단에 오르기 위해서다.

"핑크 클라우드 숙소 이사하는 날에, 나만 이렇게 쏙 빠져나와서 좀 미안하네."

내가 그렇게 말하자 한 대표가 고개를 저으며 대답한다.

"그렇게 생각할 것 없어. 이사는 이사업체에서 다 알아서 해줄 텐데, 뭘."

"아무리 업체에서 해준다고 해도, 이것저것 손 가는 일이 많을 텐데…."

"큰일 하러 가는 사람이 그렇게 자질구레한 일까지 신경 쓸 필요 없어!"

"큰일?"

"대통령으로부터 부름을 받고 UN 연설을 하러 가는 거니, 그게 큰일이 아니고 뭐야? 더구나 전 세계 청소년들을 향한 메시지를 전하는 뜻깊은 일이잖아!"

가뜩이나 연설에 대한 부담을 느끼고 있는 나로선 한 대표의 저런 발언이 더 무겁게 다가올 수밖에 없었다.

하지만 내가 UN 연설을 한다는 사실에 나보다 더 고무된 듯 보이는 한 대표에게, 내가 느끼는 부담감을 그대로 드러내 보일 수는 없었다.

터미널 탑승구와 서서히 멀어지면서 활주로를 향해 택싱 하기 시작하는 비행기.

옆자리의 주리가 내게 말을 걸어오고서야, 비행기 탑승 후 지금까지 서로 한마디도 안 했다는 걸 깨닫는 나였다.

"많이… 부담되세요?"

앞뒤 없이 훅치고 들어온 주리의 질문에, 나는 흠칫하지 않을 수 없었다.

"그렇게 보여?"

나는 짐짓 아무렇지 않은 척 웃어 보였지만, 이미 내 속을 훤히 들여다보고 있는 것 같은 주리를 속이긴 어려웠다.

"그래, 솔직히 완전 부담스러워. 내가 남들 앞에 서서 연설 같은 걸 해본 경험이 있었어야지. 나보고 노래를 하라면 수십억 명 앞에서라도 할 수 있지만, 말하는 건 단 한 사람 앞에서도 떨린단 말이야."

"제가 죄송하네요. 유노 쌤은 처음부터 망설였었는데, 제가 우겨서 수락하신 거잖아요. 괜히 저 때문에 그렇게 큰 부담감을 느끼게 만들어 죄송해요."

"주리 네가 미안할 일은 아니지."

내 심적 부담에 대한 책임을 자신에게로 돌리는 주리에게, 더는 부담감을 토로해선 안 되겠다는 생각이 들었다.

나는 아까 승무원으로부터 받아놓은 찬물 한잔을 단숨에 들이켠 후 자세를 고쳐 앉는다.

잠깐의 침묵이 흐른 후, 주리가 다시 입을 연다.

"진솔한 자기 이야기만큼 더 센 건 없을 거예요."

"진솔한 자기 이야기?"

"네, 유노 쌤 자신의 이야기요."

"하지만 나는 장윤호가 아닌 강주리로서 연단에 서는 거잖아."

"네, 맞아요. 하지만 연설의 주체는 제가 아닌 유노 쌤의 영혼이잖아요."

"…"

"그러니까 유노 쌤은 강주리의 입장으로 연단에 서는 거지만, 그냥 장윤호의 이야기를 하면 된다고요."

"하지만 사람들이 기대하는 건 장윤호가 아닌 강주리의 스토리일 텐데?"

"유노 쌤이 그렇게 생각하고 있다는 점이 바로 문제의 근원이에요. 장윤호가 아닌 강주리의 입장이 되어서 말하려고 하니, 더 어렵고 부담스러운 거라고요."

"그게 무슨 말이야?"

"그냥 유노 쌤 자신의 이야기를 하시라는 말이에요. 제 입을 통해서라도 유노 쌤의 진정성 있는 이야기가 전달된다면, 분명 사람들에게 감동을 전할 수 있을 거라고요. 제 목소리를 통해 유노 쌤의 음악성이 빛을 발한 것처럼 말이에요."

역시, 주리는 머리가 참 좋은 것 같다.

이번에도 주리는 명석한 판단력으로 문제의 핵심을 제대로 잡아냈다.

주리의 조언을 잘 따르기만 하면 꽤 괜찮은 연설을 해낼 수 있을 것 같기도 하다.

하지만 머리로 수긍한다고 해서 가슴이 따라주는 건 결코 아니다.

나의 굿월 여신 주리는 내게 올바른 방향을 제시해주긴 했지만, 내 연설 울렁증까지 완벽하게 해결해주진 못했다는 얘기다.

나는 여전히 내가 UN 총회 연단 위에 서 있는 모습을 상상만 해도, 심장이 튀어나올 것처럼 벌렁댄단 말이다.

146. 밀착 트레이닝

◆◆

2017년 12월 9일 뉴욕 시각 AM 10:21.

JFK 공항의 도착 게이트 앞에는 단정한 검정 투피스 차림의 동양인 여성이 'Welcome Jury Kang!'이라고 쓰인 피켓을 들고 있었다.

교포화장을 한 얼굴은 팽팽한 편이지만 목주름이 자글자글한 걸 보면, 나이는 꽤 있어 보인다.

그런데 대체 저 여자의 정체는 뭐지?

겉모습만 보면, 공항으로 누군가를 픽업 나올 사람처럼 보이진 않는데….

"안녕하세요, 강주리 양! 먼 길 오시느라 수고 많으셨습니다."

저쪽에서 먼저 나를 알아보고 인사를 건네 왔는데, 한 치 흐트러짐 없이 정확한 딕션과 청명한 목소리가 퍽 인상적으로 다가왔다.

"안녕하세요."

답인사하는 내 얼굴에서 '그런데 누구?' 하는 표정이 드러났는지, 그녀는 알아서 자기소개를 한다.

"저는 백성연이라고 합니다. 한국의 K 방송국에서 아나운서로 활동하다가 제6공화국 시절 청와대 대변인을 지낸 바 있고…."

검정 투피스의 여인은 물어보지도 않은 TMI(Too Much Information)를 쭈욱 읊어댔지만, 정작 그녀가 왜 이 자리에 왔는지에 대한 설명은 빠져 있었다.

결국, 궁금증을 참지 못한 내가 먼저 이렇게 물을 수밖에 없었다.

"그런데 왜 절 기다리고 계셨던 거죠?"

나의 물음에 허를 찔린 듯 아차 하는 표정이 반짝 떠올랐다가, 이내 조금도 흐트러짐 없는 어조로 다시 말을 이어가는 그녀.

"저는 주리 양의 미국 에이전시인 패러다이스 탤런트 에이전시의 의뢰를 받고 온 것입니다."

"의뢰를… 받으셨다고요?"

"네, 그렇습니다. 주리 양은 지금 이 순간부터 내일 저녁 UN 총회 연단에 서기 전까지 저에게 밀착 트레이닝을 받으셔야 합니다."

"밀착 트레이닝이라뇨?"

"저의 직함은 스피치 컨설턴트입니다. 1992년 도미 후에 예일대에서 저널리즘 박사과정을 수료했고, MS 사에 스카웃되어 빌 케이츠 회장님을 보좌하다가, 2008년부터 2011년까지는 故 스토브 잡스 회장님을…"

또 한 차례의 TMI 방출.

다소 비현실적으로 들리는 경력 소개를 듣고 있자니, '혹시 사기꾼 아냐?' 하는 생각이 얼핏 뇌리를 스친다.

그런 내 속마음을 읽기라도 한 듯, 손 빠른 주리가 아이폰에서 '백성연'이라는 이름으로 검색한 결과를 내 눈앞에 들이민다.

검색된 사진과 기사들을 대략 훑어보니, 지금 우리 앞에 있는 여인이 백성연이라는 인물과 동일인임이 확실한 듯했다.

그런데 정작 나를 더 놀라게 만든 건, 인물 정보에 나와 있는 그녀의 생년월일이었다.

'1949년생'

목주름을 보고 나이가 좀 있을 거라곤 예상했지만, 많아봐야 50대 중반 정도라고 생각했다. 아무리 봐도 일흔을 바라보는 연세라곤 믿기지 않는데….

"참고로 저는 미혼입니다. 이곳에서는 다들 절 미스 백이라고 부르죠. 저도 개인적으로 여사 같은 호칭보다는 미스 백이라고 불리는 게 더 좋으니, 주리 양도 저를 그냥 미스 백이라고 불러 주세요."

안 그래도 백성연 씨를 내가 뭐라고 불러야 하나 고민하고 있던 참이었는데, 저렇게 명쾌하게 호칭까지 정리해주니 좋네.

아무튼, 연설에 대해 큰 부담을 느끼고 있던 나로선 천군만마를 얻은 듯 든든한 마음이 든다.

그러면서도 한편으론 좀 갑갑해지기도 한다. 연설 때까지 남은 하루 반 나절 동안, 저 할머니와 붙어 있어야 한다니.

2017년 12월 10일 뉴욕 시각 PM 04:30.

지난 30시간 중 잘 때와 화장실 갈 때를 제외하곤 거의 쉴 없이, 미스 백의 밀착 트레이닝이 이뤄졌다.

현역 에세이스트가 써주었다는 연설문 원고는 매우 훌륭했다.

월드 스타 강주리의 위치에서 전 세계 청소년들에게 전할 수 있을 만한 메시지들이 과하지도 모자라지도 않은 선에서 잘 담겼다.

그리고 나이·성별·인종·문화에 상관없이 누구에게나 보편적인 공감을 불러일으킬 만한 내용으로 잘 짜여 있었다.

이렇게 훌륭한 원고를 보고 읽기만 하면 되는 걸, 내가 왜 그렇게 심각하게 고민을 했는지….

미스 백의 지도 내용은, 격조와 품위를 지키면서도 원고 내용을 호소력 있게 전달하는 팁을 전수하는 데 초점이 맞춰졌다.

호흡 및 강약 조절은 물론, 시선·표정·손동작에 이르기까지 세밀한 디테일을 일일이 알려주면서, 내가 능숙하게 잘해낼 때까지 반복 연습을 시켰다.

그런데 말이다.

이 정도로 반복해서 연설문을 읽어대면 어느 정도는 외워질 법도 한데, 남이 써준 글이라 그런지 좀처럼 입에 잘 익지 않는다.

별수 없이 대본을 보면서 연설하는 쪽으로 가닥을 잡았다.

연설 시작 시각을 30분 남겨둔 지금, 나는 미드 타운 이스트 강변의 UN 제너럴 어셈블리 빌딩 내의 한 게스트룸에서 대기 중이다.

그리고 내 옆엔 주리가 앉아있다.

이렇게 주리와 단둘이서 오붓이 있으니 정말 좋다.

미스 백이 우리 둘 사이에 끼어있던 하루 반나절 동안, 주리와 나는 몇 마디 채 나누지 못했단 말이다.

한데 아까부터 주리의 표정이 영 밝지 않다. 그 이유가 궁금해진 내가 이렇게 묻는다.

"왜 그래? 뭐, 기분 안 좋은 일 있어?"

"왜요? 그렇게 보여요?"

"표정이 별로 좋지 않은 것 같아서 물어본 거야."

"…"

"뭔가… 마음에 안 드는 게 있는 거지?"

"유노 쌤은 맘에 드세요?"

나름 심중을 갖고 던진 내 질문을, 주리가 그대로 되받아치는 바람에 나는 순간 당황하지 않을 수 없었다.

"뭐가?"

"연설문 말이에요."

"연설문?"

"네, 잠시 후에 발표하실 그 연설문이요."

"요즘 제일 핫하다는 작가가 써준 대본답게, 흠잡을 곳 없이 훌륭한 연설문이라고 생각해."

"네, 저도 그렇게 생각해요. 그런데…"

뭔가 더 말하려다가는 그대로 멈추고 마는 주리.

"왜, 말을 하다가 말아? 그러지 말고 얼른 말해 봐!"

"아니에요, 잠시 후면 각국 정상들 앞에서 중대한 연설을 해야 하는 사람에게 할 말은 아닌 것 같아요. 그냥 신경 쓰지 말아요."

"어떻게 신경을 안 쓰니? 너, 내 성질 몰라서 그래?"

그렇게 내 목소리에 힘이 들어가고 나서야, 마지못해 다시 입을 여는 주리.

"연설문이 흠잡을 곳 없이 훌륭하다는 점은 저도 충분히 인정해요. 하지만 가슴으로 확 다가오는 게 없어요."

"하지만… 그냥 무난하잖아. 누구에게나 보편적인 공감을 줄 만하고, 딱히 거슬리는 표현도 없고…."

"하지만 뭔가 빠져 있어요. 아까 유노 쌤이 리허설 하시는 걸 들었는데, 그닥 진정성 있게 들리지 않았단 말이에요."

주리의 지적에 대응할 만한 말이 마땅히 떠오르지 않는다.

왜냐하면, 남이 써준 글을 그대로 읽기만 하는 내 연설에 진정성이 부족하다는 점은 나 역시도 느끼고 있던 바였기 때문이다.

"주리야, 나는 말하는 사람이 아니라 노래하는 사람이잖아. 내가 가장 잘할 수 있는 전문분야도 아닌 연설 때문에, 더 이상 스트레스 받으며 내 정신적 에너지를 소모하고 싶진 않아. 그냥, 최고의 작가가 써준 원고를 효과적으로 잘 전달하기만 하면 그만이라고 생각해."

"네, 알았어요. 제가 괜한 참견을 하고 말았어요. 이제 와서 연설문을 바꿀 수도 없는 일인데 말이에요. 제가 한 말은 그냥 잊어버리세요. 아무쪼록 연습한 대로 잘하시길 기원할게요."

주리는 어떻게든 좋게 마무리 지으려 애썼지만, 어딘가 마뜩잖은 표정은 완전히 감춰지지 않았다.

하지만 나는 그 표정을 애써 외면했다. 연설을 코앞에 둔 지금 상황에서, 당장 뚜렷한 해결책도 없는 문제에 마음을 빼앗기고 싶지 않았기 때문이다.

지금으로선 그저, 연설을 후딱 끝내버리고 싶다는 생각뿐이다.

연설 시간이 임박하여, 진행 요원의 안내에 따라 제너럴 어셈블리 홀

쪽으로 이동하는 중이다.

내가 초조해하는 기색을 읽었는지 옆에서 걷던 주리가 이렇게 말한다.

"너무 잘하려고 할 필요 없어요. 유노 쌤은 지금 그 존재 자체로도 많은 이들에게 좋은 영향력을 주고 있거든요. 연설은 그저 보탤 뿐이죠."

조금 전에 내보였던 석연찮은 표정을 완전히 거두고 환하게 웃어주는 주리를 보니, 그래도 내 마음이 조금은 안정되는 것 같다.

각국 정상들이 모여 있는 제너럴 어셈블리 홀로 들어가는 출입문 앞에는 미스 백이 먼저 와서 나를 기다리고 있었다.

그녀는 특유의 꼿꼿하고 고고한 자태로 내게 이렇게 말한다.

"설마 그 A4 용지를 들고 나갈 생각인가요?"

밑도 끝도 없이 훅 치고 들어온 미스 백의 질문에 나는 몹시 당황할 수밖에 없었다.

"네. 그런데 왜… 그러시죠? 제가 연설문을 외우지 못해서, 원고를 보고하는 쪽으로 결정한 걸로 알고 있는데요?"

"맞아요. 그렇게 결정하긴 했죠. 하지만 전 세계인들의 시선이 쏠려있는 저 연단 위에 그런 종이 쪼가리를 들고 오를 수는 없는 일이죠. 그건 월드 스타 강주리의 품격에 맞지 않아요."

"설마, 지금 저더러 원고 없이 연단에 오르라는 말씀인가요?"

몹시 당황한 나머지 핏대를 세우며 묻는 내게 미스 백은 코웃음 치며 이렇게 말한다.

"주리 양은 어쩜, 발끈하는 모습도 그렇게 귀여운가요? 주리 양의 고귀하고 우아한 이미지에 어울리지 않는 A4 용지는 당장 제게 넘기시고, 이걸 들고 올라가도록 하세요."

그렇게 말하며 미스 백이 내게 내민 건, 바로 아이패드였다.

"그러니까, 종이 말고 아이패드를 보고 하시란 말이에요."

그제야 미스 백의 본뜻을 이해한 내가 오른손으로 아이패드를 받아들자, 그녀는 내 왼손에 들린 A4 용지를 잽싸게 낚아채 간다.

"연설문을 모두 암기했더라면 더 좋았겠지만, 원고를 보고 하더라도 A4 용지보다야 아이패드를 들고 하는 게 그나마 좀 더 준비된 모습으로 보이겠죠?"

미스 백은 아이패드에서 연설문 페이지 넘기는 법을 내게 가르쳐주었고, 혹시라도 화면이 잠겨버릴 가능성을 대비해 잠금 해제 비밀번호를 알려주는 것도 잊지 않았다.

마침내 진행 요원이 제너럴 어셈블리 홀로 들어가는 출입문을 열어준다.

나는 각국 정상들의 열띤 환영을 받으며 제너럴 어셈블리 홀 안으로 들어선다.

만약 지금 내가 이 사람들 앞에서 노래하기 위해 나가는 거라면, 이 정도로 떨리진 않을 텐데….

정말이지 나는 다리가 후들거려서 똑바로 걷기조차 힘들다.

패러다이스 탤런트 에이전시 소속 의상 코디네이터가 갖다 준 11센티짜리 킬 힐을 신고 걸으려니 더 힘든 것이다.

휘청거리는 몸을 간신히 지탱하며 연단 위로 올라가는 계단을 오르던 중, 나는 그만 왼쪽 발목을 접질리면서 크게 넘어지고 만다.

'헉!'

계단 밑으로 나뒹굴면서 엉덩방아를 찧어버린 나는 너무 창피한 나머지 서둘러 벌떡 일어난다.

나보다 몇 걸음 앞장서서 나를 가이드 해주던 진행요원이 황급히 돌아와 내게 묻는다.

"Are you okay?"

엉덩이와 다리에서 느껴지는 얼얼한 통증은 그냥 무시한 채, 나는 재빨리 대답한다.

"Yes, I am okay."

그런데 나는 내 부상 여부보다, 넘어지면서 바닥에 떨어진 아이패드가 괜찮은지가 더 걱정이었다.

진행요원이 주워준 아이패드를 내 눈으로 확인해본 결과, 다행히 액정 파손은 없었다. 나는 안도했다.

앞에서 벌어지는 광경을 지켜보며 술렁이는 각국 정상들을 더 이상 기다리게 할 수 없었던 나는 서둘러 단상에 올라 강연대 앞에 자리를 잡고 선다.

그리고는 아이패드에서 연설문 파일을 실행시키기 위해 홈 버튼을 누른다.

그런데 아무리 버튼에 압력을 가해봐도 아이패드는 전혀 반응하지 않았다.

전원 버튼까지 여러 번 눌러보아도 마찬가지였다.

아마도 아이패드가 바닥에 떨어졌을 때, 그 충격에 의해 뭔가 문제가 생긴 모양이다.

147. 미안해요, 미스 백

◆◆

먹통이 되어버린 아이패드의 시커먼 액정화면을 바라보며 머릿속이 하얘진 나는 정말 어찌할 바를 몰랐다.

'진행 요원에게 부탁해서 아까 미스 백이 압수해 갔던 A4 용지를 다시 가져다 달랠까?'

그런 궁리도 해보았다.

하지만 현재 본회의장 밖에 있는 미스 백으로부터 A4 용지를 받아오려면 적어도 몇 분은 지체될 터이다. 내 입이 떨어지기만 기다리고 있는 각국 정상들 앞에서, 그 침묵의 몇 분을 견뎌낼 엄두가 나지 않는다.

심지어 이런 생각까지 다 해본다.

'차라리 정신을 잃는 척 쓰러져 버릴까?'

그런데 쓰러지는 연기란 것도 해본 사람이나 하는 거지, 나는 자연스럽게 쓰러질 자신도 없다.

어설프게 쓰러지다가 연기임이 들통나버린다거나, 혹여 몸을 다치기라도 하면 더 큰 일이지 않은가?

연단 위의 침묵이 길어지자 본회의장 곳곳에서 웅성거리는 소리가 들려오기 시작한다.

그 소리에 나는 더 초조해진다.

더 이상 이렇게 가만히 있어선 안 될 것 같다. 어떻게든 연설을 시작해야만 한다.

나는 간신히 연설문의 서두를 기억해내고는, 일단 입 밖으로 내뱉고 본다.

"존경하는 유엔 사무총장님, 유니세프 총재님, 그리고 전 세계 각국 정상과 귀빈 여러분! 저에게 이 뜻 깊은 자리에 설 기회를 주셔서 감사합니다.

제 이름은 강주리이고, 대한민국의 걸그룹 핑크 클라우드의 막내입니다."

미스 백과 함께 한 반복 연습 덕분에 첫인사까지는 어렵지 않게 술술 흘러나왔다.

하지만 딱 거기까지였다.

내 첫인사를 받은 각국 정상들이 열렬한 환영의 박수를 보내오는 동안, 아무리 기억을 짜내 봐도 원고의 다음 구절이 도통 떠오르지 않는다.

더 늦기 전에 노선 변경이 불가피하다. 지금 이대로 가다간, 연설을 망쳐버릴 게 불 보듯 뻔하기 때문이다.

'그래, 제대로 외우지도 못한 연설문 원고는 그냥 내 머릿속에서 깨끗이 지워버리자!'

희미한 기억 속에만 존재하는 원고 따윈 과감히 폐기해 버리고, 그냥 원고 없이 가보자고 마음먹는 나였다.

바로 그때, 내 머릿속에 문득 떠오른 한마디.

'진솔한 자기 이야기만큼 더 센 건 없을 거예요.'

그것은 바로 뉴욕행 비행기 안에서 주리가 내게 했던 말이었다.

조금 전 게스트룸에서 주리가 '진정성 결여'를 지적했을 때에도 생각나지 않았던 그 말이, 바로 이 순간에 또렷이 떠오른 것이다.

남이 써준 원고를 읽기만 했던 연설문이 주리에게 진정성 있게 들리지 않았던 이유는, 그것이 내 이야기가 아니었기 때문이었을 것이다.

'지금이라도, 주리의 조언대로 내 이야기를 시작해볼까?'

솔직히, 내 안에서 과연 무슨 말이 튀어나올지 알 수 없어 불안하긴 하다.

하지만, 남이 써준 원고를 읽기만 하려던 내 안일한 계획이 이미 수포가 되어버린 이 판국에 다른 선택권이 내게 없다.

되는 안 되든, 내 이야기로 밀고 나가보는 수밖에….

박수 소리가 잦아들 무렵, 나는 앞에 놓인 컵을 들어 물 한 모금 들이켠 후 마침내 입을 연다.

"저는 한때 저 자신을 세상으로부터 격리해 놓았던 적이 있습니다. 그
땐 세상이 더 이상 나를 사랑하지 않는다고 생각했죠."

불쑥 튀어나온 속 깊은 이야기에, 목소리가 가늘게 떨려온다.

"하지만 어느 순간 저는 깨달았습니다. 저를 사랑하지 않았던 건… 세
상이 아니라, 바로 저 자신이었던 것을요. 세상이 더 이상 나를 봐주지 않
는다고 여겼던 저는 스스로를 유령 같은 존재로 만들어버렸던 것입니다."

급기야 주책없이 흘러내리는 눈물. 마치 고해성사 같은 고백을 털어놓
고 보니, 나도 모르게 감정이 격해져버린 것이다.

잠시 숨을 고르며 감정을 추스른 나는 다시 말을 이어간다.

"하지만 다행히 저에겐, 스스로 부정해버린 저의 가치를 알아봐주고 꿋
꿋이 지켜준 친구가 있었습니다. 제 자신, 그리고 저의 생명과도 같은 음
악을 지켜낼 수 있었던 건 바로 그 친구 덕분이었습니다."

암울했던 과거 이야기에서 시작해서 한 대표를 향한 감사의 마음에까
지 이른 지금, 나는 어느새 심리적으로 평안한 상태가 되어 있었다.

이제야 나를 주목하고 있는 각국 정상들의 면면이 눈에 들어오는 것
같다.

"다시 세상 속으로 돌아오기까지는 참으로 오랜 시간이 걸렸습니다. 굳
게 닫혀있던 세상의 문을 열게 해준 두 가지 열쇠 중 하나는 바로 음악이
었습니다."

막상 말문이 터지고 나니, A4 용지나 아이패드 없이도 청산유수처럼 말
이 흘러나온다. 연설을 앞두고 잔뜩 겁먹은 채 쩔쩔매던 순간의 기억이
무색할 만큼….

"그리고 나머지 하나의 열쇠는 바로 사랑입니다. 그중에서도 으뜸은 자
기 자신을 사랑하는 일입니다. 자신에 대한 사랑 없이는, 다른 모든 사랑
의 기적은 일어날 수 없을 테니까요."

여기까지 말하고 나선 다시 말문이 막혀버리는 나.

내 머릿속이 하얗게 비워지고, 나는 다시 침묵에 빠지고 만다.

그냥 이대로 연설을 끝내버릴까 하는 생각도 든다. 이 정도면 내가 할 수 있는 말은 다 한 것 같기도 하고….

하지만 이대로 연단을 내려가기엔 뭔가 아쉽다.

이토록 뜻깊고 영광스러운 순간을 짧은 연설만으로 끝내려니, 도저히 발길이 떨어지지 않는다.

꼭 내게 주어진 미션을 다 끝내지 못한 것만 같은 기분이랄까?

한동안 고민에 잠겨있던 나는 깊은숨을 한 번 들이마셨다가 다시 내뱉는다.

그리고 나선, 발성 기관이 아니라 영혼 깊숙한 곳에서부터 우러나오는 것 같은 소리를 내뱉기 시작한다.

"I believe the children are our future~(난 아이들이 우리의 미래라고 믿어)."

내 입을 통해 흘러나온 소리는 말이 아닌 노래였다.

바로 휘트니 휴스턴의 〈The greatest love of all〉.

내 입에서 노래가 흘러나오자, 제너럴 어셈블리 홀 전체가 동요하는 움직임이 감지된다.

그도 그럴 것이, 엄숙하고 권위적인 분위기의 유엔 총회에 연사로 나선 자가 설마 팝송을 부르리라고는 그 누구도 예상하지 못했을 테니 말이다.

사실 이 노래는 미리 생각했거나 준비한 게 절대 아니었다.

정말 즉석에서 떠오른, 아니 머리가 아닌 마음에서 자연스럽게 흘러나온 노래 같다고 하면 지나친 과장일까?

'과연 내가 이런 자리에서 노래를 해도 될까?' 하는 고민을 해보기도 전에, 나는 이미 노래를 부르고 있었던 것이다.

나지막하게 읊조리듯 시작한 노래에 점차 감정과 파워가 실리면서, 처음엔 다소 당혹스러운 반응을 보이던 각국 VIP들이 점차 호응의 시그널을 보내오는 게 몸소 느껴진다.

'난 오래 전에 결심했어~.

누구에게라도 기대어 살지 않기로

내가 실패하든 성공하든

난 내가 믿는 대로만 살 거야~.

그들이 내게서 뭘 가져가든

내 존엄성까지 빼앗진 못해~.

왜냐하면 가장 위대한 사랑은

이미 내 안에서 일어나고 있거든~.

가장 위대한 사랑을

내 안에서 찾은 거지~.

그건 결코 어렵지 않아~.

가장 위대한 사랑은 바로

자기 자신을 사랑하는 것~.'

역시, 나는 노래하는 사람이다.

말로는 다 못 전하는 진심을 노래에 담아 부르고 있는 이 순간, 나는 비로소 온전한 나 자신이 된다.

"Find your strength in love~."

내 영혼이 아우를 수 있는 모든 힘과 열정을 다해 마지막 소절을 끝내고 나서 감았던 눈을 떴을 때, 나는 믿을 수 없는 장면을 목도한다.

유엔총회가 열리고 있는 제너럴 어셈블리 홀 안을 가득 채운 모든 사람이 나를 향해 기립박수를 보내고 있는, 마치 기적과도 같은 장면이 내 눈앞에 펼쳐져 있었던 것이다.

5분이 넘는 기립박수가 이어지는 가운데, 나는 총총히 제너럴 어셈블리 홀을 빠져나온다.

출입구 앞에서 대기 중이던 주리가 돌연 나를 부둥켜안으며 이렇게 외친다.

"정말 수고 많으셨어요!"

우리에게로 쏠리는 주위의 시선을 의식한 나는 슬며시 주리를 밀어내며 이렇게 묻는다.

"봤어?"

나에게서 한걸음 멀어지면서 마주하게 된 주리의 눈시울은 벌겋게 젖어 있다.

"네, 전 밖에서 유튜브 생중계로 봤어요."

"나… 어땠어?"

이미 답을 정해놓고 묻는 말처럼 느껴질 수도 있겠지만, 사실은 내가 어땠는지 정말 궁금해서 물은 것이었다.

원고 없이 한 내 연설과 돌발적으로 튀어나온 내 노래가 주리에겐 어떻게 보이고 들렸을지 궁금했다고 할까?

"더할 나위 없이 최고였어요!"

흡족해 마지않는 주리의 표정을 내 눈으로 똑똑히 확인하고 나서야, 비로소 안도의 한숨을 내뱉는 나였다.

"실시간 댓글들 한 번 확인해보실래요?"

그 물음에 대한 내 대답이 나가기도 전에, 주리는 유튜브 댓글창이 띄워진 아이폰 화면을 내 눈앞에 들이민다.

나 역시 반응이 몹시 궁금했기에, 아이폰을 냉큼 받아들고는 댓글창을 확인한다.

'노래 한 곡으로도 노벨평화상 각!'

'나도 모르게 숨죽이고 듣게 되네.'

'분명 무반주인데, 오케스트라 반주가 있는 것 같은 이 느낌은 뭐지?'

'무반주 라이브인데 숨소리가 안 들림. 음색만으로도 깡패인데, 호흡 컨트롤까지 완벽!'

'오늘은 각국 정상들 귀 호강하는 날!'

'UN 총회장을 콘서트장으로, 각국 정상들을 십덕으로 만들어버리는

주리신 클라스 좀 보소!'

'故 휘트니 후스턴도 하늘에서 지켜보며 이모 미소 지었을 듯.'

'유네스코는 강주리를 세계문화유산으로 지정하라!'

'The Greatest Vocalist of All!'

주로 노래에 대한 찬사가 지배적인 가운데, 연설에 대한 코멘트도 군데군데 보인다.

'연설도, 노래도… 왜 그냥 눈물이 나지?'

'노래도 진짜, 연설도 진짜였음!'

'말할 때도 목소리 맑은 거 봐! 정말 신에게 선물 받은 보이스.'

'노래에서 느꼈던 진정성이 연설에서도 여실히 드러납니다. 무한감동!'

'주리신을 UN 사무총장으로!'

'주리신은 정말 UN 안보리 차원에서 보호해줘야 함.'

끝도 없이 이어지는 찬사에 흐뭇한 미소를 짓고 있던 그때, 어디선가 나를 부르는 울림 깊은 목소리.

"주리 양!"

소리가 나는 쪽으로 돌아보니 복도 저쪽에서 나를 향해 걸어오는 미스 백의 모습이 눈에 들어온다.

순간, 나는 긴장하지 않을 수 없었다.

자신이 하루 반나절 동안이나 밀착 지도한 공을 허사로 만들어 버린 나에게, 그녀가 좋은 감정을 가질 리 없으니까.

마침내 내 앞으로 다가온 미스 백은 특유의 꼿꼿한 자세로 서서 나를 바라본다.

'저 할머니가 과연 내게 무슨 말을 할까?'

미스 백의 무표정한 얼굴만 봐선, 그 심중을 종잡을 수 없다.

잠깐의 정적.

그 어색한 침묵을 견딜 수 없었던 나는 일단 사과부터 한다.

"미스 백, 정말 죄송합니다. 제가 넘어지면서 아이패드를 떨어뜨리는 바람에…."

그렇게 구구절절이 상황 설명을 하려던 찰나, 내 말문을 막고 나서는 미스 백.

"저의 착각이었습니다!"

"네? 그게 무슨 말씀이신지…."

미스 백이 불쑥 내뱉은 말의 저의를 알지 못한 내가 그렇게 묻자, 그녀가 다시 입을 연다.

"주리 양은 이미 사람의 마음을 움직이는 능력을 갖고 있는 사람이었어요. 노래로든, 말로든…. 그런 사람을 제가 지도할 수 있다고 생각한 건, 순전히 저의 착각이었어요."

미스 백이 내게 화를 낼지도 모른다는 내 예상은 빗나갔다.

지난 30시간 동안의 훈련과 연습을 헛된 것으로 만들어버린 나에게, 미스 백이 이런 긍정적 피드백을 주리라곤 전혀 기대하지 않았는데….

"연설도, 노래도 정말 최고였습니다. 오늘은 오히려 제가 주리 양에게 한 수 배웠군요!"

나와 같이 있는 내내 엄격한 표정만 짓고 있었던 미스 백의 입가에 반전 미소가 걸리니, 그녀가 꼭 다른 사람처럼 보인다.

148. 불가분의 관계

◆◆

이번 뉴욕행의 가장 중요한 목적이자 주리와 내가 선발대로 온 이유였던 UN 연설을 무사히 끝낸 후, 나는 자유의 몸이 되었다.

내일 저녁에 한 대표와 핑크 클라우드 멤버들이 뉴욕에 도착하기 전까지는 예정된 일정이 없다.

국제연합 본부 청사를 나와 이스트 리버가 바라다보이는 광장을 걸으며, 주리가 내게 묻는다.

"차를 내준다는데 왜 거절하셨어요?"

"괜히 부담스럽고 불편할 것 같아서…."

주리가 언급했듯이, 국제연합 측에서 의전 차량을 제공하겠다는 의사를 밝혀왔던 게 사실이다.

하지만 나는 정중히 거절했다. 자유 시간 동안만큼은 주리와 단둘이서만 오붓하게 보내고 싶은 마음이 컸기 때문이다.

이윽고 주리가 다시 묻는다.

"아까 넘어지시면서 다친 곳은 없으세요?"

"응, 괜찮은 것 같아."

사실 아까 접질린 발목이 약간 시큰거리긴 하지만 심한 통증은 아니다.

"유튜브 화면을 통해 넘어지시는 장면을 보고선 얼마나 놀랐는지…. 당장 홀 안으로 뛰어 들어갈까 했었는데, 금세 일어나서 무사히 걸어가시는 걸 보고는 그냥 있었죠."

"그땐 통증 따위를 느낄 경황도 없었어."

"왜 안 그러셨겠어요?"

진심으로 공감해주는 주리의 표정을 보니 뭔가 위로받는 기분이다.

주리는 나를 안쓰럽게 바라보며 다시 묻는다.

"많이 피곤하지는 않으시고요?"

"별로…. 생각보다 피곤하지 않네."

아닌 게 아니라, 정말 신기할 정도로 쌩쌩하다.

하루 반나절을 꼬박 걱정과 긴장 속에서 지낸 터라, 연설 후엔 녹초가 되어버릴 줄 알았는데….

"그건 말이에요, 몸속 곳곳에 쌓인 스트레스 호르몬들 때문에 신체적 각성 상태가 아직 유지되고 있는 걸 거예요."

"일리 있어. 나뿐만이 아니라 공연 예술을 하는 사람들은 대부분 아드레날린 중독 같은 게 있을 거야. 사실 이럴 땐 말이야, 술 한잔하면서 뒤풀이를 해야 하는 건데…"

"그럼, 우리 둘만의 뒤풀이를 하러 갈까요? 홍콩 랑콰이퐁의 기억을 떠올리며…"

"콜!"

한 치의 망설임도 없이 흔쾌히 대답을 해버리고선, 너무 좋아하는 티를 내버린 것 같아 뒤늦게 표정 관리를 하는 나.

"근데… 어디, 갈 만한 데는 있어?"

"있고 말고요. 12월의 뉴욕엔 가볼 만한 곳이 너무 많아서 탈이죠. 전 세계에서 뉴욕만큼 크리스마스 분위기를 제대로 만끽할 수 있는 도시도 드물걸요?"

"맞다, 크리스마스! 그러고 보니 벌써, 크리스마스가 얼마 안 남았네."

주리 입에서 나온 크리스마스라는 단어를 듣는 순간, 나는 그만 심쿵하고 만다.

내가 이런 종류의 설렘을 느껴본 게 대체 얼마 만인지.

크리스마스 기분이란 걸 잊고 산 지 오래된 아재에게도 이번 성탄 시즌은 왠지 남다른 의미로 다가오는 것 같다.

지금 이 기분을 느끼는 주체가 내 영혼인지, 아니면 주리의 몸인지는 명확히 알 수 없다.

하지만 이 설렘의 근원이 바로 주리라는 사실만은 분명하다.

그렇게 잠시 혼자만의 상념에 잠겨있던 내게 주리가 다시 말을 걸어온다.

"그런데 유노 쌤, 한 가지 걱정되는 점이 있어요."

"그게 뭔데?"

"이제 웬만한 사람들은 월드 스타 주리 강의 얼굴을 다 알아볼 텐데, 차도 없이 어떻게 돌아다니죠? 가는 곳마다 알아보고 접근하는 사람들 등쌀에 제대로 다닐 수나 있을까요?"

사뭇 심각한 표정으로 걱정을 토로하는 주리를 향해 나는 회심의 미소를 지어 보이며 이렇게 답한다.

"나라고 뭐, 그런 걱정을 안 했겠어?"

나는 손에 든 핸드백에서 챙이 긴 검정 야구모자와 검정 마스크를 꺼내서는, 그걸 주리를 향해 들어 보이며 이렇게 말한다.

"이 모자를 푹 눌러 쓰고 검정 마스크로 가리면, 사람들이 잘 못 알아보지 않을까?"

"그런다고 정말 못 알아볼까요? 오히려 사람들의 눈길을 더 끌 수도 있을 것 같은데…."

"그렇다고 지난번 LA에서처럼 배트맨과 캣우먼 코스프레를 다시 할 수는 없는 노릇이잖아."

"왜 그런 흑역사를 들춰내고 그러세요?"

그 요란한 복장을 하고 가선 디즈니랜드로부터 문전박대당했던 기억을 상기시킨 나는 쓸쓸한 웃음을 떠올린다.

그런데 한편으론, 그런 굴욕적 기억마저도 이제 추억의 영역으로 넘어갔다고 생각하니 기분이 묘하다.

우리는 일단 허기진 배부터 채우기로 한다.

그런데 주리가 나를 데려간 곳은 미드 타운 어느 도로변에 세워진 노란색 푸드 트럭 앞이었다.

간판엔 'Nathan's Famous'라고 쓰여 있다.

뭔가 근사한 저녁 식사를 기대했던 나로선 적잖이 실망하지 않을 수 없었다.

어김없이 내 안의 투덜이가 소환된다.

"아깐 뉴욕의 크리스마스를 제대로 느끼게 해줄 거라고 큰소리치더니, 고작 길거리 음식이나 먹으라고?"

"저래 보여도 백 년이 넘는 역사를 지닌 핫도그 집의 프랜차이즈예요. 지난번에 바로 앞까지 갔다가 허탕 치고 돌아왔던 코니 아일랜드 루나 파크 기억나시죠? 그 루나 파크 앞에 있는 본점은 줄 서서 사 먹을 정도로 유명한 집이라고요. 매해 독립기념일마다 핫도그 먹기 대회를 개최하기도 하고요."

"아무리 유서 깊고 유명한 음식이라고 해봤자, 핫도그는 핫도그지. 뒤풀이 메뉴로는 너무 약하잖아!"

"이게 메인이 아니니까 걱정하지 마세요. 핫도그는 어디까지나 중요한 스케줄 전에 먹는 초요기 정도로 생각하세요. 그리고 일정 끝나면 제대로 된 정찬을 먹자고요!"

"중요한 스케줄? 그게 뭔데?"

"미리 알려 드리면 재미없잖아요. 얼른 핫도그나 먹자고요."

사실 주리가 준비한 중요한 스케줄이란 게 대체 뭔지 몹시 궁금했지만, 더 물어보면 체통 없어 보일까봐 꾹 참는다.

8절지 크기의 상자에 내가 고른 베이컨 치즈 도그와 주리 몫의 오리지널 핫도그, 그리고 프렌치 프라이와 콜라가 담겨 나왔다.

우리는 그 상자를 들고 바로 인구에 있는 브라이언트 파크로 갔다.

그런데 《더 유니버스》 경연 기간 중에 이곳을 찾았을 때만 해도 잔디밭이었던 자리가 아이스링크로 변신해 있었다.

맨해튼 미드타운의 빌딩 숲 사이에 마련된 아이스링크에서 스케이트를 즐기며 들떠 있는 사람들의 모습을 보니, 정말 크리스마스 기분이 물씬 난다.

"주리 네가 말한 중요한 스케줄이라는 게 혹시 스케이트 타는 거였어?"

"어, 아닌데⋯. 왜요? 유노 쌤, 스케이트 타고 싶으세요?"

"아니야. 그런 건 아니고⋯."

스케이트 타며 즐거워하는 사람들의 모습을 보니, 나도 주리와 함께 빙판 위에서 놀고 싶은 충동이 일었던 건 맞다.

하지만 내 전속 뉴욕 가이드인 주리가 야심 차게 준비한 뭔가가 있는 모양이니, 일단 믿고 기다려 보기로 한다.

우리는 사람들의 시선이 잘 닿지 않는 구석진 곳에 있는 벤치로 가서 자리를 잡았다.

길거리 음식이라고 빈정대긴 했지만, 막상 눈앞에 베이컨 치즈 도그를 마주하고 보니 식욕이 급상승한다.

'설마 내가 핫도그 먹는 장면이 파파라치에 의해 도촬되는 건 아니겠지?'

그런 우려를 하면서도 한탄스러운 마음이 드는 나였다.

핫도그 하나 먹으면서도 이목을 신경 써야 한다니.

이 고독한 셀레브리티의 삶이란⋯.

하지만 이렇게 허기진 상태에서 계속 주저하고 있을 수만은 없는 노릇.

더는 배고픔을 참을 수 없었던 나는 주위를 한 번 쓱 둘러본 후 검정 마스크를 내린다. 그리고는 조심스럽게 입으로 핫도그를 가져간다.

가급적이면 우아하게 입을 벌리려고 했지만, 입술에 묻히지 않고 먹기 위해선 입을 크게 벌릴 수밖에 없었다.

한 입 베어먹은 후에도 혹시 목격자는 없는지 주변을 살피며 확인해야만 했다.

그런 내 모습에 마음이 쓰였는지 주리가 한마디 한다.

"제가 괜한 얘길 하는 바람에, 더 신경 쓰게 만든 것 같아 죄송하네요."

"네가 죄송할 것까진 없어. 먹는 모습이 미워 보일까 봐, 약간 신경 쓴 것뿐이니까. 주리의 미모는 소중하잖아."

"그나저나 핫도그는 맘에 드세요?"

"음, 별거 아닌 것 같으면서도 왠지 중독되는 맛인데?"

"그럼, 맘에 드신다는 뜻?"

"다소 느끼하지만, 짠맛 때문에 빠져들 수밖에 없는…. 뭐랄까, 가장 미국적인 맛들을 다 끌어다 모아놓은 맛이랄까?"

"미국적인 맛이라, 딱 적절한 표현인 것 같네요. 저에게도 이 핫도그는 자유의 맛이거든요. 자유와 미국은 서로 불가분의 관계잖아요."

"자유의 맛?"

"네. 사실 전 미국으로 유학 오기 전까지는 길거리 음식이란 걸 사 먹어본 적이 없었어요. 등하굣길엔 늘 기사 아저씨가 동행했었으니까요. 그러다 뉴욕에 와서 처음으로 길거리에서 핫도그를 사 먹었는데, 그게 그렇게 맛있을 수가 없었어요."

그러고 보면, 세상은 참 재미있다.

별거 아닌 길거리 음식 하나가 어떤 이에겐 자유의 상징이 될 수도 있으니 말이다.

그리고 나는 지금, 이 핫도그 하나로 주리의 특별한 추억을 공유하고 있다.

지금 이 순간 이후부터는, 특별할 것 없는 이 핫도그가 내겐 뉴욕의 상징 중 하나가 될 것이다.

그리고 나에게 있어, 뉴욕과 주리는 서로 불가분의 관계가 된 지 오래다.

따라서 앞으로 나는 핫도그만 봐도, 마치 파블로프의 개처럼 주리를 떠올리게 될 것 같다.

2017년 12월 10일 뉴욕시각 PM 07:26.

초요기라고 하기엔 다소 거했던 식사를 끝낸 후, 주리와 나는 42번가를 따라 600m 정도를 이동했다.

사실 걷기엔 좀 먼 거리였지만, 택시를 타기도 좀 뭣한 거리였다. 그리고 저녁 시간대라 교통체증이 심해서, 만약 택시를 탔다면 더 오래 걸렸을지도….

"여기예요."

주리가 도착을 알린 지점은 바로 파이브 가이즈 레스토랑 앞이었다.

"여기에 왜 온 건데? 방금 핫도그 먹고 왔는데, 바로 이어서 햄버거를 먹으려는 건 아닐 테고…."

"우리가 이곳에 온 이유는 바로, 저것 때문이에요."

주리의 손끝이 가리키고 있는 방향을 따라가 보니, 그곳엔 화려하게 치장된 검은색 대형버스 한 대가 서 있었다.

"웬 버스?"

"우리가 저걸 탈 거예요. 저 버스를 타고 미드 타운 일대를 돌아다닐 거예요."

"지금, 버스 관광을 하잔 말이야? 그런 건 노인들이나 하는 거 아냐?"

"저건 보통 버스랑은 전혀 다르다고요."

"버스가 버스지, 달라 봤자 얼마나 다르겠어?"

"글쎄, 타보면 아실 거라까요. 일단 타시죠!"

나는 여전히 못마땅한 기색을 감추지 못한 채 버스에 승차한다.

그런데 막상 버스 내부로 들어서니, 뭔가 다르긴 좀 다르다.

일단 좌석 배치부터 달랐다. 버스 진행 방향이 아닌 우측 옆면을 향해 세 줄의 좌석이 놓여있는데, 극장 객석처럼 계단식으로 배열되어 있어서 2열과 3열에서도 시야가 가려지지 않는 구조다.

그리고 버스 천장과 우측 측면이 유리로 되어 있어서, 좌석에 앉으면 버스 밖 거리 풍경을 조망할 수 있게 되어 있었다.

한마디로 버스 내부가 하나의 공연장 관객석 같은 느낌.

우리는 거의 출발 시간에 임박하여 도착했기 때문에 맨 마지막에 탑승했다. 그래서 다른 모든 승객들이 자리를 잡고 남은 두 좌석에 착석해야 했다.

우리 자리는 3열 오른쪽 끝이었지만 시야가 나쁘지 않았고, 무엇보다 사람들 눈에 잘 띄지 않는 곳이라 오히려 더 마음에 들었다.

잠시 후에 신나는 음악과 함께 객석 양옆으로 등장한 2인의 MC는 현란한 진행 솜씨로 승객들의 흥을 돋군다.

"저 두 MC는 브로드웨이에서 활동하는 현역 배우들이라고 들었어요."

"어쩐지, 탄탄한 발성과 유려한 딕션이 심상치 않더라니…."

"그런데 유노 쌤, 버스 투어는 노인들이나 하는 거 아니냐고 역정 내시던 그분은 대체 어디 가셨죠? 지금 완전 신나 보이시는데요?"

"뭐, 이 버스는… 좀 다른 것 같긴 하네."

버스 타기 전과 후의 내 마음이 너무 다르다는 사실을 인정하기는 좀 부끄럽다. 그리고 선입견에 빠진 나머지 덮어놓고 투덜댔던 나 자신을 깊이 반성한다.

하지만 지금은 모든 걸 내려놓고 그저 이 순간을 즐기고 싶다.

나는 지금, 어릴 적부터 내가 가장 동경해온 도시에, 나 자신보다 더 소중한 주리와 함께 있단 말이다.

여기서 무얼 더 바라겠는가?

149. 더 라이드

◆◆

42번 스트리트 8번 애비뉴의 파이브 가이스 앞에서 출발한 더 라이드 퍼포먼스 버스는 맨해튼 미드타운 일대의 빌딩 숲 사이사이의 상습 정체 구간들을 누비고 다닌다.

이 버스가 여타의 시티 투어 버스와 차별화되는 점은 바로 거리 곳곳에서 펼쳐지는 퍼포먼스를 감상할 수 있다는 점이다.

느린 속도로 달리던 버스가 신호나 정체에 걸려 멈출 때마다, 행인들 틈에 숨어있던 연기자들이 나타나 몇 분간 퍼포먼스를 펼친다.

이를테면 지나가는 사람인 줄 알았던 청년이 갑자기 랩과 춤을 선보이는가 하면, 집배원 복장을 한 사내가 냅다 가방을 벗어 던진 채 탭 댄스를 추고, 콜럼버스 서클을 배경으로 남녀 무용수가 로맨틱한 발레 공연을 펼치는 식이다.

버스 안에는 차량 밖 퍼포먼스와 싱크로 되는 음악이 흐르고, 퍼포머의 음성은 무선 오디오 시스템을 통해 버스 내부로 생생하게 전달된다.

달리는 버스에서 거리 공연을 감상한다는 것은 항상 교통량이 많은 맨해튼 미드타운이기에 가능한 일이라고 할 수 있다. 만약 차들이 쌩쌩 달리는 도로였다면, 이런 시도 자체가 불가했을 테니 말이다.

그러니까 더 라이드 퍼포먼스 버스 투어는 뉴욕의 만성적인 교통 체증을 역발상으로 이용한 관광상품인 셈이다.

버스가 유명한 랜드마크를 거쳐 가는 동안 프리스타일 랩, 힙합 댄스, 발레, 노래 공연 등을 감상하다 보니, 어느덧 70분이란 시간이 훌쩍 지나가 버렸다.

버스는 다시 출발점에 접근해 간다.

버스가 출발한 후부터 혼잡한 도로 위에서 가다 서다 반복하는 내내 잠시도 쉴 새 없이 떠들어대던 두 남녀 진행자 중 남 MC가 갑자기 나를 보며 소리친다.

"Oh my God! So unbelievable!(어머나 세상에! 믿을 수 없어!)"

'혹시 저 사람이 나를 알아본 거야?' 하는 생각이 들었을 때야, 나는 내가 마스크를 벗은 상태임을 깨달았다.

버스 안에서까지 마스크를 쓰고 있기가 좀 답답해서 벗은 것이었다.

내 자리가 가장 구석진 뒷자리라서, 쉽게 눈에 띄지 않으리라고 생각했는데….

나는 서둘러 마스크를 썼지만, 이미 때는 늦었다.

어느새 버스 내 모든 승객의 시선이 내 쪽으로 쏠려 있는 게 아닌가?

"That wonderful girl must be Jury Kang!(저 멋진 소녀는 주리 강임이 틀림없어!)"

남자 MC가 그렇게 외치자, 승객들의 환호성으로 버스 전체가 들썩거린다.

급기야 버스에 탄 모든 사람이 일제히 'Jury Kang'을 연호하기에 이른다.

순식간에 벌어진 상황에 어리둥절해 있는 내게 주리가 말한다.

"앞으로 나와달라는데 어떡해요, 유노 쌤?"

사실 나도 그 말을 못 알아들어서 가만히 앉아 있었던 건 아니다. 내 어눌한 영어로 저 흥부자 MC를 상대해낼 엄두가 나질 않았기 때문이다.

"더 라이드 퍼포먼스 버스 투어는 원래 마지막에 〈New York, New York〉을 합창하면서 일정을 마무리한대요. 그런데 이번 투어에선 주리 강에게 선창을 부탁하고 싶다고 하네요."

"지금 나보고 여기서 노래를 부르라고?"

"아무래도, 무리한 제안이죠? 월드 스타 주리 강에게 버스 안에서 노래를 부르라니, 말도 안 돼! 그럼, 제가 대신 거절 의사를 밝힐게요."

그렇게 말하고는 자리에서 일어나려는 주리의 팔을 붙잡는 나.

"그냥 가만히 있어!"

주리는 자신을 제지하는 나를 의아한 듯 쳐다본다.

"노래시키는데 내가 빼는 것 봤어? 청계산 옥려봉, 횟집 앞, 기내, 병실, 워싱턴 스퀘어 파크, UN 총회장, 심지어 아버지 장례식장에서도 노래해 봤는데, 버스 안이라고 못할 이유 없지."

노래에 있어서만큼은 아무도 나를 못 말린다는 걸 아는 주리는 더 이상 나를 막지 않았다.

나는 안전벨트를 푼 후 자리에서 일어나 거침없이 앞으로 나간다.

남자 MC와 말을 섞을 의향이 별로 없었던 나는 그에게서 마이크를 뺏듯이 받아들고는 승객들을 향해 선다.

짧은 인사 한마디라도 할까 하다가, 내 비루한 영어 발음이 탄로 날까봐 바로 노래를 시작한다.

"Start spreading the news.

I'm leaving today~

(소문을 내주세요.

나는 오늘 떠난답니다~)."

나는 프랭크 쉬내트라의 오리지널 버전이 아닌, 캐리 멀리건의 슬로우 버전으로 시작했다.

내가 첫 소절을 내뱉는 순간, 버스 안은 물을 끼얹은 듯 조용해졌다.

"I want to be a part of it.

New York New York~

(나는 이 도시의 일부가 되고 싶어.

뉴욕 뉴욕~)."

온통 성탄 빛으로 물든 맨해튼의 중심을 달리는 버스 안에서 〈New York, New York〉을 부르고 있는 지금, 나는 정말 뉴욕의 일부가 된 기분이다.

'나는 이 도시에서 일어나고 싶어.

잠들지 않는 이곳에서~

그리고 내가 최고임을 확인하고

성공의 정상에 서고 싶어~.'

이 노래의 가사는 내가 주리의 몸으로 뉴욕에 처음으로 입성하던 순간을 떠올리게 한다.

그때의 나는 쟁취하고자 하는 욕망으로 달아올라 있었지.

여기까지 오는 동안 크고 작은 난관이 없었던 건 아니지만, 모두 내가 원하는 방향으로 흘러왔다.

그리고 기대를 훌쩍 뛰어넘는 성과와 과분한 인기를 누리게 되었다.

이 신기루와도 같은 순간들이 언제까지 이어질지는 나도 모른다.

그렇지만 '끝'이란 것에 대한 예기불안이나 미련 같은 건 이제 없다.

내가 강주리로서 누리는 영광의 순간이 지금 당장 끝나버린다고 해도, 나는 그 끝을 겸허히 받아들일 수 있을 것 같다.

그리고 주리와의 친밀한 공생관계가 종결되는 것에 대한 두려움도 극복했다.

우리가 다시 각자의 몸으로 복귀하더라도, 주리에 대한 내 감정을 지켜낼 자신이 생겼기 때문이다.

나는 주리에 대한 내 감정을 현존하는 언어와 개념 속에 섣불리 가둬놓지 않을 것이다.

그리고 어떤 타협이나 굴복도 없이 순수하고 완전한 원형 그대로 나의 내면 깊숙한 곳에서 지켜낼 것이란 말이다.

2017년 12월 11일 뉴욕시각 AM 07:09.

[유노 쌤, 일어나셨어요?]

주리가 이 카톡 메시지를 보내왔을 때, 나는 눈을 뜬 채로 침대 안에서 뒹굴뒹굴하던 참이었다.

나는 누운 채로 답신을 보낸다.

[아직 몸은 안 일어나고, 눈만 뜨고 있어. 근데 왜?]

[밖에 눈 온 거 알아요?]

[오, 레알? 지금도 와?]

[지금은 그친 듯. 우리, 센트럴 파크로 눈 구경 나갈까요?]

[ㅇㅇ]

[그럼, 30분 후에 1층 현관 앞에서 만나요.]

눈이고 뭐고….

솔직히 조금 더 누워 있고 싶은 마음이 컸다.

어제 UN 총회 연설부터 맨해튼 관광까지 만만치 않은 일정을 소화하느라 무리했는지, 몸이 천근만근이다.

하지만 나의 굿윌 여신 주리 님이 나오라는데, 내 어찌 침대 안에서 더 개길 수 있으랴?

잽싸게 일어나 준비해야지.

눈 내린 아침의 센트럴 파크.

눈도 왔다기에 추울 것으로 예상하고 롱 패딩을 입고 나왔는데, 생각보다 안 춥다. 조금 걷다 보니 등에 살짝 땀이 날 정도….

기모 후드 져지에 윈드 브레이커 차림으로 나온 주리에게 내가 말한다.

"이 정도로 포근할 줄 알았으면, 나도 너처럼 가벼운 차림으로 나오는 건데…. 뉴욕의 겨울은 원래 이렇게 안 추워?"

"여기도 추울 땐 꽤 춥지만, 한국보다는 대체로 온화한 편인 것 같아요. 12월의 뉴욕은 한국의 3월 초 정도라고 보시면 돼요."

"그렇구나. 암튼 오랜만에 눈 구경 나오니 참 좋다!"

적당한 냉기의 눈바람이 가져다주는 기분 좋은 청량감을 맞이하고 보니, 내게 이런 시간이 필요했다는 생각이 든다.

숨 가쁘게 달려온 지난 몇 달간 항상 무언가로 충만해 있던 내 몸과 마음이, 저기 저 쌓인 눈처럼 하얗게 비워지는 것 같다.

새하얀 눈꽃이 핀 나무숲 너머로 펼쳐진 맨해튼 스카이라인을 바라보니, 마치 이 평화로운 공원이 저 바쁘고 고단한 도시를 포근하게 안아주고 있는 듯한 느낌이 든다.

우리는 더 폰드와 갭스토 브리지가 바라다보이는 언덕에 당도했다.

주리는 전망이 괜찮은 벤치 하나를 골라 장갑 낀 손으로 쌓인 눈을 털어낸 후, 손에 들고 온 대형 쇼핑백에서 방석 두 개를 꺼내 벤치에다 놓는다. 그리고는 내게 이렇게 말한다.

"자, 여기 앉으시죠!"

보테가 베네타의 인트레치아토 기법으로 만들어진 가죽 방석에 엉덩이를 슬쩍 올려놓는 나. 다른 사람이 이런 방석을 내놓았다면 짝퉁이 아닐까 의심했겠지만, 주리가 가져온 거니 진품이 맞을 것이란 확신이 든다.

"어떻게 방석까지 챙겨올 생각을 했어?"

"어디, 방석뿐인가요? 도시락까지 챙겨온걸요?"

"도시락까지?"

눈이 휘둥그레진 나를 향해 싱긋 웃어 보인 주리는, 조금 전에 방석이 나왔던 그 쇼핑백에서 등나무 바구니 하나를 꺼낸다.

그 바구니에서 나온 3단 나무 찬합 안에는 클럽 샌드위치, 코코넛 쉬림프, 아보카도가 올라가 있는 시저 샐러드, 하몽을 말아놓은 멜론, 캐비아와 또띠아, 푸아그라 테린과 오트밀 비스킷 등의 음식이 들어 있었다.

"이걸 주리 네가 다 만든 거야?"

"아니요."

"그럼, 메이드 분이 만들어 준 거야?"

"그것도 아니고…. 미슐랭 3스타 쉐프인 장 조르디가 저희 아빠와 절친이시거든요. 그분께 부탁한 거예요. 직접 찾아가거나 전화할 수 없으니까 메일로 부탁을 했고, 직원이 아침에 집까지 배달해 주셨어요."

"그렇다면 이게 미슐랭 3스타 쉐프가 만든 도시락이란 얘기야?"

"네, 유노 쌤을 위해 제가 부탁한 거예요. 마음 같아선 직접 만들고 싶었지만, 제가 요리를 직접 해본 적은 없어서…"

이 정도 준비를 해왔으면 생색을 좀 낼 만도 한데, 도리어 미안한 표정을 짓는 주리가 그렇게 사랑스러워 보일 수가 없다.

나는 우선 멜론 하몽 말이를 손으로 집어 입안에 넣어본다.

숙성 잘 된 하몽의 짠맛과 상큼한 멜론의 단맛이 빚어내는 단짠의 매혹에 흠뻑 빠져 있는 내게 주리가 말한다.

"엊저녁에 더 라이드 퍼포먼스 버스 안에서 〈New York, New York〉 부르셨던 것도 유튜브에 올라와 있어요. 아직 못 보셨죠?"

나는 하몽과 멜론을 씹느라 입을 오물거리며, 고개만 끄덕인다.

"이번에도 댓글들이 예술이에요."

"그래?"

"드시는 동안, 제가 읽어 드릴게요."

"그래 주면, 나야 고맙지."

그렇게 대답했다가는 이내 마음을 고쳐먹는 나.

"아니야, 주리 너도 어서 먹어! 댓글은 내가 직접 읽어 볼 테니."

나는 주리로부터 아이폰을 받아들고는 동영상 클립 아래 달린 댓글 창을 쭉 훑어본다.

'저 버스 안에 탑승했던 사람 눈과 귀 삽니다!'

'혹시 MC랑 미리 짠 거 아님? 즉석에서 노래를 시키는데, 어쩜 저렇게 완벽한 라이브를 구현해낼 수 있는 거지?'

'저 버스 티켓 가격이 만만치 않은 거로 알고 있는데, 저 버스 탄 사람들은 그보다 몇 배의 가치가 있었을 듯'

'주리신은 도대체 못 하는 장르가 뭐야?'

'슬로우 파트에서 진심 지렸다!'

'내가 MC였다면, 다른 승객들에게 절대 따라 부르지 말라고 얘기했을 듯. 승객들 따라 부르는 소리가 옥에 티.'

'버스 안인데도 불구하고 노래 불러 달란다고 진짜로 불러주는 주느 님 인성 갑!'

'주리신 당신은 노래를 위해 태어난 사람!'

150. 다이커 하이츠에서 생긴 일

◆◆

벤치 위의 아침 식사가 거의 끝나갈 무렵, 눈발이 흩날리기 시작한다.

"앗, 다시 눈 와요!"

"그러게, 완전히 그친 게 아니었던 모양이네."

"얼른 철수해요, 우리!"

"그래!"

벤치 위에 차려진 것들을 서둘러 거둬들인 우리는 돌아오는 발걸음을 재촉한다.

걷다 보니 눈발이 점점 굵어진다.

팝콘 크기만 한 함박눈이 펑펑 쏟아지는 새하얀 센트럴 파크를 주리와 함께 걸으니, 내가 마치 동화 속 세상 어딘가를 걷고 있는 듯한 신비감이 든다.

"눈이 오니 참 예쁘긴 한데, 도로 사정을 생각하면 암담해지네요."

걱정스러운 표정으로 그렇게 말하는 주리에게 가벼운 핀잔을 주는 나.

"이렇게 로맨틱한 분위기에서 꼭 그렇게 분위기 깨는 발언을 해야겠니? 주리 너 혹시, 진짜 아재가 되어가는 거냐?"

그러자 주리는 억울한 듯 항변한다.

"그게 아니라요… 이렇게 눈이 많이 와버리면, 우리의 계획에 차질이 생긴단 말이에요."

"계획…이라니?"

"원래, 오늘 꼭 가려고 했던 곳이 있었거든요. 그런데 이렇게 눈이 많이 오면, 가기 힘들잖아요."

"꼭 가려고 했던 곳이 어딘데?"

"브루클린 남서쪽에 가면 크리스마스 마을이라 불리는 곳이 있어요. 그곳에 가면 크리스마스 분위기를 제대로 느낄 수 있다고 들었거든요."

"크리스마스 마을이라…."

"다이커 하이츠라는 동네인데, 그곳에선 매년 크리스마스 시즌에 집 꾸미기 콘테스트가 열린대요. 경연에서 우승한 집에는 1년 치 전기세를 감면해주는 혜택이 주어진다고…. 그래서 매년 이맘때면 집집마다 아름답게 꾸며진 크리스마스 장식을 구경하러 오는 관광객들로 붐빈다고 해요."

주리는 사뭇 기대에 찬 표정으로 설명했지만, 솔직히 나는 썩 내키지 않았다.

기껏 크리스마스 장식이나 구경하자고 맨해튼 북동쪽에서 브루클린 남서쪽까지 가야 한다니.

나는 결국 탐탁지 않은 속내를 고스란히 내비치고 만다.

"나는 맨해튼에서도 이미 크리스마스 기분을 충분히 느끼고 있는데, 꼭 거기까지 가야 해? 크리스마스 장식이라면 버그 도프 굿맨이나 바니스 뉴욕 백화점의 쇼윈도만으로도 충분하지 않니?"

나의 심드렁한 반응에 조금 토라진 듯 보였던 주리는 이내 체념하는 표정으로 이렇게 말한다.

"어차피 폭설 때문에 길이 엄청나게 막혀서 가기도 힘들 거예요. 그냥 없던 일로 할게요. 별수 있나요? 모처럼의 자유 시간을 아파트에 틀어박힌 채 보내야죠, 뭐."

그렇게 말해놓고선, 혼잣말처럼 나지막하게 한마디 덧붙이는 주리.

"사실 그 동네에 우리 이모할머니 소유의 저택이 있고, 그 집에 에릭 클랙튼이 선물한 기타가 있는데…."

주리 입에서 나온 '에릭 클랙튼'이란 말에 귀가 번쩍 뜨인 나는 격앙된 어조로 이렇게 묻는다.

"에릭 클랙튼? 세계 3대 기타리스트인 바로 그분 말이야?"

"네, 맞아요."

"그분이 왜 너희 이모할머니에게 기타를 선물하신 건데? 이모할머님이 혹시, 뮤지션이셨어?"

"아니요. 뮤지션이 아니라, 프리랜서 물리치료사예요. 에릭 클랙튼이 뉴욕에 거주하는 몇 달간 이모할머니가 물리치료를 담당하신 적이 있대요. 그때 선물로 받으신 기타죠."

"아, 그렇게 된 거구나! 그러잖아도, 에릭 클랙튼이 말초신경병증을 앓고 있다는 기사를 본 적 있어."

"맞아요, 바로 그 말초신경병증으로 인한 통증 때문에, 그는 머무는 곳마다 전담 물리치료사를 두었죠."

조금 전까지만 해도 주리가 제시한 계획에 대해 부정적이었던 나는, 180도 돌변한 태도로 주리를 재촉한다.

"얼른 가자! 아, 맞다. 집에 가서 옷은 갈아입고 가야겠지?"

"다이커 하이츠에… 가자고요? 폭설 때문에 도로가 복잡해서, 아마 두 시간 반은 족히 걸릴걸요?"

"교통 체증이 대수니? 길 막히는 거야 서울에서도 흔한 일인 걸, 뭐. 그리고 차 안에서 눈 오는 뉴욕의 거리를 구경하는 것도 나쁘지 않잖아?"

역시 주리는 고단수다.

에릭 클랙튼의 기타 얘기를 꺼내면 틀림없이 내가 혹하리라는 걸, 주리는 이미 다 알고 있었던 거다.

늘 이런 식이지.

하지만 이렇게 주리에게 조련당하는 기분이 꼭 나쁜 것만은 아니다.

그만큼 주리가 나에 대해 속속들이 잘 알고 있다는 뜻이기도 하니까.

맨해튼 어퍼이스트 사이드에서 브루클린 남서쪽 끝까지 어떤 방법으로 이동해야 할지, 우리는 한참을 고민해야 했다.

버스나 지하철을 여러 번 갈아타고 가려니, 고생스러운 건 둘째 치더라도 유명인으로서의 내 신변 안전이 걱정되었다.

그렇다고 택시를 타려니 길에다 돈을 쏟아붓게 될 것만 같았다.

그래서 우리는 결국 유엔 측에 의전 차량을 요청하기로 한다.

어제는 호의를 거절했다가 하루 만에 입장을 번복하면서 차를 보내 달라고 말하기가 조심스러웠는데, 유엔 측에서는 흔쾌히 내 부탁을 들어줬다.

그들은 내가 전화로 부탁한 지 한 시간도 채 안 되어서, 그것도 무려 롤스로이스 팬텀을 보내주었다.

차들이 거북이처럼 기어가고 있는 파크애비뉴로 접어들었을 때, 주리가 갑자기 뭔가 생각난 듯 소리친다.

"참, 오늘이 벌써 11일이죠?"

"11일 맞는 것 같은데…. 근데 왜?"

"〈아무 사이 아니라고〉 싱글 음원 출시일이 10일이었잖아요!"

"아, 맞다. 정말 까맣게 잊고 있었어!"

UN 총회 연설에 온 신경이 쏠려 있는 통에, 어제 핑크 클라우드 단체곡 〈아무 사이 아니라고〉의 음원이 세계 시장에 출시된 것도 모르고 있었던 거다.

"저도 이제야 생각났네요."

UN 연설에 관한 기사를 검색하고, 심지어 더 라이드 퍼포먼스 버스 라이브 영상에 대한 댓글 반응까지 챙기던 주리 역시 〈아무 사이 아니라고〉의 음원 성적에 대해선 미처 찾아볼 생각을 못 했었나 보다.

"그런데 뭔가 이상해. 어제 음원이 출시된 이후에도 왜 핑크 클라우드 단톡방이 조용했을까?"

"그러게요."

"혹시, 음원 성적이 기대에 못 미쳐서 그랬던 건 아닐까?"

"에이, 설마요!"

슬쩍 불길한 생각이 들어 심란한 표정을 짓는 나를 향해 가볍게 눈을 흘긴 주리는 이내 주머니에서 아이폰을 꺼내 든다.

"뭣 하러 그런 쓸데없는 걱정을 해요? 지금 바로 확인해보면 되는 걸 가지고…."

말은 그렇게 했지만, 주리의 얼굴에도 초조한 빛이 얼핏 스친다.

아이폰 액정 화면에 뭔가를 바삐 입력하는 주리의 모습을 보며, 나는 두근거리는 가슴을 쓸어내린다.

내 솔로곡 〈Forest of Dreams〉의 음원 성적을 확인할 때도 이 정도로 떨리진 않았는데….

마침내 뭔가를 찾아낸 듯한 표정의 주리가 천천히 입을 연다.

"적당한 기사를 찾았어요. 제가 기사를 읽어 드릴게요."

어느 때 같았으면, 성미 급한 내가 주리로부터 아이폰을 빼앗아서 직접 기사를 읽었을 것이다.

하지만 지금은 가슴이 너무 떨린 나머지, 그저 주리가 읽어주는 기사를 숨죽이고 들을 수밖에 없다.

"강주리의 솔로곡 〈Forest of Dreams〉가 빌보드 핫 100 1위에 랭크된 상태에서 발표된 핑크 클라우드의 완전체곡 〈아무 사이 아니라고〉가 전 세계적으로 선풍적인 인기를 모으고 있다. 국내 음원 차트 올킬은 물론, 세계 64개국 아이튠즈 차트 1위에 오르는 기염을 토했다. 여기서 한 가지 주목할 점은 앞서 발표된 〈Forest of Dreams〉가 대부분의 실시간 차트에서 여전히 2위를 마크하고 있다는 사실이다."

2017년 12월 11일 뉴욕시각 PM 01:55.

폭설이 내린 뉴욕의 교통 체증은 각오했던 것보다 훨씬 더 극심했다.

어퍼 이스트 사이드에서 다이커 하이츠까지 무려 2시간 50분이 걸렸다.

그래도 유엔에서 보내준 의전 차량을 이용했으니 망정이지, 택시를 탔다면 아마도 천문학적 요금이 나왔을 것이다.

우리를 다이커 하이츠 초입에 내려준 기사는 오후 여덟 시에 다시 와서 우릴 픽업하기로 하고, 왔던 방향으로 되돌아갔다.

3시간 가까이 차에 갇혀 있느라 지치고 화난 나는 마침내 참았던 울분을 터뜨린다.

"뭐야, 여긴 그냥 주택가잖아!"

"낮이라서 그래요. 밤에 조명이 들어오면 정말 예쁘단 말이에요. 그래서 일부러 픽업 시간을 여덟 시로 잡은 거고요."

"겨우 이런 곳에 오려고 그 생고생을 했다니 좀 허무하네."

"저는 분명 오래 걸릴 거라고 말씀드렸어요. 교통 체증이 대수냐고, 길 막히는 건 서울에서도 흔한 일이라고 하신 분이 누구죠?"

듣고 보니 반박 불가.

분노 모드였던 내 말투는 이내 절박 모드로 바뀐다.

"오줌 마려워 죽겠어! 너희 이모할머니 댁은 어디야? 빨리 가자!"

주리네 이모할머니 댁으로 황급히 달려 들어가 터지기 직전까지 팽창해 있던 방광을 무사히 비운 후에야, 나는 비로소 평정을 되찾는다.

각자의 급한 볼일을 마치고 나온 우리는 서로 마주 보며 머쓱한 표정을 짓는다.

"그러고 보니 남의 집에 인사도 없이 불쑥 들어왔네. 이모할머님은 어디 계시니? 얼른 인사드려야지."

"아, 이모할머니는 지금 보스턴 아드님 댁에 가 계세요."

"이모할머니의 아들이라면, 너에겐 오촌 당숙?"

"맞아요. 원래 그 아저씨네 가족도 뉴욕에 살았었는데, 육촌 오빠가 하버드에 들어가면서 가족 전체가 보스턴으로 이주했죠."

"아들이 하버드에 갔다고 가족 전체가 보스턴으로 이주했단 말이야?"

"네, 좀 유별나긴 하죠? 미국 가정에서는 상상할 수도 없는 일이지만, 한국의 부모님 중에는 자식이 무조건 최우선 순위인 분들이 많으시잖아요."

사실 주리네 이모할머니의 행방은 내 주된 관심사가 아니었다. 내 신경은 오로지 에릭 클랩튼이 주리 이모할머니에게 준 기타에 쏠려 있다.

"주리야!"

"기타는 어디 있냐고 물으려고 하신 거죠?"

"오, 귀신!"

내 마음속을 훤히 꿰뚫어 보고 있는 것 같은 주리가 살짝 무섭게 느껴질 정도.

"이쪽으로 따라오세요."

주리를 따라 들어간 곳은 서재로 보이는 방이었다.

벽 전체가 책꽂이로 채워진 한쪽 벽이 스르르 열리면서, 그 모습을 드러낸 비밀의 방. 에릭 클랩튼의 기타는 바로 그 은밀한 공간 안에 고이 모셔져 있었다.

그런데 아쉽게도, 그 기타는 유리 쇼케이스 안에 보관되어 있어서 내 손으로 직접 만져볼 수는 없었다.

"이건 펜더 트리뷰트 시리즈 블랙키 스타라토캐스터인 것 같아."

"우와! 그냥 척 보면 아세요?"

"에릭 클랩튼이 1950년대 중반에 기타 여러 대의 파트를 조합하여 만든 블랙키라는 기타를, 펜더 커스텀 샵에서 마스터 빌더들이 섬세한 수작업으로 재현해서 만든 제품이지."

"좀 낡아 보이는데, 에릭 클랩튼이 직접 사용하던 기타인가 봐요."

"오리지널은 아니고, 그걸 똑같이 복각한 제품이야. 나무가 드러날 정도로 닳은 바디나 변형된 넥에서부터 헤드 위의 담뱃불 자국까지 완벽하게 재현해냈지."

"그럼, 이 기타는 그닥 귀한 물건이 아닌 건가요?"

"복제품이라고 해서 귀하지 않은 건 결코 아니야. 이 트리뷰트 시리즈 블랙키는 2006년에 275대 한정으로 2만4천 달러에 판매되었는데, 7시간 만에 완판되는 진기록을 세운 바 있어. 전 세계에 275대밖에 없는 기타이니, 레어템이라 할 수 있겠지? 물론 나도 처음 보는 거고…."

"그래도 이 기타를 바라보는 유노 쌤의 빛나는 눈빛을 보니, 여기 오길 잘했다는 생각이 드네요. 직접 만져보게 해드리고 싶지만, 쇼케이스 안에서 꺼낼 방법이 없으니…"

"이렇게 직접 봤잖아. 눈에 담은 것만으로도 충분해."

나를 다이커 하이츠까지 오게 만든 궁극적 동기를 충족시키고 나니, 갑자기 허기가 밀려온다.

"배고파!"

"저도요!"

주리와 나는 마치 굶주린 들개처럼 주방을 헤집어, 한국 컵라면 몇 개를 찾아냈다. 그리고 냉장고 한쪽 구석에 있는 김치통도 발견했다.

나는 컵라면에 물을 붓고, 주리는 김치 한 포기를 꺼내 적당한 크기로 썰어 접시에 담아낸다.

라면과 김치라는, 가장 간편하면서도 그보다 어울릴 수 없는 조합의 점심상을 차려놓고는 아일랜드 식탁 앞에 나란히 앉은 두 사람.

그런데 막상 아무도 없는 빈집에서 주리와 내가 단둘이 라면을 먹고 있으려니, 기분이 좀 묘하다.

151. 블리자드

◆◆

내 고향 서울에서 만천여 ㎞ 떨어진 뉴욕에서 먹는 한국제 컵라면은 강렬한 향수를 불러일으키며, 지친 영혼과 허기진 창자를 포근히 달래준다.

라면 용기에 얼굴을 파묻은 채 묵묵히 면발을 흡입하고 있던 나로 하여금 젓가락질을 멈추게 한 건 주리의 외마디 외침이었다.

"대박!"

주리가 자주 쓰는 '대박'이란 감탄사는 주로 경탄의 의미이지만, 단순한 놀람의 표현일 때도 있다.

이번 경우는 후자였다.

아닌 게 아니라, 식탁 너머로 보이는 창밖에는 앞이 안 보일 정도로 거센 눈보라가 휘몰아치고 있었다.

금세 걱정스러운 표정이 된 주리가 이렇게 말한다.

"이 정도면, 아마 블리자드 경보가 발효되었을 것 같은데요?"

입안 가득 김치 한 이파리를 넣은 채 와삭와삭 씹어대던 내가 되묻는다.

"블리자드? 그건 게임회사 이름 아니야?"

"네, 맞아요. 하지만 방금 제가 언급한 블리자드는 눈폭풍 경보를 일컫는 말이에요."

"눈폭풍… 경보?"

"네, 미 동부에는 매년 겨울마다 수차례씩 눈폭풍이 몰려오거든요."

한동안 눈보라 치는 살벌한 창밖 풍경을 응시하던 주리는 이내 아이폰을 집어든다. 아마도 블리자드에 대한 기사를 검색하려는 모양이다.

하지만 그 와중에도 나는 끝까지 내 컵라면을 포기할 수 없었다. 마지막 국물 한 방울까지 남김없이 들이켠 후에야 젓가락을 놓는 나였다.

검색된 기사를 훑어보던 주리가 격앙된 어조로 말한다.

"역사상 가장 강력한 눈폭풍이라는데요?"

"그래?"

"제가 기사를 읽어드릴게요."

"아니야, 넌 라면이나 마저 먹어. 내가 읽어볼게."

나는 주리에게서 아이폰을 넘겨받아서 액정화면을 들여다본다. 주리가 찾은 기사가 혹시 영문이면 어쩌나 살짝 걱정했는데, 다행히 한글이었다.

'뉴욕 눈폭풍 경보, 역사상 가장 강력 (뉴욕=YH뉴스) 오문형 기자 = 미국 북동부 지역을 초대형 눈폭풍이 강타할 것으로 예상되면서 뉴욕과 뉴저지주 등에 비상사태가 선포됐다.

미 기상청은 11일과 12일 이틀간 90cm 이상의 기록적 폭설이 내리고 강력한 눈폭풍이 몰아칠 것으로 예상했다.

이에 인구 5,800만 명 이상이 거주하는 미국 뉴욕, 뉴저지, 코네티컷, 메사추세츠, 로드아일랜드 등 5개 주가 동시다발로 주 차원의 비상경보를 발령했다.

항공기 6,000여 편의 운항 계획이 취소되었고, 대중교통 단축과 운전금지령이 내려졌다.

뉴욕시는 이날 저녁 5시까지만 지하철을 정상 운행하고, 이후 감축 운행할 계획…'

기사를 읽어보니 상황이 심상치 않은 듯했다.

역사상 가장 강력한 눈폭풍으로 인해 극단적 상황이 발생할 수 있다며 뉴욕 전 지역에 비상사태를 선포한다는 뉴욕 시장의 인터뷰를 보니, 간담이 서늘해지기까지 했다.

서울에서야 아무리 눈이 많이 와봤자 그저 불편함을 걱정하는 정도였지, 도시 전체의 안위를 위협받을 수준은 아니었는데 말이다.

주리와 단둘이서 컵라면을 먹으며 꽁냥꽁냥하던 오붓한 분위기는 순식간에 긴박한 위기 상황으로 급반전된다.

그런데, 다음에 이어지는 주리의 한마디는 긴장감을 한층 더 격상시킨다.

"그나저나 대표님과 핑크 클라우드 멤버들이 탄 비행기가 JFK 공항에 도착할 때가 된 것 같은데…."

"그러게 말이야! 그러고 보니 이미 도착 예정시간이 한참 지났는데, 왜 아직도 아무 연락이 없지?"

갑자기 엄습해온 불길한 예감에 두 사람 모두 사색이 되어버린 바로 그때, 내 앞에 놓인 아이폰의 전화벨이 울린다.

수신 버튼을 누르는 내 손가락이 벌벌 떨린다.

"여보세요?"

"여보세요!"

잔뜩 긴장한 상태로 전화를 받았던 나는, 전화기 너머로 들려온 음성에 비로소 안도의 한숨을 내쉰다. 그것은 다름 아닌 한 대표의 목소리였기 때문이다.

"준호야!"

그를 부르는 내 목소리에 절박함이 묻어났다.

"많이 걱정했지?"

"그걸 말이라고 해? 혹시 무슨 일이라도 생겼을까 봐 얼마나 가슴을 졸였는데…."

"사실 우리도 비행기 안에서 애가 많이 탔었어. 30분이 넘도록 JFK 공항 주변 상공을 맴돌아야 했으니까."

"그래서… 어떻게 되었어? 지금은 착륙한 상태야?"

"결국, JFK에는 착륙하지 못하고 애틀랜타로 회항할 수밖에 없었지. 지금은 애틀랜타 공항이야."

"그랬구나! 그래도 어쨌든 무사히 착륙해서 다행이야."

"아무렴, 무사하고말고. 나는 오히려 자네와 주리의 안전이 더 걱정이었어. 뉴욕에 사상 최강의 눈폭풍 경보가 내려졌다고 해서 말이야. 두 사람은 괜찮은 거지?"

"그래, 우리는 안전하게 잘 있어!"

한 대표와 멤버들이 JFK 주변 상공을 맴돌며 애를 태우는 동안, 주리와 단둘이 컵라면을 먹으며 시시덕거리고 있었던 게 조금 미안해지는 순간이었다.

잠깐의 정적 후 한 대표의 목소리가 들려온다.

"사실은…."

그런데, 그렇게 말머리만 던져놓고는 말을 잇지 못하는 한 대표.

궁금한 건 절대 참지 못하는 내가 이런 상황을 그냥 넘길 리 없다.

"사실은 뭐? 왜 말을 꺼내려다가 말아?"

"사실, 직접 만나서 얘기하려고 했었는데…."

"뭘?"

"자네에게 전해줄 소식이 있었거든."

"무슨… 소식인데? 아니 그보다, 굿 뉴스인지 배드 뉴스인지부터 알려줘!"

하도 별의별 일들을 다 겪다 보니, 미지의 소식을 들어야 하는 지금과 같은 상황에 몹시 취약해져 있는 자신을 발견한다.

제발 좋은 쪽이어야 할 텐데….

나쁜 소식을 견뎌낼 가슴이 더는 남아 있지 않은 것만 같단 말이다.

그런 내 심정을 읽기라도 한 듯, 한 대표는 별로 뜸 들이지 않고 바로 실토한다.

"베리, 베리, 베리, 베리 굿 뉴스야!"

그냥 굿 뉴스도 아니고, 베리가 몇 개나 붙은 굿 뉴스라니.

불안감은 이내 벅찬 설렘으로 바뀐다.

"기내에서 이메일을 확인했는데…."

"기내에서 인터넷이 된다고?"

"아, 이번엔 국내 항공사 비행기표를 못 구해서, 싱가폴 경유하는 비행기를 탔거든. 싱가폴 항공은 기내 와이파이 서비스를 제공하더라고. 속도는 느려 터졌지만, 이메일은 무리 없이 확인할 수 있는 정도였어."

"암튼 그래서?"

"영문 제목으로 된 메일 한 통이 유독 눈에 띄더라고. 발신인은 NARAS로 되어 있었고…."

"NARAS?"

"응, 그래. Nation Academy of Recording Arts & Science. 미국 레코드 예술 과학 아카데미."

"풀어서 설명해주지 않아도, 나도 그 정도는 알고 있어! NARAS는 그래미 어워즈를 주관하는 곳이잖아!"

"역시 뮤지션은 다르군. 나는 풀 네임을 외우느라 애먹었는데…."

내가 공연히 기내 인터넷 여부를 묻는 바람에 사설이 길어진 데다 싱거운 너스레까지 떨며 껄껄 웃는 한 대표로 인해 대화가 지연되자, 나는 끝내 역정을 내고 만다.

"빨리 좀 말해줘! NARAS에서 대체 왜 자네에게 메일을 보낸 건데?"

높아진 내 언성에 흠칫 놀란 듯 헛기침을 한번 한 그는 마침내 본론을 털어놓기 시작한다.

"NARAS에서는 원래 12월 첫째 주에 그래미 어워즈 후보를 발표하는데, 올해는 발표가 약간 늦어졌대."

"왜… 늦어졌다는데?"

"뒤늦게 물망에 오른 한 뮤지션 때문이었다더군."

"…."

"후보군에서 제외하기에는 너무나 강력한 후보였고, 그렇다고 뒤늦게 후보에 넣자니 반발 또한 심했나 봐. 그래서 오랜 논의가 필요했던 거고, 발표 또한 늦어질 수밖에 없었대."

솔직히 말해서, 이쯤 되면 혹시나 하는 기대를 걸어보지 않을 수 없다.

사실 아까 한 대표의 입에서 NARAS라는 이니셜이 나왔을 때 이미, 강렬한 직감이 밀려왔었다.

한 대표의 얘기를 들을수록 점점 더 선명해지는 예감을, 나는 조심스레 입 밖으로 꺼내본다.

"혹시… 뒤늦게 물망에 올랐다는 그 후보가… 나야?"

"빙고!"

날아갈 듯 발랄한 톤으로 두 음절을 내뱉는 한 대표의 목소리에 기쁨이 묻어있다.

그 기쁨의 기운이 내게도 전해지려던 찰나, 한 대표는 돌연 목소리 톤을 바꾸며 이렇게 말한다.

"그런데… 아쉽게도, 이번엔 후보 선정에서 제외되었대."

"…"

뒤늦게 물망에 오르긴 했는데, 결국엔 후보에서 탈락했다니. 이게 무슨 베리, 베리, 베리, 베리 굿 뉴스란 말인가?

나는 실망스러운 기색을 감출 수가 없었다.

왜 한 대표가 굳이 만나서 얘기하겠다고 했는지, 이제야 이해할 수 있을 것 같았다.

"60회 그래미 어워즈는 원래 2016년 10월 1일부터 2017년 9월 30일 사이에 발표된 앨범들을 대상으로 후보를 선정하는 거래. 따라서 〈Forest of Dreams〉는 심사 대상이 될 수 없었던 거지. 하지만 시의성이 떨어진다는 내부적인 지적과 함께, 규정을 바꿔서라도 최강의 다크호스인 주리 강을 후보에 넣자는 주장이 제기되었던 모양이야."

한 대표는 내가 후보 선정에서 제외된 이유를 구구절절이 설명하기 시작했지만, 솔직히 귀에 잘 들어오진 않았다.

따라서 나는 별 리액션 없이 그저 묵묵히 듣기만 한다.

"하지만 60년이나 이어져 온 전통을 깨뜨릴 수 없다는 의견들이 지배적이었고, 결국 자넬 후보에서 제외할 수밖에 없었대. 그러면서 덧붙이기를… 비록 60회 그래미에는 노미네이션 리스트에 오르지 못했지만, 61회 때는 주리 강이 그래미를 장악하게 될 거라 장담한댔어. 어쩌면 주요 4개 부문을 모두 석권하는 아티스트가 탄생할지도 모른다는 말까지 하더군."

흠, 61회라….

61회 시상식이 열릴 2019년 2월까지도, 내가 과연 월드 스타 주리 강으로 살고 있을까?

당장, 60회 시상식이 열리는 2018년 2월에 내가 어떤 모습일지도 알 수 없는데….

그런 상념에 잠겨 씁쓸한 미소를 짓던 나는 한 대표에게 이렇게 묻는다.

"혹시, 내가 시상식에 참석할 방법은 없을까? 비록 그래미상 후보에서는 제외되었지만, 시상식 자리에라도 꼭 한번 가보고 싶은데…."

사실 나에게 그래미상 수상은 우주여행을 하는 것만큼이나 허황된 꿈이었다.

대신 좀 더 현실적인 로망으로서, 그래미 어워즈 시상식장에 참석해보고 싶다는 바람을 갖고 있었던 터다.

"당근이지!"

"그럼, 참석이 가능하다는 말이야?"

"그래, NARAS에서 자네에게 내년 1월 28일에 열릴 60회 그래미 어워즈 시상식에 공식 초청장을 보내왔어."

"이야, 진짜야? 내가 그래미 시상식에 참석할 수 있다는 말이지?"

"어디 참석뿐이겠어? 단순히 참석만 하는 게 아니라고!"

"단순한 참석이… 아니라니? 그럼, 뭐가 더 있단 말이야?"

"놀라지 마!"

"알았으니 얼른 얘기해봐!"

"주최 측으로부터… 시상식 라이브 공연 제안까지 받았어. 그것도 무려, 오프닝 무대…. 자네가 내년 제60회 그래미 시상식의 오프닝을 장식하게 될 거란 말이야!"

"그게 정말이야? 내가 그래미 시상식 오프닝 무대에 선다고?"

매년 겨울의 끝자락이면 경외심과 질투심을 함께 느끼며 지켜봐 온 그래미 어워즈 시상식, 바로 그 무대에 내가 선다니.

그래미 시상식 오프닝 무대에 서는 일은 내게, 그래미상에 노미네이션
되는 것에 버금가는 큰 의미로 다가온다.

"이제 통화를 끝내야 할 것 같아. 옆에서 핑크 클라우드 녀석들이 통화
좀 대강하고 끊으라고 성화라서…"

싱가폴 항공사에서 제공한 호텔로 이동해야 한다며 한 대표 쪽에서 일방
적으로 통화를 끝낸 후에도, 나는 한동안 쩍 벌어진 입을 다물지 못했다.

152. 동네 탐험

◆◆

내가 한 대표와 통화하는 장면을 옆에서 지켜본 주리는, 따로 설명하지 않아도 이미 내용을 다 알아차리고 있었다.

아무 말 없이 나를 꼭 안아주는 것으로 위로와 축하를 동시에 전하는 주리.

우리는 한동안 그렇게 꼭 껴안은 채로, 서로가 느끼는 감회를 공유한다.

그 훈훈한 행복을 좀 느긋하게 즐기고 싶었건만, 꿈결 같은 순간은 그리 오래가지 못했다. 요망스럽게 울리는 전화벨 소리가 우리 둘 사이를 갈라놓고 말았기 때문이다.

"여보세요?"

나는 한 대표가 다시 전화를 한 건 줄 알고 무심결에 전화를 받았는데, 전화기 너머로 들려온 건 한국말이 아닌 영어였다.

'Hello, this is…'로 시작되는 자기 소개말이 들려오자마자, 나는 전화기를 얼른 주리에게로 넘겨버린다.

나에게서 전화기를 건네받은 주리는 1분 남짓 통화를 한 후 전화를 끊었다.

통화가 끝나기가 무섭게, 나는 득달같이 주리를 다그친다.

"누구한테서 온 전화야?"

"드라이버요."

"드라이버?"

"네, 롤스 로이스 기사분이요. 아까 우리를 이곳까지 데려다주셨던…"

"그 기사 양반이 무슨 연유로 전화를 한 건데?"

"약속한 시각에 여기까지 못 올 것 같다고요."

"못 온다고? 아니, 왜?"

"블리자드 경보로 인해 교통통제가 내려졌대요. 그래서 오늘 중으로는 다이커 하이츠까지 오기 힘들 것 같다네요."

"대체 그런 법이 어디 있어? 여기까지 데려다 놓기만 하고, 나 몰라라 하면 어쩌자는 거야?"

"폭설로 인해 주요 도로가 모두 통제되어서 못 온다고 하는데, 별수 있나요?"

"좀 더 간곡하게 사정해서라도 와달라고 했어야지!"

"유노 쌤이 미 동부의 블리자드가 얼마나 무서운지 잘 모르셔서, 그렇게 말씀하실 수 있는 거예요. 뉴욕의 폭설과 눈폭풍은 서울과는 차원이 전혀 다르단 말이에요. 유노 쌤이 상상하시는 것 이상이라고요!"

"그럼, 우린 어떡해? 이 집에서 고립된 채로 오늘 밤을 보내야 한단 말이야?"

"어쩔 수 없잖아요. 오늘은 이 집에서 머무는 수밖에…. 대중교통도 감축 운행을 한다는데, 이런 상황에서 섣불리 움직였다간 눈보라 치는 거리에서 오도 가도 못하는 신세가 될 수 있다고요!"

뉴욕주 남동부의 롱아일랜드 서쪽 끄트머리에 있는 다이커 하이츠의 한 주택에서 주리와 함께 하룻밤을 지낼 생각을 하니, 왠지 기묘한 기분이 든다.

주리와 내가 서로 몸이 바뀐 후로 서울과 강릉 등의 국내는 물론이고 바다 건너 홍콩, 뉴욕, 도쿄, LA 등지로 줄곧 붙어 다닌 바 있지만, 단독 건물 안에서 단둘이서만 밤을 보낸 적은 없었으니 말이다.

그러나 주인 없는 빈집에서 스물네 살 차이 나는 두 남녀가 밤을 보내게 된 어색함 따위에 오래 머물러 있을 겨를은 없었다. 우리는 당장 식량 문제부터 고민해야 했기 때문이다.

"내일까지 우린 뭘 먹고 버티죠? 아까 주방 찬장과 냉장고를 죄다 뒤져봤지만, 컵라면과 김치 이외엔 먹을 만한 게 별로 없었잖아요! 쌀도 어디 있는지 모르겠고⋯. 오늘 같은 날은 음식 배달도 어려울 거 아니에요!"

조금 전까지만 해도 침착함을 잘 유지하고 있던 주리도 막상 현실적인 문제에 직면하게 되니 당황하는 기색이 역력했다.

그도 그럴 것이, 이제 겨우 열아홉 살인 소녀가 이런 위기 상황 앞에서 평정심을 지켜내기가 어디 쉬우랴?

주리보다 스물네 살이나 더 먹은 나라도, 주리 앞에서 대범하고 의연한 모습을 보여야겠다는 생각이 문득 들었다.

"다시 한번 집 안 구석구석을 잘 뒤져보자. 그래도 가정집이니까, 어딘가에 먹을 만한 게 분명 있을 거야!"

그렇게 주리 앞에서 큰소리치면서 패기 있게 식량 탐색에 나섰는데, 집 안 그 어느 곳에서도 끼니를 때울 만한 걸 찾을 수 없었다.

"그럼, 제가 이모할머니한테 전화 한번 해볼게요."

급기야 전화로 물어보겠다는 주리를 황급히 제지하는 나.

"네가 하면 안 되잖아! 전화하려면 내가 해야지."

"아, 이모할머니는 다 알고 계세요."

"우리가 바뀐 걸 알고 계신다고?"

"네, 외할머니와 이모할머니께는 엄마가 말씀드렸거든요."

그제야 안심한 나는 한걸음 물러난다.

한데 이모할머니와 통화 중인 주리의 얼굴이 점점 굳어지는 게 내 눈에 보인다.

이모할머님과 통화를 끝낸 주리의 표정에 이미 답이 쓰여 있는 것 같았지만, 나는 끝까지 일말의 희망을 버리지 않고 이렇게 묻는다.

"이모할머님이⋯ 뭐라고 하셨어?"

"보스턴으로 떠나시기 전에, 집 안에 있는 음식과 식재료들을 모조리 정리하고 가셨대요."

"아니, 대체 왜?"

"지은 지 오래된 집이라 집 안에 먹을 게 있으면, 쥐와 바퀴벌레가 들끓을 수 있대요. 따라서 집을 오래 비워야 할 때는, 대개 집안의 음식물들을 다 치우고 가신다고…"

이 넓은 저택 안에 먹을 게 하나도 없다는 말을 들으니 기운이 쭉 빠지는 것 같았지만, 나는 절망하는 티를 애써 감추며 이렇게 말한다.

"여기도 사람 사는 마을인데, 설마 쫄쫄 굶기야 하겠어? 내가 이웃집 돌아다니며 구걸이라도 해올 테니 아무 걱정하지 마!"

"정말이에요?"

"그, 그럼!"

내 비록 호기 있게 큰소리를 치긴 했지만, 막상 주리가 정말이냐고 물으니 자못 당황스러웠다. 솔직히 말해, 구걸이라도 해오겠다고 한 건 주리를 안심시키기 위한 객기에 지나지 않았기 때문이다.

"그럼, 우리 지금 당장 나가 볼까요?"

"지금… 당장?"

"우리 둘 다 배고파서 예민해지기 전에, 얼른 나가서 먹을 걸 구해오자고요! 집집이 잘 꾸며놓은 크리스마스 장식도 구경할 겸…"

지금 당장 집 밖으로 나가서 먹거리를 구해오자는 주리의 제안에 나는 적잖이 당황하지 않을 수 없었다.

대책 없이 던진 내 호언장담에 주리가 저리도 진지하게 반응할 줄 누가 알았으랴?

내가 구걸이라도 해오겠다고 말하면, 주리는 분명 날 말리고 나설 줄 알았는데…

그건 완전한 내 판단 착오였다.

괜히 큰소리 한번 잘못 쳤다가, 이웃집에 음식 구걸하러 가야 할 판!

2017년 12월 11일 뉴욕시각 PM 05:31.

신발장을 뒤져 찾아낸 우산을 들고 현관문을 나선 두 사람.

문밖엔 이미 어둠이 내려 있었고, 주리네 이모할머님 저택 외벽과 마당에 가득한 크리스마스 장식에도 조명이 들어와 있었다.

우리가 따로 조명 스위치를 켜지 않았는데도 불이 들어와 있는 걸 보면, 아마 어두워질 무렵에 불이 들어오도록 자동 타이머가 설정된 모양이었다.

건물 외벽과 정원은 초록과 빨강을 테마로 한 조명으로 꾸며져 있었는데, 두껍게 쌓인 눈과 어우러져 환상적인 분위기를 연출하고 있었다. 그리고 한국계 가정답게, 앞마당 중앙에는 뽀로로와 친구들 조형물이 정감 어린 불빛을 뿜으며 서 있다.

"이렇게 휘황찬란한 크리스마스 장식을 유지하려면 엄청난 비용이 들 것 같은데?"

이렇게 예쁜 크리스마스 장식을 앞에 두고도, 현실적 문제를 거론하는 이 아재력 어쩔….

"적게는 수천에서, 많게는 수만 달러의 비용이 든다고 하네요. 그런데 대부분 조명회사의 서포트를 받아서 비용 부담을 덜 수 있다네요. 그 덕분에 우리는 해마다 점점 더 화려해지는 크리스마스 장식을 구경할 수 있는 것이고요."

우리는 우산 하나를 나눠 쓰고, 동네 구경에 나선다.

사실 우리가 집을 나선 궁극적 목적은 식량을 구하는 것이었으니, 구경보다는 탐색이라고 해야 맞을 듯싶다.

거센 눈보라를 헤치며 발이 푹푹 꺼지는 눈길을 걷다 보니, 우리가 무슨 극지방 탐험대라도 된 것만 같다.

"그런데 정말이지, 눈 속의 다이커 하이츠는 동화 속처럼 예쁘네요!"

주리가 말한 것처럼, 눈보라 치는 다이커 하이츠는 아름답기 이를 데 없다. 크리스마스 마을이라는 별칭의 진가가 눈 속에서 더 여실히 드러나는 것 같다.

마치 내가 주리와 함께 크리스마스 카드 속에 들어와 있는 것 같은 기분이랄까?

"저 집이 바로 루시의 집이에요. 다이커 하이츠 마을이 크리스마스 장식을 꾸미는 시초가 된 집이죠."

주리가 가리킨 곳에는 산타클로스, 눈사람, 병정, 천사 등 수십 개의 인형과 갖가지 크리스마스 오브제들로 둘러싸인 저택이 있었다. 말하자면 크리스마스에 관한 모든 것을 총망라해놓은 듯한 느낌.

"그러니까 이 다이커 하이츠에서는 저 집이 원조라는 거지? 국밥 골목에도 원조집이 있는 것처럼 말이야."

"그런 셈이네요."

"원조집답게 조명회사의 지원도 더 빵빵하게 받은 듯 보이지만, 개인적으론 뭔가 투머치하다는 인상을 지울 수 없어."

"그건 그래요."

"난 오히려 너희 이모할머님 댁처럼 과하지 않게 꾸민 게 더 좋은 것 같아."

굳이 하지 않았어도 될 내 평가의 말을 듣고는 코를 한번 찡긋해 보인 주리가 주머니에서 아이폰을 꺼내 들며 이렇게 말한다.

"그래도 원조는 원조니까, 우리 루시의 집 앞에서 인증샷 한번 찍을까요?"

"지나다니는 사람이라도 있으면 사진 좀 찍어달라고 부탁할 텐데, 정말 개미 새끼 한 마리 안 보이네?"

"아마도 블리자드 경보 때문일 거예요. 원래 같았으면, 인증샷 찍으려고 몰려든 관광객들로 이 집 앞이 꽤 북적거렸을 텐데…"

아이폰을 든 왼팔을 앞으로 쭉 뻗은 주리는 두 사람의 얼굴과 루시의 집 배경까지 잘 나오도록 각을 맞춰 셔터를 누른다.

주리가 인증샷 결과물을 꼼꼼히 확인하는 동안, 주위를 둘러보던 내가 입을 연다.

"그런데 가만히 보니… 크리스마스 장식에는 다 환하게 불이 들어와 있는데, 정작 창문에는 불이 꺼진 집들이 많은 것 같아."

"아마, 이모할머니처럼 겨울 휴가를 떠난 집들이 많을 거예요. 매년 겨울만 되면 다이커 하이츠는 항상 관광객들로 넘쳐나서, 이 마을 주민들은 몸살을 겪어야 한다더군요. 그래서 크리스마스 시즌엔 아예 통째로 집을 비우는 가정이 많다고 들었어요."

"그래? 그렇다면, 우리가 음식을 구걸, 아니 구하기 쉽지 않겠는걸?"

"정말 그렇겠네요. 이 근방에서 사람이 있는 집을 찾지 못하면 어떡하죠? 추운 눈길을 좀 걸었더니, 벌써 배고파지려고 하는데…."

"에이, 설마… 이렇게 집이 많은데, 사람 하나 없겠어?"

주리를 안심시키기 위해 그렇게 큰소리치긴 했지만, 불안하긴 나도 마찬가지였다.

형형색색의 크리스마스 장식 불빛들과는 대조적으로 불 꺼진 창문들, 그리고 인적 없이 황량한 거리.

얼핏 보기엔 화려하지만 어딘지 을씨년스러운 풍경 앞에서, 나는 막막한 기분에 사로잡히고 만다.

꼭 주리와 나 둘이서만 다른 차원의 어느 공간 속으로 빨려 들어온 것만 같은 기분이라고 할까?

"사람이 있을 만한 집을 골라서 초인종을 눌러 보자!"

어느새 다시 울상이 된 주리 앞에서 짐짓 태연한 척 그렇게 말해놓고 보니, 어디선가 본 듯한 상황이다.

한 끼 해결을 위해 동네를 순회하다가 무작위로 가정집 초인종을 누르는 설정.

이건 한국의 어느 예능 프로그램에서 익히 봐왔던 포맷이 아닌가?

다만 차이가 있다면, 이건 예능 촬영용이 아닌 백 프로 실제 상황이라는 점이다.

엘사와 안나, 그리고 울라프가 멋지게 포즈 취하고 있는 집 마당으로 진입하여 현관문 앞까지 다가간다.

그리고는 떨리는 마음으로 초인종을 누른다.

하지만 한참을 기다려도 응답이 없다.

한 번 더 눌러볼까 하다가, 이내 포기하고 다음 집으로 향한다. 혹시 두 번째로 누른 초인종에 응답이 온다고 해도, 예후는 별로 좋지 못할 것 같다는 직감이 들었기 때문이다.

첫 번째 집 마당을 빠져나와 조금 더 걷던 우리는, 초대형 크리스마스 리스(wreath)가 앞마당 한가운데에서 찬연한 빛을 뿜어내고 있는 집으로 들어가 초인종을 눌러본다.

이번에는 응답이 있긴 했는데, 동남 아시아계 메이드 혼자서 집을 지키고 있다고 했다.

그녀는 집주인의 허락 없이 이방인을 집에 들일 수 없다며, 매몰차게 인터폰을 끊어버렸다.

그나마, 이 동네에서 사람의 존재를 최초로 확인하였다는 점이 두 번째 시도의 수확이라면 수확이었다.

두 번의 실패 후에 다소 의기소침해진 나에게 주리가 말한다.

"유노 쌤, 저 집은 어떨까요?"

주리의 오른손이 가리키는 방향을 따라가 보니, 그곳엔 3층 높이의 브라운스톤 저택이 있었다.

그런데 그 저택이 다른 집들과 확연하게 구별되는 점은 바로 크리스마스 장식이 하나도 없다는 사실이었다.

이 구역의 다른 집에는 다 있는 크리스마스 조형물과 조명이 하나도 없으니 뭔가 고고해 보이기도 하면서, 어딘가 다소 음산한 분위기마저 풍긴다.

153. 브라운스톤 저택의 비밀

◆◆

"창문으로 희미한 불빛이 새어 나오는 걸 보면, 안에 사람이 있는 게 분명해요. 얼른 가봐요!"

그렇게 말하고는 브라운스톤 저택의 앞마당으로 들어서려는 주리를 다급히 불러세우는 나.

"잠깐만!"

그러자 주리가 뒤돌아보며 의아한 듯 묻는다.

"왜요?"

"다른 집들과는 다르게, 이 집에만 크리스마스 장식이 없다는 게 좀 이상하지 않아?"

"다이커 하이츠에 산다고 해서 반드시 집에 크리스마스 장식을 해야 한다는 법은 없지 않을까요? 집주인이 부디스트 혹은 무슬림일지도 모르잖아요."

"아무래도 뭔가 꺼림칙해. 다른 집에는 다 있는 크리스마스 장식이 없는 걸 보면, 이 집이 이 동네에선 아웃사이더 같은 존재 아닐까?"

"솔직히, 우리가 지금 인싸(인사이더), 아싸(아웃사이더) 따질 처지는 아니지 않아요? 일단 초인종을 눌러 보자고요! 돌아오는 응답을 확인해본 후에 너무 아니다 싶으면, 그때 물러나도 되니까."

나는 여전히 뭔가 석연찮은 기분이었지만, 이내 주리를 앞질러 마당으로 들어선다. 여기서 더 주저했다간, 내가 겁쟁이처럼 보일 것 같았기 때문이다.

그런데 막상 현관문 앞에 다다르니 이번엔 주리가 약간 주저하는 모습이다.

"우리, 그냥 다른 집을 찾아볼까요? 유노 쌤 말대로 이 집은 좀 으스스하네요."

주리는 잔뜩 겁먹은 얼굴로 내게 바짝 붙어선다.

'잘 생각했어! 얼른 가자!'라는 말이 목구멍까지 올라왔지만, 나는 꾹 눌러 참고 이렇게 말한다.

"그래도 여기까지 왔는데, 초인종이라도 눌러보고 가자!"

사실 나 역시 겁을 먹고 있는 건 마찬가지였지만, 짐짓 용감한 척 과감하게 초인종을 누른다.

몇 초의 기다림 끝에 응답 신호가 온다.

"Who is it? 어머, 강주리 씨 아니신가요?"

인터폰을 통해 또렷이 들려온 한국말을 듣고서도, 나는 내 귀를 의심했다.

"한국분이신가요?"

나는 놀라움과 반가움이 뒤섞인 목소리로 그렇게 물었다.

"네, 저 한국 사람이에요. 강주리 씨 맞으신 거죠? 혹시 지금, 무슨 촬영 같은 걸 하시는 중인가요?"

인터폰 너머로 들려온 발랄한 한국 아줌마 목소리는 잔뜩 긴장했던 우리를 무장해제시키고도 남았다.

지금 이곳이 뉴욕의 다이커 하이츠가 아닌 서울 쌍문동 어느 골목이 아닌가 하는 착각이 들 정도로 마음이 놓였다고 할까?

"아, 촬영 중인 건 아니고요…."

모처럼 힘들게 잡은 절호의 찬스를 놓치지 않기 위해, 나는 성심성의껏 자초지종을 설명했다.

이윽고 들려온 아줌마의 음성은 자혜로운 천사의 그것 같다.

"어서 들어오세요! 저희도 막 저녁 식사를 하려던 참이거든요. 잘 차린 밥상이 아니어도 괜찮으시다면, 그냥 숟가락 두 개만 더 놓을게요!"

"괜찮다마다요!"

추위와 허기에 지친 우리 앞에 기적적으로 나타난 구원의 여인에게, 나는 큰절이라도 올리고 싶은 심정이다.

'삐리릭!'

잠금장치가 풀리면서 현관문이 철커덕 열린다.

내가 주저 없이 집 안으로 들어가려던 찰나, 주리가 한마디 한다.

"괜찮을까요?"

"뭐가?"

"이 집 안으로 들어가는 거 말이에요."

"저녁 식사를 함께하게 해준대잖아. 게다가 한국 사람이고…"

"네, 그래서 더 이상한 생각이 드는 거예요. 너무 완벽하잖아요. 꼭 악마가 우리를 유혹하기 위해 치밀한 각본을 미리 짜놓기라도 한 것처럼."

"악마? 주리 너답지 않게, 왜 그렇게 비과학적이고 미신적인 말을 해?"

"뉴욕 브루클린 다이커 하이츠의 수많은 저택 중 우리가 초인종을 누른 집에 하필 한국 사람이 살고 있다는 게 이상하고, 이토록 흔쾌히 음식을 대접하겠다는 것도 너무 신기해서 하는 말이죠."

"개연성으로 따지자면, 서로 몸이 뒤바뀐 너와 내가 머나먼 뉴욕까지 함께 와서 눈보라 속에서 헤매고 있는 이 상황이 훨씬 더 비현실적인 거야!"

"그래도…"

주리는 뭔가를 더 말하려다간 그냥 멈추었다.

내 말에 수긍한 것 같기도 하고, 모든 걸 체념한 것 같기도 한 표정이 된 주리는 심호흡을 한번 한 후 나보다 먼저 집 안으로 들어간다.

"제 뒤에 바짝 붙어 서세요. 조금이라도 이상한 낌새가 보이면, 바로 도망치는 거예요!"

겁에 질린 상황에서도 자신보다 내 안전을 먼저 챙기는 주리를 보며 슬며시 웃던 나는, 주리의 양어깨를 잡으며 바짝 뒤를 따른다.

현관문 안으로 들어선 우리 눈에 가장 먼저 들어온 건, 정면에 바로 보이는 가족사진이었다.

키 큰 야자수를 배경으로 포즈를 취하고 있는 단란한 세 식구의 모습을 보니, 이 집에 대한 경계심이 조금이나마 누그러지는 듯하다.

흑발의 동양계인 엄마와 금발의 서양계 아빠, 그리고 부모를 반반씩 닮은 혼혈 소녀가 세상 행복한 미소를 지으며 나무 밑에 서 있다.

배경은 캘리포니아나 하와이가 아닌가 싶어 자세히 들여다보니, 야자수 밑에 돌하르방이 서 있는 게 보인다.

"제주도다!"

"제주도네요!"

거의 동시에 그렇게 외친 주리와 내가 서로 마주 보며 씩 웃고 있는데, 저만치에서 아까 그 아줌마의 음성이 들려온다.

"역시 한국분들이라 금방 알아보시네요."

돌아보니, 복도 저쪽에서 검정 모직 원피스 차림의 여인이 걸어오며 말하고 있다.

"제가 태어난 곳이 바로 제주도예요. 작년 봄에, 처음이자 마지막으로 제 고향 제주도로 가족여행 갔을 때 찍은 사진이에요."

그런데, 처음이자 마지막으로?

처음이란 건 이해가 가는데, 왜 굳이 마지막이라는 말까지 덧붙였는지 궁금해지는 대목이었다.

나는 그 이유를 묻고 싶었지만, 초면에 실례되는 질문일 수도 있겠다 싶어서 관뒀다.

잠깐의 침묵이 지나간 후, 아줌마는 고개를 숙여 깍듯이 인사하며 자기소개를 한다.

"정식으로 인사드릴게요. 저는 신지혜라고 합니다. 브로드웨이에서 공연기획자로 일하고 있어요."

"공연기획자요?"

브로드웨이라는 말에 솔깃해진 내가 그렇게 물었다.

"네, 공연 스태프를 구성하는 것부터 배우 캐스팅, 홍보, 마케팅, 세일즈 등을 담당하죠. 말하자면 공연의 모든 과정에 개입하여, 모든 걸 책임지는 사람이라고 할 수 있어요."

"아!"

그냥 좀 발랄한 한국 아줌마인 줄 알았는데, 저런 능력자였다니.

가족사진만 보고선, 옐로우 피버 페티시 있는 미국인과 혼인 후에 도미한 한국 여성 정도로 생각했는데….

사람을 그렇게 쉽게 판단해버린 자신이 좀 부끄러워지는 순간이었다.

"사실 전 어렸을 때부터 배우가 꿈이었어요. 그래서 부모님의 완강한 반대에도 불구하고 연극영화과에 진학했죠. 그런데 막상 연영과에 가보니, 주리 씨처럼 예쁜 애들이 얼마나 많은지…."

나를 흘깃 쳐다보며 수줍은 미소를 지은 후, 다시 말을 이어가는 그녀.

"하나같이 빛나는 외모에 뛰어난 재능까지 갖춘 친구들 틈에서, 저는 엄청난 좌절을 맛보아야 했죠. 배우는 내가 되고 싶다고 되는 게 아니구나 하는 생각이 들더군요. 그래서 그때부터 저는 배우보다는 기획 쪽을 파고들기 시작했어요. 그러니까 열등감이 저를 이 길로 이끈 셈이죠."

내가 보기엔, 신지혜 씨가 열등감을 가질 만한 외모를 가진 건 절대 아니었다. 발성과 발음 역시 배우를 해도 손색이 없을 만큼 훌륭했다.

다만 신지혜 씨는 일찌감치 자기 자신을 객관적으로 파악할 줄 아는 사람이었고, 자신이 더 잘할 수 있는 길을 찾아간 게 아닌가 싶다.

말하자면, 신지혜 씨는 자신을 사랑하지 않은 게 아니라, 자신을 더 사랑할 수 있는 방법을 찾은 것이란 생각이 든다.

"저희 남편, 브랜든. 참 잘생겼죠?"

신지혜 씨의 말대로, 사진 속 그녀의 남편은 수려한 이목구비를 자랑하는 미남이었다.

"남들은 모두 제가 브랜든을 쟁취한 거로 생각하는데, 사실 먼저 대시한 건 그였어요."

어느새 부부간의 첫 만남으로까지 거슬러 올라간 신지혜 씨의 투 머치 토크를 잠자코 듣고만 있던 주리가 끼어들 듯 묻는다.

"두 분은 어떻게 만나신 거예요?"

이미 신지혜 씨의 이야기에 깊이 몰입된 것처럼 보이는 주리에게서 조금 전의 경계심은 조금도 찾아볼 수 없다.

"브로드웨이에서 만났죠. 제가 브로드웨이에 입성해 처음으로 기획에 참여한 작품의 주연배우가 바로 브랜든이었거든요."

남편에 관해 이야기하는 신지혜 씨의 표정만 봐도, 그녀가 얼마나 그를 사랑하는지 짐작할 수 있을 것 같았다.

"사실 처음엔 브랜든의 데이트 신청을 거부했어요. 부담스러울 정도로 잘생긴 그와 사랑에 빠져버리면, 제가 마음고생을 할 것만 같았거든요. 하지만 저는 결국 순수하면서도 올곧은 그의 사랑에 빠져들고 말았어요. 대학 시절부터 남모르는 외모 콤플렉스에 빠져있던 저에게 세상에서 가장 아름다운 여자라고 말해준 사람이 바로 브랜든이에요."

내가 본 신지혜 씨는 솔직히 미인은 아니었지만, 단아하면서도 당찬 매력이 느껴지는 여인이었다.

그가 그녀에게 세상에서 가장 아름다운 여자라고 말한 근거를 조금은 짐작할 수 있을 것 같았다.

남편과의 연애담을 고백한 후 얼굴이 상기된 신지혜 씨에게, 주리는 가족사진을 가리키며 이렇게 말한다.

"아빠, 엄마가 모두 선남선녀라서 그런지, 따님이 너무 예뻐요!"

매번 느끼는 거지만, 주리는 듣는 사람이 기분 좋아할 만한 말을 잘도 고르는 것 같다.

하지만 그게 결코 빈말은 아니었다. 아빠와 엄마의 장점만 물려받은 듯한 리사의 얼굴은 정말 인형같이 예뻤다.

"다행히 저보다 제 아빠를 더 많이 닮아서 예쁘답니다! 저희 딸 이름은 리사예요. 내년이면 7학년에 올라가죠."

바로 그때, 복도 저쪽 모퉁이에서 고개를 살짝 내민 채 우리 쪽을 바라보고 있는 소녀의 모습이 내 시야에 포착되었다.

내가 그쪽으로 홱 돌아보자 황급히 모퉁이 뒤로 몸을 숨겨버리는 바람에, 소녀의 얼굴을 자세히 보진 못했다.

하지만 바로 그 여자아이가 사진 속의 리사와 동일인물임을 한눈에 알 수 있었다.

그런데 몸을 숨긴 채 우릴 엿보고 있다가 나와 눈이 마주치자 도망쳐버리는 행동이 내 눈엔 좀 이상해 보였다. 내년이면 7학년이 되는 여자아이의 행동치곤 자못 미숙해 보였다고 할까?

의아함을 숨기지 못한 내가 신지혜 씨에게 이렇게 묻는다.

"방금 저쪽에서 모습을 드러냈던 아이가 리사 아닌가요?"

"네, 맞아요."

대답하는 신지혜 씨의 표정이 어딘가 무거워 보인다.

"그런데… 리사가 왜 저를 보고 도망쳐버렸을까요? 혹시, 저희의 방문이 달갑지 않은 걸까요?"

"그럴 리가요. 우리 리사가 주리 씨를 얼마나 좋아하는데요."

그렇게 말해놓고는 잠시 주저하는 빛을 보이던 신지혜 씨는 이내 뭔가 결심한 듯 입을 연다.

"사실 저희 리사는 선택적 함구증이란 걸 앓고 있어요."

선택적 함구증? 그게 뭔지는 잘 모르겠지만, 힘들게 말을 꺼낸 듯 보이는 그녀에게 괜스레 미안한 마음이 들었다.

뭔가 좀 이상한 생각이 들어도, 그냥 참고 넘겼어야 했던 건데….

"리사는 가족과 친구 한 명 이외에는 그 누구와도 말을 하지 않아요. 심지어 학교에서도 한마디도 하지 않죠."

이 말을 들은 주리가 믿기지 않는다는 표정으로 말을 받는다.

"저 가족사진 속에선 저렇게 밝게 웃고 있는데요?"

그러자 희미하게 웃으며 대답하는 신지혜 씨.

"저 사진을 찍었을 당시만 해도, 리사는 아주 쾌활하고 똘똘한 아이였어요. 그런데… 지난여름에 아빠를 잃은 후, 세상과의 끈을 놓아버리더군요."

154. 빛의 근원

◆◆

"지난여름, 브랜든의 고향인 사우스윅에 놀러 갔을 때였어요. 시댁 근처에 있는 콩가몬드 호수에서 브랜든과 리사가 보트를 탔는데…."

신지혜 씨는 힘겹게 말을 이어갔다.

식사 한 끼 얻어먹으려고 가벼운 마음으로 이 집에 들어왔다가, 이렇게 무거운 이야기를 듣게 될 줄 누가 알았으랴?

그녀에게 이런 얘기까지 하게 만든 건 바로 나라는 사실을 자책하면서도, 그렇다고 또 중간에 그만하시라고 할 수는 없는 상황.

"보트가 회전하는 순간, 리사가 그만 중심을 잃고 물에 빠져버렸어요. 브랜든은 곧바로 물에 뛰어들었죠. 브랜든이 수면 위로 올려준 리사는 주변 보트에 타고 있던 주민들에 의해 무사히 구조되었어요. 그런데 리사를 구하느라 이미 기력이 빠져버린 브랜든은…."

아무런 마음의 준비도 없이 비극적 가족사를 전해 들은 나는 대체 어떤 반응을 해야 좋을지 알 수 없었다.

내 옆에 선 주리의 얼굴은 어느새 눈물로 뒤범벅되어 있다.

"리사는 자신을 구하다가 아빠가 돌아가셨다는 죄책감 때문에 힘들어했어요. 그러다 아예 마음의 문을 굳게 닫아버리더군요."

아빠의 죽음을 가까이서 목격한 것만으로도 10대 초반의 소녀에겐 아주 치명적인 트라우마였을 것이다. 그런데 거기다, 자기 때문에 아빠가 목숨을 잃었다는 죄의식까지 더해졌으니 얼마나 힘들었을까?

"그런데 조금 전에 리사가 요 앞까지 나와 있는 걸 보고, 사실 전 좀 놀랐어요. 그 일이 있고 난 뒤로, 리사가 외부인의 방문에 관심을 보인 건 이번이 처음이었거든요?"

신지혜 씨는 주리와 나를 거실로 안내했다.

신지혜 씨가 저녁상을 차리는 동안, 우리는 소파에 앉아서 기다리기로 했다.

먹먹해진 가슴으로 멍하니 앉아있는 내게 아이폰 액정을 들이밀며 말을 걸어오는 주리.

"아마, 이분인 것 같아요. 브랜든 스탠스필드. 브로드웨이에선 꽤 유명한 뮤지컬 배우였나 봐요."

나는 주리에게서 아이폰을 받아들고는 화면을 들여다본다.

'브랜든 스탠스필드 (Branden Stansfield) - 뮤지컬 배우

출생-사망 : 1975년 6월 23일 - 2016년 8월 9일

데뷔 : 1996년 뮤지컬 렌트…'

이렇게 한국 포탈 사이트에까지 인물 정보가 올라와 있는 걸 보면, 꽤 인지도 있는 배우임이 틀림없는 듯했다.

"1975년생, 나랑 동갑이네."

"그렇네요. 하긴, 유노 쌤도 적령기에 결혼하셨다면, 리사 나이 정도 되는 딸이 있었을지도 모르잖아요."

"주리 넌 꼭 그렇게 콕 찝어서 말을 해야겠니?"

주리가 던진 뼈 있는 말에 발끈하긴 했지만, 신지혜 씨의 남편이자 리사의 부친이었던 브랜든이 나와 동갑이라는 점은 내게 남다른 느낌으로 다가왔다.

지금의 나보다 어린 나이에 이미 어엿한 가정을 꾸렸고, 딸을 구하려고 목숨을 바친 그는 나보다 한참 어른인 것처럼 느껴졌기 때문이다.

'누군가를 위해 목숨을 던질 수 있다는 것!'

나에게 그건 그저 먼 이야기에 불과했다. 누군가를 죽을 만큼 사랑해 본 경험이 없었던 나로선 말이다.

물론 미나 누나를 사랑하긴 했지만, 내 목숨을 바칠 용기까진 없었으니까.

하지만 내 안에 자리 잡은 주리라는 존재가 내 영혼을 장악하게 된 지금에 이르러 생각해 보면, 꼭 불가능한 일도 아닌 것 같다.

주리를 위해서라면, 내 목숨 따윈 미련 없이 내놓을 수도 있을 것 같다는, 그런 기분이 든다는 말이다.

정갈한 한식 밥상이 차려진 원형 테이블에 네 사람이 마주 앉았다.

나, 주리, 신지혜 씨, 그리고 리사.

사실 리사가 우리와 함께 식사하는 걸 거부할지도 모른다고 생각했었다.

그런데 다행히도 리사는 스스로 식탁에 와서, 말없이 자기 자리에 앉았다.

아마도 리사가 우리를, 자신만의 방어벽 내부로 들어갈 수 있는 인사이더로 인정해준 모양이다.

선택적 함구증을 앓고 있는 리사로부터 모종의 선택을 받은 것만 같아 뭔가 우쭐한 이 기분.

어떤 종류의 감정도 드러나지 않는 도화지 같은 얼굴로 앉아있는 리사에게, 우리는 섣불리 말을 걸지 않았다.

주리와 내가 미리 약속한 것도 아닌데, 꼭 사전 공모라도 한 듯 그저 묵묵히 먹는 일에만 열중하는 두 사람. 마치 리사가 선택한 침묵의 세계에 우리가 초대받기라도 한 것처럼….

사실 나도 그랬던 적이 있다. 세상 그 누구와도 말하기 싫었던 경험 말이다.

그때 만약 한 대표라는 존재가 나를 보듬지 않았더라면, 나 역시 리사처럼 세상으로부터 마음의 문을 닫아버렸을지도 모를 일이다.

삶은 양배추 한 이파리를 손바닥에 얹은 후, 김이 모락모락 나는 밥 한 숟가락을 그 위에 올린다. 그다음엔, 빡빡하게 끓여진 강된장 반 스푼을 밥 위에 끼얹는다.

동그랗게 말린 삶은 양배추쌈을 입안으로 밀어 넣어본다.

블리자드 경보가 발효된 크리스마스 마을의 한 저택에서 먹는 삶은 양배추쌈이라니.

삶은 양배추와 밥, 그리고 강된장의 환상적 케미가 유발하는 보드랍고도 따스한 기운이 뱃속 가득 퍼져간다.

추위와 허기에 시달렸던 위장 벽면이 포근한 담요에 덮이는 것 같은 이 느낌.

사실 밥상의 메인은 따로 있었다. 테이블 가운데에 놓인 삼겹살 수육이 바로 그것이다.

한데 지금의 내게는 삶은 양배추쌈이 메인이나 다름이 없다. 야들야들하게 씹히는 삼겹살 수육은 그저 거들 뿐.

나는 다른 숱한 반찬들을 제쳐둔 채, 거의 양배추쌈만으로 밥 한 공기를 뚝딱했다.

"주리 씨가 밥을 정말 잘 드시네요. 밥 좀 더 드릴까요?"

상냥하게 웃으며 밥을 더 권하는 신지혜 씨에게 나는 쑥스러운 듯 빈 밥그릇을 내밀었다.

추가 공깃밥이 오길 기다리고 있던 나는 흠칫 놀라고 만다. 리사가 내 옆에 와서 서 있었던 걸 뒤늦게야 발견했기 때문이다.

나는 이 집에 들어와서 처음으로, 조심스레 리사의 이름을 불러본다.

"리사?"

그러자 보일 듯 말 듯 희미한 미소를 머금은 리사가 허리춤에서 뭔가를 꺼내 내 눈앞에 들이민다.

그게 뭔가 하고 받아 봤더니, 바로 〈Forest of Dreams〉 싱글 CD였다.

"아니, 리사가 이걸 갖고 있었어?"

내가 놀란 듯 그렇게 묻자, 리사는 수줍은 듯 웃으며 다른 한 손에 든 네임펜을 내 앞으로 내밀었다.

"사인해 달라고?"

이제야 상황 파악을 하고 그렇게 묻는 내게, 리사는 아주 미세하게 고개를 끄덕여 보인다.

리사로부터 무언의 의뢰를 받은 나는, 수없이 연습한 바 있는 주리의 사인을 정성껏 그려낸다.

'내가 사인을 해주면서도, 내가 오히려 감사한 이 기분은 뭐지?'

굳게 닫혀있던 마음의 문을 열고 내게 사인을 부탁해준 리사가 한없이 대견하고, 또 고마웠다.

그런데 한편으론 어떤 부담감 같은 것도 느껴진다.

선택적 함구증에 걸린 아이가 내게 먼저 다가오는 걸 보면서, 새삼 '월드 스타 강주리'라는 존재가 가진 영향력의 무게를 느꼈다고 할까?

내게서 사인 CD를 넘겨받고는 초승달 같은 미소를 짓는 리사의 모습을 바라보며, 신지혜 씨는 감격한 듯 눈물을 보인다.

그 눈물을 보니, 무게감은 한층 더해진다.

내가 이 모녀를 위해 뭔가를 해주고 싶다는 충동이 강렬하게 밀려왔다.

한데 아무리 생각해 봐도, 내가 그녀들에게 줄 수 있는 건 단 한 가지, 노래밖에 없을 것 같다. 내가 잘할 수 있는 게 그것뿐이니까.

나는 신지혜 씨를 조용히 따로 불러 이렇게 묻는다.

"리사 어머님, 혹시 집에 기타가 있나요?"

그러자 밝게 웃으며 대답하는 그녀.

"네, 있어요. 브랜든이 연주하던 기타죠. 오래 묵혀둔 거라 튜닝은 좀 필요하겠지만요."

잠시 후, 다이닝룸 밖으로 나갔던 신지혜 씨는 기타 케이스를 들고 돌아왔다.

나는 그 소중한 물건을 조심스럽게 받아든다. 기타 케이스 안에 고이 들어있는 유려한 디자인의 어쿠스틱 기타를 본 나는 경탄을 금치 못한다.

"세상에, 제프 트라우곳 기타군요!"

그러자 신지혜 씨가 눈을 동그랗게 뜨며 묻는다.

"그냥 척 보고도 어떤 제품인지 알아맞히시다니, 정말 대단한걸요? 저는 기타에 대해선 잘 모르는데, 이게 그렇게 깜짝 놀랄 만큼 좋은 기타인가요?"

"좋다마다요. 제프 트라우곳은 스탠다드 주문가가 가장 높은 루씨어(luthier : 현악기 제작자)예요. 기본형이 웬만한 중형차 한 대 값이라니까요? 그만큼 그가 만들어내는 기타는 세계 최고로 인정받고 있다는 뜻이죠."

"나이도 어린 주리 씨가 기타에 그렇게 조예가 깊을 줄은 미처 몰랐네요."

'나이도 어린'이라는 말에 나는 약간 움찔하긴 했지만, 나로선 가져볼 엄두도 낼 수 없었던 명품 기타를 직접 만져본 기쁨은 이루 말할 수 없었다.

"주리 씨가 기타를 조율하시는 동안, 저는 거실에다 다과상을 차릴게요. 우리 집 거실에서 강주리 씨의 노래와 기타 연주를 듣는다니, 저로선 꿈만 같네요!"

그리하여 뉴욕 다이커하이츠 신지혜 씨 댁 거실에는 언플러그드 콘서트 무대가 급조되었다.

사실 무대라곤 내가 앉아서 노래 부를 스툴 하나가 전부고, 관객도 단 3명에 불과하다.

하지만 그 어떤 무대보다 잘하고 싶은 욕심이 앞서는 공연이다. 내 앞에 앉은 3명의 관객 중엔, 내가 꼭 교감에 성공하고 싶은 소녀 관객도 포함되어있기 때문이다.

사실상 이 무대는 단 한 사람을 위한 공연이라고 해도 무방할 것이다.

한참의 고민 끝에 내가 정한 선곡은 바로 〈아빠의 얼굴〉이다. 이 노래는 어린 시절 내 최애 동요였다.

내가 대중가요를 접하기 전인 초등학교 저학년 때까지는, 누가 노래만 시켰다 하면 주로 이 노래를 부르곤 했었다.

여전히 아빠를 잃은 슬픔에서 벗어나지 못한 리사를 의식한 선곡이면서, 불과 얼마 전 아버지를 떠나보낸 나를 위한 노래이기도 하다.

트라우곳 BK 모델 기타의 환상적 사운드는 가장 기본적인 4분의 4박자 아르페지오 주법 전주에서도 영롱한 빛을 발한다.

이윽고 나지막하게 속삭이듯 부르는 벌스.

"어젯밤 꿈속에

나는 나는 날개 달고~

구름보다 더 높이

올라 올라 갔지요~."

이 노래는 단조가 아닌 장조로 된 동요이면서도, 뭔가 쓸쓸한 비감이 묻어나는 곡이다.

나는 최대한 목소리에 감정을 입히지 않고 덤덤한 톤을 유지한다.

"무지개 동산에서 놀고 있을 때

이리저리 나를 찾는

아빠의 얼굴~."

이 노래 가사에서 이리저리 나를 찾는 건 분명 아빠 쪽이다. 그런데 노래를 부르다 보면, 이상하게도 내 마음속에 아빠에 대한 그리움이 고여감을 느끼게 된다.

"푸른 들 벌판에~."

2절을 부르기 시작했을 때, 나는 리사와 눈이 마주쳤다. 그런데 리사의 눈시울이 흥건히 젖어 있음을 알 수 있었다.

리사가 우는 모습을 보니 나 역시 가슴이 먹먹해졌지만, 음정이 흔들리지 않기 위해 슬픔을 억눌러야 했다.

"이리저리 나를 찾는~

아빠의~ 얼~ 굴~."

참고 또 참았지만, 마지막 소절 끝음에 이르러선 결국 흐느낌에 묻히고 만다.

노래를 마친 후 자리에서 일어난 나는, 기타를 스툴 위에 올려둔 채 리사 곁으로 다가간다.

그리고는 부드럽고도 신중한 톤으로 리사에게 말한다.

"리사야! 이렇게 리사가 계속 슬퍼하기만 하면, 무지개 동산에 계신 아빠도 슬퍼하실 거야. 아빠는 리사가 건강하고 행복하게 잘 자라길 바라시는데…."

고개를 숙인 채 하염없이 눈물만 흘리던 리사가 슬며시 고개를 들어 나를 바라본다.

"이렇게 예쁜 리사가 이 세상에 존재한다는 것만으로도 아빠는 충분히 행복하시겠지만, 리사가 밝게 웃으면 아빠는 훨씬 더 행복하실 거야!"

내 말을 듣고는 뭔가 곰곰이 생각하는 듯한 표정을 짓던 리사의 입가에, 새벽 여명 같은 희미한 미소가 서서히 번지기 시작한다.

마침내 해처럼 환하게 웃는 리사의 얼굴에서 보석보다 아름다운 빛이 뿜어져 나온다.

어쩌면, 내가 목격한 그 빛은 어떤 신호일지도 모르겠다.

이를테면, 리사의 미소를 보고 행복해진 브랜든이 보내온 응답 신호 같은 것 말이다.

155. 가장 간절한 소원

◆◆

오랜 장마 끝에 비친 햇살만큼이나 반갑고도 고마웠던 리사의 미소는 나에게 벅찬 감동을 안겨 주었다.

〈아빠의 얼굴〉은 분명히 리사를 위한 노래였지만, 내가 준 것보다 받은 게 훨씬 더 많은 것 같은 기분이 들었다고 할까?

기대 이상의 한 끼 대접에 배가 부른 데다, 생각 밖의 감동에 마음마저 그득해진 나는 두 모녀에게 아쉬운 작별을 고한다.

"그럼, 저희는 이만 가보겠습니다. 영혼까지 배부른 저녁 식사, 정말 감사했습니다!"

그러자 신지혜 씨가 미간을 올리며 이렇게 대답한다.

"저야말로 주리 씨에게 뭐라 감사의 말을 전해야 좋을지 모르겠군요."

"너무 받기만 하고 물러가는 것 같아 정말 죄송하네요."

"그런 소리 하지 마세요. 다른 곳도 아닌 우리 집에서 주리 씨와 함께 저녁 식사를 한 것도 모자라, 노래까지 듣는 행운을 누렸잖아요. 정말이지 주리 씨의 노래엔 특별한 무언가가 있어요. 그 무엇으로도 대체 불가한…"

잔뜩 힘주어 말하는 신지혜 씨의 진지한 표정을 보고 있으려니, 나는 겸연쩍다 못해 숙연해지기까지 한다.

그러면서도 한편으론 흐뭇한 마음이 들었다. 내가 노래에 담고자 했던 진심이 제대로 전달된 것 같아서…

말없이 멋쩍은 미소만 짓고 있는 내게, 신지혜 씨는 웬 바구니 하나를 내민다.

"이게… 뭔가요?"

"우리 리사가 직접 만든 케이크와 초콜릿이에요."

"리사가 케이크와 초콜릿을 직접 만들었다고요?"

"네, 리사는 등교할 때 외엔 거의 집 밖을 나가지 않거든요. 그래서 집에서 케이크를 굽고, 초콜릿을 만드는 게 취미랍니다. 인터넷에서 레시피를 찾고, 인터넷 쇼핑으로 재료와 기구도 구매하죠."

받아든 바구니를 살짝 열어본 나는 경탄을 금치 못한다.

바구니 안엔 화려하면서도 앙증맞은 컵케이크와 초콜릿이 투명 상자에 담긴 채 정갈하게 놓여 있었다.

나는 내 옆에 서 있는 주리에게도 바구니를 보여준다. 휘둥그레진 눈으로 바구니 내부를 훑어보던 주리가 한마디 한다.

"이 정도 수준의 만듦새라면, 취미가 아니라 특기라고 해도 무방하겠는데요?"

주리의 칭찬을 들은 리사는 부끄러운 듯 엄마 뒤로 숨는다. 하지만 살짝 보이는 리사의 얼굴에는 수줍은 미소가 걸려 있다.

"원래 주리와 저는, 내일 뉴저지에 있는 브랜든 묘소에 갈 계획이었어요. 그 케이크와 초콜릿은 리사가 아빠한테 갖다 준다고 만든 거고요. 그런데 블리자드 때문에 계획이 취소되는 바람에…"

그 말을 듣고 황송해진 내가 이렇게 말한다.

"아니, 아빠한테 갖다 드리려던 걸 저희한테 주시면 어떡해요?"

"말로는 전하지 못한 리사의 마음이라고 생각해주세요."

말로는 전하지 못한 리사의 마음이라. 말로 표현할 수 없는 내 마음을 노래에 담아 전하곤 하는 나에겐, 무척이나 와닿는 말이었다.

2017년 12월 11일 뉴욕시각 PM 09:15.

두 모녀의 따뜻한 환송을 받으며 브라운스톤 하우스를 나와서, 다시 주리네 이모할머니 댁으로 향하는 길.

그런데 지금은 눈이 오지 않고, 눈폭풍도 잠잠해진 상태다.

"어, 눈이 그쳤네요? 기상 예보에선 내일까지 폭설과 눈폭풍이 이어질 거라고 했는데…"

"잠시 소강상태인 건 아닐까? 그 뭐냐, 폭풍의 눈 같은 거 말이야. 폭풍의 최중심부로 들어가면, 하늘이 맑고 바람이 없는 고요한 상태가 유지된다고 하잖아."

"아, 정말 그럴 수도 있겠네요. 그러고 보니 하늘이 정말 맑아요! 별도 보이는데요?"

"오, 진짜네? 그렇다면 오늘 밤엔 쌍둥이자리 유성우를 볼 수도 있겠는데?"

"유성우라면 별똥별이요?"

"그래, 맞아. 1월의 사분의자리, 8월의 페르세우스자리와 함께 3대 유성우로 꼽히는 쌍둥이자리 유성우는 매년 12월 중순에 볼 수 있어. 14일이 피크이긴 하지만, 오늘도 관측은 가능할 거야."

"유노 쌤이 별자리에 조예가 깊으신 줄은 몰랐네요. 그런 낭만과는 거리가 먼 분이라 생각한 적도 있었는데…"

"이거 왜 이래? 한때는 나도 별 좀 보는 남자였다고!"

그런데 아이러니하게도 내가 별을 눈여겨보기 시작한 건, 나 자신이 별 볼 일 없는 존재로 추락한 직후였다.

"23년 전에, 몇 달간 청계사에서 지낸 적이 있었는데…"

내가 가요계에서 반강제로 퇴출당한 후 준호의 권유로 청계사에서 템플스테이 하던 시절, 잠 못 드는 밤이면 툇마루에 앉아 별을 보곤 했었다.

"원선이라는 젊은 스님이랑 방을 같이 썼어. 음색과 발성이 아주 훌륭해서, 염불 소리가 참 듣기 좋았던 스님이었지."

사실 원선 스님은, 내가 혹시라도 극단적인 시도를 할까 봐 큰스님이 붙여준 일종의 감시책이었다.

"그런데 그 스님이 천문학과를 다니다 중퇴한 분이셨어. 그래서 별자리에 대한 해박한 지식을 갖고 계셨지. 속세에서 가져온 물건 중에서 유일하게 버릴 수 없었던 것이 바로 천체 망원경이었다고…."

"천체 망원경을 들여다보는 스님이라, 좀 멋진데요?"

"실제로 외모도 꽤 멋져서, 보살님들 사이에서 인기도 참 좋으셨어. 암튼 그 스님 덕분에, 나도 별을 좀 볼 줄 알게 된 거야. 대표적인 별자리 몇 개는 찾아볼 수 있을 정도?"

그러자 주리가 눈빛을 번뜩이며 이렇게 말한다.

"저희 이모할머니 댁에 옥탑방이 하나 있는데요, 천장이 비스듬한 통유리로 되어 있어서 방 안에서 하늘을 올려다볼 수 있는 구조죠. 그 방엔 천체 망원경도 있고요."

"그래? 이모할머니네 가족 중에도 원선 스님 같은 분이 계신가 봐?"

"네. 돌아가신 이모할아버지가 천체에 관심이 많으셔서, 집을 지을 때 별을 볼 수 있는 공간을 만드신 거라고 하더군요."

"우리 그럼, 이 바구니 들고 그 옥탑방에 올라가, 별 보면서 먹을까?"

"좋아요!"

강한 긍정의 대답을 외치며 환하게 웃는 주리의 눈 속에는 이미 금성보다 밝은 별이 빛나고 있는 것만 같다.

주리 이모할머니네 집 3층에는 5평 남짓한 방이 있었다.

주리가 설명한 대로 비스듬한 통유리로 된 천장을 통해 밤하늘을 올려다볼 수 있는 구조의 방이었다.

그런데 유감스럽게도, 지금은 하늘이 보이지 않는 상태다. 통유리 위에 두껍게 쌓여있는 눈이 시야를 가리고 있는 탓이다.

"이 방에서 별 보기는 글렀네."

눈 쌓인 유리 천장 아래에 놓인 소파에 털석 주저앉으며, 내가 말했다.

그러자 주리는 회심의 미소를 지으며 이렇게 말한다.

"눈이 많이 오는 편에 속하는 뉴욕에 집을 지으면서, 저희 이모할아버지가 그 정도도 고려하지 않으셨겠어요?"

"…"

"잠깐만요!"

주리는 방문 옆 벽에 붙어있는 터치스크린 앞으로 다가가더니, 손가락으로 화면을 이리저리 터치한다.

"지금 뭘 하려는 거야?"

"저 통유리에는 자동차 유리처럼 열선 내장형 디프로스터가 장착되어 있어요. 방금 그 스위치를 누른 거예요. 잠시만 기다리면, 쌓인 눈이 녹으면서 밤하늘을 볼 수 있는 시야가 확보될 거예요."

통유리가 달아오르면서 유리 천장 위에 쌓인 눈이 서서히 녹아 흘러내리는 동안, 우리는 리사가 만든 케이크와 초콜릿을 꺼내 먹기로 한다.

너무 예뻐서 함부로 손을 대기가 부담스러운 레드 벨벳 컵케이크 대신, 아몬드 박힌 초콜릿을 하나 집어서 입안에 넣어본다.

입안 가득 녹아 흐르는 달콤함과 고소함이 아빠를 향한 리사의 그리움인 것만 같아, 나는 황홀하면서도 왠지 가슴이 저릿하다.

그러다 어느 순간, 천장을 올려다본 나는 그만 탄성을 지르고 만다.

열선 내장형 디프로스터가 작동되면서 어느새 말끔해진 통유리 너머로, 별이 빛나는 밤하늘이 그림처럼 펼쳐져 있었기 때문이다.

마치 대형 유리 수조에 검정 액체를 가득 채운 후 반짝이 분말을 풀어놓은 듯한 광경이다. 토르의 망치를 빌려와 유리를 깨뜨리면, 밤하늘이 방 안으로 쏟아져 내릴 것만 같은…

내 두 눈으로 똑똑히 보면서도 도저히 믿기지 않는 광경 앞에서, 나는 말문이 막히고 만다.

저렇게 별이 많은 밤하늘은 정말 처음 본다.

23년 전 청계사에서 바라보던 밤하늘도 저렇게까지 별이 많지 않았는데…

"뉴욕에서, 그것도 블리자드 경보가 내려져 있는 밤에, 저렇게 수많은 별을 보게 될 줄은 정말 몰랐네요."

주리 역시 경이에 찬 표정이다.

"그럼, 우리 천체 망원경으로 별자리를 관측해볼까요?"

주리가 먼저 소파에서 일어나 천체 망원경 쪽으로 다가갔고, 나도 흔쾌히 그 뒤를 따르며 말한다.

"좋아! 내가 쌍둥이자리가 어디에 있는지 알려줄게!"

그렇게 호언장담한 나였지만 막상 천체 망원경을 통해 쌍둥이자리를 찾으려니, 어디가 어딘지 구분이 잘 안 된다.

"어, 이상하네? 쌍둥이자리가 어디에 있는지 잘 못 찾겠어! 원선 스님이 가르쳐 줄 당시만 해도, 나 혼자서도 쉽게 찾을 수 있을 것 같았는데… 하긴, 그게 벌써 23년 전의… 어!"

내가 쌍둥이자리를 못 찾은 것에 대한 궁색한 변명을 늘어놓으려던 찰나, 나는 갑자기 말을 멈추며 놀람의 탄성을 지르고 만다.

"방금 봤어?"

잔뜩 흥분한 나는 나란히 함께 하늘을 바라보고 있던 주리에게 그렇게 물었다.

"네, 저도 봤어요!"

격양된 목소리로 대답하는 주리.

주리와 내가 동시에 본 것은 다름 아닌 별똥별, 즉 쌍둥이자리 유성우였다.

"별똥별을 봤으니, 얼른 소원을 빌어야겠네요?"

"이미 늦은 건 아닐까? 떨어지는 찰나에 빌어야 하는 거잖아."

"그린 거예요? 그렇게 순식간에 지나가 버리는데, 그 짧은 순간에 어떻게 소원을 빌어요?"

"소원이 이루어지는 게 어디 쉬운 일이겠어? 그렇게 쉬우면 소원을 못 이루는 사람이 없게?"

"그건 그렇지만…."

"별똥별이 소원을 이루어준다는 건, 그 찰나의 순간에 바로 떠올릴 수 있을 정도로 간절한 소원만 이루어준다는 게 아닐까?"

사실은 그냥 나오는 대로 지껄인 내 말을 꽤 진지하게 경청한 주리는 잠시 생각에 잠긴 후에 이렇게 말한다.

"꽤 일리 있는 말이에요!"

그렇게 말하는 주리의 심각한 표정을 본 나는 그만 피식하고 웃음을 터뜨려버린다.

그에 아랑곳없이 진지한 발언을 이어가는 주리.

"그럼, 우리 이렇게 하면 어떨까요?"

"어떻게?"

"혹시라도 다시 별똥별을 목격하게 될 때를 대비해, 소원을 한가지씩 미리 생각해 보는 거요. 어때요?"

"소원 한가지씩을 미리 생각해 보자고?"

"네, 짧은 순간에 금방 다시 떠올릴 수 있을 만큼 간절하면서도 명료한 소원이요."

"좋아!"

주리와 나는 각자의 한가지 소원을 생각해 보기로 하고, 사유의 침묵에 빠져든다.

별똥별이 떨어지는 순간 빌고 싶은, 간절하면서도 명료한 소원이라.

막상 한 가지를 떠올리려니, 정말 쉽지 않다.

그런데 생각을 거듭할수록, 내 의식 속에서 점점 더 분명해지는 한 가지.

그건 바로, 내가 강주리로서 이룰 건 이미 다 이루었다는 생각이었다. 여기서 더 바라는 건 과욕이 아닐까 하는….

그리고 또 하나, 내 머릿속에 떠오른 이미지는 딸을 구하고 세상을 떠난 브랜든의 웃는 얼굴이었다.

그 얼굴은 내게 희생과 용기를 상징한다.

자기 자신보다 더 소중한 다른 누군가를 위해 목숨마저 기꺼이 내놓을 수 있는 희생과 용기 말이다.

지금 내가 가장 바라는 건, 나 자신이 아닌 주리의 행복이다.

주리가 다시 원래의 자기 몸을 찾아 자기 자신답게 살아가는 것. 그것이 바로, 나의 가장 간절한 소원이다.

하지만 나보다 주리의 행복을 우선한 건 결코 내가 나를 사랑하지 않아서가 아니라고 자신 있게 말할 수 있다.

자신이 아닌 다른 누군가를 먼저 위하는 마음은 나란 존재에 대한 애정과 확신 위에서만 가능하다는 걸, 지난 125일간의 공생 관계를 통해 깨달았으니 말이다.

그렇게 한참을 궁리한 끝에 간신히 소원 한 가지를 결정해낸 나는, 기쁜 마음으로 주리 쪽을 돌아본다.

그런데 주리는 어느새 소파 등받이에 몸을 기댄 채 곯아떨어져 있다. 약하게 코까지 골면서….

'녀석, 피곤했던 모양이네!'

나는 아래층 침실에서 이불을 가져다가 잠든 주리에게 덮어준다.

156. 눈이 비로 바뀌다

◆◆

소파 위에서 곯아떨어진 주리, 즉 잠든 내 모습을 물끄러미 바라보던 나는 문득 이런 생각이 든다.

'지금까지 내가 자는 모습을 가까이서 본 사람이 과연 몇 명이나 될까?'

부모님 두 분, 조부모님 네 분, 미나 누나….

그렇게 하나둘 손가락을 꼽으며 세어보던 나는 얼마 안 가 포기해버리고 만다. 잠깐 만났거나 원나잇 했던 여자들까지 포함하면, 그 숫자가 너무 많아질 것 같았기 때문이다.

그건 그렇고….

내 앞에서 잠든 주리 곁을 지키고 있자니, 기분이 살짝 설렌다.

지난 4개월 남짓한 시간 동안 주리와 나는 많은 걸 함께해왔지만, 이렇게 밀폐된 공간 안에서 밤을 통째로 함께 보내는 건 처음이니 말이다.

그나저나 저렇게 곯아떨어져 버린 주리를 어떻게 처리해야 할지 난감하다.

깨워서 침실로 보내야 할지, 아니면 저대로 단잠에 빠져있도록 내버려두는 게 맞는 건지.

그렇게 잠든 주리 모습과 유리 천장 너머의 밤하늘을 번갈아 바라보며 이런저런 생각에 잠겨있던 나는, 언제 잠들었는지도 모르게 스르르 잠에 빠져들었다.

2017년 12월 12일 뉴욕 시각 AM 07:03.

나를 깨운 건 빗소리였다.

'후드득 후드득!'

언제부터 내리기 시작했는지, 굵은 빗방울이 유리 천장을 강하게 두드리고 있었다.

나는 소파 팔걸이를 벤 채, 모로 누운 상태였다.

가늘게 뜬 눈으로 빗줄기가 흘러내리는 유리 천장을 한동안 바라보던 나는 이내 다시 눈을 감는다. 좀 더 자고 싶은 마음이 들었기 때문이다.

그런데 얼마 안 가, 나는 화들짝 놀라 몸을 벌떡 일으킨다. 허리 아래에서 뭔가 다른 감각이 느껴졌기 때문이다. 지난 126일 동안은 느끼지 못했던 이 뻐근한 느낌!

상체를 일으키자, 불룩 솟은 바지 앞섶이 눈에 들어온다.

'뭐야, 나 돌아온 거야?'

나는 좀 더 고개를 들어 반대편 팔걸이 쪽을 응시한다.

등받이에 몸을 기댄 채 잠들어있는 주리의 모습이 눈에 들어온다.

'어젯밤에 잠들기 전까지만 해도, 저게 바로 나였는데…'

격하게 요동치는 가슴을 심호흡으로 진정시킨 나는 주리의 곁으로 천천히 다가간다.

"주리야!"

아, 이 목소리.

내 발성 기관을 통과해 나온 내 목소리를 내 귀로 듣고 나니, 비로소 현실감이 어느 정도 되살아나는 것 같다.

그런데 주리는 아직 이게 꿈인지 생시인지 분간이 잘 안 되는 모양이다.

내가 부르는 소리에 부스스 눈을 떴다간, 이내 다시 눈을 감아버리고 만다.

한동안 눈을 감은 채로 있던 주리가 갑자기 몸을 움찔하며 다시 눈을 번쩍 뜬다.

"유노 쌤?"

확신 없는 의문형으로 나를 부른 주리 역시 자기 목소리에 자기가 놀란 눈치.

"우리… 다시 바뀐 거예요?"

"그런가 봐. 이게 꿈이 아니라면…"

그렇게 서로 마주 본 채 말문이 막혀버린 주리와 나.

하루아침에 갑자기 객체적 대상이 되어버린 주리의 얼굴이 그렇게 낯설어 보일 수 없다. 지난 126일 동안 거울을 통해 수없이 봐온 익숙한 얼굴이었는데….

주리 역시 이 상황이 몹시 당황스러운 모양이다. 입을 쩍 벌린 채로 나를 바라보며, 어리둥절한 표정을 짓고 있는 주리.

그런데 참 이상하다.

주리와 내가 서로 몸이 바뀐 이래로, 우린 이런 순간을 수없이 꿈꾸며 기다려왔다.

하지만 지금의 우린, 다시 원래대로 돌아간 이 상황을 외려 더 혼란스럽게 받아들이고 있으니 말이다.

불과 몇 시간 전까지만 해도 서로의 영혼이 머물렀던 서로의 육체와 마주한 채로, 우린 그렇게 한동안 아무 말도 할 수 없었다.

2017년 12월 12일 뉴욕 시각 AM 09:23.

원래 오늘까지로 예보되어 있었던 블리자드 경보는 돌연 호우 경보로 바뀌었다. 새벽부터 발생한 이상 고온 현상으로 인해 블리자드가 약해지고, 눈이 비로 바뀌었기 때문이다.

그 덕분에 거리거리에 쌓였던 눈들이 마치 마법이 풀리듯 녹아 사라졌고, 눈폭풍으로 인해 마비되었던 도시 기능도 대부분 정상화되었다.

뉴욕시 곳곳에 내려져 있던 교통 통제도 풀렸다.

그에 따라, 어제저녁에 오지 못했던 롤스 로이스 차량이 잠시 후면 도착할 예정이다.

엊저녁엔 눈보라를 막기 위해 썼던 우산으로 장대비를 막으며, 우리는 주리네 이모할머니 댁 마당에 서 있다.

같은 우산 아래에서 서로 몸을 붙이고 서 있는 주리와 나 사이에, 왠지 모를 어색함이 흐른다.

어제저녁에도 우린 분명히 이 우산 하나를 나눠 쓴 바 있다. 한데 똑같은 상황에서 왜 다른 기분이 드는 걸까?

"왜 그렇게 자꾸만 저에게서 떨어지려고 하세요? 왼쪽 어깨 쪽은 비를 다 맞고 계시잖아요. 가까이 붙으세요, 얼른!"

주리로부터 이런 핀잔을 들은 걸 보면, 이런 서먹서먹함은 나 혼자서만 느끼고 있는 건지도 모르겠다.

잠시 후, 롤스 로이스가 거센 물보라를 일으키며 우리 앞에 나타났다.

우리는 차량 뒷좌석에 나란히 몸을 싣는다.

롤스 로이스가 다이커 하이츠를 벗어나 대로로 접어들었을 때, 나는 마치 이계에서 현세로 접어드는 것 같은 기분에 사로잡혔다.

아닌 게 아니라, 다이커 하이츠는 주리와 나에게 현실을 벗어난 초월계와 같은 의미를 지닌 공간이었다.

그곳에서 우리는 어떤 절대적인 힘으로 인해, 다시 각자의 몸으로 복귀했다.

어쩌면 우리가 다이커 하이츠로 찾아간 것부터가 이미 예정된 일이었는지도 모른다.

이 결말을 의도한 절대자가 우리를 그곳으로 이끌었는지도….

이 모든 것을 가능하게 한 권능의 주체가 과연 누구인지, 우리 알지 못한다.

왜 주리와 내가 서로 몸이 바뀌어야 했으며, 어찌하여 다시 원상복귀될 수 있었는지에 대한 답을 가르쳐주는 사람은 아무도 없다.

다른 누구도 아닌 우리 스스로가 답을 찾아야 한다.

하지만 답을 찾는다고 해도, 그게 정답인지 아닌지 가릴 방법은 그 어디에도 없다.

어찌 보면 인생이란 게 다 그런 것 아닐까?

살아가는 방법을 알려주는 사람은 아무도 없으니까. 그리고 살아가며 겪는 모든 일이 개연성을 갖고 일어나지는 않으니까.

그렇게 각자가 믿는 바대로 살아가지만, 끝까지 가 봐도 정답은 알 수 없으니 말이다.

어쩌면, 정답을 찾아가는 과정 그 자체가 바로 인생인지도 모른다.

이제 주리와 나는, 각자 되찾은 삶을 살아내면서 각자의 정답을 찾아가야 하는 게 아닐까?

한동안 말없이 비오는 창밖을 바라보고 있던 주리가 입을 연다.

"이제 전 어떡하죠?"

'뭘 어떡해?'라고 반문하려던 나는 말할 타이밍을 놓치고 만다.

오랜만에 가까이서 실물로 마주한 주리의 얼굴이 새삼 너무 예뻐 보여, 그만 말문이 막혀버린 것이다.

"전 이제 당장, 장윤호가 아닌 강주리의 스케줄을 소화해야 하는 거잖아요. 제가 과연 잘 해낼 수 있을까요? 사람들이 금세 알아차릴 것 같아요."

사실 나도 그 점이 전혀 걱정스럽지 않은 건 아니다.

하지만 언제고 이런 순간이 올 줄 알았기 때문에, 나는 진작부터 마음의 준비를 하고 있었다.

그래서 나는 지금 내가 주리를 위해 어떤 말을 해줘야 하는지 잘 알고 있다.

"주리야, 넌 꼭 잘 해낼 수 있을 거야! 넌 장윤호로 살아오는 동안에도 다시 강주리가 될 준비를 꾸준히 해오고 있었잖아!"

"제가 아무리 노력해도, 저는 그저 저일 뿐이에요. 제가 유노 쌤만큼 노래를 잘할 수 있을까요? 처음에는 비슷해 보일지 몰라도, 얼마 안 가 밑천이 드러나고 말 거예요. 대중의 눈을 속이긴 힘들다고요!"

"나와 비슷하게 보이려고 노력할 필요는 없어. 너는 그냥 네 것을 그대로 보여주면 되는 거야."

"하지만 대중의 뇌리에 각인된 강주리의 실체는 제가 아니라 유노 쌤이잖아요. 그들이 사랑하는 건 유노 쌤만이 가진 특별함이라고요!"

"꼭 그런 것만은 아니야! 네 목소리. 그 아름다운 음색이 없었더라면, 내 가창력도 빛을 발할 수 없었을 거야. 넌 이미 좋은 악기를 갖고 있단 말이야!"

"악기만 좋으면 뭐해요? 다룰 줄 아는 기술이 부족한데. 제가 어떻게 유노 쌤의 가창력을 따라갈 수 있겠어요?"

"넌 꾸준히 단련해왔잖아. 나와 몸이 바뀌기 전부터, 그리고 바뀐 이후에도…. 꾸준한 훈련과 연습은 절대 널 배신하지 않을 거야!"

"노래는 그렇다 쳐도 안무는 어떡하죠?"

주리로부터 이 질문을 듣는 순간, 나를 엄습해온 기시감.

'언젠가, 지금과 비슷한 상황이 있었던 것 같은데…'

나는 그리 어렵지 않게 넉 달 전의 대화 내용을 기억해낸다. 주리와 내가 서로 몸이 바뀐 직후, 내가 주리에게 똑같은 말을 했던 기억이 소환된 것이다.

"너와 내 몸이 서로 바뀌었던 날, 내가 너에게 똑같은 걸 물었던 것 기억나?"

"그랬었나요? 아, 그랬던 것 같기도 하네요."

"그때, 주리 네가 뭐라고 대답했는지도 기억해?"

"글쎄, 그건 잘…."

"그때 네가 내게 했던 그 대답을, 지금 너에게 고대로 돌려줄게!"

나는 숨을 한 번 고른 후, 한 음절 한 음절 또박또박 말을 뱉는다.

"영혼은 바뀌었지만, 몸은 기억하고 있을 거야!"

주리는 이제야 생각났다는 표정을 짓는다. 하지만 슬쩍 미소를 한 번 지어 보였을 뿐, 여전히 석연치 않은 듯한 얼굴이다.

"왜? 내 말이 별로 와닿지 않는 거야?"

나는 다소 실망한 빛을 내보이며 그렇게 물었다.

"그게 아니라…."

그렇게 부정의 뜻을 나타내는 말머리만 던져놓고는, 말을 잇지 못하는 주리.

"그러면?"

"사실, 저보단 유노 쌤이 더 걱정이에요."

주리의 입에서 나온 뜻밖의 말에 의아해진 나는 다시 이렇게 묻는다.

"내가 왜?"

그러자 주리는 진정 걱정스러운 표정을 지으며 이렇게 말한다.

"무대를… 다시 떠나셔야 하잖아요."

주리의 그 한마디에, 쿵 하고 내려앉고 마는 내 심장.

전혀 몰랐던 사실도 아니고 내 나름대로는 마음의 각오도 되어있다고 생각했는데, 주리의 목소리를 통해 이 말을 들으니 숨이 멎을 것 같은 충격이 전해왔다.

"무대 위에서 유노 쌤이 얼마나 행복해하시는지, 또 무대에 선 유노 쌤이 얼마나 멋진지, 제가 다 봤는데…. 이제 다시 강주리로 무대에 설 수가 없잖아요!"

"…."

"유노 쌤이 과연 무대를 떠나서 살 수 있을까요? 그럴 자신 있으세요?"

진심 어린 목소리로 그렇게 묻는 주리의 눈가엔 어느새 눈물이 그렁그렁 맺혀있었다.

그 모습을 보니, 나도 목이 메었다.

심장이 녹아내릴 듯 아려왔지만, 애써 마음을 다잡는다.

'그래, 주리 앞에서 절대 약한 모습 보이지 말자!'

스스로를 향해 그렇게 다짐한 나는 심호흡으로 감정을 가라앉힌다.

그리고는 불끈 쥔 오른 주먹을 박력 있게 들어 보이며, 이렇게 말한다.

"나는 절대… 무대를 떠나지 않을 거야!"

나의 호기 넘치는 한마디에, 머리를 떨군 채 흐느끼던 주리가 흠칫하며 고개를 든다.

나와 눈이 마주친 주리에게 자신감 넘치는 미소를 지어 보인 후, 말을 이어간다.

"물론 지금 당장은 다시 무대에 설 수 없겠지. 나는 더 이상 월드 스타 강주리가 아니니까. 하지만…"

다시 목이 메려고 했다.

감정의 소용돌이가 잠잠해질 때까지 약간의 시간이 필요했다.

이내 헛기침 한 번으로 목소리를 가다듬은 나는, 내가 지을 수 있는 가장 멋진 표정과 내가 낼 수 있는 가장 씩씩한 목소리로 이렇게 외친다.

"하지만 나는 반드시 무대로 돌아갈 거야! 강주리가 아닌 장윤호의 모습으로!"

157. 의기투합

◆◆

2017년 12월 12일 뉴욕 시각 AM 11:52.

블리자드 경보가 예상보다 빨리 해제되면서, 애틀랜타에서 하루 스탠바이했던 한 대표와 핑크 클라우드 멤버들도 뉴욕에 무사히 도착했다.

바로 지금, 주리네 어퍼 이스트 사이드 아파트 현관에서, 진짜 강주리와 핑크 클라우드 멤버들이 상봉하고 있다.

진정한 의미의 핑크 클라우드 완전체가 뭉친 셈이다.

불과 며칠 전까지만 해도 저 예쁜 조합 속에 끼어있었던 나는 그저 먼 발치서 그들을 바라보고 있다. 마치 서랍 속 추억의 사진을 꺼내 보듯 아련한 기분으로….

이제 저들과 부대끼며 친밀한 동료애를 느낄 일은 두 번 다시 없다고 생각하니, 가슴 언저리가 저릿해진다.

착하고 어진 심성의 유미.

솔직히 말해서, 항상 선하고 어른스럽기만 한 모습이 혹시 가식은 아닐까 생각했던 적도 있었다.

하지만 내가 가까이서 겪어본 유미는 속속들이 맑고 고운 아가씨였다.

제대로 포텐 터졌던 배터리 파크 라이브 이후로 자신감을 회복한 모습을 보고 있으면, 내 맘이 정말 흐뭇하다.

내가 장윤호로 돌아오기 전에, 유미에게 뭔가 해줄 수 있었던 것을 정말 다행으로 생각한다.

'앞으로는 꽃길만 걷자, 유미야!'

속정 깊은 터프걸, 정화.

은근히 의지가 되는, 든든한 동료였다.

키워주신 부모님에 대한 사랑과 의리를 지키면서도, 친엄마 이진주 씨와도 친구처럼 잘 지내는 모습이 참 보기 좋다.
좋은 의미로 겉과 속이 다른 유진.
아무도 섣불리 못 꺼내는 입바른 소리를 서슴지 않는 유진 같은 존재가 핑크 클라우드에는 꼭 필요하다고 본다.
그리고 그녀의 톡 쏘는 독설 뒤에 여리고 착한 내면이 숨겨져 있다는 걸, 나는 이제 너무도 잘 안다.
나이답지 않게 속이 꽉 찬 준희.
한때 좀 얄미웠던 적도 없지 않지만, 넷 중 가장 살갑고 친밀했던 친구였다.
알고 보면 저보다 스물네 살 많은 이 아재를 동갑이랍시고 살뜰히 챙기느라 수고가 많았다.
나에게 '함께'라는 마법을 가르쳐준 소녀들.
저들과 함께 한 126일간의 여정을, 나는 영영 잊지 못할 것이다.

"저기, 잠깐만…."
나는 한 대표를 따로 불러내어 다이닝룸으로 데리고 들어왔다.
"왜 그래, 주리야? 나한테 무슨 할 말 있어?"
나를 아직 주리로 알고 있는 한 대표가 다정한 목소리로 내게 물었다.
그런 그에게, 내가 다시 나로 돌아온 사실을 밝히려니, 체인지 사실을 처음 밝히던 순간만큼 떨린다.
하지만 나는 이내 마음을 단단히 먹고, 망설임 없이 털어놓기로 한다.
"나야, 준호야!"
내 입에서 나온 짧은 두 어절의 반말에, 정지 화면처럼 굳는 그의 얼굴.
눈이 휘둥그레진 채 아무런 반응도 못 하는 그에게, 나는 한마디 덧붙인다.
"나, 윤호라고…."
그제야 비로소 긴 호흡을 내쉰 그가 조심스럽게 입을 연다.

"다시… 돌아온 거야?"

"그래, 나 돌아왔어."

"언제? 어제 오후에 통화했을 때만 해도, 그런 얘기 없었잖아!"

"오늘 아침에 일어나 보니, 이렇게 되어 있더라고."

내 폭탄 고백의 충격이 너무 컸는지, 순간적으로 중심을 잃고 휘청거리는 한 대표를 얼른 부축한다.

"여기, 의자에 좀 앉아. 앉아서 얘기해!"

내 부축을 받으며 자리에 앉은 그는 반쯤 넋이 나간 표정이다.

한 대표의 저런 반응은 충분히 이해되고도 남는다.

핑크 클라우드의 본격적인 글로벌 활동을 앞둔 상태에서 갑자기 주리와 내가 원상복귀 되어버렸으니, 그로선 눈앞이 캄캄할 테지.

나는 맞은편 자리에 앉으며 이렇게 말한다.

"자네로선 걱정이 많겠지. 내 솔로 싱글에다, 핑크 클라우드 신곡까지 나온 상태에서 이렇게 되어버렸으니까. 앞으로의 활동에 문제가 생기진 않을지 걱정하는 것 지극히 당연해."

나 나름대로의 심중을 갖고 그렇게 말했는데, 한 대표로부터 돌아온 대답은 전혀 예상 밖이었다.

"그런 건, 별로 걱정이 안 돼!"

"걱정이… 안 된다고?"

"그래, 주리가 장윤호로 있는 동안 꾸준히 보컬 트레이닝을 받아서, 노래 실력이 꽤 늘었잖아. 〈노을이 지는 그 자리〉를 원음으로 완창할 정도면 말 다 했지. 춤이야 원래 좀 추던 애니까, 며칠 바짝 특훈만 해도 안무를 따라가는 데 크게 문제없을 거야."

예상외로 한 대표는 대범한 태도를 보였다. 아마도 그 역시, 이런 상황에 대해 어느 정도 마음의 준비를 하고 있었던 모양이다.

"내가 정작 걱정하는 건, 바로 자네야!"

어쩜, 오늘 아침에 주리가 내게 했던 말을 고대로 하는 한 대표. 마치 사전에 말을 맞추기라도 한 것처럼….

"다시 세상의 중심으로 돌아가서 마음껏 활개 치는 자네를 보는 게 나에게도 큰 기쁨이었는데…."

아쉬움 가득한 표정으로 그렇게 말하는 한 대표의 목소리에서 가는 떨림이 감지된다.

"혹시라도 자네가 다시 세상의 가장자리로 숨어버릴까 봐, 나는 그게 걱정이야!"

진심으로 나를 걱정하는 한 대표의 깊은 마음이 느껴져서, 나는 울컥했다.

끓어오르는 감정을 애써 진정시킨 나는 내가 지을 수 있는 가장 남자다운 미소를 지어 보이며 이렇게 대답한다.

"나는 절대 다시 숨지 않을 거야! 그러니까 걱정하지 마!"

확신에 찬 내 눈빛을 마주한 한 대표의 얼굴에 안도의 미소가 퍼져간다.

"그래, 잘 생각했어! 아무렴, 그래야지! 나도 이번엔 방관만 하고 있진 않을 거야. 자네가 구석에 처박혀 있도록 내버려 두지 않을 거라고!"

어느새 기가 살아나 눈썹을 치켜뜨며 열변을 토하던 그는, 갑자기 뭔가 생각났다는 듯 표정을 바꾸며 이렇게 말한다.

"그러잖아도, 오늘 자넬 만나면 전해주려고 했던 말이 있었어."

"그게 뭔데?"

"자네와 주리가 같이 있는 자리에서 얘기하려고 했는데, 이제 굳이 그럴 필요가 없게 되었네."

"얼른 말해 봐!"

"출국 전에 음저협에서 걸려온 전화를 받았는데…."

"음저… 뭐?"

"한국음악저작권협회 말이야. 명색이 싱어송라이터라는 놈이 그 정도는 알아들어야지."

"까맣게 잊고 있었네. 거기서 입금 끊긴 지가 꽤 오래되어서 말이지. 그런데 그쪽에서 무슨 용건으로 자네에게 연락한 건데?"

"자네 계좌로 저작권료를 지급할 예정인데, 계좌번호 좀 확인한다며⋯. 근데 그쪽에 남겨진 연락처가 소속사 번호밖에 없었나 봐."

"어, 그래? 정말 오랜만에 입금 좀 될 모양이네? 물론 쥐꼬리만큼이겠지만⋯."

"쥐꼬리만큼⋯은 아닐걸?"

"요즘도 매달 23일이면 항상 계좌를 확인해보곤 하는데, 20세기 말까지는 그나마 십만 원 단위로 들어오다가 밀레니엄 이후론 대부분 치킨값도 안 되는 정도였어. 최근엔 그나마도 끊겼고⋯."

"글쎄, 이번엔 좀 다를 거라니까!"

"그렇다고 쥐꼬리만 하던 입금액이 갑자기 소꼬리만 해지겠어? 내가 작곡가로 등록된 곡 중에 히트곡은 〈노을이 지는 그 자리〉 달랑 하나야. 근데 그 곡이 갑자기 방송을 많이 탔다거나, 차트 역주행을 했다거나, 노래방에서 그 노래를 부르는 사람이 급증했다거나, 그랬으면 또 모를까⋯."

"자네, 아직 모르고 있었던 거구나?"

"뭘?"

"방금 자네가 언급했던 일들이 다 일어나고 있어!"

"그게 무슨 말이야?"

"〈노을이 지는 그 자리〉가 차트 역주행을 해서 각 음원 차트 10위권 안에 들어가 있고, 라디오에서도 심심찮게 들을 수 있어. 그리고 12월 첫째 주 노래방 애창곡 1위로 등극했고⋯."

"에이, 말도 안 돼! 어떻게 그런 일들이 갑자기?"

"제임스 코던의 카풀 카라오케에서 주리가 〈노을이 지는 그 자리〉를 부른 장면이 한국에서도 꽤 큰 반향을 일으켰어. 그 프로그램이 국내에 방영된 건 아니었지만, 각종 경로를 통해 퍼지면서 큰 화제를 불러 모았지."

"사실 나도 어느 정도의 반응을 예상하긴 했지만, 그렇게 폭발적일 줄은 몰랐는데?"

"요 며칠 사이에, 장윤호를 찾는 전화가 큐피드로 쇄도하고 있어."

"강주리가 아니고 장윤호를? 대체 어떤 곳에서?"

"음악 예능부터 중년 짝짓기 프로그램, 심지어 새로 출시되는 홈 가라오케 광고 모델까지…. 사실 여러 섭외를 받고도 선뜻 추진할 수 없었던 건, 불과 어제까지만 해도 주리가 장윤호였으니까. 그런데 지금이라면 또 얘기가 다르지."

본격적인 일 얘기로 접어드니, 어느새 한 대표의 목소리는 잔뜩 격양되어 있다.

마치 새로운 사냥감을 발견한 맹수 같은 눈빛을 빛내며, 그가 내게 말한다.

"타이밍이 나쁘지 않아! 강주리가 아닌 장윤호로서 세상에 나설 타이밍 말이야!"

긴 세월 동안 마음속 깊은 곳에 감춰온 내 야심을 한 대표의 입을 통해 들으니, 심장이 격렬하게 요동치기 시작한다.

"우리, 음악 예능부터 시작해볼까? 음악 케이블에서 새로 기획하는 밴드 오디션 프로그램의 심사위원 겸 멘토 자리가 들어왔는데, 그 정도의 포지션이면 나쁘지 않을 듯한데…. 어때?"

솔직히 꽤 솔깃한 제안이긴 했다.

음악 방송이 귀하디귀한 요즘 세상에, 음악 예능은 뮤지션이 인지도를 급상승시킬 수 있는 치트키가 되어줄 수도 있으니 말이다.

"내 생각은 좀 달라."

나는 오래전부터 궁리해온 내 생각을 차근차근 늘어놓기 시작한다.

"지금 당장은 내가 그런 종류의 제의를 받아들일 입장은 아닌 것 같아. 아직은 내가 뮤지션으로서 이룬 게 별로 없잖아. 갑자기 얻어걸린 화제성만으로 나를 소모하고 싶진 않아. 내가 장윤호로서 뭔가를 이루어내는 게 먼저인 것 같아."

"아니, 그게 무슨 말이야? 자네가 뮤지션으로서 이룬 게 별로 없다니."

자네가 강주리로 사는 동안 이뤄낸 그 눈부신 성과는 다 어떡하고? 그건 누구 건데?"

"그건 완전한 내 것이 아니잖아!"

나도 모르게 목소리에 힘이 들어간 걸 직감한 나는 애써 언성을 낮추며 말을 이어간다.

"물론 내가 강주리로 이룬 성과를 부정하려는 건 결코 아니야. 지난 126일간은 정말이지, 음악의 신이 내게 주신 선물 같은 나날들이었지."

평생 나눠 받을 신의 축복을 일시불로 받은 것만 같았던 그 순간들을 떠올리는 것만으로도 나는 가슴이 뜨거워진다.

"하지만 나는, 그 행복하고 영광스러운 기억만을 붙잡고 여생을 보내고 싶진 않아, 준호야!"

나의 솔직한 고백을 들은 한 대표는 그제야 수긍하는 듯한 표정이 된다.

그리고는 이내 특유의 전대물 주인공 미소를 보이며 이렇게 말한다.

"그래, 자네의 뜻은 충분히 잘 알았어. 내가 좀 성급했던 것 사과할게. 자네도 알다시피 내가 한 번 발동이 걸리면 제어가 잘 안 되는 놈이라…."

"알지, 그럼. 자네의 그 직진 본능을 내가 모르겠어? 자네가 날 위해주는 마음도 너무 잘 알아!"

"서두르지도, 재촉하지도 않을 테니까, 자네 뜻대로 해. 자네의 뜻이 곧 내 뜻이니까!"

그렇게 우리는, 예상보다 길어진 비밀 담화를 마무리했다.

다이닝룸을 나서려던 그때, 한 대표가 갑자기 두 팔을 쫙 벌리며 이렇게 말한다.

"어쨌든 다시 돌아온 걸 환영한다, 장윤호! 우리 찐하게 우정의 포옹 한 번 할까?"

솔직히 약간 오글거리긴 했지만, 오랜만에 사나이 대 사나이로 상봉한 기념으로 포옹에 흔쾌히 응했다.

그런데 막상 남자끼리 얼싸안고 보니, 머쓱한 기분이 들어 얼른 떨어져

물러나는 두 사람.

잠깐의 어색한 정적이 지나간 후, 한 대표가 말한다.

"컴백 기념으로 오늘 술 한잔 해야겠네! 아, 맞다. 자네 수술한 지 얼마 안 되어서 술 마시면 안 되는 건가?"

"그래도 오늘은 마실래. 그동안 강주리로 살면서, 바른 생활만 하느라 몸에 사리가 다 생길 지경이라고!"

"그래, 좋았어! 소싯적 그때처럼 날밤 까며 놀아보자고!"

"오늘 밤 맨해튼은 우리가 접수한다!"

158. 거울 속의 내 모습

◆◆

2017년 12월 12일 뉴욕 시각 PM 06:29.

이게 얼마만의 고잉 아웃이란 말인가?

미성년자인 주리의 몸으로 유흥문화와는 담쌓고 지내온 지 어언 126일!

단군 신화 속 곰이 쑥과 마늘만 먹으며 동굴에서 버틴 백일보나 더 긴 시간이었다.

사실 아무도 나에게 그런 수도승 같은 생활을 강요하진 않았다.

물론 주리와 내가 몸이 바뀐 직후에 서로가 지켜야 할 규칙을 정한 바 있지만, 얼마 안 가 유명무실해지지 않았던가?

내가 주리로 사는 동안 건전한 생활을 유지하고자 했던 건, 전적으로 내 자유의지에 의한 선택이었다고 자신 있게 말할 수 있다.

소중한 주리의 몸을 맑고 순수한 상태 그대로 보존하고자 했던 내 의지 말이다.

하지만 아무리 내가 원해서였다고 해도, 그렇게 건전하고 바람직하기만 한 삶의 이면엔 불온한 욕망의 이끼가 끼기 마련이다. 모든 걸 초월한 성인군자가 아닌 이상은….

날라리 아재가 바른 생활 소녀로 지내느라 미처 처리하지 못한 그 욕망의 찌꺼기들을, 오늘 밤에 모조리 날려버리고 싶다.

적어도 오늘 밤만큼은 모든 걸 훌훌 벗어던지고, 불나방 짱또라이 시절로 돌아가 원 없이 신나게 놀아보는 거다!

나는 주리가 트렁크 가득 챙겨온 내 옷가지 중에서 가장 날티 나는 아이템들을 골랐다.

몸에 밀착되는 실버 스팽글 티셔츠에 블랙 스웨이드 슬랙스를 받쳐 입고, 그 위에 송치 가죽 점퍼를 걸쳤다.

거기에 루부탱 스파이크 스니커즈를 매치해 카리스마 넘치는 클럽 룩을 완성한다.

전신거울에 비춰본 내 모습에 스스로 만족한 나는 이미 스테이지를 밟는 듯한 걸음걸이로 방을 나선다.

그런데 현관 앞에서 대기 중이던 한 대표가 내 모습을 보더니 다소 난감한 표정을 짓는다.

"그런 차림으로 나가려고?"

"왜, 좀 과한가?"

"오늘이 주말이라면 또 모를까, 화요일 밤에 그런 차림은 좀⋯."

그러고 보니, 한 대표는 퍼플 스트라이프 수트에 드레스 셔츠를 받쳐 입고 갈색 레이스업 슈즈까지 갖춰 신은, 말쑥한 클래식 정장 차림이다.

넥타이와 넥타이핀은 물론, 커즈스 버튼과 행커치프까지 장착해 완벽한 드레스업 룩을 연출했다.

"더구나 지금 우리가 가려는 프라이빗 클럽은 드레스 코드가 정해져 있어."

"그럼, 나도 자네처럼 정장을 갖춰 입어야 한단 얘기야?"

"재킷은 필수고, 스니커즈도 허용이 안 돼!"

"클럽이라고 해서 난 또, 우리가 소싯적에 들락거리던 그런 클럽인 줄로만 알았지."

"미안해. 옷 갈아입으러 가기 전에, 미리 얘기해줬어야 하는 건데⋯."

"뭐, 미안할 것까지야⋯. 얼른 갈아입고 나올 테니 기다려!"

다시 방으로 들어온 나는, 한 대표의 하사품인 검정 프라다 슈트를 꺼낸다. 입구정 갤러리에서 내가 주리에게 골라줬던 바로 그 옷 맞다.

슈트를 침대에 걸쳐놓은 채 입고 있던 가죽 점퍼와 스팽글 티셔츠, 그리고 스웨이드 슬랙스를 차례로 벗고 있는데, 갑자기 방문이 벌컥 열린다.

문을 연 사람은 다름 아닌 주리였다.

화들짝 놀란 나는 반쯤 내린 바지를 황급히 올린 후, 양팔로 벌거벗은 상체를 가린다.

그런데 그렇게 당황한 나와는 달리, 주리는 아무렇지도 않은 얼굴로 나를 바라보고 있다.

나는 핀잔 섞인 투로 이렇게 말한다.

"너는 왜 노크도 안 하냐?"

그러자 어이없다는 반응을 보이는 주리.

"다 아는데 뭘 가리고 그러세요? 불과 어제까지만 해도 그 몸이 제 몸이었는데…"

"아무리 그래도, 그럼 안 되는 거지, 이 녀석아! 얼른 닫아!"

급기야 나는 공연스레 언성을 높이고 말았고, 뾰로통해진 주리는 말없이 문을 닫았다.

'내가 좀 심했나?'

주리가 물러간 후에야, 내가 왜 그랬나 싶었다.

주리 말대로, 우린 볼 거 안 볼 거 다 본 사이 맞는데…

노크 안 하고 문 연 게 뭐 그리 큰 잘못이라고, 그렇게 버럭해버리고 말았던 걸까?

옷을 마저 갈아입은 나는 주리에게 사과해야겠다고 마음먹고 방을 나섰다.

그런데 아파트 내부 그 어느 곳에서도 주리의 모습은 보이지 않았다.

각자 자기 방에서 쉬고 있던 핑크 클라우드 멤버들 중에도, 주리의 행방을 아는 이는 없었다.

결국 주리를 찾지 못한 채 현관으로 나온 나를 가볍게 질책하는 한 대표.

"옷 갈아입는 데 백만 년이야, 백만 년! 영혼이 컴백하면서, 여성 호르몬까지 묻어온 게냐?"

"아, 미안! 주리한테 할 말이 좀 있어서, 찾아다니느라…"

"주리는 좀 전에 나갔는데?"

"그래? 어디 갔는데?"

"오늘부터 안무 훈련 시작하고 싶다며 소호에 있는 댄스 스튜디오로 갔어."

"혼자?"

"패러다이스 탤런트 에이전시에서 보낸 로드 매니저가 픽업해 갔어. 할 말 있으면 전화해 봐! 아마 지금쯤 차 안에 있을 테니까."

"아니야! 나중에 하지, 뭐."

마음 상한 듯 보였던 주리의 표정이 눈에 밟히긴 하지만, 지금으로선 어쩔 도리가 없다.

한편으론 그 녀석이 이미 강주리로서의 삶을 잘 받아들인 것 같아, 마음이 좀 놓였다.

한 대표와 함께 택시를 타고 간 곳은 웨스트 52번가 21번지였다.

그곳에는 전면이 검정 철제 장식으로 덮인 독특한 외관의 건물이 있었다.

"여기는 1920년대에 오픈한 스피키지 바(Speakeasy Bar)야."

"스피키지 바?"

"스피키지는 미국 금주법 시대에 비밀스럽게 술을 팔던 무허가 술집을 말하지."

"자유를 가장 소중한 이념으로 생각하는 미국이란 나라에 술을 금지하는 시대가 있었다는 게 참 신기해."

"금주법 시대는 미국의 흑역사라고 할 수 있지. 술 제조를 금지한 의도야 나쁘지 않았지만, 결과적으론 각종 불법행위가 성행하고 마피아가 활개 치는 세상을 만들어 놓았으니…"

"우리나라에도 범죄와의 전쟁이 선포되었던 1990년대에 자정 이후 심야 영업이 금지되면서, 불법 영업하는 술집이 난립하기도 했었잖아. 나도 셔터 내려진 술집에서 동틀 때까지 술 퍼마셨던 기억이 나네."

"사회 구성원의 욕구를 법으로 완벽하게 통제할 수 있다는 발상 자체가 모순이야. 금지는 평범을 신비로 바꾸고, 신비는 더 강한 욕망을 끌어내는 법이거든."

금지에 반응하는 인간의 메커니즘. 쉽게 말해, 하지 말라고 하면 더 하고 싶은 심리를, 우리는 이 스피키지 바를 통해서도 재확인할 수 있었다.

다른 건물들 틈에서 그닥 눈에 띄지 않던 무난한 외관과는 달리, 보안 검색을 통과해 들어간 내부는 완전히 딴 세상이었다.

어두운 색깔의 마감재와 가구, 그리고 낮은 조도의 조명으로 꾸며진 내부는 고급스러우면서도 퇴폐적인 분위기를 자아낸다.

저쪽 어느 구석진 자리에서 위대한 개츠비가 홀로 위스키 잔을 기울이고 있을 것만 같은, 그런 분위기.

그리고 홀 중앙에선 트럼펫·색소폰·콘트라베이스·드럼·피아노로 구성된 퀸텟 밴드(quintet band)가 흥겨운 스윙 재즈를 연주하고 있다.

우리는 바텐더가 있는 카운터 좌석에 나란히 자리했다.

자리에 앉기가 무섭게 우리 앞에 놓인 따뜻한 물수건으로 손을 닦던 한 대표가 입을 연다.

"어때? 분위기 맘에 들어?"

"글쎄, 난 솔직히 이런 분위기가 좀 생소하네."

EDM이 쿵쿵거리는 시끌벅적한 라운지 바에 더 익숙한 나에겐 이 클럽의 근엄한 무게감이 다소 거북하다.

왠지 술 먹다 체할 것 같은 분위기?

"자네한텐 별로구나? 그럼, 여기서 간단히 목만 축이고 다른 곳을 또 뚫어보자고!"

"아니야! 자네 덕분에 이런 색다른 경험도 해보는 거지, 뭐."

예전 같았으면 속내를 곧이곧대로 드러내고 말았을 텐데, 이젠 이렇게 마음에도 없는 접대성 발언도 할 줄 아는 나다.

그리고 무엇보다, 오늘은 술이 너무 고프다. 장소나 주종을 불문하고, 1분 1초라도 더 빨리 내 몸속으로 알코올을 주입하고 싶은 마음뿐.

우리는 일단 잔술부터 시작하기로 했다. 한 대표 말대로 여기서 가볍게 몇 잔 하다가 자리를 옮길 요량이었기 때문이다.

그런데 한 잔 두 잔 홀짝거리다 보니, 이곳에 들어온 지 20분도 채 안 되어 연거푸 네 잔을 비우기에 이른다.

술을 오랜만에 마셔서 그런지 취기가 쉽게 오르는 것 같다.

그런데다 샴페인부터 프렌치 화이트, 레드 버건디, 레드 보르도까지 종류별로 마셔댄 탓에 더 빨리 취해버렸다.

취하긴 취하는데, 이상하게도 기분이 좋아지질 않고 점점 더 가라앉기만 하는 것 같다.

오늘 밤만큼은 모든 걸 내려놓고, 마냥 즐길 작정이었는데…

다섯 번째 잔으로 시킨 포트 와인을 한 모금 머금으며 원인 모를 울증을 삭이고 있을 때, 내 옆자리에서 들려오는 어떤 여자의 목소리.

"Would you happen to have a cigarette?"

생면부지의 남자에게 담배 있냐고 묻는 여자가 대체 누군가 싶어 옆을 돌아보니, 꽤 고혹적으로 생긴 흑발의 라틴계 미녀가 새하얀 건치를 드러내며 환하게 웃고 있었다.

다른 인종의 나이를 외양만 보고 가늠하긴 쉽지 않지만, 어림잡아 20대 후반에서 30대 초반 정도로 추정된다.

단정한 오피스룩을 갖춰 입은 것으로 봤을 때, 퇴근 후에 한잔하러 들른 커리어 우먼이 아닐까 싶었다.

"No, I'm not a smoker!"

담배 안 피운다고 그렇게 딱 잘라 말해놓고 보니, 내가 너무 매몰차게 말했나 싶은 생각이 들었다.

하지만 딱히 더 추가할 말도 떠오르지 않아서 그냥 들고 있던 술잔을 마저 비우는 나였다.

술잔에 시선을 둔 채로 곁눈질로 슬쩍 보니, 뭔가 더 말할 것처럼 머뭇거리던 여자는 이내 자신의 술잔을 들고 자리를 떠버린다.

담배를 찾던 미녀가 그렇게 물러간 후, 한 대표가 내 어깨를 툭 치며 이렇게 말한다.

"자네, 왜 그랬어?"

"뭐가?"

"방금 그 아가씨한테 왜 그런 건데?"

"담배 있냐고 물어와서, 나 담배 안 피운다고 대답했을 뿐인데?"

"아니, 저 여자가 자네한테 말을 건 이유가 정말 담배 때문만이었겠냐고?"

"아니면?"

"담배가 없으면 술이라도 한잔 사겠다고 말을 했어야지!"

"내가 왜 그래야 하는데?"

"나, 이거 참! 넉 달 동안 열아홉 여자애로 지내더니 감 떨어진 거야, 장윤호? 지금 여기 이 홀에서 가장 예쁜 아가씨가 작업을 걸어와도 그렇게 목석처럼 굴다니 말이야."

"…"

사실 나도 전혀 눈치를 못 챈 건 아니었다. 처음 이 카운터 자리에 앉았을 때부터, 자꾸만 내 쪽을 흘깃거리던 여자의 눈길을 줄곧 느끼고 있던 터였다.

망설인 끝에 내게 말을 걸어온 여인의 추파에 제대로 응하기만 했어도, 오늘 밤을 좀 더 풍성하고 화끈하게 즐길 수 있었을지도 모른다.

예전의 나 같았다면, 이렇게 넝쿨째 굴러들어온 기회를 마다할 리가 없었을 것이다.

아니, 없는 기회를 만들어서라도 어떻게든 엮여보려고 안간힘을 썼겠지.

그런데 좀 전에 난 왜 그랬을까?

미스 월드 급 미모의 여인이 말을 걸어왔는데도, 그렇게 냉담할 수 있었다니.

"나, 화장실 좀 다녀올게!"

한 대표에게 양해를 구한 나는 자리에서 일어나 화장실로 향했다.

와인을 종류별로 다섯 잔 연거푸 들이켠 까닭에 소변 줄기가 거세다.

"역시, 오줌은 서서 쏴야 제맛이야!"

그렇게 나지막하게 중얼거리면서 혼자 뻥싯 웃던 나는 바지 지퍼를 올린 후 세면대 앞에 선다.

거울에 비친 내 모습을 본 순간, 비로소 나는 깨닫는다. 취기와 함께 엄습해왔던 울증의 원인을 말이다.

급기야 내 눈에서 주체할 수 없는 눈물이 쏟아진다.

"주리야!"

넉 달 동안 객체로서 바라봐야 했던 내 얼굴을 거울을 통해 마주한 순간, 내가 울먹이는 목소리로 나지막이 부른 건 다름 아닌 주리라는 이름이었다.

그렇다.

취기가 올라올수록 점점 더 울적해지기만 했던 이유도, 라틴계 미녀의 추파를 냉정하게 걷어찬 이유도 바로 주리였던 것이다.

나는 지금 주리가 너무 보고 싶다.

거울 속 내 모습만 봐도 주리가 그리워지고, 모든 것이 주리로 시작해 주리로 끝나는데….

이제 주리 없이는 정말 못살 것만 같은데, 나는 어떡하지?

159. 너 없는 시간

◆◆

"윤호야, 좀 일어나봐!"

내 이름을 불러 깨우는 소리에 눈을 떠보니, 한 대표가 침대맡에 와있었다.

머리가 깨질 것 같은 두통.

참으로 오랜만에 느껴보는 숙취다.

나는 누운 채로 이렇게 묻는다.

"벌써 아침이야?"

꼭 성대에 모래알갱이가 낀 것처럼 갈라지는 음성.

힘겹게 상체를 일으킨 후에도 연신 마른 입을 쩝쩝거리는 내게, 한 대표가 손에 든 머그잔을 내밀며 말한다.

"이거 좀 마셔. 꿀물이야."

적당히 따끈한 꿀물을 벌컥벌컥 들이켠 후에야 비로소 정신이 좀 든 내가 다시 이렇게 묻는다.

"우리 언제 숙소로 들어온 거야?"

"기억 안 나? 클럽 21 화장실에 꼬꾸라져 있었던 것 말이야."

"내가… 화장실에 꼬꾸라져 있었다고?"

"그래. 암만 기다려도 안 오기에 가봤더니, 자네가 화장실 바닥에 쓰러져 있지 뭐야. 전적으로 내 잘못이야. 수술 받은 지 얼마 안 된 사람한테 술을 먹이는 게 아니었는데…"

어느새 한 대표는 진심으로 자책하는 표정이 되어있다.

"그게 왜 자네 잘못이야? 내가 우겨서 마신 건데, 뭘."

"근데 정말 하나도 기억이 안 나? 콜롬비아 대학병원 응급실로 데려가려고 했더니, 자네가 한사코 숙소로 돌아가겠다고 고집을 부리는 바람에 어쩔 수 없이 숙소로 데려와 눕힌 건데…."

"내가 고집을 부렸다고?"

정말 완전히 필름이 끊겼던 모양이다.

클럽 21 카운터 자리에서 종류별 와인 다섯 잔을 비운 후 화장실에 갔었던 것까지는 생각나는데, 그 이후의 기억은 통째로 잘려나가고 없다.

감쪽같이 삭제되어버린 기억을 복원해보려고 애쓰는 내게 한 대표는 뜻밖의 지령을 내린다.

"아직 술도 덜 깬 사람한테 미안한 말이긴 한데, 얼른 일어나서 귀국 준비해야겠어!"

갑작스레 귀국 준비를 하라는 청천벽력 같은 소리에 어안이 벙벙해진 내가 확인하듯 묻는다.

"지금? 아니, 왜?"

"그게 말이야…."

어디서부터 어떻게 설명할지 모르겠다는 듯 잠시 난감한 표정을 짓던 한 대표.

그는 짧은 한숨을 내쉰 후, 침대 모서리에 걸터앉으며 말을 이어간다.

"강주리 듀엣 찾기 프로젝트가 계속 진행 중이었던 건 자네도 알고 있지?"

"그럼, 알고말고!"

"그 프로젝트가 원래는 나라별 예선을 거쳐 서바이벌 오디션 형식으로 최종 우승자를 가리는 방식으로 기획되었다가, 딱 한 번의 경연으로 우승자를 선정하는 쪽으로 포맷이 변경되었어."

"왜 그렇게 되었지? 지원자가 별로 없었나?"

"아니, 오히려 그 반대야. 지원사가 니무 많다는 게 문제였지. 정식 발표곡이 있는 가수로 지원 자격을 제한했음에도 불구하고, 전 세계에서 2만 명 넘는 가수가 지원했으니까."

일반인도 아닌 기성 가수가 2만 명 이상 지원했다면, 상당히 많은 숫자임은 분명하다.

"그리고 이미 한물간 오디션 프로그램에 대해 대중들이 피로감을 느낀 지 오래되었다는 자체 분석이 있었어."

"그래서?"

"그래서 예심 방식 변경이 불가피했어. 대면 심사를 없애고, 지원자가 올린 데모 동영상에 대한 온라인 투표 성적만으로 파이널 탑10을 선정했지."

"온라인 투표만으로 탑10을 선정했다고? 그렇게 되면, 지난《더 유니버스》최종 투표 때처럼 특정 세력에 의해 결과가 조작될 위험성도 있지 않았을까?"

"바로 그런 부정행위를 막기 위해서 이번엔 에스토니아에서 개발된 블록체인 기반 전자 투표 시스템이 활용되었다고 해."

"블록 체인? 그게 뭔데?"

"블록 체인이라는 건, 간단히 말해서 분산형 데이터 저장 기술인데, 혼히 공공 거래 장부라고 불리기도…. 중앙 집중형 서버가 아닌 체인 형태로 연결된 수많은 컴퓨터에 데이터를 동시에 저장함으로써, 연결성과 보안을 보장하면서도 거래 효율과 신뢰성을 높일 수 있는 혁신 기술이야. 전자 투표에 블록 체인 기술을 적용하면 조작이나 해킹을 통한 데이터 위변조가 불가능해져서 투표의 투명성과 신뢰도를 높일 수 있지."

당최 이게 뭔 소리인지.

블록 체인이란 용어 따위 좀 몰라도 그냥 넘어가는 건데, 괜히 물어봐서는….

가뜩이나 숙취로 정신이 혼미한데, 이렇게 어렵고 복잡한 설명을 들으니 두통이 더 심해지는 것만 같다.

한 대표의 사설이 더 길어지기 전에 커트를 해줘야 할 타이밍이다.

"그래, 알았어. 설명은 그만하면 되었고, 이제 본론을 얘기해줘!"

사뭇 진지한 표정으로 TMI를 늘어놓던 한 대표는 이내 엷은 미소를 머금으며 이렇게 말한다.

"우리나라에서 파이널 탑10에 든 사람은 딱 한 명이야."

"오, 그게 누군데?"

"그건 바로… 자네야."

"나? 에이, 말도 안 돼! 자네도 알다시피, 난 지원도 안 했잖아!"

"자네가 지원한 건 아니지. 그건 나도 알아."

"그런데 도대체, 어떻게 내가 파이널에 들었다는 거야?"

"주리가 지원했더군."

"주리가?"

"그래, 주리가 〈노을이 지는 그 자리〉를 부른 비디오 클립으로 어플라이했더라고."

"아, 그랬구나!"

순간, 강주리 듀엣 찾기 프로젝트에 같은 소속사 가수도 지원이 가능하냐고 묻던 주리의 진지한 표정이 문득 뇌리를 스친다.

그때 주리가 말한 소속사 가수가 바로 그 당시의 장윤호, 즉 주리 자신을 의미했었나 보다.

"생방송으로 진행되는 결승이 바로 다음 주 금요일인 22일이야. 그 전에 제작진과의 미팅 및 사전 촬영 스케줄이 잡혔어. 그래서 자넨 나와 함께 오늘 아침 9시 비행기로 귀국해야만 해."

더는 묻지도 따지지도 않고 벌떡 일어난 나는 서둘러 가방을 싼다.

10분도 채 안 걸려서 귀국 채비를 마친 나는 캐리어를 끌고 방을 나선다.

주리에게 작별인사라도 하고 싶은 마음이 굴뚝 같았지만, 아직 너무 이른 시각이라 단잠을 깨우기가 미안했다.

그래서 결국 나는 주리 얼굴도 못 본 채로, 이제 두 번 다시 발들일 일 없을지도 모르는 주리네 어퍼 이스트 사이드 아파트를 떠났다.

2017년 12월 22일 PM 08:57.

지난 12월 19일 자로 발표된 빌보드 핫100에서 핑크 클라우드의 월드 와이드 싱글 〈아무 사이 아니라고〉가, 2주간 정상을 지킨 주리 강의 〈Forest of Dreams〉를 누르고 마침내 1위로 등극했다.

꼭 핑크 클라우드와 함께 빌보드 정상에 오르고 싶었던 내 바람이 결국 이루어진 것이다.

물론 이미 내가 장윤호로 돌아온 이후에야 이뤄진 결과지만 말이다.

그런데 나는 아직, 그 벅찬 기쁨을 주리와 함께 나누지 못했다.

아닌 게 아니라, 뉴욕을 급히 떠나온 후 지금껏 주리와 단 한마디의 대화도 나누지 못했다.

뉴욕과 LA에서 각종 미디어 인터뷰 및 〈엘렌 디제너러스 쇼〉, 〈SNL〉 등의 스케줄을 마무리하고 4일 전에 귀국한 주리와 그저 먼발치에서 눈인사만 나눴을 뿐이다.

다가가서 먼저 말을 건네고 싶은 마음이 굴뚝 같지만, 알 수 없는 장애물이 나와 주리 사이를 가로막고 있다.

핑크 클라우드의 새 숙소 1층에 입주한 이후로, 주리와 멤버들이 쓰는 2층에는 단 한 번도 올라가본 적이 없다.

주리가 있는 2층이, 내겐 성층권보다 더 멀고 높게만 느껴진다고 할까?

뭘 봐도, 뭘 먹어도, 뭘 생각해도, 사유의 끝은 결국 주리로 귀결되곤 하지만, 나는 결단코 주리 앞에 그 무겁고 복잡한 속마음을 드러낼 수 없다.

주리 없이 지낸 지난 일주일간, 나는 그 제어하기 힘든 열정과 욕망을 오로지 경연 준비에 쏟아부었다.

암만 생각해도, 지금으로선 내가 주리 곁에 당당하고 떳떳하게 설 수 있는 방법이 듀엣으로 무대에 함께 서는 일밖에 없을 것 같았기 때문이다.

그러나 주리에게로 향하는 길은 결코 만만치 않아 보인다.

나와 함께 파이널 탑10에 오른 후보들의 면면을 살펴보면, 그냥 일찌감치 기권하고 싶어진다.

나를 제외한 아홉 명 모두 반짝반짝 빛나는 커리어와 엄청난 팬덤을 보유한 쟁쟁한 뮤지션들이다.

나이도 모두 20대.

히트곡이라곤 달랑 한 곡뿐인 마흔셋의 아재 보컬리스트는 명함도 못 내밀 정도다.

한 가지 긍정적인 측면이 있다면, 글로벌 심사위원단으로 선정된 5만 명이 모두 강주리 팬클럽 회원이라는 점이다(전 세계 강주리 팬클럽 회원으로 구성된 5만 명의 심사위원단이 실시간 투표를 통해 최종 우승자, 즉 강주리와 듀엣할 가수를 선정하게 된다).

강주리 팬클럽 회원이라면, 항상 강주리 곁을 지켜왔던 장윤호라는 후보에게 후한 점수를 주지 않겠느냐는 일말의 기대를 해본다.

하지만 또 다르게 생각해보면, 심사위원단이 팬클럽이기 때문에 내가 오히려 더 불리할 수도 있다.

강주리를 아끼는 팬일수록 '내 가수가 이름값 높은 스타와 활동하길 바라는 마음'이 더 클 수 있기 때문이다.

에라, 모르겠다!

내 마음도 내가 잘 모르는데, 무려 5만 명의 마음을 내가 어찌 알리오?

욕심이 앞서면, 될 일도 안 되는 법.

그냥 마음 비우고, 최선을 다해 무대에 임하는 수밖에….

강주리 듀엣 찾기 프로젝트 '더블 하트' 결선이 펼쳐지고 있는 세종문화회관 대극장.

이 경연은 전 세계 63개국에 위성 생중계되고 있다.

지금까지 여덟 명의 후보가 경연 무대를 마쳤고, 현재 아홉 번째 후보가 퍼포먼스를 펼치고 있다.

다음이 내 차례다.

마지막 번호 10번.

주리와 몸이 바뀌었다가 다시 돌아왔는데도, 나는 여전한 똥손이었다.

이번 경연의 순서 추첨에서도 어김없이, 가장 피하고 싶었던 10번을 뽑고 말았지 뭔가?

내 순서를 기다리는 동안, 절대우위의 스펙을 가진 경쟁자들의 쟁쟁한 무대에 기가 질리고 만 내 멘탈은 이미 너덜너덜해진 상태.

마음을 비우지 않으려야 않을 수 없는 상황이다.

우승 가능성은 이미 저 안드로메다 너머로 물러난 것 같고, 나는 그저 내가 준비한 노래를 후회 없이 불러내는 걸 목표로 삼기로 한다.

참가번호 9번의 무대가 끝난 뒤 내 퍼포먼스를 위한 무대 세팅이 이루어지는 동안, 〈더블 하트〉의 진행자인 리먼 스콧과 정화가 코멘트하는 중이다.

리먼 스콧은 이 생방송을 위해 전용기를 타고 LA에서 날아왔고, 한국어와 영어에 모두 능통한 정화가 통역 겸 공동진행자로 함께하고 있다.

정화로선 이런 빅 이벤트의 MC를 처음 맡는 것인데도 불구하고, 전혀 긴장하는 기색도 없이 잘 해내고 있다.

리먼 스콧에겐 아직 내가 나로 돌아왔다는 사실을 말하지 못했다. 오늘 경연이 끝난 후에, 그에게 찾아가서 사실을 고백해야겠다.

그리고 만약 기회가 된다면, 체인지되었다가 복귀한 경험을 공유한 자들끼리 한잔하고 싶네.

이번 무대를 위해 내가 준비한 곡은 자작곡이다.

전에 만들어두었던 멜로디에 새로 가사를 입힌 것이다.

편곡도 내가 직접 했다. 물론 핑크 레인의 도움을 좀 받긴 했지만, 90프로 이상은 내가 손수 한 것이라고 자신 있게 말할 수 있다.

사실 경연 무대에 자작곡을 들고 나서는 건 매우 위험하고 무모한 시도라고 할 수 있다.

생소한 멜로디로 대중적 공감을 얻기란, 익숙한 곡을 부를 때보다 훨씬 더 힘든 일이기 때문이다.

한데 지금 와서 생각해보니, 자작곡을 들고 나오길 잘했다는 생각이 든다.

어차피 우승은 틀린 것 같고, 주리를 향한 내 마음을 이 노래를 통해 전할 수라도 있으니 말이다.

지금 부를 이 노래의 가사에, 말로는 못 전한 내 진심이 그대로 담겨있다.

노래 제목은 바로, 〈사랑 말고 다른 이름〉이다.

160. 꿈꾸는 인생

◆◆

무대에 오른다.

강주리가 아닌 장윤호의 모습으로….

지금 객석에는 3,000여 명의 관객이 있고, 전 세계 수십억 명의 시청자가 실시간으로 나를 지켜보고 있다.

사실 내가 내 모습으로 무대에 다시 오른 것만으로도 나에겐 과분한 기쁨이 아닐 수 없다.

이 경연에서 꼭 우승해서 주리의 듀엣 파트너가 되겠다는 욕심은, 그냥 무대 뒤에 내려놓고 나왔다.

지금 내겐 오직, 이 무대를 후회와 아쉬움 없이 끝내고 싶다는 생각뿐이다.

어차피 노래라는 건, 내가 하고 싶은 말을 곡조에 실어 내 목소리로 전달하는 행위가 아니었던가?

이 노래를 통해 단 한 사람에게라도 내 진심을 전할 수 있다면, 그것만으로도 충분한 의미와 가치가 있다.

그저, 내가 나로서 무대에 다시 설 수 있음을 음악의 신께 감사드리자!

뉴욕 다이커 하이츠에 사는 신지혜 씨가 감사의 선물이라며 페덱스로 보내준 제프 트라우곳 기타를 맨 채 스탠드 마이크 앞에 선다.

무대 정면 관객석 중앙에 마련된 전용석에 자리한 주리의 모습이 내 눈에 들어온다.

객석이 어두운 탓에 표정까지 자세히 보이진 않지만, 경직된 자세로 앉아있는 모습에서 긴장감이 느껴진다.

'저 녀석이 나보다 더 떨고 있구나!'

주리를 안심시켜야겠다고 생각한 나는, 정면을 향해 살포시 웃어 보인다.

과연 주리는 내가 보낸 미소의 의미를 알아차렸을까?

인트로와 벌스는 밴드 반주 없이 내 어쿠스틱 기타 솔로와 보컬만으로 시작한다.

"네가 나였고 내가 너였던 시간은

너와 나의 경계를 지워버렸고~"

드럼과 건반이 추가되면서, 점차 양감과 박력을 더해가는 사운드.

"너는 너로 나는 나로

돌아가고 돌아온 지금도

나에겐 온통 너뿐이야~"

뒤이어 베이스가 합류하면서 완성된 리듬 섹션은 감정을 한층 고조시키며 첫 번째 싸비를 맞는다.

"사랑이란 이름으로는

널 내 곁에 둘 수 없고

내가 네 곁으로 갈 수가 없는데

뭔가 다른 이름은 없을까~"

리얼 오케스트레이션까지 가세하면서 마침내 꽉 찬 사운드를 이루어낸 간주 파트에선 불을 뿜듯 강렬한 일렉 기타 솔로가 질주한다.

"뭘 보고 뭘 들어도 뭘 생각해도

내 맘은 온통 널 향해 흘러가고~"

2절로 접어들면서, 내 자조적 읊조림은 애달픈 외침으로 바뀐다.

"눈뜰 때부터 눈감을 때까지

온종일 너뿐이지만

정작 난 너에게 갈 수 없어~"

애써 몰입하려 하지 않아도 저절로 북받쳐 오르는 감정을, 나는 오히려 조금 억누를 필요가 있었다.

하지만 억제하려 하면 할수록 점점 더 격해지는 감정은 끝내 제어 불능 상태에까지 이른다.

심장이 터질 듯 애끓는 브리지 파트 후, 전조가 이루어지면서 마침내 맞이하는 궁극의 절정.

"사랑이란 이름으로는
널 내 곁에 둘 수가 없고
내가 네 곁으로 갈 수가 없는데
뭔가 다른 이름은 없을까~"

3옥타브 솔의 초고음을 길게 내지르며 허리가 뒤로 젖혀진 순간, 내 온몸 가득 퍼져가는 전율의 엑스터시.

모든 것이 빠져나가 버린 내 육신이 모든 것으로 채워지는 것 같은 환각.

이 세상의 언어로는 도저히 설명하기 힘든 낯선 감각 속에서 깊은숨을 몰아쉬던 나는, 온 영혼의 울림을 모아 마지막 소절을 부른다.

"사랑 말고 다른 이름~"

노래는 끝났고, 세종문화회관 대극장 내의 모든 음향과 소음이 일순간에 다른 차원으로 빨려 들어간 것 같은 정적이 수 초간 이어진다.

그러다 마침내 천둥 같은 박수갈채가 무대를 향해 쏟아진다.

그것은 분명 소리에 지나지 않았지만, 내 살갗에선 그 박수와 환호 소리 하나하나의 촉감과 무게가 그대로 느껴지는 것만 같다.

신의 사랑과 축복이 소낙비가 되어 쏟아지는 것만 같은 이 황홀한 행복감을, 내가 내 몸으로 느낄 수 있음을 나는 감사하고 또 감사한다.

2017년 12월 22일 PM 08:57.

"The winner is… Cynthia Kardashian!"

리먼 스콧의 목소리를 통해 우승자가 호명되었을 때, 나는 대체 어떤 표정을 지어야 할지 난감했다.

충분히 예상했던 결과였음에도 불구하고, 그 충격파는 상당했다.

주리의 듀엣 파트너로 낙점된 우승자는 바로, 미국의 영화배우 겸 가수 신시아 카다시안.

사실 경연 전부터 일찌감치 그녀의 우승을 점치는 의견이 지배적이었다.

나를 제외한 아홉 명의 후보자가 하나같이 쟁쟁한 커리어의 소유자들이었지만, 그중에서도 신시아 카다시안의 경력과 인기는 타의 추종을 불허할 정도로 독보적이었으니 말이다.

올해만 두 곡의 빌보드 1위 곡을 보유하고 있고, 미국 내에서뿐만 아니라 전 세계적으로 막강한 팬덤을 자랑하는 그녀를 내가 이길 리 만무했다.

호명이 안 된 후보자들 틈에 끼어있던 나는 슬그머니 대열을 빠져나와 무대 뒤로 향한다.

생방송 카메라가 돌아가고 있는 도중에 퇴장해버리는 건 매우 비신사적인 행동임을 알면서도, 나는 그렇게 하지 않을 수 없었다.

신시아 카다시안이 주리 옆자리를 차지하는 장면을, 도저히 눈 뜨고 볼 자신은 없었기 때문이다.

풀 죽은 채 출연자 대기실로 돌아온 나는 분장용 거울 앞 의자에 털썩 주저앉는다.

'그래도 파트너가 남자가 아니란 게 어디야?'

만약 잘생긴 남자 가수가 주리의 듀엣 파트너가 되었다면 훨씬 더 배 아팠을 텐데, 그나마 여자 가수인 게 다행이라며 자위하는 나였다.

'똑똑!'

바로 그때 대기실 문을 두드리는 소리가 들려왔다.

잠시라도 숨어 있고 싶었던 나로선 누군가의 노크 소리가 그리 달갑지 않았지만, 이내 마음을 고쳐먹고는 '네!' 하고 응답한다. 노크한 주인공이 혹시 주리일지도 모른다는 생각이 문득 들었기 때문이다.

그런데 문을 열고 들어온 사람은 주리가 아닌 한 대표였다.

기대했던 주리가 아니라서 실망한 기색을 감추기 위해, 나는 멋쩍게 웃는다.

"내가 더 아쉽네. 자네 무대, 정말 대단했는데 말이야!"

"빈말이라도 그렇게 말해주니 고맙네."

"빈말은 무슨…. 내가 사적인 감정에 치우쳐서 허튼소리 할 사람은 아니란 걸 자네도 알잖아."

"알지, 그럼. 하지만 누가 봐도 당연한 결과였어."

"사실 결과도 나쁘지 않았어. 비록 우승은 놓쳤지만, 자네가 차점자야! 그 쟁쟁한 뮤지션들을 제치고 자네가 2위를 했다는 사실도 정말 대단한 거지."

그건 그렇다.

내가 그 무시무시한 경쟁자들을 물리치고 2위를 했다는 것도 기적 같은 일이었음을 인정한다.

머리로는 인정이 되는데, 가슴으론 아직 받아들이지 못한 것이다.

"자네는 오늘, 전 세계 수십억 명의 시청자들에게 눈도장을 찍었어! 아마 그들 중 대다수가 자네의 무대에 깊은 감명을 받았을걸? 오늘의 무대가 자네에겐 좋은 도약의 발판이 되어줄 거라고!"

한 대표의 발언에 십분 동의하지만, 솔직히 위로는 안 된다.

주리의 듀엣 파트너가 되지 못했는데, 2위 한 게 다 무슨 소용이란 말인가?

2017년 12월 23일 PM 02:45.

"일, 십, 백, 천, 만, 십만, 백만, 천만, 억…."

매달 23일이면 습관처럼 해보곤 하던 계좌조회를 해본 나는 내 눈을 의심했다.

계좌잔액에 터무니없이 큰 액수가 찍혀 있었기 때문이다.

출금 가능액이 무려 3억7천3백2십만5천9백6십 원.

며칠 전까지만 해도 잔액이 2백3십만얼마였던 걸로 기억하는데….

입출금 조회를 해보니, 오늘 날짜로 3억7천이 넘는 돈이 입금되어 있었다. 입금자명은 '한국음악저작권협회'.

쥐꼬리만큼은 아닐 거라고 한 대표가 말한 바 있어서, 사실 나도 조금은 기대를 하고 있었다.

그런데 막상 3자로 시작하는 아홉 자리 입금액을 내 두 눈으로 확인하고 보니, 그저 어안이 벙벙하기만 했다.

하지만 그 큰돈을 어떻게 써야 할지에 대한 고민은 그리 오래 걸리지 않았다.

2018년 1월 26일 런던시각 PM 05:45.

무작정 영국 런던으로 떠나온 지 25일 되었다.

세금을 제하고도 웬만한 아파트 전세금 정도 되는 큰돈이 내 계좌로 입급된 걸 본 순간, 내 머릿속에 서광처럼 떠올랐던 건 바로 유학을 향한 충동이었다.

무엇보다, 내 음악에 깊이와 전문성을 더하고 싶다는 열망이 가장 컸다.

하지만 주리로부터 나를 떨어뜨려 놓으려는 도피적 의도도 있었다는 점을 스스로 인정하지 않을 수는 없다.

주리 곁만 맴돌며 질척대는 내 꼴을 더는 지켜볼 수 없었고, 또 다른 한편으로는 주리 앞에 당당한 모습으로 다시 서고 싶은 욕심도 있었다.

그래서 내가 선택한 곳이 조쥐 마이클과 비틀스를 낳은 도시, 런던이다.

오자마자 UCL(University College London)에서 운영하는 어학 코스에 들어갔다.

어학공부를 하기엔 늦은 나이인 데다 1월부터 시작되는 2학기에 중도 편입된 거라 따라가기 버겁지만, 죽을 힘을 다해 열심히 하고 있다.

1주일 전엔 ICMP London(The Institute of Contemporary Music Performance) 오디션을 봤다.

원래는 뮤직 프로덕션 학과의 파운데이션 코스로 지원했는데, 오디션과 인터뷰 후에는 담당자로부터 학사 편입도 가능하다는 응답을 받았다.

이제 학사 코스에서 요구하는 영어 점수를 제출하는 일만 남았다.

무조건 열공이다!

수업을 마치고 UCL 도서관에서 과제를 한 후 내 숙소가 있는 사우스 켄싱턴으로 향하는 지하철 안에서, 나는 한 통의 카톡 메시지를 받는다.

[지금 어디세요?]

메시지를 보낸 사람은 다름 아닌 주리였다.

[지하철 안.]

사실 나는 주리 이름만 보고도 심쿵했지만, 그저 무심한 듯 단문의 답을 보냈다.

내가 영국으로 떠나온 이후부터 우리는 드문드문 생사확인 수준의 안부인사만 주고받았을 뿐, 3분 이상의 전화 통화는 해본 적이 없다.

주리 목소리만 들으면 자꾸 약해지려는 내 마음을 주체할 길 없을 것 같아, 나는 의식적으로 주리와의 교류를 제한해온 것이다.

[에이, 무슨 대답이 그래요?]

[내 대답이 어때서? 난 그냥 사실대로 답했을 뿐인데….]

[제가 물어봤으면, 저한테도 물어보셔야죠. 넌 어디냐고.]

오늘따라 꽤나 도발적으로 나오는 주리의 태세에 흠칫한 나는 마지못해 이렇게 묻는다.

[넌 어딘데?]

[음… 지금 전 로얄 알버트 홀 앞이에요. 길 건너편엔 하이드 파크가 보이고요.]

[뭐라고? 그럼, 지금 런던에 와있단 말이야?]

마치 전기 충격을 받은 듯 격렬하게 박동하기 시작하는 내 심장.

[네, 얼른 로얄 알버트 홀 앞으로 와서 절 찾으세요. 검정 롱 패딩에 선글라스와 모자를 착용하고 있으니 찾기 어렵진 않을 거예요!]

[알았어. 다음에 내리니까, 조금만 기다려!]

사우스 켄싱턴 역에서 하차한 나는 주리가 있는 로얄 알버트 홀 앞까지 한달음에 달려간다.

마침 런던 필 하모닉 오케스트라의 신년 음악회가 열릴 예정인 로얄 알버트 홀 주변은 다소 혼잡했다.

한껏 드레스업 한 남녀들 틈에서 선글라스와 검정 롱 패딩 차림의 주리를 발견한 나는 잠시 제자리에 서서 숨을 고른다. 주리에겐 전력으로 달려온 티를 내지 않기 위해서다.

그렇게 멀찌감치 서서 호흡을 가다듬고 있는 내게 주리가 먼저 다가온다.

내 앞에 가까이 다가와 선글라스를 벗어든 주리에게 내가 묻는다.

"여기까지 웬일이야? 런던에 무슨 스케줄 있어?"

내 물음에 잠시 뜸을 들이던 주리가 이렇게 대답한다.

"웬일이긴요. 보고 싶으니까 왔죠."

당장이라도 주리를 와락 끌어안고 싶은 충동을 애써 억제하고 있는 나와는 달리, 자신의 감정을 숨김없이 표현하는 주리.

"그날 밤, 잔뜩 취한 목소리로 제세 전화해서 했던 말… 기억나세요?"

여기서 주리가 말한 '그날 밤'이란 뉴욕에서 한 대표와 함께 고잉 아웃했던 날 밤을 의미하는 듯하다.

그런데 그 밤에 내가 주리에게 전화를 걸어서 뭔가 말했다고?

나는 도통 기억이 나질 않는데….

필름이 끊기면서 통째로 사라져버린 기억을 짜내려 애쓰던 나는 끝내 포기하고 이렇게 되묻는다.

"내가 뭐라고 했는데?"

"정말 하나도 기억나지 않으세요?"

"전혀…."

기억이 전혀 안 난다는 내 말에 뾰로통하게 입을 한번 삐죽거리곤 이내 입을 여는 주리.

"애인도 아니고 혈육도 아니지만, 애인만큼 가깝고 혈육만큼 애틋한 사이라는 말…."

술 취해 인사불성에 가까웠던 내가 그렇게 길고 복잡한 발언을 했다고?

거 참 신기한 일이네.

"저도 그 말에 동의해요!"

"…."

"연인이 될 수 없다고 타인이 될 필요는 없잖아요, 우리?"

'연인이 될 수 없다고 타인이 될 필요는 없잖아요, 이거 가사로 쓰면 대박일 것 같은데?'

이 와중에도 가사와 악상을 떠올리고 있는 자신을 발견하고는, 어이없는 실소를 터뜨리는 나였다.

"왜 웃으세요? 제 말이 우스워요?"

저렇게 발끈하는 모습까지 못 견디게 사랑스러운 주리에게 내가 정중히 묻는다.

"연인이 아니라고 해도, 우리 포옹 한 번 정도는 괜찮겠지?"

그러자 주리는 해처럼 환하게 웃으며 내 목에 매달리듯 나를 껴안는다.

그리고는 내 귀에다 대고 이렇게 속삭인다.

"그래미 시상식 오프닝 무대에 함께 서주세요!"

2018년 1월 28일 뉴욕시각 PM 07:27.

강주리와 신시아 카다시안이 협업한 프로젝트 싱글 〈Double Hearts〉
는 2018년 1월 16일에 발표되어, 1월 23일 자 빌보드 핫100 정상을 차지
했다.

하지만 주리는 그래미 오프닝 공연을 함께할 파트너로 신시아 카다시
안이 아닌 나를 지목했다.

분명 주최 측의 반발이 있었을 것 같은데, 어떻게 밀어붙였는지는 물어
보지 않아서 잘 모르겠다.

지금은 제60회 그래미 어워드 시상식이 열리는 뉴욕 메디슨 스퀘어
가든.

원래 매년 2월에 열리는데, 올해는 평창동계올림픽 기간을 피하기 위해
1월에 개최하게 되었다고….

나는 지금 주리와 함께 무대 뒤에서 대기 중이다.

잠시 후면, 우리는 그래미 어워드 시상식 오프닝 스테이지에 오를 예정
이다.

오늘은 주리 덕에 그래미 오프닝 공연에 참여하게 된 것이지만, 언젠가
는 내 힘으로 이 무대를 꼭 밟고 말리라.

이왕이면 게스트나 시상자가 아닌 수상자로서 말이다.

현실감 없는 늙다리 뮤지션의 허황된 꿈이라고?

이거 왜 이러시나?

내가 한때는 세계를 호령하는 월드 스타였다고!

인생의 쓴맛 단맛 모두 맛보았고, 심지어 걸그룹까지 되어본 아재가 뭔
들 못 할까?

에필로그

◆

"오늘은 2019년 2월 10일에 열린 바 있는 61회 그래미 어워드 시상식에서 베스트 뉴 아티스트 상을 수상한 장윤호 씨를 모시고 인터뷰 나눠봅니다."

JTVC 뉴스룸 송 앵커로부터 소개받은 나는 잔뜩 긴장한 채 카메라를 향해 꾸벅 고개를 숙인다.

이윽고 나에게 첫 질문을 던지는 송 앵커.

"데뷔년도가 1993년인데, 무려 26년이 지난 2019년에 그래미 신인상을 받으셨습니다. 감회가 남다를 것 같은데요?"

나는 멋쩍게 웃으며 이렇게 대답한다.

"그래미의 베스트 뉴 아티스트 부문에 오를 수 있는 기준이, 발표 앨범 3장 이하 그리고 발표곡 30트랙 이하인 아티스트라고 들었습니다. 데뷔한 지 26년이 지난 뮤지션이 아직도 신인상 수준의 경력밖에 없다는 건 사실 부끄러운 이야기죠."

"겸손하게 말씀하시긴 하셨지만, 늦은 나이에 인생 역전을 이루신 장윤호 씨로부터 희망과 용기를 얻은 분들이 아주 많습니다. 동세대인 중년층뿐만 아니라, 남녀노소를 막론한 전 국민의 지지를 받는 국민 영웅으로 등극하셨어요!"

"제가 이룬 것에 비해선 과분한 칭찬과 격려 정말 감사드립니다. 좀 더 노력해서 언젠가는 신인상이 아닌 다른 부문에서도 상을 받을 수 있도록 정진 또 정진하겠습니다."

"유창한 영어로 하신 수상 소감 역시 큰 화제를 불러모은 바 있습니다. 다소 과한 부탁일지는 모르겠지만, 혹시 이 자리에서 그 수상 소감을 한국말로 다시 해주실 순 없을까요?"

송 앵커는 즉석에서 갑자기 시키는 것처럼 부탁했지만, 사실은 사전에 짜인 대본에 따른 것이었다.

따라서 나는 별 망설임 없이 한국말 수상 소감을 시작한다.

"꿈이 이루어지는 것을 성공이라 부른다면, 성공의 반대는 실패가 아닌 포기입니다. 꿈을 포기하지만 않는다면 실패라는 판정은 두고두고 유보할 수 있고, 꿈이 이루어질 때까지 계속 꿈을 꾸면 되는 거니까요."

끝까지 가보지 않고는 절대 알 수 없는 게 우리네 인생 아닌가?

혹시 또 모르잖아?

판타지 소설에나 나올 법한 기적 같은 변화가 어느 순간 당신의 인생을 송두리째 바꿔 놓을지도….

"어쩌면 인생의 마지막 순간까지도 그냥 꿈만 꾸다 끝나버릴지도 모릅니다. 하지만 꿈도 없이 사는 것보단 끝까지 꿈꾸다 죽는 편이 훨씬 더 나은 삶 아닐까요?"